iHuman
新民说

成为更好的人

ELEANOR MARX

A Life

她这样的一生

爱琳娜·马克思传

[英]瑞秋·霍姆斯（RACHEL HOLMES） 著 陈慧平 刘曙辉 译

GUANGXI NORMAL UNIVERSITY PRESS
广西师范大学出版社
·桂林·

TA ZHEYANG DE YISHENG AILINNA MAKESI ZHUAN
她这样的一生：爱琳娜·马克思传

图书在版编目（CIP）数据

她这样的一生：爱琳娜·马克思传 /（英）瑞秋·霍姆斯著；陈慧平，刘曙辉译．—桂林：广西师范大学出版社，2017.10
书名原文: Eleanor Marx：A Life
ISBN 978-7-5598-0356-6

Ⅰ．①她… Ⅱ．①瑞…②陈…③刘… Ⅲ．①传记文学－英国－现代 Ⅳ．①I561.55

中国版本图书馆 CIP 数据核字（2017）第 241554 号

出　版：广西师范大学出版社
　　　　广西桂林市中华路 22 号　邮政编码：541001
网　址：http://www.bbtpress.com
出版人：张艺兵
发　行：广西师范大学出版社
　　　　电话：（0773）2802178
印　刷：湖南省众鑫印务有限公司
　　　　长沙县榔梨镇保家村　邮政编码：410000
开　本：880 mm × 1 240 mm　1/32
印　张：17　　　字数：430 千字
版　次：2017 年 10 月第 1 版　　2017 年 10 月第 1 次
定　价：88.00 元

献给我的母亲，卡琳·安妮·皮波尼克，天生的沉默者。

首先要陈述的是一个与所有女人相关的观点：女人的生命历程与男人是不同的。他们的生活没有交集，从许多方面看甚至互不相干，而人类的生活也因此而受到阻碍。

——爱琳娜·马克思与爱德华·艾维林，《妇女问题》，1886 年

当你直面生活的现实，会发现世界远非看起来那么光鲜，我们中有多少人能践行向别人宣讲过的大道理呢？

——爱琳娜·马克思致她的姐姐劳拉·拉法格，1892 年 11 月 26 日

永远向前！

——爱琳娜·马克思最喜欢的名言

目　录

序　言

爱琳娜·马克思改变了世界。在改变世界的过程中,她也从根本上改变了自身。这是一个她如何改变自身的故事。

她似乎不被社会认可。早年是不被父亲认可。然而,进入公共领域的爱琳娜·马克思是英国历史上的英雄之一。

私人领域的爱琳娜·马克思是一个不寻常家庭中受宠的女儿。她的绰号叫杜茜,父母说,这个绰号与小猫咪(pussy)押韵,而不是与挑剔的(fussy)押韵。她喜欢猫,她不挑剔。她喜欢莎士比亚、易卜生、雪莱夫妇、好的诗和糟糕的双关语。她最喜欢白色,香槟会给她带来幸福感。

在维多利亚时期英国社会民主的发展进程中,爱琳娜·马克思的一生是最重大、最引人入胜的故事之一。自玛丽·沃斯通克拉夫特以后,没有一位女性给英国政治思想和实践带来如此深远和积极的影响。她给后代留下了巨大的遗产,尽管这种遗产没有得到承认。

爱琳娜·马克思是一个支持革命的女作家,一个支持革命的女人,一个革命者。她言行一致。

社会民主和激进思想是爱琳娜·马克思的家族生意,只是这生意不是为了赚钱,而是为了逐步转变人们的生活,使他们生活得更好。爱琳娜的父母和弗里德里希·恩格斯是工业资本主义的后代,她称恩格斯为“第二父亲”。在19世纪40年代革命的欧洲,他们进入政治成熟期。在1848年后的几十年里,资本主义在全球获得胜利。他们的孩子爱琳娜出生于1855年,是他们思想的现代继承人。

爱琳娜走向社会后,把她从马克思和恩格斯那里学到的理论付诸实践，并在实践中检验这些理论。她“永远向前”的追求很快就把她带入新世界：莎士比亚的复兴、现代激进戏剧的文化领域、当代小说和早期放荡不羁的布卢姆斯伯里团体。她酷爱蒸汽火车，热心采纳新技术，最钟爱的就是打字机。爱琳娜·马克思是英国易卜生主义的开拓者。她首次把福楼拜的《包法利夫人》译成英文。她自己也走上了舞台，虽然有时会滑稽地令人产生误解。她从不在意个人和政治之间的任何界限，哪怕因此被绊倒、被撞飞。

爱琳娜善于与人交往。她虽然标新立异，但仍能毫不费力地吸引他人的注意。人们与她相处会觉得很舒服。她一生都与弗里德里希·恩格斯保持着亲密的关系，与萧伯纳、威尔·索恩、威廉·李卜克内西和亨利·哈夫洛克·埃利斯等人长时间的友谊也只是她与男子关系融洽的几个例子。爱琳娜·马克思和奥莉芙·施赖纳之间密切、持久的关系是伟大女性之间的友谊的体现，这种友谊不仅是文学和政治史上的，而且是生命和心灵上的。

爱琳娜·马克思问：“作为社会主义者，我们希望什么？”为解答这一问题，她一生孜孜以求。

在爱琳娜的童年，社会主义主要是一种与新的反对资本主义的民主斗争联系在一起的思想意识。在英国，社会主义的起源没有一个统一的故事，因为无论从性质上，还是从意图上，它是激进思想和行动的一种基础广泛而多样化的联盟。杜茜的生活是英国社会主义故事的重要组成要素之一。

正如已故的伟大的埃里克·霍布斯鲍姆指出的，在19世纪六七十年代，一个小客厅就可以轻松地容纳英国本土的社会主义者。爱琳娜是马克思家族中唯一一个英国本土的社会主义者，爱琳娜和她的朋友们可能就占了小客厅的一半以上。[1]她说：“在英国，目前社会主义还仅仅是一场文学运动。”[2]她把这场文学运动从空想搬上街头，搬上政治舞台。她实践并检验着。

爱琳娜·马克思在集体主义时代长大成人。集体主义在工会运动中最为清晰,它是对不受约束的资本主义及其产生的严重贫富不均有组织的反应。为了少数人的幸福,多数人的利益被剥削,贫穷的工人被迫生产剩余价值。英国当时还没有实施民主选举,投票权根据财产和宗教来分配。工人阶级中的男人被禁止投票。所有阶级的妇女都被禁止投票。穷人也被禁止投票。

英国政府、政治代表和议会就像一家设限商店:入口只向特定宗教教派中拥有财产的人开放。因此,工会是第一个人民的议会。尽管宪章运动失败了,19 世纪 50 年代共产主义者同盟也瓦解了,英国依然拥有世界上最强大的工人阶级组织传统。

在 19 世纪 60 年代,无产阶级组织重组,再次试图解决资本主义所带来的后果。19 世纪 70 年代,一种新的工会主义兴起,出现了英国第一批民主政党,其中英国独立工党和苏格兰工党最令人瞩目。爱琳娜·马克思是新工会主义最初的、也是最突出的领导人之一。她把女性主义带到工会运动的中心,无论是在英国还是在整个欧洲。

爱琳娜经常说,“我继承了父亲的鼻子(我曾经告诉他,我要告他并要他赔偿,他的鼻子显然给我造成了损失),但没有继承他的天才”。恩格斯、萧伯纳、施赖纳、埃利斯、威廉·莫里斯和女儿梅·莫里斯、伊丽莎白·加勒特·安德森、西尔维娅·潘克赫斯特、艾米·利维和伊斯雷尔·桑威尔,以及其他一些人,会纠正她的这种错误的自我评价。爱琳娜确实继承了她父亲的天才。她所承担的损失不是鼻子,而是性别。

爱琳娜·马克思出生于维多利亚时代的英国,当时的妇女没有受教育的权利,没有上大学、选举、支持议会代表的权利,无法从事大部分职业,甚至没有掌控自己的生殖和心理的权利。现实的生活环境让她亲身体验到,作为被压迫阶级的成员意味着什么,会有怎样的感受。

她一生都在为平等而斗争。对于玩世不恭的一代而言,她的斗争故事可能听起来令人厌烦。但是,对于当今世界各地在新的社会革命中发现生活意义的人而言,她的斗争似乎熟悉而亲切。

爱琳娜·马克思是社会主义、女性主义的先驱。与当今普遍的误解相反,女性主义始于19世纪70年代,而不是20世纪70年代。像所有转化为运动的思想一样,女性主义有着历史经验和具有洞察性的理念。女性主义来到英国,不是凭空产生的。

在维多利亚时代的英国及其扩张的殖民地中,性别压迫的问题通常被描述为"女人的问题"[3]。对于爱琳娜·马克思而言,这个表述不准确。于是,她把这个问题向前推进一步,称之为"劳动妇女的辩论"[4]。她支持和赞赏对妇女选举权的呼吁,她的一些挚友主张妇女选举权。但是,在当时的资本主义社会中,中产阶级妇女选举权的改革没有解决"针对劳动妇女的社会民主的态度的辩论"[5]。1895年11月,在给英国社会主义领导人欧内斯特·贝尔福特·巴克斯的一封公开信中,爱琳娜清晰地总结了自己的看法:

> 作为一个社会主义者,我不是"妇女权利"的代表。我打算和你讨论的是性别问题及其经济基础。所谓的"妇女权利"问题是资产阶级的观念。我打算从工人阶级和阶级斗争的角度来处理性别问题。[6]

妇女的选举权缺乏对劳动分工、生产和再生产的经济基础的充分分析。对于人类幸福而言,了解经济学在人类社会中的作用必不可少;对于女人和男人的解放而言也是如此,男人同样受到父权制的压迫。幸福——爱琳娜想知道是什么构成幸福?她发现,最重要的因素就是工作。

1886年，爱琳娜·马克思将现代女性主义带到英国，从而使妇女问题更为激进。

她创造了社会主义—女性主义的政治哲学，并在《妇女问题：从社会主义视角看》[1]一文中进行了总结，该文由她与她的配偶爱德华·艾威林合写。同年，在伦敦召开的第二国际第一次代表大会上，爱琳娜·马克思与德国社会主义政治家克拉拉·蔡特金一起将女性主义提到国际社会主义运动议程的首要位置。后来，受该次会议的启发，蔡特金与路易丝·齐茨共同创立了国际妇女节。

作为革命性文本，《妇女问题：从社会主义视角看》与沃斯通克拉夫特的《女权辩护：关于政治和道德问题的批评》、恩格斯的《家庭、私有制和国家的起源》和弗吉尼亚·伍尔夫的《一间自己的房间》一样重要。

爱琳娜·马克思是其父亲的第一位传记作家。随后，所有卡尔·马克思的传记，以及大部分恩格斯的传记都采用她的作品作为描写他们家族史的主要来源，只是人们往往不知道这一点。

在这个意义上，本书是关于一位传记作家的传记。

爱琳娜最初的童年记忆是骑在父亲的肩膀上，突然为不同的景色所触动。站在20世纪两个具有开创性的爱琳娜·马克思的传记作家的肩膀上，我可以看得更远。1967年，乔斯基·苏祖卡出版第一本完整的爱琳娜传记。随后不久，在1972年和1976年，伊冯娜·卡普出版了两卷本关于爱琳娜的研究。她们凭借书中巧妙的描写和无法估量的影响而在传记领域站定脚跟。

19世纪80年代，爱琳娜开始撰写父亲第一个完整的传记。她写信给卡尔·考茨基，回忆了这一计划：

---

① 编者注：在后文中简称为《妇女问题》。

> 他的作品必须如本来的样子,我们必须设法从中进行学习。我们都可以“在他的巨腿下走路”,我们认为自己并不是可耻的,而是光荣的挖掘者。[7]

女儿们都有条件在父亲的巨腿下走路,如果能做到这一点,甚至可以穿过巨腿,从另一侧走出来。女儿诞生在母亲的子宫里。当人们试图解释别人的行为时,爱琳娜经常说:“找出那女人(Cherchez la femme)”①。在寻求了解其生活和心理的过程中,我们也可以遵循这个建议。

爱琳娜·马克思是一群妇女们肉体上和精神上的女儿,她们认为她与她父亲一样强大:最重要的是母亲燕妮·马克思,“第二母亲”海伦·德穆思以及恩格斯的伴侣莉希·伯恩斯姑妈。成年后,她与女性的友谊维持并发展着。在造就爱琳娜的力量上,这种姐妹情谊与家庭、男性情人一样重要。

爱琳娜·马克思从未完成父亲的传记。在生命的尽头,爱琳娜写信给姐姐劳拉,谈及撰写父亲传记时的斗争:“毕竟,作为‘政治家’和‘思想家’的马克思是伟大的,而作为人的马克思却可能不那么伟大。”[8]爱琳娜面临所有传记写作都要面对的挑战:个体生命的故事与更宏大的历史安排中的冲突。个人与其生活往往充满矛盾。有时人们遵从的不是抽象的意识形态或确定的理论,而是使人们成为人的具有生物属性的东西,在这方面,男人和女人都一样。

与唯物辩证法一样,爱琳娜·马克思的一生多变而且充满矛盾。她的父亲,世界上最著名的哲学家,写道:

---

① 译者注:“Cherchez la femme”是一个法语词组,字面意思是“找出那女人”,指代的意思是,任何涉及男人的问题源头都可能是女人。

现代家庭在萌芽时，不仅包含着奴隶制，而且包含着农奴制……它以缩影的形式包含一切后来在社会及其国家中广泛发展起来的对立。[9]

爱琳娜的一生是这些对立的戏剧化。如果将卡尔·马克思比作理论，那么爱琳娜·马克思就是对理论进行实践。这是关于爱琳娜·马克思的公共生活与私人生活的故事。在《妇女问题》一文中，她写道，对于女性主义者而言，公共领域与私人领域不可分离。

她的同辈人——无论盟友还是敌人——都认为她是最伟大的激进改革者和领导者。在她的葬礼上，英国工会大会第一任书记威尔·索恩说，英国失去了最重要的政治经济学家。对她称赞的作品数不胜数。实际上，吹捧爱琳娜的书多得甚至令传记作家因找不到负面评论而焦急。爱琳娜的朋友亨利·哈夫洛克·埃利斯写道，"似乎不可能找到对她不利的说法"[10]。

幸运的是，这并不是故事的全部。爱琳娜·马克思也是人。

她有许多缺点，也经历了挫折和惨败。她的一生充满诸多矛盾。她既不可以被化约为她的公共生活，也不可以被化约为她的私人生活。因此，我们需要了解她公共生活和私人生活的所有故事。

毕竟，作为政治家和思想家的爱琳娜·马克思可能是伟大的，但作为女人的爱琳娜·马克思是否同样伟大，只能从她的故事中知晓。

第一章　世界公民

1855 年 1 月 16 日，星期二，拂晓之前，伦敦，爱琳娜·马克思呱呱落地，她是一个早产儿。苏荷区迪安街 28 号，在拥挤的房间一隅，欧洲最伟大的政治科学家卡尔·马克思抽着雪茄，焦虑不安。卡尔和燕妮又有了一个孩子。

他们盼着生个男孩，但是生的是女孩。

体贴的海伦·德穆思把深红色的鸦片酊端到燕妮嘴边，燕妮疲惫不堪，一小口一小口地喝着。全家人都称呼海伦为伦琴，马克思所有子女出生时她都在场。这是燕妮第六次在家生产。爱琳娜出生一年后，燕妮最后一个孩子弗兰契斯卡因支气管肺炎去世。燕妮现在 41 岁，按家庭医生艾伦的说法，她已经属于医学意义上的高龄孕妇，艾伦从苏荷广场附近被紧急派往马克思家里。

因为加入了蜂蜜、甘草和大茴香，鸦片酊变甜了，这给过热的空气增添了几分香料味和焦糖味。浓烈的德国咖啡散发出的令人安心的气味与血迹、樟脑、烟草味和煤尘混在一起。咖啡壶雅致而昂贵，这是燕妮的母亲送给她的结婚礼物，它在开裂的陶器、狭窄的环境和破旧的家具中间显得格格不入。

伦琴剪断脐带，把女婴放下来擦干净。随后，伦琴把她放在燕妮张开的手臂里。尽管小，马克思夫妇的新生儿以充满活力的、愤怒的叫喊宣示着自己的到来，伴随着她对生命冲击第一次抗议的，是二楼窗户下苏荷区奏响的街道生活的黎明合唱曲。

在清晨的雪地上，伦敦人的长靴、马掌和车轮嘎吱嘎吱地经过。酩酊大醉的狂欢者大声叫喊着，可能正准备回家或转到临近的小旅馆，对天气的寒冷和他们冻僵的鼻子毫无知觉。迪安街28号斜对面是凯莉小姐剧院，妓女们躲在门口，闷闷不乐地打量着路过的醉汉，计算着他们可能的价值。

从后面的小房间里，马克思听到6岁的埃德加反反复复地咳嗽着，这让他感到痛苦——他唯一活下来的儿子正在与肺结核作斗争。

拂晓之前，艾伦医生来做"总的会诊"[1]。马克思还没有支付过期的账单，但是艾伦医生是社会主义者，特别崇拜马克思，也很同情贫困的移民，所以他还是来了。医生告诫他们，燕妮不适合哺乳，吩咐他们马上找个当地的奶妈来。

埃德加被感染的肺已无法治好，艾伦医生对此深感抱歉。红红的脸颊，明亮的眼睛，滚烫的身体，马克思曾经精力充沛的男性继承人似乎已经在另一个世界命悬一线，而他新生的妹妹正以喧嚷的活力抓住自己的生命。

卡尔和燕妮的老朋友威廉·李卜克内西与厄尼斯汀·李卜克内西住在康普顿老街，上门表示祝贺。朋友们为女婴的出生干杯。她父亲用那恰合时宜的日耳曼语隆重宣告，"世界公民"诞生了。[2]

马克思一家给威廉·李卜克内西起了个绰号——"图书馆"。为了配合马克思，威廉引用了一句谚语来迎接这个女婴的到来，"一个有趣的小玩意，像球一样圆，像牛奶和血"[3]。"图书馆"热情洋溢的"牛奶"和"血"给祝酒词定下了基调。

这个孩子天生就要抗争。

第二天晚上，马克思给亲密朋友弗里德里希·恩格斯写了一个便条，告诉他燕妮生了个女儿。因为孩子，他错过了《纽约每日论坛报》投稿的截止日期，本来他准备谈论英国领袖在克里米亚战争中的军事错误：[4]

> 无论昨天、今天还是未来的一段时间里，我都不能给《论坛》投稿，因为昨天我妻子生了个真正的旅行者，不幸的是性别。……要是生的是男孩，事情可能更令人满意。[5]

对谁而言更满意呢？

在这张便条中，马克思对他最好的朋友强调婴儿的到来是合乎情理的，是夫妻间诚心诚意的行为，这是非常奇怪的。马克思并没有说，如果新生儿是男孩的话，对谁而言更令人满意。但是，他知道恩格斯明白谁更希望有个儿子。

马克思和莫姆（家里人对燕妮·马克思夫人的称呼）已经是两个女儿的父母，珍妮① 11 岁，劳拉 10 岁，现在又要负担一个女孩。埃德加没有恢复，艾伦医生告诉他们要做最坏的打算。他们已经失去一个儿子了，小福克斯，即海因里希·圭多，他出生于 1849 年 11 月 5 日，过完第一个生日的两周后就死于脑膜炎。

马克思现在 37 岁，对于为女孩负责感到两难。相比儿子，女儿在经济上、社会上和性别上都是麻烦，这在当时是众所周知的事实。这个精明务实的历史唯物主义者很难欺骗自己，幻想他的女儿可以完全超越 19 世纪社会底层的境遇。然而，因为他是一个有思想的年轻人，马克思承认女性的平等，也把女性当成平等的人爱着——有时他甚至怀疑她们比男人更进化。在 1848 年《共产党宣言》的早期宣传中，马克思和恩格斯强调“废除妇女作为单纯生育工具的地位”这一基本需要，并认为“资产阶级的婚姻事实上是一种共妻的制度……即公开和私人的卖淫制度”[6]。马克思仍然希望，教育和平等待遇会增强妇女在世界上的地位。但是，像每个维多利亚时代的家长一样，他想要儿子，而这个孩子

① 编者注：爱琳娜的母亲和姐姐均被称作 Jenny，本书采用不同的译名加以区分。

不是儿子。

像所有马克思的女儿一样,这个真正的旅行者用母亲的名字命名,取名为燕妮·朱莉娅·爱琳娜。燕妮这个名字是从曾祖母燕妮·威沙特那儿来的。燕妮·威沙特是爱丁堡部长的女儿,1765 年嫁给莱茵兰德·菲利普·冯·威斯特华伦后,学讲一口带着“令人愉快的”[7]苏格兰口音的流利德语,余生都生活在德国。爱琳娜的母亲——燕妮·冯·威斯特华伦——继承了曾祖母高地血统中明亮细腻的肤色、暗金棕色头发和明亮的祖母绿眼睛,但没有继承她的口音。

爱琳娜名字的来源模糊不清。大家似乎都认为这个名字来自她的苏格兰祖先,但未经证实。在威沙特的家谱史上有好几个燕妮,但是,到爱琳娜出生的时候,这些人已是三个世纪前的模糊影子。在燕妮和卡尔家族树的分支上,或者在亲密的朋友或同事中,都没有爱伦、伊莱恩、海伦或爱琳娜。唯一有类似名字的是他们的终身管家海伦·德穆思——伦琴。

不管来源是什么,爱琳娜都是个大有希望的名字。在阿拉伯语、希伯来语、希腊语和拉丁语中,爱琳娜具有共同的词根含义,即明亮的光线和光源。“爱琳娜”被寄予了一个希望:成为像太阳一样的光芒四射的孩子。

爱琳娜出生 12 周后,埃德加在马克思的怀中走了。马克思对恩格斯倾诉哀悼之情,“我经历过种种厄运,直到现在,我才知道什么是真正的不幸”[8]。郁郁寡欢之下,他将注意力转向刚出生的女儿,把所有对失去的儿子的爱和希望转移给她。

直到孩子出生 9 个月,所有人都称未受洗礼的燕妮·朱莉娅·爱琳娜为杜茜(Tussy)。[9]如她父母所解释的,杜茜与小猫咪(pussy)押韵,而不是与挑剔的(fussy)押韵。最后证明,父母对正确发音的解释具有先见之明:杜茜不是挑剔的(fussy),而是她自幼就喜爱的猫。杜茜及其变音“杜莘(Tusschen)”这个绰号可能还有着多个来源。也许是婴儿时期的杜茜在适应伦敦的闷浊空气时老打喷嚏——屋里是煤尘和父亲的雪茄烟雾,屋外是严酷的寒冬。在法语中,Tousser 是“咳嗽”的意思,在家里姐姐们与父母主要说的就是法语。在荷兰语中,Tusschen 是 Tussen 的古老形式,这个词意为“之间”。因此,荷兰的古谚语说“Tusschen en tussen”,即模棱两可。与父亲有直接亲属关系的家人大多是荷兰人,生活在荷兰,马克思经常拜访他们。Tuzzy 是花环或花结的古英语单词。直到 19 世纪 50 年代,Tussie-mussies 在维多利亚人中间依旧很流行:精心挑选和安排的鲜花或花束,传达情人之间的秘密消息和朋友之间的亲密关系——鲜花里的爱情诗。杜茜也是阴道一词的街头俚语。[10]

杜茜这一绰号众多可能的来源告诉我们,马克思一家有着多个语言的背景。杜茜的姐姐们出生于巴黎和布鲁塞尔,相互之间讲法语,与母亲交替着讲法语和德语,与父亲、伦琴和恩格斯主要讲德语,与家人和朋友则讲法语、德语和英语。

在所有家人中,莫姆是最流利地通晓多种语言的人。当她还是个孩子的时候,她那追求自由、进步的父亲路德维希·冯·威斯特华伦就已经开始准备让她学法语和英语了。爱琳娜出生前不久,马克思开始撰写政治经济学和资本运作的巨著,燕妮成了不知疲倦的抄写员。燕妮复制和编辑了丈夫的所有文字,不仅因为她是除恩格斯之外,为数不多的几个能够辨认他惨不忍睹的潦草字迹的人之一,还因为她是家里德语最好的人,仅次于马克思。

从在子宫里开始,爱琳娜就畅游在德语、法语和英语流利的多语言环境之中,时不时还有荷兰语短语和意第绪语夹杂其中。

对杜茜这一绰号的另一个有趣的影响来自中国。马克思一家人对中国很痴迷,密切关注着慈禧太后的政治活动。爱琳娜的姐姐珍妮有一个绰号是中国的女皇,但爱琳娜取代了她,成为女皇的继承者。慈禧

(Tzu Hi)建议的读法是“Sue Z”,就像杜茜押韵的是小猫咪,而不是挑剔的。

在童年时代,三姐妹都有许多逗乐的或惹人喜爱的昵称,这些昵称往往与某个主题有关。有一阵子劳拉是 Kakadou,然后是同样具有异域风情的“霍屯都人”[11],因为她黑色的外貌——这既指她在家里有名的暴躁的怒容,也指她与父亲共有的黑黝黝的相貌。“霍屯都人”这个绰号伴随着劳拉进入成年时期,“珍妮陈”则是珍妮的绰号。

婴儿期的爱琳娜主要由伦琴照顾,并得到奶妈、姐姐、父母和李卜克内西的协助。海伦·德穆思是“家的灵魂”[12],她出生于莱茵兰的农民家庭,自从 1835 年开始到冯·威斯特华伦家服务时就认识燕妮,当时她只有 15 岁。

从那时起,燕妮和海伦每次分开几乎都没超过几星期,唯一的例外是 1850 年,燕妮延长了探望母亲的时间,而伦琴留下来照顾家庭。马克思的女儿们都把伦琴当作第二母亲。像甘地、丘吉尔和其他许多伟大的历史人物一样,爱琳娜与伦琴的关系对她的童年有着深远的影响,伦琴扮演着类似母亲和保护者的角色。几乎从燕妮和马克思结婚开始,伦琴就一直陪他们在欧洲各地旅行,并经历了他们的多次流亡。马克思的一位女婿把伦琴描述为:

> 既是管家,又是主要的职业人士。她掌管整个家庭。孩子们像爱母亲一样爱她,她对孩子们的母性情感赋予她母亲的权威。马克思夫人认为她是知己,马克思对她怀有特殊的友谊;他与她下棋,总是输给她。[13]

正如伦琴与马克思的下棋比赛所证明的,她在家里是空闲的。“图书馆”(威廉·李卜克内西)这样定义他们的关系:“伦琴在家里拥有专政权力，马克思夫人拥有最高权力。”[14]“图书馆”观察到，在仆人眼里没有人是伟大的，毫无疑问，马克思在伦琴的眼里也不伟大。[15]她可以为他和他的家人死一百次，但“马克思不能强加于她”。她了解他所有的冲动和弱点，她“用小手指就能扳倒他”。当马克思大发雷霆的时候，她是唯一可以勇敢面对狮子巢穴的人。“如果他对她咆哮，那么伦琴会让他知道，狮子可以变得跟羊羔一样温和。”[16]

贫困加剧了埃德加之死带来的悲痛。与以往一样，国内出现现金危机。燕妮经常去典当行，她称之为“流行场所”，她还称当地和蔼可亲的苏荷典当商为大叔。“砰！黄鼠狼溜走了”，这首童谣讲的是一个鞋匠当掉自己工具的故事，爱琳娜以前最喜爱这首童谣。这不是说她有婴儿室：她的卧室和游戏室是苏荷小平房多功能的双人间，里面挤了三个大人和两个迅速长大的姐姐。燕妮靠用较高级的亚麻制品、婚礼银饰和家人的衣服做抵押进行预支来保障家庭经济流通，马克思则忙于国际工人协会的成立大会，挑灯夜战赶逾期的文章。莫姆和伦琴常年缺少餐具、玻璃杯和足够的食物，因为来家里的朋友和客人络绎不绝。

其他人在回忆这段岁月时，认为这段岁月是生命中最悲惨的，但是爱琳娜从未真正记得这段紧缺节制的苏荷岁月。迪安街 28 号，没有管道，没有煤气灯，也没有隐私，一个牢骚满腹的爱尔兰语言学家把这栋房子转租给马克思一家，每年 22 英镑。1851 年，在他们的第二个儿子小福克斯去世后不久，马克思全家搬到了这里。虽然爱琳娜不知道，但是普鲁士秘密特工的全方位情报对马克思一家在苏荷小平房的生活给出了令人难忘的描述，这位特工是内政部部长直接派来的。

爱琳娜出生于一个政治激进分子的家庭，这个家庭一直处于持续地被国家监视的状态之下。1850 年，一个自称是施密特的德国报纸编辑抵达伦敦，据称是来参观世界博览会。事实上，施密特就是特工威廉·施蒂伯，他受普鲁士内政部部长委托，来秘密监视马克思及其同仁。施蒂伯潜入德国共产党会议以及与工人和民主运动有关的人的家中，仔细观察最突出的领导人的住所：

> 马克思住在伦敦最糟糕，因而也最便宜的城区之一。他有两个房间，朝向街道的是客厅，后面是卧室。整个公寓里没有一件好的、结实的家具。一切都破破烂烂的，到处是手指厚的灰尘，乱七八糟。客厅中间是一张大的老式桌子，铺着蜡布，上面放着手稿、书籍、报纸，然后是孩子们的玩具和妻子针线篮里零七八碎的东西，旁边是破了边的茶杯、脏勺子、刀、叉、烛台、墨水瓶、眼镜、荷兰陶土烟斗和烟草灰。一句话，所有东西，各种各样的垃圾都堆在一张桌子上，收破烂的人都会觉得害臊。当你进入公寓，你的视线会因为煤和烟雾变得模糊，以至于你一开始就得四处摸索，仿佛在一个山洞里，直到你的眼睛渐渐习惯这些烟雾……一切都脏兮兮的，一切都灰尘满布。要坐下来很危险。这里是一把只有三条腿的椅子，那里是一把碰巧完整的椅子，但椅子上面是孩子们的玩具厨房；没错，这把椅子是给客人的，但孩子们的厨房没有撤走，如果你坐在上面，要冒着毁掉一条裤子的风险。但是，这些事情至少没有让马克思或他的妻子感到尴尬；你会受到最友好的接待，他们会诚心诚意地给你烟斗、烟草和任何其他东西；充满活力的谈话弥补了家里的缺陷，最终你会适应这里，觉得有趣，甚至很新奇。这是共产主义领袖马克思家庭生活的真实写照。[17]

显然，施蒂伯认为马克思夫人和伦琴是彻底失败的家庭主妇，在书中，这个缺点可能比作为一个共产主义者更糟糕。施蒂伯的情报使得一些德国马克思主义者被捕，并最终导致 1852 年 12 月臭名昭著的科隆共产主义者审判。普鲁士政府指控，共产主义者同盟的 11 名成员涉嫌谋划 1848 年革命。控告包括虚假的证词和伪造的证据。11 人中,7 人被判 6 年徒刑。大怒之下,恩格斯谴责施蒂伯是“本世纪最可鄙的警察流氓”[18]。然而,这个窥探者后来成为俾斯麦情报机关的头目,不过即便是他,也感受到破烂不堪的马克思热情好客所具有的巨大诱惑力。

当特工施蒂伯的报告放在办公桌上,普鲁士内政部部长深表满意,因为这证实了他对妹夫马克思长期的怀疑。普鲁士内政部部长费迪南德·冯·威斯特华伦是燕妮同父异母的哥哥。1836 年,一听到传闻说妹妹与一个革命的煽动者秘密订了婚,他就火冒三丈。在爱琳娜整个童年,费迪南德一直暗中监视爱琳娜一家。

因为艾伦医生的牛奶计划,爱琳娜茁壮成长,家人不再担心她“每天都可能死亡”[19]。在坎伯韦尔的田园郊区度过第一个夏天后,他们的密友——社会主义者彼得·伊曼德特把这间小屋租给他们。到 9 月时,爱琳娜开始试着爬爬跳跳,当时马克思正在曼彻斯特拜访恩格斯。燕妮在给马克思的信中写道,爱琳娜似乎也是个会早恋的孩子,“当小菜贩大喊的时候,爱琳娜就会兴高采烈。我想,这个人是她的初恋”[20]。马克思倒希望菜贩不是为了来结账顺便拜访他们的。

燕妮和伦琴用还没到手的收入赊购东西,这笔收入来自燕妮去世的叔叔乔治和一个苏格兰亲戚。这笔收入最终到手的时候,马克思一家花掉的钱早已是这笔收入的好几倍。马克思敦促燕妮考虑找个新住所。爱琳娜的热情奔放使苏荷小平房更令人感觉局促。燕妮写信给一个朋友,“姐姐们几乎像慈母般照顾和爱抚她。的确,很难有比她更可爱的孩子,这么漂亮,这么简单,这么温厚”[21]。

爱琳娜合群的性格缓解了 1856 年 7 月燕妮失去“最可靠、最好的母亲”[22]卡罗琳·冯·威斯特华伦的巨痛。爱琳娜 17 个月大的时候,燕妮带着三个女儿去莱茵兰的特里尔,这是爱琳娜第一次离开英格兰出远门。81 岁的卡罗琳祝福了燕妮和外孙们,最后闭上了眼睛。她留下的遗产不多，大约几百银元，燕妮和弟弟埃德加平分了遗产。

从特里尔回来后不久，燕妮在肯特镇找到一个小房子。9 月底，爱琳娜 21 个月大，一家人搬进了格拉夫顿排屋 9 号。[23]燕妮心满意足地给朋友写信，“与曾经住的狭窄小屋相比，这实在是一个奢华的住宅。尽管布置房子从上到下没超过 40 英镑（二手的废旧杂物帮了很多忙），但是，在温暖舒适的客厅里，我第一次真正感觉到什么叫作华丽”[24]。其他方面也很舒适，爱琳娜的父母有了新的独立卧室，母亲没多久就怀孕了。但是，她流产了。

让爱琳娜形成自我意识的“宏伟住宅”是一个郊区的小砖房，8 间中等大小的房间，一个地下室，地下一层，地上两层。屋里有煤气灯，厨房有流动的水，这简直是奢侈。小花园背靠旷野，排屋旁哈弗斯托克山的一端是市政垃圾场，这些工业垃圾来自新的建筑开发、铁路路堑和下水道工程。这是这个家庭在伦敦第一次拥有面对街道的房子，上面还带有立面装饰。格拉夫顿排屋是一短排新建的房子，被列为“第三等级的房子”，位于不完整的住房开发区中间。这些住房 19 世纪 40 年代被开发商承包，当时还引进了地上的通勤列车，从肯特镇可以直接到达伦敦市中心。

马克思一家人搬到这里的时候，这条街的路还没有铺好，也没有灯光，周边设施也没有完工，所以房子很便宜。马克思抱怨，自己被驱逐出了苏荷的社会生活、社会主义俱乐部和最喜欢的酒吧。但是，没有这些愉快的娱乐活动，他倒是可以集中精力撰写关于政治经济学的科学规律，这种郊区隐居状态看来有很多好处。爱琳娜的父亲现在有自己的书房和独立的壁炉。家里所有人对于靠近汉普斯特德荒野满心欢喜，清新的空气、野外的优美景观是一种绝妙的逃离，终于逃离出苏荷沼泽地的十年时光。

母亲的去世和孩子的流产让燕妮深感沮丧。马克思私下对恩格斯吐露说，“生活在她的帮助下，我无法对她有任何抱怨，虽然她现在的样子让我很苦恼”[25]。1857 年大英博物馆开设新的圆形阅览室，马克思得以脱身，从肯特镇通勤直接进入布卢姆斯伯里。他在罗素大街的博物馆酒馆享用午餐，柯南道尔和其他流行作家也经常光顾那里。当贷款用尽，亚麻制品、古老的苏格兰锦缎餐巾纸以及“其他过往辉煌的小遗迹”[26]都回到大叔的当铺，这让燕妮更加焦虑不安。

在南汉普斯特德女子学院，劳拉和珍妮刚开始接受最早的学校教育。在博伊奈尔和伦奇小姐的管理下，与其他提供私人补习的机构一样，学校善意但平庸，在对女孩教育没有正式规定的国家里，私人补习不受监管。此前，珍妮和劳拉在苏荷区一所学校上了几学期，并得到威廉・皮珀的辅导，尽管辅导得很一般。威廉・皮珀是马克思不抱希望的所谓的“秘书”，家里给他取了个绰号——“弗里多林”。同马克思一样，弗里多林笔迹潦草，作为管理员，他根本帮不上什么忙。除了护理宿醉的马克思、讨论文学和哲学让马克思无心工作，他的成绩并不多。借着全球经济衰退的机会，燕妮解雇了弗里多林。马克思给珍妮和劳拉租了架钢琴，钢琴非常差，在孩子们重重敲打钢琴音阶的背景噪音下，燕妮整理了丈夫的工作成果，并愉快地恢复了她先前的角色——“抄写丈夫潦草的文章”[27]。

当珍妮和劳拉学会看乐谱，爱琳娜开始说话。她的父亲被这个神童的成长所吸引。他赞叹道，“宝宝是个非常机智的小家伙，并坚持认为她有两个大脑”[28]。在书桌旁，机智的小家伙坐在马克思的腿上，喜欢在信的边上乱涂乱写。像所有家人和朋友一样，爱琳娜知道父亲的绰号——莫尔，是“摩尔人”一词在德语中的表达方式，他在大学期间获得这个绰号，源于他黑黝黝的肤色和墨黑的络腮胡子。爱琳娜宣称自己有两个大脑与她最初有记忆的时间重合：

我最早的记忆……是三岁左右的时候,莫尔……把我背在肩膀上,绕着格拉夫顿排屋的小花园,转啊转,并把旋花科植物的花朵放在我棕色的卷发里。无可否认,莫尔是一匹骏马。[29]

把马克思当马骑是一种家庭传统。爱琳娜"听人说",在迪安街,珍妮、劳拉和埃德加把莫尔套在三把椅子上,他们把椅子当马车骑在上面,让马克思拉着走。作为最小的、也是最晚出生的孩子,爱琳娜得到自己的坐骑和马克思的特别关注:

就个人而言,也许是因为我没有年纪相仿的姐姐,我更喜欢把莫尔作为坐骑。坐在他的肩膀上,紧紧抓住他一头浓发,那时他的头发是黑的,但有些许灰白,围绕着格拉夫顿排屋的房子,沿着小花园,走过田野,我度过了美妙的旅程。[30]

1858年冬季,严重的百日咳使爱琳娜有机会取得家庭中的统治地位:"整个家庭成为我的奴隶,我听说,像往常在奴隶制中一样,存在着普遍的士气低落。"[31]这一年开局不顺,没有煤,也没有现金支付拖欠的租金。当爱琳娜利用生病的机会坚持敞开大门欢迎街坊的流浪儿,以便自己有玩伴,她的父亲只能把债务清单寄给恩格斯,悲叹自己无力支付债务,"即使我最大限度地减少开支,例如让孩子退学,住在严格意义上的工薪阶层的住所,解雇仆人并靠土豆度日"[32]。

马克思一家的近邻一个是体面的小资产阶级面包师,一个是建筑工人,他们在财务上都比这位当地家喻户晓的哲学家稳定。马克思的资金来源如此糟糕,以至于到1859年,由于未付账单,他在家门口收到了法院的传票,燃气和自来水也差点被切断供应。

爱琳娜无视这些成年人的苦恼,这个郊区野蛮的小姑娘在未完工的住房开发的渣土、碎石和建筑垃圾中，脚越来越强健、稳当。起初，她与邻居的孩子们玩顽皮的游戏，光着脚走在街上未铺砌的的红土里。到四岁的时候，格拉夫顿排屋周围的土地已经完全盖满了房子，她与面包师和建筑工人的7个孩子玩耍嬉戏的街道也铺好了。由于天生合群，爱琳娜与小小的同龄人形成朋友圈，把她的家人介绍给邻居们认识，她的邻居有熟练的技工、店老板和工匠，都是劳动人民。

爱琳娜是玩伴们的头头，她带着儿童团穿过房子，主办即兴茶话会，伦琴提供牛奶、面包和饼干。因为她友好、真诚，所以其他孩子接受爱琳娜的独断和一马当先的脾性。有趣、大胆、大笑不断，她没把任何一个人排除在儿童游戏组之外。由于她的知名度，马克思一家逐渐在整个街区出名，被称为“杜茜一家”。

爱琳娜的第一个朋友和主要的玩伴是马克思。成年后她回忆道，如果父亲是一匹骏马，“他还有一个更高的资历：一个独特的、无与伦比的讲故事高手”[33]。劳拉和珍妮告诉爱琳娜，在漫长的午后散步时，卡尔会给她们讲无穷无尽的故事。两个女孩的要求是，“再给我们讲一英里①”[34]。之前太小，现在这个有着两个大脑的机智的小家伙腿已经足够强大，可以加入散步的队伍了。轮到爱琳娜开启与心爱的爸爸新的想象力旅程了。

作为家里最小的孩子，父亲在家里教她，爱琳娜与成年人在一起的时间与同龄人一样多。四五岁的时候，故事和书成了她最亲密的伙伴和朋友。像“亲吻新地毯”[35]、与毛毡地毯上的小狗玩一样真实，迷人的世界被神奇地压缩到格拉夫顿排屋里每个房间二手书架上的书本之中，并成为现实日常生活的一部分。正如爱琳娜所说，书架用英尺②衡

① 编者注：1 英里约为 1.609 千米。

② 编者注：1 英尺约为 0.305 米。

量，但里面的故事可以“用英里衡量”。[36]

在父亲的陪伴下，这些故事离开房子，来到了附近汉普斯特德荒地的山丘上。爱琳娜骑在卡尔的肩膀上，或者手稳稳地放在他的手里，吸收着新世界，人物及其冒险故事在茂密的森林和荒野之中成形。以前在苏荷的住所，到处是臭烘烘的垃圾堆、污水和烂泥，而汉普斯特德山丘凉风习习，简直是一个极乐世界。这样一个绿色的仙境，把它想象成像神一样的居民乐园和类似的王国，当然合情合理。

《格林兄弟的故事》《莎士比亚文集》《亚里士多德文集》《鲁滨逊漂流记》《尼伯龙根之歌》以及新近再版的《天方夜谭》被列入马克思家庭图书馆的经典之作。屋里还堆着巴尔扎克、狄更斯、盖斯凯尔和威尔基·柯林斯长篇连载的通俗小说，以及歌德、雪莱、布莱克和马克思一家人的朋友海涅的诗集，还有历史、科学和哲学的重要文集——包括黑格尔、卢梭、傅立叶的作品和达尔文最近发表的《物种起源》——寄予着等待未来探索神秘未知领域的希望。希伯来语和荷兰语的《塔木德》，德语的路德教《圣经》和英语的詹姆斯国王版《圣经》与经济学和自然科学著作摆在一起。

家里每个人都有文化。一切鼓励爱琳娜心智发展的东西都放在伸手可及的地方。没有一个故事、一本书、一个想法或一个问题被禁止。杂志、期刊、报纸、论文、海报、传单、节目单、会议通知、信件、免费音乐会节目单、议会报告、法律小册子、明信片、电话卡、生日卡、圣诞卡、剪贴簿、短笺、笔记本、歌谱、意大利大理石餐桌上的练习簿、吸墨纸、大量信纸，都是爱琳娜家里的永久居民。马克思的孩子们被允许拿起来阅读和触摸所有印刷的文字。

幼儿时期，家里很多东西短缺，但书、纸、铅笔、墨水、笔尖、针、刷子、胶水、缝纫线和炭笔头供应充足。不管出现什么其他的家庭债务、赤字或稀缺，书籍、纸张和文具都如英国最伟大的工业煤窑和加利福尼亚州新发现的黄金矿层的蕴藏量一样丰富。

燕妮立刻注意到宝贝女儿对谈话和故事的喜爱。她写信给德国的朋友，“她最引人注目的事情就是喜欢说话和讲故事。这是她从格林兄弟那里学到的，无论白天还是黑夜，她与他们不离不分。我们给她读故事，直到我们疲倦不堪。但是，如果我们漏掉了《噪声精灵》《画眉嘴国王》或《白雪公主》中的只言片语，我们就倒霉了。正是通过这些故事，除了像呼吸一样常用的英语之外，孩子学会了德语”[37]。

英国儿童读到的格林童话一般是 1823 年出版的英文版，它由伦敦律师埃德加·泰勒翻译，乔治·克鲁辛格负责其中的插画。书中那些调皮鬼的故事有趣而又富有教育意义。当父母正沉浸在中欧的浪漫主义之中时，作为他们的孩子，爱琳娜在原汁原味的铿锵德语中进入了格林的世界。

在这些她最初喜欢的故事中，原生的小鬼、小精灵、小矮人、巨人、寇伯和棕仙从远古来到现在，深深地将她迷住。超自然的生灵与健康的人类婴孩交换身体从而增强他们弱小的体格；各种动物会说话、会唱歌，并开始收集皮毛的冒险；精灵和仙女们在阳光光束上跳跃；可憎的青蛙、狡猾的狐狸和乞丐最后竟然是善良、英俊、合意的年轻王子，或是用胡须伪装自己的适婚国王。[38]爱琳娜陶醉在公主姐妹的叙述之中，每晚她们都会溜出来在拖鞋里偷偷地跳舞。还有冰冻在时间永恒之中的少女的故事，会说话的镜子将她出卖给邪恶的继母，吃了毒苹果，被监视、欺骗和迷惑，进入深度昏迷，只有陌生的英俊男子用复活之吻才能将她唤醒。无论是公主还是乡下女孩，仙女都有可能把她变成笼中的夜莺，或献给狮子当晚餐以换取花园里的一朵玫瑰。

格林童话常有关于暴力和性的内容：鸽子啄出邪恶的继姐妹的眼睛，第一个堂兄弟适合结婚，不被需要的继子被斩首，巫婆杀害自己的女儿，穿着炽热的铁拖鞋跳舞而亡，或在烤箱里被活活烤死。爱琳娜被涌现这些奇迹的世界所吸引。

如母亲谈到的,爱琳娜正是从格林兄弟那里学到了最早的德语方言。她又以同样的方式从家庭圣经中接触到了英文诗。这本家庭圣经就是《莎士比亚全集》。她的移民父亲从中研究并增强了对民族语言的了解,这个民族在他流放期间接纳了他。当马克思抵达英国时,他对英语的掌握非常有限。在早年的伦敦生活中,为了提高自己的语言知识,他系统地寻找莎士比亚手写稿中的原始表达,并进行分类,然后记住它们。劳拉和珍妮的母语是法语和德语,她们通过大声朗读和表演莎士比亚掌握了英语。家里所有人都知道莎士比亚的大部分作品。在壁炉旁,在花园里,他们背诵、表演、引用并辩论莎士比亚。爱琳娜的姐姐珍妮尤其被这位诗人深深打动,在卧室里给他做了个神龛,母亲把它描述为"一个类似莎士比亚博物馆的地方"[39]。马克思一家是忠实的戏迷,他们追随伦敦剧院生活的方方面面,花钱买廉价票而不是食品和燃料,争论演员萨拉·西登斯、埃伦·泰莉和约翰·肯布尔的优点,并批阅燕妮为媒体写的戏剧评论。

马克思向小爱琳娜解释,埃斯库罗斯和莎士比亚是"人类有史以来产生的最伟大的戏剧天才"[40]。凭借着敏锐的耳朵和超强的记忆力,爱琳娜学得很快:"六岁的时候,我将莎士比亚的一场场戏剧熟记于心。"[41]她回想起自己最喜欢的场景是"理查三世的独白和哈姆雷特和母亲之间的一幕"。燕妮扮演王后,爱琳娜会朗诵,"母亲,你让我父亲非常生气"。她说的时候"非常有针对性地"看向父亲,[42]然后开怀大笑。

爱琳娜继承了马克思对莎士比亚无条件的爱。马克思家族一家对莎士比亚的激情源于爱琳娜的外祖父。后来她发现,当马克思还是一个莱茵兰小男孩的时候,是路德维希·冯·威斯特华伦带领他认识了荷马、但丁和莎士比亚。

至于另一本圣经，即基督教《圣经》，与其他伟大的经典文本一样，马克思将其描述为历史的重要组成部分和伟大的故事集成。爱琳娜生动地回忆起父亲告诉她的基督故事“被有钱人杀死的木匠”[43]。马克思用闪亮发光的语言讲述着故事，给宝贝女儿的想象力洗礼：“我不认为还有人能够像他那样讲述这些故事。”[44]她也记得他的评论，回想起他观察到“我们终究能够原谅基督教很多，因为它教会我们尊重孩子”[45]。她的新教徒母亲出生时受洗，犹太裔父亲六岁时受洗为一名路德教新教徒，但爱琳娜从未受洗，像她之前的兄弟姐妹一样。

尊重儿童及其权利是一回事，亚伯拉罕一神论的宗教信仰则是另一回事。在爱琳娜第一次进教堂很久以前，她就能背诵悲剧诗人莎士比亚关于国家权力和弑君的独白。当她 6 岁的时候，一家人旅行去天主教堂听免费的“动听”音乐会，这带来了前所未有的“宗教不安”。回到家，她马上就向父亲吐露了心声。她坐在父亲的膝上，父亲耐心地告诉她，她所听到的召唤是动听的音乐，而不是上帝的声音：“他悄悄地使一切东西都明确直率，以至于从那时起我心中再也没有什么怀疑。”[46]爱琳娜对耶稣和先知充满令人激动情节的故事感兴趣，但对基督教三位一体的问题或这个神的存在没有表现出进一步的好奇心。她理想中的父已在屋里，没有必要再去求助于另一个。

在 19 世纪中叶抚养这样一个不信教的孩子是多么不寻常、多么激进，人们很容易低估这一点。爱琳娜从未被要求祈祷、歌颂上帝或去教堂。

马克思给孩子们大声朗读。“他对我，就如对我的姐姐们一样，从头到尾朗读了荷马、《尼伯龙根之歌》、《古德龙》、《唐·吉诃德》和《一千零一夜》等。”[47]在很长一段时间里，爱琳娜在家里的绰号是《尼伯龙根之歌》中英勇的超级侏儒盖特沃格·阿尔布莱希特。[48]令人生畏的阿尔布莱希特是德国民间英雄齐格弗里德“值得信赖的司库”，看守着锁在大山深处的尼伯龙根宝藏。“矮人阿尔布莱希特”是爱琳娜一个有趣的绰号,是对她好问、好斗和叛逆精神开的玩笑,并承认她作为父亲最忠实代理人深受信赖的地位,尽管她只是其中最微不足道的成员。作为齐格弗里德忠诚的小矮人,“无论齐格弗里德想要什么,小矮人都准备去做”[49]。但是,大胆的阿尔布莱希特不是奴性的追随者——他会考验他的主人,他的忠诚必须靠主人自己赢得。

从她对理查三世的偏爱,我们知道爱琳娜喜欢舞刀弄剑,像盖特沃格·阿尔布莱希特一样,她用自己的能量——叽叽喳喳、体操空翻、恶作剧、哄然大笑——使整个城堡保持清醒。

用深埋在山中的尼伯龙根宝藏来比喻马克思在楼上书房里草草写下的文章是十分恰当的,恩格斯称那些文章为“大部头的书”——都是马克思对政治经济学和资本运作的历史和科学的探究。爱琳娜虽然有玩具娃娃、小猫和小狗,但父亲的书房才是她的游戏室。后来,她惊叹于父亲对她不断妨碍他工作和思考的宽容,想起“他回答每个问题时无限的耐心与温和,从不抱怨被打断。在写一本巨著时,有个小孩在一边喋喋不休,这肯定是一个不小的妨害。但他从不会让孩子认为她在挡道”[50]。

当卡尔在撰写后来成为《资本论》的《政治经济学批判》这一杰作时,他为爱琳娜创作了一个长篇英雄故事,其中的反英雄汉斯·罗克尔成了她的最爱。汉斯·罗克尔是一个皮肤黝黑、黑眼睛、胡子拉碴的魔术师,大部分时间都花在凌乱、神奇的玩具店的工作台上变魔法,汉斯·罗克尔与其创造者神似。“在卡尔讲的精彩故事中,最精彩、最令人愉快的一个故事是汉斯·罗克尔。”这个故事神奇、活泼、滑稽、恐怖、神秘、引人入胜,时而悲壮感人,爱琳娜热切地期待每一期故事。“它持续了好几个月时间,这是一整个系列的故事……如此充满诗意、机智和幽默!”如爱琳娜描述的那样,汉斯·罗克尔是卡尔自己的另一面,是属于他的卡尔·马克思及其魔法石：

> 汉斯·罗克尔本人是霍夫曼一类的魔术师，他有一家玩具店，总是“经济拮据”。他的店里全是最美好的事物——木制的男人和女人、巨人和侏儒、国王和王后、工人和雇主、与诺亚搬进方舟的数量一样众多的动物和鸟、桌子和椅子、车厢以及各种类型和大小的盒子。虽然他是一个魔术师，汉斯从未履行对魔鬼或屠夫的义务，因此——经常要违背自己的意愿——被迫不断地把玩具卖给魔鬼。于是，这些玩具经历了奇妙的冒险——最后总是回到汉斯·罗克尔的店。有些冒险与霍夫曼的冒险一样冷酷，一样可怕，有些则是喜剧；所有故事都是用无穷无尽的热情、机智与幽默在讲的。[51]

在汉斯·罗克尔身上，马克思常常取笑自己和不羁生活的荒谬。在这个浮士德契约中，马克思是汉斯，苏荷当铺里的大叔是平易近人的魔鬼。在另一个抽象的层面，汉斯·罗克尔的圈子提供了一个简洁的剩余价值、异化和资本运作的讽喻，由恶魔似的债务循环和黑暗的商品流通所主导。通过向爱琳娜讲述这些冒险故事，马克思构建了巨著的儿童版：他对这种后来被称为资本主义的经济制度进行了史诗般的批判。

故事扣人心弦，还夹杂着拥有魔法的与不会魔法的种族间试图寻求共存的问题。通过与魔鬼的契约，汉斯的玩具拥有了生命的气息，开始各种各样激动人心而危险重重的冒险。马克思的妻子、伦琴和恩格斯无意中听到这个故事，看出了其中的映像：穷人被富人压迫，创造性的劳动可以带来自由、追求改变生活的想法和心灵的冒险，但是无法带来利益和温饱。

以现实做支撑，再加上令人熟悉的画面，马克思通过讲述汉斯·罗克尔的故事，以小说的形式将爱琳娜引入她出生之前家人的生活和冒险——通过有趣的原型和神话故事，变成她自己人生故事的前篇。爱琳娜知道了父母如何相识并结婚的浪漫故事，知道了伦琴如何成为家庭的一员，了解了马克思一家在 19 世纪 40 年代欧洲革命时的冒险旅行，兄弟姐妹的出生，连续不断的流亡以及他们如何来到英国。

在当时还难以想象的未来，当她三十多岁时，爱琳娜会为父亲没有将汉斯·罗克尔的故事写下来而感到遗憾。结合她对故事的回忆，马克思详细讲了一系列的生平自述，由她的母亲执笔；爱琳娜确实把它们写了下来，把童年的原型和故事转变为成人形式。正是以这种方式，她成为作家和传记作者，为后代记录了家庭的历史；通过她的作品，关于她著名的父亲和家庭的故事被记录下来，那些作品通常不归属于她。爱琳娜并不是传播已经存在的家庭史，而是创造了它：研究、采访、撰写、编辑并在去世前出版。如果没有爱琳娜·马克思，19 世纪最伟大的人物之一及其近亲的生活将仍然无从知晓，我们对马克思的了解会比对莎士比亚的了解更少。要了解爱琳娜，我们有必要了解一点她的家庭史。她一生都在研究她父亲的遗产，为父亲的传记作准备。这本书爱琳娜从未完成，但是她所热爱的工作告诉了我们她自身的起源。

第二章　杜茜一家

爱琳娜的出生源于两位律师之间的友谊，一位是普鲁士皇家法律议员，一位是特里尔第一议员。爱琳娜的外祖父路德维希·威斯特华伦男爵是杰出的律师，这一头衔是他从父亲菲利普那里继承而来的。之所以被授予菲利普这个爵位，是为了表彰在七年战争期间他父亲担任不伦瑞克公爵的参谋长。菲利普是来自汉诺威的邮政局长的儿子，这个头衔对他很有用，因为它帮助他与燕妮·威沙特喜结良缘，这个活泼的苏格兰女孩年龄只有他一半。

爱琳娜的外曾祖母燕妮是英国军队的指挥官贝克威思上将的小姨子。二十岁的时候，她在战争期间拜访德国的姐姐，在一次晚宴上遇见了四十岁的参谋长。菲利普去爱丁堡向燕妮求婚。燕妮的父亲自称出身于阿盖尔和安格斯伯爵。据说古老的苏格兰贵族阶级几乎没有什么物质权益，但菲利普的准男爵爵位吸引了势利的威沙特一家，因为他是小资产阶级的德国邮政局长的儿子。

燕妮和菲利普生了四个儿子，其中爱琳娜的外祖父约翰·路德维希是最小的。路德维希被送到哥廷根大学学习法律，但他对阅读莎士比亚、但丁和法国哲学家的著作比学习判例法感兴趣。当他还是学生时，父亲去世使得他不得不找了一份公务员的工作，并于 1797 年娶了一个大地主的贵族女儿莉莎特·费尔特海姆为妻，成为一个失败的乡绅。

路德维希和第一任妻子莉莎特有四个孩子——两个儿子和两个女儿。他们的长子是费迪南德。1807 年莉莎特去世，1810 年路德维希再婚。新娘是卡罗琳·赫柏尔，三十五岁，一个有常识的德国中产阶级女人，她精力充沛、兢兢业业，也是四个孩子的好继母。当他们的第一个孩子出生时，这对新婚夫妇正住在德国北部的萨尔茨韦德尔小镇，约翰娜·贝莎·朱莉·燕妮·冯·威斯特华伦出生于1814年2月14日。

1816年，路德维希被任命为莱茵兰特里尔政府的第一议员，这里靠近法国边界，归普鲁士管辖。这个镇以天主教徒为主，作为新教徒，又是领着反动的、不受欢迎的普鲁士政府薪酬的官员，冯·威斯特华伦和家人一开始无法融入这里。但很快他们发现，在特里尔，民众对天主教派和法国统治阶级开出的空头支票，就像对君主专政体制和缺乏民主一样感到矛盾。当燕妮还是婴儿的时候，爱琳娜的外祖父写信给朋友，"我们生活在决定性的时刻，两种相互对立的原则在交战：一个是君权神授的原则，一个是声称所有权力属于人民的原则"[1]。冯·威斯特华伦一生都在为解决这些对抗的价值体系而斗争。作为普鲁士的官僚，路德维希的职业和家庭生存依赖于维护国王的神授权力，但是他真正支持的是法国大革命的新观念、新思想以及对艺术、音乐、文学尤其是剧院的爱。

特里尔是个小城市，大约只有12000人，但它的文化生活充满活力。冯·威斯特华伦很容易就可以去当地专攻莫扎特的歌剧院和一流的城市剧院，剧院里会定期上演莱辛、歌德、拉辛、高乃依、马洛和莎士比亚的戏剧节目。路德维希和妻子积极参与娱乐场协会，这是一个自由思考的文学和社会俱乐部。

路德维希自身的矛盾让他对他人在原则和生存之间发生冲突时所经历的困难深表同情。正是在这种情况下，他遇上了爱琳娜的祖父海因里希·马克思，很快成了知己，当时海因里希·马克思是镇上最成功、最受欢迎的律师之一。1817年，路德维希举家搬到特里尔。为了遵守莱茵兰最高法院宣布的不再允许犹太人担任公职或从事专业工作的公告，当时还名叫赫歇尔·哈·列维·马克思的海因里希成为路德教新教徒。为了保护自己的职业、生意和家庭，他改名为海因里希·马克思。

1782 年,赫歇尔·哈·列维·马克思出生在德国萨尔州的萨尔路易镇。当父亲梅尔·哈·列维·马克思成为城市的首席拉比时,他们举家搬到特里尔。在特里尔犹太人公墓的墓碑上,记录了梅尔·哈·列维·马克思的原居地是波西米亚的波斯托洛普蒂——现在的捷克共和国。海因里希的母亲伊娃·利沃夫是摩西·利沃夫的女儿,摩西·利沃夫也是特里尔的拉比。和丈夫一样,伊娃是莱茵兰德系犹太人拉比后裔。海因里希的兄弟塞缪尔很聪明,而且倍受青睐,接替父亲成为特里尔的首席拉比。海因里希擅长法律,但对遵守礼仪之外的信仰毫无兴趣。

海因里希与爱琳娜的祖母海丽特·普雷斯堡成婚,海丽特 1780 年出生于荷兰奈梅亨。普雷斯堡是布拉迪斯拉瓦的德语名,海丽特的父亲伊萨克·海曼·普雷斯堡拉比 1747 年出生于此,家人来自克拉科夫,家庭体系里包括学者和帕多瓦的首席拉比。伊萨克·普雷斯堡是个商人,从布拉迪斯拉瓦搬到了荷兰,在那里他遇到了纳尼特·科恩并与之成婚。纳尼特的家人长期居住在荷兰,海丽特在互换着讲德语、荷兰语和希伯来语的家庭中长大。

当爱琳娜的祖母海丽特嫁给海因里希时,她还是半个文盲,在传统家庭的约束下长大,没有受过教育,她唯一的训练在于如何成为一个好妻子和厨师。她信教更虔诚,在传统上更保守。因为丈夫的鼓励,她的阅读和写作得到提高。虽然意识到了她在教育上的不足,但通过阅读卢梭,她的丈夫理解她,他理解妻子的教育障碍是生在性别歧视的宗教和社会中所致。虽然不爱学习,海丽特对数字敏感,清楚地掌管着家庭经济和收支平衡。海因里希和海丽特有九个孩子,其中四个孩子活到 23 岁以后。只活到婴儿期的孩子死于肺结核。他们的长子死了;第二个孩子苏菲出生于 1816 年;1818 年 5 月 5 日凌晨一点三十分,又一个儿子——海因里希·卡尔出生。1824 年 8 月,海因里希·马克思所有的孩子,包括卡尔,都加入了全国福音派教会。对唯一的儿子接受了浸礼而没有接受犹太男孩的成人礼这件事,海丽特感到极为悲伤。对于一个迷信的人来说,这是个坏兆头。

像那个时代的许多男人和女人一样,海因里希年纪越大越激进。他所投身的温和的民族主义政治使他不再抱有幻想。他开始批判无能和专制的普鲁士政权的偏见和镇压手段。[2] 作为一个喜欢待在家里的人,海丽特与丈夫的政治工作是分离的,因而她没有机会跟上丈夫生命中的改变。

为了寻找答案和新观念,海因里希成为娱乐场协会的热心成员。他广泛阅读和了解自由的法国思想和启蒙哲学。在聚会上,他跟着一起唱《马赛曲》和其他革命歌曲。当普鲁士人颁布禁令禁止犹太人从事公职或职业工作的条例时,海因里希代表整个特里尔的"教友"社区正式呼吁政府撤销反对犹太人的歧视。[3] 遭到拒绝后,海因里希不得不做出一种战略性的转变,将家庭转为新教。海丽特更强烈地感受到这种转换的影响,认为是对她文化价值的攻击。

就在转教后不久,爱琳娜的祖父——司法顾问海因里希·马克思被授予令人尊敬的普鲁士皇家法律顾问的称号,海因里希·海涅打趣地评论这个举动是巧妙地购买到了"欧洲文化的入场券"[4]。海涅是海丽特的三表哥和亲密的朋友,是马克思一家在特里尔的常客。爱琳娜的祖父和外祖父,一个是新任普鲁士皇家法律顾问中的一员,一个是特里尔第一议会中的一员,他们一见如故,并成为知己。

因为父亲之间的友谊,冯·威斯特华伦和马克思的孩子们几乎从婴儿时期开始就是朋友。当燕妮·冯·威斯特华伦第一次遇到卡尔·马克思时,她四岁,充满好奇心、活泼、漂亮,而他还是个吃着母乳的婴儿。这对未来伟大的革命恋人在有自我意识之前就相遇相识了。

卡尔的姐姐苏菲是他最亲密的家人，她与燕妮年龄相仿，两个小女孩成了玩伴，后来成了知己。直到1830年，卡尔接受的都是家庭教育，随后去了开明的特里尔高中，燕妮的弟弟埃德加也在这个学校，两个男孩成为亲密的朋友。卡尔向埃德加透露，父母希望他像父亲一样成为一名律师，但他打算遵循自己的意愿，成为一位诗人。

与此同时，在特里尔以北250英里的巴门，像马克思一样，另一个年轻人也梦想着成为一位诗人。

弗里德里希·恩格斯是富裕的莱茵兰企业家家中帅气健壮的长子，他虽然在优越的物质环境下长大，但在精神上却过得不满意。以父亲的名字命名，弗里德里希出生于1820年11月28日，星期二，是一个纺织王朝的继承人，他们首先通过漂白亚麻纱发财致富，后来则利用机械制造花边和丝带赚钱。弗里德里希的母亲埃莉斯·冯·哈尔来自知识分子家庭。嫁给一个商业精英，并生活在伍珀山谷极端清教徒的氛围之中，令她的背景显得有些世俗。

弗里德里希的父亲兼营棉纺，与荷兰的两个兄弟——戈特夫里德和彼得·厄门建立了一个新公司。这个名叫厄门与恩格斯的新公司在英国巴门、恩格斯基兴和曼彻斯特建立了连锁的缝纫线工厂。大家认为，作为长子，年轻的弗里德里希无疑会追随父亲从事这一家庭事业。

1837年，在埃伯菲尔德归正福音教会施过坚信礼，恩格斯是在福音的火和硫磺中养大的。在威迫之下，他相信了加尔文主义的宿命论，上帝有精确的标准来选择拯救和诅咒的人，那就是偏爱富人、成功者和社会地位尊贵的人。但是，他的母亲和热爱文化的外祖父格哈德·冯·哈尔，一个和蔼的，未参加宗教改革的牧师，通过向恩格斯介绍古典神话、诗歌和小说，缓和了他接受的严教。当恩格斯在巴门高级中学上学时，他开始展示出对语言、历史和文学的天赋。

被德国浪漫主义所吸引，恩格斯参与了德国民族主义的文学复兴。

民族主义的浪漫传说是他诗歌的主题，包括一首题为“齐格弗里德”的诗，就像《尼伯龙根之歌》中的传奇英雄，齐格弗里德是令人信赖的、勇敢的矮人阿尔贝里希的主人。对于爱琳娜，这个将成为他女儿一样的小女孩，恩格斯仔细地将传说和古典文学的诗歌魅力传递给她，正是这些东西塑造了他自己年轻时代的想象力。

在接近成年时，恩格斯向往诗人、记者的生活，希望通过成为律师或公务员来支持写作。他的父亲完全不能容忍他的长子和继承人这无利可图、游手好闲的梦想。老弗里德里希把小弗里德里希从学校里拽了出来，让他做了学徒，当时他十七岁。上大学是完全不可能的，他将学习做家族生意。

1837 年，恩格斯第一次陪父亲去英国，他学会了如何在丝绸买卖中进行贸易，见到了英国的大城市曼彻斯特和伦敦。接下来，在坚定不移的父亲的安排下，这个年轻的浪漫主义者当上了海滨城市不来梅一个亚麻出口商的学徒，做一个店员。这项工作很枯燥，但他喜欢熙来攘往的港口生活，也喜欢与他住在一起的一家人的自由生活。

在《德意志意识形态》（写于 1845—1846 年，首次出版于 1932 年）中，马克思和恩格斯取笑无政府主义哲学家马克斯·施蒂纳，将他描述为桑科·潘萨，该公爵只能自负地谈论面包生产和供应问题，但他却坐在政治经济学的高头大马上。在关于英国工人阶级经济社会状况的一个早期作品之中，恩格斯评论了面包师在满足人民需要上的重要作用。后来，在研究劳动的性别分工的作用时，他清晰地将它描述为生产力的再生产，恩格斯认真研究了妇女的家务劳动支撑整个国民经济和世界历史的问题。

在爱琳娜童年的成长经历中，海伦·德穆思来自一个面包师的家庭，是家庭无比重要的成员之一。她在爱琳娜生活中的作用与恩格斯一样大。面包通常能煽动民变，无论是由于它的价格，还是由于它的缺乏。在海伦·德穆思身上，面包、革命和家务中的政治学汇集在她非凡的生活和个性之中。1820年新年前夕，海伦·德穆思出生于莱茵兰圣温德尔村。就像恩格斯对自己拥有特权而感到惭愧一样，海伦也认为自己的家庭背景令她羞愧。海伦的父亲是村里的面包师。我们对她的童年并不太了解，因为她的童年很短暂，在八岁左右她就成了特里尔的一个女仆。第一个雇主很野蛮，把她当工具一样在家里做童工。海伦余生都记得体力劳动的严酷和苦痛，总是想起这份工作中照顾的第一个巨婴的准确重量，当时她自己还只是孩子。

想家，想妈妈，害怕正式的家庭制度，成为楼上楼下的性猎物，且丝毫没有接受教育的机会，小海伦经历了年轻的欧洲工人阶级女仆典型的逆境和挫败的童年。十五岁时，她幸运地逃脱了严厉的雇主，开始为爱琳娜的外祖父，精英、贵族又博爱、开明的路德维希·冯·威斯特华伦男爵服务。作为活泼、时尚的一家的女主人，随和的卡罗琳·冯·威斯特华伦对海伦产生了好感。她吩咐务必给这个欢快、迷人的女佣提供一套新衣服，教她读写和记账，海伦学得很快。

海伦的姓源自 Demut 一词，德语中的“谦虚”。海伦确实温厚、可靠，但并不是这些平凡的美德令她有趣。海伦在儿童看护方面的专业知识和作为一个仆人的熟练可靠是阶级和早期训练的结果。她得到卡罗琳体面的对待和安抚，也因情况改善感到鼓舞。卡罗琳·冯·威斯特华伦重视海伦的逻辑能力、洞察力和良好的幽默感。海伦成为宠儿，卡罗琳给她朴素而精致的饰品，为她的五官添彩，包括卷曲的丝带、精美的珐琅器花耳环。她也给她起了一个绰号，伦琴，这个绰号伴随她度过余生。

伦琴成为燕妮家庭一员时，燕妮二十二岁。像母亲一样，她对待伦琴恭恭敬敬，毫不做作。燕妮家的一个亲戚说：“没有人比她拥有强的平等意识，对她而言，不存在任何社会差异或等级。”[5] 从小时候起，燕妮对等级的公正性就勾画出她的性格。和蔼可亲,对彼此感兴趣,燕妮与伦琴之间产生了友谊。

在燕妮和伦琴彼此相识的时候,燕妮的父亲路德维希开始对朋友海因里希无比聪明的儿子产生特别的兴趣。卡尔好奇、爱争论、做事周到、有学问,而且身强体壮、热爱运动;与自己迷人却懒散的儿子埃德加相比,路德维希对这个孩子寄予更多厚望。路德维希邀请卡尔参加家庭远足,穿越特里尔周围的公园和林地。

在散步时,路德维希把这个专注的青年引入亚里士多德、埃斯库罗斯、荷马、但丁、莎士比亚、歌德、卢梭和雪莱的世界。燕妮紧紧地跟着,提问并与父亲争论。卡尔加入其中,与路德维希讨论美学、伦理和道德的观点。

在他们之间,马克思与冯·威斯特华伦两家主要讲五种语言。在卡尔家里,讲德语、荷兰语和意第绪语;在燕妮家里,讲德语、法语和英语。因母亲的苏格兰传统,英语是路德维希的第二语言,这使得燕妮可以把英语当成母语。在户外散步时,燕妮引述莎士比亚和伏尔泰的原文,令不懂英语和法语的卡尔陶醉不已。作为一个小男孩,卡尔早就知道燕妮是姐姐苏菲的朋友;现在,他开始从新的角度来看待她。他只是一个勤奋好辩的男生,但燕妮是特里尔人议论的话题:迷人、性感,对于好斗的卡尔而言,这位有点令人生畏的年轻女子有着与她的美丽一样闪闪发光的智慧。[6]

大家都说燕妮十分可爱,几乎所有人都能感受到她的美。如果说是她绽放出的美丽吸引了正处于青春期的卡尔的注意,那么,牢牢地抓住了卡尔的心的则是她的才智。他喜欢听她说话。正是从燕妮口中,他第一次听到了莎士比亚和雪莱的诗句,在她与周围所有人质疑、挑战和辩论的时候,他追随她的心之所向,并为之着迷。

路德维希与这个年轻人讨论政治,解释法国大革命的发生和失败的原因。路德维希解释道，法国人民正当地反抗君主、贵族和富豪的神授权力，但恐怖活动和拿破仑的军事独裁政权使他们未能实现其意图。他敦促他们阅读圣西门的思想，圣西门是法国社会主义的始祖，他试图通过经济的结构性改革，解决社会上的不平等及财富两级分化严重等问题。

散步给予卡尔陪伴燕妮的宝贵机会，他把她视为偶像。但是，她难以接近：一个十七岁的女子，在聚会、野餐、舞会、剧院、激进的青年联盟会议和集会上都大受欢迎。年龄大她一倍的富有男性曾向她求爱，燕妮已经见过世面，有可能在卡尔完成学业之前就会结婚。

燕妮喜欢社交活动，但心底深处是一个激进分子和知识分子。虽然与她年龄和阶级相仿的女孩已经开始亮相行屈膝礼，在丝带、太阳镜和手套长度上犹豫不决，但是燕妮在头发上别了三种颜色的发夹，继续阅读马志尼的作品，并参加青年德意志运动的竞选活动，她是特里尔的当选代表。[7]

青年德意志是马志尼在伦敦成立的青年欧洲国际联合会的一部分，主要由作家、诗人、记者和理论家领导，反对基督教原教旨主义和德国浪漫主义的与政治无涉的美学。它主张政教分离、犹太民族的解放和妇女的教育平等。普鲁士政府将其民主的、社会主义的、理性的原则视为煽动社会不稳定，还审查了很多与运动有关的出版物和作者，这些作者中就包括海因里希·海涅。

年轻的德国人燕妮·冯·威斯特华伦在青年德意志中的领导作用引发了争议。她保守的同父异母哥哥费迪南德极为惊愕。按照特里尔社会的标准，燕妮拥有惊人的进步观点与尚难界定的自由思想。作为卢梭的追随者，路德维希支持妇女教育，对爱女的追求并不太在意，让她充分发挥，保护她免于批评。对于众多追求者，燕妮的可爱和有影响力的富有的父亲是加分项，这抵消了她令人震惊的政治和思想倾向，他们无疑认为这些倾向将被婚姻和生儿育女的缰绳所制服。

然而，对于特里尔一个与世俗格格不入的年轻男子而言，正是那些使其他崇拜者惊恐的东西诱惑着他。对于卡尔·马克思来说，燕妮善于分析的头脑、充满激情地参与政治活动、对社交礼仪的无视使得她成为百万分之一中的女人。

年轻的卡尔无法引起她注意。他非常熟悉她的大家庭生活，这使得他在她眼中被忽视。1835 年 10 月，卡尔十七岁，他离开特里尔去波恩大学学习，带着他没有言明的感情和大量献给暗恋对象的糟糕的情诗。卡尔学习很努力，玩得也很卖力。一方面他有着学者“卓越的”学术“勤奋和专心”，与之相伴随的是新生的课外活动计划表，尤其他还是诗人俱乐部以及特里尔男人协会（饮酒俱乐部的委婉名称）的共同主席。因购买决斗手枪导致发生了滑稽的倒霉事，这使他父亲怒气冲冲地到处打听，“决斗与哲学紧密交织在一起吗？”[8]

在与他焦虑的母亲串通之下，十八岁的卡尔以肺部虚弱为借口躲过了征兵。海丽特给他写了许多信，恳求他“不要过于激烈，不要喝大量的酒或咖啡，不要吃辛辣的东西、辣椒或其他香料。你不要抽烟，晚上不要熬得太晚，一定要早起。亲爱的卡尔，小心不要着凉，在你身体好起来之前不要跳舞”[9]。母亲劝诫他不要做的事，恰恰构成了他的日常活动。

他仍然想着高不可攀的燕妮。不管燕妮会对马克思的急躁、傲慢和固执说些什么，但是在面对燕妮·冯·威斯特华伦的时候，他知道自己的心，他不是恋爱傻子。27 年后，他仍然将她形容成“特里尔最漂亮的女孩”和“舞会皇后”。[10]

躲过征兵后，马克思转到柏林大学学习法律，校友路德维希·费尔巴哈把这里描述为“工作的神庙”。他说服了父亲，告诉他柏林是法律研究的最佳场所，事实上这是一个诡计，他是为了追随自己的愿望，希望可以得到德国最具争议的哲学家黑格尔的教导，当时黑格尔获得了大学教授的职位并以此谋生，以支持自己的哲学思考。在柏林，姐姐索菲告诉他，燕妮已经宣布与卡尔·冯·帕尼维特中尉订婚，卡尔伤心欲绝。

这是一次意外的订婚。在彻夜跳舞和喝了太多香槟之后，燕妮接受了帕尼维特的求婚。他有精英的血统，但燕妮的父亲路德维希对此持怀疑态度。他的第一个岳母来自帕尼维特家族，他的那次经历并不美好。事实证明他的担心是没必要的，当燕妮发现帕尼维特在政治上是新保守主义，说话无趣且缺乏幽默感，这个年轻军官优雅制服产生的影响与香槟带来的宿醉一起迅速消亡。这一插曲几个月就结束了。燕妮毁了婚约，卡尔从波恩回特里尔度假，抓住这个机会，对她表明了心声。

一年过去了，他充满着自信，一头时尚的长发，浑身闪耀着学识和年轻人的冒险精神。他有许多新故事可以讲给姐妹和朋友听。卡尔的魅力和宽阔的肩膀使他以一种引人注目的新方式吸引了燕妮的关注。这个她从婴儿时期就认识的男孩现在已是成熟的男子汉了，燕妮发现自己面对他时会满脸通红。

燕妮向索菲打听卡尔的信息。察觉到弟弟对挚友的爱慕，索菲担当起中间人的角色。伦琴是交换私人信件与安排约会的见证人，她很快成为燕妮的倾诉对象。燕妮选择了这个神秘的反英雄，“我亲爱的小野猪”，在情书中她这样称呼道。[11] 1836年，卡尔和燕妮秘密订婚。索菲、埃德加和伦琴是他们最初的知己。他们与卡尔之间的信件堆得越来越厚，越来越快，整整三卷，全是卡尔献给燕妮的爱情诗：

> 我将永远讴歌它——让人们知悉，
> 爱情的化身啊，便是这名字燕妮！[12]

燕妮比未婚夫大四岁，用当时社会的标准来看，这一对情侣有些与众不同；卡尔的犹太人身份使他们的关系更显得特殊。尽管马克思一家已经作出了改变，但是在为人处世上，他们仍然受到犹太文化的影响。他们依旧被特里尔社会视为异族人，而燕妮也会成为其中的一部分。

燕妮的母亲卡罗琳非常喜欢卡尔，希望女儿追随她的心；虽然支持女儿的决定，但卡罗琳还是担心燕妮的财务安全。对于燕妮不是犹太人，卡尔的母亲海丽特感到极度悲伤和不安。而燕妮打算嫁给一个寻衅滋事的犹太知识分子，令她同父异母的哥哥费迪南德感到非常愤怒。他尽一切可能阻挠他们的关系，并试图恐吓父亲阻止这件事。经过几年的斗争，更多是家庭内部而不是家庭之间的战争，最终卡尔父亲与燕妮父亲之间的友谊获胜，燕妮和卡尔正式宣布订婚。费迪南德心里滋生了永远不会原谅他们的想法。

燕妮的未婚夫不得不先完成学业。爱琳娜引用《圣经》总结了父母漫长婚约面对的诸多考验和磨难："他们订了婚，在联姻之前，作为拉结的雅各，他服侍了她七年"。[13]雅各为拉结赚取现金嫁妆，马克思花了七年在柏林积累智力资本，用的是父亲的钱，而不是自己赚钱。

海因里希虽然感到遗憾，但仍对儿子在柏林大学放弃法律转而学习哲学表示支持并作出了让步。海丽特指责卡尔，认为他放弃了当一个好丈夫和父亲的要求，逃避父亲去世后作为一家之长在今后生活中的责任。

如雅各对于拉结一样，马克思对燕妮的七年等待"对于他似乎不过几天，因为他对她的爱"[14]，因为他得到了热情洋溢的情书、激烈的文学和政治辩论、假期期间偶尔在一起的珍贵时光的滋养。1841 年，在无年长女伴陪同的情况下，燕妮去了波恩，将童贞献给了卡尔，这件事还引发了一封坦率的信，关于婚前性行为无罪的快乐。“我感觉不到任何后悔……我很明白自己做了什么，以及世界会如何使我蒙羞，我知道的，我知道的——但是，我还是无比幸福，不会为了整个世界的金银财宝而放弃那几个小时的记忆。”[15]

对于燕妮而言，七年的分离造成了大量的痛苦和压力。卡尔是一个年轻男子，他更忙碌，精神上受到的刺激更多，他的世界比她的世界扩大得更快。她渴望得到进一步的教育和工作。接近30岁的时候，她忠诚地等待着缺席的未婚夫，对出席女友的婚礼和祝贺她们的初生儿感到厌烦。

正是在此期间，1842年11月，卡尔·马克思和弗里德里希·恩格斯第一次会面。第一次会面发生在《莱茵报》的布鲁塞尔办事处。为了反抗父亲，恩格斯放弃了在巴门的工作，尝试当记者谋生。第一次会面彼此都没有留下太多的印象，但在随后几个月里，卡尔对弗里德里希关于社会历史和经济学的新闻报道越来越感兴趣，印象也越来越深刻。两人都猜不到，他们之间即将产生的深厚友谊将对马克思小女儿未来的生活产生决定性的影响。

第三章　汉斯·罗克尔的玩具店

1843 年 6 月 19 日，一个夏天的早晨，燕妮和卡尔终于在温泉小镇巴特克罗伊茨纳赫一个朴实无华的新教教堂里结了婚。燕妮在浅绿色的丝绸褶皱裙衬托下显得格外美丽。她的头发与粉玫瑰编织在一起，粉玫瑰是卡尔送给她的。燕妮的父亲缺席，由埃德加将他妹妹托付给卡尔·马克思博士。

父母中唯一在场的卡罗琳·冯·威斯特华伦伤感地说，如果丈夫看到这一天会多么满意。一年前，也就是 1842 年 3 月，路德维希去世。1841 年，为了证明路德维希"亲爱的父亲般的朋友"和导师的地位，卡尔将博士论文献给了他。卡尔自己的父亲死于 1838 年 5 月，当时卡尔正在上大学。

卡尔的母亲没有参加婚礼。她的长子怎么能在教会与一个基督徒结婚？他为什么不娶一个漂亮的犹太女孩？然而，她代表卡尔见证了婚前契约，这一契约给予婚姻双方共同的财产权，并承诺支付彼此的婚前债务，[1] 从而将这些债务排除在财产之外。所有的债务都在卡尔一边，这些债务是大学期间积累起来的，现在由于海丽特拒绝交出卡尔父亲的遗产又增加了。

在简短而祥和美好的蜜月里，这些债务被抛在脑后。卡罗琳给了他们一笔可观的现金作为结婚礼物，他们可以自由地花。

他们结婚的时候，燕妮的新婚丈夫暂时赋闲在家。卡尔的第一份工作是激进的《莱茵报》的编辑，1842 年 10 月被委任，1843 年 1 月结束，被愤怒的政府检查员停刊。阿诺德·鲁格做出回应，邀请卡尔和他一起在爱好自由的巴黎创立一个新出版物，希望能够越过普鲁士审查铁拳掌控的范围。由此,马克思先生和夫人开始了环绕欧洲的家庭迁徙——一段长达七年的冒险旅程。

10 月,这对新婚夫妇在巴黎建立了新家。这份新杂志《德法年鉴》寿命很短暂,只办了一期,但是,在革命世界的中心,他们结婚的第一年却富有成效。卡尔写了一些重要的作品,包括《论犹太人问题》和《黑格尔法哲学批判》序言。1844 年 5 月 1 日,他们的第一个孩子出生,这个女孩以妈妈的名字命名,父母和家人都称她为珍妮。

生育后的燕妮回到特里尔,在母亲的帮助下一起护理新生儿,卡尔则开始为《前进周刊》撰稿。巴黎仍是进步政治和艺术的中心,但是资产阶级君主立宪制的法国仍然处于腹大腰圆的国王路易斯·菲利普的统治之下,他的座右铭是"让你们致富"。1844 年 8 月,马克思和恩格斯再次在巴黎会晤。1842 年首次见面之后,马克思一直关注恩格斯的新闻报道。尤其令马克思印象深刻的是恩格斯提交给《德法年鉴》的一系列文章和评论。他对恩格斯在兰开夏郡棉纺织厂的英国工业化的第一手经验也很好奇。当他听说恩格斯在回德国的途中将会路过巴黎,他建议他们在一家咖啡馆见面喝点开胃酒。那天晚上,马克思和恩格斯在摄政王咖啡馆一边喝酒,一边随意地交谈,这样的状态持续了十天十夜,并持续了一生。

1844 年夏天,在《前进周刊》的一篇调侃文章中,卡尔取笑了普鲁士国王弗里德里希·威廉四世。弗里德里希通过个人皇家急件向路易斯·菲利普抱怨,要向针对自己的侮辱和诽谤索赔。半夜的敲门声宣告巴黎警长的到来,同时带来的是对卡尔的驱逐令。此时,布鲁塞尔为他提供了一个安全的避风港,但是,为了留在比利时,卡尔不得不作出声明,放弃一切政治活动。这迫使他结束了记者的工作,失去了主要的收入来源。

1845 年 9 月,第二个孩子劳拉出生了。在 1845—1846 年整个严酷的冬季,马克思和恩格斯一起创作了《德意志意识形态》。马克思一家如此不堪重负,以至于燕妮戏称他们家是“乞丐群体”。卡罗琳·冯·威斯特华伦心疼女儿,把海伦·德穆思派到布鲁塞尔,“我亲爱的忠实的伦琴,这是我能送给你的最好礼物”[2]。伦琴当时二十五岁,身材苗条,金发碧眼,比燕妮小六岁,但与女主人很相似,如果她们不在一起,伦琴常常被误认为是马克思夫人。伦琴管理家庭事务,燕妮则给丈夫抄文章、抄手稿、写信、写文章、参与政治活动,并以母亲给她做结婚礼物的银饰和细亚麻布作抵押促成了第一笔交易。事实上,燕妮是第一夫人,伦琴则是家里的女主人。珍妮和劳拉很快就把她当作第二母亲。

在布鲁塞尔,马克思无法通过新闻报道赚取收入,于是接受了恩格斯的第一笔借款,这笔钱是恩格斯从父亲那里筹集来的。恩格斯也在莱茵兰的共产主义者中间进行募捐以支持这个家庭,并慷慨地把新出版的关于英国工人阶级状况的书的版税收益许诺给马克思。他们找不到《德意志意识形态》的出版商,于是这本书被搁置在一旁,直到 1932 年才得以出版。

弗里德里希到达比利时后不久,就邀请他的爱人玛丽·伯恩斯来与他会合。他支付了她从英国到比利时的旅费,两个人一起在布鲁塞尔组建了家庭。玛丽时年十九岁,是爱尔兰的纺织工人和政治活动家,工人迈克尔和玛丽·伯恩斯的女儿。当弗里德里希在曼彻斯特为父亲的公司工作时,他遇上了她。正是玛丽唤醒了他对工人阶级工业生活的真正意识,促使他开始对此进行研究和报道,也正是这些经历使得他在第一次与卡尔碰面时就给卡尔留下了深刻的印象。与伦琴对于马克思一家的意义一样,玛丽是恩格斯生命中的催化力量。

在布鲁塞尔,年轻的同盟者们成立了共产主义通讯委员会,更为人所知的是“马克思政党”这一称号,随后所有共产主义政党都从这里萌芽并发展而来。在 18 个创始人中,燕妮·马克思是唯一的女性。1845

年，卡尔和弗里德里希一起访问英国，会见了英国工会领导人、宪章派和德国共产主义者。两个人都没有料到的是，这次旅行预示着他们余生的方向，把他们带到了最后的流亡地——英国。

回到布鲁塞尔，卡尔的一位叔叔留下了一些遗产，这使日子变得容易一些。马克思一家第一次搬进了一幢小房子——终于有了自己的房子，他们很高兴，尽管里面挤着四个大人和三个小孩。长子埃德加出生于1846年12月，以舅舅埃德加的名字命名。在他出生前不久，他的舅舅埃德加刚好动身去了美国，想试试自己在得克萨斯州的运气。埃德加带走了一些燕妮急需的现金，但他的离开给这个小家腾出了空间。埃德加一直在消耗他们的资源，卡尔和燕妮看见他走了都很欣慰，但是被埃德加抛弃的未婚妻丽娜·史霍勒则不这么认为。

1843年到1848年间，他们游历在欧洲各地进行政治冒险时，卡尔、弗里德里希和燕妮探讨了他们的共产主义思想。他们放弃了不成熟的秘密社团。虽然无政府工团主义是一种具有吸引力且偶尔有用的战略工具，但是它过于理想主义，而且不具纲领性。基督教的慈善意图良好，但它是情感化的而非变革的。这些原则在解释世界的不平等和非正义上很有价值，但都没有触及如何改变世界的问题。

在这五年里，马克思和恩格斯两家都在思索权力的性质以及如何掌握权力。他们争论资产阶级（即中产阶级）和无产阶级在真正的结构性转型上的作用。他们考察了解释和理解经济规律的可能方法。这是他们早期的岁月。当时的想法往往是天真的、探索性的，但那是一个积极的、发展的时期，以他们在1848年欧洲民族主义革命得到的深刻教训而告终。1848年的影响波及所有形式的文化和思想——像在瓦格纳和李斯特等作曲家的新作品中听到的那样。

马克思和恩格斯产生了一些共同的想法，恩格斯开玩笑地称之为“信仰声明”，这是德国共产主义者同盟委托他们写的原则声明。他们错过了一连串的最后期限,19 世纪最具影响的文本[3]是马克思仓促写成的——1848 年 1 月,他抽着雪茄,在布鲁塞尔的奥尔良街 42 号花了两周时间进行写作,而家人就寄宿在曼彻斯特旅馆附近。

2 月的最后一个星期,伦敦德国工人教育协会在德国匿名出版了《共产党宣言》第一版,以作出回应。当欧洲大陆爆发革命,利物浦街上印刷品的油墨几乎还没有干。

在整个欧洲大陆,劳苦大众起来进行社会革命,反对君主制和不民主的国家。这次革命的直接导火索是 1846 年欧洲发生的粮食饥荒。更概括地说,1848 年见证了欧洲人民通过长期积累的激进运动,想要获得更民主的政府、人权和德国统一的态度。由于粮食危机,价格上涨,工资却没有涨,利润暴跌导致整个欧洲的经济衰退。大规模的失业和饥荒激发了对不民主、反应迟钝的政权的不满。饥饿,再加上对统治者不作为的不满,欧洲的穷人——多数人——都有反抗的想法。

1848 年革命始于法国。为了支持闹革命的劳苦大众,中产阶级、自由律师、医生、商人、零售商和学者——一句话,资产阶级——动员起来扩大选举权。为了给运动筹款,他们在法国几个城市发起了"宴会运动"。1848 年 2 月 22 日,巴黎官僚下令关闭一个计划中的宴会,理由是它会引发内乱。巴黎所有阶级的公民,从工厂工人到教师和律师,对这种镇压义愤填膺,纷纷走上街头进行示威。国民警卫队也抛弃了路易·菲利普国王,参加了抗议活动,随后驻守在巴黎的驻军也参加了抗议活动。2 月 24 日,国王逃之夭夭,人民在抗议声中宣布第二共和国的成立。

随着欧洲各地民主运动的爆发,比利时政府对于马克思这个革命叫得最响的雄鸡正居住于此感到不舒服。3 月,在普鲁士政府的压力下,比利时以皇家法令的形式向马克思下发逐客令。然而,国王利奥波德一世的行动太晚了。在法国临时新政府的盛情邀请下,马克思一家已经打点好箱子去往法国。欢迎“勇敢、忠诚的马克思”回到法国,“这里的暴政驱逐了他,像所有神圣事业中的战斗一样,神圣事业是属于所有人的博爱事业,在这里他将受到欢迎”[4]。

法国君主制被推翻,这在整个东欧和中欧引发了起义。激进的自由主义者和工人要求进行宪法改革或彻底的政府变革。普鲁士威廉四世皇帝对柏林的反叛作出让步,同意创立普鲁士议会。普鲁士独裁政府的终结鼓励分裂的德国自由主义者在法兰克福议会上起草一部宪法,以统一德国民族。他们描绘出德意志国家的边界,把王位给予皇帝,但遭到拒绝。一些地区出现了小范围的改革,但德国自由、统一的希望已经破灭。

在奥地利、匈牙利、捷克斯洛伐克和意大利,民族自治运动进行反抗,以确立自治、民主的议会和新宪法。但是,从 1848 年 8 月起,奥地利军队镇压了帝国内的每一次起义。在维也纳、布达佩斯和布拉格,奥地利军事机器击倒了自由民主的推动力,将帝国归还给 1848 年初进行统治的传统保守政权。成千上万的抗议者遭到追捕,并被处以死刑和监禁,不得不逃离出生地。卡尔·马克思及其家人和大多数朋友也在其中。这些难民被称为“48 年的人”,他们流亡到英国、美国和澳大利亚。

1848 年革命减弱了专制统治的形象,但完全没有取得任何实质性的变化。1848 年 12 月,法国的总统选举使前任皇帝的侄子——独裁的路易·拿破仑执掌政权。在奥地利,新皇帝弗朗茨·约瑟夫一世加强了奥地利对东欧所有少数民族的镇压。在普鲁士,新议会毫无权力,里面塞满了贵族精英。

1848 年资产阶级革命之所以失败,是因为他们组织差,主要被中产阶级的领导层所控制,他们致力于自由改革,最终却害怕群众、基层和工人阶级运动的激进。当激进主义者试图掌控法国和东欧的革命时,中产阶级自由主义者拔腿就跑,退回到反动武装;他们更熟悉绝对统治、法律和秩序，而不是激进革命的不确定性。

正如马克思和恩格斯所承认的，起义为时过早；要成为一个跨越国界的阶级，推翻资产阶级的最高权力，并为政治权力负责，无产阶级需要更多的时间和民主的政治组织。令他们失望的是，与他们最近出版的《共产党宣言》中的预言相反，马克思和恩格斯曾寄予厚望的资产阶级作为革命阶级失败了。

这些是从 1848 年得到的主要教训。时机的意外使两个乐观的激进主义者的早期工作与伟大但失败了的欧洲革命重合，这推动他们迅速成长。1848 年的事件表明，如果没有一个独立的、民主组织的无产阶级运动，教科书式的资产阶级民主革命注定会失败。1848 年资产阶级共和革命在欧洲的失败，将这些年轻人从激进的希望成功的人变成了务实的革命者。空想社会主义的时代结束了。1848 年剧变后，被流放和远离政治使得马克思和恩格斯能够将理论酝酿成熟。

对于马克思一家而言，1848 年是在欧洲革命的变动中繁忙移居的一年。他们在巴黎短暂停留，然后搬到科隆办《新莱茵报》，当普鲁士政府关闭《新莱茵报》后又回到巴黎。法国很快也不再安全。一个月后，警长熟悉的身影出现了，命令卡尔二十四小时内离开巴黎，否则将被扣留在多沼泽的布列塔尼半岛的瓦讷。[5]

马克思一家收拾好财物，与其他难民一起去英国寻找安全的避风港，这是欧洲唯一可能收留他们的国家。他们抵达伦敦时，《谷物法》被废除，迪斯雷利成为保守党第一任犹太人出身的领袖，英国吞并旁遮普邦，尤斯顿车站大厅开放，制作信封的机器被授予专利。在文献中，这是夏洛特·勃朗特《简·爱》、狄更斯《大卫·科波菲尔》和麦考利《英国史》出版的时期。达尔文在写《物种起源》，安妮·贝赞特和查尔斯·布拉德洛在挑战英国对性教育的审查。在剧院里，享有盛名的废奴主义者和莎士比亚剧的女演员范妮·肯布尔，终于与蓄奴的富人丈夫皮尔斯·巴特勒离婚。

马克思及其家人神不知鬼不觉地抵达英国。他们将永远改变英国。

当时英国大约2000万人口,10%以上的人住在伦敦及附近郊区。19世纪40年代,超过25万人从英国移居到美国,约75万人离开爱尔兰。1848年革命以后,成千上万的“48年的人”移居英国。对于那些流亡而未被监禁的人——其中许多人是激进思想家、中产阶级,或者两者都是[6]——伦敦是犹太人散居地的汇合点。

1849年秋,卡尔家临时租住在切尔西的安德森街4号。燕妮又怀孕了。汉斯·罗克尔在欧洲最大的城市设立了玩具店。他们带来的“小物品”包括比桌子、椅子或摇篮更多的书籍、论文和小册子,有些箱子里是燕妮母亲送给女儿的银饰和亚麻。一段时间后,当马克思拿这些东西去伦敦典当行典当以筹集现金时,典当商叫来了治安警察。典当商解释,这个人声称这些东西是他妻子的,但他是移民来的乞丐流浪汉,我认为东西是他偷来的。[7]伦敦人是如何看待新近搬来的欧洲移民,我们从中可见一斑。

对于家人而言,伦敦是个安全的避风港,但它是“风雨飘摇的”,当爱琳娜写这段家庭史时,借用了莎士比亚的一个隐喻。伦敦有成百上千的难民。随之而来的是多年可怕的贫穷和惨痛的苦难,只有身无分文的陌生人来到陌生的土地上才能理解这种苦难。[8]在这个故作冷漠的艰难的城市里,他们是德国犹太人和革命流亡者,人们对他们既不欢迎也不排斥。

1849年11月5日,燕妮的又一个孩子出生于切尔西。她生的时候很吃力,窗外吵吵嚷嚷,戴着面具的小男孩大声喊道:“盖伊·福克斯永在!”为了纪念伟大的共谋者,他们称新男婴为海因里希·圭多,即“小福克斯”或“福克西”。他似乎一开始就体弱多病。

1850年春，切尔西的法警驱逐了马克思一家，并扣押了他们的家具和孩子们的玩具。汉斯·罗克尔的礼物送给了魔鬼。在莱斯特广场的德国酒店休息了仅仅一周，当旅馆老板发现他们不能支付账单时，把他们赶到大街上。燕妮写道，“一天早晨，我们尊敬的主人拒绝提供早餐，而我们不得不去寻找其他住所”[9]。

在燕妮母亲的紧急救济下，马克思一家在苏荷附近一个犹太人蕾丝经销商的房子里找到了住所，与四个孩子度过了一个悲惨的夏天。卡罗琳寄来钱，让燕妮带婴儿回特里尔，这样她就能好好照顾她，并告诉她让伦琴留在伦敦照顾其他孩子和马克思。

福克斯的命运是命中注定的。1850年11月，出生后一年，他死于脑膜炎。燕妮害怕通过乳汁把焦虑传给小福克斯；他“伴着乳汁，喝了那么多的悲伤和隐忧……以至于不断地翻动，日夜剧痛不已”[10]。此时她已经又有六个月的身孕了。

不久之后，他们搬到迪安街28号一个双人间住所，1851年3月弗朗西斯卡出生，以母亲最小的妹妹的名字命名。12个星期后，家里又添了一个人，伦琴生下了第一个也是唯一一个孩子。两个新生儿都没有生活空间，燕妮精疲力竭，无法进行母乳喂养，所以燕妮和伦琴的婴儿都送给了奶妈喂养。

挽救弗朗西斯卡的所有努力都失败了；一年以后，1852年4月，她死于肺炎。家里人把她幼小的身体放在后面的房间里。燕妮回忆道，“我们三个活着的孩子在我们身边，都在为小天使哭泣，她惨白、了无生气的身体在另一个房间”[11]。燕妮不得不向朋友借了两英镑，来支付棺材和弗朗西斯卡的葬礼费用。

这些事都很不幸，与霍夫曼的故事一样令人难以承受。9月，马克思在绝望中写信给恩格斯：“我妻子生病了，珍妮生病了，伦琴也感染了伤寒。我不能也叫不起医生，因为我没钱买药。最近8天或10天，我要靠面包和土豆养活全家，今天我能否得到这些东西还是个未知数。”[12]

恩格斯最近离开了伦敦。他已经放弃寻找文学和新闻报道的工作，搬到曼彻斯特，“在十分不利的条件下进入父亲的公司当一名职员”[13]。恩格斯意识到，得有人赚钱来补贴马克思独特但无法谋生的才华。在厄门与恩格斯公司，作为职员和一般助理，他这份新工作每年赚100英镑，再加上10%的公司利润，他与马克思一家共享这些钱。

从马克思1849年到达伦敦那一刻起，他就有堆积如山的政治工作要处理，所有工作都是无偿的。在德国工人教育协会伦敦办事处为共产主义者同盟建立一个新的总部，并管理德国难民援助委员会，是其中最耗时的任务。他还定期参加德国工人教育协会俱乐部聚会室的会议，这个聚会室在红狮酒吧上面，大风车街和阿切尔街的拐角处，在那里，他给年轻难民做讲座、讲课，科目从语言到哲学和政治经济学。1849年11月，他开始做一个长的讲座，分为好几个部分，题为“资产阶级的财产是什么？”因为他没有财产，所以他可以问。

1850年，马克思把迪安街28号变成了共产主义者同盟临时的总办事处，里面全是争取支持科隆参选者的志愿者，这给家里带来了更大的压力。1850年年底，共产主义者同盟被解散，马克思决定专注于对资本的学术研究。然而，由于在伦敦重新开办《新莱茵报》让他很快就分了心。这是一份好的新闻报纸，但无法通过订阅来解决自身开销，办了5期以后就关闭了。

1851年秋，马克思成为《纽约每日论坛报》的记者。除了《纽约每日论坛报》的工资，马克思还从其他出版物的新闻报道中赚了50英镑。然而，尽管每年平均收入200英镑，其中迪安街的租金只占10%（每年22英镑），但是赚的钱从来不够偿还他的债务或用来维持生活所产生的新账单。

像汉斯·罗克尔一样，马克思永远不会履行他对魔鬼或屠夫的义务，在生活的压力下，他不辞劳苦地探讨资本主义的运作。但是，这项工作不断被适时且“必不可少”的小册子打断。1851 年 12 月，受一份美国的德语刊物《革命》委托，他开始写《路易·波拿巴的雾月十八日》。1852 年，他耗时数月写了一篇关于分散社会主义同盟“引人注意的傻子”和“民主无赖”的讽刺作品，兴高采烈地将之命名为《伟大的流放者》。不幸的是，这份本来是要送给出版商的手稿被一个流氓以欺诈手段卖给了普鲁士特务机关，因此直到一个世纪以后才出版。更值得一提的是，他写了一篇《关于科隆共产主义试验的启示》的思考。但是，他和恩格斯知道，这仅仅是在生产“微型粪堆”，他应该继续撰写政治经济学的分析，这个事实进一步加剧了他正在不断出现的让他不适的红疹。

这就是爱琳娜出生前一年的背景，以汉斯·罗克尔的故事形式得以叙述。许多年以后，“图书馆”——威廉·李卜克内西告诉爱琳娜，这段时间很可怕，“但很伟大”[14]。“图书馆”是一位革命的社会主义者，国会纵火案的成员，不断身陷囹圄。他是一个忠诚的朋友、政治盟友、有时非常乐观的理想主义者，是爱琳娜生活中一个非常重要的人物。1850 年，他抵达伦敦，与第一任妻子住在旧康普顿街的标准住房里。他申请成为共产主义者同盟会员，马克思和恩格斯为了审查他的资格，给他找了很多麻烦。[15]

马克思的孩子们给李卜克内西起了个绰号叫“图书馆”，所有大人都接受这个称呼，虽然没有人——包括李卜克内西自己——知道为什么孩子们会给他起这个绰号。[16]从爱琳娜出生那天见到她开始，李卜克内西就喜欢爱琳娜。他喜欢她作为一个孩子的警觉性、求知欲和“不安分，好奇，想了解一切，不断地扩宽自己的思维”。[17]马克思很高兴地发现儿童应该接受父母的教育。通过写《资本论》，他对爱琳娜童年性格形成时期的教育起到了决定性的作用。

1851 年，恩格斯问马克思，“如果能够用一本经济学著作来回答他们的问题,那么对整个流亡群体会产生些什么作用呢?”[18]恩格斯敦促马克思写下他的经济分析并解释他的历史唯物主义理论。马克思最终定下来认真对待的著作,即后来成为《资本论》的政治经济学巨著。通过资本论,马克思解释了他的历史唯物主义理论,这是继《圣经》《古兰经》《塔木德》和《莎士比亚全集》之后最具影响力的一个作品。

因此,说爱琳娜·马克思在历史唯物主义和社会主义中生活和呼吸,是一种真实的描述,而不是一个比喻。《资本论》是马克思的一种尝试,尝试对从古希腊罗马时代到现在的社会、政治和经济历史进行一种连贯的研究。他的追求是发现支配历史的规律。爱琳娜不能从成人的角度理解父亲这个大项目的主题,但是,当他搜集形成理论的证据时,他会提取一些例子和论述,变成小女儿喜欢的故事和有益的指导。

当卡尔研究15世纪末《议会法案》[19]中针对穷人和被剥削者被强制压低工资的法律条款时,他给聚精会神的爱琳娜解释了英国在这方面的历史。他与她分享她喜爱的莎士比亚历史剧和悲剧的真实情境。在卡尔写《资本论》第一卷时,爱琳娜与卡尔的亲密为她提供了英国经济、政治和社会历史的知识基础。爱琳娜与《资本论》一起成长。

第四章 翻阅典籍

1860 年 11 月,燕妮得了天花。詹纳开发疫苗后 60 年,这种传染性疾病仍有可能危及生命。1853 年,议会强制接种天花疫苗,所以爱琳娜接种过疫苗。她和姐妹们都收拾好行李,被送到肯特镇附近的李卜克内西家,直到圣诞她们都住在那里。

五岁的爱琳娜跟李卜克内西与欧内斯廷过得很自在,但很想念父母。有一天,看到父亲在街上,爱琳娜从李卜克内西家的窗户高声大喊:"嘿,老男孩!"显然,儿童应该看的和听的维多利亚时代的格言不是她的风格。

与李卜克内西生活在一起,意味着爱琳娜可以与最好的朋友爱丽丝日日夜夜地一起玩。爱琳娜和爱丽丝的友谊一直持续到成年,这也反映了她们母亲之间的亲密。

当姐妹们圣诞节回家时,气氛变得压抑了起来。因为生病,燕妮情绪低落,认为天花疤痕深深改变了容貌,摧毁了青春的美丽。但表面上她还对它进行调侃,在给路易丝·魏德迈的信中说,她的脸"被痘痕毁了容,红通通的,正是现在流行的'洋红色'"[1]。

在家庭气氛忧郁的情况下,为了让爱琳娜在六岁生日时开心起来,父亲送给她一份特别的礼物。卡尔总是说,"当书虫"[2]是他最喜欢的职业。他现在把这份礼物传递给爱琳娜。1 月 16 日,星期三,她心急地解开了马瑞亚特船长的《彼得·辛普》的完整卷。这是她第一本小说。爱琳娜立即就被书中的冒险活动吸引了,与海军少尉彼得·辛普一起,从阴郁的伦敦北部的冬天航行到拿破仑战争中进行战斗。她的想象力与成排的船只、横帆双桅船、俏皮的行话、大炮、舷侧炮、象鼻虫、船上的饼干、弯刀和小杯格罗格酒一起航行。爱琳娜沉浸在这本维多利亚时期的畅销书之中，常常听到她为科尼尔船长荒谬、令人着迷的夸张而哈哈大笑，科尼尔船长是彼得·辛普的海军大师。

马瑞亚特是航海探险小说之父，其他小说都是向他学习的，从塞西尔·斯科特·福雷斯特的《霍雷肖·霍恩布洛尔》到帕特里克·奥布赖恩的《杰克·奥布里》和《斯蒂芬·马图林》。在马瑞亚特这里，爱琳娜不仅发现了海上旅程，而且发现自己内心是个穿着男装的水手：

> 当这个小女孩被马瑞亚特的海上轶事吸引，宣布她将成为舰长后，请教父亲她是否能"装扮成男孩"并"跑去加入舰队"，他向她保证，他认为这完全可能，不过，直到所有计划都成熟之前，不要告诉任何人。[3]

马瑞亚特抵抗住了在海上击败法国舰队和投机商的诱惑。爱琳娜的下一个文学探险把她带到美国西部边陲。为了回应她对马瑞亚特的热情，马克思把詹姆斯·费尼莫尔·库柏介绍给爱琳娜，爱琳娜称他为美国的斯科特。现在爱琳娜陷入棚屋下的生活，跨骑在纳提·邦波和钦加哥旁边①，追随他生活的各种化身——皮护腿、开拓者和杀鹿者。这里都是红种印第安人，徒手格斗、剥头皮、光明的麦格瓦、模范的钦加哥、唠叨的克理奥尔人和夸德隆(即有四分之一黑人血统的人)。

按照她敏锐的本能的童年观察，钦加哥与纳提·邦波间是否存在着一种不朽的友谊，让人想起她的爸爸和恩格斯？如D.H.劳伦斯所说，两个男人的契合被认为是新社会的核心，他们的关系"比财产、父亲、婚姻和爱更深"。[4]对于爱琳娜童年的成长而言，马克思和恩格斯的关系与父母之间的关系一样重要。

---

① 编者注：人物均出自詹姆斯·费尼莫尔·库柏的《皮袜子的故事集》。

除少数美国“亚马逊人”，库柏刻画的妇女大多是圣徒式的、退缩的、有着米金色头发的纯洁的人，或是与传统的年轻淑女不同的，拥有褐色头发的风情万种的女子。令人印象深刻的是，詹姆斯·洛威尔在《批评者寓言》中讽刺道：

> 他从一个模子刻出的妇女不会改变，
> 所有人与枫树一样多愁善感，与大草原一样无趣。[5]

爱琳娜对多愁善感的枫树般的女子不感兴趣；她聚焦于裤子的角色，这让她几乎没注意到她们。[6] 如劳伦斯观察到的，库柏故事中的西部从来不下雨；永远不会冷、泥泞或阴沉；没有人会湿脚或牙痛，即使他们一周不能洗澡，也没有人觉得脏。劳伦斯推测，“天知道，妇女看上去会是什么样子，因为她们在荒野中奔逃，没有肥皂，没有梳子，没有毛巾。早餐她们吃掉一大块肉或者干脆不吃，中餐和晚餐都一样”[7]。

爱琳娜似乎非常赞同这种生存模式，当她准备梳头发或听到伦琴发出坐下来吃午饭的指令时，她都非常抗拒。伦琴抱怨，只能说服爱琳娜一口气喝下一大杯牛奶并接受一片面包，她跑到街上与朋友们玩的时候紧紧抓住她的手，她会邀请所有人回家继续闹。

卡尔和燕妮都不强制孩子遵守传统的礼节。与公认的历史观点相反，燕妮·马克思并不是保守主义者，而是一位开明的母亲，不喜欢矫饰做作。她写信给欧内斯廷，不赞成一些朋友对孩子诸多限制：“孩子们老是被看着，被命令：他们必须正确地吃，正确地讲；唯一不按照规则做的事情是喝酒。让我非常吃惊的是，桌上没有啤酒，也没有葡萄酒……孩子们从来没有尝过烈酒。”[8] 她十分同情一个只是想享受晚餐的小男孩，却“因为一个难以控制的鸭腿处于恐惧状态。他非常想从上面弄点肉下来，但他不敢把手指放在骨头上（家庭女教师的眼睛永远不会离开孩子）”[9]。

一天学没上并未对爱琳娜忙碌的童年产生阻碍。她从姐姐们那里学会了法语和一些音乐记谱法,从母亲那里学会了当代戏剧知识。书籍和父亲的书房成为她的教室,马克思是她的个人家教。看完马瑞亚特和库柏,[10]爱琳娜逃到海上或美国的计划因她对斯科特的狂热而转移,带来了唤醒苏格兰高地并恢复詹姆斯党人的情节。不过,当马克思嘲笑她,指出她可能部分属于被人憎恶的坎贝尔家族,她大为惊骇。[11]

马克思把他对斯科特、巴尔扎克和菲尔丁的热爱和钦佩传递给爱琳娜。这是最有趣的家庭教育形式,父亲是一个细心的教师:

> 当他谈到这些书和其他书,尽管她毫无察觉,他会给小女孩指出去哪里寻找作品中最出色、最优秀的东西——她从来没有认为他在教她,因为她反对这一点——她要尝试着自己去思考、去理解。[12]

在后来的日子里,爱琳娜抱怨花在她正规教育上的时间太少。事实上,她接受父亲的家庭教育比两位姐姐好多了,她们参加了各种各样的无证女子教学机构。虽然劳拉和珍妮花了与受到的教育不相称的费用学习唱、缝、画、弹钢琴和礼仪,但是爱琳娜阅读广泛、深入,与当时最伟大的思想家之一详细讨论一切。

劳拉和珍妮离开南汉普斯特德学院后,继续上法语、意大利语、绘画和音乐课程。博伊奈尔和伦奇小姐学校的学术缺点体现了19世纪中期英国教育体系的典型特征。提供最好教育的是私人机构,只有能够付费的中产阶层才进得去,这些机构一般由专职的半专业人士进行管理,在无需教学资格或规定课程的背景下,他们尽力向年轻女子提供某种系统化的教育。此时距第一次妇女教育改革还有十年。1870年,《教育法案》(《福斯特法案》)通过,爱琳娜15岁。这是第一次法律改革,试图为所有儿童提供初等教育,包括女孩。每周几个便士,较贫穷的家庭则免学费。同一年，伦敦学校委员会成立，在伦敦建立小学。1869 年，妇女参政论者艾米丽·戴维斯与教育家和人权活动家芭芭拉·利·史密斯·博迪雄在剑桥大学建立格顿学院，这是英国第一个女子寄宿学院。十年之后，1879 年，牛津大学第一次允许妇女参加毕业典礼。剑桥大学成立于 1223 年，牛津大学成立于 1187 年；令人震惊的是，这两个大学花了将近 7 个世纪才接受“妇女也是人，有权受教育”的观念。

与弗吉尼亚·伍尔夫等许多同她一起进入下一个世纪的伟大艺术家、作家、知识分子和政治家们一样，爱琳娜得不到正规的学校教育。然而，形成对比的是，伍尔夫的父亲、富有的学术史学家莱斯利·斯蒂芬爵士不想投资女儿的教育，而爱琳娜贫困的历史哲学家父亲则致力于妇女教育。当有钱有权的莱斯利·斯蒂芬——与成功的儿子们——无视对女儿的教育，贫穷的移民知识分子马克思认识到，各个阶级的女儿们在教育发展上存在物质限制。有时穿着蓝袜，有时穿着皮筒袜，有时像个野丫头，完全不拘于传统，爱琳娜在自由的思想中接受了非传统的、严谨的知识教育，这对她后来的生活态度很关键。

六岁时，爱琳娜开始读小说和写小说。她第一次写信给姐姐们，偷来她们的文具和钢笔，留下精心处理的信封，“E.马克思给 L.马克思小姐”[13]。在直系亲属圈之外，爱琳娜有许多尊贵的联系人。很少有六岁的孩子有机会以这样的气魄和自如给那个世纪最了不起的人们写信。第一封信是写给李卜克内西的，一个友善的便条，署名“小人物”。

爱琳娜的第一封国际信件是 1861 年寄给利翁·菲利普叔叔的，感谢他从荷兰寄来荷兰娃娃作为礼物，其中包括一封有着复杂和难以理解的表意文字的长信，她声称是汉字。利翁叔叔与马克思母亲海丽特的姐妹索菲姨妈结了婚。利翁叔叔代表遗孀海丽特管理她的地产。他是一个非常成功的烟草商和商人，皇家飞利浦电器商业帝国前身的始祖，他非常喜欢爱琳娜。

爱琳娜构造的文字是她对中国狂热的一部分，这是 1861 年一次黄疸和父亲与恩格斯不停地写中国的融合所带来的。“我记得很清楚，看到自己非常黄，我宣布已经成为中国人，并坚持要将卷发编成小辫子。”[14] 1853 年，马克思和恩格斯探讨了这个大国的政治、经济和社会及其在世界上的重要性，大多数是给《论坛报》的投稿。一切中国事务都是马克思家中的讨论焦点。爱琳娜的卷发被排成一列，小胳膊放在临时做成的中国箱套里，并成功接替姐姐珍妮的王位成为女皇的继任者。给妻子写信时，马克思对爱琳娜作为一家之主的最高权力致敬：“首先而且特别地请代我给中国的继承人一千个吻。”[15]

她对中国的爱一直延续着。得黄疸后八年，她升至女皇，要求恩格斯从曼彻斯特寄一个中国毛线做的大球，因为“小骗子喜欢所有中国的礼节”[16]。

除了发明的汉字，爱琳娜最初的信主要用英语写。英语是她的母语，这一点在家里与众不同。爱琳娜的德语说和读很好，但写作很差；法语说、读和写都很好，这是从她姐姐们那里学到的，她们在巴黎和比利时出生并长大。她对学习荷兰语很感兴趣，这样她就能更好地了解荷兰的家人。作为青少年，由于恩格斯的影响，她对古北日耳曼语、古斯堪的纳维亚语、丹麦语和古典阿拉伯语产生了文学兴趣。

爱琳娜早期的写作带有她童声和想象力王国的效果和共鸣。早期的例子可以在她给利翁·菲利普叔叔的信中看见，这封信大概写于 1863 年冬天的某个时候：

亲爱的叔叔，

虽然我从未见过您，但我听说过许多关于您的事情，以至我几乎认为我了解您。因为没机会见到您，所以我写下这些文字，向您问声你好吗。您玩得开心吗？在圣诞节的时候，我总是认为这是一年当中最快乐的。愿您新年快乐，我敢说您和我一样很乐意摆脱旧年。我听爸爸说，您是伟大的政治家，我们一致同意。您认为波兰怎么啦？我总是向那些勇敢的波兰人竖拇指。您喜欢奥古斯特·布朗基吗？他是我最好的朋友。

现在我必须说“再见”了，我敢说您还会收到我的信。

把我的爱带给堂兄弟内特岑和爸爸。

再见，亲爱的叔叔！

您可爱的爱琳娜·马克思[17]

这封信是用她那向前倾斜的手自然流畅地写出来的，信中还使用了漂亮的大写字母。爱琳娜在信中提到竖手指，让人想起1863年起遭到暴力镇压的波兰起义。当时起义还没有彻底被镇压。爱琳娜坚定地站在波兰一边，抵抗俄罗斯的占领。1863年11月间，伦敦交易委员会代表波兰解放参与运动，呼吁英国和法国政府支持波兰的自由斗争。1864年10月，在国际工人协会的开幕词中，马克思谴责“目睹俄罗斯杀害英雄的波兰时，欧洲上层阶级无耻的赞成、假装的同情或愚蠢的冷漠”[18]。马克思关于波兰的作品将近一百年都还是未发表的手稿形式；爱琳娜8岁那年就已经写到它们了。

易碎的纸，干燥的油墨，将爱琳娜150年前的信件捧在手里，似乎仍然会爆发出能量。她的文字雍容大度而又豪爽。我们感觉她家里不缺纸张和墨水。爱琳娜把它们当作玩具和工具，而不是奢侈品。她家常常缺食物、燃料、衣服、鞋子、家具和药品，但看不到缺乏纸张或墨水的悲伤。她在三语环境的家庭中长大，有敏锐的耳朵，作为一个孩子，不规则拼写使她对口误和用词错误所显露的双关语、多重含义和诗意互换很敏感。

1861年初，《纽约每日论坛报》将注意力转向即将发生的美国内战，减少了欧洲的新闻报道，马克思的佣金减半，这立即减少了50%的家庭收入。马克思去看望扎特波梅尔的利翁叔叔和特里尔的母亲，尝试提高贷款。海丽特拒绝帮助他。她总是抱怨，她儿子应该更好地赚钱，而不是继续无偿写稿。利翁叔叔同意给外甥一笔过渡性贷款，解决了马克思的现金问题。

父亲将近三个月不在，这让爱琳娜对荷兰的亲戚很好奇，他们究竟是怎样的人，竟可以让心爱的爸爸离开了这么长时间。后来，在对荷兰血统的叙述中，她写道："我的祖母在血统上属于匈牙利犹太人，遭迫害被驱赶到荷兰，为人所知的名字普雷斯堡实际上是他们小镇的名字。这些普雷斯堡人内部通婚，我祖母的姓后来是菲利普。"[19]

1879 年，利翁叔叔的孙子杰拉德·菲利普和安东·菲利普两兄弟被爱迪生的灯迷住了；他们开始试验电灯，希望对其进行商业开发。在大亨祖父留下的遗产支持下，两兄弟成立了第一间飞利浦工厂。1891 年，家里在艾恩德霍芬成立飞利浦灯具公司，以满足电力商业化后日益增长的灯泡需求。直到今天，这家公司仍然称为飞利浦公司，这家跨国电器公司由爱琳娜的荷兰表兄弟在她二三十岁的时候确立和形成。

卡尔不在的时候，家里生活很艰难。伦琴病倒了，燕妮没钱。羞愧之下，在马克思回来之前，她不得不向恩格斯求助，观察敏锐的爱琳娜见证了这一小插曲。1862 年，当马克思在《纽约每日论坛报》的工作完全停止时，他们的经济状况更加恶化。爱琳娜钻进她的冒险小说，想知道母亲与伦琴之间关于女仆玛丽安·克罗伊茨的小声讨论。玛丽安是伦琴的妹妹或堂妹，1860 年加入格拉夫顿排屋。在目前的情况下，女仆是负担不起的奢侈。事实上，他们正在帮助玛丽安隐瞒意外的怀孕。租金拖欠了一年。燕妮同临床抑郁症作斗争，艾伦医生委婉地诊断为与压力有关的疾病，这在她与马克思之间造成了紧张。

尽管家里有诸多问题，马克思《资本论》第一卷的工作似乎进展顺利。但是，他也不得不承认，这一次他们太接近贫困境地了。让恩格斯高兴的是，他收到马克思的来信，告诉他已向英国铁路公司申请一份文员工作。母亲不断催促他找一份合适的工作来养家糊口，这似乎让他感到愧疚。幸运的是，由于作者潦草的字迹，《资本论》避免了被推入历史岔道的命运。铁路公司拒绝了马克思提交的东西,因为他们看不懂他的求职申请。

不同于英国铁路公司的招聘委员会,爱琳娜能破译父亲的笔迹。若不是它改变了历史进程,父女关系在这一毫不起眼的方面可能显得微不足道。其他可以可靠地抄写马克思笔迹的人就是燕妮和恩格斯。与此同时,马克思最宝贵的资产,恩格斯称之为强大的"电脑",正高效地运作,他正在"朝着完成大踏步地往前走"[20],尽管他的肝一直不舒服。劳拉开始与卡尔一起去大英博物馆,帮助他做研究。同时,她妹妹珍妮的健康引起家人关注。她迅速消瘦,顽固性咳嗽持续不停。任何人都没有想到,这与马克思吸烟有关。

艾伦医生坚持认为珍妮需要海边的空气和沐浴来恢复健康,但是他们没有钱前往度假胜地。7月初,他们的朋友贝尔塔·马克海姆带来了意外惊喜。1852年,贝尔塔、燕妮和卡尔成为朋友,这位德国作家在伦敦待了一些时间。那时候她还是贝尔塔·利维,是著名诗人、小说家和编剧尤利乌斯·罗登贝格的姐姐。1854年,贝尔塔与商人和体操先锋约瑟夫·马克海姆结婚。听到马克思一家的财务困境,贝尔塔给燕妮寄来了信和汇款单,燕妮很惊讶贝尔塔一直想着她,"带着爱、忠诚和同情,无需我半点提醒"[21]。贝尔塔的慷慨让燕妮可以带孩子们去拉姆斯盖特度假,而卡尔则去荷兰和莱茵兰进行另一个募捐考察。燕妮从来不知道她丈夫曾暗中促成马克海姆的慷慨行为。

这是爱琳娜的第二次海滨旅行。五岁时,第一次海滨旅行,她在多雨的黑斯廷斯待了两周。伦敦—拉姆斯盖特线建于19世纪40年代,是英国最早的铁路之一,它使得南部的城市居民可以快速、廉价地到海岸旅行。拉姆斯盖特线的终点在海港,一个运行中的口岸和游乐场。爱琳娜第一眼看到的是装饰艇(明轮艇)、拖船、船夫和灯塔,被悬崖框住并配上高桅横帆船桅杆的诱人海景。拿破仑时期以来,作为一个驻军镇,拉姆斯盖特就很受欢迎,按爱琳娜母亲的说法,"一个令人愉快和美丽的地方”[22]，吸引了各个阶级的度假者和著名的游客，例如柯勒律治、维多利亚女王、首相利物浦伯爵和乔治·坎宁伯爵等。

伦琴鼓励燕妮在有治疗功效的咸海里泡天花。[23]燕妮写信给贝尔塔，“我们在海边、在海上或在海里度过时光”[24]。五个女人美美地享受了幸福的三周，游泳、阅读、行走、找贝壳、嚼乌蛤和蛤蜊、吃冰淇淋和看人。珍妮不再咳嗽，体重增加。拉姆斯盖特假期是1862年生活的高潮。8月，在外流亡12年后，李卜克内西、欧内斯廷和小爱丽丝回到德国。爱琳娜和爱丽丝已经成为笔友，彼此想念。

燕妮去了巴黎，尝试从阿巴伯内尔先生那里获得贷款，阿巴伯内尔先生是个银行家，她和卡尔住在巴黎时就认识他。令人遗憾的是，在她到达前几个小时，阿巴伯内尔先生因中风瘫痪了，于是，12月23日她两手空空地回家，并得知玛丽安·克罗伊茨当天去世，死于艾伦医生年初诊断的心脏病。因为圣诞节后才能下葬，所以她的尸体一直放在格拉夫顿排屋，直到12月27日的葬礼。客厅里有具尸体，手头又紧，这是一个郁闷的圣诞节。

1863年1月6日晚，恩格斯的爱人玛丽·伯恩斯突然去世。震惊之中，第二天恩格斯从曼彻斯特写来信：

> 亲爱的卡尔，
>
> 玛丽死了。昨晚她早早地上床睡觉了，当莉希午夜前不久想要睡觉时，发现她已经死了。很突然。心脏衰竭或脑出血。一直没人告诉我，直到今天早上；周一早上她仍然很好。我无法表达我的感受。这个可怜的女孩用全部的心爱着我。

二十年的关系就这样结束了。这段关系始于1842年，当时恩格斯22岁，父亲送他到英国学习纺织生意。恩格斯赞赏玛丽对自己阶级与生俱来的、充满激情的感情和坚定的忠诚：她“在所有关键时刻都站在我身边,比所有审美意义上的美好都强烈”[25]。

玛丽和恩格斯如何相遇,这一点没人能确定,但她和妹妹莉希似乎在曼彻斯特厄门与恩格斯工厂当轧机手。后来爱琳娜回忆道,“她是一个漂亮、机智和迷人的女孩……一个曼彻斯特的工厂女孩,完全没有受过教育,虽然她可以阅读并会写一点东西”[26]。爱琳娜说,她的父母非常喜欢玛丽,总是带着“最浓厚的感情”谈到她。[27]

不久前,罗伊·惠特菲尔德和崔斯特瑞姆·亨特[28]的作品重现了玛丽·伯恩斯的生活,恢复她的历史重要性,她使恩格斯政治化的作用得到证明。恩格斯把玛丽带回了家;玛丽把恩格斯带到曼彻斯特爱尔兰移民社区的住宅和核心。她向他展现和解释工厂和国内工人的状况。她的角色是指导性的、苏格拉底式的。[29]

1844 年,在遇见玛丽·伯恩斯后两年,恩格斯撰写了《英国工人阶级的状况》。这份详细的对“英国工人阶级及其中产阶层的反对者的状况、苦难和斗争”[30]的社会调查批判了“当代阶级对立的原因”[31],并对资本主义进行了谴责。带着被玛丽·伯恩斯唤醒的政治觉悟,恩格斯离开英国,在世界体验中得到彻底改变,是伯恩斯带他并指导他走入这个世界。当恩格斯的父亲把涉世不深的儿子送去曼彻斯特学习经营家族生意时,他怎么也没有想到这一点。

后来,玛丽、恩格斯和马克思夫妇一起住在布鲁塞尔。两对爱人住在相邻的公寓里,燕妮和玛丽成了朋友。燕妮喜欢玛丽,尊重她与恩格斯的自由结合。燕妮对玛丽的忠诚与恩格斯对马克思一样坚定不移。后来恩格斯和莉希搬到伦敦,燕妮帮他们找了一处房子,尽可能挨着自己家。恩格斯、玛丽以及莉希的关系在爱琳娜的成长中发挥了关键作用。[31]

如孩子们所做的那样,爱琳娜对于减轻恩格斯在玛丽突然死亡后所经历的孤独发挥了重要的作用。与 19 世纪 60 年代其他年轻人一样,爱琳娜被集邮活动的新热潮吸引了。恩格斯给她的邮票册送来新增的邮票,并享受着她热情的感谢信。他写信给马克思时,会给爱琳娜装更多的邮票,还透露自己的邮票来源:“刚刚在办公室偷了许多邮票。”[32]

以这种方式,在爱琳娜出生的第八个年头之初,玛丽的死亡加强了她与“亚父”恩格斯的关系。这是一种亲密关系的实质性开端,这种亲密关系塑造了他们各自的生活和政治史。

11 月 30 日,海丽特 · 马克思去世,将近 600 英镑的遗产赠给贫穷的儿子,这是马克思遗产剩余的部分。现在马克思成了孤儿,爱琳娜没了祖父母。

第五章　亚伯拉罕·林肯的顾问

1864年初，一个寒冷的星期六，燕妮把“整个家庭”[1]带到伦敦西区看美国女演员凯特·贝特曼的《被遗弃的利亚》，这个角色让她闻名于大西洋两岸。前一年，贝特曼已经成为第一个在美国舞台上扮演犹太女人的女演员。[2]这位女演员21岁，出生于巴尔的摩，是一位剧院经理的女儿，与菲尼斯·泰勒·巴纳姆一起旅游开始职业生涯。纽约评论家严厉批评这出戏，但戏迷喜欢它；它立即成为抢手货，1863年冬就转到了伦敦。

爱琳娜被《被遗弃的利亚》迷住了。这是她最先接触的新戏剧。凯特·贝特曼无论是听起来或看起来都像爱琳娜的姐姐。而且，她可能就是未来的自己。爱琳娜知道《圣经》中利亚和拉结姐妹的故事，她们都是雅各的妻子。她本能地认为这部戏描绘了致命的反犹太主义。她早已将《威尼斯商人》中夏洛克说的话熟记于心。

利亚的角色成为女明星成名的途径，这部戏接下来三十年都在不断上演。在爱琳娜一生中，这部戏在伦敦上演了四次，她可能每次都去看了——最难忘的是1892年，当时主角由犹太明星莎拉·伯恩哈特扮演。

乔治·柯蒂斯是《哈珀周刊》的政治编辑，他比较了戏剧中对犹太人被迫害的描写和美国南部联邦对黑人被迫害的描写。柯蒂斯写道，战争中期，“去看一下《被遗弃的利亚》，让榜样在头脑里燃烧，这可能有助于拯救自己的头脑乃至国家的健康”[3]。当爱琳娜在《被遗弃的利亚》的伦敦首映式上被迷住的时候，她不会想到反犹太主义和奴隶制之间的异同，但她从剧院的家庭出游中吸收了很多时代精神。

这次愉快的短途旅行以难得的享受搭乘计程车回家而告终。对于女性而言,这是严酷寒冬的亮点。爱琳娜庆祝圣诞节和九岁生日的时候,父亲不在她身边。他花了近两个月与利翁叔叔解决母亲的财产问题,以及与阿姨一起吊唁。爱琳娜想念父亲,殷切期待他回家,如燕妮向卡尔描述的:

> 小家伙几乎等不及你回来,每天说我爸爸今天回来。她非常喜欢假期,因为没有圣诞树,姐姐们给她做了二十多个穿着各种各样服饰的娃娃。在这些奇怪的角色中,一个是篱笆匠吕·布拉斯,一个是精美的中国娃娃,拖着长长的裙裾,孩子们用爱琳娜的头发做的,并把它粘到光秃秃的脑袋上。[4]

查尔斯二世统治期间,在雨果的悲剧场景中,吕·布拉斯是一个出身低微的诗人,勇敢地爱上了西班牙女王。因为他是平民,他的爱极为不当。我们从中可以领略到,甚至连爱琳娜的娃娃都是激进主义者。

春天带来新的起点。1864 年 3 月,海丽特的遗产让全家得以搬进一座新房子,汉普斯特德梅特兰公园路摩德纳别墅 1 号。[5]那是一幢独立的大房子,有一个以往无法想象的奢侈的大花园,有温室,卡尔有一个可以看见花园的书房。财富的上升让燕妮充满活力,兴奋地布置着她称之为宫殿的地方。她把钱过多地花在新家具和室内装饰上,并成为当地拍卖的常客。珍妮用鲜花和攀缘植物铺满了温室。最重要的是,正如恩格斯笑称的,“移民的麦地那”或“少女别墅”足够宽敞,三姐妹都有单独的卧室。爱琳娜现在有了第一个自己的房间。

小狗、小猫和小鸟们也在新宫殿里安了家。爱琳娜最小,是它们名字最终的仲裁者。进入新空间,她似乎身高“暴涨”,得意的母亲向欧内斯廷·李卜克内西报告,爱琳娜“有一堆无利可图的追求”。[6]就像在其他方面一样,她显然是在模仿父亲。

在九年光阴里，她无利可图的追求主要体现在对国际象棋和体操的爱好上。体操创立于瑞典，主要作为军事上的体能训练方法在整个欧洲普及。从19世纪20年代起，体操先锋呼吁宣传体育锻炼对男孩和女孩的好处。1860年，德国移民在英国开设第一个健身俱乐部。19世纪60年代以后，当克里米亚战争显露出英国士兵的严重不合格后，英国人对体操的兴趣逐渐增长。健美操是一种女性化版本的体操，被发明用来应对体育锻炼不适合女孩的论点。爱琳娜不仅仅能在花园里倒立、前滚翻和侧翻跳。1868年，她的父亲请恩格斯为爱琳娜的体操课程支付15英镑的费用，这一课程开设在德国体育馆，该馆于1865年在圣潘克拉斯附近开放。

她最擅长下棋。在卡尔的书房里，他们总是会进行一场比赛。燕妮吹嘘说："她是一流的棋手，威廉·皮珀在对手面前表现很差，以至发脾气。"[7]燕妮对皮珀的不耐烦使爱琳娜的胜利更甜蜜。令她高兴的是，父亲也抱怨她的棋艺。她向利翁叔叔报告，"我棋下得很好，几乎总是赢。当我赢的时候，爸爸是如此的生气"[8]。显然，爱琳娜从伦琴那里搜罗了一些打败卡尔的手段。

爱琳娜喜爱充满军事行动、游击队作战和海上劫掠的童话故事、历史和探险小说，喜爱莎士比亚的历史剧，这两种喜爱的巧妙结合使她具备理解象棋棋盘策略的能力。从恩格斯那里，她知道了象棋起源的故事。[9]他借给她费尔杜西的《王书》，逗她说，通过阅读这么长的多篇章的作品，她会有一份工作。从费尔杜西的故事序言中，爱琳娜得知，象棋由印度引入波斯。和中国一样，中东和印度次大陆早就扎根在爱琳娜想象的地理学中。所有这些世界的部分将在她成年后的政治事业和激情中发挥关键的作用，但是，作用最为明显的是中东和巴勒斯坦。

1864年，爱琳娜的眼光开始转向西方。自1861年美国内战爆发以后，父亲和恩格斯一直写美国内战。现在爱琳娜加入其中，强烈感觉到她需要直接与总统分享意见。"我记得，我绝对相信亚伯拉罕·林肯非常需要我关于战争的意见,我会给他写许多长信,当然,卡尔必须读信和寄信。”[10]事实上,卡尔从来没有寄过这些信,而是留给恩格斯看,他们都觉得很好笑。

亚伯拉罕·林肯在伦敦自我任命的这位特别顾问也与利翁·菲利普分享她对战争行为的看法:“我亲爱的叔叔,您怎么看美国的事务?我认为北部联邦是安全的,虽然南部联邦不时把他们赶回去,我相信他们最终会赢。”[11]当美国卡尔萨基号击沉英国支持的邦联商船袭击舰亚拉巴马号[12]六天后,欣喜若狂的爱琳娜又跟叔叔说:“难道您不为亚拉巴马这件事情高兴吗?当然,所有事情您都知道;像您这样一位政治家,应该了解所有事情。”[13]

爱琳娜给利翁·菲利普的信说明,她幼小的心灵是多么清楚地了解英国在奴隶贸易中的合谋和她对联邦事业天然的忠诚。亚拉巴马事件中的航海冒险将两个她最喜欢的主题联合在一起,一个是费尼莫尔·库柏的美国结拜兄弟,一个是马瑞亚特船长商船、雇佣军和海军军舰之间精力充沛的海战。

随着她对美国战争的兴趣日益增长,爱琳娜被春天时访问伦敦的朱塞佩·加里波第迷住了,他是意大利复兴运动的共和党领袖。1854年,在从南美洲和纽约回来的途中,他在泰恩赛德逗留了一个月,加里波第已经在英国北部城市工作的男人和女人中间大受欢迎;现在,伦敦的工人阶级以欣喜若狂地迎接这位伟大的意大利人。50万拥护共和政体的伦敦人涌向首都的街道,《纽约时报》讥讽地说,“贸易协会的垃圾”和“嘈杂、刺耳的乐队”参与其中。[14]

马克思和恩格斯系统地跟进里波第的进展,从1860年5月他的志愿红衫军征服西西里起,他们就针对这个事件和他1862年夺下罗马的竞选活动写了新闻报道:罗马或死亡。作为典型的浪漫英雄,加里波第是爱琳娜第一个革命偶像。考虑到她对亚伯拉罕·林肯和统一事业的支持,她无疑赞成加里波第公开接受在美国陆军中作战。

在爱琳娜提高象棋棋艺、给亚伯拉罕·林肯提供政治意见和练体操的时候，燕妮继续装饰着摩德纳别墅。她在提供安乐窝，正如她告诉欧内斯廷的，“不像以前那样被迫以最节约的方式，这次我们留出更多的钱来买家具和装饰品，以便我们可以毫不尴尬地接待任何人”[15]。她又加了一句，“我认为这样花钱比一点一点地浪费在琐事上好”。他们的父母似乎试图弥补劳拉和珍妮童年时期的困苦。

燕妮和卡尔决心扩大现已分别 19 岁和 20 岁的女儿的社会视野。他们建议在摩德纳别墅举行体面的“舞会”。他们向大约 50 个朋友发出了邀请。10 月 12 日，他们敞开新房，给年轻人办了一个大大的舞会，年轻人一直跳舞跳到吃早餐的时候。第二天，爱琳娜为所有朋友举办了自己的即兴儿童聚会，宴请留下来的人——尽管她与大人一样一晚没睡。燕妮举办这个聚会的意图是显而易见的，正如她向欧内斯廷解释的：“为女孩提供愉快、体面的环境已经成为可能，这样的安排之下，他们可以没有恐惧或羞愧地时不时地接触英国朋友。我们把她们放在一个错误的位置上，她们仍太敏感。”[16]

这次的趣事使全家人的精神和健康得到了恢复。从实际来看，摩德纳别墅处于更健康、更高的位置，独立，有精心布置的花园，视野清晰，可以直接看到汉普斯特德荒野，空气比在肯特镇和苏荷区新鲜。然而，他们的所有开支超出了马克思母亲遗产的实际总和，更不用提新房子三年的租约。要不是因为好友鲁普斯，即威廉·沃尔弗的意外死亡，他们年底之前就会又一次变得极度穷困。

威廉·沃尔弗来自西里西亚，是农场主的儿子和学生革命者，因为捍卫言论和出版自由，在普鲁士的监狱里坐牢四年。1845 年，鲁普斯在布鲁塞尔通过共产主义者同盟遇见马克思一家，随后一直与他们和恩格斯保持“密切联系”，直到 1864 年 5 月 9 日因脑出血逝世。在鲁普斯的传记中，恩格斯写道，“马克思和我失去了最忠实的朋友，德国革命失去了一个具有不可替代的价值的人”[17]。

鲁普斯坚定地相信通过教育进行解放，他把激进主义者的生命献身于布莱克本的私人家教中，19 世纪 50 年代，由于没有筹到移民美国的款项，他搬到了这里。鲁普斯喜欢孩子，而自己又没有孩子，所以特别照顾马克思的女儿们，爱琳娜的来信极大地鼓舞了他，这些信也证实了他最后的病痛。

鲁普斯到最后都在坚持教学，他把从每年 60 英镑的年薪中节省下来的积蓄遗赠给马克思一家，留给他们价值 825 英镑的遗产——几乎比马克思从母亲那儿继承的 580 英镑多三分之一。《资本论》第一卷献给沃尔弗，“我难忘的朋友，勇敢、忠诚、高尚的无产阶级领导者”。通过在关键时刻支持马克思一家，鲁普斯的慷慨保证了这本书的完成，这一表达是适当的。

当鲁普斯快去世的时候，爱琳娜表现出本能的同情，正如玛丽一年前去世的时候她一直担心恩格斯。那时她才九岁，过于在乎他人的感受对她之后性格的形成产生了影响。这是一个动态的矛盾，爱琳娜最大的优势之一与潜在的危险弱点相结合，这个弱点就是过度发达泛滥的同情心，以及太多的情感。她脆弱的自保本能和达尔文自利的观点与当时强迫女人自我牺牲和克制的历史文化环境结合在了一起。在她意识到之前，父亲和母亲很可能早就意识到这一点。

虽然爱琳娜天生和善，但她既不是一个爱傻笑的孩子，也不是一个故作多情的孩子。她身体健壮，勇敢无畏，她的同情是直接的、洒脱的、完全真诚的。她讨厌看到任何东西受苦，小心地保护着她的娃娃和家里的七个宠物。

良好的幽默感阻止了爱琳娜过于善良，缓和了她过度的敏感天性。她会研究各种玩笑，会抓住每一个寻求双关语的机会，糟糕的拼写源源不断地引起用词错误和短语的诗意转换。她玩起文字来像玩小猫、小狗、娃娃和集邮一样容易。

爱琳娜能快速发现装腔作势的人，不能容忍傻子。她对卡尔昔日朋友费迪南德·拉萨尔之死的滑稽回应就是一个典型的例子。拉萨尔是马克思长期的同志,曾很慷慨地提供财政援助,但是,1862 年开始,由于日益增长的政治分歧,马克思逐渐意识到拉萨尔的政治野心与荒谬自私,二人无可挽回地翻脸了。不过,对于拉萨尔在为女人的决斗中遭受了致命伤,马克思仍然感到很遗憾。家里人都知道拉萨尔的诸多风流韵事;如劳拉说,他会向每位女士表明他只能爱她六周。幽默的爱琳娜反唇相讥,“所以他也只被准许六周”。[18]

拉萨尔自大狂般的民族主义完全不同于马克思和恩格斯的信仰。为了反对民族主义和资本主义的力量,迫切需要建立国际工人组织。1864 年 9 月 28 日,马克思去伦敦朗爱克街的圣马丁堂参加了国际工人协会的成立大会。大会选举了委员会,奉命准备临时章程和宪法。委员会成员包括 21 个英国人、10 个德国人、9 个法国人、6 个意大利人、两个波兰人和两个瑞士人。

马克思用英语撰写了第一国际临时章程,1864 年 11 月 1 日得到临时委员会批准,同月作为小册子和新闻发表。章程简要声明了国际工人协会的目的和任务:

> 鉴于工人阶级的解放应该由工人阶级自己去争取;工人阶级的解放斗争不是要争取阶级特权和垄断权,而是要争取平等的权利和义务,并消灭所有的阶级统治;劳动者在经济上受劳动资料即生活源泉的垄断者的支配,是一切形式的奴役(一切社会贫困、精神屈辱和政治依附)的基础;因而工人阶级的经济解放是一切政治运动都应该作为手段服从于它的伟大目标;为达到这个伟大目标所做的一切努力至今没有收到效果,是由于每个国家里各个不同劳动部门的工人彼此间不够团结,由于各国工人阶级彼此间缺乏亲密的联合;劳动的解放既不是一个地方的问题,也不是一个民族的问题,而是涉及存在于现代社会的一切国家的社会问题,它的解

> 决有赖于最先进各国在实践上和理论上的合作；目前，欧洲最发达的工业国工人阶级运动迎来新高涨，在鼓起新的希望的同时，也郑重地警告不要重犯过去的错误，要求立刻把各个仍然分散的运动联合起来；鉴于上述理由，创立国际工人协会。协会宣布：加入协会的一切团体和个人，承认真理、正义和道德是他们彼此间和对一切人的关系的基础，而且不分肤色、信仰或民族；协会认为：没有无义务的权利，也没有无权利的义务。[19]

或者凭借这些漂亮言词赖以生存，或者以示反抗，总之这是爱琳娜的父亲写的。

四年后，一位领导人在《伦敦时报》上说，第一国际的纲领“不只是一种深思熟虑后的改进，更是一种重生，不只是一个国家的重生，而是人类的重生。这当然是所有机构都曾经考虑过的目标中最广泛的，也许基督教会除外”。[20]正如我们已经看到的，爱琳娜在六岁时就已经被允许不信仰基督教。第一国际的这些临时章程也是她准备尝试引领自己生活的信条。

社会主义与国际主义是爱琳娜生活的核心所在。19世纪60年代，无产阶级在工业化国家重新组合。在那个时候，无产阶级是指人民——每个不是绅士、贵族，或简单地说，不属于统治阶级的人。如国际工人协会的原则所展示的，劳动阶级所遭受的社会和经济问题不只是地方的，也不只是国家的，而是包括现代工业化存在于其中的所有社会的。在19世纪40年代至60年代之间，现代资本主义已经发展成一种国际力量，因此应付和抵抗其带来的后果的社会主义组织也需要国际化。单独一个国家不可能有资本主义，单独一个国家也不可能有社会主义，或有社会主义的城市。在这个时期，资本主义经济已经发生了几个实质性的变化。[21]第一次工业革命由新形式的电力驱动：电、石油、涡轮机和内燃发动机；19世纪60年代起被有机化工等基于新材料（如钢和合金)的机械和基于科学的新工业等为代表的新技术取代。受纯粹的人口增长和大众收入上升的驱动,国内消费市场出现了。这是大规模生产时代的开始:消费资本主义和市场全球化已经到来。

无产阶级及其在所有工业国家的支持者需要组织协调并共同努力。正如1848年的革命表明,分离的国家运动都不可能成功。在英国,很多来自以往社会主义运动启发的人加入创建国际社会主义运动这一新尝试。英国宪章派和来自欧洲革命的“48年的人”是其中的关键,爱琳娜的父亲是他们的领袖——作为一个组织,国际工人协会逐渐被称为卡尔·马克思的第一国际。英国工人阶级运动的领导人频繁访问马克思家,包括记者欧内斯特·琼斯、宪章派、社会主义者和自19世纪40年代以来的友人朱利安·哈尼以及“社会主义的元老”罗伯特·欧文。[22]

作为在英国的社会主义,英国社会主义的起源和兴起没有统一版本的故事,因为社会主义的特征是广泛的社会、政治和工业运动以及文化参与。它由广泛的激进主义联盟组成,从产业工会主义、到亲集权的民主主义者、再到反集权的无政府主义者。作为一个总的概述,英国宪章运动成长为社会主义。工会主义的起点在于空想社会主义早期的合作运动,但并不仅限于此。先前农民阶级的大规模城市化,不受管制的现代工厂的恶劣环境,将许多不同的利益群体纳入工会运动,19世纪60年代工会运动在全国范围内还没有协调起来。从19世纪60年代到80年代,由于欧洲跨国的“国际社会主义者”及其与美国和殖民地组织(如印度和澳大利亚)的亲密关系,英国工会主义成为一种统一的运动。

“像资产阶级一样,无产阶级只是在观念上作为一个国际事实存在。”[23]在《共产党宣言》中,马克思和恩格斯写道,“工人阶级没有国家”[24],但是,对于很多人而言,政治意识总是通过不同的方式被国家定义。然而,有许多方面的实际问题劳动力和市场组织能够处理和解决。

在《艰难时世》中,狄更斯已经对许多导致联合的问题进行了著名的描写，该书在爱琳娜出生前一年出版。尽管19世纪40年代英国宪章运动失败，19世纪50年代共产主义者同盟解散，英国依然有着世界上最强的工人阶级组织传统。在英国、美国和澳大利亚之外，在大多数欧洲国家及其殖民地，工会和罢工在法律上被禁止，即由国家禁止。因此，如果英国和美国的工人为改善工资和条件进行罢工，雇主和股东会从禁止罢工的欧洲大陆和殖民地运来紧缺的劳工，这成功地削弱了组织最多的国家——英国和美国——中的劳工行动。国际工人协会和第一国际的目标之一就是结束这种对全球劳动力分而治之的状态。

国际工人协会、第一国际的创立以及世界各地新工会运动的兴起是1848年民族主义革命经验的延续，1848年革命很大程度上由"48年的人"推动，像马克思一家一样，他们是这个早期失败的社会起义的难民和流亡者。当父亲去参加国际工人协会成立大会时，爱琳娜九岁，在性格形成的岁月里，她被周围的氛围、谈话和发生的事件所感染。她是集体主义和国际主义时代的儿女。这些精神不只是对她周围发生的事产生了影响，而且直接塑造她的思想和人格。爱琳娜的国际主义始于家庭。

一张有意思的照片拍摄于第一国际建立时期。这个图像捕捉到，在郁郁葱葱的花园背景和白色的尖桩篱笆前，爱琳娜、珍妮、劳拉、马克思和恩格斯摆的造型。虽然卡尔和爱琳娜的"亚父"在场，但两个母亲都没有出现在照片里。没有她们，家庭肖像似乎不完整。

爱琳娜戴着活泼的平顶草帽，坐在中央，两个姐姐的中间，她们穿着搭配好的硬衬布衬裙，戴着花帽子。马克思和恩格斯站在她们身后。马克思、珍妮和劳拉直接看着相机的镜头；爱琳娜和恩格斯没看。她看上去只有短暂的时间准备；劳拉紧握她的手，仿佛在阻拦她。爱琳娜的夏装露出裸露的双腿和踝靴。裙子上套着的旧夹克太大。超大号的袖子滑过她的肩膀，宽袖襟翼围在她瘦瘦的手腕上。当然，它理当是一件夹克，被改成了中国女皇的礼仪服装。爱琳娜的脸露出活泼的、有趣和明显的顽皮。

她看起来很调皮。

这是唯一已知尚存的三姐妹在一起的照片，它显示出爱琳娜和当时业已长大的姐姐们之间惊人的年龄差异。在珍妮心中，找一份收入高的职业无疑是最重要的。她秘密地寻找当家庭女教师或私人秘书的工作机会。作为三姐妹中年龄最大的，她急于想帮助父母；她最清楚家庭不断地处于财政困难的边缘。珍妮陪同父亲和劳拉去大英博物馆的阅览室，帮他们收集和誊写研究资料。她自愿承担这份工作，并乐在其中。

尽管有自己的痴迷，马克思从未强迫任何一个人追随他的事业，虽然她们都在做。他可能也希望珍妮与他一起在图书馆当书虫，这样可以扩大她社交生活的范围，然而这也有局限性，在她 5 月 1 日 21 岁的生日晚会上这已经很明显。在这次晚会上，大多数客人是父母的朋友和政治同时代的人，主要来自国际工人协会。令人感到难堪的是，她的妹妹劳拉在晚会上受到了第一次求婚，不过立即遭到拒绝。

马克思的女儿们都是受欢迎的结婚对象。你也许想知道为什么。因为她们不寻常的教育和可能的嫁妆。直到很久以后，马克思家小圈子以外的人才知道，为了支撑这个家庭，恩格斯和其他朋友在财政上所做的奉献。珍妮和劳拉不是母亲那样的美女，但她们引人注意、镇定沉着，还继承了父母的魅力、机智和活泼。她们博览群书，智力超群，她们是欧洲最鼓舞人心、也是最受诬蔑的革命思想家的后代。从外人的立场看，要么认为这些品质有趣，要么认为她们完全嫁不出去。

因为卡尔和燕妮在还是孩子的时候就已经遇见彼此，所以他们没有多少有用的经验提供给劳拉和珍妮来处理这些情况。他们渴望女儿们不要重复自己任性的青年时期的错误。如果他们期待别墅晚会这样善意的社会活动，会使女儿在未来比自己更安全，他们无疑会彻底失望。卡尔和燕妮误算了很关键的一点：他们是灵魂伴侣，给成功的婚姻这一难以捉摸的人类状态树立了非常好的榜样。

1865 年 2 月，爱琳娜暗中写信给恩格斯，请他寄几瓶白葡萄酒和红葡萄酒，用于她和姐姐们计划给燕妮办的一个迟来的惊喜生日派对，“由于我们想自己办晚会，不要妈妈帮忙，所以我们想让它非常隆重”[25]。爱琳娜可爱地请求恩格斯秘密交付为母亲准备的东西。恩格斯立即将酒送出，第二天爱琳娜写了一封感谢信：“现在我们有酒了，一切准备就绪，今晚我们会度过欢乐的时光。”[26]

1865 年，马克思身染重病，他的健康和神经在完成《资本论》第一卷的压力下紧绷着。十多年来他一直在做这件事。从很久以前开始，只打算写 30 页到 50 页的文章已经成为他一生的工作。他决心要在年底完成第一部分，尽管他身体虚弱，在热情、肾上腺素、烟草、失眠和家人热烈鼓励的推波助澜下，他的“电脑”在加班工作。

12 月，他宣布完成第一卷。没有钱，因此没有圣诞节，但完成了“那该死的书”，他们希望生活有一个好的开始。在《资本论》第一卷全部草稿完成的同时，马克思还开始准备那一年 6 月国际工人协会全体大会的演讲，这一演讲就是后来的《价值、价格和利润》。父亲工作上的这两个里程碑陪伴着爱琳娜第十个年头的到来。她与《资本论》第一卷共同成长了十年。

这一年为劳拉带来了另一个重大的发展，她成了别人的未婚妻。1865 年 2 月中旬，保罗·拉法格从法国乘船到英国，他温文尔雅，有着一头野性的头发，是一个年轻的法国医学院学生。他及时抵达伦敦，与流亡者一起参加 2 月 24 日的 1848 年革命周年纪念，并向国际工人协会委员会提交了一份关于法国工人阶级运动发展的报告。6 个月后，他成为爱琳娜未来的姐夫。

1842 年 6 月 16 日，保罗·拉法格出生于古巴圣地亚哥，一个富裕的咖啡种植园主唯一的孩子。用当时的话说，拉法格是混血儿——混合的血统，不能接受高等教育，在社会上被边缘化。1851 年，拉法格全家移居法国，父亲弗朗索瓦·拉法格成为波尔多的食利者和葡萄酒商。弗朗索瓦·拉法格搬到法国，主要是想为儿子提供更多的机会。保罗在图卢兹上学，在巴黎大学学医。医学系位于拉丁区，保罗很快就参与了激进的政治运动，反对第二帝国。

保罗处于某个群体的中心，这个群体受社会评论家皮埃尔·约瑟夫·蒲鲁东和革命者奥古斯特的影响。这个群体主要是医学系和法律系的学生，把布朗基当作导师，学生们喜欢他与众不同的学术生涯，他认为自己是“历史中受折磨的人”，后来成为积极的革命者。保罗为著名的学生报纸《左岸》撰稿，这份报纸由高年级的学生查尔斯·龙格编辑。

1865 年 3 月初，拉法格抵达伦敦。在钟表匠和理事会成员尤金·杜邦的推荐下，他被选入国际总委员会。学生积极分子查尔斯·龙格也在委员会中。拉法格专注于西班牙劳工运动，想在那里建立第一国际支部。由于西班牙语很流利，他为《工人》撰稿。拉法格建立了最新的西班牙工人联合会，并于 3 月底之前成为第一国际西班牙支部的书记，直到 1870 年，他一直担任此职。[27]

抵达伦敦后不久，拉法格在梅特兰公园路拜访了马克思。[28]他稍后写道，“当时我二十四岁。只要活着，我将永远记住访问留给我的印象”[29]。访问留下的难忘印象包括他第一次遇到劳拉。一天被吸引了两次。在“被诱惑和征服之下”，拉法格离开了马克思家。[30]6 个月后，劳拉和保罗宣布他们的准订婚，有趣的是，恩格斯不知道准订婚的礼节，为此专门打听他应该提供一半还是全部的贺礼，他送给了他们 50 英镑表示祝贺，如果他们正式订婚的话，他也许会送 100 英镑。

1865 年秋，拉法格因在列日第一次国际大学生代表大会中发挥的作用，被巴黎大学开除。他迁往伦敦，就读于世界上最古老的医院之一巴兹医学院，希望获得医学学位。他的导师卡里尔博士是一个参加过革命的政治避难者。

爱琳娜立即就喜欢上外向的拉法格，拉法格称她“是一个有着阳光气质的可爱女孩”[31]。她同样被保罗迷住了，并允许保罗加入帮她集邮的行列。两个人成了坚定的朋友，爱琳娜成为重要的中间人，调解保罗和劳拉偶尔困难重重的爱情之路。

作为充满魅力的兄长，保罗除了关注爱琳娜，分享她对宠物的爱，在政治上还参与了所有西班牙和拉美国家的事务，这种参与对于爱琳娜在不久后开始的政治激进主义和侦查活动起到了决定性作用。

与此同时，保罗正在努力吸引劳拉的注意，投入与他对政治激进主义一样的精力。他在巴兹到底花了多少时间研究物理和化学，这一点不得而知。爱琳娜不久便发现自己与保罗都喜欢一本通俗小说，她问他对于沃尔特·司各特、保罗·德·科克和大仲马的意见。卡尔不在的时候，爱琳娜与保罗在父亲书房的沙发上一起阅读。保罗花起父亲给的零用钱很慷慨，喜欢给懂得欣赏的爱琳娜买新书。爱琳娜写信给德国的父亲，告诉他：

> 保罗一直让我徜徉在书里，他给我买库柏的《杀鹿者》《返乡路上》和《埃林厄姆》[32]……快乐的星期五，我吃了[原文如此]16个热的十字小面包，劳拉和珍妮吃了8个。汤米、布莱基和维斯基送来它们的赞美。保罗和劳拉上了三节骑马课。劳拉的骑马方式很好看，保罗看起来有点摇晃。[33]

接到这封信，马克思可能不太担心爱琳娜吃面包破纪录，更担心他不在的时候拉法格住在家中。意识到家里的女人们那么崇拜保罗，马克思知道保罗会被纵容。马克思指出，“这位年轻人先是缠着我，很快就将注意力从老人转移到女儿身上”[34]。

伴随着《资本论》第一卷的完成，以及拉法格进入他们的生活，1865年对仍然无忧无虑的爱琳娜来说是个好年头。生日后两个月，3月，她与家人玩了一个受欢迎的派对游戏——“坦白”。她的游戏单为我们提供了一个生动的自我评估,当时她十岁。时间将证明,在她成年之后,这些偏好有多少会继续,有多少会发生改变。耐人寻味的是,假小子爱琳娜在其他类别上都很有把握,唯一没有完成的类别是——她最喜欢女人身上的美德。

您最喜欢的美德:真诚

您最喜欢男人身上的美德:勇敢

您最喜欢女人身上的美德:[此处空白]

您主要的特征:好奇

让您感到幸福的是:香槟

让您感到痛苦的是:牙痛

您最能原谅的恶行:逃学

您最讨厌的是:夏娃的考官

您厌恶的食物:冷羊肉

您最喜欢的职业:体操

您最喜欢的诗人:莎士比亚

您最喜欢的散文作家:马瑞亚特船长

您最喜欢的英雄:加里波第

您最喜爱的女主角:简·格雷小姐

您最喜欢的花:所有花

您最喜欢的颜色:白色

您最喜欢的名字:珀西、亨利、查尔斯、爱德华

您最喜爱的格言和座右铭:永远向前![35]

第六章 芬尼亚兄弟会会员

她确实在一直向前。

1866 年,爱琳娜 11 岁,让她烦恼的是,她不得不按时上学。可爱的是,爱琳娜厚着脸皮承认,她最能原谅的恶行是逃学,最厌恶的恶行是学校考试。在她的自白中,这位年轻的无神论者不是用令人厌恶的"夏娃的考官"来指上帝或魔鬼,而是用来诙谐地指称查尔斯·夏娃最畅销的教科书——《学校考官》,这本书 1852 年出版,其中包含 4000 道考试练习题,涵盖圣史、地理、算术和英语语法等科目。

1866 年,保罗的一个大惊喜让爱琳娜激动不已——在摩德纳别墅的后花园里,他为她修建了一个"有趣的秋千"[1],有座位和扶手,用白色柔软的皮革手工缝制而成。她高兴地享受荡秋千的乐趣,荡得高到能看到汉普斯特德荒野丰富的野生动物,这与她无法控制的天性一致。她写信给爱丽丝,兴奋地告诉她关于秋千的事情,"在上面,我愿意忘记学校和其他的一切"[2]。

管理南汉普斯特德女子学院的博伊奈尔和伦奇小姐发现,她们的工作被年轻的桀骜不驯的马克思小姐打断了,她们不得不抽出时间来应付她。爱琳娜向爱丽丝抱怨,现在她的时间太少了,"因为在学校我有太多事要做"[3]。

正规教育令爱琳娜十分不安。她已经具备计算能力,且有较高的文化修养——虽然拼写有时不规范。她还是国际象棋和体操的热心爱好者。南汉普斯特德学院把重点更多放在年轻淑女所需的规范举止和礼仪上——淑女本来就不适合翻滚、跳跃、倒立、侧翻跳、或在政治问题上有坚定的意见。

对于奔放的爱琳娜，年轻淑女的概念本身就是令人质疑和反感的，这里排除了教授在海上、边疆探险或国际政治中谋生所需技能的可能性。

爱琳娜喜欢同龄人，她的有趣和对等级的无视使她成为受欢迎的玩伴，但她感觉学习很无聊，老师很容易将她当作管教目标。她不喜欢权威。对她有利的是，学校是非教派的，教各种各样的学生比较宗教学和历史。显然她喜欢书法和拼写训练。她所有练习本都是二手的，是从父亲的书房粘贴并改变用途后得来的，本子上到处都是胡乱写的旁注，中间是一行行写得整整齐齐的拼写练习。

祝福、快乐、改进、温和、时髦，这些都是鼓舞人心的词语。克制、针线活和对女性一般成就的乏味的说教则不是，她会立即否定这些。这些与母亲、父亲和恩格斯对她进行的家庭教育和辅导对比太明显，他们继续送她书，并与她讨论这些书，在她的教育上逐渐发挥越来越积极的作用。1866 年，班上布置练习书法的作业，抄写戴维·贝茨一首恼人的诗，维多利亚时代的教师们喜欢这些甜得腻人的诗作，她们负责用此来培养传统女性气质悦耳的音调和喃喃的遵从：

温柔地说！
被爱统治远比被恐惧统治好
温柔地说！
不要让刺耳的话糟蹋了我们做的好事。[4]

如此等等，以同样的风格延续了太多诗节。爱琳娜更喜欢路易斯·卡罗尔对这首诗的讽刺，“粗鲁地讲”，收入《爱丽丝梦游仙境》。这本书 1865 年出版，是一本受欢迎的新畅销书，首次亮相立即销售一空。公爵夫人给小猪宝宝的歌则提供另一种养育模式：

对你的小男孩要粗暴地说话
他打喷嚏时就揍他
因为他这样做只是为了捣乱
他只不过是在撒娇和卖傻。[5]

从这一时期，爱琳娜的学校练习本布满了姐姐们的素描，通常是侧面，戴着婚礼面纱和时尚的配件。这些旁注反映了 1866—1870 年间家庭的关注点，在此期间珍妮和劳拉成年并离开了家；一个成为家庭教师，另一个成为妻子，这是非传统家庭的女儿最传统的结果。爱琳娜当时正处在青春期袭来的前期，看着姐姐们生活的状态，爱琳娜想知道自己的生活会是什么样子。

比照抄儿童行为守则少一些约束的是写信给在马盖特的父亲，他在那里整理《资本论》第一卷的草稿。马克思听取医生的建议，决定休养一个月后再完成他计划要完成的事。爱琳娜蛮横地召他回伦敦，提醒他曾经承诺参加她和姐姐们 3 月 22 日的聚会。“现在，超棒的卡尔·马克思博士，我希望你遵守诺言，星期四回来。”[6]他如何能拒绝呢？

聚会之后，爱琳娜和姐姐与卡尔一起回到马盖特。爱琳娜度过幸福的十天时光，散步、吃冰糖和冰淇淋，与父亲一起玩，父亲则从研究中暂时解放出来，进入顽皮的状态。[7]

8 月，劳拉和爱琳娜被送到黑斯廷斯，在戴维斯小姐的机构寄宿一个月，她们不得不面对更为严苛的正规学校教育。父母都渴望她们离开伦敦一段时间。城市发生了动乱，这是 7 月 23 日针对《改革法案》的海德公园骚乱和霍乱疫情引发的结果。燕妮和卡尔担心的是霍乱的风险，而不是民众示威。在英国，虽然走向男性普选只需要采取一定策略，马克思一家还是强烈支持渐进的《1866 年改革法案》。

燕妮和卡尔也想把劳拉和保罗·拉法格分开——他们不喜欢劳拉与保罗之间的亲密，保罗没有被邀请就搬进来了。马克思向恩格斯抱怨道，“拉法格事实上与我们住在一起，这明显增加了花费”[8]。保罗的父亲从波尔多来信，请求马克思同意劳拉与他唯一的儿子保罗结婚。尽管这封信语气亲切，马克思却没有直接回复拉法格的父亲，而是告诉了拉法格本人，他坚定地拒绝这桩婚事。

劳拉把戴维斯小姐女子寄宿学校用餐的固定循环规律比喻为命运进行曲。食物像食尸鬼一样困扰着她们——四个怪物——早餐、午餐、下午茶和晚餐……在她们前面和后面投下阴影。[9]像永久的囚犯，她们被困在封闭的百叶窗窗户后的室内，经受感官酷刑，听学生们整天砰砰砰地拼命敲出不着调的钢琴曲。

姐妹们造反了。劳拉告知戴维斯小姐，爱琳娜和她星期天不去教堂，不遵守每晚9时起实施的宵禁。无视戴维斯小姐要告诉她们父母的威胁，爱琳娜和劳拉从寄宿学校挣脱出来，漫步穿过黑斯廷斯海滨，将5英镑零用钱花在搭计程车、游乐场和海水浴上，大啃伦琴做的香料饼干。玩够了以后，她们回到了被激怒的戴维斯小姐那里。戴维斯小姐没有选择，只好让她们进来。当5英镑用光时，她们又问父母要多一点钱，另一个3英镑如期而至。她们显然继承了家里入不敷出的天分。

在这次未受到处罚的出逃之后，爱琳娜被进一步推迟接受正规教育，而继续接受家庭教育，这并不令人意外。劳拉也没有后悔她的选择，回到伦敦后，她加倍努力说服父亲宽容并同意她嫁给拉法格。她试着遁入婚姻；爱琳娜则遁入秋千。

马克思因这一对情侣的坚持感到烦心，他反感保罗的激情、过分热情的天性和变化无常，把这归于他“克里奥尔人的气质”。马克思用伤人的方式进行反对，他发出了种族主义的抨击，指出保罗具有“黑人部落的典型缺点——没有羞耻感，我是指丢人现眼的羞耻”[10]。马克思似乎突然忘记了自己度过的青春岁月和对燕妮肆无忌惮的热情。[11]

> 你知道,我牺牲整个命运进行革命斗争。我不后悔。即便重新开始职业生涯,我还是会这样做。但我不会主持婚礼。就我的力量而言,我想保护女儿不撞上暗礁,她母亲的生活已经在暗礁上失事了。……你这人太实际,你会破坏生活的诗意,你不能想着以我的孩子为代价来坚持自己的想法。[12]

这次爆发刺激了这对年轻的恋人。一个月后,在劳拉 21 岁生日时,她宣布与保罗正式订婚。爱琳娜欣喜若狂,但是,意识到姐姐会离开家,她又很焦虑。燕妮非常喜爱未来女婿"黑橄榄色的肤色和非凡的眼睛"[13],这让她想起自己昔日"黑色的小野猪"。

拉法格父亲从波尔多写信向马克思保证,他将继续在财政上支持儿子,在结婚之前,保罗必须通过医学院考试。燕妮安慰劳拉,开始给她建造空中楼阁;毕竟,保罗的父母很富有:他们在圣地亚哥和波尔多拥有种植园和财产,保罗是他们唯一的孩子。他们喜欢劳拉,热情欢迎她成为家庭一员。[14]

这些感情流露似乎更适合班纳特夫人,而不是欧洲最具革命性的母亲。但她怎么可能不希望劳拉能幸免于她自己所经历的苦难、忍耐和安静的失望啊?

看到标新立异的父母的某些行为时,劳拉感到尴尬。她告诉姐姐,当母亲走进客厅,她和朋友正在客厅一起喝茶。"妈妈进来了,连鞋子都没有穿,身上穿的衣服只够勉强遮住身体,露出来的部分比遮住的还要多。……我只好闭上眼睛,因为没有我看了既不会脸红也不会脸发烫的地方。[15]

但燕妮看到了劳拉和保罗拥有共同理想的重要性,"尤其是关于信仰。这样一来,劳拉将避免一个有信仰的女孩在资产阶级社会中必然会经历的那些不可避免的冲突和悲痛"[16]。作为马克思夫人,她很清楚这一点。

劳拉和保罗订婚扩展了爱琳娜世界的边界。1867年初,保罗的父母邀请三姐妹去鲁瓦扬,一个新的时尚旅游胜地,与他们一起过暑假。带着极大的期望,爱琳娜憧憬着她第一个国外假日,因为她过了一个昏暗的冬天。1866年底,利翁叔叔去世;12岁生日的时候,她染上了麻疹。当然,生病的好处是,她不用去上学——但她的眼睛疼,她拼命地读书。生病期间写的几封信显示出她的眼疲劳。笔迹像蜘蛛网似的,别别扭扭,还有墨迹。令人愉快的是,她给爱丽丝抄写了一份自白,这样她就可以玩。她还信上签名,把爱献给爱丽丝的妈妈和爸爸,"告诉他们,我很快会给他们写一封短信"[17]。但是,她永远没有这个机会了——4月,爱丽丝的母亲欧内斯廷去世了。失去母亲对于爱琳娜是不可想象的。

对她的父亲来说,1867年全是关于《资本论》的出版,这意味着一年里他大部分时间不在家。4月,马克思本人把清样带给汉堡的出版人,爱琳娜给他写了一个郁郁寡欢的便笺,"我没有像过去那样瞥一眼你的床,但我不断地在唱,'哦! 如果我是只小鸟,我会飞向你,向我最亲爱的人轻声说句充满深情的话'"[18]。同月,4月27日,恩格斯宣布两年内他将放弃"肮脏"的生意。也许恩格斯过早地相信,马克思的巨著第一卷的出版会使他囊中羞涩的同志可以靠笔获得稳定的生活。

7月21日,三姐妹启航去了法国大西洋海岸。直到9月10日,他们都不在家。[19]在没有父母在场的情况下,这是未婚的姐妹们一起度过的第一个也是最后一个假期。她们游泳、海滩淘沙、浏览书店和探索港口附近的村庄。爱琳娜法语好,能够紧跟地方与全国性的报纸和期刊,倾听关于著名的新诗人和未来的巴黎公社社员保罗·魏尔伦的讨论,前一年出版的第一本诗集《农神体诗》让他一跃成为备受争议的文学明星。拉法格一家是慷慨的主人，姐妹们喜欢夏朗德的西瓜和当地的开胃酒及其更为尊贵、世界闻名的兄弟——科尼亚克酒。最重要的是，他们吃了很多海鲜——爱琳娜的最爱。

姐妹们回到伦敦四天后，《资本论》第一卷在德国出版。1857年，马克思起草了《资本论》最初的计划。到1866年，基于近十年的研究，他最后完成了计划。20世纪马克思的这本伟大杰作将成为畅销书，但是，1867年，除了马克思的家人、朋友和当时的政治圈，这本与《圣经》和《莎士比亚文集》齐名的书的第一卷的出版完全没有被注意到。虽然恩格斯非常希望接下来几卷的出版有一个清晰的计划，但是马克思的写作方式使得他不可能遵守限定时间的日程安排。1867年年底前，马克思应该向出版商交付第二卷和第三卷，但是他没有交出，这将是出版史上最著名的到了最后期限不能按时交稿的例子。《资本论》第一卷是他还活着时唯一出版的书，在世时没有可用的英文版。1885年5月，马克思去世后近两年，恩格斯推出第二卷，第三卷也是最后一卷则于1894年推出。[20]

春天，劳拉和保罗结了婚。恩格斯承担婚礼的开销，在他的劝说下，马克思心软了。4月2日，从摩德纳别墅客厅的窗户往外看，爱琳娜热切地看着新婚的拉法格先生和夫人从圣潘克拉斯登记办事处回来，马克思和恩格斯亲眼见证了他们的婚礼。

在摩德纳别墅，燕妮、伦琴和珍妮准备了奢侈的午餐派对，恩格斯举着杯取笑劳拉即将成为真正的女人。多年后，她深情地回忆起他如何“开了很多愚蠢的玩笑，嘲笑她是傻女孩，害她哭泣”[21]。这对新婚夫妇动身去巴黎度蜜月，他们很快收到卡尔的一封信，祝贺“你所喜欢的春天、阳光、空气、巴黎的欢闹”[22]，并附上一长串书、文章和期刊的单子，他不好意思地请求劳拉在蜜月期间抽出时间帮他找这些东西。他看上去已经承认自己在反对中败下阵来，当这对夫妇及时回来与家人一起庆祝他50岁生日时，他很高兴。

10月，新婚的拉法格先生和夫人动身前往巴黎，到达时却发现保罗的英国医学学位在法国不被认可，他必须参加一系列新的考试才有资格在法国执业。这一事态的发展使得这对新婚夫妇在经济上仍然依赖各自的父母，这也迫使珍妮急忙寻找有偿的工作来补贴家用。

同月，她偷偷找到了一份家庭教师的工作，给一个苏格兰家庭名叫门罗的小孩当老师。被发现后，珍妮的秘密行动令父母很沮丧。门罗博士在政治上是保守的，所以珍妮对家人的身份有所保留。尽管《资本论》只是刚刚在德国出版，需要很长时间让英国普通读者认识它，但是，作为1867年国际工人协会的激进创始人、领导人和记者，马克思已经为人所熟知。珍妮做家教，意味着她不再有那么多时间协助父亲在大英博物馆阅览室里当书虫，所以爱琳娜接替她的位置开展研究，并成为父亲的秘书。前六个月，珍妮没有为家庭带来额外的收入，因为门罗一家未能支付薪水，直到马克思进行干预并迫使他们这样做。他们仍然不知道他是谁。

意识到爱琳娜可能想念劳拉和保罗，恩格斯给她写了一封鼓舞的信，附带邮票供她收集。他在信中说，他和莉希·伯恩斯继续兴致勃勃地庆祝劳拉的婚礼，当他回到曼彻斯特，喝醉了，不小心坐在宠物刺猬上，这位"阁下"正在沙发上打盹。爱琳娜责备恩格斯"又在狂欢"[23]，她很在意动物，尤其是看到"阁下"被剥制时。恩格斯让动物标本剥制师把刺猬做了标本。

6月，拿着伦琴做的餐点，爱琳娜和她的父亲在国王十字火车站坐上了大北方铁路开往曼彻斯特的火车。那是一天的旅程。透过布满煤烟斑点的窗户，爱琳娜看到德比郡山峰模糊的轮廓。在曼彻斯特，他们与恩格斯和莉希·伯恩斯待了两周，期间爱琳娜成了芬尼亚兄弟会会员。

自1850年起，当恩格斯和玛丽决定自由结合并在城市边缘的阿德维克斯托克波特路的莫宁顿街86号建一个家时，恩格斯、玛丽·伯恩斯和莉希·伯恩斯就亲密地住在一起。1863年玛丽死后，莉希取而代之成为家里的女主人。爱琳娜第一次访问曼彻斯特前两个月，恩格斯离开了他在多佛街的“官方绅士的”宅邸，搬到莫宁顿街。他的家里包括莉希·伯恩斯、八岁的侄女玛丽·埃伦，还有大家都叫她帕姆斯的女仆萨拉·帕克。

与姐姐一样，莉希是爱尔兰共和事业专注的参与者，莫宁顿街86号是芬尼亚兄弟会积极分子的聚会地点和安全活动场所。莉希热爱自由，无拘无束，政治上激进，为人风趣，博伊奈尔和伦奇对此感到担心，如果没有适当的约束，爱琳娜可能成为和莉希一样的人。

爱琳娜成为爱尔兰共和事业的支持者的背景是前一年(1867年)的芬尼亚运动，先是在凯里郡，然后在都柏林。芬尼亚兄弟会于1858年由詹姆斯·斯蒂芬创立，由美国陆军中爱尔兰裔美国军官领导，他们组织美国内战期间的退伍军人支持爱尔兰共和国的创立，起义遭到残酷的镇压。在这次失败后，兄弟会的领导、流亡在外的托马斯·凯利上校重整运动，使曼彻斯特成为总部。他几乎立刻就被英国当局逮捕。营救他的行动导致一名警察死亡，引发了两国民众的愤慨。

1867年9月，由于间谍的追踪和告发，芬尼亚兄弟会干事托马斯·凯利和蒂莫西·迪希被关进曼彻斯特城市监狱。9月18日，他们被带到伦敦桥街法院，并遭到指控。他们在马拉着的囚车里被载回豪景园监狱，后由武装警察押送。

当警车经过海德路上的铁路高架桥时，一队武装人员伏击了它，割断马的缰绳，砸开车顶，向车门上的锁射击，成功地救了凯利和迪希，他们逃脱了。可悲的是，在交火中警长查尔斯·布雷特被一颗致命的子弹射杀,英国当局逮捕了30多个爱尔兰人,其中5名后来受审。

11月1日,5名男子被定罪,引发了英国各大城市的示威、请愿和激烈的议会辩论。一名男子被有条件地赦免;另一个被转为劳役,因为他是美国公民。11月23日,其余三人在曼彻斯特被绞死。所有人至死都拒绝说出同志彼得·赖斯的名字,是彼得·赖斯开了致命的一枪,杀死了布雷特。

曼彻斯特的天主教牧师谴责谋杀烈士的行为。英国各地发生群众运动,民众在海德公园聚集,举行了一次和平示威。在曼彻斯特执行绞刑时,恩格斯在现场,这是英国的最后一次公开处决。正如他所预料的,这些事件将爱尔兰问题置于英国民族政治的核心。芬尼亚兄弟会现在有了烈士,爱尔兰妇女则有一个同志式的英雄主义故事,在孩子们的摇篮边吟唱。

马克思认为,爱尔兰解放的重要性被深深地误解,芬尼亚兄弟会的激进主义、越狱和殉难不可能有助于澄清民众对此的误解。12月,在释放两个芬尼亚兄弟会被拘留者的失败尝试中,恐怖主义者炸掉了克勒肯维尔监狱。他们设法炸毁监狱附近一些工人阶级的房子及居民房,马克思谴责这种策略是闹剧般的愚蠢。爱琳娜的父亲和恩格斯都同情爱尔兰共和兄弟会的事业,但强烈反对使用武装斗争、阴谋和暴力。爱琳娜却不这样想。

1868年,她从曼彻斯特回到伦敦,郑重宣布自己是"被宣告有罪的民族"的拥护者。[24]当珍妮告诉爱琳娜,她"从先前更高的中国形象变成了地方化的(爱尔兰的)人,因此不再向皇帝表示应有的尊重",爱琳娜反驳道,"以前我依附于一个人,现在我依附于一个民族"[25]。

她开始买《爱尔兰人》,"从一家爱尔兰天主教的小店。店里的女人总是祝福我,因为她说我'对昔日民族一诺千金'"[26]。《爱尔兰人》是爱尔兰民族运动的主要出版物。[27]爱琳娜有足够的时间去阅读刊物。

当她从曼彻斯特回来，她和珍妮得了腥红热，只能躺在床上。幸运的是，她们的医生和近邻科克罗医生是猩红热治疗专家，还是个拥护共和制的爱尔兰人。[28]科克罗医生开出处方，喝李比希的牛肉茶，掺入少量波尔图葡萄酒，后者恩格斯那里供应充足。

不用上学，可以忙着看小说、看《爱尔兰人》和写信，爱琳娜很开心，她迅速地给莉希写信，并签上自己的名字，“爱琳娜，芬尼亚兄弟会会员”。她的家人嘲笑这种好战的表现，给她起了个新的绰号“贫穷的被忽视的民族”，当时这个词组她重复得最多。虽然“贫穷的被忽视的民族”在床上挣扎，但她认真阅读了最近令她充满激情的爱尔兰的历史——一切她可以染指的东西，包括父亲的文章、新闻报道和国际工人协会关于爱尔兰问题的报告。在马克思家中，年仅十三岁的小女儿白天坐在床上喝着波尔图葡萄酒，读着激进的民族主义出版物，迅速写着关于当前事务的信时还哼着芬尼亚兄弟会的自由歌曲，还有什么比这更特别的吗？

爱琳娜写信给莉希。恩格斯则大声给莉希读信——在书房兼客厅的房间里——由玻璃柜里被剥制的“阁下”主持读信活动。爱琳娜与莉希分享她对民主政治实践所需耐力的乐趣：“芬尼亚兄弟会会员一直在开大会，会上他们不间断地坐了 19 个小时！我认为他们在那之后应该累了。”[29]她很高兴看到同一时期英国国歌的新歌词，“上帝保佑我们绿色的旗帜，很快它会亮得让人看见，作为芬尼亚兄弟会的姐妹，你会欣赏不已”[30]。她的家人可能已经接受她在病床上大声演唱这一反君主制版本的国歌。

8 月，除了卡尔和伦琴，每个人都来到拉姆斯盖特。劳拉怀孕三个月，保罗终于获得皇家外科医师学院的学位，他认为他有资格执业了。保罗的父母从法国赶来庆祝。李卜克内西再婚的消息从德国传来，爱丽丝现在有了继母，慈祥的娜塔莉·李卜克内西。马克思一家祝贺李卜克内西,并像朋友一样对待娜塔莉。娜塔莉很快就怀上了宝宝,他注定要成为卡尔·李卜克内西,在未来与罗莎·卢森堡共同领导斯巴达克斯运动。

到圣诞节时,爱琳娜完全恢复。她处于庆祝的心情中,准备好享受所有庆祝活动。令她失望的是,邀请法国朋友一起过圣诞节意味着“在圣诞晚餐我们吃的既不是鹅,也不是火鸡,而是野兔!!”[31]

因为前段时间暂时忽略了“贫穷的被忽视的民族”,爱琳娜回到她反复念叨的爱尔兰主题。她告诉姐姐,她给莉希及其侄女玛丽·埃伦准备了圣诞礼物:给莉希,她准备了“一个里面有绿丝带的小缎领,并用一把竖琴固定着”;给玛丽·埃伦,她准备了“一条挂着绿丝带的非常漂亮的偷来的[原文如此]十字架”。[32]她重现了母亲当年的形象:激进少女燕妮·冯·威斯特华伦在头发上别三种颜色;爱琳娜,则用爱尔兰共和主义的绿丝带。

爱琳娜不知道圣诞节之所以没有火鸡和鹅,是因为1868年年底父母已经身无分文。马克思不符合贷款所要求的资格。和鲍勃·克瑞奇一样,他筹集不到买一只大鹅或火鸡的现金。恩格斯即将离开厄门与恩格斯工厂,并与卡尔和燕妮讨论他们是否可以靠每年350英镑生活。他们欣然同意,尽管他们为现有账户准备的预算是不完整的。恩格斯准备从1869年1月1日开始按季度存钱到伦敦联合银行,这是一家大型股份制银行,在城市与大法官法院路上设有分支机构。

1868年,爱琳娜完成了一出戏剧。她自己出演英雄,密友洛尔米耶兄弟担任配角:“路易斯、吕克维和我打算演一出小剧。我认为是《美女与野兽》。路易斯是野兽,吕克维是美女,我是王子。”[33]这是个男角。自然是爱琳娜身兼数职:导演、制片人、剧务和领导。1868年12月29日,《美女与野兽》在摩德纳1号别墅上演,爱琳娜第一次在受邀观众面前进行完整的舞台制作。这是她十三岁合适而重要的结束。[34]

1869年1月1日，爱琳娜升级为姨妈。查尔斯·艾蒂安·拉法格出生于巴黎。珍妮为了复活节假期离开了家庭教师的岗位，3月底她和爱琳娜离开伦敦去看妹妹和新侄子。巴黎上下对豪斯曼财务渎职行为被曝光一片哗然，他正接受众议院调查。

虽然豪斯曼的财务信誉受到质疑，但他对市中心的重建使它成为一个无比美丽、辉煌的现代化的地方，对比鲜明的是还有一半以上的首都人口生活在贫困线以下，住在城市郊区肮脏、拥挤的贫民窟里。巴黎和侄子都诱惑着爱琳娜。她非常喜欢施纳普斯——或者叫施纳皮，并表示“未见过这么可爱的孩子”，[35]她喜欢他的长相，智慧的额头、友善的脾气和乳牙。因为她负责照顾他，她喜欢这个孩子当然是件好事。4月中旬，珍妮返回伦敦工作，但似乎没有人认为迫切需要爱琳娜回来上学。

在谢尔什中街拉法格的小公寓里，爱琳娜当起了施纳皮的保姆，但留在巴黎的七周期间，她也设法让自己玩得开心。她在城中心“bockomanning”。这是劳拉发明的一个词，形容悠闲的步行观光，她经常到酒吧和咖啡馆释放压力。爱琳娜开始经常吸烟，这无疑是她对生活感到满足的表现：在路边咖啡馆喝一小杯冰啤，卷一根香烟，笑看巴黎生活慢慢流淌。她找到露天木偶演出，享受去室内运动场看萨尔杜的《花落花开》，去游乐场——她称之为“耳朵疼的游乐场”[36]。

马克思想念她。他经常写信，向她保证伦琴会继续收集《爱尔兰人》的副本，会照顾宠物们，她不在的时候，由伦琴负责宠物。他报告说，布莱基表现得像一个很枯燥的绅士；她的狗维斯基很痛苦，她不在的时候，它只剩一个自以为是的灵魂；汤米刚刚制造了一大堆垃圾，卡尔说，这证明了她名字的错误和“马尔萨斯理论的真相”。他向她抱怨，她的鸟迪奇对他进行听觉虐待，它“对待我就像路德对待魔鬼”[37]。

5月，燕妮来到巴黎，他们一起回了家。仅仅一周以后，爱琳娜与父亲一起动身去曼彻斯特。家人仍然没有关于她回校的说法。5 月 25 日,他们从新的圣潘克拉斯火车站离开伦敦。这个车站是由玻璃和钢结构建成的,源自乔治·吉尔伯特斯科特爵士的大胆创新的设计,跨度为 243 英尺,使这个通风的透明飞行拱顶成为最大的不可分割的空间——这是现代哥特式复兴风格的建筑一个未来主义的奇迹,就这种风格而言,它是世界上最大的建筑物。这座铁路大教堂闪闪发光的中央大厅可以让乘客在新的米德兰铁路向北旅行,车站有花店、茶叶店和 W.H.史密斯书店卖杂志、期刊和廉价的通俗读物。维克多·雨果最新的长篇连载小说《笑面人》刚刚在《绅士杂志》(1869 年 5 月)上发表。他们登上英国最快的列车之一——高速快车去往曼彻斯特。这条通往曼彻斯特的大都市铁路将肯特郡与莱斯特相连,全长近 100 英里,是当时世界上运行最长的直达铁路。

莉希负责爱琳娜在历史和政治方面的实践教育,她把爱琳娜带到曼彻斯特工人阶级所在地区。应爱琳娜的要求,莉希带领她参观了芬尼亚兄弟会所有重要的场所,正如她告诉大姐的:

> 伯恩斯夫人和我去市场逛了逛,她指给我看凯利卖壶的摊子以及他住的房子。真的非常有趣,伯恩斯夫人告诉我很多关于凯利和迪希[原文如此]的事情。她非常了解他们,曾经去过他们的房子,每周看望他们三四次。[38]

恩格斯给爱琳娜准备了严格的课程,包括文学、哲学、政治理论和诗歌。他让她广泛地阅读各类文章,包括歌德、冰岛的《埃达》、丹麦的《战斗演出》、菲尔杜西、德文版的塞尔维亚民歌等。[39]他也会安排娱乐时间,在曼彻斯特及附近郊区与爱琳娜散步聊天,就像爱琳娜的祖父多年前在特里尔与她父亲做的一样。天使叔叔——爱琳娜现在这样称呼恩格斯，每当他从自己并不感兴趣的厄门与恩格斯工厂的生意中脱身出来，他都很享受与爱琳娜在一起的乐趣：

> 我经常四处走走，与爱琳娜和尽可能多的家庭成员，人与狗……爱琳娜、莉希、玛丽·埃伦、帕姆斯、我自己还有两条狗，有人特别吩咐我告诉你，这些和蔼可亲的女士们已经每人喝了2杯啤酒。[40]

这种在生活中漫游式的学习很好，但是在学校学习又如何呢？她父亲满意地说，她正在“开花期”，他认为“在曼彻斯特逗留较长时间对她有好处”。[41]关于回到南汉普斯特德学院这件事，没有出现进一步讨论的记录。爱琳娜可能没回去。显然，卡尔、燕妮和恩格斯作出评估，对于教育像爱琳娜这样的任性的十五岁孩子，恩格斯家与南汉普斯特德学院一样有用。对珍妮和劳拉学校教育的投资没有改变她们作为维多利亚中期妇女的生活，一个已婚、生儿育女，另一个做着令人厌烦的家教工作，领着微薄的工资。

6月初，大家一道去约克郡的博尔顿修道院进行了一次为期三天的短途旅行，期间住在著名的德文郡武器酒店。在父亲、恩格斯、莉希、帕姆斯和莎拉的簇拥下，爱琳娜看见豪景园监狱的烟花，在老特拉福德的皇家农业展上看见威尔士的王子和公主。爱琳娜建议，曼彻斯特青年应该这样歌唱来祝贺王室夫妇：“威尔士王子在豪景园监狱，因为打劫了一名男子的一品脱啤酒。”[42]爱琳娜作为政治戏剧的导演开始了自己的创作。

天使叔叔和莉希的地方总是开放的。在这里，爱琳娜第一次遇见了塞缪尔·穆尔和卡尔·肖莱马；马克思一家将后者谑称为梅耶，意即“快乐的农夫”。这两个男人都是父亲的密友和同志，对她未来生活的政治支持很重要。穆尔是一个律师、出色的译者和商人,将《共产党宣言》翻译成英文,后来与爱德华·艾威林共同翻译《资本论》第一卷。肖莱马的父亲是欧洲社会主义运动中最有影响力的人之一,他追随他的父亲。肖莱马是一名天才的化学家,在曼彻斯特欧文斯学院任教,后来学院专门为他设立了一个有机化学的大学教授职位。

塞缪尔·穆尔和卡尔·肖莱马在公共生活中地位显赫,但爱琳娜与这些杰出的改革家们在一起,则常看到他们人性的一面。她吃吃地笑着向姐姐报告说,一个狂欢夜上,梅耶"喝得'酩酊大醉',我们不得不给他做张床,他也睡在那儿了,因为他回不了家"[43]。醉酒是常见的。从一个特别好的聚会,天使叔叔摇摇晃晃地走回家,"烂醉如泥",[44]莉希和爱琳娜不得不脱下他的靴子,扶他上床。

恩格斯有充分的理由心情愉悦。他与合伙人戈特弗里德解决了遣散谈判。各项条款都对他不利,但实际上他并不在乎。虽然按当时的资本价值他已经轻易地成为百万富翁,但是恩格斯得到的远远低于他在大获成功的国际业务中的份额。7月1日,他离开了厄门与恩格斯工厂的办事处。爱琳娜详细回顾了这个重要的日子:

> 当他到达强制劳动的终点,我与他在一起;我看到了在所有这些日子里必定经历的事情。我永远不会忘记,当他早上穿上靴子去办公室,他大声宣告胜利,"为最后一次!"几个小时后,我们站在大门口等他。我们看见他经过房子对面的小块田地。他在空中挥舞着手杖,唱着歌,脸上喜气洋洋。然后,我们喝着香槟庆祝,很高兴。[45]第二天,天使叔叔表达了他解放的喜悦之情:"哇!现在商业活动结束了,我是自由人……今天早晨,爱琳娜和我庆祝自由的第一天,到地里散步去!"[46]

恩格斯最终离开了商业活动，爱琳娜在曼彻斯特停留了五个月，两者发生时间上的巧合显然解决了她不用返校这个问题。现在恩格斯有时间陪她，可以在相当长一段时间内教育她，这一安排缓解了马克思家支付学费的财务压力。

在恩格斯的功劳下，爱琳娜在一个完全自由的家庭中长大。伦琴和爱琳娜的父母相信小瓶啤酒、波尔图葡萄酒、红酒和爱琳娜最爱的香槟的药用价值和使人快乐的价值。在苏荷的岁月里，它肯定比从街头的泵里喝大量的水更安全可靠。燕妮认为，不给孩子喝酒的父母有点奇怪，这已不仅仅是吝啬和剥夺人权。[47] 恩格斯的座右铭，"放轻松"，充满激情和无拘无束的莉希巧妙地用它进行煽动，一旦从当商人的传统中解放出来，恩格斯现在公开、深情地称莉希为"我亲爱的爱人"。1868 年 10 月，在写信给"我亲爱的伯恩斯夫人"时，爱琳娜加了一句附言：

> 明天保罗和劳拉要离开，我们喝一瓶香槟祝他们健康，所以您必须原谅这封信中的污渍，因为香槟对我的头有[墨迹]一点效果[又一个墨迹]，对我的手也有效果，我都不会写了。
>
> 好[大斑点，大斑点]再见！[48]

这个附言之前是非常流畅和健谈的四页，这显示出，爱琳娜已经养成了和天使叔叔一样的好习惯，即使在半醉的情况下也会写信。

1869 年，爱琳娜回到曼彻斯特时，"我亲爱的伯恩斯夫人"已经变成"我亲爱的莉希"。莉希是爱琳娜的第一个女导师。爱琳娜受到她令人振奋的不像淑女的气质和对她天生的、充满激情的感情感召。[49] 马克思和恩格斯显然在协力确保爱琳娜不会因为没有接受对妇女的二流教育而变得"歇斯底里"和"敏感"。

爱琳娜反过来帮助莉希，给她朗读，建议一起去剧院并教她弹钢琴。同时，爱琳娜用她特有的幽默，下定决心要大家顺从她滑稽可笑的规矩。她告诉姐姐，“一天晚上，他们都叫我马克思小姐。所以，我让姑妈[莉希]、穆尔、肖莱马和莎拉都站成一排，让他们说了24遍杜茜……我也订了一个规则，如果有人不叫我杜茜，那他们必须站在椅子上说6遍杜茜；如果我叫了伯恩斯夫人，那我必须叫姑妈”[50]。

如果没能让他们站在椅子上，她还会搞其他恶作剧。7月，一个炎热的午后，恩格斯回来后发现，他家被缤纷的衬裙派对给占领了。爱琳娜、莉希和女仆萨拉正在犯懒，爱琳娜坦白道，“一整天，我们舒适地躺着，不停地喝啤酒、红葡萄酒等等——没有穿靴子，身上穿着一条衬裙和棉连衣裙，那就是全部”[51]。恩格斯看见她们这样很高兴，并很快加入其中。

恩格斯打算写一本关于爱尔兰历史的书作为他的第一个后资本主义项目。他与莉希和爱琳娜到爱尔兰旅行，庆祝从生意中解放出来。他们从利物浦乘船出发。第一次来到这个“贫穷的被忽视的民族”的故土，爱琳娜的兴致无比高涨。他们参观了威克洛山脉、基拉尼湖和科克城，在泥炭篝火旁喝吉尼斯黑啤酒，在爱尔兰的迷雾中互相讲鬼故事。一切都令爱琳娜眼花缭乱：大海、歌声、爱尔兰的故事和炖菜。

她第一次访问爱尔兰，同时也是为了支持因大赦芬尼亚兄弟会囚犯的要求而推动的民族解放运动新风潮。近25万人在都柏林和利默尼里克示威。他们请求英国政府释放受虐囚犯。爱琳娜、恩格斯和莉希发现，这个国家到处都是装甲部队和爱尔兰皇家警察。野战炮兵连在都柏林中心巡逻，爱尔兰处于有效的军事独裁统治之下。

10月，爱琳娜回到伦敦。芬尼亚兄弟会的姐妹爱琳娜开始支配家人，让他们赞同她的思维方式：“爱琳娜已从爱尔兰返回，是一个比以往任何时候都坚定的爱尔兰人。”[52]受到刚从翡翠岛回来的启发，她决心

10 月 22 日去海德公园示威,那里将有 10 万人聚集起来要求大赦芬尼亚兄弟会的囚犯。爱琳娜的家人起初不同意,但最终还是妥协了。珍妮写信给世交路德维希·库格曼医生,这是一位受人尊敬的妇科医生,称爱琳娜“没有停下来,直到她说服卡尔、妈妈和我与她一起去”[53]。

人群中红色、白色和绿色的旗子到处飘扬,其中有大量红色雅各宾党人的帽子和“不服从暴君是对上帝的责任”的标语牌。爱琳娜带领家人唱着马赛曲。珍妮告诉库格曼,“我们都是彻底的芬尼亚兄弟会会员”。被关押囚禁的芬尼亚兄弟会会员耶利米·奥顿诺凡·罗萨作为蒂珀雷里的成员被选入议会,他原本连参选的资格都没有。听到这个消息,珍妮承认“我们都手舞足蹈”。“爱琳娜太野了。”[54]爱琳娜从她对奥顿诺凡·罗萨的支持中学到了宝贵的一课,正如恩格斯解释的:“它迫使芬尼亚兄弟会放弃阴谋战术和小型政变,转而支持实际的活动,虽然看似合法,却比他们不成功的暴动后所做的任何事情都更具革命性。”[55]

大多数学生上大学时,都加入了抗议运动;从曼彻斯特的恩格斯和伯恩斯大学回来后,爱琳娜已经成为一个完全成熟的青年抗议者。马克思较少受这些政治戏剧的影响,他乐观地认为:“示威的主要特征是,至少部分英国工人阶级抛弃了对爱尔兰的偏见。”[56]

直到年底,爱琳娜都在观察不同类型的抗议活动。11 月 6 日,星期二,维多利亚女王开放新的黑衣修士桥和霍尔邦高架桥,用爱琳娜的话说,当她坐着马车从泰晤士河南岸到北岸时,看到许多人“两眼瞪圆,看起来快被逼疯了,非常暴躁”[57]。爱琳娜告诉父亲,为了防止发生暴乱,“如在法国一样,到处都被警察占领”。[58]开放前几周,几个煽动者愉快地散布恶作剧传单,呼吁伦敦东区挨饿的工人在开放时集体向女王示威,“不让女王通过”[59]。

11 月份,马克思向恩格斯报告,“这周,爱琳娜和我花了 3 天恢复工作室的秩序。它已经变得杂乱到极点”[60]。1869年年底,爱琳娜取代珍妮的位置,成为马克思的秘书和研究助理。恩格斯写信给她,请求她为他工作,作为他关于爱尔兰一书的研究人员,爱琳娜狡猾地回答道,“我非常非常感谢您发送的广告。这个位置将非常适合我,所以我应不失时机地申请。我肯定您会给我一些参考”。[61]父亲建议她通过梳理柯贝特的《政治纪事周刊》开始写关于爱尔兰的东西。

1870年元旦,劳拉生了第二个孩子,名叫燕妮,离第一个孩子出生刚好整整一年。1870年7月,法国对普鲁士宣战。马克思、恩格斯、拉法格和社会主义左翼运动者认为普法战争是自相残杀。马克思希望日耳曼人取胜,“波拿巴的决定性失败”[62]是最好的结果,因为它有可能在法国引发革命,而德国失败只会延长每况愈下的帝国的寿命。这个判断是正确的。

这场冲突对爱琳娜的青春期有相当大的影响。恩格斯开始在《帕尔摩报》写作一系列战争时评,准确地预测了色当战役的结果。当《费加罗报》提到恩格斯的预测,称其像是参谋部的预测时,珍妮将恩格斯命名为“将军”。恩格斯是家庭中关于普法战争的军事战略专家。爱琳娜回忆说,“1870年以后,恩格斯成为我们的‘将军’”[63]。《帕尔摩报》为马克思寄来了第一篇文章的稿酬支票,“野蛮女孩”爱琳娜试图挪用,宣布她和珍妮“应该抓住这些最先获得的的战利品,作为应付的经纪费”[64]。

8月,一家人在拉姆斯盖特过了三个星期。当他们回来时,伦琴和燕妮正在认真监督恩格斯新房子的修缮和室内装潢,他将从曼彻斯特搬到这间房子来。燕妮感到局促不安,相比恩格斯房子的朴素,他们得到他资助的家太气派:“毕竟,我们生活在一个名副其实的宫殿里,在我看来,这个房子太大、太贵了。”[65]9月20日,恩格斯、莉希和帕姆斯搬进了摄政公园路122号。恩格斯很喜欢这间房子,他下决心永远住在这里。

在英吉利海峡的另一边，拉法格一家人过得十分糟糕。他们新生的宝贝女儿活了不到两个月。燕妮为劳拉的痛苦而绝望。现在劳拉再次怀孕。拉法格一家人在勒瓦卢瓦-佩雷租了个小房子，这个房子在巴黎防御工事附近，即将被拆除。因为他们位于城防工事的直接射击线上，马克思急切地想要他们立即离开首都。9月初，他们来到波尔多，保罗创办了一本新杂志——《国防》，旨在“唤起昏昏欲睡的波尔多居民”[66]。

他们逃得正是时候：威廉一世将总部设在巴黎郊外的罗斯柴尔德家族的城堡；10月初，他的军队开始炮轰这座城市。从11月7日起，首都被关闭。没有人被允许进入或离开，经过135天的围攻后，巴黎市投降。现在，路易斯·拿破仑的第二帝国，“平庸、虚伪和利润的统治时期”被击垮。[67]

这是法国历史争夺最激烈时期的开端，爱琳娜即将投身到它最激烈的地方。

第七章　表演者

1871年3月至5月，短暂、英勇和注定失败的巴黎公社是19世纪欧洲第一次也是唯一一次无产阶级革命的尝试。它是爱琳娜亲自参与的第一个政治事件。吓得魂飞魄散的各国政府、国际新闻界和有身份的阶级声称，它是卡尔·马克思的第一国际故意策划的工人起义。[1]巴黎公社成为马克思的家庭事务。

1871年1月16日，伦敦，爱琳娜16岁。一周以前，巴黎二十个区的共和党中央委员会发出“红色海报”，呼吁巴黎公社接替法国临时政府。爱琳娜生日后两天，德意志帝国的公告在凡尔赛宫宣布。十天后，保守的法国临时政府与新宣告成立的俾斯麦德意志帝国签署停战协定。停战协定是法国激进民主力量的引爆点。在里昂、图卢兹和马赛，公社已经宣布成立，并在纳博讷和圣埃蒂安进行了尝试。

巴黎市民自己组织起来对抗临时政府和普鲁士占领者。3月18日，国民自卫军获得巴黎群众的支持，政治氛围变得有利于普通民众。3月26日，绝大多数巴黎人在选举中投票，两天后巴黎公社宣布成立。所有贫民区都支持公社，但主要的积极分子是熟练工人、工匠和妇女。成年男性居多，但是参加巴黎公社的妇女比之前参加任何革命的妇女都要多。

公社持续了两个月。五月中旬，与德国军队结盟后，凡尔赛军队抓住这个机会进攻，在流血周中，大约20000名巴黎公社社员和涉嫌支持者及同情者被处死，比在1793—1794年第一次法国大革命期间罗伯斯庇尔的“恐怖统治”中惨遭屠杀的人还多。大约8000人被监禁，或者被驱逐到像新喀里多尼亚这样的地方。成千上万的人逃到比利时、英国、意大利、西班牙和美国。

1872年，严格的法律通过，将建立左翼组织的所有可能性排除在外。直到1880年才有对流亡和被监禁的巴黎公社社员的大赦。与此同时，第三共和国恢复了路易斯·拿破仑在印度、非洲和大洋洲的帝国主义扩张。许多法国知识分子和艺术家参加了公社或支持公社，包括库尔贝、兰波和毕沙罗。1871年及其以后的镇压将所有被迫害的人孤立起来。

1871年3月，劳拉从波尔多传来令人震惊的消息。2月出生的婴儿马克·拉法格病重，而保罗·拉法格已经失踪。保罗去巴黎要求当局“在波尔多组织革命军”[2]，但自从他准备返回波尔多，没有人听说过他在哪。在此期间，他们的大儿子施纳皮也生病了。珍妮说她要去帮忙，不管燕妮和卡尔是否允许。受姐姐决心的鼓舞，爱琳娜说她也想去。

1871年4月是巴黎公社的高潮。4月22日，外交部下发了“爱琳娜·马克思小姐（英国公民）在姐姐的陪伴下去波尔多”的护照。在接下来的一周，巴黎妇女建立妇女联盟，废弃的工厂和车间被当作工人所有的合作社。同月，空置的住房被征给人民使用，雇主被禁止从工人工资中扣除罚款，面包店工人无需在夜间工作，市政选举在法国其余地方举行。这是爱琳娜热情地投入其中的世界。

铁路被阻，或者被借调给德国及法国的军队，所以这对姐妹从利物浦乘轮船。5月1日，她们以威廉斯的名字抵达波尔多，后来证明这是一个掩盖真实身份的可笑尝试。她们发现保罗安全返回，但是孩子病得很厉害。来自巴黎的消息是不祥的。5月21日后不久，她们看到了关于流血周暴行的报道。巷战和可怕的屠杀在继续。5月底，凡尔赛军队打败了公社。一切都结束了——保罗被通缉。马克思姐妹们还没有想到，她们不只是被怀疑，而是处于危险之中。

卡尔发送紧急密电，告诉他们立即把保罗和孩子们送到西班牙边境的比利牛斯，那里“气候更好”[3]。他们很快开始收拾行李，准备拂晓前谨慎逃往上加龙省的度假胜地——巴涅尔-德吕雄。但是，在夜间，婴儿病情加重，保罗和劳拉拒绝走山间小径去西班牙，直至他有所改善。一家人保持低调，珍妮和爱琳娜则一直以威廉斯姐妹作伪装。

马克·劳伦特死于7月26日。消息传来，政府的密探正从四面八方包围他们；当他们埋葬孩子的时候，姐妹们劝拉法格马上动身去西班牙。一周后，也就是8月6日，三姐妹和施纳皮在边境开始艰难的旅程，这样一来，拉法格一家可以在西班牙比利牛斯的博索斯特安全地与保罗在一起。为了尽快掩盖他们的踪迹，珍妮和爱琳娜在同一天徒步返回法国。她们以威廉斯姐妹的名义迅速地乘船离开波尔多。一切都按计划在进行，直到她们越过边界回到法国。

她们一回到法国领土，武装警察就抓住了他们，如爱琳娜所述，在法国境内，她们“被24名正好越过比利牛斯山脉从福斯到吕松的宪兵控制”[4]。在整个旅程中，爱琳娜抗议警察无权逮捕英国公民，但武装警察不理她。

愤怒的马克思姐妹被直接送到警察局局长爱弥尔·德·凯拉特里的官邸的门前，他是上加龙省的最高行政长官。前一年凯拉特里一直是巴黎警察局局长，他太了解马克思一家人和第一国际了。他想要亲自审问这对姐妹，在武装人员的看守下，让她们在官邸外的马车里等着，直到他从公园里的夏季音乐会回来。[5]

演唱会结束，在法官德尔北希先生的陪伴下，凯拉特里终于来了。[6]姐妹俩被分开，珍妮最先被审问，从晚上10点开始。午夜时分轮到爱琳娜。她上午5点起床，酷热的八月天在险峻的山路上走了9个小时，又没吃什么东西，只在离开博索斯特的几小时前吃了个快餐。凯拉特里告诉爱琳娜，珍妮已经坦白了一切，试图让她驳斥姐姐的故事版本。在给李卜克内西的信中，她说道，“这是一个肮脏的把戏，是不是？"[7]

她们接受的严峻考验又持续了两天。她们被软禁在拉法格被弃的住所里。一回到那里，姐妹们发现离开时整齐打扫过的公寓一片混乱，因为遭到了搜查，房间被弄得乱七八糟。爱琳娜说，"房间里全是各种各样的宪兵、密探和密探"[8]。警方已经审讯过女房东和拉法格的仆人；仆人遭受拷打，爱琳娜感到很内疚。

警方刺穿他们的床垫和床上用品，问这对姐妹制造炸弹的设备和军火藏在哪里。他们看见了灯，"我们曾经用它为死去的可怜的小宝贝温奶"，认为里面装满满了制作炸弹的"火油"[9]，爱琳娜写道。密探们会产生这样的想法并不奇怪。在真正见到马克思姐妹后，他们更加确信自己的想法是正确的，马克思姐妹在保守派看来就是危险的会用火油来纵火的女子：她们是由妇女联盟领导的、巴黎公社传奇的街头女战士。密探们很可能已经告诉法国当局，妇女联盟的创始人和领导人伊丽莎白·迪米特利欧夫是马克思一家的朋友，特别是爱琳娜的朋友。

一年前，爱琳娜遇到了19岁的俄国人伊丽莎白·迪米特利欧夫，当时她以真相调查团的身份来到伦敦，带着一封给马克思的介绍信，出现在摩德纳别墅。她是沙皇政府的女儿，女性主义者和女演员，是第一国际俄国支部的共同创始人。爱琳娜和伊丽莎白立即建立起友谊，在彼此的陪伴下度过了许多时间，直到3月伊丽莎白作为巴黎公社的俄国特使被派遣到巴黎。

就在4月爱琳娜开始在波尔多的冒险之前，她听说，在巴黎民族大咖啡馆一个令人难忘的集会上，伊丽莎白与娜塔莉·勒梅尔成立了妇女联盟。妇女联盟从每个区选择代表，伊丽莎白则组织每个区的妇女委员会。在流血周，她在街垒上战斗，并为设法躲避即将到来的死刑判决逃到了日内瓦。

迪米特利欧夫的故事提醒大家，巴黎公社是一个伟大的妇女参与的事件，这一点很重要。参与政治的妇女激进分子在公社中的主导地位被视为其可怕、嗜血和失败的关键原因之一。对女人的厌恶一直都是反对者攻击巴黎公社的理由。一位评论员大声斥责，“在这些应受谴责的日子里，较弱的性别表现得很可耻”：

> 那些献身于公社——还有很多别的事情——的女性只有一种野心：通过夸大男人的恶习，将自己提升在男人之上……她们都在那里，搅乱着，抗议着……绅士的女裁缝、女仆和成年男子的女教师……非常滑稽的是，这些来自济贫院的潜逃者不倦地援引圣女贞德，不是为了把她们自己比作她。在最后的几天里，这些好战的悍妇们在街垒后面坚持的时间比男人长。[10]

《伦敦时报》的记者表示同意：“如果法兰西民族只由法国妇女组成，那么它将是一个多么可怕的民族。”[11] 对于这些类似的反女性主义的敌意的表达，爱琳娜自己进行了整理，有些还翻译了出来，用于撰写一本关于巴黎公社的更有名的书，很快她就会亲自参与这一项目。

回到波尔多，经过24小时进一步的搜查和审讯后，卡尔·马克思好战的悍妇女儿依旧没有透露任何东西。爱琳娜和珍妮希望能要回护照并被护送到码头，搭乘下一趟汽船回英国。但是要求被拒绝，她们被带到宪兵队，监禁了一晚，并且不让任何人知道她们在哪。第二天早上，她们被释放，转而被软禁起来，没有返还护照。密探们密切地关注着她们的一举一动，监视着她们去商店买面包、咖啡和烟草。在拉法格之前的公寓被软禁一个星期后，她们突然被下令立即收拾，并被推进一辆马车，艰难行驶在西班牙边境上，护照被归还。

马克思姐妹赢得了这场考验。自她们被捕，珍妮成功地隐藏了巴黎公社著名领袖居斯塔夫·弗路朗斯写给马克思和拉法格的控诉信。

弗路朗斯是卡尔·马克思的老朋友之一,在流血周被宪兵抓住并屠杀。

在她们被带到宪兵队时,珍妮将这封信从她的衣袖偷偷地移到订票人员桌上的分类账本里,除了爱琳娜,所有人都没有发觉。虽然密探继续搜查他们的公寓,这封信被安全隐藏在普通物品里,没有在警察局的拘留登记册里。正如恩格斯指出的,如果被发现,这封煽动的信将提供"送这两个女孩去新喀里多尼亚的护照"。[12]

爱琳娜和珍妮返回伦敦后不久,爱琳娜的父亲写信给纽约《太阳报》编辑查尔斯·达纳,告诉他抵达伦敦的巴黎公社难民每日都在增加:"我们支持他们的手段每天都在减少,以至人们发现自己在一个非常可怜的国家里……",他补充道,"我们应当向美国人呼吁援助"[13]。为了说明在路易斯·梯也尔对巴黎公社的镇压下的法国的悲惨状态,马克思说,"我将告诉您我自己的女儿经历了什么"。可笑的是,这家右翼报纸错误地认为,穿过法国、越过边境进入西班牙又返回法国的、麻烦的、被穷追不舍的"叛乱分子"是卡尔·马克思的三个兄弟,是"众所周知的、危险的国际宣传特务,虽然我没有兄弟"[14]。当然也不是儿子。

巴黎公社是无产阶级革命勇敢的失败的尝试。其影响之深远,远比事件本身长,在未来的许多年里它影响和丰富了很多人的视野。它也强烈影响了爱琳娜对初恋情人的选择。

爱琳娜帮助组织国际工人协会伦敦代表大会,此次大会在9月的第三周举行。在父亲的书房里,爱琳娜参加了会议的开幕式和小组委员会会议,处理巴枯宁反对派的问题。李卜克内西观察到,爱琳娜成为"国际工人协会的人格化象征"[15]。

如其名字所示,妇女在第一国际中的作用受到质疑。1864年,在第一国际的成立仪式上,由马克思领导的全体委员会投票承认妇女作为成员。法国支部则反对这样做,理由是妇女"属于壁炉边,不属于论坛"[16]。遵循皮尔·蒲鲁东厌恶女人的政策,法国分会发表声明,认为劳动和研究人的问题属于男人;儿童护理和装饰工人的家属于女人。[17]妇女在组织和领导巴黎公社上的主导作用反驳了这一观点。通过允许每个国家的代表团来确定自己的成员组成,问题得以解决。

为了9月份国际工人协会伦敦代表大会,马克思一家希望尽可能地用他们的房子来安排国际来访者住宿,爱琳娜是乐于提供帮助的。当西班牙代表安塞尔莫·罗伦佐需要拍电报到巴伦西亚时,爱琳娜自愿给他指路:

> 对于这位年轻女士积极地帮助不认识的外国人,我感到十分惊讶和感动,这与西班牙资产阶级的习惯相反。这位年轻的女士,更应该说是女孩,美丽、快乐、亲切,是青春和幸福的体现,她不懂西班牙语。她的英语和德语讲得很好,但对法语并不熟练。每当我们中有一个人犯了错误,我们都会哈哈大笑,好像我们一直都是朋友。[18]

罗伦佐向爱琳娜描述了他从西班牙穿过法国的旅程。他经过巴黎,“当时对巴黎公社社员的迫害达到最高点,军事法庭不中断地开庭,大规模下发死亡和驱逐的审判……我看到巴黎市政厅成为一片废墟……卢浮宫部分被烧毁,旺多姆广场被撞倒的支柱的柱基、各种建筑物和房屋都显示出流血周的痕迹”[19]。

国际工人协会伦敦代表大会发出关于失踪的巴黎公社社员的报告和记录,他们被射伤、被驱逐出境、流亡、在逃或消失。爱琳娜得知,伊丽莎白·迪米特利欧夫回到圣彼得堡,选择了新的未婚夫,离开了原来的情人——匈牙利巴黎公社社员利奥·弗兰克尔。弗兰克尔则陷入困境,伤心欲绝,并闷闷不乐地思念着破碎的梦。弗兰克尔在法国也被判处死刑,他逃到英国,加入第一国际在伦敦的领导队伍,并将被拒绝的爱放在爱琳娜身上,用来寻求安慰。

到12月,除了管理卡尔的信件,爱琳娜还承担了一个正式的角色,通过与巴黎公社社员救助委员会的合作来协助难民,这给予弗兰克尔充足的机会接触爱琳娜。爱琳娜给李卜克内西写信,称难民“遭了很大罪,他们没有任何钱,您都不能想象对他们来说找工作是多么的困难”[20]。在同一封信中,关于救助委员会的工作,她调皮地向李卜克内西说,她希望巴黎公社社员能“拿到指控他们偷窃的几百万”[21]。

弗兰克尔试图推进他的爱情事业。爱琳娜喜欢和他打情骂俏;他聪明有趣,但这对爱琳娜来说只是兴趣的扩展,而不是爱情。她母亲可以更正确地理解这个时候的爱琳娜,形容她是“一个从上到下的政治家”[22]。燕妮认为,这是她小女儿进入成年期的转折点:她是爱琳娜,有公开的政治身份,不再是家里的小女人爱琳娜。她与巴黎公社及其一些关键参与者——男人和女人——的直接接触让她变成这样。

流亡的巴黎公社难民饿死在伦敦的街道上。那些被发现为找工作而改名的人立即被解雇。英国主流媒体对政治流亡者的态度是充满敌意的。多年以后,想起那时候反巴黎公社社员情绪的力量,爱琳娜回忆道:

> ……有人——相当认真地——建议在英国避难的巴黎公社社员应该被移交给医生和医院做活体解剖……这一主张很大程度上表达了整个上流的社会的情感。最可悲的是以下事实,在英国,工人同他们的剥削者一样,十分敌视巴黎公社社员,只有少许罕见的例外。[23]

当爱琳娜在伦敦上摄政街的圣乔治大厅组织一周年纪念会庆祝巴黎公社时,她直接体会到这一点。巴黎公社社员及其英国支持者抵达聚集地，他们被禁止进入，房东要求归还押金，称他宁愿支付合同违约金，也不允许“这样一批‘暴徒’在尊贵的大厅里”[24]。“暴徒们”转至托特纳姆法院路的研究俱乐部，“尽管这么多苦难……我们举行了愉快的聚会……因美好信念的快乐而喜气洋洋”[25]。这只是不切实际的豪言壮语。说实话，据恩格斯说，幸存下来的巴黎公社社员们“士气非常低落”。恩格斯悲叹创伤的程度和无法有效重组：“唯有强大的必要性才可以让无组织的法国人恢复理性”[26]。

同时，利奥·弗兰克尔试图通过他的理性影响爱琳娜。他通过利用她对巴黎公社社员困境的同情，与她取得了一些进展，并试图用关于艺术与政治的新观点吸引她的注意，但她似乎反应更迅速。弗兰克尔希望在公社周年庆典时在开派对般的心情中抓住她并向她求婚。对他而言，不走运的是，这正是希波希波·普罗佩·奥利维尔·利萨加雷大步走进爱琳娜生活的非常时刻。

离开圣乔治大厅，他们一起从上摄政街走到托特纳姆法院路，弗兰克尔试图牵爱琳娜的手。但他发现，她已经跟传奇的巴黎公社社员利萨加雷在轻松交谈。而弗兰克尔永远未能打断他们的谈话。

1871 年 5 月，在流血周结束时，爱琳娜还在波尔多，利萨加雷已经在街垒上战斗，保卫巴黎不受凡尔赛军队进攻，凡尔赛军队旨在收复巴黎，开枪射击每个抵抗的男人、女人和孩子。5 月 26 日，凡尔赛军队已经控制市中心，只有工人区还没有控制住。在巴黎工人阶级区，军队用大炮向民众开火，射击被俘的囚犯，把尸体堆放在公共建筑里。

被击败的巴黎公社社员在荒谬的逆境中继续战斗，拒不投降。他们的军事组织和纪律是混乱的。他们不再有任何战略计划或中央命令。200 名巴黎公社社员在拉雪兹神父公墓激战，展开他们最后的战斗，其中 147 人被排成队射击并埋葬在一面公墓墙前面的公用的深坑里。

利萨加雷单枪匹马地在莱普努路巴黎公社最后一个街垒上战斗到最后一刻，直到耗尽弹药。顶着死刑，他逃离巴黎，并迂回地前往伦敦。

利萨，爱琳娜这样称呼他。利萨加雷是一个高大、黝黑、英俊的陌生人，是来自法国西南部南比利牛斯的巴斯克人。由记者和激进主义者变成街头战士，他比 17 岁的爱琳娜大 17 岁。在 34 岁时，他拥有那些参与白刃战并幸存下来的巴黎公社社员的能量和警觉、紧张和焦虑。他在政治、写作、新闻工作或在街垒毫不留情。他精力充沛、勇气过人，极端困境和现实政治的体验也使他温和而幽默。尽管他勇敢、有政治冒险经历和严肃的智力心态，他还未婚。马克思佩服他的思维和激进主义，但是不喜欢他对爱琳娜的关注。

在利萨加雷的活力之下潜伏着更阴沉的气质，但是现在爱琳娜看不到这一点，因为对异性的天真和对初次被吸引的强烈冲动——是瞬间发生而且是相互的。十七岁的爱琳娜正处于青春绽放期，已经有自己的冒险经历可以叙述，而且她的智慧在任何情况下都闪闪发光，对于一个刚战胜过死亡的男人来说，她拥有大胆、无拘无束的青春魅力。她爱笑，能言善辩。她美貌动人，有着父亲闪亮的黝黑的眼睛，穿着一件不同寻常的长裙，时尚简约，性格自然又活泼，同她在一起远远超越索然无味的薄纱和天鹅绒式的浪漫爱情。她活跃，充满激情，对利萨加雷而言，她不同于任何一个他曾经见过的女人。

在彼此吸引的魔力下，他们迅速成了一对。爱琳娜的密友克拉拉·科莱记录，陷入爱河的爱琳娜“比以往任何时候更漂亮”，但她怀念她们以前的亲密：“我希望他会犯伪造罪然后自杀。这将是一种解脱”[27]。

1871 年末，利萨加雷出版了一份关于他巴黎公社经历的小册子。这份小册子是一部名著的前身，它迄今仍然是巴黎公社历史主要的第一手历史资料和来源，他把小册子最初的摘录读给爱琳娜听，两个人决定一起扩展并翻译这本小册子。对于爱琳娜而言,利萨加雷是弗兰克尔不可能比得上的诱惑。家里其他人都忙于珍妮的婚礼计划,忙着准备定于9月在海牙召开的第一国际最后一次大会,无暇顾及爱琳娜。

1872年3月,珍妮与查尔斯·费利克斯·凯撒·龙格订婚。龙格是保罗·拉法格的大学朋友,后来两人都成为学生激进分子,在巴黎一起为巴黎公社工作。巴黎公社社员都喜欢马克思的女儿们,但都不喜欢她们的母亲或恩格斯。

最初燕妮以为龙格是个“善良、有风度、适合的人”[28],但她希望大女儿选择“英国人,而不是法国人,虽然他们身上有着其自身民族的魅力,但法国人天生就有其弱点且不负责任”[29]。她的这些不满其实是有根据的,龙格本性上的懒惰已经变得十分明显。燕妮抱怨说,她受够了他的“谎言包”、民族沙文主义和“法国人的无聊”。[30]她普鲁士人的偏见与母亲对女儿嫁给一贫如洗的革命者的焦虑自然地混合在一起。有趣的是,她丈夫也注意到这一点。

7月,施纳皮在西班牙去世,珍妮的婚姻被推迟。爱琳娜的父母和恩格斯前往西班牙安慰劳拉和保罗,然后直接去了海牙大会。爱琳娜留在伦敦处理难民救济委员会的工作,这让她可以方便地与利萨加雷在一起。

10月,珍妮在圣潘克拉斯婚姻登记办事处与龙格结婚。马克思和恩格斯当时都忙于解决第一国际的命运问题。与此同时,利萨加雷开始嫉妒弗兰克尔,爱琳娜不得不让他冷静下来。两人后来发现,另一个巴黎公社难民,首字母为JJ,对利萨加雷在弗兰克尔靠近爱琳娜的时候插进来表示愤怒。在一位朋友玛姬的帮助下,爱琳娜试图化解这些复杂情况,对这个朋友,我们知之甚少,只知道她住在哈利街,喜欢浪漫的阴谋。玛姬敦促爱琳娜正面对利萨加雷,“我亲爱的,加油并努力吧——在爱情和战争中一切都是公平的——我希望你不再悲惨”[31]。

爱琳娜恢复利萨加雷信心的实际解决办法是给他贞操。她不是那种会偶然失去贞操的人。最有可能的是,这次令人愉快的性启蒙发生在家里其他人都不在家的时候。这对情侣解决了他们自己的问题,但爱琳娜的家人并不看好他们,反对他们交往。

利萨加雷又是一个法国人。马克思刚把大女儿嫁给一个令人失望的、破产的巴黎公社社员。现在又出现了一个。使事情更棘手的是,关于第一国际的未来,利萨加雷和拉法格存在政治分歧。劳拉站在丈夫一边,1872 年,当拉法格一家回到摩德纳别墅时,对利萨加雷不理不睬。爱琳娜对这种冷落感到愤怒,向珍妮抱怨"劳拉这种确实不淑女的行为"[32]。这个最不淑女的人对劳拉提出了很多批评。

在十八岁生日的风口浪尖,爱琳娜固执己见,这是一件很自然的事,她第一次真正爱上了一个与父亲一样好的人,但是,令人不舒服的是,这个人太像他父亲。马克思赞赏利萨加雷的政治观点和头脑,却无意让他最喜欢的女儿丢掉自己的生活,过上她姐姐们现在所过的生活,她们都没有实现自身的价值。虽然按照同时代的标准,利萨加雷年纪比爱琳娜大一倍,但任何人都不太关注这个问题。

从一开始交往,爱琳娜就担任尽职尽责的听写员,翻译、转录和编辑利萨加雷的巴黎公社史,并鼓励他的自我发展。她与他的交往使她法语得到了巨大进步。她进入了与在很多方面很像马克思的迷人、有才华的老男人一起长期斗争的过程,也进一步摆脱父亲的支配地位。爱琳娜固执己见,而她父亲也是欧洲最固执的男人。父亲和女儿之间的巨大冲突正在酝酿之中。爸爸的小女孩现在可能正在伤害两个人的心。

为了尝试平息紧张的气氛,马克思带爱琳娜到布莱顿待了两个星期。然而,不到一星期,在愚人节这天,马克思独自回家,无事先预警,一张脸阴云密布。

就在前一天,爱琳娜告诉父亲,她决定留在布莱顿自己谋生。接下来二十四小时的争吵也未能改变她的决定。在摩德纳别墅的书房里,马克思生着闷气,然后给恩格斯写了封抱怨利萨加雷的信。“我不想要他任何东西,只要他能给出证据而不仅是话语,证明他比他的名声更好,别人可以依靠他就行。但你可以从[爱琳娜的]答案看出那人如何行动的。该死的是,为了孩子我必须着手处理这事。”[33]

与此同时,“这个孩子”——爱琳娜把自己安置在曼彻斯特街 2 号的私人住所,非常靠近海滨和布莱顿别宫,与一家职业介绍所签了约,这是世交阿尔诺德·卢格推荐给她的,并请求一些住在布莱顿的法国朋友帮她找需要家教的私人学生,而她则在寻求一个更长久的职位。

在 19 世纪 70 年代早期的英国,对于一个没有自己的钱或没有接受正规教育的十八岁的人而言,做出这样独立于家庭的行为,这可不是小事儿。爱琳娜不想继续生活在恩格斯的施与之下。她知道父母依赖恩格斯作为年收入的支柱,已婚的姐姐们依靠他为新家提供财政支持。恩格斯教会她自给自足的价值;她争取经济自由是出于对他的尊重,也是对父母的尊重,当然主要是出于自尊。

珍妮结婚并离家已经五个月,对爱琳娜而言,她是马克思一家剩下的最后一个女儿。她奔向她选择的爱人,也是在尽可能地逃避成为依赖父母的、待在家里的女儿的恐惧。

燕妮指望恩格斯可以安抚马克思,她自己则给予爱琳娜实际的、无条件的支持。她成为爱琳娜的坚定盟友。曾是年轻的激进的女叛乱者,燕妮·马克思同情爱琳娜的决定。在愤怒的丈夫从伦敦回来之后不久,燕妮就送给最小的女儿“一套小衣服”[34],帮她度过了一周左右的难关,直到她找到一份工作。在附带的便笺里,她还劝爱琳娜从布莱顿商店再买几双长袜。“只有我能理解你多么热切地渴望工作和独立,在当今社会,这是唯一可以帮助我们战胜悲伤和忧虑的两个东西”[35]。

这是一个既没有工作也没有自由的母亲的合理的女性主义者式的忠告。爱琳娜收到很多母亲写来的令人感到宽慰的信:“相信我,尽管表面看不出来,但没有人比我更理解你的位置、你的冲突和你的愤懑。让你年轻的心取胜……如果有时你觉得我伤害了你,请原谅我。”[36]燕妮在爱琳娜身上看到了自己的青春,她同样为摆脱父权制的荒谬而斗争过,同样由于自由本能而触犯了基于阶级立场的社会期望,被家人视为叛逆和挑衅。让燕妮不安的是爱琳娜和劳拉因为利萨加雷和拉法格之间不和而相互怨恨。燕妮试图修复两姐妹的裂痕,但没有效果。爱琳娜和劳拉一直不和。

爱琳娜的法国朋友及时给她推荐了一些学生,1873 年 4 月,她每周从私人补习中赚十先令。她需要精打细算每一分钱,她需要支付房租和生活费,对她来说,独立地生活在布莱顿的费用是昂贵的。

燕妮把爱琳娜的衣服收拾好并从伦敦寄来,其中有关于各种各样事情的详细笔记和实用建议,包括配件、保暖和生活有规律。她向爱琳娜道歉,作为母亲她过于关注生活细节,这可能会让她的女儿不耐烦:“我知道你粗枝大叶,没有地方放置这些东西,你又是多么的讨厌虚荣,多么的不关注服饰。”[37]燕妮更关注爱琳娜长袜的状态,而不是她求职的能力,在对爱琳娜的了解上,母亲完全正确。

5 月初,介绍所给她在女子神学院找到一个有薪水的兼职教职,神学院位于苏塞克斯广场,由霍尔小姐管理。她在新的学期开始教学。爱琳娜把住所升级到弗农排屋 6 号,为新工作做准备。

5 月 3 日,爱琳娜给父亲写了一封轻松愉快的生日贺信,描述她在过去的一个月取得的所有成就,没有提及双方的争论。她告诉他她想读毕达哥拉斯,请他送她一些历史书。马克思觉得自己的掌上明珠做得不错,没有什么能比这件事更让他放心:她应对得很出色,在为自己获得两个收入来源的同时,她还在继续学习。对于爱琳娜递过来的事实胜于雄辩的橄榄枝，卡尔的反应是生闷气：毕竟爱琳娜没有坐一小时的火车从布莱顿到伦敦回家为他亲自祝寿。

除了继承父亲一样的坚定意志，爱琳娜独立生活的这几个星期展示出她还具有强大的自我激励能力和理智自制力。她不懈地追求自然与文化相结合的知识，她是一个不懈的自修者。如果她是一个男孩，她肯定会上大学，像他父亲一样从事被社会认可的研究。但她失去了这个机会，像很多在她之前的那些富有才华的女性一样，她不得不着手教育自己。正如玛丽·沃斯通克拉夫特指出的，如果女人"不准备通过教育成为男人的伴侣，她将永远保持在知识方面的进步，因为真理必定对所有人都是共同的，否则它在实践中将是无效的"[38]。

爱琳娜需要的历史书也随母亲的包裹寄来了，里面装有一些衣服和新工作需要的必需品，母亲还详细说明了如何搭配和穿戴衣服。燕妮对爱琳娜独立生活非常理解，显然她能设身处地地接受女儿的决定，在这方面她与丈夫形成鲜明的对比。爱琳娜目前的生活，让马上就要六十岁的燕妮·马克思似乎又回到了年轻时的岁月。

为了抵制卡尔的沉默，爱琳娜专心扑到第一份教学工作上。在19世纪70年代的英国，女性的谋生手段有限，在有限的几个选项中，做家教和在学校教学是来之不易的独立生活的手段。爱琳娜的生命叙事就好像维多利亚时期的小说中的女性主义反英雄。她是无助的知识分子真实的反映，虽然这不是他们渴望的生活，他们还是渴望通过竞争、自由在现实中展现自身。

爱琳娜很快对学生产生了兴趣，特别是那些有着积极的政治进取心的学生。一个对巴黎公社和第一国际有着"巨大兴趣"[39]的少女很快就喜欢上鼓舞人心的新历史老师，马克思小姐。爱琳娜问她的妈妈，"我总是会偶然发现这样的女孩，这是不是很奇怪？"[40]她没有意识到，她可能是这类年轻妇女的榜样。

第一次成为自己生活的女主人，爱琳娜以双倍的教学工作量努力工作着，钱包里带着自己的薪水，她在挑战中感到振奋。在周末，利萨加雷定期从伦敦搭火车来看她。他们手挽手地在布莱顿和霍夫海滨长时间散步，在码头上嚼着炸鱼、薯条、鳗鱼、蛤和蛾螺，不停地抽烟、聊天、讨论正在读的书。他们带着野餐的面包、奶酪和葡萄酒漫步在苏塞克斯高地，讨论第一国际的命运，埋怨拉法格一家；讨论他的写作，她的教学，最后在点着煤油灯的乡村酒馆用馅饼和几品脱浓啤酒结束一天。在爱琳娜的女房东和布莱顿的朋友们看来，利萨加雷就是爱琳娜的未婚夫。

在母亲眼中，爱琳娜工作太多，吃得太少。但是，让燕妮更焦虑的是女儿的爱情生活。她发现，在布莱顿，大家似乎普遍接受利萨加雷是爱琳娜的未婚夫的事实，允许这对情侣在无年长女伴的陪伴下随意到处闲逛。燕妮从爱琳娜的雇主那里得知，利萨加雷一直来学校看望她。霍尔小姐断定这些来访是合适的，因为他们认为爱琳娜与利萨加雷订了婚。

继 5 月下旬前往布莱顿看望女儿以后，燕妮对爱琳娜的健康十分地关切。虽然意图是好的，但母亲过分小心地对待爱琳娜的健康，这干扰了她的职业生涯。燕妮想要爱琳娜休一个短暂的期中假，陪伦琴回家参加她姐姐在莱茵兰的葬礼，结果这一想法被爱琳娜拒绝，爱琳娜解释说她不能突然请假，没有计划的假期是不被允许的。燕妮想到直接请求学校可能会解决问题，她绕过爱琳娜直接写信给霍尔小姐请求解除爱琳娜的义务，这样爱琳娜就可以回德国参加婚礼。这件事让爱琳娜深感尴尬。但校长并没有按母亲说的做，学校拒绝了燕妮，这让爱琳娜舒了一口气。

她努力争取独立最初似乎很成功，但是当父母联合进行反对后，反对方就占了上风。为了反对他们的联合力量，爱琳娜进行了抗争，但她的独立战争以战败收场。在母亲和父亲的压力下,她心力交瘁,缺乏食欲。9 月,她不情愿地放弃了教学工作,回到摩德纳别墅,她深感失望,瘦骨嶙峋,并处于神经崩溃的状态。卡尔让爱琳娜——自己的秘书回到了书房,让自己最爱的女儿回到了家,但是爱琳娜却对回家充满怨恨,并且身体不适。

利萨加雷和拉法格持续存在的争吵进一步升级,而她与利萨加雷的"秘密"交往进一步被阻止,她完全被禁止去看他。父母都认为马克思应该带爱琳娜去哈罗盖特"做矿泉疗养",洗三个星期的矿物浴,在基辛根水域沐浴、阅读、早睡,以此来恢复身体健康。11 月,马克思把她带到寒冷的约克郡。因为对最近的"失败"耿耿于怀,爱琳娜在矿泉花园度过了潮湿的、无阳光的日子,她读圣伯夫,每天喝十六杯硫磺水,包裹在湿雾和香烟烟雾之中,烟雾来自她喝每杯水之间吸的烟。她一直抽烟没有惹恼父亲,但她阅读圣伯夫惹恼了他,他知道这是一种无望的、持续的反抗。爱琳娜确实在反抗她亲爱的父亲。

对于任何爱卡尔的人来说,他令人紧张的忧郁症和情感上的强制性要求都是令人难以忍受的,很少有人能对抗他。在对付父亲上,爱琳娜与母亲和恩格斯不同,她的经验较少。她英勇地抵抗着他的强硬和占有欲,但她也继承了他的天性,对抗的疲劳在她身上体现得更强烈、更容易扩展。

这就是一个被贴上"歇斯底里"标签的焦虑和狂热的时代。爱琳娜染上了威尔基·柯林斯精辟描述的维多利亚时代的女性神经综合征,柯林斯是伟大的表现主义作家,他描述了父权制对女性的压迫,以及父权制如何影响那些聪颖、有野心的女儿,她们被挫败的欲望如何进行表达,在父亲的压迫下,她们会出现应激性的红疹、溃疡、肿脚和抑郁症。爱琳娜确实是用自己独特的一组女性神经症状来回应的。她忘记吃、忙于在工作中证明自己、想念利萨加雷、吸烟、开夜车,爱琳娜崩溃了。

她头昏贫血,她在父亲、情人与独立之间撕扯着自己。

第一场战役爱琳娜已经战败,但她坚持战斗。1874 年 3 月,她给最亲爱的卡尔写信,“相当的你知我知”:

> 我要问您一件事,但首先我想您答应我,您不会很生气。我想知道,亲爱的卡尔,我什么时候可以再见到利萨。永远不见他太难了。我已经竭尽全力保持忍耐,但是太难,我觉得我好像不能忍耐更长的时间。我不期望您说他能来这里。我甚至也不该这样希望,但是我能不能,间或,与他走一小会儿?您让我与鸥汀[另一个仰慕者]、与弗兰克尔出去,为什么不能和他呢?而且,没有人会惊讶看到我们在一起,因为大家都知道我们订婚了……
>
> 当我在布莱顿病得很重的时候……利萨每次来看我,都令我更坚强,更幸福,更能承受住我肩上相当沉重的负荷。上次看到他已经过去这么久了,我感觉非常痛苦,尽管我努力生活,因为我努力尝试着要快乐、开朗。但我不能坚持更长的时间。相信我,亲爱的卡尔,如果能够间或让我看见他,对我而言,这比把所有安德森夫人的处方放在一起更好——我凭经验就能知道这一点。
>
> 无论如何,最亲爱的卡尔,如果我现在无法见到他,您能不能说出我何时可以?这将是一件值得期待的事情,如果时间不是如此不确定,等待不会那么令人厌倦。
>
> 我最亲爱的卡尔,请不要因为我写到这个生我气,请原谅我的自私,又来烦您。
>
> 您的爱琳娜[41]

这封乞求信提到的医生是伟大的伊丽莎白·加勒特·安德森,她现在是爱琳娜的医生。1836 年,加勒特·安德森在怀特查佩尔出生,在奥尔德堡长大,是英国第一位拥有行医资格的女性,1866 年她的名字第一次出现在医疗注册名单上。她的姐姐是主张妇女选举权的米利森特·加勒特·福西特。加勒特·安德森的前任伊丽莎白·布莱克威尔不得不去美国训练。1873年,加勒特·安德森进入英国医学协会,二十年里她是唯一的女性成员。

1874年的大部分时间里,爱琳娜的健康状况都很差,年底之前,加勒特·安德森做了大量工作,才使爱琳娜的身体状况恢复过来。但爱琳娜的不佳状态因11个月大的外甥、珍妮的儿子查尔斯·菲的死亡而雪上加霜,查尔斯·菲从一开始就体弱多病。爱琳娜日夜不停地看护着他——这让珍妮永远感激。

查尔斯·菲死在摩德纳别墅祖父母家,他也出生在这里,当时爱琳娜完全崩溃。近一个月的时间里,加勒特·安德森医生每天都来看她,她对彻底治好爱琳娜的疾病已经不抱任何幻想。她主要侧重于改善爱琳娜的饮食,设法提高她的体重,增强她的力量,让她不要在香烟、不良空气和压抑的情绪下生活。爱琳娜的女医生也特别留意她职业的需求,她认为这是有利的人际交往手段。爱琳娜的父亲被加勒特·安德森所打动,也深受她说的"歇斯底里症"的影响,他知道有很多女性都受到压迫,爱琳娜的这种症状是有原因的。

加勒特·安德森感觉到马克思是导致爱琳娜身体虚弱的主要原因,是他无意中挫败了爱琳娜的野心和欲望,但是安德森明智地不予评论,她鼓励全家为增进爱琳娜的食欲而努力,按欣慰和高兴的父亲的说法,爱琳娜的食欲按照"几何比例"[42]改善。

加勒特·安德森医生建议爱琳娜去疗养,认为她将受益于卡尔斯巴著名水域的疗养。一年前,马克思的医生贡佩尔特命令他去卡尔斯巴,马克思忽略了这个医嘱,因为爱琳娜不舒服,他不愿意离开英国。但现在,他考虑带爱琳娜去疗养。1874年8月,在恩格斯的资助下,父女动身去了著名的波西米亚温泉度假村,住在日耳曼尼亚酒店。旅行前不久,马克思申请了英国公民身份,但是离开之前,他没有从内政部听到任何消息。于是，在没有英国护照的保护下，他出发了。为了避免引起人们的注意，他采取了预防措施，在酒店登记的时候用了查尔斯·马克思的化名。

卡尔斯巴传说中有益健康的水让度假村成为国王、百万富翁和承担得起的艺术家所喜爱的地方。巴赫、歌德、席勒和屠格涅夫都是这里的访客，还有贝多芬、莱布尼兹、帕格尼尼和莫扎特等人。

爱琳娜喜欢卡尔斯巴，被这里“极好的景色”[43]迷住了。她告诉珍妮，“我们明确地知道自己该干什么。我们散步，一起相处得很好！”[44]无疑，卡尔暂时拔掉了利萨加雷这根刺。他们将社交活动与严格遵守医疗方案结合在一起。他们的不同风格的、吵吵闹闹的同伴们包括画家、过去的流亡者同伴、作家和贵族。

爱琳娜对加入疗养之旅的世交库格玛尼斯不那么热情，认为他是“一个无可救药的人”[45]，这是她对库格玛尼斯的描述，她同意父亲的看法，他过于迂腐，心胸狭窄，是一个小资产阶级的平庸的人。但那还只是开始。令爱琳娜最不高兴的是，库格玛尼斯虐待他“迷人的”[46]妻子和女儿弗兰齐斯卡。爱琳娜与弗兰齐斯卡变得“非常亲密”。[47]弗兰齐斯卡向爱琳娜透露，父亲在口头和身体上虐待母亲和她，她渴望卡尔斯巴是她们的短暂放松之地，逃离在汉堡家中处于他管制之下的悲惨生活。

爱琳娜写信给燕妮，“当一个女人没有自己的钱，丈夫每分钟都在告诉她，要感激他给她和孩子的所有‘捐赠’，这是一种多么痛苦的生活。你无法想象库格玛尼斯多么野蛮、多么无耻”[48]。最初马克思和爱琳娜与库格玛尼斯住相邻的房间，一天晚上，马克思隔着旅馆的墙听见库格玛尼斯可怕的发脾气声，这让他不再怀疑库格玛尼斯的恶劣人品。他要求搬到另一个房间，库格玛尼斯则禁止妻子和女儿与爱琳娜或马克思说话。

这一插曲增强了爱琳娜的一种认识，即，在婚姻里妇女没有经济独立是危险的。除了意识到两个姐姐在生活中经历的日益增长的不满和斗争，这种认识是爱琳娜新兴女性主义意识的又一个迹象。

在返回的旅程中，他们去莱比锡拜访李卜克内西，爱琳娜形容这三天是“光明和欢乐的时光”。[49]她和爱丽丝都很高兴看到彼此，爱琳娜第一次见到了李卜克内西的第二任妻子娜塔莉，和他们越来越多的家人。最新加入的成员是三岁的卡尔·李卜克内西，他和爱琳娜阿姨建立起即时和持久的密切关系。

爱琳娜向李卜克内西吐露了她的困境。他非常同情她与卡尔的斗争以及她家人对利萨加雷的反对。他们同意在德法社会主义运动之间相互交流的简报上共同努力，爱琳娜汇报了英国社会主义的进展。李卜克内西和奥古斯特·倍倍尔曾于1869年创立了以马克思主义为指导原则的德国社会民主党。李卜克内西的《人民国家报》就是德国工人党的出版物。利萨加雷正准备办一份新的政治评论周刊《红与黑》，爱琳娜反过来邀请李卜克内西投稿。与利萨加雷团聚是她完全恢复健康的转折点。“我找不到词来告诉你，我多么高兴将见到你。再次见到你，这一直是我最热切的愿望……我带着与你度过的许多幸福日子的回忆成长。”[50]

1874年余下的日子，爱琳娜忙着《红与黑》最初的两期，为此她将李卜克内西国会纵火案的德文演讲译成法文，要求解除对被囚禁的社会民主党的审判，以及对审问他们的司法程序进行审查。爱琳娜同意李卜克内西的立场，但不同意他教育式的修辞，如“资产阶级是什么？它是一切。资产阶级应该是什么？它什么都不应该是”[51]。她更喜欢清楚的分析和有说服力的语言。《红与黑》只办了三期，11月底停刊。它原本更多的是利萨加雷思想的随意评论，而不是对国际社会主义的全面报告，但是爱琳娜没有错过让利萨加雷受自己思想影响的机会。也许这份短暂的杂志中最有趣的短文是对当代政客的讽刺作品，包括激进主义狂热者、议会发言人维克多·雨果，他被描绘成有一个像巴黎运行水闸一样的舌头。

在《红与黑》中,李卜克内西善意但有限的说辞和利萨加雷受马克思启发的社会主义情结,使爱琳娜二十岁之前的政治思想更加清晰。她看到了社会对杂志的实际需要。她将法国媒体斥为“彻底无耻”[52]和无用:

> 德国正在进行社会主义运动,这是事实,法国人竟然不知道!那么,法国有必要出一些出版物,在上面可以讲所有国家的社会主义运动。[53]

这就是爱琳娜,根深蒂固的国际主义者,当时她只有十九岁。1874年,爱琳娜也给娜塔莉写了一篇关于英国政治状态的简短纲要。她说,英国工人运动完全停顿,巴黎公社的失败又给它投下了阴影。爱琳娜也表达了她的遗憾,“普鲁士政权在英国是不可能的。它能做的比所有工会和工人社团加在一起更多,可以给这里的运动注入活力”。[54]

抑郁得到缓解,食欲得到恢复,积极参与到整个世界的事务中,爱琳娜在与维多利亚时代的女性病的比赛中赢得第一个回合。也许是想起了加勒特·安德森医生在康复中的作用,爱琳娜也告诉娜塔莉,第一个女子医学院成立了,最先由索菲亚·杰克斯·布莱克倡议,并得到加勒特·安德森和赫胥黎教授的支持。她观察到,医学院只会帮助中产阶级妇女,但这至少“总是有某些东西”。[55]

10月,回到英格兰,爱琳娜以反思的心情看待刚刚过去的日子和不远的未来。在同一封给娜塔莉的长信中,她发了一则《纽约时报》个人启事的剪报,来自一个像爱琳娜和她大姐一样试图从教学中独立谋生的人:

> 一位年轻女士想找一份家庭教师的工作。她可以提供有益的

参考,可以教德语、法语、音乐和绘画,曾在国外学习。条件:一星期六先令。

这则启事展示了“家庭女教师恐怖的地位”,爱琳娜带着亲身了解过的感情在写信。[56]她以自己最近的经验和大姐给苏格兰人门罗博士当家教时受到的悲惨的奴役为例,门罗博士在珍妮辛苦服务三年之后立刻开除了她。珍妮写道,他开除了我,当“他惊恐地发现我是为公正而斗争的巴黎公社运动的头领的女儿后”[57]。

1874年底,拉法格一家和龙格一家都搬回伦敦,住在汉普斯特德附近。龙格在伦敦国王学院找到一份教法语的工作,珍妮则在伦敦市中心的圣克莱门特·戴姆斯教会学校任职。珍妮和劳拉的婚姻曾让她们离开父母家,但两个人都不乐意接受母亲的身份和伺候丈夫的角色。

几年来,爱琳娜的生活已经类似于柯林斯或勃朗特小说中被挫败的女主人公的生活。现在她开始打破这一模式。她停止在狮子般的父亲的家里公然反对他。她停止要求家人允许她继续与利萨加雷联络,只是要求重新公开建立关系,勇敢面对任何直接挑战她的人。

爱琳娜在巴黎公社时代长大成人,面对所有挑战和矛盾,她通过自己的生活展现了女人生活的其他可能性。作为一般的政治事件来说,巴黎公社是失败的,但作为一个性别事件,它却是妇女解放运动史上非同寻常的里程碑。爱琳娜嘲笑并挣脱了维多利亚时代女反英雄的桎梏。她要去哪里,别人的生活并不能提供样本。在家庭、事实或虚构的故事中缺乏令人满意的榜样,她只能自己去摸索正确的方向。

第八章　山茱萸

俄国革命家尼古拉·亚历山德罗维奇·莫洛佐夫描述爱琳娜时说:“她是一个苗条、迷人的德式美女,让我想起《浮士德》里浪漫的格雷琴或玛格丽特。”[1]被拿来与歌德悲剧中的清纯少女做比较,这种说法会让爱琳娜哈哈大笑。

莫洛佐夫只是各色客人中的一员,1875 年 3 月马克思家搬到梅特兰公园路 41 号的新居,这些人都来这里做过客。这处房子是新建的,四层楼,中间是露台,就在他们以前房子的拐角处,租金相当便宜。爱琳娜的朋友玛丽安·科明说:“这是一幢非常普通的郊区别墅。但是,家里的魅力绝不普通。”[2]另一位朋友,女演员弗吉尼亚·贝特曼,认为它是“一个可怕的小房子”[3]。梅特兰公园路步行到北伦敦线上的卡姆登乔克农场站很方便,该站因为在平台上有女士候车室而引以为傲。

莫洛佐夫是民意党的骨干成员,这个秘密组织开展反对沙皇专制的革命斗争。莫洛佐夫与列弗·哈特曼、索菲亚·彼罗夫斯卡娅组成战斗组,1879 年尝试在皇家火车上炸死沙皇亚历山大二世,但失败了。莫洛佐夫逃到法国,1881 年 2 月回俄罗斯时被捕。一个月后,民意党又进行了尝试,并在索菲亚·彼罗夫斯卡娅率领的任务中成功刺杀亚历山大二世。爱琳娜被俄罗斯的政治动荡吸引,就这个问题她向《圣詹姆斯公报》投了几篇文章。

在浓雾围困的伦敦郊区,这个“可怕的小房子”不起眼的前门可以通向另一个世界,科明已经知道这一点,而莫洛佐夫则即将发现这一点。据爱琳娜的朋友克拉拉·科莱描述,客厅里“挤满了人,高声说着法语,多数人是巴黎公社后的处于危机中的难民……一位法国人告诉

[我]，在革命中，房间里的每个人都是被判处死刑的人，当然，他认为自己的多愁善感是可以原谅的”[4]。1875—1883年间，梅特兰公园路41号，马克思的家成为伦敦的激进的波西米亚沙龙，他们在这里感觉到宾至如归。

莫洛佐夫和列弗·哈特曼第一次来的那天，伦敦笼罩在臭名昭著的黄雾里。房间里所有的灯被点亮。在引渡令下流亡，这些人对英国来说是潜在的恐怖分子。当这些被监视的对象被友好地拉到马克思书房里的壁炉旁，喝着咖啡，吃着伦琴的自制饼干，负责跟踪他们的警察不得不在烟雾弥漫的街上游荡。爱琳娜负责欢迎和款待他们，直到卡尔从大英博物馆回来。当她注意到莫洛佐夫结结巴巴地说着英语，她改说法语。他注意到她的非凡资质。她进步了的法语表明她与利萨加雷的交往给她带来了法语上的飞跃。

莫洛佐夫想起一个细节：“当她坐在父亲的扶手椅里与我们谈话时，马克思的书房灯有个绿色的灯罩，投射出柔和的光线，光线照到摆满书籍的墙框中，映衬着爱琳娜。”[5]那个绿色灯罩的效果让莫洛佐夫将爱琳娜与歌德的格雷琴联想到了一起。

莫洛佐夫回忆道，“聊天主要是关于民意党的事情，卡尔和爱琳娜表现出浓厚的兴趣。马克思说，他像所有其他欧洲人一样，把我们与独裁统治的斗争当作神话一般的事情，像一本奇异的小说”[6]。这并非准确的评论。马克思和恩格斯仍然坚决反对恐怖主义，并强调在俄国革命必须依靠基础广泛、具有代表性的民众运动，而不是依靠民意党秘密的少数派民兵组织。当时爱琳娜在武装斗争问题上犹豫不决，但她全神贯注于辩论中。

莫洛佐夫将爱琳娜与歌德著名的女主角进行比较，这抓住了她的特征：泛欧洲的世界流亡公民。但是，不同于格雷琴，爱琳娜不会老惦记着数雏菊花瓣，或被忽悠在结婚前怀孕。爱琳娜把思绪转向国家的状态以及她在国家中的位置:“谁会想到在非常体面、幸福的英国,数以百万计的人处于饥饿的边缘!”[7]

作为移民父母的第一代孩子,爱琳娜是英国公民,受多种文化的影响,她是国际主义的、游历颇多的、有教养和气质的,总之,爱琳娜已经成长为大都会的伦敦人,在其社会政治斗争中为英国而战。在二十多岁时,她开始积极参与制订伦敦教育政策、爱尔兰地方自治的讨论、德国社会民主党的演变和巴黎公社社员的大赦运动。1875 年新年元旦,二十岁生日前两个星期,她写信给娜塔莉·李卜克内西:

> 在英国,一种内部运动(例如罢工)永远不会完全停止,但是这么长一段时间以来英国已经习惯循规蹈矩到了惊人的程度……没有一天没记录过某个“乞丐”“死于匮乏”。这就不难理解,伦敦东区成千上万挨饿的男人和女人——在最大的财富和奢华旁边挨饿——怎会不迸发出疯狂的斗争。肯定没有什么能使他们的命比现在更糟了。[8]

考虑到国际的、国家的和地方的背景,以及她父亲的倾向,爱琳娜的思想也在意料之中。当他们搬到梅特兰公园路时,在广泛的欧洲文化的影响下,这个本质上激进的英国姑娘发生了变化,爱琳娜同样被吸引到马克思的壁炉边。玛丽安·科明这样描绘当时的氛围:

> 对客人慷慨款待,向陌生人敞开大门热情欢迎,我想它是波西米亚式的。陌生人很多,展示着各种不同的魅力。他们之间有一个相似之处——大多数一贫如洗。衣衫褴褛,行动迟疑,但有趣,总是有趣……马克思博士对客人的举止总是使人愉快。相当多人无疑发现家乡已经太多是非,他们待不下去了,对这些聪明的同谋

者来说，伦敦是个不错的中心，尤其对这些设法从镣铐中挣脱出来的政治犯来说，他们是一群年轻的冒险家，信奉“如果有政府，我就是代理”[9]。

像其他许多人一样，科明被热情地邀请参加梅特兰公园路41号定期的周日开放聚会。爱琳娜在这些每周的“家庭活动”中掌舵。当时卡尔正在撰写《哥达纲领批判》、编辑利萨加雷《巴黎公社史》，作为调整永久访客流量的尝试，周日沙龙实际上只是增加了家庭的繁忙社交。

爱琳娜哄骗伦琴准备足够的食物供人数不确定的客人享用，伦琴帮忙烤、炖、煲汤、做饺子和有名的烘焙点心。科明说：“海伦是个出色的厨师”，与她的德国饼干一样，“她的果酱馅饼至今给人留下的都是甜蜜和持久的记忆”。[10]海伦在“半地下室的餐厅”里做饭，“在安息日里差不多一直是这样”。[11]所有参加家庭活动的人都认识伦琴，她戴着标志性的金耳环和雪尼尔发网。她的厨房毗邻餐厅——她在餐厅和厨房的意见都被平等对待。马克思家中没有阶层之分。伦琴“保留说出想法的权利，甚至是对威严的博士。所有人都尊敬地、甚至温顺地接受她的想法，除了爱琳娜，她经常挑战它”[12]。

1875年夏，爱琳娜待在伦敦，卡尔再次去卡尔斯巴的硫磺水域休息疗养，燕妮则在洛桑待到9月。即使家长不在家，利萨加雷依旧天天来，更准确地说，是几乎每个晚上都来，伦琴并不阻止，相反她慈眉善目地对待他们。伦琴促进了马克思和燕妮之间年轻时的秘密交往，现在她以同样的方式帮爱琳娜与利萨加雷。

爱琳娜与利萨加雷的性关系使她意识到要采取避孕措施。到19世纪70年代，英国药店里已经有众多节育器具可供非处方购买，包括橡胶避孕套、子宫帽避孕套、化学栓剂、阴道海绵和药棉条。避孕通过暗示性的语言和图像得到广泛宣传，它们的含义对一般公众而言相当清楚。

识字而且住在城里,爱琳娜有充分的机会采取必要的措施;她还有年长且有经验的伴侣,利萨加雷在《巴黎公社史》出版之前不想要孩子。

1875 年整个夏天,利萨加雷一直忙于他的书。爱琳娜是主要的研究者,她给卡尔·赫希写信,请求他从巴黎发来关于公社最终的事实。无限期的流亡令利萨加雷很沮丧,他的热情和活力慢慢变成一种过于严肃的忧悒。"青春必须是认真严肃的,而不是轻松的,因为我们已经没有时间年轻了。"[13]这种新式的守旧令爱琳娜感到不安和沮丧,但她把焦虑抛到脑后,把利萨加雷的压力引到书的截止日期上,不断催促他前进。

卡尔·赫希一丝不苟地提供了爱琳娜所要求的所有公社信息。太一丝不苟了。卡尔·赫希与爱琳娜的通信证明了,1875 年 10 月,在伦敦,赫希对爱琳娜一见钟情,当时他刚从德国出狱后不久。赫希是记者和职业政客,也是一些社会民主党报纸的编辑,他是一个有耐心的实用主义者,并不准备向爱琳娜表露心声,直面利萨加雷。他选择明智的做法,鉴于利萨加雷参加武装战斗的意愿,他致力于更长的竞赛,对他如此正式又充满暗示的求爱,爱琳娜是最后一个意识到的人。对她而言,赫希是慷慨的朋友,魅力十足的记者,她喜欢与他讨论艺术与政治。珍妮对"令人迷恋的赫希"[14]隐秘的动机更敏锐,强烈地暗示小妹,但爱琳娜都没有看到。知道自己与任何人都平等,无需顾忌年龄或地位,爱琳娜的行为不受淑女的社会禁忌的阻碍。许多男人和女人都被她的强烈魅力吸引,并怀念处于这个生命阶段的爱琳娜。但是,她专注于利萨加雷,让大部分这类关注她的情感完全与她擦身而过。

赫希回到巴黎后,爱琳娜与他的通信主要关注法国政治和巴黎公社社员的大赦运动,这是她心中的一个主题。她相信,这一问题的解决会让利萨加雷恢复以前的自己。爱琳娜和赫希用法语给彼此写信。1876 年 5 月,爱琳娜猜测赫希忙于巴黎的大赦:"报纸开始谈论这件事。

最后我们马上会知道谁将能够返回法国。我认为议会将被迫赦免相当多的人。”[15]共和党众议院取代保守党国民议会,其中共和党众议院提出了对巴黎公社社员全部大赦的法案,法国1875—1876年冬天的政权更迭令她过度乐观。爱琳娜写这封信后不久,草案被踢出两院,但是它的提出有助于将和平以及与前巴黎公社社员的和解提上日程。

与此同时,赫希思索着他如何能够努力赢得爱琳娜的芳心。她的21岁生日提供了完美的机会。

他寄给她一盒烟,里面有一个温暖的便笺,祝贺她成年。由于警察尽职尽责地拦截他们的书信,我们知道,是赫希最先把现成香烟这一现代奢华的便利品介绍和提供给爱琳娜的,她像父亲对廉价雪茄一样对香烟上瘾。到目前为止,同大多数人一样,爱琳娜购买散烟草和纸,然后自己卷。她很高兴,并郑重地感谢赫希,仅仅几个月后,他送了一个更成功的礼物:一副最新设计的时尚夹鼻眼镜。

这款眼镜用夹子夹住鼻梁,无需眼镜脚支撑,自16世纪以来,就已经有夹鼻眼镜。工业化时期轻钢工程和薄玻璃的发展使得更轻、更舒适的夹鼻眼镜成为可能,19世纪晚期,夹鼻眼镜达到其鼎盛时期。风格是男女通用的,可以放在保护壳里携带,或者,对于妇女而言,还能用链子挂在脖子上,或别在定制的发夹上。对于爱琳娜难于梳理的头发而言,发夹太多余。她把夹鼻眼镜夹在一根长的铜制金链子上,这可以在这一时期及其后拍摄的照片中看到。

赫希送的夹鼻眼镜有一个坚硬的梁,完全适合她马克思式的鼻子。镜片不合适,但是她让苏荷区的验光师改了改,戴着他的礼物,她写信给赫希,表达她的感激之情和喜悦。知道自己为她提供了利萨加雷没有想到的实用和舒适,赫希暗暗地高兴。现在,因这副优质的德国眼镜,她近几年的近视得到大大缓解。新的夹鼻眼镜让爱琳娜的视觉质量得到明显改善,但是她仍未能注意到,赫希的注意力不只是意味着同志式的友情。

爱琳娜以毫不犹豫的热情拥抱很多革新和省时的设备,现成的香烟和最新的夹鼻眼镜就是其中两种。她通过采用实用技术,从家庭工作和劳动中解脱出来。当爱琳娜意外到访,取回借给朋友玛丽安·科明的书时,发现科明手里拿着针,旁边桌子上的书没看完,她把科明狠狠训了一顿。对她而言,这种失误如果说不是道德无能的话就是精神无能的表现。她活力十足地表达了她的观点。对于维多利亚时代的淑女成就,她投之以轻蔑的愤慨。她鄙视"钩编织品";在她看来,由于缝纫机的持久性,手工缝纫是多余的。[16]

现在爱琳娜是戏剧作品而不是编织作品的爱好者,她最关心的是文学界而不是缝纫界。

克拉拉·科莱在日记中记载,"自 1877 年 8 月以来,山茱萸俱乐部成立"[17]。科莱和爱琳娜是儿时的玩伴。他们的家人相识在 19 世纪 70 年代,马克思开始给《新闻自由:外交评论》投稿,当时该杂志由克拉拉的父亲科莱·都布森·科莱创办和编辑。[18]在香雪道科莱家,爱琳娜和克拉拉相遇,立刻喜欢上了彼此。克拉拉生动地记得第一次见面,爱琳娜的能量和"点缀着白天鹅羽毛的蓝色美利奴连衣裙"令她眼花缭乱。[19]父母在楼下的客厅读剧本,女孩们"在楼上各个房间里"四处走动。[20]爱琳娜让克拉拉的家变成了探索场地。

七年后,两人共同创立山茱萸俱乐部,致力于戏剧阅读和所有与莎士比亚戏剧相关的文化活动。以山茱萸先生为名,他是莎士比亚《无事生非》中一个妄自尊大、自我本位的警察,误用英语到令人难以置信的程度,对于一群不赞成英国非民主的君主制国家体制的年轻的英国激进主义者来说,这是一个大胆而恰当的称号。像其他许多在梅特兰公园路召开的会议一样,山茱萸俱乐部的会议也在苏格兰场的监视之下。为纪念不得不浪费时间监视其成员和活动的倒霉的警察与侦探,他们用山茱萸来命名莎士比亚读书俱乐部,其中有着不错的机智。

最初的山茱萸俱乐部成员由家人和朋友组成——包括剧作家爱德华·罗斯和伊斯雷尔·桑威尔、女演员西奥多拉·莱特和弗吉尼亚·贝特曼。恩格斯、亨利·朱塔爵士、爱琳娜和克拉拉的父母是定期参与的成年成员,但很快访客不断增多。[21]

正如我们已经知道的,爱琳娜对莎士比亚的爱在童年就生了根。现在,家人对"我们家很少离手或嘴的圣经"[22]的激情得到了复兴。爱琳娜是山茱萸俱乐部成员的灵魂人物。她隔周在梅特兰公园路举办戏剧朗读会,去学园大戏院看亨利·欧文的演出。

亨利·欧文是约翰·布罗德里布的艺名,出生于萨默塞特,父亲是旅行推销员,母亲是火与硫磺的卫理公会教徒,他们从未原谅他在舞台上的生活。[23]欧文在贸易学院学习,在剧院没有背景,但是他让自己成为十九世纪英国舞台最成功的著名演员、经理。通过自学成才,欧文证明剧院是一个专业的世界,人们可以取得成功,不管他们来自哪里。

1874 年 10 月,欧文非常成功地推出了他改编的《哈姆雷特》,莎士比亚的作品一直是票房利器。[24]欧文重塑了莎士比亚演出的语言风格。他新的理解使得这位诗人再次受维多利亚时代中期观众的喜爱。评论家严厉批评欧文版本的《哈姆雷特》打破了莎士比亚演出的雄辩传统。美国演员埃德温·布斯引入了心理的、人性化的新方法,欧文对莎士比亚的现代激进解释遵循的就是这一方法,在关于这一点的新闻争议中,爱琳娜和父母高声宣布站在欧文一边。阿尔弗雷德·丁尼生称赞欧文饰演丹麦王子是"方法中的疯狂和疯狂中的方法"[25]。欧文 1874 年奠基性的《哈姆雷特》和 9 月的《麦克白》重新点燃了爱琳娜童年时代对莎士比亚的热爱,将她引向戏剧的人生道路。不如说,她开始做梦。

在首映夜,学园大戏院二楼正座的前排留给山茱萸俱乐部的成员们,这是明显的特权,因为它是归欧文管理的伦敦的一流剧院。爱琳娜可能通过山茱萸俱乐部成员弗吉尼亚·贝特曼获得了青睐，她父母是欧文前一任的学园大戏院管理员。弗吉尼亚是弗吉尼亚·弗兰西斯的艺名，是贝特曼四姐妹中最小的，她们都是演员。她回忆道，爱琳娜最渴望她认真对待莎士比亚。[26]

在这些俱乐部的一次外出中，爱琳娜代表山茱萸俱乐部成员们向欧文呈献月桂花环。他感谢地吻了她的手。看到社会主义反叛的女儿被引见给出身卑微的白手起家的巨星演员，山茱萸先生可能会用学园大戏院非常时髦的话进行评论，“先生，我们的哨兵真的理解两个有前途的人”。

迁到梅特兰公园路之后，燕妮开始感到疲劳，并受到连续的小毛病的困扰。为了使她高兴，爱琳娜鼓励母亲经常去看戏，写莎士比亚的评论，应她的要求，赫希把燕妮的评论发表在《法兰克福报》：

> 欧文先生……引起了我们很大的兴趣（虽然我们不认识他），首先因为他是个难得的人才，其次因为所有英国报刊，因为最卑鄙的阴谋，猛烈地攻击他，已经发展成一个阴谋集团。[27]

燕妮被新的“写作狂”注入新的活力，又写了其他几篇评论和1876年伦敦剧院季的全面报告，所有一切都由爱琳娜安排在《法兰克福报》出版。[28]在马克思一家莎士比亚的复兴中，卡尔满足于充当配角。他鼓励爱琳娜的热情，感觉到这将能给予她一个自己去打造的舞台，以及将文化与出身相结合的手段。这几天他很少晚上出去，山茱萸俱乐部成员们提供家庭娱乐。玛丽安·科明观察到：

> 他从未读过一部分，……也许很好，因为他有着粗犷的声音和明显的德国口音。他很喜欢谈莎士比亚在德国的受欢迎程度及其

为何受欢迎；爱琳娜始终坚持，德国的戏剧理想更接近于英国的，而不是法国的。讲到莱辛和维兰德，她变得口若悬河，这两个人使莎士比亚在自己的国度里家喻户晓。[29]

俱乐部的活动也不全是那么学术性的。当山茱萸俱乐部成员们完成严肃阅读，他们会玩游戏，例如字谜游戏，英国传统的哑谜游戏——这令马克思和恩格斯很高兴，他们总喜欢参与任何正在进行的有趣的事情，对于滑稽的事，会笑得眼泪顺着脸颊流下来，“(他)年龄最大，但是精神上与我们一样年轻”[30]。

在此期间，爱琳娜也参与了更多学术性质的莎士比亚研究。她加入了新莎士比亚协会，该协会于 1874 年由语言学家和早期英语文体学者弗雷德里克・詹姆斯・弗尼瓦尔成立。

弗尼瓦尔是一个有趣的人，在创立研究英国文学这一学科上做出了巨大的贡献。他是一位具有强烈基督教社会主义倾向的自由思考的不可知论者，曾在工人学院教语法和文学。他主持《新牛津英语词典》的预备性工作，是这个项目的编辑。《简明牛津词典》也是他的主意，当时他意识到《新牛津英语词典》将会成为他一生的工作。弗尼瓦尔既致力于工人教育，也致力于妇女的高等教育。他也非常喜欢在船上瞎折腾。他最吸引人的项目之一是在泰晤士河上为哈罗德的“女售货员”组织了一个女子划船俱乐部。

新莎士比亚协会每周在大学学院集合。1876 年 5 月，爱琳娜参加了第一次会议。弗尼瓦尔对莎士比亚协会文化民族主义的意图毫无歉意。他的开幕词提醒在场的人，“研究莎士比亚是英国人的义务”[原文如此]，在他看来，“1/20 的英国人——或者我们应该说 20000 英国人——对世界上最伟大的作家没有真正的概念，这既是耻辱的，也是可悲的”[31]。通过加入弗尼瓦尔的协会，爱琳娜参与到对英国国民性的定义,并将英国文学作为一门学术研究来学习。

当马克思抵达英格兰时,通过对莎士比亚原文短语进行系统分类并记住的方法,他自学了英语;后来,他把它们传给爱琳娜,爱琳娜则把它们作为移民文化遗产的一部分加以吸收。现在,轮到爱琳娜了,在一个致力于促进莎士比亚作为英语——世界上最伟大的戏剧和诗歌语言——传播者首要地位的社团里,她参与辩论和文本研究。

爱琳娜自告奋勇翻译德国哲学家、波恩大学教授尼古拉斯·得利乌斯的一篇有分量的文章,这篇论文是关于莎士比亚戏剧中的史诗元素的分析,她的翻译在协会备忘录中受到称赞。关于爱琳娜稿件的协会记录表明,她对莎士比亚女性人物和两性之间关系的描述特别感兴趣。她反对约翰·罗斯金提出的观点,认为科迪莉亚①肯定不漂亮,因为,如果她一直漂亮的话,她"不会遭到这么多故意的误解"。爱琳娜展示出对女性心理更坚定的把握,她反驳道:"科迪莉亚一定是美丽的,否则其他姐妹们不会这么讨厌她。"[32]弗尼瓦尔承认,有女人在社团中是一种优势,因为她们可以发现莎士比亚作品新的方面,尤其是对女性角色的解释,"其中许多观点对他而言是新的"[33]。

弗尼瓦尔有灵活处事的天赋,这种能力是将被排除在高等教育以外的人带入学习环境所需要的,在这种学习环境中,他们对"高雅文化"和观念感觉很舒服。在布鲁姆斯伯里 ABC 茶馆,他非正式的茶—面包聚会对各种各样的人具有巨大吸引力,这些人因为阶级、性别、信仰或无神论而被大学拒之门外。

即使他们能够进入高等教育,像爱琳娜这样的年轻妇女也无法研究英语文学及其辉煌的历史这一学科——因为它尚不存在。在确立白话英语文学作为一门值得研究的学科,使人文教育成为可能上,弗尼瓦

① 译者注:科迪莉亚是莎士比亚《李尔王》悲剧的女主角,书中她是李尔王最小的女儿。

尔及其追随者发挥了主导作用,而爱琳娜是其中最活跃的人士。

1864年,弗尼瓦尔开始创办早期英语文本协会,其次是1868年的乔叟协会、1873年新莎士比亚协会和1874年周日莎士比亚协会。勃朗宁协会和雪莱协会分别成立于1881年和1886年。凭借他在语文学上的专长,他致力于促进推出可靠的莎士比亚文本。在当时大学里还没有英语文学研究作为一门学科时代里,弗尼瓦尔是开拓者。

1876年,爱琳娜积极参与所有这些协会,开始直接为弗尼瓦尔做学术研究,她与他成为朋友。她的性别使她没有从英国大学获得学位的资格,与同时期的女性一样,研究工作是她通往文学道路的唯一途径。以这种方式,爱琳娜有效地为自己"编造"了一个大学学位,一路上还能赚点钱。感谢从父亲那儿获得的经验,爱琳娜是一个一心一意、不屈不挠的研究者,有着所向披靡的效率,甚至能够清楚、高效地摘取和概括最动听、有力的论据。

尽管她努力学习,但这些自主学习的研究只是次要情节:学术工作是附属品,爱琳娜的主要兴趣是在剧院的技艺和演出上。在教学、家庭女教师、充当利萨加雷日益自恋的事业的女仆等这些狭窄的选项之外,演戏似乎为她提供了探索和定义生活的可能性。舞台在召唤她。

第九章　唯一的女候选人

1878 年 9 月，肯萨尔绿野公墓，莉希 · 伯恩斯“姑妈”的葬礼，爱琳娜站在恩格斯的身边。恩格斯现在失去了心爱的伯恩斯姐妹，爱琳娜失去了她最重要的导师和朋友之一。自 1863 年莉希的姐姐玛丽去世，她和恩格斯就一直生活在一起。莉希去世的前一晚，恩格斯娶了莉希，正如爱琳娜所说，“在她临终的床上……为了让她高兴”。对她来说，“姑妈”[1]的离世是全家的损失。莉希给爱琳娜的伟大遗产，一是教她理解爱尔兰的政治和历史，二是让她明白女性无论是在经济、社会还是在性别上，都迫切需要获得自由。

最近几年，受疾病、绝经期和对妇女压迫的共同理解的吸引，莉希和燕妮已经变得特别亲密。燕妮坦白地反思了她和莉希的生活与她们深爱的男人的生活的区别：

> 在所有这些战斗中，我们妇女必须承担最难的，即最琐碎的部分。在与世界的战斗中，男人变得更坚强，在敌人的面前也变得更坚强，即使他们数目极多；我们坐在家里缝补袜子。那并不能消除忧虑，每天的小忧虑将会慢慢地吞噬面对生活的勇气。从我 30 多年的经验来看，我可以说，我没有轻易放弃勇气。但我太老了，没有太多希望了，过去诸多不幸的事情让我大大震惊。我担心我们这些老的人不会活着看到许多好事情了。[2]

爱琳娜决心逃脱这最琐碎的部分。逃脱扮演女人角色的宿命，这一斗争的开始已经引起她的绝望、沮丧、愤怒、饮食失调和近乎崩溃，她与她那一代很多女性都共享这一经验。

莉希的死亡让爱琳娜明白,与她一同长大的人们是如何不屈不挠地为一生都不大可能实现的目标和价值而努力的。她的父母、恩格斯和莉希在19世纪40年代更加革命化、乐观的时代里长大成人。爱琳娜关于爱尔兰的激进立场很大程度上归功于她直接从莉希·伯恩斯那里学到的东西。19世纪70年代晚期,她密切关注爱尔兰自治斗争中的紧张局势,因贸易和农业不景气的影响而加剧。1879年,爱尔兰全国土地同盟成立,目的是废除地主制度和改善贫困佃农的条件。政府以严酷的镇压回应土地同盟的建立,逮捕领导人,抑制言论自由。爱琳娜给珍妮写信:

> ……即使在1867年芬尼亚兄弟会造反期间——政府也不曾如此努力驱使人民起义。其中有着极大的危险——因为公开的起义将被镇压,运动将会倒退许多年。请注意在都柏林、利默里克等地方的警察行为。简直骇人听闻。要是人民能够保持坚定而安静,政府就会发现自己忙得不可开交。[3]

她是谈论如何保持缄默的人。这一年的早些时候,爱琳娜参加了弓街治安法院外的示威,被逮捕的土地联盟领导人迈克尔·达维特被拘留在那里的一间牢房里。爱琳娜没有表现出"保持坚定而安静",她"以一种非常爱尔兰人的面容"问一个警察达维特是否还在里面:

> 他说,"不,是我自己把他放进车里的"。从他的土腔,我当然知道这个人是爱尔兰人,所以,正如我们美国的亲戚说,我"走向他"。我问他,是否没有足够多的英国人做这种肮脏的工作,以至于一个爱尔兰人必须帮忙把一个像达维特这样为国家做了这么多的人

“放进车里”,等等,等等。其他在场的一些警察横眉冷对,但什么也没说。[4]

英国国民的自由的特权也岌岌可危。1881 年,格莱斯顿的新内阁实施《高压法》,中止在爱尔兰的人身保护权。爱琳娜谴责这种对表达自由的限制,正如她向李卜克内西所表达的:

> 毕竟,李卜克内西,我们英国人是彻底的。让俾斯麦做他想做的,即使在他自己的专制统治领域,让我们打败他!……在绝对自私方面,我认为我们也能够——退一步讲——打个平手。作为一种懦弱的报复和狭隘的怨恨的行为,逮捕迈克尔·达维特是无可比拟的。下议院的言论自由现在也被有效抑制,言论自由成为明日黄花……英国工人甚至开始认为,格莱斯顿正在“拼命干”——如美国人会说——他们现在开始在伦敦和各省开会抗议《爱尔兰法案》。[5]

工人阶级对爱尔兰《高压法》的抵制增强了英国激进力量对工人民主选举代表权的动员。从 19 世纪 80 年代初期起,人们通过各方努力在英格兰成立了社会民主党。两名来自伦敦交易委员会的工人创立了一份报纸——《劳动标准》来支持独立的工人党的呼吁,恩格斯在上面发表了许多重要的文章。年轻的爱丁堡社会主义者罗伯特·班纳熟悉马克思和恩格斯,对改良主义工会的拉锯政策大失所望,逐渐相信联盟路线永远不会解决劳工问题,并把精力转向创立苏格兰劳工党。

1880 年,受富有的金融家亨利·海因德曼的邀请,爱琳娜与马克思一起去波特兰广场德文郡街的豪宅赴宴。海因德曼想建立一个直接代表劳工的政党。1881 年 3 月,他在伦敦举行协商会,旨在建立这个“新党”。海因德曼的明确意图是开创“一个真正民主的政党，反对格莱斯顿先生和辉格党人在爱尔兰的暴政，及其在埃及同样糟糕的政策，目标是在英格兰带来民主变革”[6]。海因德曼和妻子马蒂尔德(除了她对丈夫谄媚的态度，马克思还是喜欢马蒂尔德的)成为梅特兰公园路不请自来的常客，马克思抱怨自己的家被他们“侵犯”[7]。

爱琳娜分享了父亲和恩格斯对海因德曼的质疑。伊顿公学和剑桥大学的背景以及温和的自由主义不是他们质疑的理由；质疑的原因确切来说，是他尝试将阶级斗争驱除出社会主义运动的决心。马克思和恩格斯写道：

> 当第一国际成立时，我们就明确阐明了战斗口号：工人阶级的解放必须由工人阶级自己带来。因此，我们不能把自己与这样的人联合在一起，他们公开表明工人太缺乏教养以至不能解放自己，必须由上层的博爱的大资产阶级和小资产阶级来解放……为了达到这个目的，工人阶级必须将自身置于“受过教育的、有产的资产阶级”的领导之下，只有他们拥有时间和机会了解对于工人什么是好的。[8]

从家长式的作风到他手工制作的杰明街丝绸袜子，海因德曼口头上支持基层组织的基本需要，但在现实中却鼓吹他视为资产阶级精英的必要性的东西：

> ……没有社会主义者，我们不可能有社会主义，在这个意义上，工人的解放必须由工人本身带来是对的……但是，奴隶不能由奴隶自己来释放。领导、倡议、教导和组织者必须来自那些出生在不同位置和早年被训练使用他们能力的人。[9]

在波特兰广场有几次晚餐讨论,海因德曼一家则反复侵扰梅特兰公园路。几个月后,爱琳娜向珍妮报告,“我们不再听到更多关于最新的‘新党’,但我认为它不会有什么结果”[10]。

她错了。两个月后,海因德曼创立民主联盟,迄今仍被视为是19世纪后期英国社会主义复兴的基石之一。他的宣言是“所有人的英格兰”。他对《资本论》中的两章进行了删改,没有注明归属,也没有征得作者的许可,并增添了无数的错误的观点,但是,这是政治哲学家做事情的方式,是可以预料的。马克思、恩格斯与他失和的原因是海因德曼背叛马克思和恩格斯的原则,即民主只可能由基础广泛的基层组织带来:奴隶必须由奴隶自己来解放。

海因德曼一家人被禁止来梅特兰公园路,去波特兰广场赴宴的邀请同样被拒绝。爱琳娜仍是父亲的书信秘书,不得不处理马克思和那些与民主联盟有关的人之间的小冲突,这些人试图回避《资本论》关于基层斗争的需要这一首要论据。她尽职尽责地冷静回信,简要总结马克思反对意见的基础,[11]例如给苏格兰律师、人种学者、历史学家约翰·斯图亚特·格伦尼的信,这是另一个完全不理解《资本论》观点的人。格伦尼写信给爱琳娜抱怨道,“你说,‘他反对你的书的唯一理由取决于你如何对待他的科学理论’。但是,马克思博士关于资本重要理论,我根本没有处理”[12]。确切地说,“一点没有处理”。[13]

海因德曼和格伦尼与其他许多受过良好教育的、自由的英国男人共享一个奇怪的观点,只要男性工人被赋予投票权,直接代表自己,就能建立民主。爱琳娜认为这简直是一派胡言。从二十多岁起,她开始质疑和挑战只关注男性工人而不关注女性工人的观点,这是她作为英国社会主义组织者的第一步。

这是爱琳娜通过艺术追求和文化追求锻造她自身世界观基本特征

的时刻,她的世界观中已经包括了占世界上一半以上人数的妇女。只有一个性别的社会主义没有意义,这与只有一个国家的社会主义的观念一样荒谬。爱琳娜从巴黎公社的例子中懂得这一点。尽管有其缺点,但巴黎公社坚持将妇女解放作为实现民主的必要前提,这是正确的。

在爱琳娜的前面有无数例子,如妇女在爱尔兰斗争、第一国际、巴黎公社和早期俄国革命运动中发挥作用的例子。莉希、爱琳娜和珍妮是家中最强势的芬尼亚兄弟会会员。马克思和恩格斯支持爱尔兰共和事业,但并不支持他们的具体做法。莉希和爱琳娜更激进。1883 年,爱琳娜给《前进》杂志写了两篇关于俄国革命运动的文章,说明她在思考武装暴力的使用。[14]这一分析同样适用于她对妇女作为阶级的解放以及作为芬尼亚兄弟会会员和俄国革命者的态度。

在任何情况下都反对诉诸恐怖主义,她的父亲和恩格斯在这一点上是坚决的;爱琳娜没那么坚决。这到底是头脑发热的青年的不耐烦,还是作为被剥夺权利的二等公民给予她的一种不同的视角?像莉希一样,这一视角不同于马克思和恩格斯,他们有作为男人的天生权利。

从家庭角度看,爱琳娜也有可以观察的例子,母亲、两个姐姐、伦琴和莉希。当她们逐渐成熟之后,对于怎么会允许自己被政治的、理智的男人亏待这一点,每个女人都感到不满和愤怒;每个女人都以不同方式表达出未实现愿望的感觉和失望。

现在姐妹们正踩着与母亲相同的路往前走。珍妮和劳拉是聪明、有能力、有才华的女性,却被迷人的、讨人喜爱的、自由的男人们迷得神魂颠倒,他们用孩子、家务和吹毛求疵的姻亲套锁住她们的欲望。劳拉和保罗有三个孩子,尽管他们极为关心和努力,所有孩子都惨死在童年。结果,保罗丧失了对医学的信心,这是他当初选择的职业,并试图靠当雕刻工和照片平版印刷工谋生。[15]随着劳拉和保罗渐渐变老,爱琳娜开始同情他们,但总是不得不想起,在他们婚姻最初几年,他们建立了家,却又失去了家。

劳拉活泼、合群,但也只能为了自保选择务实的生活。珍妮拥有真正敏锐、有创造力的头脑,如果她生在不同的历史条件下,可能会成为一个杰出的女商人、政治家、报纸编辑、出版人或经济学家。但现实是,玫瑰色的浪漫使她丧失了自由和事业。在嫁给龙格的初期,珍妮认为,她能像母亲一样,既有婚姻又有事业。但当孩子和处理家务的责任一来,她发现,像她的母亲一样,她不能。

他们坠入爱河喘不过气来的时候,珍妮丢下才女帽子,亲切地邀请迷人的龙格将她驯服。龙格在牛津教书,情绪低落,在"狭小的世界……无比枯燥……英国大学的男人和'小店主'似的教授"里感到"局促不安"[16]。为了鼓励他的自信,安抚他的自负,珍妮愚蠢地向他保证,"你比我更值得拥有学者的身份"[17]。为婚姻、孩子和家庭生活十年后,珍妮给姐妹们的信讲述了一个不同的故事。她现在感到懊悔,对自己屈服于浪漫,嫁给一个贫穷的诱惑者感到后悔,虽然当初自己对他迷恋到不顾一切。当年珍妮高兴地把自己的钱寄给龙格,告诉他自己的感觉如何美妙,但她现在渴望独立的单身生活。她又生了两个小孩,1878年7月的哈利(亨利)和1879年4月的埃德加·马塞尔(沃尔弗)。珍妮在法国乡村向劳拉吐露:

> "那些好脾气的小家伙虽然真的是很迷人,但也日日夜夜给我的神经系统造成压力,以至我经常渴望任何能从这无休止的护理轮回中释放出来的东西,带着心底的悲痛,我想起法灵顿街,在那里,当我还没有因为哮喘感到窒息的时候,我至少可以每天尽情享受早晨,在下车的时候可以跑下泥泞的路,然后盯着广告看,我如此地想念,无以言表,而在这个阿让特伊的荒地,我什么也看不见、

听不见，只有面包师、屠夫、乳品商和果菜商。我确实相信，即使是在枯燥的常规工厂工作，也不会比无穷无尽的家庭职责更令人精疲力竭。至少对我而言是这样，而且一直是这样。我认识的一些妇女，例如洛尔米耶夫人，以家庭的苦差事为骄傲——但是，我们并不都是用相同的材料做的。你总是指责我有点厌世——现在我失去了所有活动和精神——男人令我不满意，女人也令我不满意。"[18]

可以说，没有身边积极的例子为自己做榜样，爱琳娜仍然拒绝考虑这样一种未来，用她母亲的话说，承担最琐碎的部分，坐在家里，织补袜子。她不想过这样的生活，她想变得更强大，自由自在。她希望男人令她满意，女人也令她满意，而不是像她的姐姐一样。

1876年，正式加入新莎士比亚协会的前一年，爱琳娜迎来一生斗争中的第一个回合，为争取妇女教育、工人教育、代表权和参与权而斗争。1876年11月，为了伦敦学校委员会选举，她参与了爱丽丝·韦斯特莱克的竞选。马里波恩区是伊丽莎白·加勒特·安德森先前的席位，她把爱琳娜介绍给爱丽丝·韦斯特莱克这位她选定的接班人。韦斯特莱克是一个艺术家，作品在皇家美术院和巴黎沙龙展出，1866年在约翰·斯图亚特·密尔的妇女选举权请愿书上签名，并与加勒特·安德森的妇女医院密切合作。加勒特·安德森劝韦斯特莱克接替她的席位，像她的丈夫王室法律顾问约翰·韦斯特莱克一样，约翰是工人学院的创始人，那是弗尼瓦尔执教的地方。

马里波恩是伦敦最大的都市区，正如媒体广泛报道的那样，韦斯特莱克是"唯一的女候选人"，整个伦敦学校委员会中"唯一的激进主义候选人"。代表马里波恩选区的还有卡尔特曼·巴里，马克思一家亲密的朋友，爱琳娜在父亲第一国际的早期岁月里就认识他。巴里是个好记者，却是个失败的政治家，不适合当领导。

爱琳娜毫不犹豫地选择支持唯一的女性候选人，而不是唯一激进的令人失望的巴里。爱琳娜向赫希解释，尽管爱丽丝·韦斯特莱克“与几乎所有英国女人一样在心底里是资产阶级的，但至少她大部分是自由思想家，在任何情况下都比把自己当候选人的男人更有价值”[19]。她告诉赫希，我们的目标，“首先是反对想彻底废除义务教育的自封的教会党”[20]。这是有倾向性的：事实上，韦斯特莱克宣称的政策是在义务教育中保持宗教指导，这并不是自由思想；但是，她很显然是7个选区候选人中最好的，确实如此。爱琳娜本能的精英和女性主义的特性让她的选择看起来很清楚：她无视阶级、无视家庭忠诚，投向最佳人选。奴隶将由奴隶自身来解放。

她在卡姆登路157号韦斯特莱克竞选总部报了名，并很快证明自己是挨门逐户助选的冠军。这是她第一次真正的基层激进主义行为，这在伦敦政治中是可怕的流血事件，让人大开眼界。她向赫希感叹：

> 你不能想象我看到和听到的怪事，有一家，他们说应该教育人民宗教高于一切；在另一家，有人告诉我“教育是国家的祸根”，“教育将是我们的毁灭”，等等。最后，有趣但也偶尔令人难过的是，当你去一个工人的家，他告诉你他想先“请教一下老板”。[21]

韦斯特莱克取胜，获得了20,231票，爱琳娜站在妇女进入公职的一边。直到1888年，韦斯特莱克都保住了自己的席位，工作做得很好。1882年，她已经是全国妇女选举权协会中央委员会成员，余生一直积极主张妇女选举权。

爱琳娜对女性独立激进主义坚定不移，认为只有一个性别的社会主义观念十分愚蠢，这都给恩格斯留下了深刻的印象，他是这个大家庭中唯一宣扬和实行自由恋爱的成员。他很清楚,目前为止的政治变革斗争与他自己在《家庭、私有制和国家的起源》一书中的理论还有很大差距。现在爱琳娜埋头于这一伟大的尝试,去分析历史和经济学的性别基础,如她父亲在《资本论》中一样,使理论接受实践的考验。恩格斯向一位朋友评价爱琳娜在运动中的参与,“当我们夺取政权,妇女不仅会投票,而且可以被选举,发表演说,这终于在伦敦学校委员会实现了……学校委员会的女士以其说得很少、工作努力而出类拔萃,每个人平均做的事情与三个男人一样多”[22]。

恩格斯承认,爱琳娜工作非常努力,现在做了三个或更多男人的工作,虽然她说得也很多。1877 年 10 月 22 日,她在大英博物馆的阅览室注册了第一个读者证。她告诉赫希,“我整天都在博物馆忙工作”[23]。在这个时候,爱德华·伯恩斯坦遇见了她,回想起她的活泼和对工作的热情,“一个活泼的年轻女孩,纤细的身材,一头美丽的黑发,一双漂亮的黑眼睛……当时她已经在大英博物馆努力工作,部分为她的父亲,部分‘从事魔鬼工作’,即做摘录,或为微薄的报酬做研究,为想要写书的有钱人省掉自己找东西的麻烦”[24]。伯恩斯坦将在爱琳娜的成年生活中起关键作用。伯恩斯坦生于 1850 年,是一名犹太铁路工程师的儿子,构想了进化的社会主义,成为德国社会民主党一个关键的创始人和领导人。

爱琳娜拒绝从恩格斯那里拿津贴或任何其他的钱,而珍妮和劳拉则需要依靠他来支持丈夫和家庭。恩格斯的支持是心甘情愿的——他没有孩子,把马克思的孩子当成自己的孩子。爱琳娜总是只接受她应得的部分。她不想要不是靠自己赚来的钱。

作为社会主义女性主义活动家、知识分子、崭露头角的女作家、有志于当女演员的人,爱琳娜承担着多种角色,对侄子是父母般的监护人、秘书和无偿的保姆,对利萨加雷是尽职尽责的无偿研究者。她也鼓励和支持他走出在巴黎公社中幸存下来的创伤的阴影，随着时间的推移，这种创伤变得更加明显。她确切地知道女性在家庭和个人生活中充当配角的所要做的。

爱琳娜不想被囚禁，她不想作为维多利亚时代的守护天使，她要向新女性迈进，虽然这是一种有矛盾、有争议的生活方式。未婚，无子女，爱琳娜受年迈父母的依赖，同时还要当姐姐孩子的保姆。这种生活是每个与她类似的女人的困境。为了实现作为一个艺术家、积极分子、知识分子和社区领袖的生活的愿望，她需要学习如何不仅当那个自我牺牲、永远和蔼、尽职尽责、虽然心怀不满但依旧如天使般的小女儿。这并不是赞美爱琳娜某种一心多用的英雄品质，赞美她有能力应付不同的责任，而是要对压在她身上的多重压力拉响警报：紧张、神经症、精神崩溃的压力。

对于爱琳娜来说，比起个人在责任与独立之间的斗争更沉重的是对女性的思考，她思考大多数中产阶级妇女生活的狭隘性，思考她们为什么仅仅局限在令人窒息的家庭生活的围墙中。在自己的家庭里，爱琳娜发现自己处于塑造英国左翼历史的两种社会主义之间的十字路口：一种优先考虑从一开始就解放妇女，另一种首先寻求人的自由，很显然，其中妇女被排除在人的定义之外。对于爱琳娜来说，这是一种不合逻辑的二分法，违背了自然公正。或者男人和女人都自由，或者谁都不自由。

她不只坐在大英博物馆阅览室分析这种两难境地。她就存在于其中。她的工作和自我教育以轻快的速度进步，但她和家人的关系在陪伴、照顾、责任和义务中循环往复。对孩子好，对父母好，支持父亲和未婚夫的智力工作：这个往复的循环阻碍着她发挥自己的全部潜力。爱琳娜总是想“永远向前”，但为了做到这一点，她不得不采取令人出乎意料的行动，放弃她的家人。但这不是她的天性。除非他们抛弃她，否则她不会自由。那也不是他们的本性。

她现在知道,只有家庭外的生活才能引向扮演未曾经历过的角色和探索未曾想象的自我的机会。与利萨加雷组建一个新的家只是简单地从一种形式的囚禁替换为另一种。责任、真正的爱和如何从单调的家庭生活的束缚中挣脱出来让她感到困惑。爱琳娜的关键失误之一——爱别人胜过爱自己——正在出现;矛盾的是,这也是使她如此充满人情味、讨人喜欢的特点之一。

在整个二十多岁期间,爱琳娜继续陪父母年休、调养和度过短暂假期,有时陪父亲,有时陪母亲,有时三人一起。1876年8月,她与父亲回到卡尔斯巴,24小时的旅程被意料之外的奇遇弄得狼狈不堪,这一奇遇发生在8月13—17日,理查德·瓦格纳在拜罗伊特节日剧院举行《尼伯龙根的指环》的世界首演,吸引了世界各地的观众。马克思小姐和马克思博士肯定是这个地区唯一不叫嚣着要"齐格弗里德、女武神、世界末日的英雄"[25]的这一盛典之票的旅行者。这些旅行者占据了该镇及周边地区的每一张床,使他们不可能在去往卡尔斯巴的路上找到住宿。当他们千辛万苦到达那里,日常饮水成为一天中需要重复的重要项目。

爱琳娜从日耳曼尼亚酒店给母亲写信:

> 在继续之前,我必须提醒您来卡尔斯巴是多么愚蠢的决定——所以,如果我的话看起来不合逻辑,您不要惊讶。我们做的完全是些常规的事,您已经听我讲过很多回……您无法想象时间是怎样过去的,什么也不做。喝、吃、走,人甚至还没有想到开始写一封信就已经是睡觉时间了。[26]

爱琳娜通过无聊时的人类学观察、与其他访客闲聊婚姻和金融事务来给这次令人昏昏沉沉的休假增添趣味。她评论道:

> 犹太人像往常一样多，但比以往更着急尽可能多地找水喝。不过，一个美国人更胜一筹。他来到卡尔斯巴，因为无法停留两天以上，所以一天喝了42杯水！他没有死，这简直是一个奇迹。[27]

“机智”、勤劳的年轻医生费迪南德·弗列克里斯为爱琳娜提供了更多的八卦。爱琳娜对弗列克里斯很有好感，他喜不自胜，努力尽其所能地与她在一起。马克思喜欢弗列克里斯，并鼓励爱琳娜与这个聪明、轻松愉快、年轻的（德国）医生多来往，认为这是存在论意义上的、被（法国）利萨加雷折磨之后的爱琳娜的一剂补药，有利于缓解她的厌世。

爱琳娜和费迪南德想必很高兴，当时她突然合宜地发烧，成为他主要的病人，让他可以合法地走进她的卧室，有机会表现出最好的医生对病人的举止和态度。马克思将这一插曲描述得过于戏剧化，赞扬他救她的专业，他声称如果不是费迪南德，爱琳娜的病会变得漫长而危险。没想到，爱琳娜的疾病真的变成了漫长而危险的，这让弗列克里斯足以立即建议他们进行一段时间的康复，要求他们在他的日常监督下在卡尔斯巴待两星期。

在回家途中，卡尔带爱琳娜到库兹纳克看三十年前他娶她母亲的教堂。在结婚之后，他们没有来过这里。爱琳娜后来解释说，德国和奥地利政府打算驱逐父亲，再到这里来太远也太贵，还有被驱逐的危险。他们的警惕有充分的理由。爱琳娜的舅舅埃德加·冯·威斯特华伦写信告诉他们，“在我们离开后一个小时，警察来到我们酒店”[28]。

第二年，爱琳娜和父亲体验了莱茵河上的巴德·特诺因阿尔温泉。不同寻常的是，这次燕妮陪着他们，在休养疗法之后，他们一起去黑森林待了三周。爱琳娜说，父亲想念卡尔斯巴，“因为他总是觉得在那治疗之后，自己像重生了一样”[29]。但她误解了父亲焦虑的来源。如马克思最后自己被迫承认的，他的焦虑是因为燕妮，这个他从小就认识，并用整个生命爱他的女人的健康出了严重问题。他向恩格斯承认他对燕妮承受“消化不良”的痛苦很是担忧。[30]在特诺因阿尔，一位值得信赖的医生向燕妮的丈夫保证，马克思夫人来得很及时，她病情可以不再加重。到11月，燕妮无视这一过于乐观的诊断，去曼彻斯特找老朋友甘普特医生咨询和聊天。她写信给爱琳娜，“头和脚很好，但进行工作的重要身体器官却出现了毛病”[31]。甘普特诊断燕妮患有肝癌，并在接下来的三月得到了伦敦顾问医师的确认。作为治疗使用的大剂量颠茄制剂无效。

珍妮和劳拉有家庭、丈夫、新生儿和自己的病要处理；照顾父母和协助姐妹们照顾小孩的主要责任落在爱琳娜肩上。虽然龙格一家住在伦敦，珍妮经常被迫找爱琳娜照看孩子或处理她的教学工作：“带着巨大的不情愿与遗憾……我发给你这些便条，请你明天和星期二在克莱门特·戴姆斯代替我。我知道你手头已经有太多工作……让你负担我的工作让我很痛苦。”[32]爱琳娜全天的工作用来在博物馆为弗尼瓦尔、语言学协会、乔叟协会和莎士比亚协会做研究工作，她还应“作者的明确要求”，开夜车把利萨加雷的《巴黎公社史》译成英语。[33]这是一项无酬的爱的劳动，是她的第一个主要的翻译工作，也堪称一个雄心勃勃的项目，虽然风格上是直译的、笨拙的，不过却给英国读者带来了第一个真实的、第一人称的巴黎公社回忆录，直到今天，它仍然是法国历史这一时期所有历史学家们进行研究的重要参考。

珍妮和燕妮一起去海边和度假村度了几次假，留下小男孩们与他们最喜欢的爱琳娜姨妈、伦琴和卡尔待在一起，孙子们成为卡尔快乐的源泉。爱琳娜赶来护理侄子和侄女。十四岁的时候，她已经照顾过劳拉和保罗的第一个孩子——“费彻尔的那个小土耳其人”，她从巴黎写信给母亲：

> ……除了照顾他无法做任何别的事，如果他在摇篮里睡着了，就可以欣赏他可爱的样貌……他的额头长得非常好！就像爸爸的……如果他开始哭，你只需要让他吮手指，或捶他的小肚子，一分钟内他就会听话。至于他的牙齿，他真的是在切它们；因为你可以非常清楚地看到它们。今天早上，我带他在床上待了两个小时，他看起来完美极了。[34]

1879年8月，沃尔弗（埃德加·马塞尔）出生之后，爱琳娜担心珍妮的负担太重。“珍妮预计3月又有一个孩子！这最后的期望并不完全是一种福祉……照顾三个很难——几乎可以说是四个孩子，因为约翰当然仍是个孩子。”[35]所有孩子里面，她最爱第二个男孩，“我的男孩”亨利。虽然不漂亮，却是三个里面性情最甜美的一个，需要额外的爱，她觉得他身上散发一种“似乎注定要受苦”的孩子的氛围。[36]爱琳娜姨妈从小就擅长照顾婴儿，但是，她也是一个“优秀的严格的执行纪律者”。[37]

有一次珍妮与燕妮旅行归来后，很是感谢爱琳娜完全改变了亨利的行为，并让他养成了晚上按时睡觉的好习惯。1882年，去了一趟阿让特伊后，爱琳娜带约翰回伦敦，以减轻怀孕八个月的珍妮的负担。约翰当时已成为失控的野孩子。龙格每天直到中午才起床，晚上去巴黎，让约翰到处撒野。回到伦敦，爱琳娜给约翰制定了每天上学、早晚用冷水擦洗全身和强制性早睡的时间表。她让他的母亲得到了最希望听到的消息：“我刚把我的孩子（我已经如此习惯称呼，我如此喜欢杰克，以至于我忘了他是你的孩子）放上床。”[38]爱琳娜告诉珍妮，约翰很渴望知道他的小妹妹的消息，而爱琳娜担心他可怕的英语：“他说话的方式很糟糕，不过我相信，他到时候会克服的。”[39]

爱琳娜清晰描绘了她典型的夜晚。约翰蜷缩在床上,伦琴和帕姆斯去了剧院,“在开始晚上的词汇表工作之前”,爱琳娜匆匆给姐姐写了一封(四页的)短信。[40]她没有说明词汇表是为了什么或者为了谁;它似乎是弗尼瓦尔交付给她的一个任务,是为莎士比亚协会或乔叟协会所做的工作。[41]

爱琳娜的同时代人玛格丽特·麦克米兰写道,“伦敦是世界的大脑”,[42]爱琳娜是伦敦最繁忙的大脑之一。一个新兴的女文人、雇佣研究员、管理山茱萸俱乐部、充当马克思的书信秘书、翻译利萨加雷越来越长的书的修订版、撰写她最初的评论和政治文章、广泛阅读从政治经济学到诗歌,再到揭露唯灵论者骗局的文章,与所有这些工作同时进行的是,爱琳娜还要尽职尽责地、尽心尽力地照顾父母和侄子。

她的奉献甚至扩大到她讨厌的针线活。燕妮的病逐渐恶化后,“她既不能读,也不能写,她从来没有空闲的针最后开始生锈”[43]。爱琳娜把燕妮的东西接手过来,裁剪一些红色法兰绒给珍妮的孩子做衬裙。“我怕你瞧不起我做的东西——你知道针线活不是我的特长(当然也不是你的特长,这点只有你知我知),你必须把主观愿望看作和实际行动一样重要,记住纽扣眼虽然不结实,但我的心愿是好的。”[44]在责任与欲望之间的激战中,她要同时应付智力的有酬劳动和无酬的家庭之间的不协调,但她并不向姐姐诉苦,相反,爱琳娜试图安抚大姐,她职业生涯中的中断只是暂时的:

> 当然,我们知道你一定过得很糟糕,在陌生的房子里,三个孩子,没有合适的仆人……如果你不得不放弃写作,这当然会很可惜;但是,当你安顿好,找一个好仆人,你会获得更多的时间。现在自然每时每刻都被家庭或孩子占着,但这只是暂时的。[45]

然而，对于珍妮来说，每时每刻都忙于家和孩子是她一生的写照。即使当最后，好仆人来了，珍妮也不会再回到她的写作或积极的政治参与中了。

到 19 世纪 80 年代早期，为了孩子、丈夫和家庭，爱琳娜的两个姐姐彻底放弃了事业。燕妮得了绝症；莉希·伯恩斯死了。在所有与马克思有关的女人中间，爱琳娜是唯一剩下的需要从该死的守护天使的角色中解放出来的女候选人。

第十章 自己的路

19 世纪 80 年代末，在伦敦北音乐厅的巴黎公社义演上，爱琳娜公开朗诵了《哈默林的花衣吹笛人》。《哈默林的花衣吹笛人》是罗伯特·勃朗宁于 1842 年改写的儿童诗，爱琳娜首演的时候，马克思、恩格斯、赫希、利奥·哈特曼、奥古斯特·倍倍尔、爱德华·伯恩斯坦都在场。伯恩斯坦称赞她“奇妙的神韵和美妙的声音”，描述她如何“以丰富的变音演讲，赢得很多掌声”[1]。这是一个令人鼓舞的开始。

在当天晚上的观众中，有两个男人向她求婚，但两个人都不是利萨加雷。巴黎公社运动发生十年后，流亡和被放逐的巴黎公社社员的大赦运动获胜。1879 年 10 月，在马赛第三届社会主义者大会的决议中，建立法国工人党的提案通过，1880 年初法国工人党正式成立，自此大赦运动获得新的动力。利萨加雷和龙格代表伦敦的巴黎公社社员支持提案。1880 年 3 月，巴黎第一次公开庆祝巴黎公社的周年纪念日，7 月终于实施全面赦免。利萨加雷立马奔赴巴黎。

爱琳娜很清楚，他可能永远不会再回伦敦。珍妮和劳拉开始计划与她们的法国丈夫一起把家搬回法国。利萨加雷可能认为爱琳娜会跟随他。十年来，被迫流亡令他忧心忡忡；他似乎期望，回到法国的自由会让他生命中所有其他元素都水到渠成——包括与爱琳娜结婚，因他的流放和书而被推迟的婚姻。

看着爱琳娜《哈默林的花衣吹笛人》的表演，计划求婚的哈特曼和赫希一定都想知道，哪个吹笛人将最终在爱琳娜与利萨加雷长期的婚约中做主：

兄弟、姐妹、丈夫、妻子
——全都拼命地跟着吹笛人。
他经过一条条街，边走边吹，
他们一步一步，边舞边追。[2]

尽管爱琳娜爱利萨加雷，但是她想要引领两个人的生活，而不仅是跟随他。利萨加雷在法国，而爱琳娜没有迅速跟随他去法国的迹象，哈特曼和赫希决定试一试。

虽然爱琳娜是被关注和渴望的对象，她的激情却在别处。在 25 岁的时候，其他人可能认为她不应该继续单身，但爱琳娜想要的不是婚姻，而是舞台。山茱萸俱乐部的成员正处于顶峰时期，这里是新朋友和新机会的来源。1881 年 4 月，爱琳娜发现了一个新的“神童”[3]——欧内斯特·雷德福，一个年轻的英国律师、诗人和评论家，他藐视法律，想为了艺术的生命放弃法律。爱琳娜和卡尔认为，他看上去是欧文和晚期的费迪南德·拉萨尔之间的混合体。另一个山茱萸俱乐部成员，爱琳娜的朋友，诗人卡罗琳·朵莉·梅特兰对爱德华有着强烈的兴趣。三人花大量时间在一起，爱琳娜则是名义上的年长女伴。他们经常去看戏，包括看欧文的《哈姆雷特》。爱琳娜对姐姐评论说：“爱德华是个非常好的年轻小伙子……他活像欧文！”[4]

爱琳娜也想像欧文一样。毕竟，他得到了所有角色中最好的。她认同他，但不认同他才华横溢的舞台“妻子”埃伦·特里，因为像自己一样，欧文是剧院世界的局外人，一路努力才走上舞台，而埃伦·特里是生于戏剧世家的女儿。直到 19 世纪末，像特里一样，大多数女演员都是在剧院中长大的孩子。但是，爱琳娜在政治世界中出生和长大。女人没有像男人那样选择舞台的自由。[5]

与欧文、温德姆、肯德尔、威利斯以及比尔博姆·特里的后代——

莫德、鲍彻和霍特雷——一样,其他许多男演员都是在完全与剧院无关的情况下开创事业。相反,埃伦·特里、范妮·肯布尔、玛奇·肯德尔、玛丽·班克罗夫特、查尔斯·杨夫人(后来的维津夫人)和约翰·伍德夫人都是出生于属于舞台的演艺世家。

在爱琳娜、朵莉和爱德华的领导下,山茱萸俱乐部的成员们形成一个整体,在摄政街的业余爱好者俱乐部上演了最佳剧本之父尤金·斯克里布的两个独幕剧。《初恋》是轻歌舞剧,《海边农场》是戏剧。尤金是19世纪上半叶法国最重要的剧作家和脚本作者,写了大约300个剧本,他娴熟地开创了同时代资产阶级生活的结构化研究——总之,他是现代人。

7月5日,恩格斯参加朋友聚会时去看了演出,并向在伊斯特本的马克思和燕妮迅速发了一个评论。恩格斯在评论中说,"爱琳娜和朵莉演得非常好"。

> 爱琳娜非常善于表演激情的场景。人们很容易察觉到,她以埃伦·特里为榜样,而雷德福以欧文为榜样,然而她这种模仿总有耗尽的一天;如果她想要产生公众影响,她必须要闯出自己的一条路。毫无疑问,她一定会的。[6]

角色的选择存在冲突,雷德福扮演欧文,爱琳娜别无选择,只好扮演女人的角色。舞台上不能有两个欧文。爱琳娜演埃米林。埃米林这个角色验证了以下准则:初恋是真正的爱情,一个人只能爱一次,并会产生令人惊讶的结果。索伦·克尔凯郭尔非常喜欢这出戏,他在哥本哈根反复地看,写出了他最有名的关于爱的散文。

为了发展自己的风格,爱琳娜首先需要训练——这她也知道。1881年夏,伦敦著名戏剧伉俪伊丽莎白和赫尔曼·维津搬到附近。他们的训练强调用生理学的方法来进行演讲和舞台表演。他们把技艺归功于同时代两个语音训练的先锋——约翰·赫勒和爱弥尔·本克。赫勒在伦敦国王学院神学院教"公共阅读"。他的经典《说话的声音》(1870年)总结了一系列的方法,例如身体姿态、仪态、韵律、演讲的结构和驾驭观众——尤其是吵闹的观众——的技巧。本克则集中在身体的方面,包括饮食、呼吸和宽松的衣着(特别是对妇女而言)。[7]

看过爱琳娜的表演后,伊丽莎白·维津印象很深,她告诉爱琳娜,她有天赋,并建议她来接受专业训练。爱琳娜解释了自己准备上演讲艺术和表演课程的计划,以便能做专业演出。维津对此表示反对,并告诉爱琳娜,她低估了自己的天赋,应该致力于全方位的演艺事业。爱琳娜写信给珍妮,"即使维津夫人高估了我的能力,但这也正是我想要的,课程仍然对我有用,我还可以做吟诵事业"[8]。

怀着紧张的心情,她走到父亲跟前,请求他帮她付学费。恩格斯会心甘情愿地投资她的训练,但是,如以往一样,她拒绝向他要钱——虽然马克思很可能是到恩格斯那里拿钱。父亲对她职业方向的新选择表示怀疑,母亲则没有直接回答。爱琳娜仰慕的珍妮鼓励她的志向,但珍妮也提出要她注意经济障碍和实际障碍,从而缓和了对爱琳娜的支持。

爱琳娜充分意识到,她需要找到她在世界中的角色。"花费爸爸这么多钱,我觉得很抱歉,但是,至少与对现在女孩的要求而言,在我的教育上花费很少。我想,如果我成功了,它将是一项不错的投资。我也会尽我所能多做事,至少在需要用钱的时候有一点钱。"[9]花在珍妮和劳拉的学校教育和校外课程上的钱比花在她身上的多得多。她从没上过姐姐们上过的音乐或艺术课,两人在学校待的时间比她多四年。不过话又说回来,当她确实有机会接受正式教育的时候,她表现得更愿意逃学而不是上学。当务之急是她要继续赚钱并尽可能自己存钱,这个想法是正确的。两个姐姐大部分生计和安全都仰赖于丈夫、公婆和恩格斯。前两个她都没有，而最后一个她不愿接受。

多亏与约翰·梅奥尔在公共汽车上的偶然相遇，爱琳娜获得了一份给科学杂志当摘要作者的定期工作，每周2英镑。她希望这份工作可以把自己从其他琐碎的工作中解放出来，那些工作占用了她太多的时间，从中抽身可以为她的戏剧训练创造空间。她向珍妮透露：

> 我从未尝试过，不知道我能否做到。好吧，无论如何我要试试——如果我失败了，那我就失败了吧。亲爱的，你看，我要做的事情不在少数，但我觉得我已经浪费足够多的生命，现在是我做点什么的大好时机了。[10]

与乔治·吉辛的构想一样，这是对这个不寻常的女人在如此的生活情况下最恰当的描述。作为孝顺的女儿、书信秘书、父母的同伴、侄子和侄女的护理员和保姆，近十年无酬劳动的压力已开始显露出来。她渴望爱情、婚姻和孩子，但是，仍然有一个很小的声音在提醒她，警告她这些是通往未来不自由生活的潜在之路，所以她暂且抑制了这些渴望。当她是小女孩的时候，她给亲爱的爸爸[原文如此]写了一封表达爱意的信——署名是“您未尽职的女儿爱琳娜”[11]。如何重新获得这种小女孩的无限乐观，足够大胆地去当一个不尽职的女儿呢？

正如恩格斯委婉的说法，“闯出自己的路”，这一需要的紧迫性不只是一个为可能出现的戏剧生涯找到属于自己的风格的问题，而更关乎在超出马克思这个大家庭之外的更大人生舞台上找到一个独立的位置，发出自己的声音。对于社会主义者爱琳娜，“行动”是一个完美的词；“她自己的路”是对她权利和需要的确切描述。恩格斯建议爱琳娜寻求自己的路，这一建议预见了弗吉尼亚·伍尔夫后来的主张，为了过上艺术的自由的生活，女人需要属于自己的房子，一年50英镑。

在新家安顿下来后，维津夫妇一直到8月中旬才离开。爱琳娜被迫与父亲达成紧张的协议，当他们回来时，她可以开始训练。对于爱琳娜而言，行动最重要，这次行动的推迟使得她精神崩溃，而她声称有明确的人生计划就是致力于避免这种精神崩溃。卡尔、燕妮和伦琴计划要离开一整个夏天。7月他们在伊斯特本度过，然后去法国看望在阿让特伊的珍妮和孩子们。伦琴和他们一起去，燕妮醒着的时候，伦琴从未离开燕妮的身边，燕妮休息的时候，她则陪伴和支持卡尔。

爱琳娜留下来享受自己六周自由的、无规律的生活，她连续工作，不断抽烟，忘记吃饭，睡得很少，情绪不佳地数日子，期盼她可以开始戏剧训练，打开新生活的大门。由于专注于工作，加上尼古丁、咖啡、酒精和睡眠不足的刺激，她的身体正在走向疾病状态，只是她没有注意到。

她的父母抵达法国两周后，收到朵莉·梅特兰的加急电报，告诉他们爱琳娜病得很严重，但是不让朵莉帮她叫医生。

马克思马上赶回伦敦，发现爱琳娜处于精神崩溃的状态。他写信给珍妮，“几个星期，她(几乎)没吃东西，她的神经系统处于可悲的境地，连续失眠、双手颤抖、脸部神经性痉挛，等等”[12]。唐金医生说，爱琳娜目前没有器质性的病变，除了“胃部活动完全紊乱”，[13]因为她对吃缺乏兴趣，这又是因为负责照顾身体的大脑活动出现彻底的紊乱。爱琳娜灾难性的自我管理与她照顾别人的模范能力形成鲜明的对比。

弗洛伊德博士或许可以直接确认她的症状：他和马克思博士都同意造成她急性的、“歇斯底里的”症状——抽搐、发抖和食欲缺乏——的原因是由于使用太多的兴奋剂、失眠、萎靡不振、被挫败的欲望以及过多没有得到疏导的野心、才能和能量。这么长时间她为解放和闯出自己的路这一欲望而斗争，她心里积蓄着被压制的、顺从的女儿的怨恨。过自己的生活的愿望是强烈的。这些情绪的反应呈现为：内疚、遗憾、敏感、自我怀疑和不安全感。除了这些从精神分析角度可能得出的结论，我们还需要提及她的意识——清醒与无意识混合在一起，有时承认有时又否认——她正在经历将要失去母亲的悲伤。

令爱琳娜精神崩溃的原因还有利萨加雷返回巴黎，她心里隐隐感到有些悲哀，预感到自己可能永远不会跟随他去法国。

爱琳娜对朵莉通知父母很生气。可怜的朵莉受到工作狂和厌食症朋友的冷遇，只是因为试图帮助她。爱琳娜同意遵循唐金医生用于帮助她恢复的处方，有规律地吃和睡，并得到父亲的保证，只要她身体恢复，她就可以开始上表演课，这几样东西一结合，她的状况很快平稳下来。

这是一个短暂的间歇。当马克思监督爱琳娜恢复身体时，燕妮和伦琴乘坐头等舱从法国缓慢归来，在亚眠和布洛涅停留了一下。燕妮现在忍受着慢性的疼痛和持续的疲惫。伦琴应付着他们的旅行，温柔地护理着她，并给她服药和吗啡，两人都感觉到这可能是她们在一起最后的旅程。自童年时代起，这两个女人就已经共享生活，总是共同生活在同一个家里，一起流亡，一起把孩子带到世界，一起照顾马克思，一起煮饭做菜，一起做缝纫，在挨饿的岁月里一起缝缝补补，一起去剧院和音乐演奏会。在 60 年里，她们分开最长的时间是 1851 年的 7 个月，燕妮回了特里尔，伦琴留在伦敦照顾马克思。当燕妮回来时，两人大叫吵了一架并出现了短暂的裂痕，但是她们消除了分歧，之后永远没有揭露彼此的伤疤。她们曾在疾病期间彼此照顾，现在两人都六十多岁，仍然共享一直属于她们自己的秘密。

她们烹饪菜肴时，马克思和恩格斯正在讨论自己的想法；她们缝纫衬裙、围嘴和窗帘时，马克思和恩格斯正在创作文章；她们怀孕、分娩和辛勤劳动喂养孩子时，马克思和恩格斯写出一本书。若干年后，这四个朋友都喜爱的女儿假设了“一个与所有女人有关的想法。女人的生活与男人的生活并不一致”[14]。在一生中，不可分离的卡尔·马克思和弗里德里希·恩格斯之间的友谊和同志关系至少在三大洲成为传奇。正如爱琳娜所说,因为女人的生活与男人的生活不一致,她们的历史或来生也不一致。不可分离的燕妮·冯·威斯特华伦和海伦·德穆思之间的情谊既不是传奇,也没有被好好记住。

在父亲的关注下,爱琳娜身体得到恢复,吃和睡也更规律。燕妮和伦琴返回时,轮到马克思生病了,他被胸膜炎击垮了。

现在父母双方都是病人,需要伦琴和自己24小时的护理,爱琳娜又一次被迫推迟开始她与伊丽莎白·维津的职业训练。她告诉珍妮,"星期六以来,我一直没有离开爸爸的房间——无论白天或晚上。今晚海伦与他在一起,因为医生要我休息一夜。当然,还是不断有事情要做"[15]。震惊之下,珍妮想立即到伦敦来帮忙,但是爱琳娜不得不阻止她,因为这会带给马克思很大的焦虑,他不赞同孙子们处于他们粗心的父亲的胡乱照顾之下。情感焦虑加剧了马克思的呼吸困难,反过来又增加了爱琳娜帮助他进行吸入治疗的强度。

从最近见到珍妮的情况来看,卡尔和燕妮也知道,她有自己的健康问题,长途跋涉对她无益。爱琳娜向珍妮保证,她和伦琴有许多支持:"恩格斯善良、忠于职守。世界上不会再有一个像他一样的人——尽管他有一些小弱点。"[16]世交洛尔米耶夫人写信来提供帮助,爱琳娜的朋友克莱门蒂娜给燕妮陪夜,让爱琳娜和伦琴睡会儿。"这不都是关心我们的人吗?"[17]

开始戏剧训练、继续在大英博物馆工作、经常通信,所有这些都消失在照顾生病的父母阴影里。爱琳娜继续向前走,耐力是她在照顾别人而不是自己时的强项之一。当劳拉从巴黎到达伦敦时,爱琳娜松了一口气。但当爱琳娜与父亲串通向珍妮隐瞒父母健康的真相时,劳拉却坦诚和直率地向珍妮报告了母亲的情况:

> 燕妮的病情日益严重。她可能比以前更瘦或脆弱了，但她的精神是永恒的。你错了，无需太担心她与孙子分离。到了这个时候，他们的存在对她没什么好处：她不幸病得太重而不能从孩子的咿呀学语和顽皮中获得多少安慰。[18]

在个多事之秋，劳拉对爱琳娜不满的暗流浮出水面。可能是因为珍妮没有收到燕妮的最后一封信："它耗费她如此多的力气，她在里面倾注那么多心血，她希望从你这里得到一个答案，信的损失是无法补救的。"[19]带着对妹妹的怨恨，劳拉暗示，爱琳娜应该为忘记邮寄重要的"最后一封信"负责，因为信在放入信封之前是在爱琳娜手里的。[20]

虽然如此，多出劳拉的一双手，这给了爱琳娜喘息的机会让自己得以恢复。按照唐金医生的医嘱，她服了一个疗程的铁，定期地洗土耳其浴，常到户外活动。当马克思充分恢复到可以从床上起来几个小时后，劳拉马上回了法国。

正当马克思病倒的时候，《牛津新英语词典》的总编辑詹姆斯·穆雷与爱琳娜签约让她在其中做点工作。现在他们雇用了兼职女仆莎拉来帮助伦琴，白天莎拉来梅特兰公园路，爱琳娜就能够抓住两三个小时在博物馆里以极快的速度工作，并享受往返的路途。她感谢穆雷让她参与词典的工作。"你不知道多少人——比我更有资格——并且想得到我现在这份工作。一旦我放弃，可休想得到别的。"[21]

到 11 月，燕妮几乎没有从前屋的沙发里起来过。爱琳娜回忆道，"在相邻的小房间里，卡尔也卧病不起。看到这两个如此习惯于彼此、如此亲密相连的人不再能够像他们希望的那样相互陪伴，我悲伤不已"[22]。11 月底，马克思康复。爱琳娜清楚地记得父母能够在一起的最后时光：

我永远不会忘记这个早晨，当他觉得自己足够强大去亲爱的母亲的房间。当他们再次在一起，他们是年轻的——她是他爱着的女孩，他是她崇拜着的青年，一起进入彼此的生命——而不是即将离开彼此的被疾病毁灭的老翁和濒临死亡的老妪。[23]

1881年12月2日，星期五，燕妮·马克思去世，卡尔、爱琳娜和伦琴在身边。在最后一个小时，她说了很多，但是他们听不清。她最后说的一句可以理解的话是对马克思说的"好"。恩格斯立刻赶了过来。当他们独处时，他对爱琳娜说："卡尔也死了。"她"怨恨"这句话，但是意识到"这确实如此"。[24]

爱琳娜和伦琴清洗了燕妮的身体，做敛葬的准备。周末，来访者来道别。透过周日晚上的隆冬寒意，爱琳娜彻夜点灯陪着母亲。在黑暗的寂静中，凝视着母亲的遗体，她写信给大姐：

哦！燕妮，她现在看起来真美。朵莉看到她的时候说她的脸变美了——她的前额绝对光滑——好像一双温柔的手抚平了每一条皱纹，可爱的头发似乎在头的周围形成一种荣耀。明天是她的葬礼。我确实害怕——但是，爸爸不能去。他还不会离开这个家，我很高兴。[25]

在这封追思信中，爱琳娜附上了一绺母亲荣耀的头发："它像女孩的头发一样柔软和美丽。"[26]

12月5日，燕妮被安葬在海格特公墓，靠近外孙查尔斯·龙格，马克思称之为该死的（不神圣的）部分。[27]恩格斯发表悼词，按照燕妮的愿望，没有牧师。她去世前几天，护士问她"是否有任何被忽视的仪式"，燕妮冰冷地盯着护士。她回答，不需要仪式，"我们不是这么注重外在仪式的人”。[28]

在墓旁，恩格斯说，“如果曾有过一个女人，最大的幸福在于使别人快乐，那就是她”[29]。吊唁信从世界各地纷至沓来，与对这种无私精神的敬意相呼应。以前的朋友和同志，现在变得疏远的或成为敌人的，都抛弃敌对状态，同样表示哀悼。一个充满敌意的对手给曾经的朋友马克思写信，“自然摧毁了自己在她身上的杰作，一生中我从未遇到另一个这样精神饱满、和蔼可亲的女人”[30]。李卜克内西深受震动，写信赞扬燕妮的“英勇”：“在伦敦，我在身体和灵魂上没有输掉自己，我非常感谢她。”[31]

马克思反思了“这些欣赏燕妮的真诚精神和深刻的感受性的表达，很少在常规的通信中找到。我想是因为关于她的一切都是自然的、真实的、毫无虚饰的、不矫揉造作的；因此，她给他人留下了深刻而光明的印象”[32]。燕妮·冯·威斯特华伦和卡尔·马克思是彼此生命中的爱人。马克思和伦琴失去了最好的朋友。

12月29日，在唐金医生的指示下，爱琳娜和马克思动身去怀特岛的文特诺。那里比伦敦冷，不停地下雨。马克思的健康状况使他不能冒险外出。他们住在舒适的房间里，大海、群山，风景令人平静，[33]房东太太是好厨师，但爱琳娜和马克思因为悲伤而痛苦。她失眠了，不愿意再尝试最近常服的“各种药”；她向珍妮透露：“毕竟，它没比喝酒好多少，效果几乎一样，如果说不是一样有害的话。”[34]

爱琳娜感觉不太舒服，她不能读、写或做任何事，她向珍妮承认，“我多么渴望能照顾爸爸……特别害怕完全崩溃”[35]，如她曾经经历过的那样。马克思时而不安，时而责骂爱琳娜，他想要她振作起来。她感到内疚，“仿佛我以家庭为代价‘沉溺’于生病之中”[36]。珍妮希望劳拉跟父亲去疗养，因为他需要一个性情更平和的同伴。因为重病，再加上没有照顾孩子的人，珍妮自己来不了。

爱琳娜信的语调令人不安，克莱门蒂娜·布莱克、欧内斯特·雷德福和朵莉·梅特兰讨论如何能帮助她。欧内斯特迅速赶往梅特兰公园路，恳求伦琴去文特诺，但她不能抛下房子和宠物不管。在这种情况下，善意的朵莉不请自来。但爱琳娜对这种帮助不领情，而且很恼火，她拒绝了这种帮助："我希望他们让我一个人待着。"[37]感到自己被爱琳娜厌烦，朵莉试图与马克思闲聊。"她告诉爸爸，她认为我会偷偷结婚，真是鬼话连篇。"[38]知道爱琳娜对朵莉帮助的态度，马克思为爱琳娜担忧。更令马克思痛心的是朵莉对爱琳娜夜间可怕的歇斯底里症状的描述，他不安地写信给恩格斯。[39]事实上，爱琳娜完全意识到自己的病的性质：

> 爸爸、医生、任何人都是不会明白的，影响我的主要是忧虑。爸爸说，在我尝试任何事情前，要"休息"，要"变强大"，但他看不到"休息"是我最后需要的东西——我应该能够"变强大"，如果我有明确的计划和工作，而不是一直等啊等。[40]

戏剧训练被推迟、无法参加社会事务、对家庭的自我牺牲、没有自己的钱，最重要的是，她悲伤地意识到母亲真正的天赋最终未能实现，她不想做母亲那样的女人，所有这些都是爱琳娜神经症状的原因："我已经不再那么年轻，无法在等待中失去更多的时间，如果我不能马上做些什么，那么尝试疗养一点用处也没有。"[41]

朵莉表面上似乎不理解爱琳娜，但她在理智上也许比爱琳娜认为的更冷静。作为爱琳娜有着自由思想的朋友，她现在能够非常准确地理解爱琳娜与利萨加雷长期的婚约会有怎样的结局。在27岁生日的前夜，爱琳娜给珍妮写了一封解释信：

很长一段时间里，我试图下定决心解除婚约。但我不能这样做——他一直很好，温柔，而且对我有耐心——但我现在不得不解除婚约了。不只是因为负担变得太重，还有其他理由（我不能写出来——这需要太长时间，我们见面的的时候我会告诉你）——所以最后我鼓起了勇气。[42]

也许这不是她运用莎士比亚的典故中最委婉的。

爱琳娜强调利萨加雷无可指摘，请珍妮试着有空去看他一下，并把他当作家人朋友善待他。对于自己，爱琳娜希望她与利萨加雷能继续当最好的朋友。她在这份友谊上的反复摇摆表明，爱琳娜对自己提出分手感到深深的愧疚。虽然这是“一种可怕的斗争”，爱琳娜确信这个决定是正确的：“……毕竟，我们每个人必须过自己的生活，正如我做出那么多、那么辛苦的努力，我不能碾碎我想尝试一些事情的欲望。”[43]让她感到庆幸的是，她还有时间；因为一生与猫关系亲密，她相信她有九条命，而不是一条。

母亲去世刺激了爱琳娜。她已经无法再忍耐为其他人而活，她清楚地意识到，她现在的时间完全被照顾父亲耗尽了，尽管她很爱他。人们表扬燕妮无私的吊唁信对马克思是一种温柔的安慰，却令爱琳娜感到震惊和沮丧，这促使她选择不确定的独立，而不是对婚姻和爱的服从。她为自己的27岁生日做了一个很好的决心清单，并认为，如果她在未来几年形单影只的话，她也能生活得很好：

我的意思是，通过努力工作，试图使我的生命做出比迄今为止更多更好的东西。毕竟工作是主要的事情。对于我来说，至少它是必要的。这就是为什么我甚至爱我枯燥的博物馆苦差事。你看，我没有足够的智慧从而过上纯粹的智力生活，也不是很愚笨而愿意坐着什么都不做。[44]

马克思和恩格斯知道,事实上,她并不会愚蠢到只过一种纯粹的精神生活。爱琳娜需要行动,把想法付诸实际的实践。她渴望敬爱的父亲可以理解这一点——“没有人知道我多么爱他”,同时纠结于把他抛弃的悲伤和内疚中:“我不能向他解释。”[45]珍妮心领神会,以爱琳娜的名义直接写信给父亲,清楚地告诉他这种情形。

通过姐姐的调解,马克思逐渐理解爱琳娜的问题。他向恩格斯表达自己的看法,任何药、场景或空气的变化都不能治好她的病。正如他现在所意识到的,他能为她做的就是支持,使她“如其所愿地做事情,让她去荣格夫人(马克思给伊丽莎白·维津起的揶揄的绰号,之前是杨夫人)那里上戏剧课”。马克思不会“为了世界上任何东西让孩子把自己想象成老人的‘保姆’,被牺牲在家庭的祭坛之上”[46]。现在他更容易让步了,他已经知道爱琳娜不再希望把自己的未来牺牲给另一名男子。爱琳娜与利萨加雷结束婚约令大家都满意。当然,爱琳娜暂时不能承认的是,她的父亲一直都是对的;他表现出了足够的爱,虽然没将爱意说出口。

劳拉和保罗从来没喜欢过利萨加雷,而现在对自己的婚姻感到非常遗憾的珍妮认为,爱琳娜作出了正确的决定:“这些法国人在最好的时候当了糟糕的丈夫。”[47]

爱琳娜很快决心开始新生活。生日当天,她和马克思回了家,这样一来她可以在伦敦举行朗诵会。她在《哈默林的花衣吹笛人》和托马斯·胡德的《叹息桥》——无家可归的年轻女人失去希望、投河自尽的悲剧——的演出取得了成功。“我必须告诉你,周二我表现极好,被‘称为’吹笛人——因为那很长——需要朗诵 25 分钟,我只鞠了一躬,而且不会加演——但《叹息桥》后我不得不加演了一次。”[48]最棒的是,她因为表演赚了 2 英镑。

2 月,爱琳娜和马克思去阿让特伊看珍妮和她的孩子们,一周后马克思独自一人去了阿尔及尔。爱琳娜回伦敦的当天,利萨加雷殷勤地给龙格一家打电话,问他能否那天晚上在圣拉扎尔车站为她送行。他们在车站小餐馆吃了饭。利萨加雷表示了他的伤心和遗憾,但也理解他无法让她回心转意,没有尝试改变她的主意。他们友好地分了手。珍妮说,爱琳娜做得最好,从嫁给一个肯定不会使她幸福的男人中"九死一生"地逃出了。她喋喋不休地讲一个古老主题:"法国丈夫在最好的时候和最坏的时候都没什么价值——好,分手越早越好。"[49]她听起来就像她们的母亲。

无论爱琳娜对于她与利萨加雷结束有何感觉,当晚她的车驶离圣拉扎尔车站,她没有机会表现出垂头丧气,而是被同行的有趣的乘客给分了心。[50]她问爱琳娜借一个开瓶器,碰巧爱琳娜手头没有。于是,这位旅伴开始用一把剪刀把塞子从白兰地瓶子里凿了出来,一杯一杯地把酒全喝了下去。因为火车在卢昂和迪拜之间没有停,这位酒鬼乘客肆无忌惮地在车厢里"解放自己"。这让爱琳娜发誓她绝不会再坐女性专用车厢出去旅行。

回到家后,爱琳娜全心拥抱新的自由。她再一次忙于新莎士比亚协会,并在大英博物馆为弗尼瓦尔做研究和文献工作。最后,她迫切期待与伊丽莎白・维津见面,开始训练。她抓住每个去剧院的机会,排队买便宜票,坐在顶层楼座观看,专心研究女演员的表演。她喜欢兰心大戏院新的《罗密欧与朱丽叶》:"我从未见过莎士比亚的戏剧得到了如此令人满意的'全方位'发挥。"[51]但是,她对埃伦・特里的朱丽叶很失望,"早期的场景——也就是说喜剧场景——很吸引人,但是,当悲剧成分出现的时候,特里变得越来越差,直到在毒药场景中她完全崩溃"[52]。对于如何演朱丽叶,爱琳娜非常感兴趣,"自我从巴黎回来以后,我与维津夫人一直在打磨朱丽叶。她似乎非常满意——说,尽管我对舞台业务完全无知,但是她希望我能公开地试一试”[53]。

但是,令爱琳娜失望的到底是埃伦·特里,还是处于实力巅峰的成年妇女不得不扮演一个不幸的、快到青春期的、陷入爱河的青少年的荒谬呢?她对特里的批评揭示出她对舞台业务完全无知,维津的这一观察是准确的——她还没有理解“当一名演员”的挑战。不得不在台上出演从属的和次要的角色,也不得不每天在幕后这样生活;因为男演员才是更大的角色,女性在台上常是保持沉默,或不得不凑合着演一些说着很傻的诗句、疯狂、密谋和陈词滥调的角色。在台上和台下,男人的角色是英雄或忙碌的恶棍;女人的角色是甜蜜的侍者,或者是精神错乱、渴望权力的疯子。埃伦·特里完全理解她的位置,曾经有一个著名的评论,“‘男人一生中可以扮演许多角色’。(女人也是如此!)”特里知道爱琳娜将会发现的东西:虽然女人也可以扮演很多不同的角色,但是她们很少是最好的角色。

如果她们有机会讨论特里的职业生涯,弗吉尼亚·伍尔夫可能会向爱琳娜解释,特里常常是在颠覆她的角色和她们的“傻话”,把妇女观众所怨恨的服从集中到自己身上,这样她们就能够发觉现实生活中被禁止的、更大的、更强的角色的存在。埃伦·特里启发了伍尔夫在《幕间》,1941 中对伊迪丝·克雷格的描述:

> “我不得不演一个那么小的角色啊!但你已经让我觉得我能演……埃及女王克利奥佩特拉![伊迪丝·克雷格]重复道,她的意思是,我已经是埃及女王克利奥佩特拉,你一直在我身上激发出我没有演过的角色。”[54]

爱琳娜听不见来自未来的声音,但她也在寻求她没有演过的角色。

到目前为止,她并没有意识到,在莎士比亚的妇女中间,她找不到适合她的角色。

爱琳娜想念父亲,对分离感到忧心——“我多么渴望看到您的脸”[55]。马克思向所有人隐瞒了他的健康欠佳,除了恩格斯。爱琳娜对父亲在信中的叙述不完全相信,她决定去阿尔及尔亲自看望父亲,但恩格斯阻止了她。同时,爱琳娜已经取消与利萨加雷订婚的消息传到卡尔·赫希耳中,他立即委托妹妹“考布夫人”多次去拜访珍妮,让珍妮帮助他与爱琳娜牵手、结婚。

珍妮不得不耐心听完赫希对自己的介绍,比如他有坚实的金融地位,会给爱琳娜一个富有的生活等,这些无穷无尽的细节,在任何一个马克思姐妹看来都会觉得可笑。爱琳娜当前对婚姻没兴趣,珍妮礼貌但明确地给赫希答复,妹妹不同意,但赫希仍然不死心,珍妮写道:“我已经尽我所能向倾心于你的赫希解释,他的愿望注定不会实现,但他坚持要从你的嘴里听到他的厄运。”[56]无奈之下,爱琳娜给赫希写了一封温和而礼貌的拒绝信,从而解决了这件事。两姐妹从来都没有想到,爱琳娜嫁给赫希,为不缺钱而结婚可能是明智的。

珍妮完全支持爱琳娜拒绝赫希,但令她感到迷惑不解的是,为什么她对他的求婚会如此生气。爱琳娜从未表示过她对赫希有什么不满,但他的求婚却让她感到深深地被冒犯了。从她的角度看,赫希一直不坦白自己的意图,让她误以为他们之间只是友谊,这是对他们长期的政治和思想上的友谊的背叛。爱琳娜对赫希的看法是不公平的,因为赫希并没有声明自己的感情,直到她与利萨加雷的婚约彻底结束,才坦白心声,这并非什么背叛。

珍妮支持妹妹追求独立的事业,而不是婚姻,确信“她过艺术家的生活”的志向会成功,“在最坏的情况下,即使你永远踏不上舞台,获得完美的演讲艺术……这一事实也将是你一生中的一大收获,会偿还你的功课所花费的任何开支”[57]。通过鼓励爱琳娜追求自己的事业，珍妮似乎看到了自己死亡已久的梦想，“过上女人唯一能过的自由生活——艺术家的生活——的前景”[58]。

爱琳娜常常一个人在梅特兰公园路。伦琴很多时间是在法国帮助珍妮照顾孩子们。马克思从阿尔及尔前往蒙特卡罗、尼斯、戛纳，然后直接回阿让特伊过夏天。爱琳娜给他写了一封信，信里全是关于她的活动消息和时事闲聊。她反感“英国市侩”的大惊小怪，他们看到可怜的大象从摄政公园动物园被搬到马戏团时感动得落泪，凝视着伦敦东区处于饥饿和赤贫之中的人类同胞却不掉一滴眼泪。爱琳娜提醒父亲，“莎士比亚已经宣布你们英国人‘不会给一个小铜币来救济跛腿的乞丐，却花十个铜币去看一个死掉的印度人’”[59]。

她参加所有可以塞入大英博物馆新莎士比亚协会的工作、维津的课程和严格训练之中的戏剧。她看了波兰男演员海伦·莫杰斯卡出演的《奥黛特》；来自意大利的阿德莱德·里斯托里是爱琳娜看过的第一个用英语表演麦克白夫人的女演员。她还与弗尼瓦尔一家去郊外野餐，与动物学家埃德温·雷·兰克斯特及其家人用餐，并与南非作家奥莉芙·施赖纳和亚历山德拉·莱顿（萨瑟兰·厄尔夫人）成了朋友。

6月30日，在勃朗宁协会于伦敦大学学院举行的年度庆祝活动上，爱琳娜担任共同主角。她演了《吉斯蒙德伯爵》的冒险骑士，应大家的要求，还演了《哈默林的花衣吹笛人》。爱琳娜很兴奋，第二天早上的第一件事就是喝着咖啡给珍妮写信：

> 这个地方很拥挤——各种各样“精通文学的人”和其他“有头有脸的人物”都在那里，我感到非常紧张——但是表现很好。萨瑟兰·厄尔夫人（皇家艺术学院院长弗雷德里克·莱顿男爵的姐妹）

想要带我去看布朗宁协会,给她朗诵布朗宁自己的诗歌！今天下午我受邀去看王尔德夫人。她是那位非常无力、非常令人讨厌的年轻男子奥斯卡·王尔德的母亲,他在美国出了那么大的丑。因为王尔德还没回来,而他母亲很和蔼,我会去的——如果我有时间的话……[60]

爱琳娜对王尔德的冷嘲热讽纯粹是出于嫉妒他在戏剧和文学上的成功。事实上,王尔德并没有让自己出丑,他已经在美国的巡回演讲中成为明星,为吉尔伯特和沙利文的《耐心》创造了巨大的宣传效用。爱琳娜对男性同行更成功嫉妒得牙痒痒。当王尔德后来在同性恋的传言及性取向被揭露而经受磨难时,爱琳娜的嫉妒就消除了,转而支持和拥护他。她公开指责媒体和大众不知羞耻的虚伪,先前给予他巨大的荣誉,现在却因他被指控的性喜好和个人生活行为而谴责、抛弃他。她特别批评剧院经理的唯利是图,虽然继续用王尔德的戏剧来打造票房,却把他的名字从节目单、活动安排和整个作品中删除出去。由于英国报纸都不发表她对王尔德的辩护,爱琳娜把自己的辩护投到俄国去发表。[61]

1882 年夏天的另一个亮点是著名狄更斯剧演员约翰·图尔在查令十字剧院的工作,在他的管理下,剧院更名为图尔剧院。"亲爱的亨利"侄子背诵着,像玛奇·肯布尔和埃伦·特里在托马斯·胡德的《叹息桥》中一样,爱琳娜开玩笑地说,"我认为是对本人的侮辱,那是我的拿手演出之一"[62]。由于无法获得正规门票,爱琳娜、伦琴和布莱克姐妹只能坐在舞台前的下降区域上看演出,演出下午 1 点 30 分开始,他们不得不上午 11 点就到剧院门口,从街头小贩那里买茶喝,在等着入场的时候闲谈了两个小时。"热情是一个多么美好的东西啊!"[63]

爱琳娜自己在家期间,很投入地进行长时间的工作,只有工作能让她快乐。她告诉珍妮,“我现在非常努力”[64]。因为伦琴与姐姐在法国,对于这个有抱负的演员爱琳娜来说,做家务成为让她头疼的事。自从伦琴离开后,她的两只鸡都不从窝里出来了,爱琳娜不知道该怎么办——除了用手喂它们,招待、安慰它们,告诉它们亲切、令人怀念的伦琴很快会回来。“我极其害怕下星期——到时候一些小鸡会孵出来。天知道,我要拿它们怎么办。”[65]

卡尔不在时,恩格斯父亲般地关注着她,期待爱琳娜和他一起过星期天,给她准备一场葡萄酒管够的盛宴。如果繁忙的日程安排使她错过这个一周的仪式,爱琳娜就会弥补一下,与恩格斯在剧院或俱乐部用餐,把他介绍给新朋友。

7 月底,应父亲的迫切要求,她被迫中断工作和密集训练,去阿让特伊照顾“可怜的珍妮”。她忧心忡忡的姐姐在旅行中又有了孩子,并经受持续膀胱感染的剧痛。她斩钉截铁地对爱琳娜说,“我死定了”[66]。8 月中旬,爱琳娜带着小强尼回到伦敦。与恩格斯在大雅茅斯度过一个无忧无虑的海滨假期后,她把强尼送进伦敦的走读学校,像任何一个白天有正职的伦敦母亲一样照顾他。

八月底,应马克思明确而固执的请求,劳拉陪伴“山中老翁”[67](马克思现在这样称呼自己)从法国去瑞士。他赞赏爱琳娜大有改善,但不想回去伦敦,因为他决心不让她护理自己这个每况愈下的老人。珍妮唯一的女儿也名为燕妮,9 月 16 日出生。月底,马克思见了一下新孙女,但是珍妮对他隐瞒了自己病情的严重性,谎称是产后的疲惫。马克思直接去了文特诺接受针对他持续性的胸膜炎和支气管炎的进一步治疗。糟糕的身体也成为他不能回伦敦的原因之一。他知道自己不能从丧偶中恢复过来,但必须学会适应失去燕妮的痛苦。没有燕妮,他发现家里的房子和伦敦的生活难以忍受。

随着伦琴从法国回来再次管理家庭,爱琳娜在梅特兰公园路照顾小强尼有了更多的支持。他白天在学校的时候,爱琳娜花尽可能多的时间工作。晚上,当孩子听着爱琳娜版本的汉斯·罗克尔上床后,她开足马力做词汇表的工作,伦琴则去找恩格斯下棋,或与帕姆斯去看戏。

10月的第一周是阅览室一年一度的闭馆周,对读者不开放,给书籍拂尘和修理,并清理档案。爱琳娜非常担心会错过早期英语文本协会的最后期限。她告诉珍妮,“如你所知,现在我时间很紧迫,所以我请求馆长邦德先生允许我照常工作[68]。印刷书管理员乔治·布伦及其助手理查德·加内特[69]和大约半打人都友好地去找邦德先生请求让我来”。邦德允许了。“这是莫大的恩惠,他还告诉我,自格莱斯顿几年前被允许进来完成关于‘暴行’的小册子——1876年关于保加利亚暴行与东方问题的杂文后,再也没有对任何人开放过”。她不能“在清扫阅览室的混乱中工作”,所以与加内特和布伦一起在办公室工作。“对于因浪费这么多天而绝望的我来说,这简直是一大福音。”[70]管理大英博物馆的人给予她的恩惠表明,爱琳娜·马克思现在已经取代父亲在大英博物馆阅览室的座位。

因为需要钱,爱琳娜又担任了肯辛顿一所女子学校的教书工作。她写信给珍妮,“我工作太辛苦而不能去任何地方或看任何人”。工作之余,她大多待在家里读报纸和期刊,在父亲的书房写信,在信中思考问题,例如,圣埃蒂安议会分为可能派和马克思主义派,派系分裂,其中姐夫拉法格领导马克思主义派。“你觉得竞争的议会怎么样?他们更让我想起基尔肯尼的猫而不是别的。”[71]根据民间传说,基尔肯尼猫会一直战斗到一无所有,只剩下尾巴。10月11日,她跟山茱萸俱乐部成员去学园大戏院看特里和欧文主演的《无事生非》的预演,她非常喜欢。

欧内斯特、克莱门蒂娜和朵莉看她出来玩都很高兴；他们太怀念以前在爱琳娜家的定期聚会。

周末，爱琳娜带着小强尼去文特诺看马克思。他担心珍妮的情况，认为除非让更多的孩子离开她身边，让她好好休息，否则她是不会康复的。他请求爱琳娜放下一切去法国帮忙并把哈拉带回来，好让珍妮可以只照顾小燕妮，轻松一点。珍妮坚决反对。爱琳娜也不想离开工作。珍妮鼓励妹妹：

> 这么多天来，唯一的好消息是……你的文学事业。我衷心地祝贺你，欣慰地认为我们中至少有一个不会看着法式炖锅过日子。[72]

来自珍妮自己的消息并不好。她认为与上次怀孕有关的膀胱炎症并没有消失，生产后反而恶化了："我希望世界上任何人都不要经历这8个月来我所经历的折磨，它们难以形容，加上照顾孩子，生活对我而言就是地狱。"[73]珍妮对自己作为母亲的现实经历是坦率的，信中这方面的叙述体现出她的文才；而她不让爱琳娜赶来帮助，则体现着对妹妹深深的爱。

爱琳娜、马克思、伦琴和恩格斯都尽其所能地安排强尼在伦敦过一个欢乐的圣诞。劳拉不能加入他们的行列。9月，圣埃蒂安议会已经分裂。保罗·拉法格和朱尔斯·盖德组建法国马克思主义工人党，因涉嫌颠覆和煽动言论罪立即被逮捕。在这个事件中，马克思高度赞赏女婿的行为。

因为强尼，传统的家庭圣诞树退货了，改换成了其他礼物；马克思的礼物则是终于从胸膜炎和支气管炎中解放出来。他欢呼道："这太鼓舞人心了,考虑到大多数同时代的人,我的意思是年龄相仿的人,正在以相当惊人的数字死去。但也有足够多的年轻人让老人活着。"[74]带着好心情,他回到文特诺。

在1月的第一周,马克思收到拉法格的可怕消息,珍妮现在的状况令人绝望。她卧床不起,出血,一直昏昏沉沉,偶尔因噩梦惊醒。马克思也在一阵痉挛性咳嗽中醒来,他病得如此严重,他认为他即将窒息。爱琳娜不需再进一步寻找她神经性疾病的基因遗传源了。马克思相信,精神上的痛苦与生理上的痛苦是有密切关联的。

爱琳娜28岁生日的前一周,电报到达梅特兰公园路。1月11日下午,珍妮突然去世,38岁。爱琳娜回忆道:

> 我立即动身前往文特诺,我经受过许多悲痛的时候,却从没有现在这样伤心。带着这一消息,我觉得自己是给父亲判处死刑。我一直绞尽脑汁、心急如焚地想找到如何把这个消息告诉他的方法。但是,我不需要,我的脸出卖了我。卡尔说了一句:"我们的珍妮死了。"[75]

爱琳娜到达半个小时后,马克思把她又送上去伦敦的下一班火车,并命令她直接前往阿让特伊,照顾现在没娘的孩子。爱琳娜发现自己难以忍受把父亲单独留在这个最黑暗的时刻,但他"根本不容抵抗"[76]。马克思说,必须为孩子安排好一切。

马克思匆匆前往伦敦,他不得不请求医生将他的账单交到梅特兰公园路。与地址一起附上表示感谢的便笺,他向威廉森医生解释突然离去的原因,说:"其实,我觉得头痛有所减轻。身体疼痛是心理痛苦唯一的'后果'。"[77]这是他写的最后一封信。

伦琴用新食谱让马克思振作起来的尝试失败了。牛奶——他以前从不喜欢喝,因为朗姆酒或白兰地是他的首选。他的“阅读”仅限于翻看出版商的书籍目录,或在书房的壁炉边长时间凝视着火焰。2 月,他患上了肺脓肿,卧床不起。

当爱琳娜从法国回来,她立即了解到父亲是回伦敦等待死亡。她把亨利带回去,但他病得很严重;爱琳娜非常沮丧,不得不将他送到沙德韦尔的儿童医院。

3 月 14 日,星期三,下午 2 点 30 分,像往常一样,恩格斯来对马克思进行每日的访问。伦琴走下楼来,告诉他卡尔已经离开卧室,走进书房,在最喜爱的扶手椅上打盹。到他们上楼的时候,他已经在扶手椅走了。恩格斯留下了这把椅子,爱琳娜后来写道。“恩格斯坐在那张扶手椅上,直到他也离开人世。现在椅子是我的了。”[78]

爱琳娜签署死亡登记,和伦琴一起清洗卡尔的身体,把他放在棺材里,许多吊唁者来梅特兰公园路说永别。他最好的朋友说:“人类少了一个人,而我们时代少了一个最伟大的人。”[79]

爱琳娜失去了她的最初的爱人。

1883 年 3 月 17 日,11 名哀悼者聚集在海格特公墓马克思的葬礼上。爱琳娜,两侧是恩格斯和伦琴,看着父亲的棺材被放入与母亲相同的墓地里。悼念小群体包括最近丧偶的龙格、李卜克内西、勒斯纳、埃德温·雷·兰克斯特和保罗·拉法格。劳拉的丈夫在场,但劳拉不在场。爱琳娜想念姐姐。自从劳拉嫁给拉法格,加之他们对利萨加雷的夙怨,再加上劳拉感觉到自己不是最受欢迎的孩子,姐妹俩已日渐疏远。但是,她们现在是幸存的彼此最近的亲人。

恩格斯发表悼词,总结马克思的“名字和工作会万古长存”[80]。一周后,在爱琳娜在场的情况下,卡尔和燕妮·马克思的墓被重新打开,来安葬亨利·龙格小小的身躯,3月21日他逝世于沙德韦尔儿童医院,时年四岁半。

去世之前,卡尔·马克思清楚地表明,他认为爱琳娜和恩格斯是自然继承人。父亲死后,爱琳娜写道,“我们天性一模一样,我记得他曾经说过一件事,当时我不明白,甚至听起来觉得非常荒谬。但是,现在我知道他是什么意思……说到大姐和我,父亲说:‘珍妮像我,但爱琳娜就是我。’这确实如此——除了一点,我永远不会像他那么伟大、那么无私。”[81]

带着这份遗产,爱琳娜现在不得不闯出自己的一条路。

第十一章　阅览室

自从父母和姐姐去世后，爱琳娜的生活发生了巨大的变化，她不再生活在可能的幻想之中，而是生活在当下。这种转变是彻底的，它来源于失去亲人的悲伤和对人必然会死亡的新认识。爱琳娜不再说"我希望这样"，或"如果可能我会"，她的惯用语变成了："我是""我要""我能"。

马克思去世的消息传遍世界，吊唁信也从世界各地像雪花一样飞来。爱琳娜和恩格斯亲自回复这几千封信件和电报。人们给予爱琳娜的安慰和支持是如此之多，有些甚至来自她想象不到的人。在政治上，海因德曼站在爱琳娜的对立面，但马蒂尔德·海因德曼，海因德曼的妻子，在她父亲去世后，毅然把爱琳娜请到家里，给她提供住处，并向她保证，如果不愿意见到她丈夫，她可以让他避开。[1] 弗尼瓦尔则关心地询问爱琳娜，马克思的遗嘱中是否有足够的条款，说明她应得的东西。他知道爱琳娜性格豪爽，在继承遗产上也可能会一时冲动，放弃自己应得的部分，他劝她不要放弃任何她应得的遗产，不要错误地认为别人比她更需要得到父亲的遗产。[2]

马克思的遗产折合成现金大约有 250 英镑，并不算多，但他遗留的手稿等文献却有着不可估量的价值。8 月 18 日，爱琳娜被指定为马克思的遗嘱继承人。听到爱琳娜被指定为唯一合法遗嘱继承人的消息，劳拉很是沮丧，恩格斯对她解释这是英国法律规定的，"根据英国法律，爱琳娜是英国唯一一位在世的马克思的法定继承者"[3]。爱琳娜唯一合法继承人的地位让劳拉感觉自己被遗弃了，她写信给恩格斯抱怨。恩格斯则尽力调节姐妹俩的关系，出面解释，使劳拉相信这是法律规定的，而不是爱琳娜自己争取的。

恩格斯催促劳拉来伦敦旅游，对她在她父亲死后一直不能来伦敦感到遗憾。而爱琳娜没有意识到劳拉的不满，在给劳拉的信中，她毫无保留地对劳拉诉说父亲的去世给她带来的大量工作：

> 所有的私人信件我都放了在一边。这些信件是属于我们的，只是对我们有意义，而我们可以随时阅读，不必现在投入精力。其他的文献、手稿、国际通信等，则是我们现在必须要整理出来的。你想要我把你和拉法格的通信都寄给你吗？如果你要的话，我看到这些信后就把它们单独挑出来放在一起。整理文献的工作艰巨、繁重，我真不知道该怎么完成它。这周我必须拿出几天时间全部用来做这件事。当然，我不能把全部时间和精神都用在整理工作上，我还必须上课，必须做应该做的一切。[4]

父亲去世后，爱琳娜又回到肯辛顿的比尔查姆夫人学校讲课，而且在她承担的课程之外又增添了一门文学创作课。忙碌的爱琳娜既没有时间，也没有金钱继续定期到伊丽莎白·维津那里学习戏剧了。

尽管爱琳娜很有雄心，但她也有足够的精神来面对不尽如人意的现实。她已经意识到自己没有成为英国舞台上第一流演员的资质。伊丽莎白·维津也看到了这一点，她不情愿地告诉爱琳娜，她虽然很有能力，但“可能永远不会成为出类拔萃的戏剧演员，荣耀总是与梦想失之交臂”[5]。

除了资质问题，爱琳娜之所以不再为演员之梦而拼命努力，原因也很简单：家人的生病和死亡分散了她的时间和精力，她无法兼顾自己的梦想。现在她需要为自己寻找一个新的住所,并且第一次独自承担起交纳房租和税收的责任。除了挣钱谋生,她还要一周匀出几天时间来整理父亲的手稿,这是更重要的任务。家人的死亡以独特的方式让爱琳娜思考人生,不断成熟。她不可能再过那种对金钱和财务毫不在乎的生活。而且,从另一个角度看,这个世界并不需要再多一个演员,而是需要一个保证马克思的思想遗产得到很好继承的人,除了恩格斯,爱琳娜正是这样一个合适的人选,她的资质和勇气使她完全胜任这一工作,难道不是吗?

经过现实生活的磨炼后,爱琳娜意识到,除了做她自己,她不可能扮演其他任何人。也就是说,无论在舞台上还是舞台下,她都只能是爱琳娜·马克思,而不能是其他任何人。从人格上说,不善于伪装是她的一大优点,但从她当演员的愿望看,她的这种性格特征却成为一个缺点。

在爱琳娜所生活的时代并不崇尚本色出演,她的质朴性格与时代要求不相吻合。爱琳娜超越于她的时代。从气质和审美的角度看,爱琳娜更适合当一个电影明星,而不是一个舞台剧演员,她的性格更适合演自然的角色。[6]与爱琳娜相识不久的乔治·伯纳德·萧伯纳认为自己怀才不遇,他在大英博物馆阅览室向爱琳娜作自我介绍时,说自己"早生了五十年"[7]。这种说法用在爱琳娜身上也很合适。如果晚出生五十年,爱琳娜或许能在电影事业上发挥她的才能。

在爱琳娜所处的年代,她能得到的角色都不适合她本色表演。虽然莎士比亚笔下的女主角让爱琳娜感兴趣,给她带来了思想上的启发,但是朱丽叶、麦克白夫人、比阿特丽斯等人物形象还是让她感到压抑和沮丧。从孩童时代起,是莎士比亚戏剧中的男性角色而非女性角色对她来说更有吸引力,更有激励作用。她想扮演罗密欧,而不是朱丽叶;想扮演麦克白,而不是麦克白夫人;想扮演哈姆雷特,而不是奥菲利亚;

想扮演理查德，而不是安妮小姐；想扮演安东尼，而不是克利奥佩特拉。

如果她的指导老师不是伊丽莎白而是其他人，如果这位老师不那么传统，而是注重创新，那么，爱琳娜或许也能在戏剧界有自己的一席之地。爱琳娜那个时代的许多女演员，无论是成功的、可能成功的，或者是失败的，都期待着能演一个与自身经验相符的现代女性角色，爱琳娜也不例外。总而言之，她需要的是新的戏剧。例如，是易卜生的《群鬼》中的海伦·阿尔文，不是麦克白夫人，是《玩偶之家》中的娜拉·赫尔默，不是克利奥佩特拉。爱琳娜希望扮演的人物正在她同时代的作家笔下酝酿着。一些写出现代女性形象的作家正是爱琳娜的朋友，而爱琳娜则是他们写作的灵感来源和人物原型。关于妇女是什么，想要什么，能成为什么，爱琳娜所持的观点是崭新的，而不是陈旧的，她不但表达着这些观念，而且在现实生活中践行着这些观念。

在19世纪80年代早期，爱琳娜的周围聚集了一群杰出的朋友，在她父亲死后，这些朋友处于她生活舞台的中心。如果当时的年代能为她提供条件，爱琳娜可能会成为一个出色的戏剧导演，但时代没有为她提供这样的条件，却给她提供了一个施展另一种才能的空间，使她成为英国艺术和政治界的激进一员。大英博物馆是作家和思想家的摇篮，其高大屋顶成为一个崇高的象征，爱琳娜从这里起步，迈向一个伟大征程。

大英博物馆的阅览室于1857年5月开放，爱琳娜的父亲马克思、作家柯南·道尔和布莱姆·斯托克成为第一批申请读者证的人。据回忆，爱琳娜是在1877年10月，她二十二岁的时候拿到读者阅览证的。悉尼·斯默克阅览室在规模上仅次于万神殿，它位于博物馆的庭院中央，是用混凝土构建的，有着铁铸拱门，还有天窗和窗户用来采光。在它的内部，热水管沿着地面铺设，保持读者脚踏板的温暖。阅览室有宽敞的书桌，这些桌子用真皮覆盖，可以为350名读者提供服务。每张书桌上面都有书架，还有供写字的纸张、墨水和吸墨纸。在阅览室的正中央，有一个供图书馆馆员和其他服务人员使用的桌子，旁边还有一个中央书架，上面有秩序井然的书目，通过剪贴的方式不断更新。

阅览室内的圆形设计，加上图书管理员们处于中心位置，像老鹰一样起监视作用，这让人们想起了圆形监狱，这种结构是维多利亚时期公共场所流行的设计，很多社会哲学家都用这种结构来作隐喻，表明监视的权力在社会中无孔不入。[8]

就是在这个图书馆里，爱琳娜和她的维多利亚时代的布鲁姆斯伯里团体一起工作着，既相互鼓励，也相互批评。

在得到阅览室知识分子群体接纳的人中，有些是维多利亚时代的异见人士领袖。阅览室把不同的人群汇集在一起，在思想视野开阔的知识分子旁边坐着装模作样的小市民；在被边缘化的异见人士旁边坐着官职人员和法律制定者们；男人的旁边坐着女人。阅览室与其他地方不一样，这里成为一个男女平等的公共场所，除性方面的内容外，无论男人还是女人都可以这里吸取各种知识养分。

然而，一旦涉及性方面的内容，男女还是有区别的。当爱琳娜借阅《印度爱经》时，她发现自己得到了与男性读者不同的对待。她被告知只能在图书管理员的直接监视下，在一个专门设计的嘈杂的书桌前阅读。[9]这很滑稽，难道管事的人（无论他们可能是谁）担心：爱琳娜作为一个社会主义者的女儿可能会受这本书的影响，冲动地当场做出不合适的举动吗？

在阅览室的特殊氛围和安静环境中，智力和视力的探索同时展开。妇女在这里仍然是受注目的极少数群体，来这里读书的男性把她们当作古怪的存在，用传统思路把她们归类为“严肃的作家”“女性小说家”“顽皮女孩”“有良知的学者或研究者”[10]“严厉的政治批评者”。即使不知道某人姓什么叫什么，人们也可以通过观察来认识他（她）。

爱琳娜很容易被识别。她戴着她的招牌夹鼻眼镜,眼镜有一条长长的黄铜链子,一直悬挂到她姣好的胸部和腰间,虽然不穿紧身衣,爱琳娜的体型也还是很好看。她的卷发浓密而松散地垂到腰部,她的发型在当时是不同寻常的,无论在工厂、田野、家庭、妓院或者舞厅都很少有人梳这样的头。爱琳娜用夹子把她的头发夹起来,这并不是为了漂亮,她只是随意地、心不在焉地把头发拢起来,以便不影响自己的阅读,她的发夹散落在桌子上、书目上。

某些旧照片显示出爱琳娜的头发仔细地烫过,衣着也很整齐,在镜头前摆出正式的照相姿态,其实这并非她的真实面貌。爱琳娜在着装上的激进主义,以及轻松随意的风格,使她不用说什么,人们也能看出她是一个非传统的、前卫式人物。

比阿特丽斯·波特一眼就认出了爱琳娜,她在1883年5月24日所写的日记中写道:

> 从长相看,她是清秀的,在着装上体现着随意松散的风格,卷曲的黑色长发随处飘洒。闪亮的眼睛充满了活力和热情,如果不是有这双眼睛,她的容貌和表情会显得丑陋,她的肤色显出某些睡眠不足的迹象,似乎是烟和酒等兴奋物品造成的。[11]

比阿特丽斯·波特,也就是后来的西德尼·韦伯夫人,是当时爱琳娜在阅览室认识的众多熟人之一。在阅览室,比阿特丽斯向爱琳娜作了自我介绍,并提议到茶点室一起喝杯茶,她很想听爱琳娜就乔治·富特的事情谈一下自己的观点。乔治·富特是英国的世俗论者,杂志编辑,不久前,他被指控亵渎神明。1881年5月,富特创办了《自由思想者》杂志。这本杂志经常刊发的栏目包括“漫画圣经素描”“亵渎的笑话”。1882年5月,富特被指控犯有亵渎神明罪。当法官诺斯,一个基督教徒，宣判富特有罪，判处他服一年重刑的时候，富特回答说，“我的大人，我感谢您，冒犯您的信仰，服一年刑是值得的”[12]。

在富特服刑期间，另一个世俗主义倡导者爱德华·艾威林被任命为执行主编，艾威林是杂志的撰稿人，经常为杂志写一些宗教与科学方面的文章。在他的社论中，艾威林继续积极地捍卫“亵渎神明”的权利。[13]爱琳娜第一次听到艾威林的名字是在1880年爱尔兰土地战争期间，当时她出席在伦敦召开的国家世俗协会会议，会议要求进行土地改革，在她与迈克尔·戴维特谈话时，迈克尔提到了艾威林。山茱萸俱乐部的人也向爱琳娜提到了艾威林，告诉她艾威林于1881年在科学大厅就莎士比亚戏剧进行系列讲座，爱琳娜还知道了艾威林将作为威斯敏斯特的代表参加1882年伦敦学院委员会的竞选。当比阿特丽斯与爱琳娜谈到作为《自由思想者》执行编辑的艾威林时，比阿特丽斯并不知道爱琳娜与艾威林有任何关联。

比阿特丽斯问爱琳娜，富特通过冒犯基督教信仰者来表达自由，这种做法是否有些过火。爱琳娜回答说，她对富特回答法官时的幽默并不在乎，她不认为他们亵渎神明有什么不对。她认为，“嘲讽是一种合法的武器，伏尔泰曾使用这一武器，正确地使用这种武器胜过一系列争论”[14]。她们还讨论了基督教，比阿特丽斯回忆说：

> 爱琳娜说她认为福音书就像是诅咒书。仔细想想，如果救世主存在的话，他也是一个意志薄弱的人，虽然有很多好的品行，但却缺乏英雄气概。“难道他就没有在最后时刻祈祷圣杯会经他传递吗？”爱琳娜说道。[15]

对比阿特丽斯所说的“基督教的美丽”，爱琳娜回应说，基督教并不是美丽的，它是一种非道德的幻觉。她们的争论在继续，并且在茶点室吸引了大批听从，这也难怪，爱琳娜的主张令人耳目一新。爱琳娜继续说道，“这个世纪与上个世纪最突出的区别是，上个世纪，自由思想只是上层人物的权利，而现在它也成为工人阶级的权利”[16]。爱琳娜对比阿特丽斯说，现代社会主义的目标是教育人民，“抛弃虚幻的来世，生活在现世，并坚信能使现世变得更好”。比阿特丽斯问爱琳娜，什么是“社会主义的进步”？比阿特丽斯回忆说：

> 爱琳娜对这个问题很敏感，她说这个问题相当于让她给出一个关于社会主义理论的简单方程……我说从我有限的政治经济学知识（这是我们英国人唯一理解的社会科学）看，社会哲学家似乎把自己限定在描述有一定必要性的社会力量上。爱琳娜没有否定这种观点。[17]

当然，在她们的谈话中，比阿特丽斯也谈到了与革命思想相契合的个人生活观，说道：

> 单身女人的生活，与布莱德劳提倡的生活观更接近，在爱情等方面的观点与众不同，她们想与男人建立“自然的”关系，她们担心与男人的关系会影响她们成为“受人尊敬的”社团中的长期成员。[18]

爱琳娜对比阿特丽斯的说法感到很有趣，她没想到加入某个受人尊敬的社团竟然对个人生活还有一定的影响。更加让她感到有趣的是，她没想到自己会不自觉地成为查尔斯·布莱德劳的拥护者。[19]要知道布莱德劳可是社会主义的一个激烈反对者。反对社会主义的布莱德劳也是一个世俗主义的倡导者，尽管爱琳娜与父亲在许多方面意见不一致，但有一点他们是绝对一致的，那就是都不信仰宗教。但马克思对布莱德劳反对宗教的世俗主义并不看好。几年前，爱琳娜的母亲和姐姐曾尝试去参加布莱德劳举办的世俗主义者星期天服务日。由于马克思不喜欢布莱德劳的这种世俗主义，他对燕妮说，如果她希望得到形而上学的启迪和满足，与其从布莱德劳的肤浅见解中寻找，还不如从犹太先知的智慧中寻找。[20]从1880年起，爱德华·艾威林就是国家世俗协会的一个突出人物，当爱琳娜的母亲和姐姐参加布莱德劳星期日活动的时候，艾威林也在那里，但是马克思家人从未与艾威林有过交谈。

1882年，艾威林开始到博物馆阅览室读书。在这里，他最终接近并向爱琳娜介绍了自己。艾威林很好地利用了阅览室这个空间，发挥了自己在调情、与女性建立关系方面的特长。他为《进步》杂志写了一篇漫画文章，题目是“论阅览室的幽默”，他把阅览室定义为“既是动物园，同时也是一个精神病人收容所”，并开玩笑地向读者推荐说，通过性别隔离可以达到“少谈话和少结婚的目的”。[21]这篇文章刊发于1883年5月，也就是马克思去世不久，也正是在这一时期，爱琳娜开始公开宣称自己与爱德华·艾威林建立了交往。

爱德华·比宾斯·艾威林于1849年11月24日出生于伦敦的尼尔森特利斯街6号，这条街道位于哈尼克区的斯托克尼尔森附近，属于中产阶级社区。艾威林的母亲名叫玛丽·安妮·古道尔，他的父亲是一个虔诚的牧师，名叫托马斯·威廉·巴克斯特·艾威林，是一名公理部长，在金斯兰大街的独立公理教堂任主管长达半个世纪之久。艾威林家雇佣了三名仆人。艾威林长大后声称他的血统中混合了法国和爱尔兰祖先的血液。他的母亲和祖母确实是爱尔兰移民，但没有证据显示他有法国血统。他的母亲玛丽·安妮·古道尔是剑桥农场主和旅店老板的女儿，很有才华，但当艾威林出生的时候，却成为一个酒徒。

虔诚的托马斯·威廉·巴克斯特·艾威林牧师是一个出色的异见

者和共和主义者，他拥有名誉博士学位，是新教组织的主席和领导者。有传言说，艾威林的父亲在15年内建立了一个宗教部门，位于一个新的哥特式建筑内，可容纳超过2000人的大型集会。教区居民集体出资，从1851年的大型展览会上购买了一个令人无法恭维的讲坛，并把他们新的礼拜地点称为“伦敦北部大教堂”。

虔诚的艾威林牧师提倡建立两性同等受教育的学校，并宣扬妇女有受教育的权利。他不崇尚享乐，在艾威林家里很少有欢声笑语，这一点与爱琳娜的家庭环境不同，她是在温馨快乐的氛围中长大的。

艾威林成长在一个大家庭中，他有三个哥哥，两个弟弟，还有两个妹妹。童年的一次意外事故使艾威林的脊柱受伤，成年后，他的腰部有些弯曲，使他看起来有几分像爬行动物。艾威林小时候遭受的意外脊柱疾病限制了他的活动范围，童年时代的他大部分时间都待在家里，因此他得以接触父亲的大量藏书，包括班扬、莎士比亚、笛福，以及其他一些神学书籍。除了星期天，他被限制不准读其他书，只能读《天路历程》，其余时间他可以自己选择想读的书。

1863年，艾威林和他的弟弟弗雷德里克被送到陶顿的一所异见人士所开的私立学校。艾威林和弗雷德里克是他们家接受了全部高等教育的孩子，其他孩子则没有这么幸运，与他们同样年龄的时候就开始工作了，或者当学徒，或者当职员。他们两人之所以能继续接受高等教育，是因为艾威林的姐姐嫁给了一个黄金代理商，他们家也因此比以前富裕了。

艾威林在陶顿学习了两年，之后他接受了一系列导师为他提供的私人教育。他决定学习医学专业，并于1867年进入伦敦大学医学系学习。在那里，他获得了25英镑的入学奖学金，并获得了一些奖章，作为在化学、实验物理学、历史学和植物学方面学习优秀的奖励。1869年，他赢得了动物学专业的奖学金，拿到了他的学士学位。艾威林是个刻苦的学生,他还在剑桥大学得到了一份工作,成为杰出的生理学家迈克尔·福斯特的实验助手。

艾威林在这所“不信上帝的大学”选择学习医学是合理的。1871 年之前,异见人士不准在皇家担任公职,也不准进入著名大学,如牛津、剑桥和杜伦大学工作,而伦敦大学却不同,它接受所有不同信仰者。

艾威林在巴斯小姐的伦敦大学北部女子学院得到了一份教职,该学校位于卡姆登路,是女性教育的先驱机构,艾威林的父亲是该校的赞助人之一,这当然并非巧合。在攻读研究生学位的时候,艾威林担任私人老师,并为学生们印发廉价的《植物表》和《生理表》。这些学习资料由不同医疗机构以及科学与艺术部门出钱资助刊发,这些书对学生们参加考试很有帮助。科学与艺术系的建立是为了扩展对学生的技术教育,训练合格的教师,由于其他国家在技术教育方面已经超过了英国,削减了英国在贸易、科学和技术方面的竞争力,迫于压力,英国也在大学里建立起科学与艺术系。

1875 年,艾威林被任命为比较解剖学和生物学的讲师,在伦敦医院兼职授课。第二年,他在伦敦大学学院获得硕士学位,并成为林奈学会的一名研究人员。1879 年,他申请伦敦大学国王学院的比较解剖学教席,但没有成功。

艾威林是一位聪明、勤奋的学者,他的前途是充满希望的。虽然他没有显示出创造性的思想才能,但他是一名出色的教师,也是一名很有能力的学者、作家。艾威林没有把全部精力用在学术上。借助国家世俗协会这个平台,艾威林致力于为群众提供公共教育,他的听众大多是工人群众,他向他们传授无神论和进化论哲学。[22]艾威林以牺牲在传统学术体系中获得令人尊敬的学者地位为代价,坚持着自己的政治信仰。他的政治信念使他无法继续自己的学术生涯,但他也因此而获得爱琳娜的认同,她将艾威林看作一个为政治理想而不计较个人利益的人。

作为儿子，艾威林无疑会从他父亲那里接受某种宗教教育，而他父亲在宗教上有矛盾的一面，一方面他是虔诚的宗教信徒，另一方面他又非常相信达尔文的进化论。艾威林的父亲接受教育、获得自然科学知识的时候，正是达尔文的理论兴盛的时候，达尔文的《物种起源》被广泛传播。达尔文关于物种演化的理论，既挑战了宗教，也挑战了先前的科学信条。艾威林对达尔文理论非常推崇，对父亲的宗教信仰感到不满，传统神学已经被否定，但是他的父亲却认为上帝“有它存在的理由，它是不能用任何科学来解释的，它是用来救赎的”[23]。

从艾威林对艺术和戏剧的热情来看，这是他试图反抗父亲的一种表达，是来自父子不和而产生的焦虑。艾威林天生就是一个喜欢表现的人，他相信自己的表演具有某种力量。他对表演充满强烈的热情，无论在台上还是台下，他都会被自己的声音所吸引，沉浸在自己朗诵的台词中。

还是在当学生的时候，艾威林就与伊莎贝尔·坎贝尔·弗莱特结了婚。伊莎贝尔·坎贝尔·弗莱特，人称贝尔，是小康人家的女儿，父亲是在伦敦肉类市场出售鸡肉的农场主，贝尔出嫁时带来了一份较为丰厚的嫁妆。1872 年 7 月，艾威林和贝尔在伊斯灵顿的教堂举行了婚礼，婚礼由艾威林的父亲主持。但他们的婚姻并没有持续多久。艾威林对自己婚姻破裂的解释有很多版本，这些版本之间相互矛盾。他说贝尔背着他与人通奸，她信仰宗教，与一个教士跑了，并造谣中伤自己的丈夫。艾威林又对别人说，他们是友好分手的，“双方达成了协议”[24]。但艾威林的弟弟弗里德里克对他们的分手却有不同的解释，他写道，艾威林“与贝尔结婚是看中了她的财产（每年 300 英镑）。结婚后财产对半分。很快艾威林就让贝尔这样做了。当从她那里再也得不到什么钱财的时候，他就离开了她”[25]。

贝尔带来的嫁妆是从她父亲那里继承的 1000 英镑，她父亲四年前去世，遗嘱规定这笔钱在贝尔 21 岁或结婚的时候属于她。弗雷德里克还说，他哥哥与妻子分手的时候，正好也是他身陷系列绯闻的时候，有传言说艾威林在课外与他的女学生们有不正当性关系。

艾威林的母亲于 1877 年死于酒精引起的中风，当时他的父亲 63 岁，在他母亲死后，又娶了公理部教会的另一位部长的妹妹。艾威林很崇敬母亲。在母亲死后，他正式宣布自己是一个无神论者。艾威林在国家世俗协会表现出色，国家世俗协会的主席查尔斯·布莱德劳评价说，艾威林参与到自由思想运动使他付出了代价，失去了很多老朋友，与家人的关系也变得不和睦了，这种说法有几分真实性。艾威林的朋友和家人都对他对妻子贝尔的不义行为感到气愤，对他热衷于不入流的戏剧也不认同。

艾威林曾一度担任一家移动剧院的经理，但演出的剧目并不成功，他把自己的表演才能转移到系列演讲活动中，同时在世俗主义者运动的娱乐节目中一展身手。像爱琳娜一样，艾威林也经常在公开场合朗诵诗歌和散文，莎士比亚和爱伦·坡的作品是他比较拿手的。爱伦·坡的《钟声》是一首长诗，其中有食人鬼敲响钟声的描述，这是艾威林最喜欢的诗作，他对这首诗的朗诵非常出彩。1881 年，艾威林在科学大厅朗诵了这首诗，亨利·萨尔特被他的表演所震动，他发现艾威林身上有“不同一般的离奇特质，这种特质无疑能使他出色地演绎魔鬼诗人的作品”[26]。

1878 年，伦敦大学对女性开放了学位课程，这是英国大学首次给妇女与男人同等的受教育机会。1880 年，共有四名女性获得了艺术学士学位，1881 年，有两名女性获得了科学学士学位。在榜样的激励作用下，安妮·贝赞特报考了伦敦大学。艾威林博士担任她的导师。在两人建立师生关系的同时，他们也都在世俗协会工作，成为同事。

安妮·贝赞特比艾威林大两岁，由于她对宗教的怀疑主义和世俗主义思想,她同她丈夫,一位牧师分居了。在世俗协会举办活动的过程中,贝赞特与查尔斯·布莱德劳表现出色,他们成为领导,并公开建立了恋爱关系。艾威林的到来不但给世俗协会举办的活动带来了科学的可信度,而且让多情敏感的安妮·贝赞特处于一个她喜欢且企图一直占据的位置——被(至少)两个男人关注和争夺。

作为有组织的运动,英国世俗主义运动出现在19世纪中期。早期自由思想者,如杰罗米·边沁,功利主义之父,以及托马斯·潘恩,《理性时代》的作者,都受法国革命的启发,他们的思想对世俗主义的开展起到了指导作用。出版商理查德·卡莱尔因为出版潘恩的著作而被指控,并被判处9年徒刑。从最广泛的意义上说,怀疑主义、中立主义、世俗主义在实践中采取了清除宗教和信仰的立场,认为宗教和信仰应该从公共教育和所有的民政事务中排除。[27]

1879年初,刚过三十岁不久的艾威林开始在世俗协会的杂志《国家改革》中撰稿,阐述达尔文的自然选择理论。在这份杂志中,他发表了一份声明,题目是"我信故我在"。该声明写道:"我相信,因此我应该工作。"宣称他要做一名自由思想者。"我希望……为了思想、语言、行动的自由而工作,为所有男人和女人……美丽的自然、永恒的圣灵将与我们同在。"[28]之后不久,艾威林成功地将他的演讲集结成系列流行小册子,以一便士的价格向公众散发,名为"学生的达尔文和达尔文一点通"。

1879年8月10日,艾威林在科学大厅举行了他的第一场公众演讲,由安妮·贝赞特主持。他的演讲主题是关于珀希·比希·雪莱,艾威林认为雪莱诗中的核心内容融合了各种感性与善,融合了科学与诗性两种思维方式。艾威林的演讲来自他对唯物主义的思考,以及希望融合科学与艺术的努力。主持人贝赞特给予艾威林的演讲极高的赞美,赞扬艾威林博士的演讲充满了"音乐"和"艺术的魅力",他的语言

“表达精美”并且“润色出众”。[29]贝赞特对艾威林毫无保留的欣赏增加了艾威林的自信,也使两个人的关系处于微妙的恋爱状态,他们利用空闲时间一起到北威尔士山区旅游,在那里,他们相互为对方写情诗。

艾威林在查尔斯·布莱德劳和贝赞特的关系中插了一脚,布莱德劳是如何回应的,历史上没有任何资料记载,但在公开场合,他们仍然一起工作,一起作为世俗协会的三位领导人,被人称为“协会三位一体的头儿”[30],他们之间经常相互赞美。爱琳娜对艾威林的感情打断了他们三人的暧昧关系,用一句俗语来描述,爱琳娜这只社会主义的猫跳进了世俗主义的鸽子笼里。

艾威林被新的事业所吸引,从康沃尔到苏格兰,跑遍英国各地进行星期日巡回演讲,演讲的主题包括世俗主义与科学、基督教的上帝观的问题、演化论与达尔文理论等。艾威林熟练地向他的听众进行阐述,宣讲达尔文的观点:基督教教义“得不到任何证据的支持”[31]。并且告诉听众们,达尔文本人坦言,他也是直到四十岁才放弃了基督教,达尔文试图寻找基督教存在的经验证据,而不是臣服于虚幻的观念,但是他始终没有找到基督教存在的经验证据。

在他的一个题目为“我为什么敢于不做一个基督教徒”的演讲中,艾威林向听众解释说,他放弃基督教的原因之一,是他在坚持信仰时,遭受到道德不确定性带来的剧烈痛苦和烦恼。而世俗主义则不同,它为他提供了完全的功利主义的安慰:享受无尽快乐的权利。“在世俗主义的观点下,我们无须把自己限定在假设的存在中……我们不断问自己的只是这样的问题,我的行动、语言或者思想是增添了人类的幸福还是痛苦?”[32]

在1880年的普选中,查尔斯·布莱德劳作为北安普顿选区的两名代表之一,与激进的反君主制人士亨利·拉布谢尔一起参加竞选。但布莱德劳却被禁止在议会进行宣誓,得不到选举确认。当他声称自己有权利宣誓，并拒绝遵守禁止令的时候，他被下议院警卫活生生地拖了出来。布莱德劳参加选举的斗争持续了好几年。他五次被北安普顿选区选举为代表，五次被生硬地剥夺权利，通过不断斗争，他最终赢得了在下议院的席位。布莱德劳的斗争经历促使艾威林写了一篇演讲稿，题目是“代表人民”，他反思了英国的宪法权利，这种反思对他投入政治活动具有启发意义，是他参与社会主义活动的前奏。

1884年，艾威林在《无神论讲坛》杂志发表的文章“进化福音”中，表达了自己的世俗主义思考，向人们传达了他的世俗主义宣言。他把进化论解释为表达万事万物的统一性和持续性的观念，所有的事物和运动都统一于进化论，生命的本质也正是“一种运动方式”。那么哪些人是世俗主义进化论的传道者呢？

> 艾威林认为，新的进化福音的传道者是自然本身，以及所有自然的产物。因此人类的历史，所有的科学，所有的人类生活，我们这些生活着和爱着的人们，都是新福音的传道者。新福音的神殿，是大学的讲堂、公立学校，是为男性和女性设立的科学课堂、实验室，是哲学研究，也是所有寻求真理的心灵。[33]

艾威林热切地相信世俗教育的重要性，认为教育是唯一能提高人们素质的工具，教育能使人们从宗教的无知中解脱出来，能帮助人们选择过无神论的生活。艾威林明确宣称自己的使命就是像福音教派的信徒一样教书育人：这个世纪的学校董事会将是以后世世代代的人们传道的地方，就像教堂是以往世世代代的人们传道的地方一样。[34]

1882年11月，艾威林代表威斯敏斯特分部参加伦敦大学董事会的选举，声称他主张“自由、世俗化和义务教育”[35]。国家世俗协会的威斯敏斯特分部，还有亨利·海因德曼的民主联盟都支持艾威林参选。

与亨利·海因德曼同样支持艾威林的还有另外两名资深民主人士、《劳动新闻》的编辑,以及其他民主联盟的几名成员,他们协助艾威林进行提名与竞选工作。结果艾威林共赢得了4720张选票。

竞选中的艾威林在演讲中清楚地表达了自己的观点,现在他已经走在了社会主义的大道上,明确地支持高等教育和技术教育事业,认为这是工人阶级应该享受的权利。威斯敏斯特是艾威林的选区,包括苏荷、皮博迪、七面钟等地,艾威林在竞选中称"我要为这些地区居民的服务,表达他们的心声,哪怕是微弱的声音也要被倾听,我尤其要为那些出苦力、低收入的人服务,为那些生活艰辛和有病的人工作。穷人、有冤屈的人、未受教育的人,是我要重点服务的选民"[36]。关于艾威林,亨利·海因德曼说,"第一次见面,我并不喜欢这个人"[37],但是海因德曼还是承认艾威林在政治上的作用,而且也认同安妮·贝赞特的说法:艾威林代表威斯敏斯特参选学术董事会是"对教会和托利派的一次沉重打击"[38]。

艾威林是一个多产的评论家和批评家,他撰写的文章涉及文学、历史、戏剧和音乐等方面。他接手了《我们的角落》杂志的艺术专栏,这份杂志是1883年1月,由安妮·贝赞特出资创办的世俗主义者的杂志。此外,艾威林还在文学圈内撰写了许多关于欧文的文章。因为有妻子贝尔·弗兰克带来的钱,艾威林在文学圈内出手大方,经常招待朋友们去看演出,并带他们出入皮克迪里大街的豪华饭店和戏院。艾威林把自己从基督教道德中解放出来,投入了享乐主义的怀抱。对爱琳娜来说,艾威林身上的这一特征既有吸引力,又有危险性。根据艾威林对自己的无神论描述,他是:

> 不打算在他仅此一次的生命中承受苦难。他热爱生活、享受生活、欢庆生活。他并不是对生活中的痛苦和悲惨视而不见,只是

把注意力集中在生活的快乐和甜蜜上……而且他要通过努力来从事减轻世界上的苦难的事业。[39]

艾威林看起来显然是一个有吸引力的、聪明的风流男人，在宣传达尔文理论和使英国世俗主义转向社会主义方面发挥着重要作用。[40]这也就很容易解释，为什么他在思想上的反传统、反宗教的唯物主义会对爱琳娜产生吸引力。同样也不难理解，为什么爱琳娜没有认识到，他的性格特征其实只是一个完美演员的表现。

艾威林后来声称他在马克思去世前就认识马克思："我和妻子手牵手，站在他的遗体旁"[41]，他这里所说的妻子指的是爱琳娜。艾威林描绘的是一个感人的幻觉，但完全不属实。艾威林足够聪明来通过智力方式引诱爱琳娜。就像抓住一个男人的心就要抓住他的胃一样，抓住爱琳娜的心最保险的路径就是通过头脑。在表达了对爱琳娜失去父亲的安慰后，艾威林建议爱琳娜为《进步》撰写关于马克思的文章。《进步》是一份"先进"思想月刊，1883 年 1 月，由富特创办，艾威林担任副主编。

为《进步》撰写文章，既是艾威林希望的，也是爱琳娜乐意的，做这件事情为他们提供了足够多的时间和空间在一起，他们一起出入阅览室，一起出入布鲁姆斯伯里团体。几个星期后，爱琳娜同意艾威林的请求，协助他一起做《进步》的基本编辑工作，而这让他们有更多的时间聚在一起。

从两人建立关系起，直到最终同居，艾威林几乎总是用"爱琳娜"这个称呼。对于熟悉爱琳娜的家人和朋友来说，他们都知道爱琳娜的昵称是"杜西"，而艾威林却不用这个称呼，这多少有些奇怪，显得有些古板。那些与爱琳娜亲近的人很快就注意到了这点。当然，也有些时候，艾威林称她为"杜西"，但这样的时刻屈指可数。塞缪尔·穆尔和快乐的梅耶回忆起爱琳娜小时候立下的规矩："如果谁不叫我杜茜，就让他们站在椅子上，叫六遍。"[42]显然，她的这一规矩并不对艾威林生效。

爱琳娜写的关于父亲的两篇文章刊发在《进步》的第五、第六期上。第一篇文章描写的是马克思生平和历史；第二篇文章是对剩余价值理论的简要阐释。因此，爱琳娜成为父亲的第一位传记作者，也是父亲去世后第一位关于他的经济理论的诠释者。如果说第一篇文章是个人生活的故事，第二篇文章则是一篇清晰、有力的宏观经济理论阐释。爱琳娜自己说：

> 在一个伟大的人物死后马上就写他的传记，意味着根本就没有足够的时间，而由一个认识并挚爱他的亲人来写，又增加了这一任务的困难，我所能做的，也不过是给读者呈现出我父亲生平的一个大致的素描。我把自己的描写限定在简单的事实之上，我并不希求能把我父亲的理论和发现详尽地阐释出来。他的理论是现代社会主义的理论基础，他的发现是整体政治经济学的革命化。无论如何，我希望将来能在《进步》杂志上分析我父亲的主要著作《资本论》，为读者阐释其中的真理。
>
> ——卡尔·马克思生于特里尔，1818年5月，父母是犹太人……[43]

爱琳娜关于父亲的传记发表后，后来的传记作家都以她的第一手资料为基础，爱琳娜在父亲死后不久所写的文章成为其他马克思传记效仿的对象。

爱琳娜的第二篇文章从写父亲的简要生平转到了介绍他的核心思想，正如她在第一篇文章的后记中承诺的，第二篇文章阐释了马克思的剩余价值理论。爱琳娜并没有被这一艰巨的任务所难倒，她坚定地拉着读者的手，把他们带到了父亲特有的详细经济分析面前：

> 大卫·李嘉图在他的著作《政治经济学及赋税原理》的开篇这样写道："一种商品的价值，或者任何其他用来交换的商品的数量，取决于生产它所需要的必要劳动，而不是劳动报酬的多少"。李嘉图的伟大发现，即衡量价值的真正标准只有一个，那就是劳动，构成了马克思《资本论》的出发点……马克思完善，并在某种程度上修正了李嘉图的价值理论，而且从中发展出一种理论，这种理论极大地挑战了庸常政治经济学家头脑中的固定观念，对他们不加反思的主体、货币等进行了辨析。[44]

爱琳娜接着清晰而简要地阐释道："从建立在价值论上的方法出发，马克思解释了资本的起源，以及它怎样集中在一个特权阶级的手中。"[45]当时《资本论》只有第一卷出版了，爱琳娜不得不从未发表的手稿中寻找资料。她写传记的文献来源部分是一大堆原始手稿、通信，以及为数众多的箱子和文件柜中碰巧有用的东西，爱琳娜、恩格斯和伦琴花了大量时间和精力，试图把这些马克思遗留的资料按文档归类。

也正是在这段时间，萧伯纳在阅览室与爱琳娜相识。萧伯纳把自己想象成爱琳娜的追求者，他还没有意识到艾威林已经接近了爱琳娜，并且就徘徊在阅览室周围，对那些与爱琳娜说话的人投以警惕的目光。与爱琳娜相识后，萧伯纳对政治更加感兴趣。他对社会主义有了新认识和兴趣，他对马克思著作的了解，对《资本论》的阅读，用他自己的话说，"是我的事业的转折点"[46]。

萧伯纳最初阅读的《资本论》是德维尔翻译的版本，是马克思逝世前同意出版的，马克思去世后，恩格斯也授权出版该版本，最终出版日期是 1883 年 8 月。萧伯纳在阅览室读了这本书。马克思也正是在这里写出了这本书的大部分内容，只有在这里，马克思才能得到他所需要的图书资料。阅读《资本论》改变了他的命运，没过多久，萧伯纳就向爱琳娜作了自我介绍，并邀请她到附近的布鲁姆斯伯里茶室喝茶。

爱琳娜和萧伯纳有共同的爱好，两个人都对社会主义和戏剧感兴趣。萧伯纳比爱琳娜小一岁，他是在1876年，他二十岁的时候，来到英格兰的。当然，萧伯纳的爱尔兰血统，也许正像他对她父亲的著作的欣赏一样，都是他接近爱琳娜的加分项。萧伯纳声称他是海因德曼的民主联盟中唯一一个真正阅读了《资本论》的人，这一点毫无疑问也是真的。萧伯纳和爱琳娜“谈论《资本论》、死亡、性，以及其他一些话题”[47]。他们还一起看演出，萧伯纳鼓励爱琳娜继续追求自己的戏剧理想，对自己心仪的女性，萧伯纳大多会提这样的建议。

九月份的时候，爱琳娜与恩格斯、伦琴、帕姆斯一起去伊斯特本度假。当时伦琴情绪低落，整日忙于家务使她感到疲惫。爱琳娜很关心她，写信给劳拉，问她伦琴是否可以到巴黎过几个星期，换换环境，也许还能看看拉法格的孩子们。但劳拉没有回信。这对伦琴是个沉重的打击。从童年时代起，她的生活就与燕妮和马克思的生活交织在一起，燕妮和马克思结婚生子后，她照顾他们所有的孩子，也一起埋葬他们夭折的孩子。伦琴分享着马克思家的所有秘密，直到把它们带到坟墓。马克思和燕妮去世后，恩格斯是除了伦琴之外，唯一一位知道马克思家秘密的人。

伊斯特本为他们提供了愉快的度假时光。像往常一样，爱琳娜与恩格斯一起长时间散步，在天气好的时候，他们一起在海边读书。爱琳娜向恩格斯介绍了“拉尔夫·艾伊恩”的不同寻常的新小说《非洲农场的故事》，发表在《进步》最新一期上，并配有爱德华·艾威林的推荐式书评，题目是“一本值得关注的书”。这本书由查普曼和霍尔出版社于1月底出版，两卷本，每卷书脊中都配有鸵鸟标志，标志着这本书的卡鲁的背景，在出色亮相后，该书于7月再版，并扩大了版面。爱琳娜告诉恩格斯,写作这本书的出色的南非作家,“拉尔夫·艾伊恩”,事实上是她的新朋友,奥莉芙·施赖纳。

恩格斯了解到,自从爱琳娜为父亲马克思写回忆文章,发表在《进步》第五、第六期后,她就为这份杂志做了大量工作,并成为杂志的新合作编辑,与艾威林一起工作。爱琳娜经常提到艾威林,而艾威林也来到伊斯特本看望她,这让恩格斯和伦琴意识到他们的关系并心照不宣,他们感到很有趣,相互交换微笑的目光。

从伊斯特本度假回来后,梅特兰公园路的家散伙了,爱琳娜搬到布鲁姆斯伯里中心区的大科勒姆街122号,这是她生平第一次自己一个人生活。爱琳娜随身携带的除了大量的书,还有一个装有陶器的箱子,几件原来家里的家具。伦琴则搬到摄政公园路,到恩格斯家里当管家。不甘落后的帕姆斯不得不积极表现自己,与伦琴争夺管家地位。

恩格斯与伦琴一起开始整理马克思的信件,他们会在中午喝点酒,谈论政治,也谈论马克思的女儿们和孙子们。

伦琴搬到摄政公园路后,她的儿子弗雷迪和孙子亨利开始定期来看望她。亨利·弗德德里克·德穆斯(弗雷迪)于1851年6月3日出生于迪恩街,在寄养家庭长大,只接受了基本的教育。他紧紧抓住了有限的机会,学习基础数学和文化,他的信件表达出了清晰和流畅的思想,虽然传达的是痛苦的卑微声音。

弗雷迪在完成工程师学徒生涯后,成为一名懂技术的专业装配工和车工,后来加入了全国工程师总工会的国王十字分部和哈克尼工党。19世纪80年代初期,他与妻子和儿子亨利居住在哈尼克。长大后,亨利回忆说,他曾与父亲一起拜访摄政公园路恩格斯家,他们是穿行商业街去恩格斯家的,根据亨利的回忆,在他的印象中,祖母伦琴是一个“贤妻良母”式的人物。[48]

爱琳娜与弗雷迪很早就彼此认识了,虽然他们是什么时候、怎么认识的还不清楚。1882 年 5 月,爱琳娜的姐姐珍妮和劳拉的通信很清楚地表明,她的两个姐姐也都与弗雷迪打过交道。“我还欠可怜的弗雷迪的钱,你想象不出我有多么难过,而且,可能因为我的破产,我们亲爱的伦琴不能按照她的计划去德国了”[49],珍妮在给劳拉的信中这样写道。

爱琳娜开始思考生育对女人和男人的不同影响。她的母亲及其姐姐、她的朋友,她在英国内外参与国际工人运动遇到的女性,都成为她思考的对象。随着思考和阅读的扩大,爱琳娜开始收集材料,深入地研究妇女在人类社会中的位置问题。她把触角延伸到政治和经济哲学领域,她要搞清楚这些领域是否有关于性别不平等的论述,如果有的话,是如何论述的,同时她开始系统地整理自己的思考,对妇女问题着手进行理论研究。

爱琳娜也从史料中进行搜索,她想要知道社会主义者们是如何看待性别压迫及妇女平等问题的,包括沙尔·傅立叶先驱性的论述。傅立叶提出“妇女权利的扩展是所有社会进步的基础”[50]。就这样,爱琳娜逐步地、系统地为一部女性主义的政治哲学著作打下了基础。

爱琳娜与朋友们交流心得,把自己的想法在通信中表达出来,与朋友们讨论。“只有当男人与女人都心地纯净地,至少不掺杂乱七八糟的想法来讨论性别问题,也就是说,作为一个自由的人讨论性带来的后果,坦诚地面对彼此,性别问题才有希望得到解决。”[51]

1884 年,与民主联盟建立了关系的英国社会主义者之间出现分歧,产生了不同的派别,作为新势力出现的社会主义政治大家庭之间的分裂公开化了。一派是倾向于军事化国际主义行动的社会主义者们,以哲学家和记者欧内斯特·贝尔福·巴克斯为代表;一派是倾向于走国家民主路线的社会主义者们,以亨利·海因德曼为代表。同时还有第三派,这些人中包括设计师、作家和自由主义社会主义者威廉·莫里斯,第三派不知该赞同哪一方,他们哪一方也不得罪。恩格斯对海因德曼很是反感,拒绝与他合作,但这并不妨碍他成为《今天》杂志的撰稿人,《今天》是一份科学社会主义杂志,巴克斯任合作编辑,爱琳娜和艾威林也是这份杂志的撰稿人。爱琳娜在刚与巴克斯接触的时候是喜欢他的,虽然她在意识形态上与他的意见不同。

社会主义派别之间的第一次争斗发生在1884年3月,为纪念马克思逝世和巴黎公社宣言,社会主义者在海德格公园举行示威集会。海因德曼被邀请在马克思墓边发言,但他拒绝了,说这样的发言任务最好由一名英国工人来承担。在这种情况下,艾威林被推选出来。

海因德曼的态度遭到了爱琳娜的指责,在爱琳娜等人的压力之下,海因德曼表示赞同,并指出艾威林是最佳发言人。这次示威活动是成功的。将近5000人举着红旗,唱着马赛进行曲,聚集在马克思墓地门前。海格特墓地的管理方不让示威人群进入,500名警察守卫在墓地边,足见政府的防范意识。爱琳娜和一群妇女请求进入墓地,她的理由是要给自己的父亲献花,但遭到了拒绝。不满的示威人群游行到了达特茅斯公园的山坡上,在那里,艾威林发表了“精彩的演讲”。据爱琳娜说,他的演讲触动了所有听众的心。艾威林是一个好的演讲者,我们没有理由怀疑爱琳娜的说法,但一些游行者还是更希望听爱琳娜而不是艾威林的演讲。

海因德曼很快就采取了报复行动。4个月后,也就是7月份的时候,他把巴克斯从《今天》驱逐出去,让社会主义活动者和记者亨利·海德·钱皮恩取代并接替了巴克斯的工作。爱琳娜认为钱皮恩“仅仅是海因德曼的工具,虽然有些才能,而且我觉得他也是一个诚实的年轻人……但是当然,我不得不说,在这样的情况下他不应该为《今天》工作”[52]。爱琳娜让艾威林和拉法格也不再为《今天》撰稿。她对海因德曼的评价是不依不饶的:

> 迄今为止，他在这里独断专行，而且他做事太不地道，让每个人都很恼火，他的鬼把戏必须被终止，越早排除他对我们的运动越有利。如果我们有比海因德曼和他的追随者更好的人选的话。从目前来说，这样的机会是很多的。[53]

爱琳娜不遗余力地鼓励她认为可以胜任领导工作的人，在知人善任方面，爱琳娜很有才能，她自称这是在“组织人员”[54]。

也是在7月份，爱琳娜还卷入了新国际的口水战中，而且处于法国两派主要社会主义团体的争论中心。这两派中一派信奉改良主义，由保罗·布鲁斯领导，另一派信奉革命的马克思主义，由朱尔斯·盖德领导。欧洲工人争取八小时工作制运动成为迫切需求，处于改良主义和革命派议事日程之首。此时，爱琳娜成为其中的社会主义活动家之一，负责领导争取八小时工作制国际运动。

就在爱琳娜在社会主义组织中占据重要位置的时候，她对女性主义政治活动的参与也越来越多。爱琳娜在妇女问题上的思想变得更加激进，其中起关键作用的是她新结识的朋友，南非作家奥莉芙·施赖纳。爱琳娜在大科勒姆街的新居所步行至英国博物馆阅览室只需要几分钟。这里的布鲁姆斯伯里社区是一个异端人士聚集地，“在这个充满活力的……街区……聚集着艺术家、冒险家、各国的波西米亚们……这些人过着紧张、兴奋和充满风险的生活”[55]。奥莉芙是这些波西米亚艺术家和冒险者们之一，她的作品同时受到传统与异端两类妇女的欢迎。

爱琳娜把奥莉芙的作品复印本拿给艾威林，催促他在《进步》杂志上写书评。艾威林很欣赏奥莉芙的作品，他认为奥莉芙的作品是“世界主义与人类”的，[56]这同样适合用来形容书的作者。而“所有生活中的关系，作者都是用极为坦诚、充满远见、开门见山的方式来叙述的”[57]，这里的形容词也同样适合作为28岁奥莉芙的性格概括。奥莉芙也是

1855年出生的，她是爱琳娜的一个志趣相投的同辈人。奥莉芙比爱琳娜小两个月，她从6000千米外地球的另一端来到伦敦，说话带着浓重的南非口音。与爱琳娜一样，奥莉芙的父亲也是德国人。奥莉芙是在南非殖民地的边缘地区巴苏陀兰，一个卫斯理传教地点出生的，生日是1855年3月24日。

奥莉芙是牧师戈特洛布·施赖纳和妻子吕贝卡·林德尔所生的第九个孩子。1865年，她的父亲辞去了教士职务，转而做贸易生意，但没有成功。奥莉芙的哥哥姐姐们是一群能吃苦的孩子，奥莉芙就是由他们带大的。她是一个有好奇心、爱读书，而且非常有自我学习能力的孩子。在还很小的时候，她就对关于上帝的说法感到不满。她在野外草丛中散步，有时整夜待在野外，睡在星空下。她观察自然环境，思考关于天堂的传说。像达尔文一样，奥莉芙发现她所观察到的与《圣经》上的创世纪不相符，创世说不能令人满意地解释自然现象。所以她问家里人一些让人费解的问题，而家里没有人能回答她。在8—10岁的时候，她不再相信上帝。她的母亲对奥莉芙很恼火，对她采取惩罚措施。她的兄弟姐妹也不喜欢她、害怕她。虽然因为不相信上帝而受到精神上和身体上的惩罚，奥莉芙还是坚持自己的怀疑立场。

15岁的时候，奥莉芙开始工作，在边远的卡鲁农场当女家庭教师。她与哥哥特奥一起生活了一段时间，他们住在新拉什，那里有砖石勘探者搭建的帐篷。生活环境很艰苦，潮湿泥泞的帐篷被泥土环绕着，人们在那里挖掘、喝酒。正是在这样的环境中，奥莉芙开始了正式的写作。过了一段时间，奥莉芙试图与姐姐爱丽丝生活在一起，姐姐住在夫拉则堡的边远村落。为了去姐姐那里，奥莉芙辗转于不同地区谋生，包括多德雷赫特和科尔斯伯格的一些海边小城镇，以及克拉多克区的几个分散的大卡鲁农场。

在辗转于这些地区谋生期间，奥莉芙构思出《非洲农场的故事》，这篇小说奠定了她的声誉。白天教书工作结束后,夜晚她就在自己宿舍的小木桌上,利用蜡烛和月光写作。她的宿舍没有天花板,只有一根柱子立在房子中间的地上。在下大雨的冬季,当房子漏雨的时候,她就在地上挖一条沟让水流走,一手打着伞,一手写作。

1881 年 3 月,奥莉芙远渡英国,胸怀一个长久以来的愿望,那就是学医,成为一个医生。同时,她也希望自己的小说能够发表,但不佳的健康状况和医生职位的缺乏使她的医学事业夭折了。她在怀特岛的文特诺度过了冬天,并且像以前一样,又重新开始了写作。1881 年的冬天,爱琳娜与父亲马克思也在文特诺,但是当时她与奥莉芙并没有相遇。

奥莉芙带着她的书几乎跑遍了伦敦的各大出版社,她把书稿藏在她单薄的衣服下,使书免受雨水和泥水的侵蚀。奥莉芙的这本书屡屡遭到拒绝,就在她快要丧失希望的时候,查普曼和霍尔出版社答应出版,1883 年,这本书最终得以出版,但用的是一个男性笔名。《非洲农场的故事》使奥莉芙一举成名,她从一个不为人知的南非人成为聚集在阅览室的准社会主义者们的核心成员。

艾威林评价说这部小说在无神论和女性主义方面的描写是出色的:

> 书中对男人与女人关系的描写是公开的、无畏的、坦诚的,与那些遮遮掩掩的描写方式完全不同。更为出色的是,书中的人物具有普遍性,能发现日常生活中的人们的影子。今天的社会对男人的界定是"工作",对女人的界定是"看起来的样子",男人与女人的位置有多不同,以及这种不同是多么不合理,这是作者一直在描述的主题。[58]

爱琳娜与奥莉芙像磁铁一样相互吸引，在阅览室的时候，她们每天都在一起，一年后两人成为亲密的朋友和政治盟友。亨利·哈夫洛克·埃利斯说，1884年5月，当他第一次遇见奥莉芙的时候，爱琳娜·马克思是她在英国的“最好朋友”[59]。也是在5月份，奥莉芙搬到了菲茨罗伊街，其中一个主要原因就是为与爱琳娜住得近些。

奥莉芙从童年起就被慢性哮喘折磨，爱琳娜把母亲的外科医生布莱恩·唐金推荐给她。后来唐金与奥莉芙相恋，热恋中的唐金向她求婚却被她拒绝，唐金依旧保持着对她的爱恋。此时的奥莉芙迷恋着亨利·哈夫洛克·埃利斯，《非洲农场的故事》刚一发表，埃利斯就为其写了一篇好评文章，结果，两个人在通信中燃起了爱火。他们通过信件传递爱情。正式见面时，两个人都对对方有很高的期待。埃利斯对奥莉芙没有失望，但奥莉芙最初还是有些失望。埃利斯这位令人尊敬的年轻人长相不错，有学问，对奥莉芙也很好，但是与他实际接触后，奥莉芙还是感觉他与那个文笔犀利、观点独到的人有很大不同。埃利斯本人羞涩、怯懦，说话声音飘浮不定，而且不敢与人正视。

但就在他们见面的晚上，两人参加了进步协会在斯温伯格举办的演讲会，奥莉芙对埃利斯的不佳印象消除了。正如埃利斯所说，他和奥莉芙之间“刚一认识就相互吸引”[60]，而且很快两个人就开始确立了正式的恋爱关系。埃利斯和奥莉芙虽然性别不同，但观念相似，彼此一见倾心。[61]

埃利斯初次与爱琳娜见面是在进步协会，该协会的成员是一些志同道合的自由思想先驱，以及一些伦理社会主义者，他们每个星期天晚上在伊斯灵顿大厅相聚，这里是激进组织喜欢出入的地方。埃利斯成为进步协会的秘书，据他回忆，他“每个星期天都大老远地从伦敦以南的家来到这里”[62]，庆幸自己终于可以参加进步协会，而不用离开家去教堂了。在进步协会每个周末的聚会上，埃利斯坐在门口的桌子旁边，回答问询者的问题,并录入新成员。“就是在这里,1884年初,每个星期天的晚上……,我第一次遇见爱琳娜·马克思。她已经来过一段时间了,但仍然没有成为正式成员。我现在仍然能回忆起她当时的模样,散发光芒的脸庞和丰满的身材,坐在我的秘书桌旁,但是我不记得当时她都说些什么了”[63]。埃利斯所描述的爱琳娜以及她的政治活动方式是非常准确的。爱琳娜通常是不经意地走近秘书桌,抽着烟,与活动的重要组织者们进行沟通,没有这些重要组织者们发话,会议是不会开始的。通过这样的接触,埃利斯与爱琳娜成为阅览室交际圈中熟悉的朋友。

亨利·哈夫洛克·埃利斯1859年生于克里登。他的父亲是一个商船船员,母亲是一个严格的基督教福音派信徒,像奥莉芙的母亲一样,埃利斯的母亲也在家里占主导地位。虽然失去了父亲,但埃利斯拥有一个比较稳定的童年生活。他从小就是一个害羞、好幻想、脆弱的男孩,非常喜欢读书。在7岁的时候,他第一次与父亲出海就被船上的藏书所吸引。他养成了收集资料,并在练习本中制作表格进行分析的习惯。像奥莉芙一样,埃利斯也在很小的时候就对宗教感到失望,对宗教信仰的丧失使他像是一个异端生活在一个“空虚而机械的世界”中。[64]

亨利在16岁时离开学校,他有一段茫然的时光,不知道以后的人生之路该怎么走。他父亲带他进行了一次据称是环游世界的航行,但他却在澳大利亚停留下来,做校长助理工作,并被悉尼大学录取。在这一时期,他同时从事两份家教工作,这两个家庭都在边远的林区,在那里他的信仰发生了转变。[65]长时间在农村边远地区生活,并在与世隔绝的农场从事教学工作,这一点与奥莉芙在南非内陆的生活有很多相似之处。像奥莉芙一样,亨利也对书籍如饥似渴,保持记日记的习惯,经常在野外思考和散步。

受詹姆斯·辛顿作品的启发,埃利斯决定学习医学,这样他就能认识人类的本质,包括性行为,如果不去学习人类已有的医学科学,他就不能提出"任何关于性的新观念"[66]。

在学医期间,埃利斯还致力于发展自己的其他兴趣,为《威斯敏斯特书评》《印度书评》和《现代书评》撰写文学评论,并计划一系列关于当代科学的作品,编辑辛顿的新作品《法律的破坏者》(1884年)。提起埃利斯的贡献,人们往往会提到他的不朽的、有争议的作品《性心理学》,但是他在文学领域的贡献其实是很大的。他是第一个把左拉的作品《萌芽》翻译为英语的人(1894年),而且他也积极推动人们关注英国之外的作家,如托尔斯泰、易卜生、惠特曼等人。他是一个非常出色和多产的文学评论家。

埃利斯对女性性欲和需求的研究,并不是来源于他本人对女性的兴趣,或者他好色,而是他对性的力量和强烈特征的承认。终其一生,埃利斯始终强调身体的美丽和性的愉悦,他大胆地与性方面的偏见和无知作斗争。他呼吁人们对性持关怀而不是谴责的态度,他通过作品向人们阐明,许多关于人类身体,尤其是女性身体罪孽和邪恶的古老观念都是错误的,它们只是自然规律内的生物事件而已。正是在对性自由的思考和斗争过程中,埃利斯遇见了爱琳娜和奥莉芙,与她们分享共同的事业。

从18世纪启蒙运动以来,女性主义,尤其是妇女争取解放的运动就在欧洲产生了,爱琳娜和她的同时代人继承了启蒙运动的哲学、经济和政治遗产,对她们来说,女性主义和妇女解放是亟需所有人都意识到的任务。假设性别不平等是整个社会的运行结构,那么,从逻辑上说,性别不平等对男人和女人同样会发生影响,这是一个合理的结论。这个假设与结论也是玛丽·沃尔斯通斯克拉夫特的《女权辩护》、奥古斯特·倍倍尔的《妇女与社会主义》、恩格斯的《家庭、私有制和国家的起源》中的主题。19世纪80年代初期,爱琳娜详细而认真地研读了所有这些著作。在恩格斯写作《家庭、私有制和国家的起源》的时候,爱琳娜还参与了它的创作,阅读了这本书的初期手稿,并与恩格斯进行相关讨论。而且更重要的是,爱琳娜也是激发这本书的作者去写作的妇女原型。爱琳娜是在激进社会运动中争取自由恋爱的代表,也是在父权制社会争取妇女解放的代表。

妇女的解放是整个社会自由和平等的一个前提条件,这也是马克思本人的著作中的一个基础性观念。[67] 恩格斯怀念马克思,并关心马克思女儿的前途,他的这种关切直接促使他探讨父权制最基础的家庭关系:父亲与女儿的关系,以及母亲们的角色是如何增强了这种父权制关系。

爱琳娜和她的波西米亚式的布鲁姆斯伯里小团体(包括奥莉芙、埃利斯、萧伯纳、艾威林),他们之间棋逢对手的善意敌对,比如安妮·贝赞特和查尔斯·布莱德劳,都非常明显地展现出男性在女性主义运动中的参与程度,虽然在第一次世界大战后,女性主义步入困境,或者说逐渐消失。

埃利斯、恩格斯和萧伯纳是男性中有才华的一群人,他们非常深刻地思考了自己与女性的关系问题,在专业领域和政治上与妇女并肩战斗,对 19 世纪的女性主义运动作出了重大贡献。这些人的某些观点也许并不完全正确,但是他们是真正想要挑战广泛存在的父权制的人,他们愿意随时在妇女解放运动中贡献自己的一份力量,他们认为妇女解放不仅有利于妇女,而且也有利于作为男性的自己。他们通过不同的方式深刻地认识到,父权制使他们不能在情感上释放自己,使他们在家里不得不装出男子汉的样子。性别解放应该从家庭开始。只要妇女没有获得解放,男人同样也没有解放可言。

第十二章　独特的爱情观及其他

“这是一个有趣的事实”,恩格斯写道:

> 在每次伟大的革命运动中,“自由恋爱”都成会为一个要去争取的前景。总是有一些人作为革命者去行动,然后是旧的传统枷锁被动摇,旧做法被抛弃,也总是有其他一些人坐享其成,轻易地接受各种自由,男人与女人之间的自由恋爱变成了轻松的实践。[1]

在恩格斯看来,后一种人是放纵的市侩主义,而前者,则去努力争取摆脱传统束缚,使恋爱获得解放,使男性与女性从父权制的双重标准中解放出来。前一种人寄希望于男人与女人关系的彻底变革,致力于赋权给那些被社会权力和财富阶层驱逐的人们。而另一种人则是反革命的,他们装出道貌岸然的样子,使新做法再次变成教条,他们只在权力阶层的兴趣范围内活动。

1884年,当爱琳娜29岁的时候,自由恋爱成为她生活中的一个愿景。6月份的时候,她写信给劳拉:

> 我一定得告诉你一些事情,除非恩格斯告诉我你已经知道了,否则我一定要告诉你,我觉得,一段时间以来我都非常喜欢爱德华·艾威林,而他说他也喜欢我,所以我们打算“搬到一起住”……我必须承认下这个决定对我来说并不容易。但我认为这个决定不会错。我迫切希望听听你的意见。请不要误会我们,他是个好人,你一定不要把我们想成坏人。[2]

到了7月份,爱琳娜和艾威林租到了一处房子,位于大罗素街55号,对面就是大英博物馆的大门。他们签了租约,于7月18号搬了进去。出于一贯的慷慨,恩格斯给了他们50英镑作为“结婚礼物”,让他们布置新居和度蜜月。

艾威林也刚刚从他父亲那里继承了一笔不小的遗产,他父亲于7月3日去世。对爱琳娜和艾威林来说,这是繁忙的一周:就在他们搬到新居的6天后,他们已经在民主联盟威斯敏斯特分部共用午餐了。爱琳娜告诉姐姐,她和艾威林将在7月中旬度蜜月,地点是德比郡,“然后回到伦敦,给我们的朋友一个表达祝贺的机会,当然祝贺与否,怎样祝贺我们都不勉强。快给我回信吧,劳拉,不要误会他(艾威林),如果你知道他的处境,我相信你就不会误解他了……我非常希望尽快收到你和保罗的来信”[3]。

爱琳娜提到的艾威林的“处境”是:他告诉爱琳娜他是一个已婚男人,妻子是个难以纠缠的人,她拒绝离婚,因为她的宗教信仰不允许她离婚。对艾威林的处境,爱琳娜毫不遮掩地告诉了她的朋友们。埃利斯评价说,“我所理解的公开的恋爱自由结合是建立在一定原则基础上的”[4]。爱琳娜急于让自己的女性朋友接受艾威林,她给朵莉写信,此时的朵莉已经是雷德福德夫人,1883年7月,她和恩斯特按传统习俗结了婚。爱琳娜在信中写道:

> 就是这样了,我将作为爱德华·艾威林的妻子,与他生活在一起。你知道他是个已婚男人,而我不可能成为他法定的妻子,但是,对我来说,这将是一个真正的婚姻,就像经过正式注册的婚姻一样……艾威林已经很多年没有见过他的妻子了,至少从我见到他时起,而他离开他的妻子并非他的过错。恩格斯,我父亲最好的

朋友，海伦，像我们的母亲一样的人，都赞同我与艾威林住在一起，而且对他很满意，知道这一情况，我相信你将会更加理解他。三周后，我们将离开一段时间……当我们回来的时候，我们将共同生活，如果爱情、共同的兴趣和工作，为了一个共同的目标而奋斗，这些能使人们幸福的话，我们将会是幸福的……如果你不能接受艾威林的已婚事实，不能接受我们的结合，我也能够理解，而如果你不再是与我们走得最近的朋友的话，我对你的想念和感情也丝毫不会减弱。[5]

爱琳娜对朵莉说，虽然她并不觉得自己做得有什么不对，但她能理解别人的不同看法。“旧观念和偏见”仍然存在，[6]人们认为她的做法不道德也是情有可原的。“你知道我已经具有一种较强的能力，能够从‘另一个角度’看问题。”[7]爱琳娜从另一个角度看问题的能力使她能够体谅别人，尽量不去冒犯别人。不久前，爱琳娜与志同道合的伊迪斯·内斯比特（布兰德夫人）成为朋友，伊迪斯是诗人，也是儿童书籍的作者，她的丈夫是休伯特·布兰德。当伊迪斯邀请爱琳娜去家里做客时，爱琳娜回答她：

我觉得在我接受你的好意邀请之前，有必要把一些事情说清楚……我现在与爱德华·艾威林同居，因此我们将会一同前往，我希望我们是作为真正的丈夫和妻子而出现，虽然我不能成为他的合法妻子。你可能已经知道，他是一个已婚男人。你是我亲密的朋友，如果你把我们想成坏人，或者误解我们，将是我不能接受的。如果我们不能一同前往，我自己也不会去。[8]

在对伊迪斯的邀请上，爱琳娜的谨慎显得有点滑稽，事实上，布兰德先生和太太在家庭事务上是不遵从传统的,他们的婚姻在性方面颇为复杂,非传统到了引人注目的地步。伊迪斯是最不可能对爱琳娜与艾威林同居说三道四的人。当然,除了伊迪斯,爱琳娜对人们态度的担忧并非没有根据。爱琳娜邀请比阿特丽斯·波特来家中做客,但是被礼貌地拒绝了。比阿特丽斯在日记中写道:"爱琳娜邀请我去她家做客。她的生活方式正是我想要研究的。但遗憾的是我不能去,我怕自己与这样的生活方式接触过多,自己也会改变。"[9]

爱琳娜作出与艾威林同居的决定绝非轻而易举,她对自己可能面临的困境是有充分估计的。像乔治·艾略特(玛丽·安·伊万斯)一样,爱琳娜把自己的决定正式通知了她的朋友们,并给他们留下空间选择是否继续与自己交往。她与乔治·艾略特得到的结果是一样的,只是爱琳娜更加自强,她不会让自己苦恼于别人的不同观点,而艾略特却因为自己与乔治·亨利·刘易斯结合而陷入与世隔绝的状态。

男女非婚同居在今天很平常,但在 19 世纪 80 年代,却是非同寻常的激进行为。爱琳娜与乔治·艾略特的共同之处是,她们都不接受别人强加于她们的道德选择。与爱琳娜不同,艾威林没有向任何人写过任何信来解释,或为自己的处境作辩护。传统的社会习俗的压力对爱琳娜与艾威林是不同的,这也体现了父权制社会的双重标准。

爱琳娜充分认识到,她的决定可能会影响到她的政治声望。她知道那些反对社会主义和妇女解放的人们可能会利用她公开的自由恋爱来作为非难社会主义和妇女解放的把柄。爱琳娜已经亲身感受到了基督教社会主义中强大的保守主义倾向。作为艾威林的妻子,与他同居的决定使她遭受来自政治左翼、右翼和中间派别的攻击,同时,攻击还来自于她所组织的运动内外。

爱琳娜与苏格兰工程师和活动家约翰·马洪之间的通信可以作为佐证,表明她公开自己的生活使她变得多么脆弱。马洪比爱琳娜小十岁，他是苏格兰土地和劳动联盟的合作创建者。爱琳娜在给马洪的信中写道：

> 作为朋友，作为一起为美好事业而工作的同事，我觉得把我自己生活的重要一步告诉你是必要的……我们的结合没有伤害任何人。艾威林博士是一个自由的、道德的男人，他只是被婚姻枷锁所束缚而已，在我遇见到他之前，他的婚姻就已经名存实亡了。我们都觉得资产阶级道德传统是错误的、不道德的，应该被抛弃……我可以把你当作那些不误解我们的人中的一员吗？不管怎样，作为我们最积极、最得力的苏格兰宣传家，你应该了解我的情况。[10]

恩格斯担心爱琳娜低估了来自社会的谴责力量，她的决定可能会得到社会主义同盟者的原谅，但她却没有充分考虑到政治反对力量的攻击。恩格斯写信给劳拉，描述爱琳娜如何最终把艾威林带来自己家中，正式向伦琴和他宣告两人的关系，就像带着未婚夫见父母一样：

> 当然……我们知道他们之间的关系已经有一段时间了，我们确实感到好笑，这两个可怜的年轻人竟然以为我们不知道，他们是下了好大的决心者才最终公开恋情。无论如何，我们很快帮助他们克服了不必要的尴尬。事实上，如果爱琳娜在做决定前征求我的意见的话，我可能会把这件事当成自己的责任，详细地为她分析各种可能性和不可避免的后果，但是现在她已经做出了决定，对他们来说最后的办法就是尽快公开，省得别人把他们的秘密恋情作为攻击的把柄。[11]

恩格斯知道，在两性关系的问题上，社会对男性和女性的评判标准是不同的，这种观点也体现在他的著作中。恩格斯思考着爱琳娜的困境，他试着保护和公开支持她，与此同时，他完成了《家庭、私有制和国家的起源》的写作，该书于 1884 年 10 月出版。

恩格斯写作这本书很大程度上源于对马克思去世的悲伤和怀念。失去了马克思这位知音后，恩格斯翻阅着马克思留下的散乱手稿，虽然手稿的无序让人头痛，但恩格斯还是得到了灵感。马克思对美国人类学家路易斯·亨利·摩尔根的著作进行了研究，摩尔根的著作探讨的是原始社会的起源问题，马克思做了大量的笔记。恩格斯马上从失去马克思的悲恸中振作起来，他兴奋地写道，“这绝对可以整理出一本书”，“就像达尔文的著作绝对是一本生物学的书一样，这本书将是关于人类社会起源的书”。[12]

作为信奉社会主义的男性，恩格斯与信奉社会主义的爱琳娜不同，他可以也必然是从不同的方面来体验和表达阶级和社会矛盾。马克思和摩尔根所做的是理论工作，而爱琳娜则用生命践行着他们的理论。恩格斯以他一贯的严谨态度研究历史资料，另一方面，他通过近距离地接触实际生活，通过观察爱琳娜和她的朋友们的所作所为而得到灵感，这些灵感使他深入思考 19 世纪 80 年代的性、社会主义、自由恋爱和革命等。

在父权制社会环境下，作为父亲的马克思对女儿性方面的事情是不可能过问太多的，这就妨碍了他与爱琳娜共同探讨一些相关问题，如她的政治、公共生活与私人生活和性生活之间的关系等问题。马克思所能告诉爱琳娜的只是让她尽量不要太早结婚，而这是否是明智的建议尚待研究。其他人，如经济学家和历史学家马克斯·贝尔认为马克思是一个保守人士，他可能容忍，但不会赞同恩格斯对爱琳娜与艾威林同居不反对的民主安排，他写道：

> 马克思，作为历史上最伟大的革命家之一，具有保守和遵守礼节人士所具有的道德正义感，就像他的犹太祖先们一样。他也把他的道德观传授给他的下一代。我曾经问过我的老朋友爱德华·伯恩斯坦，马克思家与恩格斯的关系怎样，他告诉我，"在马克思家，他们对于恩格斯的生活方式有自己的看法，在马克思家谈论恩格斯的家庭生活就像在弗雷德里克·席勒家谈论歌德的恋爱冒险一样"[13]。

恩格斯很坦诚地写信给他的德国同事，社会主义者爱德华·伯恩斯坦，告诉他现代年轻人在恋爱、婚姻上的新选择，他提起了爱琳娜，说，"我的伦敦是一个小巴黎"，伯恩斯坦生硬地把恩格斯的话理解为"一种关于生活上的自由观已经渗透到伦敦的某些小圈子中"。[14]

既然父亲去世了，对爱琳娜来说，来自父辈的束缚也就解脱了。失去父亲固然悲伤，但同时也为生活带来了某种新的可能性。马克思的责任落在了恩格斯肩上，但恩格斯所承担的父亲角色是不同的，对爱琳娜来说，他是一个父亲一样的人，但他没有真正意义上的做父亲的压力。

爱琳娜把自由恋爱应用到以实证为基础的实践检验中。事实上，妇女问题是一个多重性问题。自由思想者、艺术家和社会主义怎样衡量他们自己违反常规的新生活方式？在工作和家庭中，男女怎样才能平等？什么构成婚姻生活、生育、抚养孩子和从事家务方面的平等？夫妻双方需要知道哪些该做，哪些不该做，才能达到平等的状态？存在着一种理想的社会主义家庭吗？讨论男女平等有意义吗？就像马乔里·戴维森对萧伯纳说的，"我不认为我们应该拥有奴隶"，但这是否是一个值得公开讨论的问题？[15]

恩格斯希望爱琳娜的生活会幸福，同时对可能出现的不如意也有心理准备。自从马克思去世后，恩格斯和劳拉开始了频繁的通信，这是处置马克思的遗产及手稿的需要，也是恩格斯自觉地照顾姐妹俩人，希望她们幸福使然。“我希望”，恩格斯在给劳拉的信中写道：

> 爱琳娜和艾威林能持续地像现在这么幸福，我很喜欢艾威林，他能离开以前的文学和讲师圈子，与不同的人群接触，这对他也是件好事。他的学问基础很好，在一群极端肤浅的人们中间，他显得不合群，这是命中注定的。

安妮·贝赞特，艾威林以前圈子中的一员，当然不会承认自己是恩格斯所说的极端肤浅的人。贝赞特是一个非常强势的人，对于艾威林被社会主义者阵营夺走，她不想善罢甘休。她在《国家改革者》报中撰写文章，抨击爱琳娜，该文发表在1883年12月底，马洪把剪报拿给爱琳娜看，文章写道：“我的名字被一个叫马克思·爱琳娜的小姐所使用……用来给爱德华·艾威林博士贴上令人厌恶和不光彩的标签……我应该警告那些试图潜入我们的运动中的陌生人，不要背信弃义地挑拨离间”。[16]爱琳娜做好了应战的准备。她欢迎“贝赞特小姐的攻击，我认为这是对我的恭维”。显然，爱琳娜对贝赞特的文章感到气愤，她写道：

> 一个头脑清晰的人，一个学习科学的人，一个在世俗主义派别中与布莱德劳齐名的人——爱德华·艾威林博士，加入了社会主义阵营，而贝赞特小组把他的转变归功于我。我很自豪自己是艾威林博士的朋友，但我要提醒你一个显而易见的事实，那就是艾威林转向社会主义不是因为我，而是因为阅读了我父亲的书。[17]

爱琳娜的回应很有趣,其中有虚构的成分。艾威林"研究"马克思的著作很大程度上是由于爱琳娜,而不是因为伟大的社会主义对他多有吸引力。爱琳娜和贝赞特之间的口水战是典型的情敌之争:艾威林为了爱琳娜抛弃了与贝赞特之间的浪漫情感,倍感失落的贝赞特难免恼怒。在给姐姐写的信中,爱琳娜坦诚自己更愿意以男性而不是以女性的方式来处理情感方面的问题。她认为贝赞特女士追求爱情的方式完全不可理喻,布莱德劳也一样。"像比阿特丽斯一样,我不止一次地希望'自己是一个男人'。我也希望自己能做某些事情,让布莱德劳感到痛苦。"[18]

爱琳娜与贝赞特之间激烈的口水战在当时确实颇为有趣,但这场战争并没有持续多久。第二年,贝赞特遇到了萧伯纳,两人确立了恋爱关系,而贝赞特也转变了政治立场,投入了社会主义阵营,就使她与爱琳娜的情敌关系得到了缓解。由于分享共同的女性主义立场,爱琳娜和贝赞特对艾威林的争夺战最终画上了句号。

总的说来,爱琳娜的家人和朋友站在她这一边,在她与艾威林自由恋爱上支持了她。虽然劳拉并不认识艾威林,但她表示支持爱琳娜和她的愿望。在父亲死后的几年中,爱琳娜姐妹的关系比以前更近了,她们之间的通信足以表明这一点。爱琳娜与利萨加雷的分手使他不再是她和拉法格之间的关系的障碍。共同经历了失去姐姐的痛苦也拉近了她们的距离。虽然在马克思去世后不久,由于爱琳娜成为父亲的唯一合法遗嘱继承人,劳拉感到不快,但经过恩格斯的耐心解释和从中调和,劳拉逐渐能够理解和接受了,两姐妹重新成为亲密的朋友。

对自己声明与艾威林自由恋爱的结果,爱琳娜是满意的,爱琳娜在给劳拉的信中写道:"几乎每个人对我都远比我想象的要好。"[19] 开始的时候,爱琳娜几乎没有遭到任何反对,人们并不去指责她与一个已婚男人同居这一事实。只是在与艾威林有了接触,对艾威林逐渐有所认识后,人们才开始怀疑爱琳娜的选择是否明智。

1884 年 7 月 8 日清晨 5 点,爱琳娜和艾威林坐火车离开伦敦前往德比郡,恩格斯开玩笑地称这辆列车为“蜜月一号”。他们以马克思·艾威林先生及其夫人的名义订下了尼尔森阿姆旅店,该旅店位于米德尔顿村,就在威克斯沃克郊外。爱琳娜建议奥莉芙和亨利一起加入他们的蜜月之旅。事实上,奥莉芙已经提前到达了,住在几千米外伯乐山的一户农家院中,亨利计划于一星期后到达。

德比峰区的这一四人蜜月假期是一个象征,象征着自由恋爱实验和对妇女问题的探索。当然,他们的蜜月确实也是一个人们印象中的田园牧歌式体验。

当爱琳娜和艾威林到达后,他们去看望奥莉芙。她的住所在山上,是一个有四个房间的农舍,从她的房子向外看,可以俯视整个威克斯沃克。奥莉芙期待着见到一个充满欢乐和热情的爱琳娜,因为她刚开始一段全新的“婚姻”生活。然而,当和艾威林刚一离开,奥莉芙就写信给亨利说,“艾威林博士和马克思小姐刚来看我了,她现在被称为艾威林夫人。我很高兴看到她,我爱她。但她看起来并不高兴”[20]。在接下来的几周,奥莉芙的观察更加深了她对艾威林的坏印象,她不喜欢艾威林:

> 我对艾威林开始有一种非常坏的印象……我不喜欢他,但我并没有说什么。我有一种担忧,每当我与他接触的时候,我就感到这个人很可怕。每次见到他,都加深了我的这种感觉……我爱爱琳娜。但艾威林却使我感到很不快。他非常自私,但这一点并不是我觉得他可怕的缘由……我第一次见到他就觉得他可怕,我认为这是我为爱琳娜感到担忧的原因,而在这里,这种感觉比以前更加深入了。[21]

亨利对艾威林的印象比较一般。他发现,尽管有些笨拙,艾威林还算是一个令人愉快的伙伴。后来他回忆说,"艾威林对女人有一手,这一点很早我们就认识到了"[22]。作为一个社会学家,亨利注意到,艾威林很关心自己在群体中的位置,不甘寂寞。当爱琳娜与奥莉芙两人享受智力交流的快乐,暂时忽略了艾威林的时候,他显得有些不耐烦。对爱琳娜和奥莉芙两人的智力交流及其快乐,亨利只是站在一边默默欣赏,但她们之间的和谐亲密却让艾威林颇为嫉妒。虽然艾威林对女性很有吸引力,但他在情感上并不自信,是一个自我中心主义者。根据亨利的观察,当艾威林不处于中心位置时,他会感到失落和不安。亨利也观察了爱琳娜,他认为爱琳娜有独特的令人喜欢之处,对她很欣赏。有趣的是,他认为爱琳娜唯一可以被挑出的毛病是她有着非女性的体味,他写道:

> 当时的爱琳娜在生理性、心理性和情感上都处于完全的成熟状态,有着生气勃勃、散发魅力的个性。可能因为她有着强有力的个性,在夏季一整天的散步后,身体散发着强烈的腋下气味,除了爱琳娜,我没见过其他女人有这种气味。无论个人生活中遇到什么情况,她总是快乐的、有智慧的、热情的,充满了愉悦之感。虽然人们说她长得像她的父亲,但她和她父亲的气质并不相同。[23]

在四个人的蜜月假期中,性的需求和满足是一项重要内容。奥莉芙和亨利在性方面有些需要解决的问题,但对爱琳娜和艾威林来说,性是他们之间关系的一个组成部分,很容易也很频繁。爱琳娜和奥莉芙在一起自由地交流她们的性生活和身体功能等,交流她们是如何把精神生活和感情生活联系起来的。她们讨论自己的性需求、生理周期、经期前的压力,以及她们每个月的工作和情绪周期的影响,她们也探讨她们男性伴侣的相关情况。奥莉芙与亨利分享她和爱琳娜的交流,写道:

> 说到性体验对精神的影响,在女性身上确实存在。我一定得更多地了解其他妇女的情况,从我的朋友那里了解,她们关注自己的身体并能分析自己的感觉……当然人们可能会夸大自己的感觉,但肯定会有一些真实性内容……至于我自己,每个月我都会经历几天感觉不好的特殊时期,非常敏感和强烈。一些话在其他时间并不会给我带来痛苦,但是在经期,它们却让我感到极为痛苦。我不禁想到,对我来说,在经期最需要和最珍贵的是一些温柔的话语(尤其是那个爱你的男人,他应该温柔地对你),而我的头脑最活跃、最有创造力的时刻是在经期过去的两天后。爱琳娜,是我唯一与之探讨过相关话题的人,她与我有同样的感受。[24]

与爱琳娜的交流使奥莉芙深受鼓舞,她决定与自己的其他女性朋友继续探讨这一话题,并让亨利询问他的姐姐的一些相关感受。"我也希望了解男性的生理特征和感受,我觉得这两种关系(纯粹精神上的关系和肉体上的关系)一定有非常密切的关系……你仔细观察过……你自己的男性生理属性与精神属性之间的相互作用吗?"[25]亨利对性心理非常感兴趣,他非常仔细地观察奥莉芙和爱琳娜之间的关系,并思考她们提出的所有问题。

那些了解奥莉芙的人都知道她很敏感,对别人的情感和行为有很强的感受力。在了解和评判其他个体上,奥莉芙有一种超强的能力。她对人的个性的感知是发自内心的。奥莉芙生长在非洲,这里虽然是英国的殖民地,却没有大英帝国的礼仪的束缚,奥莉芙对英国人装模作样的谈话和行为方式不感兴趣。

爱琳娜曾告诉奥莉芙和亨利，艾威林之所以不能娶她，仅仅是因为他不能。但经过一段时间与艾威林的相处后，奥莉芙开始怀疑这种说法，她觉得艾威林对爱琳娜所说的只是他编造的故事。奥莉芙试图警告爱琳娜，就像艾威林的弟弟弗雷德里克做的一样。艾威林的弟弟一向不喜欢哥哥，他曾警告过爱琳娜哥哥的人品，但处于热恋期的爱琳娜对这些警告并不当回事。

奥莉芙对爱情的态度与爱琳娜不同。像爱琳娜一样，她也享受性的欢愉，对爱情感兴趣，并充满好奇，但与爱琳娜不同，她非常明确地把婚姻当作压迫性的社会习俗。奥莉芙与爱琳娜都在 17 岁时就有了未婚夫，也都在经过思考后抛弃了婚约。在 23 岁的时候，奥莉芙说，除非某人能"完全吸引我，让我忘掉自我……否则我永远不会结婚。事实上，我现在已经结婚了，我嫁给了我的书！每一天我都更爱它们，并且发现它们越来越让我喜欢。我将不再会为任何人而改变，我从前所经历的那些伤心事，现在看来非常愚蠢"[26]。如果爱琳娜在当时能对人与人的关系不那么乐观，而是保持一份警觉的话，她也会像奥莉芙一样发现她的书和写作才是她最忠诚和最可靠的亲密朋友。

在四人蜜月期间，一天晚上，爱琳娜安排了一个朗读活动，读的是易卜生的《群鬼》。易卜生的这部戏剧于 1881 年完成，1882 年，丹麦一家巡演剧团在纽约推出了这部戏剧，但欧洲大部分国家却禁止这部戏剧的上演，包括英国。《群鬼》的英文翻译工作当时是由亨利埃达・弗朗西斯・劳德做的，作为一个易卜生的戏剧迷，爱琳娜也在这部尚未出版的戏剧的翻译过程中承担了一部分工作。那天晚上朗读的主角是艾威林。艾威林的声音很好听，而且读得很投入，富有很强的戏剧感染力。奥莉芙写道，"《群鬼》是戏剧史上一部最杰出、最伟大的戏剧之一"[27]。

1881 年 12 月，当《群鬼》出版的时候，它震惊了北欧媒体。易卜生每天都收到谴责该剧的信,他被指责亵渎神明,思想过于自由和虚无主义。该戏剧招来易卜生所说的“停滞落后”和“所谓进步者”阵营的强烈抨击,人们对于他对传统道德的攻击感到震怒。易卜生为自己辩解:

> 人们批判著作宣扬的是虚无主义,其实根本不是。它并不宣扬任何事物。它只是指出了日常生活之下的虚无主义泡沫而已,无论是在家庭中,还是在其他地方……也许,在某些方面它是大胆了些。但在我看来,现在是时候该越过一些界限了。[28]

易卜生的说法过于谦虚了。这部戏剧绝不仅仅是越过了某些界限,它彻底地重新界定了戏剧的范围。

易卜生的《群鬼》与爱琳娜、艾威林自由恋爱的情感世界之间存在着某种神秘的关联。海伦·阿尔文是这部戏的非正统派女主角,“海伦”与“爱琳娜”存在着语义学上的同源性,而“阿尔文”只是在“艾威林”这个名字减去元音。《群鬼》是一部讲述婚姻故事的悲剧,在海伦嫁给阿尔文之前,他是一个遭受了精神打击、道德不健全的人。曾有一度,阿尔文的生活存在着被救赎的可能,他的生活似乎可以重新开始,但当过去的事物再次出现时,一切努力都白费了。海伦容忍阿尔文与其他女人调情,容忍他说谎,以及无道德准则的唯利是图。她成了这样的女人:为了使坏丈夫变好而委曲求全地维持婚姻。她压抑着自己的欲望。当海伦听到餐厅里传来的虚幻声音时,她认为是听到了鬼魂的声音,但她听不清它们在说什么。

对陷入恋爱中的爱琳娜来说,听到艾威林出色地朗读易卜生的《群鬼》只是一个精彩的戏剧享受而已,而奥莉芙却从艾威林的出色演绎中听到了不同的内涵,一种奇怪的不祥感觉久久围绕着她。

正在度假的爱琳娜和艾威林突然提前离开度假地,回到了伦敦,据说是因为工作需要。亨利听别人说，在尼尔森阿姆度假的艾威林出手大方，不受约束地点食物和饮料，他“非常匆忙地离开了这里，连账单都没付清”[29]。奥莉芙对艾威林的“可怕”印象再次加深。“我有一种直觉，他们陷入了麻烦”[30]，她写道。

奥莉芙的“直觉”总是被证明是正确的。

第十三章　幻想的破灭

在伦敦的共产主义俱乐部，马克斯·贝尔与爱德华·艾威林初次相识，他有点不大相信这个人就是爱琳娜所爱的人，所以脱口而出地问爱琳娜："他就是你丈夫？"

贝尔自称为一个犹太社会主义者，他曾听说过爱琳娜的开放婚姻，一直很好奇，想知道爱琳娜的配偶到底是个什么样的人。贝尔是1894年来到伦敦的，没过多久，他就开始在德国工人教育协会，也就是著名的共产主义俱乐部发表公开演讲，在托特纳姆法院路49号大厅，挤满了德国、澳大利亚、匈牙利、斯堪的纳维亚，以及怀特查佩尔的犹太工人。

贝尔不知道，就在他演讲大厅的隔壁，爱琳娜和爱德华也在主持会议，他们召集的是布鲁姆斯伯里社会主义协会的执行会议。贝尔演讲结束后，爱琳娜来到他面前，向他介绍自己和爱德华。当发现自己意想不到地与马克思的女儿面对面时，贝尔感到兴奋和紧张。他在回忆录中说，其实他没有任何理由感到拘束和紧张，面前的爱琳娜是一位很有魅力的中年女士，散发着智慧的光彩，和蔼可亲，但他还是觉得紧张，他写道：

> 但不知为什么，我还是觉得很兴奋和紧张。而且我觉得她应该嫁给一个非常出色的人，而不是艾威林。我的直觉告诉我，他只是一个蹩脚的滑稽角色。所以看到他的时候我脱口而出地用德语问爱琳娜："他就是你丈夫？"

然而，贝尔毕竟有着英国绅士的风度，他在回忆录中以愉快而平静的口气写道："同志们，让我们跟爱琳娜一起到豪斯休酒吧喝一杯英国麦芽啤酒吧。"[1]

贝尔发现艾威林博士实在令人不快，这种不快就像是品尝英国麦芽啤酒一样，这种啤酒有一种"令人反胃的药味"[2]。与奥莉芙·施赖纳一样，从见到艾威林的那一刻起，贝尔就本能地产生了不祥的预感。

当然，除了爱琳娜，应该还有人喜欢艾威林，但是除了恩格斯说过某些维护艾威林的话，我们找不到其他任何人表达喜欢艾威林的历史记录。恩格斯看在爱琳娜的面子上，对艾威林持尊敬的态度，对他的缺陷也网开一面。恩格斯曾对伯恩斯坦解释说，"艾威林有一个法律认定的妻子，虽然他们事实上分居多年，但他却不能摆脱她"[3]。

艾威林矫揉造作的行为方式引起人们极大的反感。[4]乔治·萧伯纳，这位自认为长得不好看的作家，曾这样描述多少可称为他的情敌的艾威林："没有哪个女人不对他产生好感，但实际上他是个矮个子，脸和眼睛长得很像蜥蜴，除了说话的声音有中音号的质感，实在没有什么吸引人的地方。"[5]卡尔·考茨基也觉得艾威林"不可忍受"，但顾忌爱琳娜的感受，他压抑了自己对艾威林的厌恶。[6]与萧伯纳一样，亨利·海因德曼也对艾威林的女人缘感到不解："艾威林是这样一种男人，他对女人们的吸引力在男人们看来颇令人费解……他有着丑陋和令人作呕的行为方式，在他开始环顾观众时，他甚至需要用半个小时的时间来暖场，即使伦敦最英俊的自恋男人也不过如此。"[7]海因德曼，这位与艾威林一起从事政治活动的伙伴，这样表达自己对艾威林无可奈何的反感："艾威林实在令人厌恶，与他相比，坏人也显得不太坏了。"[8]

实际上，也不是所有的女人都觉得艾威林有吸引力，比如奥莉芙就不喜欢他。爱琳娜的朋友梅·莫里斯有时也像萧伯纳一样讥讽艾威林，形容他是"人形蜥蜴"[9]。而在艾威林的弟弟弗雷德里克看来，他不过是一个谎话连篇的人，一个"无原则的多嘴之人"[10]。人们对艾威林的这些负面评价可能多少有失公允，如果他的长相再英俊些，也许人们就会相对能容忍他的糟糕行为了。

艾威林在世俗社会中的所作所为引起众人的讨伐，政治对手的污蔑、公众的批评使他成为众矢之的，在这种情况下，爱琳娜和恩格斯出于挽救同志的本能，对他伸出了援救之手。性解放运动在理论上讲的是男女平等，实际上它对男人和女人的影响是不同的。恩格斯想帮助爱琳娜，但他却没有办法改变性解放对男人和女人的不同影响，他的帮助反而使爱琳娜面临更加失望的命运，不能给予爱琳娜她所需要的监护和指导。恩格斯、艾威林、爱琳娜三个人都相信自由恋爱。恩格斯可以靠自己的力量践行这种爱，艾威林可以借助女人的奉献来品尝这种爱，但是爱琳娜，作为一个女人，实践自由恋爱却需要付出极大的代价，对她来说，这种爱是一种最昂贵的爱。

爱琳娜是一个坚定的无神论者，但她却没有注意到，无条件的爱，以及对这种爱的信仰绝不亚于去信仰一个无法得到证实的上帝。从爱琳娜和艾威林两个人一波三折的关系中，萧伯纳也认识到自由恋爱的困境，他于1906年写的一个剧目正是以爱琳娜和艾威林的故事为蓝本。书中的博士主人公面临着同样的困惑：

> 信仰的产生不需要观察和理性，甚至在观察和理性都被否认的情况下，只要有一个建立在强烈喜好上的愿望，信仰也能被无限地制造出来。信仰者坚定地相信，他的信仰是显而易见的，是最经得起科学检验的事实。人们可以从正在热恋中的青年人身上轻易地看到这种现象，热恋中的青年会把在别人看来极为普通的人当作天使或英雄，甚至不被人们接受的少男、少女也会在爱人的眼里变成天使和英雄。实际上，这种现象不仅存在于热恋的青年人身上，它存在于所有人类活动的领域。即使是那些非常坚定的唯物

主义者，当他失去了挚爱的孩子或妻子，那种希望死去的孩子或妻子重生，以及与他们交流的愿望也会非常强烈，强烈到这些唯物主义者们会找那些通灵者去想办法……博士与其他人一样，也是普通人，而不是完美的对象。[11]

萧伯纳笔下的博士正是有问题的艾威林博士。

1885 年 6 月，距爱琳娜与艾威林在德比郡度蜜月还不到一年，爱琳娜向奥莉芙承认自己对艾威林所抱的幻想破灭了。在大罗素街，她给奥莉芙写信，当时陪伴着她的只有猫和香烟。她对奥莉芙这样写道：

爱德华与奎尔特一起出去吃饭了，他表现得兴高采烈，因为会有几位女士也将赴宴。（我突然想到，你也可能是她们中的一位，这多么有讽刺意味！）现在我是孤独的，虽然我多少有些享受这种孤独，但我得承认这种孤独是可怕的，我禁不住想到并回忆起很多往事，越是这样，这种孤独感就越是难以忍受。

我真希望能在你身旁，哪怕放弃一切，你总能给我帮助……我一直装作一切都像原来一样，而实际上一切都不一样了，我一直要自己努力振作起来，不要崩溃，这种压力和努力也变得越来越难以忍受。很难说清爱德华的性格到底是什么样的，但我真的很羡慕他，他可以在一小时之内把一切烦恼都忘掉。你要是在今天看到他，会看见他像一个快乐的孩子一样，从来没有经历过任何忧愁，你可能也会惊叹于他的这种性格。[12]

爱琳娜欣赏艾威林的智慧和男性魅力，他们在品位上有很多共同之处，也都认同社会主义，他们都喜欢戏剧，并一起工作了很长时间。这些都是关键因素，是他们结合在一起的积极方面，尤其是在 19 世纪，当时的人们还普遍受婚姻形式的束缚。但他们的结合也存在很多问题，最大的问题是爱琳娜想要孩子，而艾威林却不打算要孩子，对此总是搪塞。在两人生活中，爱琳娜承担打扫卫生的角色，但她却不喜欢做这些事情，做得也并不好。

他们还受到贫穷的困扰，两个人都担心自己会因此而早死。“我实在想不出该到哪里寻找出路，也不知道该做什么。现在找一份能得到体面收入的工作对我来说几乎是不可能的，艾威林的收入也少得可怜。”[13]爱琳娜早年曾经跟着父亲、母亲一起体验过生活的艰苦，但马克思对家庭是负责任的，艾威林却不同，他对贫困的现状完全不在乎。爱琳娜在给奥莉芙的信中写道：

> 在我为钱财问题一筹莫展的时候，艾威林却漠不关心。他的这种无所谓成为持续困扰我的源泉。我实在不理解他怎么能这样，如果在一天24小时之内他的个人生活不发生意外，他就不会为任何事情烦恼，这真是让我吃惊。对我们这样对欢乐和悲伤都很敏感的人来说，能够超脱可能是最好的选择。我的奥莉芙，尽管你是我的好朋友，你可能也不知道，在所有这些痛苦的重压下，我的生活有多么的不快乐。但是我觉得有这些强烈感觉，哪怕是不快乐的，也总比对什么都没有感觉要好。给我写点什么吧，明天或接下来的几天我可能会见不到你。哪怕写一行字，说你爱我。收到你的信对我来说是巨大的快乐，它会帮我度过漫长难熬的白天，以及更加难熬的夜晚，因为陪在我身边的人只是一个没心没肺的家伙。[14]

爱琳娜的朋友们聚会时不喜欢与艾威林在一起，他们也不给他留面子，往往把这种不喜欢写在脸上，并且开始回避与他们的交往，即使得到了邀请也很少到他们家里来。爱琳娜发现自己更加孤独了。她用家务工作来排遣这种孤独,所有的家务劳动都落在了她的肩上。

奥莉芙凭直觉意识到,过完蜜月后,爱琳娜和艾威林的关系就陷入了困境,她的这种直觉在 1884 年初得到了证明。在爱琳娜给奥莉芙写信,抱怨她与艾威林两人生活不如意的两个月后,萧伯纳在他的日记中写道:“有谣言称艾威林夫妇分手了。”[15]

爱琳娜开始重新思考自己的选择,她已经认识到,艾威林并没有他外表上看来那么好,而他们的关系也遇到了难题。在给她的闺秘奥莉芙写的另一封信中,爱琳娜描述了自己的两难处境:

> 一个可能的选择是离开艾威林,开始我自己的生活。但我不能这样做。这可能把他毁了,也不可能真正地使我得到解脱……我父亲曾说我更像是个男孩而不是女孩。艾威林把我身上的女性因素发掘出来,他对我有着不可抗拒的吸引力。[16]

但问题的关键是,在被艾威林吸引的同时,爱琳娜实际上也让艾威林强化了她身上所具有的 19 世纪的女性特征。

马克思曾说“爱琳娜就是我”,他的意思是爱琳娜不像女人,反而更像一个男人。从许多方面来说,爱琳娜确实是这样的,她总是有行动力,有认识能力,非常自信,有领导能力和亲和力,有思想创造力,精力充沛,富有战斗精神。如果这些词语更主要是用来形容男性的,那么,爱琳娜确实更像个男性。

如果女性代表的是屈服,退让,受奴役,处于从属地位,那么这些“女性”特征也确实很难在爱琳娜身上发现。但是,爱琳娜长着一个女人的身体,女人的身体特征与荷尔蒙决定了她的未来生活,[17]加之她生长的社会条件,当她成长为一个成年女性时,就不得不做一个女人而不能做男人。

马克斯·贝尔，很怀疑爱琳娜选择爱德华的正确性，他认为是文化冲动使她失去了清醒的判断。他说“她怎么会与这样的男人生活在一起，这是一个让我们所有人都感到迷惑的问题”[18]。他写道：

> 作为一个犹太人，我知道犹太人对婚姻非常尊重，把婚姻当作神圣之物，这是犹太文化的一个历史悠久、富有生命力的传统，爱琳娜当然会受此文化的熏陶。她尽最大的努力去改造艾威林，但是，天哪，他是不可救药的，明知如此，她还是不弃不离地忠诚于他，她的身上充分体现了从父辈继承的著名的犹太文化传统。[19]

贝尔的观点很有见地。正如贝尔所说，爱琳娜秉承着祖先的文化传统，不管付出是否值得，她都要做一个忠诚的妻子和母亲。爱琳娜的母亲无比忠诚于她的父亲，这在无形中影响和塑造了爱琳娜对伴侣的观念，但是艾威林不是马克思。而她的母亲对她的示范作用是危险的、无益的，这反而促使爱琳娜在追求自由恋爱的名义下，从屈服的女性角色走向了罗曼蒂克式的幻想。

第十四章　教育、抗议、组织

“如果说擦地板让我感到头痛，那么，清洗餐具则加倍地让我反感，而且简直令我不知所措……摆弄土豆之类的事情快把我逼疯了。”爱琳娜自嘲地给姐姐写信。她厌恶家务劳动，甚至诅咒说“真不知是哪个魔鬼把家务带到了人间，希望他因此而受惩罚下地狱”[1]。爱琳娜和艾威林当然不需要讨论是否雇佣仆人，即使他们有这样的想法也没法实施，因为他们没有钱。艾威林也从来没有想过帮助爱琳娜做家务。爱琳娜还向姐姐抱怨说，艾威林是世上“‘最埋汰的家伙’，我当然也不比他好多少，我因此也痛恨自己”[2]。

让爱琳娜高兴的是，1884 年 10 月，姐姐劳拉来伦敦看望她，这是自他们的父亲去世后，劳拉第一次来到妹妹家，劳拉的到来使姐妹俩的关系重归于好。爱琳娜很高兴把她的法国政治家姐姐介绍给她的新朋友。劳拉喜欢奥莉芙，俩人很快成为朋友。劳拉对艾威林没有表达任何不满，她与爱琳娜一样，也希望冰释前嫌，重建两姐妹的亲密关系。拉法格夫妇即使并不认同艾威林这个人，他们政治立场也是一致的，而且他们都是社会主义运动中的杰出人物，艾威林无疑也愿意与劳拉保持良好关系。

劳拉在他们家住了一段时间后发现，爱琳娜比以前更加卖力工作，她写作、搞研究，并从事教学和翻译工作。在艾威林的鼓励下，爱琳娜在哈尔盖特文学与科学研究所开了一门课，名称是“莎士比亚的阅读与研究”，时间安排在夏初。她的 12 节课“如你所愿”已经被预订一空。爱琳娜认为，剑桥高等地方检察院是感受和学习这部戏的好场景，她让学生们来到这里听课。她向学生们讲解，并与学生们探讨《如你所愿》

这部戏的特殊背景、古体形式以及剧情设计。她的学生是来自社会各阶层的妇女和劳动人民，这些人因性别、阶级和种族受到歧视，被公立与私立教育系统排除在外。莎士比亚课程的费用是一节课一英镑。对交不起学费的学生，工会和其他进步组织会给予资助。对那些找不到任何渠道资助的人，爱琳娜照常接收，无论他们有没有交学费。她推荐学生们借阅和购买麦克米伦出版社出版的克莱伦登版莎士比亚喜剧，这套书只需要花费 1 先令 6 便士。

爱琳娜的课程以对剧本的集体阅读为序幕，然后学生们按剧情进行对白和表演。她的体验式教学法得益于马克思家对莎士比亚的阅读方法，她也从山茱萸俱乐部那里得到了启发。爱琳娜还给社会民主联盟威斯敏斯特分部举办系列讲座，讲座的主题是经济和政治。

此外，爱琳娜自告奋勇，辅导社会主义和工人运动中数学和文学水平低的组织者和崭露头角的领导者们。19 世纪 80 年代，工人阶级活动家中只有少数人受过高等教育，很多人都没有得到这样的机会，争取教育平等的权利正是他们奋斗的目标。一份 19 世纪末 20 世纪初的工人阶级领导人回忆录记载了爱琳娜的事迹，包括她怎样教他们阅读、写作、计算、学习政治与经济理论，以及怎样写作演讲稿和进行公共演讲。爱琳娜的热情，她的戏剧和表演才华在公共舞台上展现了出来。马克思在他最杰出和不朽的著作，关于雾月政变的《路易·波拿巴的雾月十八日》中，确定无疑地展示了公共生活、表演、戏剧与国家政治的关联。而马克思和爱琳娜这对政治父女再一次以鲜活的例证向世人证明了这种关联：如果说卡尔·马克思的证明方式是理论上的，爱琳娜则是实践上的。

当爱琳娜为革命事业奔忙的时候，身为国家世俗协会副主任的艾威林却陷入了公共财务纠纷，他被人指责不当地使用了国家世俗协会的财产。查尔斯·布莱德劳举报艾威林把运动筹集的资金挪为私用，没有归还公家。民主联盟，后来更名为社会民主联盟，其成员对艾威林感到很恼火，因为他为该组织带来了坏名声。海因德曼认为艾威林是个被公众厌恶的人。布莱德劳是一个小心谨慎的人，不会在没有证据的情况下轻易举报别人，他对艾威林的指责很可能是真的。艾威林辞去了国家世俗协会副主任的职务，以免自己被不光彩地罢免，因为他知道人们讨论和投票的结果。他在九月写的一封公开信中为自己做辩护：

> 我现在欠了很多人不少钱，我努力还清这些债务。但我想说的是，我知道自己的职责，我有自己的信念，所有我收到的筹集资金都是清楚明白的，我没有用在个人身上，我个人财务上的困境只是因为我的贫穷和缺乏做生意的本领。[3]

爱琳娜在更名后的社会民主联盟担任领导职务。8 月份，社会民主联盟召开年度会议，爱琳娜与艾威林双双被选入由 20 名精英组成的执行委员会。威廉·莫里斯、欧内斯特·巴克斯、约翰·伯恩斯、亨利、玛蒂尔达·海因德曼也都是该委员会的成员。从 1884 年 8 月到 1885 年 1 月，社会民主联盟的每次执行会议爱琳娜都参加了，并经常做主持人。

马克思和恩格斯对早期的民主联盟缺乏信心，他们也不喜欢海因德曼。但是随着时间的推移，这种印象发生了转变。1883 年，社会民主联盟拿出了一份清晰的社会主义宣言，1884 年 1 月，它采纳了明确的社会主义做法。社会民主联盟开始转变为一种新型政党。1884 年 1 月伦敦的费边社也成立了，萧伯纳在该组织担任领导职务。费边社的成员全部在 30 岁以下，他们把自己与其他社会主义组织区别开来，并且反对建立在阶级斗争和政治革命上的经济理论。一个世纪后，萧伯纳对早期费边社的知识分子们，包括他自己加以反思，指出：他们这些人中没有男工人,也没有女工人,“他们炫耀自己的聪明……认为当一个人智力成熟后,就会成为一个费边主义者”,[4]但年轻的萧伯纳确实是一个拥护费边社的改良主义者。当他因为反对苏丹战争而被人称为“萧同志”时,他说:“我是费边社的萧伯纳,个体主义国家的成员,而不是任何人的同志。”[5]

社会民主联盟委员会的成员们对革命政治有不同的见解,从这个意义上看,该组织属于松散的流派。尽管立场有不同,社会民主联盟成员一致认为,当前社会民主联盟的主要目标是:争取普选权;工人每天工作八小时;工人阶级享有与议员同样的工资,以使他们能够在国会占有一席之地。

19 世纪 80 年代对社会主义运动来说是分裂、不和谐、矛盾重重与重组的时期。爱琳娜在许多重大问题上都要操心。首先越来越多似是而非的马克思主义者把马克思的科学哲学作了篡改,并把篡改后的版本当作是对社会发展的终极和正确的解释。由于他们背离了马克思思想的基本原则,马克思终生都坚定地反对这些自称的马克思主义革命者们。

爱琳娜深受这些不断出现的问题的困扰,她父亲的追随者们或者没有正确地解读马克思的著作,或者处于永无休止的争吵中,或者两者兼具。其次,爱琳娜陷入了海因德曼与恩格斯敌对的纠纷中。海因德曼憎恶恩格斯,而与恩格斯有瓜葛的人,包括社会民主联盟执行委员会的成员们,尤其是爱琳娜也成了他憎恶的对象。加之海因德曼的教条主义与简单的马克思主义立场,他与爱琳娜更是成为敌人。他们在许多问题上相互反对。爱琳娜指责海因德曼以及他的追随者小肚鸡肠,耍手腕。海因德曼指责爱琳娜操纵和利用“第一国际”可疑的小圈子,爱琳娜夫妻的组合是英国以及欧洲社会主义者中不光彩的家庭。海因德曼更是把恩格斯称为非英语国家国际共产主义者背后的恶魔,也是支持爱琳娜的恶魔。

作为局外人，萧伯纳对社会民主联盟的内部斗争洞若观火。他给社会主义活动家安德斯·库尔写信，告诉他“爱琳娜夫妇一方与海因德曼等人之间进行的相互攻击和斗争”。他写道：

> 一个曾经和谐的组织现在充满了内讧和争吵，即使看起来还没有涣散，但也缺少组织性，变得不像个组织了，短短两个星期左右的时间里，各种关于它散伙的谣言就到处散布……艾威林本来可以发挥一些作用，但他的处境艰难，他原来的人际关系使他很难发挥什么作用，而他在爱琳娜问题上与葛兰蒂夫人的对抗，也使他成为一个在失控环境中的不受人欢迎的人物。[6]

社会民主联盟的分裂发生在1885年底。海因德曼从社会民主联盟中脱离出来，凌驾于该组织之上，并把该组织当作他个人的工具，使组织内部的分裂更加恶化。执行委员会中有一个反对他的小团体。威廉·莫里斯认识到，他不得不适应社会民主联盟的分裂，并站出来承担一些事情。莫里斯在给他朋友的信中说：我们中至少有两三个人已经完全不相信海因德曼了。

> 我尽我最大的努力来相信他，但无论如何我不能再相信他了。实际上，我和他之间存在着竞争，我不认为有谋划和事业心是我的主要缺点，现在我只能用自信来驱使自己不断前行，在组织内部再成立一个组织。我曾说过我对此有预见，这是日常工作的一个部分，但我开始希望这一天早点结束。[7]

爱琳娜与威廉·莫里斯领导着从社会民主联盟中分裂出来的10名

成员，1884 年 12 月 16 日，他们在爱琳娜家见面，谋划成立小团体。他们相互取长补短。莫里斯意识到他自己要成经济学家和政治理论家的不足，他对库尔承认："我非常需要统计学知识。你知道我只是一个诗人和艺术家，除了文艺对其他一窍不通。"[8] 而文艺不是爱琳娜的专长，相反，她对统计学很了解，在经济、管理和决策等方面也很有造诣，正因为这样，爱琳娜成为莫里斯很好的政治助手。她对自由主义者解释社会民主联盟分裂的根本原因：

> 我们与海因德曼的主要区别是：我们想要的是真正的国际运动，而海因德曼却费力地动员英国工人们去反对"外国人"。我们要团结起来，反对这种做法，这种必要性现在已经变得越来越明显。我们希望我们的德国朋友支持我们。如果你有帮助真正的社会主义者的意愿，那么现在正是时候，你应该站出来跟我们一起反对海因德曼的社会民主—沙文主义—可能派的党。[9]

12 月 27 日，执行委员会投票表决，国际主义者以 10∶8 的优势压倒了被爱琳娜称为沙文主义的海因德曼一方。十名委员，包括爱琳娜、艾威林、莫里斯，巴克斯和罗伯特·伯纳，在投票后递交了他们的辞呈，决定从社会民主联盟退出。这些辞职的委员虽然占大多数，但票数比海因德曼并没有多出多少，而海因德曼的政治影响仍然很广泛，考虑到这些因素，他们的辞职是不得已而为之。正如爱琳娜对劳拉所说："海因德曼逼得我们没有别的选择，与他共事已经不再可能，我们只能选择辞职。"[10]

两天后，12 月 29 日，十名反对海因德曼独断专行的国际人士组建了社会主义联盟。组建社会主义联盟的愿望是好的，但它的前景并不令人乐观。恩格斯也有些担忧，他写信给劳拉："三个无实践经验的人组建了一个政治组织,这在英国几乎没有先例,如果说他们有什么优势,那就是真诚。”[11]恩格斯也向伯恩斯坦表达了自己对这个有着良好意愿的、领导人以中产阶级为主的社会主义联盟的担忧:“从社会民主联盟辞职的人有艾威林、巴克斯和莫里斯,他们是知识分子中最诚实的人,但也是你能想象到的最缺乏实践经验的人(两个诗人和一个哲学家)。”[12]虽然爱琳娜对海因德曼的为人感到很恼火,但她也认识到这并不是导致分裂的关键因素:

> 在所有的社会运动中,个人因素都不可避免地会带来这样那样的影响,但与原则性的问题相比,这些因素终究是第二位的。我们是继续在一个沙文民主党内按照独断的原则工作,还是按照德国社会主义和法国巴黎公社的原则工作,这是至关重要的。我们的微弱多数使我们不足以真正地摆脱海因德曼的小团体,在与恩格斯商讨后,我们决定离开,再重建一个组织。天啊,这是多么艰苦和不得已的事情呵!但我认为我们的重建是会成功的,也许这是所有运动都要经历的初始阶段。[13]

爱琳娜具有深远的历史眼光,她知道历史发展是复杂的,并且不断地重复自身,这种眼光使她能够很好地应付政治斗争。她虽然不喜欢政治上的争执与阴谋,但并非没有心理准备。她以恩格斯的名义召集流亡到国外的1848年革命者和巴黎公社社员来支持自己。在召集信中她声称“我们的朋友恩格斯完全与我们在一起”[14]。爱琳娜当然有些夸张,恩格斯曾对劳拉说,他认为爱琳娜与其他几个脱离社会民主联盟的人有点操之过急。但爱琳娜打出恩格斯的旗号,这确实是有作用的,那些了解恩格斯并与恩格斯共事过的人都认为是恩格斯在幕后指挥着一切,都力所能及地支持爱琳娜。而恩格斯曾经在政治上指导过爱琳娜,他也并不反对爱琳娜打出自己的旗号做事,反而很欣赏她这一点。

在爱琳娜 30 岁生日的前三天,社会主义联盟在费灵顿路总部发表了它的宣言,向社会主义者们阐明了他们从社会民主联盟分离出来组建独立的社会主义联盟的原因,这份宣言分发给所有的社会民主联盟分支机构,爱琳娜还给所有的潜在同盟者寄送了宣言。对社会主义者来说,这份宣言是一份表明立场的论文,它包含几个关键性因素,如对原领导的质疑、新成立组织的结构和程序等,但宣言最重要的内容可以概括为它奠定了该组织的国际主义原则。宣言写道:在海因德曼及其追随者"谋略和手腕"操纵下,社会民主联盟有一种狭隘的国家主义倾向,这一倾向持续地威胁到社会主义,现在人们已经能够清晰地看到它的危险。[15]爱琳娜提到的国际主义政治原则,也是巴黎公社和爱尔兰共和运动的中心问题,这一问题在英国也表现出来,并很明显地贯穿于英国政治史。

在社会主义联盟的十名成员中,爱琳娜是唯一的女性。她也是十个人中最忠诚于国际主义精神,最善于执行这一原则的人。三十岁的爱琳娜在英国社会主义运动中崭露头角,成为先锋。爱琳娜的母亲认为政治不是女性的领域,她对政治不感兴趣,也从不参与。如果燕妮看到在英国社会主义运动中不断成熟的爱琳娜,她一定会感到吃惊。

尽管爱琳娜忠诚于国际主义精神,但是社会主义联盟发表的宣言与早些年国际运动中的宪法草案还是有着很大区别,宪法草案是爱琳娜、莫里斯和艾威林与恩格斯商量制订的。这份草案容纳了社会主义政治的各个方面,如支持工会,支持合作,支持不同形式的工人阶级组织。它也采纳了以选举的方式运行政治权力,选举遍布于政府管理、市民社会、国家政权和国会各个层面。宪法草案与社会主义联盟宣言两份文件中关于临时委员会无政府主义成员方面的规定并不一致,爱琳娜对此感到不满。爱琳娜向保罗·拉法格表达自己的观点:

> 这里的无政府主义者将为我们带来麻烦，我们这个委员会中已经有很多无政府主义者，总有一天我们会为此付出代价。莫里斯没有认识到这一点，巴克斯和其他人对这些无政府主义者也并不了解。有一天他们会发现领导这些人有多么困难，那时他们就会认识到无政府主义者的麻烦。更严重的是，许多英国人都被说服成为无政府主义者（我怀疑其中一半人是政治工具），他们无疑是我们这里最有才能的人。[16]

1885年1月底，社会主义联盟开始刊发它的月刊《公共福利》，威廉·莫里斯担任主编，艾威林担任副主编。为了达到社会主义联盟的奋斗目标，《公共福利》通过议会程序，表明自己的立场，支持国际社会主义者的革命、教育工作、组织和党的民主。《公共福利》以社论形式表明对狭隘国家政治的反对，并表明反对不完善的社会主义改良，如合作制、土地国有和由国家强制推行的社会和政治重组等。

社会主义联盟的一些革命者在英国各地建立起分支机构，同年2月，爱琳娜、艾威林和莫里斯来到牛津大学位于霍兰威尔的大厅给大学生们演讲。学生们中有很多反对社会主义的人，爱琳娜等人的讲座开始陷入一片混乱，学生中的反对者们把莫里斯逼问得哑口无言，艾威林很快进行援助，并且用非常真诚的态度重新赢得了听众。学生们开始认真地听艾威林的讲座，但讲座再次被打断，有一名学生向他们投了一枚臭弹。为躲避骚乱，爱琳娜等人来牛津新学院，在那里，他们受到支持社会主义的学生们的欢迎和款待，这次相见也促成了社会主义联盟牛津分机构的建立。之后不久，马克思俱乐部也在那里成立了。因为没有成功地阻止爱琳娜等人在牛津的活动，那些反对社会主义的学生们感到非常恼火，他们把责任归咎于那个投臭弹的学生，当晚，气愤的学生们把这个人的窗户砸碎。

从牛津大学校园的演讲开始，爱琳娜开始在米尔安德和其他社会主义联盟的分支机构进行演讲。爱琳娜在二月份第二个星期的演讲是她的第一次正式演讲，正如她对彼得·拉夫罗夫所说："下个星期天我将进行生平第一次公开演讲，(也许是最后一次?)演讲的主题是'英国的工厂法'。"[17]爱琳娜也在她自己所在的布鲁姆斯伯里分部进行了这个讲座，当时分部在老康普顿大街的老鹰和儿童咖啡厅楼上的会议室开会。三月份，她把这个讲座推广到社会主义联盟的南华克分支机构。

由于爱琳娜熟悉马克思和恩格斯的著作，她对英国的工厂状况、历史和立法情况都相当了解。恩格斯建议她着手进行资本论英文版的资料研究。为此，爱琳娜花大量时间在大英博物馆与伦敦法律图书馆阅读书籍，寻找马克思用来写作资本论的资料。马克思曾使用英语资料，并自己把这些资料翻译成德语。爱琳娜要做的工作是把父亲的德语版本再次译为英语，以作为寻找原始资料的必要步骤。

在做了大量艰苦细致的工作后，爱琳娜发现原始资料存在于各类报告中，包括工厂巡视员、公共卫生官员、政府选举委员会的报告，以及用于调查童工使用，穷人、矿工、铁路工人、面包师的住房状况，还有食品掺假等的资金使用的报告中。

与那些来自受过大学教育的男同志们的研究相比，爱琳娜在社会与经济政治学方面的研究更为扎实可靠。在与爱琳娜同时代的革命者中，很难再找到像她这么有头脑、有学识的人，能够正确地指出产业工人的困境，现有立法的缺陷，以及遍及英国各地工厂的令人震惊的劳动状况。

爱琳娜对工厂和立法状况的研究是深入的，含有丰富的第一手资料和具体的事实。在大量事实的支撑下，她得出了清晰而重要的结论。爱琳娜与艾威林一起把她关于英国立法的演讲加以完善，并编成了一本小册子,题目为《工厂地狱》。1885 年 4 月,这本小册子由社会主义联盟资助出版,第一版的作者署名为爱德华·艾威林和爱琳娜·马克思·艾威林。[18]

当爱琳娜看到一篇关于 1884 年英国工厂情况的报告时,她指出,"这种情况相当于 1864 年的景象,同样的问题、同样的事件、同样的纠纷,被激进政治家们称为'英国的荣耀'的工厂,实际上是英国的地狱"[19]。也就在这一时期,艾威林喜欢与女性调情的本性复发,加上他生了病,俩人的生活更加窘迫,爱琳娜也陷入了地狱般的困境。

1884 年 3 月,艾威林被诊断出肾结石,到了 4 月病情更加严重。邓肯医生认为他应该休息,不能再工作了,艾威林听从医生的建议去文特诺休养。保罗·拉法格自告奋勇,承担了艾威林的部分工作,翻译《资本论》,爱琳娜对此很是感谢,"他的帮助就意味着艾威林能得到休息,按邓肯医生的说法,这是'绝对必要的'(医生们是如此绝对的家伙)"[20]。由于他们没有钱供两个人前往,艾威林只好一个人去了文特诺。爱琳娜留在伦敦,她对姐姐说"由于各种工作,我忙得不可开交(天哪,这些都是无报酬的)"[21],她承认:

> 除了谋生的必要工作,社会主义联盟也有很多事情总是让人忧心忡忡。我们从孩提时代就知道献身于无产阶级事业意味着什么,我也没必要向你做过多的解释。[22]

奥莉芙·施赖纳对爱琳娜的处境感到担忧,她写信给哈夫洛克·埃利斯说:"如果艾威林病情加重了,我肯定要去看他。如果他们夫妇陷入窘困,我一定得想办法给他们寄些东西过去。"[23]奥莉芙当然并不在乎艾威林,她真正关心的是爱琳娜。

爱琳娜利用艾威林离家疗养的空隙试着对他们的住所进行大扫

除,她把壁炉的颜色涂黑,冲洗窗帘,并粉刷墙壁。这一过程搞得她精疲力竭。“我多希望人们不用住房子,不用做饭,不用洗碗,无论我怎样努力,我恐怕都不能成为一个合格的家庭主妇,我的波西米亚情结的确太严重了。”[24]

艾威林由于财务问题而成为众矢之的,尽管他是真的生病了,经受着肾结石的痛苦,但他到怀特岛去疗养还是不可避免地遭受非议。人们对他经手的任何财务问题都更加怀疑。而他的个人财务支出似乎也有问题。亨利,社会民主联盟威斯敏斯特分部的秘书,曾与艾威林一起密切合作过,把他描绘成一个“为满足自身欲望而不择手段的人,只要对自己有利就行,无论这将使别人付出怎样的代价”[25]。一个裁缝,同时也是共产主义工人联盟和教育协会的成员,曾为艾威林做过衣服,却从未得到报酬,对此极为不满,当他看到在兰心大剧院前排就座的艾威林时,更是感到气愤,他形容艾威林“穿着不付款的天鹅绒夹克和马夹,身边有一位小姐陪伴着”[26]。陪在艾威林身边的小姐当然不是爱琳娜。

爱琳娜对奥莉芙坦承,尽管她在情感上感到孤独,但她已能接受艾威林与别的女人的交往。毕竟,自由恋爱是他们共同倡导的。但问题是,这种自由总是属于艾威林的。自由恋爱的结果到头来是爱琳娜恪守传统妇道,而艾威林则是传统意义上不忠诚的丈夫。他偶尔的婚外情对象经常是年轻的演员,或者他的女学生,而他与她们约会后总是会回到家里。就爱琳娜所知,艾威林并没有固定的情人。在爱琳娜成长的岁月里,开放式婚姻已经非常普遍,但艾威林却既用他自己的钱,也用爱琳娜的钱来为与他约会的学生和演员们支付餐费、酒费和礼物费。

就像易卜生话剧《群鬼》中的海伦·阿尔文一样,尽管与艾威林过得并不好,爱琳娜还要装作没事。对家人和朋友,她强调艾威林的身体出现问题,她不得不顶替他做了一些工作,实际上,她拼命地工作是为了偿还她所知道的艾威林欠下的债务,如果恩格斯不能及时给予帮助,这些债务就只能由爱琳娜来偿还。爱琳娜为谢尔盖·司特普尼克翻译了两篇关于俄国政治犯现状的文章,是把俄语翻译成法语。谢尔盖·司特普尼克是当时活跃的作家和思想家,在写给谢尔盖·司特普尼克的信中,爱琳娜说:“艾威林病得很严重,并且还没有康复,把一个语言翻译成另一个语言,这是一项艰苦的工作。”[27]她告诉司特普尼克,艾威林已经走了,“但是明天会回来,我担心他的病情不会好转,我非常担忧,相信你会理解”[28]。

爱琳娜给司特普尼克翻译的文章发表在《今日》上,《今日》是她以国际记者身份发表固定专栏的杂志。从 1885 年 2 月起,她把《今日》杂志的专栏办成了公共事业阵地,在“国际革命运动报告”这个直白的题目下,收集发表国际新闻。

在心理承受巨大压力的时候,身体往往会出现疾病,艾威林的身心失调就是活生生的例子,虽然他当时并无意识。回顾前尘往事,人们会清晰地发现,艾威林在情感上的不忠诚、在财务上的滥用职权与他的生病和身体垮掉密不可分。艾威林害怕把他的所作所为告诉爱琳娜,又不想放弃私欲,而他的生病恰好可以为自己找一个恰当的借口,爱琳娜对他的放纵行为始终不太清楚。而对艾威林来说,把自己装扮成受疾病或被他人迫害的人是容易的,人们甚至可能认为他是被爱琳娜逼迫的。

爱琳娜总是被艾威林蒙骗,她本来是可以看清他的,但爱使她变得愚蠢,她对艾威林更多的是担心和同情。实际上,爱琳娜所说的“长期的贫穷状况”很大程度上是艾威林的奢侈无度造成的。艾威林的恶习早已暴露出来,但不幸的是,爱琳娜小时候的经历使她形成了错误印象,把自己的贫穷和不如意当作正常家庭生活的一部分。但是马克思夫妇与艾威林毕竟是不同的人,他们当然也像其他穷人一样,经常为了偿还债务不得不按照一定的利息借钱,不得不典当物品,但是他们却没有像艾威林那样人品欠佳,借了钱却不知道还。艾威林在金钱上对爱琳娜的剥削,对其他一切他能去占便宜的人加以利用,不但表明他对金钱的贪得无厌,而且表明他的以自我为中心和自负。爱琳娜主张人与人生来平等,而艾威林却无能力把别人当作平等的同胞来对待。他深信自己是有特殊才能的人,而实际上他并没有安全感,而且过于敏感。

尽管在家庭生活上承受着压力,爱琳娜还是积极组织公共聚会反对苏丹战争。4 月 23 日,反战人士响应爱琳娜的号召进行集会。爱琳娜认识到反战活动面临的复杂性,她描述这次集会时说“当然,涉及俄国的事情是复杂的”,她所说的复杂指的是英国与俄国之间就阿富汗西北边境产生的争端。自 1883 年,英国的格莱斯顿政府派军舰帮助镇压苏丹起义时起,英国军队就进驻苏丹。当时英国军队在戈登将军的率领下攻占了喀土穆,远征军于 8 月到达援助。英国随后又把军队和海军军舰派遣到埃及汇合,以防止俄国扩大在阿富汗的利益攫取。

1 月 26 日,戈登将军在喀土穆阵亡,这在英国激起了强烈的民族主义情感,悲痛的帝国主义者们反阿拉伯的愤怒情绪被点燃。作为一个国际主义组织,社会主义联盟毫无疑问是反对英国帝国主义和侵占苏丹行径的。社会主义联盟对英国帝国主义行为的抨击与和平运动和反战人士达成一致,但却遭到其他组织的反对,这些组织与政府有共同的利益需求,他们中有些人是市场掮客、资本家,以及股票持有者。[29]他们都是帝国主义和殖民主义拥护者,共同驱动着英国的殖民主义行动。社会主义联盟也认识到了这一点,在二月份召开的反战集会中,他们拟了一份关于普遍和平的修正案,其中写道:

> 这次集会的参加者大多数是工人,我们一致认为,对苏丹的战争是由资本家阶级策划的,他们的目的是要把剥削扩大到国外。我们认为,苏丹人民的胜利是正义压倒非正义的胜利,是人们争取

自由的胜利。[30]

修正案中完全看不到戈登之死所引起的狭隘的国家主义情感。爱琳娜还起草了一份政治传单,追溯战争的起源,并向人们解释社会主义联盟为什么要反对英国侵占苏丹,以及一切帝国主义战争。威廉·莫里斯指派艺术家华尔特·克拉内为爱琳娜的传单画插图并制作封面。克拉内是一个忠诚的社会主义者,后来成为皇家艺术学院的院长。这份发表的政治传单上署名为爱琳娜以及其他二十名临时委员会成员,传单在4月23日会议及会后进行了散发。这个传单很清楚地表达了社会主义联盟反对帝国主义的观点。尽管传单中用来描述阿拉伯文明的语言,如“沙漠之子”有温情主义和东方主义之嫌,但它对经济帝国主义的批判是言之有理的。

尊敬的市民们,这个国家从工人身上压榨的财富被浪费在对阿拉伯人的屠杀上,被浪费在下列事情上:

(1)使东非成为潜在的开放市场,这是假冒伪劣商品、堕落思想、性病的代理商们,以及廉价圣经和传教士们所需要的。

(2)殖民所带来的政府职位可以安排官僚阶层的后代们。

(3)还有一个小的方面也不容忽视,侵占殖民地可以为那些好战的军人们提供一个新的寻欢作乐的屠宰场,这些人对国内的平淡生活感到厌倦,早就准备在阿拉伯世界一试身手,一旦机会来临,他们当然不会放过。

市民们,你们被人欺骗了。

接下来这份传单回顾了苏丹战争的历史,阐明苏丹与埃及的关系,并以设问结尾:

> 你们认为谁会去为这次以及类似的战争卖命？是市场食利阶层吗？是军队中的军人吗？不，是国内工人阶级的儿子和弟兄们。是那些工资微薄的人们被强迫参加这场商业战争。而那些发动战争的征服者们，那些富有的中产阶级和上流社会的人们，出于剥削本性，寻找新的土地和人口以扩大他们的剥削范围，并向他们的主人效忠，声称他们是为了国王和国家而战。[31]

爱琳娜不知疲倦地工作着，人们几乎看不到她困倦或打盹，更别提休假了。爱琳娜从1885年起从事的记者工作就像一架井然有序的记录仪，展示着她繁忙的活动和充沛的精力。她给马洪写信，"今晚图书馆那边堆积着很多论文，还有小册子，请帮忙检查一下"[32]。她寻找并收集地址，用来分发宣言、传单，并为邮购广告写明信片（"昨天我让艾威林帮忙复印一份，可是他忘记了"）[33]。她寻找活动场馆，与有关工员谈判，进行预订，她与牛津街的窗户清理委员会交涉，保证活动场所窗明几净。她主持会议，做会议记录，写会议报道。她查阅订单，并把它们交给社会主义联盟办公室。她安排把宣言、信件和传单寄送到英国各地及国外，如荷兰、法国、德国和比利时等国。与此同时，她还派人到大餐馆询问租赁一百个盘子、刀具、叉子、玻璃器皿、杯子碟子等的价格是多少。她说，"我自己也问过，但还是想比较一下价格"。除了这个繁杂的活动，她还请大学同学给她寄一些出入娱乐场所的票，送给那些潜在的活动资助者。[34]

"永远向前"，这是爱琳娜最喜欢的句子。这句话也正是她工作的写照。她不喜欢做家务，发自内心地希望把家务活动带到人世的魔鬼受到处罚，但是一旦从事政治活动，任何小事她都不嫌弃、不抱怨，相反，她总是充满激情，非常有效率地完成所有的工作。

似乎嫌她繁忙的政治生活还不够丰富多彩,从1884年冬到1886年,爱琳娜还投身到紧张的业余戏剧排练中。在她的排练同伴中,有超过一半的人是社会主义联盟的成员,显然,他们认为艺术和娱乐是他们政治活动不可分割的组成部分,爱琳娜也持有这种观点。

爱琳娜的艺术观非常明确。她认为不分高低贵贱,人人都可以欣赏高品位、有启发性的文化和娱乐作品。从她与社会主义联盟的成员关于艺术与教育争论的记载上,我们可以很清楚地看到这一点。1886年在给社会主义联盟秘书的信中写道:“对一个社会主义者的教育难道不也是艺术的教育吗?”

这是一封表达不同观点的信,音乐家西奥多·瑞斯,同时也是社会主义联盟成员和执行委员,在为当时举办的免费音乐会选择节目时表现出歧视工人的倾向。爱琳娜不同意当晚选择的一些音乐节目:

> 我真不是相信,他,一个音乐家会选择这种滑稽音乐。我敢肯定,瑞斯同志绝不在他自己的音乐会上表演这样的音乐。如果他认为这个音乐不配给资产阶级人士演奏,难道他会认为这样音乐给社会主义者演奏已经足够好吗?我表示怀疑。

爱琳娜说她感到羞愧,社会主义联盟举办音乐会竟然是让人们来遭受粗俗和无聊东西的折磨。她以工人们从阅读狄更斯的《匹克威克外传》中得到乐趣作为例子,说明他们欣赏的是真正有品位的喜剧,而不是低级的喜剧渣滓。她写道:

> 我同其他人一样喜欢笑话,尽管有些笑话可能并不精致,但我却很难从纯粹粗俗的东西中发现乐趣。无头脑的中产阶级资本家可能以粗俗的东西为乐,但我不认为有喜剧细胞的工人们会喜欢。

> 当然，我知道我们不能假装为人们提供的是盛大音乐会，但至少我们不应该为提供给人们的音乐会种类而感到羞愧，不能因为观众只是贫穷的工人，就认为任何东西，哪怕粗俗的也是适当的。[35]

爱琳娜主张每个人都有权享受教育和艺术，在文化和政治权利方面，人人平等，任何人都不应该高人一等。她反对面包加马戏的愚民策略，每当她看到社会主义联盟有人不公正地对待工人阶级，她总是立刻作出反应，试着去揭露并消除这种不良倾向。

爱琳娜是个与生俱来的激进政治精英，但她并没有精英意识。她深知广大群众需要通过公共文化和娱乐活动来接受艺术教育，提高艺术欣赏水平和鉴赏力。

1884 年 11 月，在布鲁姆斯伯里的纽梅叶大厅，爱琳娜、艾威林联合巴克斯、莫里斯和新费边主义者萧伯纳举办了一场名为“艺术之夜”的集资活动。萧伯纳和凯瑟琳合作演奏了门德尔松的音乐作为开场节目，艾威林朗诵了雪莱的《暴政的假面游行》，莫里斯朗诵了他自己的诗作片断，《伯伦希尔之死》。这场演出的节目还包括费边成员、业余演员西奥多·怀特朗读艾略特的《亚当·贝德》，巴克斯朗读舒曼的《狂欢节》，巴克斯的朗读过于冗长，以致还没到中场休息时观众就昏昏欲睡了。

“艺术之夜”接下来的节目就是爱琳娜和艾威林的表演，他们表演的是年轻戏剧家悉尼·格兰蒂写的一出戏剧《道义责任》。伦琴当晚也在观众席就座，她始终是爱琳娜的忠实观众，当节目结束回到家后，她对恩格斯说，爱琳娜和艾威林表演的传统短剧“多少有他们自己的影子”[36]。在伦琴看来，爱琳娜试图向公众呈现和解释她与艾威林的良好关系，她也意识到来自其他人对艾威林的反感，她似乎想通过这种方式来为艾威林在财务方面的错误作辩护。盲目信任使爱琳娜觉得其他人不了解艾威林，误解了他，事实上，对这个与自己共同生活的人，爱琳娜始终存在幻想，认不清他的真实面目。

1885年1月底，爱琳娜、艾威林和萧伯纳再一次在诺丁汉的拉德布鲁克大厅举办筹资义演。在上半场的音乐和朗读结束后，爱琳娜、萧伯纳和艾威林领衔主演了三幕戏剧，名为《孤独》，作者是约翰·辛普森和赫尔曼·梅里韦尔。

在伦敦周围的公共大厅举办业余筹资演出的同时，社会主义联盟的成员们还在露天场地举行集会，为争取公众演讲权利而斗争。在占领伦敦的露天演讲场地方面，新成立的社会主义联盟与老的社会民主联盟在友好氛围中展开了竞争。[37]为了吸引更多的听众，两个竞争对手都使出浑身解数，在自由演讲的几个环节上精心准备，如提高演讲者的水平，定期进行演讲，演讲的话题尽量是公众关心和感兴趣的问题等。如果有人当场提问，或者警察到场的话，更是会吸引人们的眼球。

露天宣传是得到公众的政治支持的关键，也是在争论中取胜的关键，爱琳娜在这个过程中脱颖而出，她的同志们很快认识到，她有户外演讲的天赋，她有能力抓住公众的心，让人们把目光集中在她身上。

随着活动的开展和声势的壮大，政府开始介入。莱蒙豪斯的多德街，曾经是激进主义者和宗教人士的活动地点，现在成为社会民主联盟的阵地，但他们的演讲活动招来了警察的骚扰。社会民主联盟的几个演讲者被指控妨碍公共事务，其中的一个名叫杰克·威廉斯，因为拒绝交纳罚款而被判一个月的劳役。在这个事件上，社会主义联盟正式声援社会民主联盟，并支持其他类似的激进组织，包括费边社成员安妮·贝赞特所遭受的不公正对待。1885年9月20日，人们聚焦在多德街支持被指控的演讲者，向政府争取自由演讲权利。爱琳娜是27名演讲者之一，当她对人群宣讲时，受到人们的极大欢迎，她在演讲中保证“这次大型集会将向上流社会证明它是一次组织有序的活动”[38]。但就在她讲话之时，警察悄悄地来到街道一侧，并在集会快结束和人类就要散去之时，发动了攻击。他们没收了旗帜，逮捕了举旗手和其他一个示威者，包括威廉·莫里斯。

第二天，这八个被逮捕的示威者被带到了泰晤士治安法院，接受地方法官桑德斯的审判，他们被指控妨碍公共事务及拒捕。爱琳娜作为目击者出席了审判，她为这些人辩护，声称人们有自由演讲权利，并说她愿意作为证人出席接下来的听证会。桑德斯斥责她“无理取闹”，爱琳娜据理力争，辩称她参加过很多集会，这次集会是她见过的最有秩序和平静的集会，警察的行动则是鲁莽且没有道理的。

在法庭的最后判决中，桑德斯宣判所有的被告都有罪，并处以劳役与严厉的罚款。听到这种不公正的判决结果，观众席发生了骚乱，人们呼喊“太不像话了”。警察突然冲进来，攻击法庭中的群众。艾威林称警察“对所有的人施暴”，而爱琳娜和莫里斯则成为他们残忍攻击的目标。法庭骚乱以莫里斯重新被逮捕为告终，经历了这场骚乱的爱琳娜则对法院内的发生的暴力事件感到非常震惊。

7月，《公共福利》刊发了举办“人民自由之夜”的夏季系列广告。爱琳娜和艾威林出席了这些活动，一个晚上都没落下，莫里斯称他们为戏剧活动中的社会主义者，并以这样的介绍作为开场白。当年秋季，爱琳娜建议社会主义联盟也为儿童举办免费娱乐节目。

她虽然盼望在巴黎见到劳拉和家人，一起过圣诞节，但她却没钱前往巴黎。多少令她感到安慰的是，她死去的姐姐珍妮的儿子，九岁侄子强尼·龙格来到了伦敦。爱琳娜用了差不多两年的时间才说服强尼的父亲查尔斯，同意他儿子来伦敦。对强尼的到来，爱琳娜感到非常高兴。为了让这个失去母亲的小男孩喜欢待在这里，爱琳娜计划举办一个儿童圣诞节。在写给社会主义联盟的倡议信中，爱琳娜建议为圣诞节筹集资金，用来购买圣诞树和灯光等，她提醒社会主义联盟的成员们,圣诞节的真正目的是传递圣诞精神:"圣诞节是追求光明的节日,社会主义难道不正是希望之光吗,随着社会主义到来,旧的黑暗势力也将消失。"[39]

爱琳娜喜欢小强尼与他们一起住在大罗素街,但艾威林却不喜欢这个小男孩。因为强尼成为爱琳娜的关心对象,艾威林有种失宠的恼怒感觉。恩格斯和伦琴,当时已经65岁了(他们都是1820年生人,相差几个月),两个老人非常喜欢让强尼来到他们在雷特金的公园路家中。就像对待小时候的爱琳娜一样,恩格斯送给小强尼很多书籍,并带他散步,同他谈心。爱琳娜阿姨则负责他的日常生活,给他洗衣服、做饭,送他上学,陪他做家庭作业,睡觉前给他读故事书,这些事情是强尼在他父亲身边享受不到的。

在写给社会主义联盟委员会建议信中,爱琳娜写道:"我们不可能在短期内让孩子们明白社会主义意味着人类的幸福生活"[40],这句话出自社会主义运动倡导者爱琳娜之口似乎是有些不可理喻,不合逻辑,但是考虑到爱琳娜参与了易卜生的话剧《玩偶之家》的演出,也就不难理解。爱琳娜一方面承担着繁忙的工作,在"三人委员会"中管理财务,为孩子们筹办圣诞节,另一方面投入全部的精力,组织易卜生《玩偶之家》在英国的首演。

在大家的推荐之下,爱琳娜在这部话剧中担任领衔主演,扮演娜拉·赫尔默,而艾威林则扮演她的丈夫托尔瓦德·赫尔默。在演出时,这部戏以点亮圣诞树一场戏为开场,巧妙地象征着娜拉的希望,也暗示着她在不幸婚姻中的财务困境。

娜拉穿着冬衣走上舞台,高兴地哼唱着歌曲,手里拿装饰圣诞树的小礼物包:

> 娜拉:把圣诞树仔细藏起来,海伦。在今晚装饰好之前,别让

孩子们看见它。[41]

在这场对话之前,托瓦尔德把娜拉称为“我的小松鼠”“小百灵鸟”“小傻瓜”,娜拉被她的丈夫当作轻浮的小女人囚禁起来。戏剧展开一分钟后,丈夫与妻子开始了看似轻松的夫妻对白,对白话题是关于节俭的必要性。托瓦尔德责怪娜拉大手大脚,娜拉反驳说孩子们需要在圣诞节得到光明和快乐,赫尔默回应道:

> 真是妇人之见,娜拉,你应该理性点。你知道我是怎么想的吗,不要为这种事情借钱和欠债。一个靠借钱为生的家庭是不可能有自由和幸福的。[42]

爱琳娜和艾威林不久前开始构思关于妇女的话题,准备写些从社会主义者的角度看待妇女问题的文章,托瓦尔德对娜拉说的话被他们加以引用。

12 月 26 日,一群穷苦的伦敦儿童过了一个有食物、灯光的快乐圣诞节,节目的费用是筹集善款得来的。这个为儿童筹备的圣诞节的花费超过了预算,尽管承受着运作上的压力,爱琳娜还是设法解决了问题,她认为这一切都是值得的。“能让 200 个小家伙过上一个快乐的圣诞节,这本身就有一种成就感。”[43]

这应该也是娜拉的想法。

第十五章 娜拉·赫默尔,艾玛·包法利和《妇女问题》

爱琳娜经常说的一句话是"懒惰是万恶之源"[1]。从爱琳娜自身的经历看,她是这么说的,也是这么做的,她刻苦而勤奋地投身于各项工作中。从1885年夏到1886年12个月,她翻译并出版了居斯塔夫·福楼拜的《包法利夫人》的任务,使这本书首次以英文面目呈现给读者;她校对和修改了利萨加雷的《巴黎公社的历史》;她把易卜生的《玩偶之家》首次搬上英国舞台;她积极推动和倡导社会主义联盟的艺术与教育活动;她写出了一系列关于卖淫和性奴隶的报道;她做马克思著作的英文翻译助手,并与塞缪尔·穆尔、恩格斯、艾威林、拉法格和朗吉特一起完成了《资本论》的英文翻译工作。如果说上述工作还不够多的话,我们还可以再列出一项:爱琳娜还与艾威林一起完成和发表了妇女运动的经典论文《妇女问题:从社会主义的视角看》。

翻译《包法利夫人》缘起于1885年夏,[2]小说家和亲法人士乔治·穆尔委托爱琳娜为英文出版商亨利·维泽特利翻译这本书。爱琳娜从当年秋天开始翻译,1886年5月完成翻译,并写了一个译者序。1855年,《包法利夫人》第一次在法国出版,它的作者福楼拜也因为淫秽罪被告上了法庭,但结果是无罪释放。维泽特利很有胆识,他把福楼拜、莫泊桑、波德莱尔和爱伦坡的著作都翻译成英文出版。在当时,这是一项冒险的工作,既可能面临商业上的失败,也可能被控告为违反了1857年制订的反淫秽法。不出所料,1888年,维泽特利因为出版左拉的三本小说而被判处犯有淫秽罪，在哈洛威监狱蹲了三个月，之后不久便去世了。

《包法利夫人》是一本世界名著，为创作这本书，福楼拜花费了生命中的大部分时间和精力，经过若干年的苦苦构思，五年的时间酝酿，字斟句酌，几乎是每星期才写一页。而爱琳娜只用了还不到六个月的时间就完成了翻译，即使在这六个月中，她还同时做其他事情，而不是全部时间都用在翻译上。在她的译者序中，爱琳娜总结了三种翻译类型：天才式翻译；胡乱翻译；凭良心翻译。她认为自己属于第三类，这也意味着"我的翻译中会有弱点、缺陷和不当之处"[3]，她写道：

> 但是我至少在原著之外，既没有减少也没增加一句话……我的翻译作品……我知道……与原著相比，它是苍白、薄弱的……但是……我不后悔做了这件事，我尽了自己最大的努力。

在坦白地承认了自己翻译存在的"不尽如人意之处"后，爱琳娜在译者序的最后欣慰地写道："尽管如此，如果这本翻译作品能够引起读者翻阅原著的兴趣，如果它能够帮助人们了解这本继巴尔扎克小说之后的伟大法国小说，那么我就很满足了。"[4]当这本书的翻译完成时，爱琳娜很是高兴，1886年秋天，在写给劳拉的信中，她兴奋地写道："我翻译完了《包法利夫人》，（上帝也会为我感到骄傲！）这是一项艰苦的工作！"[5]这确实是一项艰苦的工作，这本书的女主人公直到第七章时才开口说话，她对自己的狗说："为什么，我的上帝！我得起床。"夜以继日地进行翻译工作的爱琳娜也可以对她的宠物说这句话，当时爱琳娜养了几只猫和一条狗，她的辛苦是不言而喻的。

《包法利夫人》的作者福楼拜是个讲究文字的作家，为了寻找一个合适的词语，他会花上几天，甚至几个星期的时间，而且《包法利夫人》这本书充满了暗讽、俗语等文学手法，这些对爱琳娜的翻译构成了挑战。如何在保持原文意思的基础上,使读者了解这本书与众不同的风格、不露痕迹的夸张,这确实不是件容易的事。

艾玛·包法利这个角色对爱琳娜的影响很深,长时间萦绕在她的脑海。爱琳娜在介绍中写道:“但是尽管她每天都伴随着我,对我来说,她仍然有着难以理解的一面,世上怎么会有她这样的人。”爱琳娜对包法利夫人的评价是矛盾的:“她是自私的,但是她又有某些高尚的素质。她从来都不唯利是图。”[6]也难怪爱琳娜这样评价,包法利夫人把她剩下的最后一枚铜币施舍给一个盲人乞丐,对这样的人物爱琳娜当然不能轻易说她不是好人。而艾玛性格中又有自欺欺人和做作的一面,这引起了爱琳娜的思考:

> 她的生活是空虚的。而这个精力旺盛的女人感到她必须做点什么,去实现自己的某种梦想。可是她对生活的想法是如此虚幻,以至她嫁给了包法利,认为这个人是自己的真爱……她尽了自己最大的努力去爱“这个可怜的家伙”。在所有的文学作品中,恐怕没有什么比这种“使自己陷入爱中”的无望努力更可怜的事情了,而在她已经犯错之后,也仍然不知悔改,仍然希望能回到他身边,过一种更真实、更健康,比她想象中的爱更好的爱情生活。[7]

看到爱琳娜的译者序,对爱琳娜与包法利夫人相似的爱情经历,对两者都沉浸在对爱的自我幻觉中,对爱琳娜与艾威林爱情关系的失败,对爱琳娜感到自己陷入困境,对这一切,奥莉芙肯定会有一番感慨,但我们不得而知。实际上,包法利夫人的遭遇很像是爱琳娜生活的一个回音壁。福楼拜曾说“包法利夫人是我”,马克思说“爱琳娜是我”,两者有着神奇的置换效应,在某种程度上,爱琳娜就是包法利夫人。[8]

1886 年 8 月,爱琳娜翻译的《包法利夫人》出版,人们对它有着各种各样的评论,这并不奇怪。一些人认为很好,他们不再戴有色眼镜来看马克思的女儿了；另一些人则大加抨击，他们借此发泄自己的反法情绪。《星期六书评》把包法利夫人轻蔑地称之为“艾威林夫人的法国朋友”[9]，这种戏称既是针对爱琳娜家庭的，也是对她坚守的国际共产主义的。《雅典娜》评价爱琳娜的翻译是“热情大于谨慎”[10]。弗拉基米尔·纳博科夫在《二十世纪》中用了很大篇幅抨击爱琳娜翻译的《包法利夫人》，这是他的一贯做法，但他最终却选择用爱琳娜的版本来作为自己的小说教程课本，这或许是对爱琳娜的一种认同，也达到了爱琳娜自己所希望的：帮助那些不能阅读法文原著的人了解它。在很长一段时间里，爱琳娜翻译的这本书是英国唯一的译本。

在所有的评论者中，作家威廉·夏普是给予她高度评价的一位，他认为爱琳娜的翻译是出色的。在《学院》杂志的书评中，夏普提醒读者，“福楼拜是著名的……难以翻译的作家”[11]。他赞扬爱琳娜的翻译工作“首先是忠实于原著的，其次全书保持了自然的文风”[12]。

翻译《包法利夫人》和修订利萨加雷的《巴黎公社的历史》期间，爱琳娜住在泰晤士附近的金斯顿，她与艾威林暂时租住在这里。也是在这里，她完成了翻译与修订的大部分工作。他们是在1885年12月搬到这里的，侄儿小强尼没有与他们同往，而是留在了雷特金区公园路恩格斯家里。伦琴与恩格斯没想到爱琳娜会让强尼留下，毕竟她花费了两年时间才说服姐夫查尔斯准许侄儿来自己这儿。几个月过后，他们知道了为什么爱琳娜同意强尼留下，原因很简单：艾威林不能忍受这个孩子住在自己家。爱琳娜进行过抗争，他们为此还大吵了一架，艾威林威胁要离开她，爱琳娜不得不退让，而强尼也被送到了恩格斯和伦琴家。爱琳娜对奥莉芙承认，孩子的问题已经成为她和艾威林不和睦的一个重要因素。艾威林认为他还没准备好要孩子，而爱琳娜则非常想要孩子。艾威林给爱琳娜的承诺只是空头支票，承诺将来他会正式娶她，他们也会有孩子。

提起搬到金斯顿，爱琳娜写道：“我们确实有比在伦敦更多的事情要做,此外,在这里也可以呼吸更多的新鲜空气。”[13]爱琳娜所修改的利萨加雷的《巴黎公社的历史》被认为是见证这段法国历史的重要著作,爱琳娜的修改工作是无可挑剔的。爱琳娜一直与利萨加雷保持着亲密的私人关系,她非常理解利萨加雷的个人遭遇,也理解他为什么写这本书。利萨加雷的终生巨著《巴黎公社的历史》至今仍然是人们回顾法国巴黎公社历史的重要原始文本。利萨加雷通过这本书的写作来平复自己参与巴黎公社及其失败所带来的创伤,同时也反思自己在这次惨痛经历中所扮演的角色。

尽管做了很多努力,利萨加雷始终无法走出他亲身经历的 15 分钟巴黎巷战的阴影。当时他在最后一个街垒,子弹用完了,他最终不得不撤退,心中充满了害怕和恐惧,身上只有一把刺刀作为防卫工具。利萨加雷是巴黎公社战争中的坚强战士,但是他并没有固执于一种立场,而是全面地看问题,有勇气坦诚地说出当时发生的真实情况。虽然他拥护巴黎公社的原则,他的著作还是毫不避讳地强调了自己的政党所犯的错误,并揭露了巴黎革命的致命弱点和失败之处。

也正因为如此,利萨加雷的这本书在爱琳娜看来对时代具有非同寻常的意义,“利萨加雷写的《巴黎公社的历史》是记录这个重要运动的唯一真实可信的著作”[14]。爱琳娜给《巴黎公社的历史》写的序言无疑是她在 19 世纪 80 年代所持有的国际主义思想的写照。像父亲马克思一样,爱琳娜认为巴黎公社是“无产阶级第一次自我管理的尝试”,而且它“具有用共产主义合作方式来取代资本主义生产方式的潜力”,除了这些与马克思相同的见解,爱琳娜对巴黎公社的解释中还增加了国际主义合作这一视角。“各国工人在这次革命中的参与意味着巴黎公社是国际主义运动,它不是建立在一个国家内的土地和私人财产的国家主义运动。”[15]

修订利萨加雷的书对爱琳娜来说是在熟悉的领域内工作,但之后不久,在同一年,爱琳娜对彼得·拉夫罗夫透露她开始了步入写手的世界，写一些粗糙的东西。“我在替别人写艺术家阿尔玛·达德玛的传记和简要评论，出版时的名字是他的，不是我的！”[16]作为一个编外妻子、写手、演讲稿写作者，爱琳娜代替艾威林做了很多事情，写的东西也总是写上她和艾威林两个人的名字，虽然艾威林并没有参与写作，但爱琳娜似乎习惯了无论做什么都用上或加上这个男人的名字。但是这也有好处，她能赚到更多稿费，而钱是她所需要的。事实上，从爱琳娜当自由撰稿人的情况看，她有很强的赚钱能力。她经常认为自己“陷入财务危机”[17]，其实艾威林才是她真正的危机。无论爱琳娜从当记者、翻译、研究者和教师与写手中赚到多少钱，艾威林总能把它们花光。爱琳娜自己省吃俭用，但是对别人她是大方的，艾威林与她相反，不顾别人，自己随意吃喝玩乐。爱琳娜是家庭谋生的主力，对她来说，这是一种保持自己经济独立的方式。

1886 年，爱琳娜 31 岁，她相当看重这个生日。圣诞节的时候，爱琳娜的朋友们收到一份邀请，邀请他们去观看易卜生的《玩偶之家》，或者说《娜拉》，这是当时的叫法，演出时间是 1 月 15 日，地点是大罗素街 55 号，爱琳娜和艾威林家的客厅。那天是星期五，大家计划等《娜拉》朗读演出结束后，举办一个通宵晚会来庆祝爱琳娜的生日。爱琳娜催促哈夫洛克·埃利斯也过来。她在给他写的信中说“我觉得我必须做点什么，来帮助大家更好地理解易卜生的戏剧，从我自己的经验看，让人们自己来阅读比听别人读能更好地进入和理解角色”。

五十年后，萧伯纳在回忆录中写道：

> 《玩偶之家》在英国的首次演出是在布鲁姆斯伯里的一间公寓的一楼，卡尔·马克思最小的女儿扮演娜拉·赫默尔，而我则应她的邀请扮演科罗斯塔德，我不太了解科罗斯塔德，不知道该怎样出演。[18]

爱琳娜的闺蜜梅·莫里斯，威廉·莫里斯的女儿，扮演克里斯蒂娜·林德，而托尔瓦德·赫默尔自然是由艾威林扮演。一年前，萧伯纳与梅·莫里斯秘密订婚，他们的行为相当地反传统。这对恋人彼此都很珍惜对方，他们在《玩偶之家》中的演出也别有一番风味。

梅·莫里斯是个杰出的纺织品设计师，她在刺绣和织锦艺术上很有天分，同时她也是爱琳娜的秘密粉丝和崇拜者，这一点直到多年后人们才知道。在爱琳娜能接受的范围内，梅送给爱琳娜很多礼物，爱琳娜的住所塞满了莫里斯公司赠送的现代家具和织物。梅·莫里斯在国家艺术培训学校（后来的皇家艺术学校，位于南金斯顿）学习，除了艺术天分，梅还具有经商才能和政治抱负。1884 年，她加入了社会民主联盟的汉默史密斯分部，1885 年追随她父亲和爱琳娜，脱离社会民主联盟组建社会主义联盟。1886 年初，她即将被委任为莫里斯有限公司的刺绣主管，同时负责墙纸的设计，这方面她非常在行。但由于工作需要，她没有担任刺绣主管，而是成为她父亲组建公司的总经理。威廉·莫里斯的商业经营建立在集体合作基础上，经营范围包括室内设计、家具和纺织品，他所经营的公司非常成功。女儿梅让威廉很得意，她兼具艺术天才与商业经营才能，与父亲相比，有过之而无不及。威廉经常高兴地炫耀，梅比他经营得更好。

说来奇怪，没有人记得是谁在这幕剧中扮演了里克博士。这个人无疑是爱琳娜或者说娜拉的忠诚崇拜者。虽然无人知道谁扮演了里克，但这并不影响《玩偶之家》演出的成功，它代表着爱琳娜对易卜生戏剧的热爱，尤其是对《玩偶之家》的兴趣获得了成果。爱琳娜第一次提到这部剧是在 1884 年给她姐姐的信中。在演出《玩偶之家》的那段时间，爱琳娜还认识了瑞典作家安妮·埃德格伦。当时安妮访问英国，爱琳娜对她的短篇小说和故事非常欣赏，很想与她相识。听说埃德格伦要访问巴黎后，爱琳娜写信给劳拉，希望劳拉安排自己与她见面，以认识这个巴黎社会主义者眼中的风流人物：

瑞典人中出这么多作家，真让人不可思议！……我把瑞典人(不如说爱尔兰人！)易卜生创作的非常好的戏剧《娜拉》的英文版寄给你，我知道你会喜欢的，这方面不用我多说。[19]

与爱琳娜一样，艾威林也是易卜生的坚定崇拜者，在他的“今日”专栏，他称易卜生是“看到了我们社会中存在的大男子主义，他为妇女带来了希望和幻想”[20]。艾威林认为，易卜生的目标是进行婚姻关系的革命，说到这一点，其实也涉及艾威林自身。

易卜生所描述的当时婚姻中存在的冲突与矛盾恰恰折射出爱琳娜与艾威林的状况。在请萧伯纳出演科罗斯塔德的信中，爱琳娜强调易卜生的新自然主义的重要性，认为它把私人关系中的问题通过现代戏剧带到公众眼前：

我希望更多的好演员来尝试易卜生的戏剧，我越是学习他的戏剧就越觉得他伟大。人们抱怨他的戏剧“没有大团圆结局”，生活是什么样还是什么样，剧中提出的问题根本没有解决，这真是奇怪！难道我们的生活中所有的事情都得到了令人满意或不满意的结局了吗？我们在生活经历中着各种悲欢离合，并且不断地重复。如果我们能发现解决生活中各种问题的办法，那么生活将变得相当轻松，世界也不再是一个烦恼所在地了。[21]

戏剧兴趣与政治责任在爱琳娜的生活中并行不悖，爱琳娜除了关注戏剧，还把精力投入到政治事业中。3 月份，巴黎公社纪念大会在玛格里特召开，与以往相比，这次大会吸引了更多的观众。社会主义联盟与社会民主联盟摒弃前嫌，使这次纪念会成为一个集体事件。爱琳娜与社会民主联盟的汤姆·曼、弗兰克·科兹、彼得·克鲁泡特金一起发表了演讲，彼得·克鲁泡特金是俄国的无政府主义者，当年从巴黎获释后居住在伦敦。海因德曼、莫里斯、约翰·伯恩斯、考茨基和夏洛特·威尔逊也在纪念会上发了言。大家一致认为爱琳娜的演讲是当晚最好的，而且这次演进也是她迄今为止的政治生涯中最好的一次。她的对手也对她的演讲赞不绝口，包括海因德曼，把爱琳娜的演讲称之为“我所听到过的最好的演讲”[22]：

> 当爱琳娜谈到那些一代又一代甘于奉献和牺牲的人们时，这个女人的身上充满了与这些人一脉相承的正能量，话语充满了感人的力量。在从物质和精神方面提升人类生存境界的伟大进程中，那些无私奉献人们的生命也获得了不朽。[23]

爱琳娜演讲的重点是谈论妇女的角色，妇女也可以当之无愧地成为人类的精英。虽然海因德曼是爱琳娜的政治对手，但他的妻子玛蒂尔德·海因德曼却一直是爱琳娜无声的政治同盟，如果她听到爱琳娜在演讲中把妇女在巴黎公社和社会主义运动中的角色作为主题，她一定会暗自为之欢呼。妇女在巴黎公社中的领导权成为纪念会演讲的话题，这还是头一次。

爱琳娜给巴黎公社女社员和工会女会员们树立了自信的榜样，像爱琳娜这样的例子也引发了人们的思考，人们开始认识到，妇女解放是社会主义运动取得成功的一个必要条件。换言之，妇女解放不仅是社会变化的一个组成部分，或者一种需要，相反，它是取得重大社会变革的前提。爱琳娜是纪念会当晚唯一一个讲到性别不平等问题的人，但从听众的反响看，她也是最被认可的演讲者。当晚的听众来自社会各阶层，他们并没有觉得爱琳娜的演讲是在说教，并没有认为爱琳娜用肯定的、自信的、有说服力的话语强调女性主义革命是刺耳的、聒噪的、咄咄逼人的。从这个角度看，爱琳娜的演讲相当成功。

爱琳娜的这篇演讲稿以她和艾威林于1885年合写的《妇女问题：从社会主义视角看》为蓝本，这篇文章以联合署名的形式发表于1886年一季度的《威斯敏斯特书评》上。[24]在她的政治生涯中，爱琳娜始终强调，为有效地解决妇女在社会中的问题，妇女同男人一样参加工作是至关重要的。爱琳娜与艾威林的合作不仅在写作形式上，在思想内涵上也呈现出《妇女问题》的核心。《妇女问题》是两人在接下来的十年中共同完成的重要论文中的第一篇。虽然在这十年中，两人的分工并不是固定的，而是经常有变化，但艾威林始终承认爱琳娜分担的工作更多。[25]

爱琳娜与艾威林都认为，[26]在损害男女关系的要素中，有两个是最为突出的，一是把男女当作不同的生命体来对待，二是不了解真实情况。[27]说到这里，我们应该稍作停留，仔细思考一下这句话的意味。《妇女问题》的发表为人们提供了一个认识爱琳娜的新视角，透过这一视角人们能更好地了解她为什么要坚持维护与艾威林的关系。在关于女人和如何与男人解决矛盾，搞好关系上，爱琳娜与艾威林所共享的观点清晰无误地呈现在这篇文章中：

> 首先要陈述的是一个与所有女人相关的观点：女人的生命历程与男人是不同的。他们的生活没有交集，从许多方面看甚至互不相干，而人类的生活也因此而受到阻碍。[28]

关于妇女问题的第一个解答是：必须重视妇女问题，因为妇女受压迫对男人来说也会带来不好的影响。妇女问题会影响到整个社会的和谐发展。如果两性中的一方是不完整的，那么双方都会受到损害，“作为一种规律，如果他们不能真诚地、彻底地、自由地、以心换心地与对方相处，那么他们任何一方都是不完整的”。终身未娶的康德或许提供了另一种解答，但是爱琳娜与艾威林并不试图在唯物主义（客观现实主义)和唯心主义之间寻找和解之路。他们从更有实践意义的日常生活经验入手:性,欲望,婚姻,谋生,财产权,抚养孩子,以及资本主义消费的影响。

像马克思和恩格斯一样,他们也认为,现实社会中的男女关系是不合理的。他们身处于现实生活中,对两性在财产、经济上的困境,以及性上的不忠诚并不陌生。在他们合作的著作中,他们试着处理和解决所有这些对他们来说极为熟悉的棘手问题。他们知道现实中的男女关系,并希望在未来的某一天,男女关系会呈现出另一番面貌。

上述事实有助于人们理解爱琳娜为什么会把自己与艾威林捆绑在一起,使自己陷入困境。

《妇女问题:从社会主义视角看》的写作一定程度上归功于奥古斯丁·倍倍尔的《妇女与社会主义》。倍倍尔的这本德语书完成于1879年,由于当时俾斯麦政府颁布的"反社会主义法",它成为一本著名的禁书。1885年,《妇女与社会主义》被翻译成英文,爱琳娜与艾威林也由此把社会主义中的妇女问题呈现给英语读者。把社会主义的女性主义问题介绍给英国读者,这是爱琳娜与艾威林的强烈愿望,因此他们才为这篇文章起了这样一个题目:《妇女问题:从社会主义视角看》。然而,这篇文章在二十世纪的英语再版却总是被去掉副标题,这样一来,这篇开创性论文的视角和意图也就消失了,这是需要人们注意的地方。

爱琳娜与艾威林的文章验证了倍倍尔关于妇女与社会主义的观点:没有妇女的独立和性别的平等,就没有人类的解放。因此,废除性别不平等是工人运动的组成部分。倍倍尔的这种观点回应了两年前恩格斯所写的《家庭、私有财产和国家的起源》。恩格斯的这本书是爱琳娜得出自己关于女性主义与社会主义关系之见解的另一个思想来源,列宁把恩格斯的这本书称为"现代社会主义的奠基性著作之一"[29],但直到1902年,这本书才被翻译为英文。在恩格斯写作此书的时候,爱琳娜曾与他进行讨论,并阅读了书的草稿。

就像我们已经知道的，马克思去世后，恩格斯整理马克思的遗著，发现了他的朋友所写的笔记，笔记的内容是讨论家庭的起源与未来，并以美国人类学家路易斯·亨利·摩尔根的发现为文献基础。受马克思启发，恩格斯很快决定化失去马克思的悲痛为力量，投入到关于家庭、私有财产和国家起源的写作中。恩格斯的研究发展并远远超越了摩尔根和马克思。就像是这本书的标题所表明的，恩格斯的研究建立在达尔文的自然选择论和母系社会人类学研究的基础上。而对家庭的现状与未来的思考，恩格斯则以他周围人的家庭生活为素材：他自己的、伯恩斯姐妹的、伦琴的、帕姆斯的、马克思女儿们的。

这里有一个有趣的现象，恩格斯还把赫伯特·斯宾塞的生产与再生产力并列的理论引入自己关于家庭、性别和经济的思考中。这些非常基础的哲学的、政治的、经济的认知对爱琳娜有着很深的影响，使她的思想产生了飞跃。在爱琳娜看来，恩格斯取得了她父亲没有取得的成就，在把历史唯物主义与女性主义结合方面，恩格斯迈出了关键性的一步。这一成就之巨大不亚于伽利略的发现，由于伽利略，人们知道地球绕着太阳转，而不是像千百年来认为的太阳绕着地球转。

当然，像任何一种理论一样，人们对它的反应既有赞同也有怀疑。

通过阅读倍倍尔和恩格斯的著作，爱琳娜把对历史和经济的唯物主义、达尔文主义与对女性主义作家的阅读结合起来，主要包括玛丽·沃尔斯通克拉夫特和玛丽·雪莱的作品。爱琳娜对妇女争取选举权运动，对建立在权利基础上的抗争历来是支持的，但她明白这些抗争的政治局限性：为资产阶级妇女赢得投票和教育的权利只是改变男女不平等问题的一部分，它还没有把目光投向更广阔的领域，没有触及影响性别不平等的潜在的结构性问题。不论在经济还是社会层面，妇女在全球都是受压迫的。工人阶级和中产阶级妇女成为紧密结合的生产与再生产体系中的劳动力的补给。从这个角度看，父权制与资本主义不仅是兄弟，而且是孪生兄弟。与克拉拉·蔡特金一样，爱琳娜认识到，由于处于不同的经济阶层,妇女被区分开了。资产阶级妇女的反抗倾向于条件反射式的,她们要反抗的是男人们。而工人阶层妇女的反抗则不得不是激进的,她们要反抗的是整个社会:

> 现在,对男人的真正反抗开始了。现在,受过教育的女人们:女医生、女公务员、女律师们成为男人们的对手,她们再也不想在道德和智力上处于低下地位。她们是反抗她们的玩偶之家的娜拉们。她们想要过属于自己的生活。从经济上和智力上说,她们的要求并不虚妄,而是完全可以实现的。[30]

但是工人阶层妇女们的情况则不同。无产阶级妇女被迫进入资本主义生产体系之中,因为她们的劳动力是廉价的。但是这并不意味着她们是完全被动的,相反,她们也可以成为革命力量。作为工人,无产阶级妇女的处境不同于受困于家庭的中产阶级妇女,“但事实上她也要付出代价!”爱琳娜写道:

> 这也就是为什么无产阶级妇女不能像资产阶级妇女那样只是反抗她同一阶层的男人……资产阶级妇女向男人们争取权利只是为了获得公平竞争的机会。而对无产阶级妇女来说,她要同无产阶级男人一道去反抗资产阶级。对她来说,建立一个新的屏障是必要的,如此才能反对资产阶级的剥削,才能保障她作为妻子和母亲的权利。无产阶级妇女的目标不是为了争得与男人自由竞争的权利,而是要获得无产阶级的政治权利。虽然她也赞同资产阶级妇女运动提出的要求,但这是因为这些要求有助于她更好地投入到与同一阶层的男人们反抗资产阶级的斗争中。[31]

爱琳娜对社会主义组织在性别平等问题上的留守态度感到不耐

烦。她和艾威林写作《妇女问题》的目标就是要表明，女性主义问题是工人阶级运动不可分割的组成部分，而不仅是一个方面的问题，解决性别不平等也是解决经济问题的基础。工人运动史上，《妇女问题》是第一篇由妇女活动家所写的论文，也是第一篇由妇女所写的关于国际社会主义运动中的妇女问题的宣言。《妇女问题》发表于第二国际在巴黎成立的前夜，当时爱琳娜与克拉拉·蔡特金都就妇女和劳工问题发了言，《妇女问题》成为社会主义女性主义运动的经典文献，并从理论和行动上为其提供了行动指南。所有阶层的妇女共同劳动，以及妇女与男人共同劳动的必要性是爱琳娜关于妇女解放思想的两个主导方面，她与艾威林合写的文章正是这一主导思想的体现。他们明确指出，俩人是各自有独立思想的社会主义者，谁也不代表谁。

在这篇文章中，爱琳娜和艾威林把父权制社会妇女受压迫与无产阶级联系起来，他们像沃尔斯通克拉夫特、恩格斯和倍倍尔一样，认为资本主义社会中妇女受压迫的根源是经济的和社会的，而不是由生物和自然属性所导致，生物和自然属性不是妇女受压迫的必然根源。《妇女问题》探讨了 19 世纪意识形态领域所涉及的性别不平等的方方面面：买卖婚姻、不合法的卖淫、性别隔离、缺乏卫生保健、对妇女生理功能的研究不足、缺乏性教育、对男人与女人行为的不同道德判断标准、社会对妇女贞洁的不自然而虚伪的期待等。他们提出，很多性别不平等现象超越了经济阶层的划分，这种不平等使中产阶级妇女成为家庭中的无产者。因此，他们虽然对有局限的妇女运动，如争取投票权和限制卖淫等十分关注，但同时指出，争取公民的投票权和作为议会代表只是妇女运动的一个微小方面。妇女们应该联合起来，超越阶级划分，建立统一的女性主义阵线，共同反抗资本主义生产与再生产规则。

自二十世纪初以来，恩格斯的《家庭的起源》就被人们学习和研究，然而，《妇女问题》与恩格斯的著作不同，它是从社会主义视角出发，是一份关于妇女和男人获得解放的纲领性文献。人们对它的研究并不多，迄今为止的研究都认为，爱琳娜与艾威林在这篇文章中所提出的观点是：只有通过无产阶级推翻资产阶级生产体系，才能结束妇女受压迫的命运。换言之，女人与男人的平等将随着终结阶级社会的革命而到来。然而，这种观点并非他们文章中的观点。事实上，爱琳娜与艾威林所提出的正相反，或者说，辩证地相反。爱琳娜与艾威林在这篇具有里程碑式的文章中明确提出，妇女解放和性别平等的取得是任何先进的社会革命的前提条件。

恩格斯曾暗示女性主义是社会主义革命的一个必要前提，但他并没有为此提出一个实践纲领。恩格斯对他周围女性的经济和政治支持是慷慨的，但他也会承认，身为男人的事实限制了他在性别问题上的客观理解。

爱琳娜与艾威林意识到，女性主义运动的转变将不得不面对来自传统父系社会的敌意和厌恶。因此，在开始讨论问题时，他们就详细地说到了当前社会女性的地位，“是重复一个讲述了千百年的故事”[32]。这个关于妇女受压迫的故事，以及这种压迫对男性也存在的负面影响，这些故事由女人来讲述与由男人来讲述所得到的效果是不同的，如果由男人来讲述，人们的态度可能不是尊重，而是怀疑。他们指出，倍倍尔著作的英文版本在某些地方就造到了人们的谩骂。[33]这些讲述了千百年的故事所表达的是：妇女是男人们实施暴政的产物，就像工人受压迫是男人们实施暴政的产物一样。[34]这个故事对于所有阶层的妇女都是实用的。说妇女的生活是由她们的“自然力量”决定的，这只是一种方便的意识形态假定：

> 事实上，资本主义生产规律不是“自然的”，决定妇女行为的力量同样不是“自然的”。传统观念认为，妇女的角色只是照顾孩子、操持家务和伺候丈夫。而就资本主义生产而言，流行观念认为其要维持下去，剩余价值是必需的。此外，劳动力所获得的收入正好

使他可以维持生存。所有这些观念表达的都不是什么自然规律，它们绝非像运动规律一样的自然。这些观念只是一些社会上的流行说法，就像法语被人们认为是外交用语一样。[35]

在论及当前妇女运动时，爱琳娜与艾威林在《妇女问题》中也表明了他们的立场，他们完全同情和肯定在资本主义和殖民地社会中所进行的改善妇女选举权的斗争。同时也警告说，如果局限于中产阶级内部争取妇女选举权，那么运动将不会成功。爱琳娜和艾威林对那些致力于争取妇女选举权的人士致敬，称赞他们“做出了杰出和艰苦的工作”：

她们要求废除传染病防治法，认为这是兼具胆怯与残忍的男人们制订的法律；她们呼吁提高妇女的教育水平；要求大学之门为女性敞开，女性可以成为教授，可以从事各行各业，从老师到推销员等工作机会，妇女都应该有份。

尽管争取选举权的女性主义者们做了大量值得肯定的工作，但是爱琳娜与艾威林也指出了争取选举权运动存在的不容忽视的三个特征。首先，那些关心妇女选举权的人通常而言都是中产阶级妇女。“这些妇女对传染病的流行缺乏认识，只知道些皮毛，她们在属于工人阶级的各种运动中几乎从未承担过重要角色。”[36]其次，这些妇女所拥有的推进妇女选举权和人权的观念或者建立在财产权上，或者建立在感性认识上，或者建立在专业质疑上；这三种思想基础都没有深入到经济基础的层面上，“不但这三类女性的认识是狭隘的，整个社会对妇女问题的认识也都是有局限的”[37]。爱琳娜和艾威林认为，争取选举权的妇女运动有局限性，这种局限性表明它既缺乏对经济的认识，又缺乏对社会进化过程的了解。“我们认为，就连传统的政治经济学，在这种妇女运动的表述与结论中也是被误解的、不正确的，妇女活动者们显然对它缺乏必要的基础性了解。”[38]

第三，爱琳娜与艾威林认为妇女选举权运动局限在现存社会框架内。从目标上看，它没有一个更为开阔的社会视野，也就不可能谋求有意义的社会变革，以建立一个民主文明的社会：

> 我们支持所有的妇女都有资格投票，不仅包括那些有财产的，而且包括那些无财产的妇女；我们支持废除传染病防治法；我们支持所有职业的大门平等地向两性敞开。但妇女相对于男人的实际地位将不会发生根本变化，因为传染病防治法中存在的男女不平等只是一个方面，它只触及了男女在性上的不平等，而没有大的社会变革，妇女将不可能获得自由。[39]

仅仅为中产阶级、受过教育的有钱妇女要求投票权，而不是为大多数工人阶级姐妹和受剥削的工人们争取平等，只会为现存的不民主助威。爱琳娜像克拉拉·蔡特金一样，非常清楚地认识到发生在英国、美国、法国、德国和俄国的妇女争取投票权运动的局限性。她们都明确提出，第二国际应该认识到，现在人们听到更多的是中产阶级妇女的权力要求，而工人阶级妇女的权力要求则被忽略了。为此，第二国际应该倡导一个国际女性主义运动。社会主义不是一国的事情，女性主义同样不是。

最为关键的是，妇女们“必须认识到解放只能依靠自身的力量”[40]。妇女可以在通情达理的男人中寻找同盟，就像工人可以从哲学家、艺术家、诗人中寻找同盟一样，“但是，妇女不可能寄希望于所有的男人，同样，工人运动也不可能寄希望于整个中产阶级”[41]。《妇女问题》有保留地对最近"由妇女运动"赢得的公民权利表达欣赏和尊重。[42]

《妇女问题》还分析了欧洲各国妇女的现状。与欧洲其他国家相比,德国的妇女状况令人担忧:与男人相比,妇女是法律上的被歧视者,合法地承受身体上的虐待,而且不被允许有个人的收入或财产。男人们决定孩子什么时候断奶,妇女不允许签定合同,或进入政治机构。《妇女问题》还对法国和俄国的妇女状况进行了比较。文章称:

> 对我们来说,指出英国妇女状况的好转是必要的,但是同样需要指出的是,虽然英国妇女,包括已婚的、未婚的,近年来取得了一定的公民权利,但是总体而言,她们还依附于男人,并且得不到公平地对待。[43]

爱琳娜与艾威林提出,妇女要从性别压迫中解放出来,仅仅通过立法和政治组织的形式是不够的。从社会主义的视角看,女性主义运动需要从家庭、住所和社区起步,关键的一点是,现代社会不应该避讳,而需要公开地谈论性的问题:

> 当孩子们问到他们是从哪里来的时,大人们总是以沉默来回答。其实这个问题是个很自然的,就像心脏的跳动和呼吸一样地自然……由于没有正确的解答,当男人与女孩们长大成人后,他们头脑中关于性关系的问题就成为神秘的和羞耻的。性方面的好奇没有得到满足,性方面的问题没有得到健康的解答,这给孩子们带来不利影响。他们可能会过多沉湎于此,由于长期处于不满足的状态,或者只得到很少的满足,最终会造成病态的性取向。在我们看来,生殖器应该被坦诚和自由地予以谈论,父母与孩子之间的讨

论可以帮助人们树立正确的性观念。反对这样做无疑是对生理科学的偏见。[44]

在1886年,爱琳娜与艾威林的上述观点无疑是先进的,它涉足到人类性别的心理与生理建构领域。爱琳娜还把弗洛伊德当时并不成熟的精神分析学引入到唯物主义的分析框架中。

强调经济基础的作用是这篇文章的特色,从一开始文章就清楚地阐明,如果看不到经济的基础性作用,就不可能正确地理解男人与女人的不平等问题。那些谴责当代社会不公平地对待妇女却又看不到经济影响的人,相当于那些治疗地方传染病的医生却不了解人们的基本健康状况。[45]虽然强调经济的重要性,但是爱琳娜与艾威林却没有因此而得出经济是唯一答案的结论,相反,他们认为"妇女问题是整个社会结构的问题之一"。[46]对于提出的每一个问题,他们都从一个开阔的视野寻找答案,涵盖经济学、心理学、情感学和其他科学领域。例如,他们认为"在离婚方面两性应该是平等的",但是显然经济上的不平等使这方面的平等受到影响[47]:男人与女人拥有的财产不同,谋生的手段不同,对孩子的抚养责任不同。然而,如果仅仅改变这些经济上的不平等,是不足以改变妇女受压迫状况的。整个社会对性别、欲望和性上的态度同样不可忽视。妇女需要与男人一样获得提高智力与身体能力的机会。[48]他们的这些观点绝非简单的经济决定论,而人们通常认为社会主义女性主义是经济决定论的。

如果全面分析的话,可以说,《妇女问题》并非说教性和宣传性的小册子。爱琳娜是集体主义时代的人物,同时她也是马克思的孩子,《妇女问题》中对问题阐述的复调特色使这篇文章具有丰富的内容和可读性。易卜生的娜拉·赫默尔、奥莉芙·施赖纳的林德尔·戈登、莎士比亚的罗莎琳德、米兰达和海伦娜都成为《妇女问题》的构思要素。而玛丽·沃尔斯通克拉夫特、约翰·斯图亚特·密尔、哈里特·泰勒和海伦·泰勒、伊莎贝拉·毕秋·胡克、德摩斯梯尼、弗朗西斯·培根、康德、柯勒律治、坦尼森和雪莱也都给爱琳娜以启发。

当爱琳娜和艾威林审视作为制度的婚姻时,他们避免用枯燥的经济分析方法,而是用现代戏剧作为分析资源。正如易卜生的戏剧中,赫尔默对娜拉所说的“一旦家庭生活的基础是借钱和欠债,它就不再是自由和美好的”[49]。当他们以正直和敏感的笔触触及性、贞洁、生育,以及社会对于“性本能”的虚伪态度给妇女带来的痛苦时,他们利用奥莉芙·施赖纳作品中的话语,激烈地谴责性别体制的不公平:

> 我们反对错误的性别羞耻意识和错误的性别神秘感,与这些错误观念相伴随的是错误的性别区分,自儿童离开幼儿园它们就发挥作用,直到男人与女人去世,他们才重新具有共同性。在《非洲人范恩》这篇小说中,女孩林德尔大声呼喊:“当我们出生的那一瞬间,我们是平等的,当我们去世时,我们应该再度平等。”[50]

爱琳娜深刻地认识到,妇女问题,以及妇女与男人的关系问题,都始于家庭。男人与女人是社会构建出来的,而不是天生的。孩童时代被教育和对待的方式决定了性别的不平等,也决定了妇女的受压迫。受压迫的妇女成为资本主义的剩余价值承载者,无论为此要付出怎样的社会代价。不平等的婚姻与资本主义是联系在一起的,“我们的婚姻,就像我们的道德,是建立在资本主义制度基础上的”[51]。在爱琳娜看来,社会主义女性主义与历史唯物主义一样,都是与家庭息息相关的。

1886 年初,在她过生日之前,爱琳娜仔细整理她的财务,发现圣诞节资金项目有些盈余。而在节日过后,人们捐助的玩具还源源不断地涌向社会主义联盟办公室。穷人们自己制作玩具和小游戏，并亲自捐助到法灵顿；富人们从摄政街 200 号的威廉・哈姆利玩具店购买玩具作为捐赠品。为处理多余的资金和玩具，爱琳娜提议，“我们可以为孩子们组织一次郊游”[52]。梅・莫里斯和社会主义联盟的其他女性成员提供帮助，共同为孩子们举办了一场夏季野餐。

这场夏季野餐于六月举行，也就在同一个星期，爱琳娜写完了自己翻译包法利夫人的序言。在爱琳娜与艾威林坐船去纽约前，维泽特利发表了《包法利夫人》。爱琳娜由于忙于她的下一项工作，无暇在英国浏览人们关于此书的评价。

第十六章　自由女神

1886年8月31日,爱琳娜与艾威林两人从利物浦港口出发,乘坐载人芝加哥号航船前往美国。他们接受了美国的社会劳动党的邀请,拟到14个州进行为期4个月的巡回演讲。爱琳娜是在1880年萌发了进行巡回演讲的想法的,她把这一想法告诉了威廉·李卜克内西,同时也向德国社会民主党正式提了出来,李卜克内西是该党的创建者之一。

在国际社会主义运动的发展过程中,欧洲移民与美国有着密切的联系。1848年革命失败后,部分人流亡到美国,巴黎公社和正在进行的爱尔兰运动中的先进力量虽然在美国共和党内集聚起来,但总的说来,美国的社会主义组织还是以德国人为主导力量,无论在领导、语言还是影响力上都是如此。美国的国际社会主义要进一步发展,就要更加国际化,而这也正是爱琳娜此次巡回演讲的主要目的。李卜克内西的英语不是很流利,所以他用德语来演讲。而懂得多种语言的爱琳娜和英语非常流利的艾威林则可以利用自己的优势,把不同语言的运动力量组织到一起,并且用他们自己的语言把社会主义观念传递给美国的英语观众,这具有开创性历史意义。

他们此次美国之行的另一个目的是筹集资金。俾斯麦的反社会主义法使德国的社会民主组织遭受迫害,陷入了缺乏资金的状态,这也使其他欧洲国家的社会主义组织受到影响,类似多米诺骨牌效应,前景不容乐观。爱琳娜对李卜克内西提出,国际社会主义运动需要资金,查尔斯·斯图尔特·帕内尔已经为在美国进行爱尔兰革命运动捐助了大量资金。[1]

1886年,美国社会劳动党正式邀请李卜克内西和艾威林来美国,邀请函中包括邀请艾威林的妻子。其实这次访问美国是爱琳娜提议的，当然，爱琳娜对此并不在意。几个人此次美国巡讲恰逢美国劳动者组织崛起一年有余。1886年5月1日，美国劳动骑士团号召全国工人进行了八小时的大罢工，该组织是美国最大的非技术工人组织。然而，美国的社会工人党也遭遇到英国工人组织在萌芽期出现的问题，社会主义者与无政府主义者在意识形态方面产生了分歧。像欧洲曾出现的分歧一样，两派各抒己见，美国社会主义者们相信国家的力量，在民主的基础上来进行社会革命，采纳广泛的普选制，并依照法律行事；而无政府主义者们则反对运用国家的力量，对法律的权威采取蔑视态度。

从社会工人党中脱离出来后，无政府主义派别在约翰·莫斯特的带领下成为芝加哥八小时大罢工运动的主力。1886年5月4日，一颗炸弹在芝加哥街头爆炸，几个警察被炸死，若干警察被炸伤。这次炸弹袭击是由莫斯特的无政府主义组织操纵的，他们想借此制造假相，让人们觉得国家是打击罢工工人的主力。

袭击事件的真相暴露后，工人运动被镇压，美国工人们也不再相信反对国家的无政府主义，他们转向有组织的政治斗争，去争取选举和参政的机会。他们重新组建了统一的工人党，包括社会主义者和工会会员。工党的第一个行动是推举亨利·乔治作为社会主义候选人参加1886年秋天举行的纽约市长选举。正是在这一大背景之下，由德国人为主要发起人和组织者的社会劳动党认为，邀请李卜克内西和爱琳娜夫妇来美国进行巡回演讲，对工人运动来说必要的，由此可以加强美国工人运动的集体主义意识，使社会主义组织的民主阵线统一起来。

此次美国之行，爱琳娜夫妇乘坐的是双人舱，花费共24英镑。李卜克内西经济上比较宽裕，他乘坐西尔维亚号油轮前往美国。爱琳娜在写给李卜克内西的信中解释自己为什么不跟他一同乘坐油轮，“西尔维亚号油轮是所有航线中最昂贵的，但它并不比航船更好，它之所以昂贵是由于外观宏伟,如果我们乘坐西尔维亚号,而且住在一起的话,每人就要花费 18 英镑"[2]。此外,她还指出,为了预订这个油轮,还需要付 5 英镑的预订费。美国社会劳动党虽然知道爱琳娜将与艾威林一同前往,并承担演讲任务,但他们还是只支付艾威林的旅行费用,不支付爱琳娜的,在他们看来,爱琳娜的费用理所当然地由她丈夫来支付。爱琳娜在给劳拉的信中抱怨两性在经济上所受到的不平等待遇:"你知道我注定只是艾威林团队中的一员,人们只支付艾威林的费用。"[3]为这次旅行,夫妇两人都很努力,他们做兼职记者工作以挣得足够的钱,而且在旅行期间,他们不得不放弃在大罗素街 55 号房子的租用权,因为他们付不起房租。

爱琳娜夫妇乘坐的芝加哥号轮船是由查尔斯·康奈尔公司在英国的格拉斯哥建造的。1883 年建造的芝加哥号轮船重 5202 吨,长 430 英尺,宽 45 英尺,建造者自诩此船拥有现代化的三汽缸混合蒸汽机,能保证乘客从利物浦到纽约十天的旅行非常舒适。爱琳娜第一次乘船旅行,她对海上生活充满好奇。

同船的一个妇女本来是打算回美国与丈夫团聚,但意外地死在了甲板上,她的尸体也被扔到海里。爱琳娜亲眼目睹了这位妇女的海葬过程。"在清晨的甲板上,我见到了平生所见过的最简陋、最难忘的葬礼。"[4]爱琳娜对同船的富裕乘客们没什么好印象,这些人"看见甲板上那些衣衫褴褛的移民们没有丝毫同情,相反还能开怀大笑"[5]。"男人们是显而易见的商业动物,而女人们明显是同类。他们关心的无非是商业和成功,成功和商业。"[6]在船上观看海豚等难得一见的动物固然是令人兴奋的,但爱琳娜的此次航行更主要的是有一个难得的放松机会,经过一年紧张和繁忙的工作,她需要放松一下。

芝加哥号抵达纽约港时是当地时间 9 月 9 日,当时万里无云,爱琳娜身穿宽松的白色裤子和衬衫。她虽然穿了胸衣,上衣上也有袖口,但依旧与穿紧身外套不同。与其他害怕夏末日晒的同船妇女相比,爱琳娜更喜欢享受哈德逊的阳光和微风。

“通往纽约港的海湾景色美极了”,爱琳娜写道。[7]在轮船经过贝多岛(当时的名称)时,爱琳娜惊叹于正在建筑中的由奥古斯特·巴特勒迪设计的自由女神雕像的宏伟,它被巨大的钢筋结构支撑着,周围环绕着脚手架和帆布。雕像耸立的小岛四周满是装运建筑物资的坚固拖船,很多工人正在忙碌着。自由女神像的黄铜表面在阳光下照射下反射出金黄色的光芒。爱琳娜知道这个雕像是法兰西共和国送给美国人民的礼物,作为欢迎移民的一个象征。她希望在离开美国之前可以看到一个完工的自由女神像(这是美国人起的简短名字,原名叫照耀世界的自由女神)。即将完工的自由女神像,加之民主党人格罗弗·克利夫兰出任总统,都无疑是爱琳娜第一次来美国的好兆头。

爱琳娜夫妇还没有上岸就被人们迎接,这些人是一群“佩戴红色缎带的先生们”和热切希望得到消息的记者团,“记者们看我们就像看羊栏中的狼”[8]。从《纽约人民报》赶来的记者也加入了记者团,看到艾威林夫妇两人独特的装束,记者们感到吃惊和有趣,他们这样描述爱琳娜夫妇:

> 男人穿的是灰色旅行装,戴着一宽大的黑色毡帽……他看起来像一个贵格会教徒,快速地眨着黑色的眼睛。女士靠着男人的手臂,有着一头浓密的黑发,黑褐色的眼睛,一张长得算是好看的椭圆脸蛋,她的肤色经过海上日晒变成了深褐色。女士穿的棉质衣服用一条黑腰带束在腰间,上衣有些轻微的褶皱,胳膊上还有一条钢表带。她充满智慧的脸庞被一个有着大碗边的白色草帽遮盖着。[9]

当被问到旅行感受时，穿着自己一向喜欢的白色衣服的爱琳娜毫不犹豫地说，她痛恨船上所谓上流社会的人们的“残忍”和“无情”，她自己作为一个移民的女儿，对船上富裕乘客对待穷苦移民的态度感到愤慨。美国劳动党国家执行委员会派出的欢迎人员把爱琳娜夫妇接到了德国人居住区的旅馆。爱琳娜在写给劳拉的信中说：“我感到遗憾，在这个国家接待我们的人看来，我们似乎应该与贫穷联系在一起。”[10]爱琳娜与艾威林这次出访的主要任务是促进美国社会主义组织的联合，这是已经被告知的。

他们为爱琳娜夫妇安排的第一场演讲是在9月14日，地点是康涅狄克州的布里奇波特。布里奇波特是美国社会劳动党中的德国人的大本营，但艾威林没有顾及这一点，他直接对听众呼吁与劳动骑士团和工会进行联合。在爱琳娜的第一场演讲中，她关注的是女性主义，她呼吁妇女加入社会主义运动的队伍。两天后，爱琳娜用现代社会主义者的魅力吸引了纽黑文市的中产阶级、有钱的听众，包括耶鲁大学的学生和教授们。爱琳娜很快认识到，美国人对阶级和自我完善的概念有着不同的理解。艾威林的演讲持续一个多小时，他所讲的社会主义历史唯物主义的内容极为枯燥，令听众感到厌烦，与之相比，爱琳娜所讲的内容很吸引人，对美国人的了解使她能有针对性地演讲，她切中资产阶级的要害：他们害怕失去私有财产。

她在演讲中说道：人们害怕私有财产的废除，打比方说，他们害怕这样一来，人们就不能再说这是“我的衣服”“我的表”等。事实正相反，在废除私有财产的社会主义制度下，今天成千上万被剥夺了财产的、一无所有的人们将会生平第一次可以说，这是我的衣服，这是我的表。没有任何特殊个人或由个人组成的特殊集团，能够有权利说这是“我的工厂”或者“我的土地”。最主要的，没有人再有权对别人说，你是“我的手下”。

爱琳娜接下来质疑现存的法律和制度，阐述用武装力量来取得政治自由的问题。她说，社会主义者不愿意诉诸暴力，然而，既然美国人已经用战斗废除了奴隶制，他们也可以武装起来废除工业方面的奴隶制。[11]在美国接下来几个月的演讲中，爱琳娜演讲的关键词清晰而坚定地集中在财产和生产的话题上：

> 关于社会主义者，你们听到的首先是我们要废除私有财产，其次，我们不承认“神圣的私有财产”。这种关于社会主义的理解是不对的，恰恰相反，今天，是资产阶级在剥夺你们的私有财产，而我们社会主义者相信你们有拥有财产的神圣权力，正因为这样，我们才希望你们取得你们被剥夺的……所有的财富。今天我们所说的资本主义社会是你们的劳动创造的，但被一小部分富裕人群所无偿占有，我们要结束这种不平等的现象。办法是废除对土地、机械、工厂、矿山和铁路的私有制。简而言之，废除所有生产与分配上的私有制。但这不是简单地取消私有财产，而是意味着要把财产分配给成千上万现在一无所有的人们。[12]

爱琳娜夫妇的下一个活动地点是莫里殿，在那里，他们会见了来自劳动骑士团的领导人，这些人保证不久就会与美国劳动党进行联合，当然，这是空头支票，并没有兑现。爱琳娜认为劳动骑士团的领导人员比较保守，但她还是承认这个组织的重要性，它是美国工人阶级第一次以阶级力量自发组建的团体。[13]

爱琳娜与艾威林共同发表了著名的美国之行报告《美国工人阶级运动》，报告于1888年首次由斯旺出版社出版，并于1891年以更大规模再版。在此报告的第八章，他们描述了1869年圣诞节，费城的一名裁缝，尤利亚·斯蒂芬斯与八个朋友一起秘密成立了劳动骑士团，直到

1878 年,这个组织足够强大之际,他们才以公共组织的身份亮相,人们由此认识了这个有五颗星标志的犹太人组织。到了 1886 年,它在全国范围内的成员保守估计达到了五十多万人。

1886 年 9 月 19 日,星期天,两万五千人聚集在布罗姆大街 133 号的联合广场,刚刚到达的李卜克内西发表演讲,他在欢迎演讲中不遗余力地表达自己对邀请他来美国的德国同志的谢意。然后,他话锋一转,马上提到把运动推进到德国人居住区以外的紧迫性,提出工人运动应该包括所有不同语言、不同出身的工人组织和美国劳动工人。爱琳娜与艾威林如法炮制,接过李卜克内西的话题提出了联合战略,这一战略是他们出发前与恩格斯商量过的。

布罗姆联合广场的集会是纽约历史上举行的最大规模的公众集会,虽然它是有组织有纪律的,但是大量警力及不必要的干预还是导致集会出现了骚乱和冲突。爱琳娜像历次在公众集会中的遭遇一样,处于骚乱的中心,被一些警察推搡。据一家独立新闻报报道,他们为美国警察的这种行为感到羞耻,并以"自由国度"的名义表达了歉意,认为爱琳娜·马克思作为一个自由的个体不应该遭受警方这样粗暴的对待。[14]

在接下来的几天,9 月 20 日(星期一)、9 月 22 日(星期三),在纽约东部的库柏广场又举行了两场群众集会,主要议题是社会主义进程中的工会的角色问题。由于在纽黑文的出色演讲,爱琳娜的出场在此时已经能成功地吸引东岸民众的注意力。还是穿着她一向喜欢的白色衣服,她在演讲中娓娓道来,强调私有财产的缺陷,以及资本主义制度下,生产工具私人拥有的局限性。爱琳娜就像一位活着的自由女神,这位有血有肉的自由女神显然比自由女神雕像更让人震惊。《纽约先驱报》以醒目的题目报道了这次集会:社会主义呼声震天,库柏广场人头攒动,人们被一个女人所煽动。

《纽约先驱报》对库柏广场出现的群众骚乱感到遗憾,这份报纸对爱琳娜的描述用的是尊敬的语气,“马克思的女儿受人瞩目”,并很有意思地称她是“有着德国人面孔的戴眼镜的女士”。[15]

在离开纽约前,爱琳娜、艾威林与民主党候选人乔治·亨利一起共进晚餐。

乔治认同爱琳娜在爱尔兰问题上的观点,他在纽约的爱尔兰共和党人中有着众多的支持者。因为在黑人问题上的激进观点,乔治在纽约黑人中也享有较高威望。在访问美国期间,爱琳娜对美国的黑人问题有了更进一步的了解。乔治与爱琳娜在很多问题上都有共识,但在一个关键问题上乔治却有自己不同的见解,这让爱琳娜觉得:

> 乔治并不像其他社会主义者一样,把私有制下的商品的生产与分配模式当作现代社会的基础(土地在其次),因此,他也并不认为私有制是有缺陷的社会制度。[16]

在乔治看来,土地问题才是影响一切的基础性问题,只要把土地国有化,其他问题也就迎刃而解了。虽然爱琳娜与乔治的关系不错,但她还是意识到,乔治在社会主义阵营是不会停留太久的。乔治在市长选择中获得的总票数居第三位,以超出8000多票的绝对优势打败了共和党候选人西奥多·罗斯福。但不出一年,他就宣布反对社会主义。“从真正工人阶级运动的角度来考虑,乔治走向了错误道路”,这是爱琳娜得出的结论,虽然她仍然喜欢他,并把他当作朋友、一个进步思想者与他保持着联系。

从10月2号起,爱琳娜与艾威林开始在15个州的35个小镇作短暂的巡回演讲。爱琳娜称这次旅行为“令人震撼的旅程”[17]。在新罕布什尔州的曼彻斯特,爱琳娜对女矿工们的生活状况感到很震惊,那里妇女的处境比英国兰卡夏郡的女工的处境还要悲惨。

谈到美国社会劳动党最突出的成就，也许应该是1882年它成功地在纽约组建了中央工会，并且把六百万贫困的移民组织起来。这些移民陆续于1880年代移居美国，他们来自爱尔兰、德国、法国、意大利、斯堪的纳维亚、波西米亚、英国、俄国和波兰等国。作为一个组织，中央工会扩展到纽约之外，延展到其他东部沿海的大城市，其成员既有黑人，也有白人，还包括西部牛仔。

当时，很多牛仔工会成员正在讨论成立属于自己的牛仔工会或团体，比如爱琳娜在辛辛那提所遇到的牛仔们。按她的说法，他们设想的组建方式“实在不同寻常”[18]。当时接待爱琳娜夫妇的是一个德裔美国人，夫妇俩在他的带领下参观了辛辛那提市，参观景点包括一个货币博物馆。这次参观最令人难忘的一幕是一群牛仔带来的。当时一群牛仔“三两成群地坐在不同的小台子上，穿着独特的衣服，看起来非常无聊”[19]。一个看起来整洁的博物馆卫兵，穿着普通的卫兵服，“用金属般的噪音对前来参观的游客们说着千篇一律的话，他的音质使这些话听起来像是机器人发出的声音”。但是在里面的讲解台上，他放弃了一贯的腔调，善意地告诉游客，约翰·沙利文先生，将化名为布瑞克尔·约翰代表自己发表演讲：

> 接着，一位牛仔出现了，他有着非常英俊的面容，一双诚实的蓝眼睛，他来到台上并开始讲话。让我们感到吃惊的是，他一上台马上就开始激烈地谴责资本家们，特别是大农场主。很明显他知道自己在说什么，他的情绪配合着他演讲的内容。[20]

他十分有说服力地指出了无工会组织的牛仔们所承受的超强劳动和悲惨的生活状态，以及大农场主们的贪婪本性，还讲到农场主们命令

"不允许牛仔看书看报"[21]。牛仔所照看的马群属于大农场主们。农场主们从他们的月工资中克扣掉必要的装备费用,包括马鞍、马刺、帽子、皮套裤、油雨衣、靴子、皮鞭和枪支等。平原上的劳动时间一年有6—8个月,牛仔们在其他时间是得不到报酬的,为了养活自己和家人,他们不得不再干其他工作。

在农场繁忙的季节里,牛仔们白天忙碌一整天,夜晚常常还要加班,要照看西部巨大的牛群,防止牛群受践踏或受惊吓。"当我们驱赶牛群时被迫要行进200多千米,才能控制住牛群,这样的时候我就与其他人结伴。在驱赶牛群的过程中,我们中没有人能得到片刻的休息或吃一口饭。"[22]因为牛群要经过溪流或河流,溺水是常见的事儿。爱琳娜吃惊地了解到,对牛仔们来说,一个月用三周时间来驱赶有4000头牛的牛群过河并不鲜见。

此外,牛仔还要防备掠夺者的袭击和意外事故,主要是土著居民和牧场大火。"从事牛仔行当",布瑞克尔·约翰指出,不仅必须保证牛群的安全和数量,还要保证牛比离开牧场时更健壮。通常来说,牛仔必须在放牛过程中喂养它们,不论他自己是饥是饱。[23]

布瑞克尔·约翰叙述的牛仔的故事让爱琳娜很感兴趣,她小时候就阅读过费尼莫尔·库柏的小说《纳提·邦波》,对主人公钦加哥在野外生火唱歌,在月光下吃烘豆、喝咖啡的场景很是着迷。听完真正牛仔的故事,爱琳娜认识到费尼莫尔·库柏的探险故事只是浪漫的虚构而已。

第二天,爱琳娜就设法与布瑞克尔·约翰进行了私下会面。约翰告诉她,任何牛仔,包括他自己,如果试图组织工会,争取公正和改善工作条件的话,都会马上被牧场主排斥,打上另类标签,并把他的名字传送给美国的其他农场主:"他的名字就会登上每个农场主的另册,被画上黑色印迹。这被称为给这个牛仔'上黑名单',意味着这个牛仔最好离开这个国家,否则不会有好果子吃。”[24]

约翰给了爱琳娜和艾威林一个小宣传册,这是他和同伴们努力组建工会时用的。爱琳娜夫妇把其中的内容刊登在《美国工人运动》中,他们专门用一章来写“牛仔们”,并且谴责“牧场主的暴虐……他们是财产神圣权利的坚定拥护者”[25]。在康涅狄克州的汉福德,爱琳娜与艾威林被伊莎贝尔·比奇·胡克邀请去家中做客,伊莎贝尔是哈里特·比奇·斯托和亨利·沃德·胡克同父异母的姐姐,也是一位公开的废奴主义者、选举制倡导者和信奉精神至上的人。[26]爱琳娜很少去富人家做客,她对伊莎贝尔的豪宅赞叹不已,并且承认,跟伊莎贝尔和她的朋友在一起,“我们度过了在美国最快乐,并且也无疑是最安宁的时光”[27]。

爱琳娜是通过奥古斯特·倍倍尔接触伊莎贝尔的著作的,倍倍尔把伊莎贝尔写进了他的书《妇女与社会主义》中,这本书在1883年经过修改和扩版,以“妇女在过去、现在与未来”为名出版。在俾斯麦反社会主义法控制下,这本书被审查和禁止发行,只能在地下流传。尽管没有公开出版,但它还是被媒体大肆攻击。

1884年1月,倍倍尔把这本书寄给了恩格斯,爱琳娜也借机进行了阅读,并与倍倍尔通信,讨论由哈里特·亚当斯·瓦尔特将这本书翻译成英文。1885年现代出版社出版了倍倍尔的这本书,作为社会科学国际文库中的一本。英国媒体对这本书的反响就像它在德国所经历的一样,充满敌意。

在1885年的《公共福利》增刊中,爱琳娜给予《妇女在过去、现在与未来》这本书以很高的评价,她是该书为数不多的好评者之一。经过几年的酝酿,她准备出版自己的女性主义作品。在撰写女性主义作品时,爱琳娜赞许地提到比奇·胡克的写作方法,即坦诚地对孩子们讲述性和生育,她还用上奥莉芙·施赖纳小说中的反传统派女主角林德尔·戈登曾说过的话:

在性方面错误的羞耻和神秘感，在保护我们的名义下不准我们接近性知识，造成了不健康的性别区分，孩子们从离开幼儿园时起就带着刻板的性心理，直到死亡来临，男性和女性才获得真正的平等。

见到伊莎贝尔本人后，爱琳娜认为她很有魅力，并与她详尽地讨论了在美国开展女性主义运动的必要性。这也成为爱琳娜这次旅行的另一个演讲主题，无论听众群体是什么人，她在很多场合都宣扬女性主义运动，她在工人聚会上讲，在中产阶级聚会上也讲。爱琳娜这样总结她对美国工人阶级运动中妇女争取选举权的印象：

这方面，美国妇女既与英国妇女相似，又有自身的独特之处。相似之处在于，她们同样不理解妇女问题是经济问题之一，而不是单纯的情绪化反抗。像我们这个复杂现代社会中的任何问题一样，目前的妇女问题的存在是有其经济基础的。妇女问题是整个社会机体存在的问题之一。美国那些争取选举权的妇女们像英国的姐妹一样，通常是富裕阶层。并且像英国的姐妹一样，她们没有提出超出目前社会范围的解决男女平等问题的办法。[28]

无论如何，爱琳娜还是发现美国争取选举权的妇女与英国同伴有两方面不同。首先，她发现美国妇女更加开放，更加敢于说出自己的心声，而不怕被指责在思想上“不守规矩”[29]。

其次，她发现美国妇女“开始认识到女性问题只是更大问题的一部分”[30]。争取妇女选举权的活动家德弗罗·布莱克和伊莎贝尔·比奇·胡克非常仔细地聆听爱琳娜的话，对她说的解决妇女问题的尝试与实践很感兴趣。而且：

> 非常热切地希望参与到工人阶级的解放运动中，丝毫也不亚于对性别问题的关心。在这一争取自由的大视野下，妇女问题也就不再视野狭窄，尤其不再因女性化本身而失去大的胸怀。[31]

爱琳娜在美国的经历扩展、启迪并坚定了她把社会主义与女性主义运动结合在一起来思考的政治理念。《妇女问题：从社会主义视角看》，以及爱琳娜对美国工人运动中工人阶层女性主义者和对富裕阶层争取投票权的女性主义者的研究，是西方思想界关于社会主义女性主义的第一次表述，并且也是大西洋两岸关于社会主义女性主义的第一次表述。

社会主义与女性主义运动的不可分割是爱琳娜在美国整个巡讲过程的主题之一，例如，她在芝加哥的演讲中提到：

> 我们被告知说"社会主义者希望共妻"，这种观点可能只在那种把妇女当作商品的社会才有，当然，这种情况在今天的社会也存在，这是令人遗憾的。还有一些妇女要靠出卖自身来获得温饱。但是对社会主义者来说，妇女是人，她绝对不能像物品一样"被占有"，社会主义社会不承认奴隶制，同样不接受把妇女商品化。有良知的人们难道会认为社会主义者希望将女人当作物品共同拥有吗？那些驱使自己的妻子、姐妹和女儿卖淫的男人们，难道你们不会扪心自问吗？难道你们不明白你们创造的财富被用来消费你们的姐妹和女儿，甚至是那些小孩子吗？在我看来，我们现代社会所有悲剧中最可怕的是：贫穷的男人创造出的财富竟然被那些有家有业的男人们用来去摧残贫穷的女人。为消除这种可怕的现象，

我们社会主义者希望在生产方式和分配上实行公有制，因为妇女不是机器，而是人，她也将像男人一样拥有工作和收入，不会被任何人像拥有财产一样地拥有。[32]

在美国旅行期间，爱琳娜每到一处都访问工人阶级妇女和她们的孩子，了解她们的生活和工作条件。她也同工人、工头和劳动主管们交谈。她发现资本家们愿意雇用妇女和儿童。妇女需要付的工资低，而且人们通常认为她们更好管理，如果她们企图组织起来或进行罢工，吓唬一下她们就会屈服。至于童工，则更是如此。

在福尔里弗，她发现有一个社区的男人全部由他们的姐妹或母亲供养，因为那里几乎没有工厂为男人们提供工作。在新泽西，妇女和儿童的工资比男人低很多，但她们的工作时间却很长，她们所受到的压制和粗暴对待也超过男人们，但爱琳娜发现，这些妇女却"只是逆来顺受，过着紧巴巴的日子，忍受着一切"[33]。

在宾夕法尼亚，妇女为了多挣点钱，干着通常只是男人来干的粗重活。在纽约州的尤迪克，工厂主们为了省钱，迫使少女们清洗正在运行的织布机，完全不顾这样做"可能让她们失去手指"[34]。还有些妇女在制作人造花时，手臂由于染料浸染而中毒，而当她们失去工作能力时，就会被开除，得不到生活保障和退休金。被工业摧残得了病和受了伤的妇女和儿童们不得不在工厂周围从事不正当的卖淫活动。

当然，也有一些令人欣慰的方面，例如在新泽西的瓦恩兰，妇女们组织起来加入了劳动骑士团，并获得了批准。在共同努力下，她们争取到了与男人同样多的报酬，但这种事情是难得一见的。

纺织女工和卷烟女工的状况更是出人意料地差。一个手艺精湛的钩编工可以制造出美丽的手工披肩，但她们每天的工资才 12.5 美分。半饥半饱、超时工作的女织工们不得不为使用纺织机付钱，每生产 12 条牛仔裤要交 1.5 美元。制造领子和袖子的工人要交纳针线钱。衬衫熨烫工、手套工和女帽工一天只得到几美分,每两个星期才能领一次工资。女工们要是被发现在工作期间阅读报纸、上厕所、喝水,或者坐在凳子上就会被扣钱。

爱琳娜以悲哀的笔调写道,在美国,同时也是在英国,毛衣之所以用"sweater"这个单词来命名,是因为它是妇女们的辛勤劳动制造的,更确切地说,是建立在她们的血汗之上。[35]纽约的钟表工人从早上 6 点工作到夜里 1 点,每天才赚 25 美分,在这么长时间的工作中,四个人共享一块面包和一小碗汤。像女钟表工一样,雪茄女工也要上夜班:

> 这些雪茄女工也是与家人在一起,在肮脏的劳动场所忙碌、吃饭,孩子们在周围跑来跑去,她们的手上、脸上,还有身上的许多部位都长了疮……这也难怪,她们整天都要摆弄制作雪茄的烟草。[36]

女工们患上子宫疾病,流产、难产和精神抑郁症也在所难免。

童工的蔓延和环境的恶化尤其让爱琳娜痛心和失望。像英国一样,在没有被机器取代之前,童工逐渐取代了成年男工。迫于生计,父母无奈地把年幼的孩子们送到工厂工作。由于很多家庭都要依靠孩子挣钱来维持日常生活,当达到一定年龄,平均 12—14 岁,能承担某些劳动后,孩子们就要被迫退学,这已经成为一种普遍现象。父母和雇主隐瞒孩子的真实年龄,因为法律有规定,但这一规定并没有付诸实施。

许多州都在 1879 年颁布了义务教育法,其中有些条款还是很人性化的,比如规定为工人阶级的孩子们,无论其性别,提供去公立学校学习的机会。但是,正如爱琳娜所观察到的:

> 当人们忍饥挨饿的时候,孩子们只能先去谋生,而不是去接受

教育。无论是在东部的工厂城镇，还是在林区，甚至在很多西部城市，我们都听到同样的故事，"孩子们必须去工作，他们不能去上学"[37]。

经过一天漫长的艰苦劳动后，成千上万16岁及以上的青少年还要把工作与受教育结合起来，去夜校学习一些东西。青年农民在成长过程中则得不到任何受教育的机会。爱琳娜详细地记录了农业童工的收入、状况与生活。在她看来，烟草和电讯行业的童工状况尤其可怕：他们实在只是劳动奴隶。这些孩子们没有受过教育，没有娱乐，通常也无家可归。童工不如成年人好组织，他们是最容易受剥削的一群人。

爱琳娜在结束她对妇女和童工状况的分析时，号召人们关注三个关键点，根据这份报告，这三个关注点对脑力劳动者来说也同样重要，那就是：废除童工制，一天工作八小时，组建工会。[38]

在美国，艾威林一有机会就去戏院。如果爱琳娜能从会议和工作中脱身，她就陪他去，晚上再加班，但这样的时候并不多。由于艾威林的费用由对方负责，爱琳娜的费用却不能报销，表面看来，艾威林常去戏院也算公平。艾威林把他的所有戏票都拿去报销，但实际上，他看戏所用的票多数是赠送的，他自称是《星期六评论》或其他杂志的戏剧评论者。

艾威林在美国期间确实靠别人的钱来享受生活了。只要情况允许，他就会提出换高级酒店，坐的车必须是卧铺，而且他还嘲笑一些州所下的禁酒令，从中取乐。在罗德尼岛，艾威林恶作剧地要了一瓶香槟，"不到十分钟的时间，一瓶香槟就摆在了我的面前"[39]。在经过禁酒的爱荷华州时，艾威林在卧铺中的行为既让爱琳娜感到可笑，也让她觉得不舒服，他拿出一瓶偷藏的白葡萄酒，故意在一群旅客面前饮用，而当时爱琳娜则看着车窗外，记录土地价格。"价格高得离谱，要盖一个小棚子,房顶也要被抵押进去。”[40]

在享乐情绪驱使下,艾威林还送给爱琳娜上好的弗吉尼亚烟,也许这些烟正是她所访问的童工们生产的。有一次,当爱琳娜陪艾威林去戏院时,他还送给她一件精致的胸花,虽然与她通常所接受的品位相距甚远,但作为他的心意,爱琳娜还是欣然收下了。

李卜克内西与爱琳娜夫妇同行,三人于11月初来到了美国中部。艾威林与李卜克内西到库克监狱拜访了被判刑的芝加哥无政府主义者。接待他们的是“身体与精神上的巨人”——威廉·珀金斯·布莱克上尉,以及他“坚强不屈”的小妻子(就像爱琳娜指出的,她的小只是身躯上,绝非精神上)。[41]布莱克上尉被认为是一名富有战斗经验的英雄,退伍后开了一家律师所,成为一位成功的律师合伙人,目前正在处理干草市场暴乱案。在布莱克夫妇的接待下,三人在库克停留了四天。这期间,爱琳娜详细地了解了美国的大罢工事件,以及这件事怎样在这不同寻常的一年震动了芝加哥。

1886年5月1日,在塞缪尔·冈珀斯领导的商业和劳动联合工会的号召下,美国举行了全国大罢工,声援八小时工作制。罢工得到了劳动骑士团的批准和支持,劳动骑士团承诺,他们要让那些没有参加罢工的工会会员尽可能地帮助阶级兄弟。罢工事件之前,劳动骑士团原则上是不鼓励工人们与雇主发生冲突的,而且也不愿意挑战雇主们提出的不讨论政治问题的禁令,但这次罢工给了他们一个重新考虑这一切的机会。

5月1日的星期六,来自1.1万个贸易和商业工会的30万工人在美国的大街小巷举行了大罢工。芝加哥有4万人参加,底特律有1.1万人参加。在纽约有2.5万人在面包师的带领下举着火把穿过中心城区曼哈顿。《纽约时报》把八小时罢工称为“反美国运动”,而受到了震动的实业家和维护资本主义的媒体也开始叫嚣,认为5月1日的罢工是一次工人阶级的共产主义暴乱事件，是在美国举行的“巴黎公社”运动。[42]

这次罢工的成果是使美国近20万工人获得了八小时工作权利。为了防止更多的工人加入罢工行列，许多雇主在罢工开始之前就作出了让步。工会数量大幅度增长，不同工人组织之间的团结与联系也大幅度提高了。警察、资本主义媒体和平克顿侦探社被全国范围内的大规模工人运动浪潮吓坏了，尤其在社会主义的大本营芝加哥，罢工声势更是浩大，5月1日当天，整个城市都陷入了瘫痪。

反动势力寻找机会进行反扑，他们的机会终于来了，5月3日，在麦克考密收割机工厂的大门口，工人们为反对不平等的计件工作制而举行罢工。当天晚上，罢工工人在大门的警戒线外等待，而警戒线内已经有300名冒充的工人在警察和平克顿侦探社的护送下混进了工厂，他们在上午就进到了里面。当破坏罢工的人在工厂侧面与平克顿侦探社的人接应时，遭到罢工工人的质问并与之发生了冲突。平克顿侦探社的人举枪射击，在逃命过程中，罢工工人有7人遇难。这件事激怒了芝加哥市民，第二天晚上，男人、女人和孩子们集聚在干草市场广场，为死难者鸣不平，进行抗议。卡特·哈里森，芝加哥反社会主义的市长，参加控制示威行动，当他回家吃晚饭时，告诉警察，如果人们的示威行动是和平有序的，他们就可以解散和撤退。

但警察并没有听他的话，200名左右携带枪支的警察袭击了人群密集的地方，并且命令终止示威。来自英国的移民山姆·费尔顿，是当晚最后一名演讲者，他站在台上拒绝接受警方命令，说这是一次有秩序的聚会。在他说话的时候，一个炸弹爆炸了，警察马蒂亚斯·德根当场丧命，还有六名警察被严重炸伤，另有五十多名警察不同程度地受伤。警方直接向人群开火，那些逃命的人们也没能幸免。许多抗议者受到重伤，还有一些人死亡，死亡人数究竟有多少，一直存有争议。

当天晚上，整个城市陷入恐慌，人们没有经过审判就被直接逮捕和扣留。嫌疑犯们被殴打、折磨，最终有8个人被指控谋杀了死去的警察德根。在这8个嫌疑犯中，只有山姆·费尔顿、奥古斯特·斯皮斯，以及德语报纸编辑、无政府主义者阿尔比特·扎恩当时在场。

6月举行的大陪审团审判是一场闹剧。法官约瑟夫·盖瑞甚至没有为8名被告被审判找到正当的理由。被告被指控进行了无政府主义演讲，所用的语言是审判者们既不会说，也不会读的。同年12月3日，8名被告中的7人被宣判处以绞刑，在法庭总结时，州检察官宣称："无政府主义者接受了制裁。"[43]除了上述7人，8名被告中的第8个人由于被证明当晚不在干草市场，被判15年劳役。

这个人也就是艾威林和李卜克内西到库克监狱所要探访的，而接手他的案子的正是威廉·珀金斯·布莱克。爱琳娜在伦敦时就开始关注美国的五月罢工事件，她相信布莱克有能力办理好这个案子。当他们在11月来监狱拜访的时候，布莱克被告的第一次上述请求被驳回。但是布莱克被没有被挫折吓倒，他积极筹划再次开庭。

在爱琳娜看来，无论在美国还是英国，无政府主义都被证明是社会发展和经济民主的阻碍。她完全不赞成无政府主义者的方法和目的。[44]然而，芝加哥的无政府主义者现在明显地成为极不公正的法律制度的牺牲品，尽管爱琳娜在政治上不同意无政府主义者，但她在这件事上还是毫无保留地支持他们：

> 在美国的任何可能场合，我们都呼吁为芝加哥的无政府主义者重新开庭，这是我们的责任，我们也把它当作一项必要的工作。[45]

从开始美国的"鼓动"之行起，爱琳娜就鼓动她的听众们，要"用三枚炸弹来唤醒大众：鼓动、教育、组织"[46]。她非常精确地指出社会主义与无政府主义之间的区别：

> 无政府主义者与社会主义者都攻击现存的资本主义制度，这是事实，但无政府主义者对资本主义制度的攻击是从个人主义、保守主义和反动的立场上出发，而社会主义者对资本主义制度的攻击则是从共产主义和进步的立场出发……社会主义者相信组织的力量，相信政治行动，相信工人阶级夺取政治权力是获得彻底的经济解放这一最终目标的唯一途径。[47]

在9月19日的纽约演讲中，爱琳娜指出，自从她和艾威林、李卜克内西三人来到美国后，无政府主义者及其发言人如何猛烈地攻击他们。"当我们下船后，芝加哥的资产阶级报纸希望我们被绞死；在我们还没有到达之前，哈里·莫斯特的《自由报》[48]就做好了向我们发起攻击的准备。"[49]但爱琳娜指出，这里关键的问题是正义，而不是社会主义和无政府主义之间的敌对。

自从踏上美国的土地，爱琳娜就开始为芝加哥的无政府主义者伸张正义。她不断地呼吁为误判的无政府主义者重新开庭。她把自己的倡议建立在正确无误的法律规则基础上。[50]

爱琳娜对无政府主义者的行为感到遗憾，她认为，无政府主义"破坏了国际运动……使西班牙、意大利和法国的革命运动倒退了很多年……在美国也被证明是阻碍革命的力量；……而在英国……无政府主义无疑也是成事不足、败事有余"。[51]但是尽管如此，她还是无保留地为芝加哥的无政府主义者伸张正义，无论是从政治，还是从个人的角度出发，她都积极争取，以便他们得到公正的审判。在爱琳娜看来，正义必须得到彰显。

11月25日的感恩节，威廉·布莱克为无政府主义者们争取到了延缓执行判决的机会,官方保证这些人不会在 12 月 3 日被绞死。到了 12 月,在爱琳娜与艾威林美国之行结束的时候,由于新劳动党领导人纽约市长亨利·乔治的支持,案件的重新审理变得越来越有希望。

爱琳娜与艾威林参加了 12 月 21 日举行的一次群众集会,反对为流浪者建立教化院,地点在纽约,这是他们开始同时也是结束美国之行的地点。之后艾威林去了戏院,而爱琳娜则利用出席聚会的空隙又会见了争取选举权的妇女们,逛了一些书店。12 月 23 日,爱琳娜夫妇在他们的接待方——美国社会劳动党为他们举办的送行会上作了报告。爱琳娜在发言中强调妇女组织是社会主义运动不可分割的组织部分。

爱琳娜指出,美国的劳动妇女的生活状况比英国妇女还要糟。妇女和儿童的工资低,这是所有劳动和工业状况中普遍存在的问题,因而把妇女组织起来必须不能是单独的政治行为。妇女应该参加集会,参加选举,而且应该把她们做童工的孩子们带来参加会议,要鼓励孩子们在青年委员会发出自己的声音。爱琳娜认为,所有的工人阶级妇女都有责任相互帮助,共同承担起照顾孩子和家庭的担子,使本阶级妇女有能力参加社会和政治活动。

爱琳娜结束美国之行的演讲主题确定无疑,她是在为社会主义女性主义摇旗呐喊,而艾威林的结束演讲在策略上则是有争议的。艾威林欠考虑而又大胆地宣称,"如果工人阶级的运动要成功,它一定是美国的,运动的领导权力一定会从说德语人的手中转到说英语人的手中"[52]。艾威林不顾及东道主的面子,继续说道,基于他在美国三个多月的经历,"如果我是美国本土的工人,那么我会加入劳动骑士团和中央工会,在这些团体中传播我的社会主义理念"。他直截了当地指出,如果德国人为首的工人党不这么做,那么最好放弃自身的权利,"离开这个工人阶级斗争领域"[53]。

艾威林不受人欢迎的评论招来人们猛烈的质疑,导致艾威林慌不择言地攻击社会劳动党秘书威廉·罗森伯格"愚蠢而自负"。会议以艾威林狼狈的收场告终,之后艾威林、爱琳娜与社会劳动党执行委员会会面,艾威林拿出他的花费账目报销。可想而知,在艾威林发言后,他们的报销运气多么不佳。爱琳娜不知道的是,12 月初,罗森伯格就曾警告艾威林,他们美国之行的花费"远远超出了社会劳动党所能承受的范围",同时表示,艾威林与李卜克内西所提议的在纽约举办的讲英语的社会主义者们的聚会费用他们无力承担。

在执行委员会审议艾威林的报销账目会议上,艾威林与罗森伯格之间发生了一番争执。事后艾威林抱怨说,社会劳动党执行委员会"谴责我们美国之行的花费太高,讥讽我们是依靠工人阶级的血汗钱而生活的贵族,而且不配作为党的一分子,等等"。[54]

当他们在波士顿时,艾威林把所有的花费都放在了一起,分不清哪些花费是记者费用、看戏的费用,以及用来招待李卜克内西和他女儿的费用。执行委员会已经同意支付爱琳娜的火车费,而且把她的费用算在了艾威林的住宿费上,但是艾威林图省事,把所有的收据和发票都捆作一团,寄给了社会劳动党执行委员会,并附上了一个纸条,以咄咄逼人的口气写道:"报销事宜将检验社会劳动党是否是一个负责任的党。"[55]艾威林的花费是惊人的,账目是草率的,而他忘了自己是在跟德国人打交道。

罗森伯格指责艾威林在财务上处理不当,当时在场的爱琳娜坐在那里很是窘迫,在受指责的整个过程中,她一言不发。执行委员会同意报销艾威林提交的 1300 美元的 13 周花费,但同时谴责他大手大脚让该党付出了代价。对爱琳娜来说,最大的难堪来自于哈尔曼·沃尔特的指责。沃尔特指着一项标明 25 美元的胸花,愤怒地对艾威林说:"难道你以为这是合理花费吗?"在美旅行期间,爱琳娜曾收到艾威林送的一个胸花,但那绝非昂贵的温室花朵,花不了多少钱,她只能在心里暗自思忖，艾威林肯定也为其他女人买了胸花。

他们在圣诞节早上离开了纽约。裹着大衣的爱琳娜站在冬季的甲板上，看着宏伟的高151英尺的自由女神像，她伸出的手臂高举着火炬。这座自由点亮世界的雕像在12月28日由克利夫兰总统揭开了面纱。爱琳娜已经通过媒体得知，自由女神像的基底雕刻着一首名为《新巨人》的十四行诗，是由美国当之无愧的诗人艾玛·拉撒路所写的，内容是欢迎来到美国的移民们：

你们的疲倦，你们的贫穷，
你们对自由的无尽渴望，
你们在拥挤海岸遭到的无情拒绝，
你们无家可归的痛苦，
你们在风雨飘摇中经历的磨难，
把这一切都交给我吧，
我在金色的大门边举灯相迎！

美国是一个充满矛盾的国度，而爱琳娜自己的生活也充满了矛盾，这些矛盾足够她在返回英国的途中思考和琢磨。

第十七章　英文翻译

从事业发展的角度看，爱琳娜在 32 岁那年开局不错。英文版《资本论》于 1887 年 1 月初出版，她翻译和修改的利萨加雷的《巴黎公社史》也得到了赞誉。欧内斯特 · 贝尔福特 · 巴克斯写了一篇赞扬式书评，称这本书是经典，社会主义者应该人手一册，而且“这本书的翻译……是极为出色的”[1]。然而，爱琳娜事业上的成功却被艾威林在花费上的丑闻遮蔽和抵消了。

1887 年元旦那天，当爱琳娜和艾威林还在海上航行的时候，英国《每日电讯报》从《纽约先驱报》那里得知艾威林报销遭非议的事，并且这件事告诉了海因德曼，以作为在英国诋毁艾威林的武器。1 月 4 日，当艾威林这个“花钱最多的传道者”在利物浦上岸的时候，等候在那里的媒体和他的政敌已经做好了攻击他的准备。

“艾威林”的“无偿劳动”观，“胸花和戏票”，“酒店的免费住客”，以及“报销发票被当面驳回”等成为左翼和右翼报纸的头条。爱琳娜的抽烟习惯也被曝光：“惊人的花费中有 50 美元被艾威林和爱琳娜用来抽烟。”[2]伦敦晚报总结说，“总之，发表社会主义的演讲似乎是一件有利可图的事情”[3]。

艾威林在财务上的挥霍给了美国社会劳动党一个报复他的好机会，他们不满意艾威林的政治见解，这才是报复他的真正原因。在美国，艾威林每到一处都建议社会劳动党与劳动骑士团、其他说英语的群众团体，以及基层社会主义组织进行联合，这是社会劳动党不愿意听到的建议。海因德曼利用他所掌握的艾威林的把柄，攻击艾威林夫妇，谋取政治权力。与此同时，爱琳娜夫妇还经受着另一重困境，他们不得不与恩格斯和伦琴一同挤在摄政街122号的寓所,因为他们暂时没有自己的房子。“像往常一样,一旦陷入危机”,可怜可悲的艾威林的“对策就是生病,这次他得的是扁桃体炎,为了治病只能离开伦敦去外地疗养”。“他没有抵抗疾病的能力”,对劳拉提起艾威林的时候,恩格斯平淡地说,“这对他非常不利,他成了黑斯廷斯疗养院的常客”。[4]

在公开场合,恩格斯支持艾威林,并且拒绝与其他人一起排斥他。一方面,他认识艾威林只有四年,没有理由怀疑他的人格,断定他企图诈骗党内钱财,另一方面他也说出以下一些话:

> 他怎么能在整个行程中不经过妻子的认可就这样做呢?而且这也使爱琳娜受到了牵连。在我看来,这是很荒唐的事情。爱琳娜从小我就看着她长大,而最近17年来,她就生活在我的周围,几乎没有离开。不仅如此,我受马克思托付,像父亲一样照顾他的孩子们,在我力所能及的范围内,保证这些孩子们不学坏。即使不是执行委员会成员进行监督,我也会告诉爱琳娜做正确的事,说马克思的女儿骗取工人阶级的钱财,这简直荒唐至极。[5]

恩格斯为爱琳娜辩护,但却没有为艾威林辩护。毫无疑问,艾威林在账目上确实存在问题。艾威林拿出一个蹩脚的理由为自己辩解,说什么他的“艺术气质”阻止他成为一个合格的会计或管理人员。艾威林的书生气和不成熟让恩格斯为爱琳娜担心,但他还是原谅了艾威林,认为他的错误只是因为不老练,而不是因为政治生涯上的腐败:

> 这个年轻人把一切责任归咎于自身,因为他不通人情世故,完全不了解生活、人和世事,因为他的诗意梦想让他变得软弱。我已经教育他应该如何做人,其余的工作就交给爱琳娜了。他是个很有天赋的、有用的人,而且极为诚实,一个年轻人总是难免做出荒

唐之事。可是,谁没年轻过,我记得我自己也曾是一个笨手笨脚的年轻人。[6]

爱琳娜被牵连其实很无辜。恩格斯曾经告诉过爱琳娜,财政清白和管理能力是从事政治事业的两个关键因素。爱琳娜也已经不是第一次认识到,在公共领域,社会给予男人比女人更多的机会,男人们更容易在性和钱财上放任。

从1888年初起,爱琳娜的时间大部分都被公共演讲占据了。1月26日和2月2日,她在法灵顿举行的系列会议上向人们介绍美国的情况。4月11日,她在海德公园举行的反爱尔兰新犯罪法集会上发表演讲,听众主要是工人,大约有15000人,在当时的所有演讲者中,爱琳娜是最受人们欢迎的一位。《每日电讯报》的记者也承认,爱琳娜的社会主义话语把他迷住了:

在所有演讲中最吸引人的是爱琳娜的演讲中所传递的,她披着棕色披肩,披肩下面是一件长毛绒连衣裙,与之搭配的是一顶宽边帽子。这位女士讲述革命和社会主义观念的方式是成功的,可以说相当出色,仿佛她所传播的是世上最崇高和优雅的思想。[7]

在维多利亚公园的哈尼克举行的另一场露天演讲中,爱琳娜被描述为一个忘我投入的公共政治代言人。她讲述美国的社会主义现状,并且把伦敦社会主义团体中的妇女与美国妇女进行比较。爱琳娜与艾威林的演讲是如此成功,以至恩格斯称之为"伦敦东区最成功的革命鼓动"。当时,恩格斯正在劳工工会发表关于美国运动的演讲,他同时提议建立以马克思主义为基础的新工人阶级政党:

艾威林与爱琳娜在这方面做了很多工作,现在组建一个有独立阶级诉求的英国劳动党已经成为当务之急。如果组建成功了，那么它将成为社会民主联盟和社会主义联盟的后备力量，这也是结束当前争执的最好方式。[8]

当时最大的争执发生在爱琳娜、艾威林、威廉·莫里斯和社会主义联盟的无政府主义者之间。爱琳娜的主要工作是去说服人们，是让人们相信社会主义是最佳的政治纲领，是为独立的劳动党最需要的，它与社会主义联盟所主张的无政府主义方法不同，它主张在现有的议会制度下进行选举，并且尊重法律。

爱琳娜在美国的经历使她坚信，绝对有必要建立一个议会制的工人阶级政党。她走访伦敦周边的地区和机构，传播自己的思想，如在克里登图书馆向激进分子俱乐部进行了题为"工人与政治"的演讲。

在爱琳娜做动员的同时，社会主义联盟内部也积聚着力量，并最终于5月29日，在第三次巴黎公社纪念大会上爆发了。爱琳娜一方面坚决支持给芝加哥的无政府主义者以公正，另一方面，又深深地卷入与社会主义联盟内部的无政府主义者的路线斗争中。正如她在一开始预测的，无政府主义是社会主义联盟中最强大的力量，并终将占据主导地位。到目前为止，不同主张之间还维系着团结，但现在，这一团结面临着崩溃，无政府主义者开始借艾威林的财政丑闻进行反攻。

5月29日这天，莫里斯提出一个修正案，要求"在政治上放弃议会制"，修正案以17票对11票通过。爱琳娜作为布鲁姆斯伯里分支机构的代表投了反对票，反对无政府主义者不参加议会民主选举。第二天上午，她从社会主义联盟辞职，艾威林也同时辞职。也是在同一天，在这个灾难性的时刻，一则性丑闻降临到艾威林头上，格特鲁德·吉约姆·夏克，一名德国无政府主义者和女性主义者愤怒地揭发了艾威林。这位女士称，艾威林不光彩的性丑闻比他在美国的财务腐败要严重得多，他的妻子爱琳娜由此遭到的侮辱也更加严重。[9]爱琳娜与莫里斯关于无政府主义越来越明显的决裂,以及她在投票失败情况下离开社会主义联盟的决定,在艾威林的性丑闻和不忠诚面前,都算不了什么太大打击了。

爱琳娜和艾威林搬到了位于大法官路65号的新石头公寓。除了名字有个新字,这个寓所一点都不新。齐内达·塞莱布里阿库娃曾到这个狭小的顶层公寓拜访过,根据她的描述,这个寓所有着“狭长的楼道,照明工具是昏暗的瓦斯灯”,这里“完整地保留着狄更斯笔下商业贫民窟的样貌”。这个公寓是“灰暗的、不起眼的、贫穷破败的”[10]。同年春天,爱琳娜得到一个机会,为莎士比亚的斯特拉福德①撰写系列文章,[11]由于写作的需要,她和艾威林穿过了华威区的中心地带。当他们穿过中心地带后,看到了一个比较理想的住所,爱琳娜很是高兴,这也难怪,与贫民窟相比,任何好一点的住所都会令人高兴。[12]

他们追随着吟游诗人喜爱的散步小道来到比德福德,路经多德维尔(当地人称为“多德”[13])的一个小村庄,这里刚好毗邻从伊夫舍姆到华威区的旧罗马路。[14]爱琳娜在这一个农场附近看到了两个石头农舍,其中一个标明了出租。农场主对他们的到来很吃惊,告诉他们这个房子一星期租2先令。“但他不理解我们为什么要住在这里,马上就对我们解释这只是提供给劳动者们住的农舍。”[15]爱琳娜夫妇立即办理了承租手续,而且把他们的宠物从伦敦带了过来。爱琳娜很高兴搬到郊区,避开了维多利亚女王的五十年大庆和英国帝国主义在伦敦筹划的自我陶醉的活动,这次大庆被威廉·莫里斯称之为“粗俗的皇家游行”[16]。

爱琳娜和艾威林从地里挖土豆,还用下午的时间一起种各种蔬菜和鲜花:“明年春天,我们的花园里将不仅有好看的东西,而且还有实用的东西。”[17]多德维尔及附近的村庄总共有100多人,威廉·科比特以欣赏的笔调记载道,当地人自称他们有英国最富饶的土地。在来到农

① 译者注:位于艾冯河畔的斯特拉福德,威廉·莎士比亚的出生地。

村居住之前,爱琳娜一直住在城里,在乡下,她对一切都感到新鲜,出来进去忙个不停。自从离开家后,她生平第一次有了自己的厨房,食品储藏室,洗衣间和四分之一亩的花园。她邀请劳拉和保罗过来住一段时间:

> 在经历过伦敦生活的紧张、压迫和痛苦之后,我无法形容这里的乡间生活有多么美好。这里正如斯科特所说的,这里是"美丽的乡村",当然,这里是典型的英国,它成为莎士比亚的故乡当之无愧。想想吧劳拉,这可是莎士比亚的故乡呵![18]

爱琳娜对每周在莎士比亚的故乡工作几天(在李卜克内西的批准下)感到非常兴奋,她的这种兴奋一直持续着,"我们参观了他的家,看到了旧的吉尔德教堂……旧中学,一切都没有变,想想当初莎士比亚不情愿去上学的情景,真是物是人非。我们也到了三一教堂他的墓地,参观了安妮·海瑟薇的住所,依然是莎士比亚跑去献殷勤时的样子,也去看了位于威尔姆克特的玛丽·亚当的故居"[19]。

爱琳娜修改了首次发表于《时代》杂志的美国之行的文章,为即将在阳光出版社出版的《美国工人阶级运动》做准备。她也很乐意翻译挪威作家亚历山大·谢朗的短篇小说,在翻译过程中,她不断提高自己对挪威语的熟悉程度,并决心提高自己对易卜生的理解水平。"传播这位伟大导师的思想是一份光荣的责任,而我做的微不足道的努力只是一个粗浅的开始。"[20]

由于生病,艾威林没有及时完成他承担的翻译俄国作家列维·亚历山大罗维奇·季米霍洛夫的《俄国,政治与社会》的任务,阳光出版社因此拒绝支付《妇女问题》成功发行应付的版权费。爱琳娜在离开伦敦来到乡下生活之前,在社会主义联盟的克拉肯韦尔分会上发表了演讲,题目是《妇女问题》,在这次演讲中,她讲述了性别不平等的经济基础,以及这种剥削如何影响各个阶层的妇女。亲身经历使她相信自己的观点是正确的。

艾威林忙于修改霍桑的《红字》,并筹划他亲自出演的话剧,他为这出话剧起了一个令人不快的名字《渣滓》。筹划话剧使得艾威林要经常回伦敦,去跟参演话剧的女演员商量剧情,据艾威林说,这个女演员是话剧界的新星,名叫罗丝·娜丽斯,事实上根本没有人听说过她。按说,趁着爱琳娜安静地待在乡村,艾威林可以有机会在伦敦寻找新欢了,但是他的机会突然受到了限制。原因是奥莉芙搬到了他们在大法官路住所的隔壁,她在那租了房子,这当然不仅是巧合。当艾威林避开奥莉芙的监视,到别处与他的新欢享乐的时候,爱琳娜完全不知情,她兴致勃勃地沉浸在对伊丽莎白戏剧的关注中:

> 我现在来到了这个安静的小镇斯特拉特福德,看到这里的人们,我恍然大悟,明白了莎士比亚作品中的人物:多格伯里、鲍特曼、斯纳格们是怎样诞生的。你今天到这里来也将看见他们。在我们的住所旁边是一个浅滩,很多人都以为它是仙女泰坦尼亚的花园,因为它种满了各种花卉,百里香、樱草、紫罗兰……我以前根本不知道莎士比亚故居是什么样的,现在才发现它的精彩。所有这些花都是斯特拉福德独有的,而查勒克特,我打赌是罗莎琳德的亚当。[21]

当爱琳娜享受着仲夏之夜的美好景色时,她收到一封来自哈夫洛克·埃利斯的信,埃利斯盛情邀请她出任新版克里斯托夫·马洛戏剧的编剧,这个版本是未经删减的。同时他询问她是否对一个戏剧感兴趣,这个戏剧“不出名,但非常有趣,而且是关于妇女的”[22]。当时哈夫洛克·埃利斯被维泽特利委任,策划一个激进文艺项目,叫美人鱼系列,专门出版伊丽莎白时代的戏剧。

爱琳娜虽然对乡下的生活很满意，但她已经三十多岁，对孩子的渴望充斥于爱琳娜这一时间的通信中。她非常渴望见到约翰，并详细地询问她的侄女咪咪，也就是珍妮女儿的情况，她给孩子们寄去书本和玩具等她能买得起的东西，关心孩子们的未来。“我真希望自己有一个孩子，一个充满孩子欢笑的家与一个没有孩子的家是多么不同。”[23]

爱琳娜终于还是离开了鲜花盛开的莎士比亚的故乡，她于10月回到了伦敦，而且一回去就陷入伦敦东部硝烟弥漫的政治冲突中。当然，这是在她拜访伦琴和恩格斯之后。从乡下回来后，爱琳娜自豪地给恩格斯他们带去一篮子食物，包括她自己做的黄油、自己摘的水果和自己养的鸡、鸭下的蛋。她杀了几只自己养的鸡，在一个星期天亲自收拾好后交给伦琴做烤鸡，让恩格斯一饱口福，爱琳娜把恩格斯在星期天改善伙食的习惯称为“星期天的例行享乐”[24]。伦琴称赞爱琳娜的进步，一个城市女孩，在几年前她看到杀鸡还吓得够呛，现在却敢自己宰杀了。

爱琳娜回到伦敦之际，正值爱尔兰自治提案的酝酿之中，激进俱乐部、爱尔兰国家联盟和社会主义组织正在精心策划大规模群众运动。“到处都在举行大型集会，而且是第一次，英国工人阶级采取支持爱尔兰的立场。”[25]爱琳娜向她在巴黎的姐姐汇报。在教学和充当写手、撰写文学作品等工作的间隙，爱琳娜在伦敦到处演讲，支持爱尔兰自治法。这个秋季，她还发起了支持芝加哥无政府主义者的运动。

九月的时候，伊利诺斯最高法院驳回了被判处死刑的无政府主义者们的上诉，维持原判。威廉·布莱克请求爱琳娜和艾威林在伦敦组织工人集会，反对这个决定，并向美国总统和美国最高法院提交抗议书。在爱琳娜的号召下，许多激进俱乐部采取发电报的形式表达支持无政府主义者，请求美国政府宽恕他们：“我们在一天之内得到了16405人的响应，并在电报上签名。”[26]在伦敦发起的支持美国无政府主义者的活动还包括亨利·海因德曼和安妮·贝赞特发起的类似活动。

在接受《今天》记者保罗·米尔·盖泽特访谈时,爱琳娜提醒人们注意中产阶级对法律的蔑视与嘲笑:“随意处置人们是没有任何法律依据的。”[27]她详细地对这份杂志的社会主义读者阐明这一点。争取八小时工作制运动是芝加哥无政府主义者被判刑的主要原因:“这个宣判是一个阶级对另一个阶级的宣判,它的执行也是一次阶级行动。”[28]

请愿活动没能阻止绞刑的执行。1月11日,对芝加哥无政府主义者的死刑予以执行,这被爱琳娜称为“合法的谋杀”活动。在活动引起惊恐的余波中,海因德曼公开揭发说,艾威林玩忽职守,他把一份请愿电报装在了裤子里,导致一份请愿电报没发成。

除了爱尔兰自治法引起的经济冲突和政治动荡,维多利亚五十年大庆之年还遭遇到更大的冲击。从春季到夏季,伦敦失业率高升引起了人们的不满,加之在拉纳克郡、诺森伯兰郡发生的矿工罢工事件,遍布英国的工人的斗争热情被点燃。社会主义联盟支持所有的罢工活动,提出“所有的工人联合起来”的口号,并提出进行社会主义教育和组建一个国家及国际的工人联盟的必要性。到了1887年,大部分英国的工人组织都找到了各自通往社会主义的道路,苏格兰工人的斗争热情尤其高涨。

正当社会主义联盟着手分析社会与经济变革可行性的时候,不断发展的伦敦失业工人运动却在关键时刻出现了群龙无首的局面,原因是其领导约翰·伯恩斯和亨利·海德·钱皮恩对海因德曼不满,突然作出了辞职的决定。人们聚集在特拉法加广场,举行公众会议,为自己演讲,提出各种问题,讨论如何选出新领导,以及无领导的革命的可行性。特拉法加广场成为人们每天进行民主抗议和自由演讲的中心,而这个广场与议会仅一步之遥。饥寒交迫的工人成了那里商店、旅馆和饭店的老板们的眼中钉,因为他们要交昂贵的租金才能在这个商业中心立足,而抗议活动却影响到他们赚钱。另外,那些珠光宝气、有钱有闲来伦敦旅游的人们发现自己的兴致被破坏了。正如《伦敦新闻画报》

所说:“拖家带口地到伦敦找旅馆,却发现查令十字地铁站整个下午都被封闭了,在这种情形之下,谁还愿意来呢?”[29]

随着反对人数的增加,清理广场的行动也持续展开。在十月,武装警察用棍棒对抗议人群进行攻击,并逮捕了一些人。到了 11 月,政府禁止人们在特拉法加广场再进行集会,也不准许伦敦居民在夜晚进行争取自由演讲权力的活动。激进俱乐部的城市联盟、爱尔兰国家联盟和社会主义联盟号召人们为争取自由表达权和反抗暴力进行斗争,集会游行于 11 月 13 日的星期天举行。

游行队伍从伦敦东部出发,同时一部分抗议者也在特拉法加广场开展示威活动,爱琳娜和艾威林走在游行队伍的前列。迎接他们的是武装部队和全副武装的警察。近卫步兵团中的 300 名第一军团成员,以及 250 名禁卫兵骑兵团成员每人携带 20 发子弹,此外,还有严阵以待的武装力量,包括 4000 名待命的警察,随时准备对付抗议人群。

爱琳娜走在游行队伍的最前沿,大家试着冲向壁垒森严的广场。冲突爆发了。很多手无寸铁的示威者惊惶失措,开始逃窜。爱琳娜对这些胆小的人很是看不起:“当我扯着喉咙叫这些人停止撤退、投入战斗的时候,一些爱尔兰人才停止了逃跑。这也对其他人起到了示范作用。正如你将在报纸上看到的,我们在威斯敏斯特桥,这里风景很好,但是看到游行队伍中有人逃跑实在令人不快。”[30]爱琳娜对警察的残暴感到震惊,当示威者们,包括女人倒在地上的时候,这些警察上去踢他们,把他们按在马鞍下,用警棍殴打他们。几百人受伤,被逮捕、被罚款、被判刑。有超过 200 人被送进医院,其中三人因伤势严重而死去。

有两个警察抓住了爱琳娜,试图把她带走,但她逃了出来,并跑到了恩格斯在雷特金公园的家。她与艾威林走失了,当冲突发生的时候,艾威林从她的视野中消失了。爱琳娜出现在恩格斯门前的时候,“她的衣服是破碎的,她的帽子被警棍打得变了形”。恩格斯这样形容爱琳娜,同时以失望和冷淡的语调对拉法格说“艾威林为保全自己逃命了,从他一开始非常希望的革命场景中逃跑了”[31]。萧伯纳也参加了示威游行，他毫不犹豫地承认自己吓坏了，当特拉法加广场暴乱发生的时候，他自己吓得不能动也不敢动，并立刻逃开了。“真希望你能看到这慌乱逃跑的一幕，逃跑这个词都不足以描述我们大家的行动。我们逃得远远的，直到汉普特斯西斯公园，确定没有危险了才停住……我觉得这是一次非常丢脸的逃跑，成千上万的英雄们被人数远远少于他们的敌人吓得狼狈不堪。”[32]

爱琳娜没有逃跑，而是准备迎接另一场袭击。当他们被从特拉法加广场驱散后，她领导克拉肯维尔的游行人群穿过维多利亚堤的后街和黑修士桥，加入从南方来到威斯敏斯特桥的队伍，进行战斗。“我毫不顾及自己的安危……我的胳膊遭到警棍重击，我的头也被击中，并晕倒在地……但是这些遭遇与其他受重伤的人比起来算不了什么。”[33]恩格斯不相信爱琳娜对事件的描述，他在写给娜塔丽·李卜克内西的信中说：“爱琳娜……不是被攻击者，而是攻击者。”[34]

流血星期天一夜之间出名，成为英国文明史上最臭名昭著的一次袭击。第二天，保罗·米尔·盖泽特详尽地在媒体上报道了这件事。爱琳娜对威廉·斯特德颇为恼怒，他没有经过她的允许就发表了她在前一天晚上写的便笺。其中这样写道：“卡尔·马克思的女儿给我们写了以下内容：我从来没见过警察是如此残暴，德国和奥地利人已经见识了警察残暴本性，他们对我说过同样的话。毫无疑问我就在议会街的游行队伍中，这无须多言。”[35]斯特德组织了一个法律与自由联盟，声援流血星期天的受害者，而且杂志的订阅人还组织募捐，为那些遭到拘留的人捐钱。

爱琳娜对英国政府发动的流血星期天的袭击活动感到震惊和气愤，她向人们表达了不该压抑自己运用暴力本能的观点。她的不满一方面是对工人们的胆小，另一方面是对警察的残暴。“如果激进人士中没有这么多胆小的人，我们应该能够拿下广场。但事实上，他们或多或少都是懦夫。”[36]爱琳娜已经认识到,由于政府在斗争方面战胜了社会主义者,他们可能会采取对自己更为有利的方式:“上个星期天,镇压部队已经荷枪实弹,准备好了刺刀,下一个星期天,他们可能会开火。那将是镇压整个行动的非常有用的手段。”[37]

她写道:“我们这里那些一见枪炮就服软的无政府主义者现在已经被吓住了,而事实上危险没有那么大。”她批判莫里斯的观点,莫里斯认为,革命只有在革命者武装起来的时候才能成功,爱琳娜认为:“他似乎没搞明白,到所有人都武装起来的时候,革命也就将不需要了(大写的革命)。”[38]爱琳娜的无所畏惧有些令人担忧。

五月,由于要与社会民主联盟合作推举候选人,爱琳娜与艾威林领导下的社会主义联盟的布鲁姆斯伯里分部会议被暂时取消。在选举问题上,莫里斯反议会、反国家的立场非常坚定,双方的争斗在会议上不可避免地发生了:以爱琳娜为首的布鲁姆斯伯里分部提议改变社会主义联盟的章程,使每个分支机构都有权力(如果需要的话)选举和支持代表参与全国竞选。但这一提议遭到了以莫里斯为代表的多数人的拒绝。会议结束后,布鲁姆斯伯里分部宣布自己有权推举代表,并告之社会主义联盟他们要成立一个新的组织,以便选出表达分部意愿的代表。毫不令人意外,分部立即被驱逐出去,并被解散,[39]莫里斯领导下的社会主义联盟中的无政府主义者不能容忍这些议会社会主义者。

是什么打造了爱琳娜的战斗能力?如果不联系具体背景,爱琳娜似乎是一个喜欢流血冲突的斗士,缺乏和平精神。但事实远非如此,在流血星期天事件发生的三天后,爱琳娜给姐姐写了一封信,从中可以看出,推动爱琳娜去战斗的动机来自于她的亲身生活经历,她知道失业的伦敦市民经受着怎样艰难的生活。爱琳娜现在就在东部伦敦奋斗着,她看到这里失业的人们的挣扎,这是比警察靴子的踢打更难忍受的痛苦:

在街道走过所看到的景象令人心碎。我对这里很熟悉，我认识已经在这里居住多年的人们，他们都是工人和普通群众，像马吉·哈克尼斯，他们都愿意在东区生活，也都承认他们从未想过生活会像今年这样艰难。通常，这些成千上万的市民们可以在冬季的最初几个月维持生存，但今年，他们饥寒交迫，濒临死亡的边缘……这是几乎令人绝望的场面，如果这些快要冻死或饿死的人们联合起来去争取他们需要的东西，去劫富济贫，这难道不是很正常的吗？[40]

正是因为看到伦敦街头饥寒交迫的人们，爱琳娜的斗志才被激发出来。她对不公正的回应不是罪恶感，不是多愁善感或装模作样的慈善举动，而是积极战斗去改变不公正的局面。

同年11月，艾威林自导自演的戏剧《海边》在拉德布鲁克大厅上演。这出戏剧改编自一个法国故事，故事来源于一个古老的苏格兰民谣《老罗宾·格瑞》。艾威林让爱琳娜出演其中出轨的妻子，而他的角色则是一个受委屈的丈夫。

针对爱琳娜的表演，《戏剧评论》给出了极差的评价：

虽然剧院很小，她的台词却经常很难听得见，即使靠近舞台也听不清。她甚至没有考虑到她的声音是说给每个人听的，而不是说给近在身边的人听的。她的一些台词很精彩，但她的表演并不出彩，从她的角色中，人们既看不出她演的是一个坏女人，总是想伤害她的丈夫，也看不出她演的是一个忠诚的妻子，拒绝了仍然爱着她的青梅竹马的情人。[41]

如此说来，爱琳娜的演出失败了，失败的原因在于她的本性与传统的贤妻良母相距甚远。一个低声下气，连说话声音都听不清的女人，与一个自信地征服了成千上万工人听众的女人，难道会是同一个人吗？要知道无论是在户外的集会上，还是在室内挤满了人的聚会中，其音响效果都远远不如剧院。

与爱琳娜相比，在现实生活中缺乏安全感的艾威林在舞台上却活灵活现地扮演了一个受委屈的丈夫。当时的戏剧媒体称他为艾历克·尼尔森，这个名字是艾威林为自己起的舞台名字，以区别于那个围绕着他的、陷入财政和性丑闻的“艾威林”。

爱琳娜受够了媒体的评论。作为一个女性公众人物，似乎很难避免经常被人们用与男人不同的标准来评判。人们批评她没有演好这个角色，这没关系，这不是什么新的坏消息，她早就放弃了从事戏剧事业。让爱琳娜感到苦恼的是，一个公众领域的女人所做的任何事情都要被人们评头论足，任人们随意地评判，被人们吹毛求疵地指责缺点和毛病。

爱琳娜在痛苦的情绪中结束了这一年。她对资本主义在现实中的胜利感到绝望，对男人们的胆怯感到失望，而艾威林在感情上的抛弃让她倍感孤独。2月份的大部分时间，艾威林都在托基排练和准备他的两部新戏剧，《海边》和《爱情迷幻药》。爱琳娜乐于在海边城市放松一下，但是她的到来却妨碍了艾威林品尝他假期中的李子布丁——他与年轻女演员的私情需要对爱琳娜隐瞒。《爱情迷幻药》这部戏剧演得比较成功，也得到了公众的喝彩。这部戏匠心独运地描述了爱情迷药怎样使一个年轻女人糊涂地与药物供应商发生关系。可怕之处在于，艾威林将他与爱琳娜相处的体验用到了极致，他与爱琳娜关系的困境给他提供了灵感，让他创作出成功的戏剧。

爱琳娜几乎是独自过的圣诞节，她太好面子，不好意思接受恩格斯和伦琴以及其他朋友的好意邀请，其实大家是欢迎她一起过圣诞的。她在给刚生过第二个孩子的朵莉·雷德福德的信中写道“没有孩子的圣诞节是个错误”[42]。朵莉和恩斯特·雷德福德试图告诉爱琳娜，错误的不是圣诞节没有孩子，而是她与艾威林的关系，但是她只能自己去吸取教训，不愿听从朋友们的劝说。艾威林一离开伦敦去托基，爱琳娜的朋友们就纷纷要来拜访她，给她一个人发来的季节性邀请像雪花一样飞来。爱琳娜突然明白，这是朋友们在可怜她，但这种对她好的方式让她感到恼怒。

在写给萧伯纳的一张纸条上，爱琳娜以刻薄的语气写道："我已经非常习惯于被人联合抵制，这一点也不稀罕，现在我没有被联合抵制，这反倒让我非常奇怪。你现在根本就不来看我们，有时我在想，你是否也参与了联合抵制我和艾威林！"[43]爱琳娜在这张纸条中连用了三个联合抵制，可见她的恼怒程度。她是一个有经验的政治斗争者，她知道联合抵制是一种最实用的策略，可以用来激励人们参与到困难而又棘手的事件中。

整个假期，爱琳娜让自己忙于收拾位于大法官路的简陋公寓，"我相信我有油漆房子的天才"，她开玩笑地对姐姐说。"现在我们有了非常精美的瓷釉……我发现它是无价之宝。我用它来涂椅子、桌子、地板，所有能漆的东西。如果天气允许的话，我甚至会把自己也涂上瓷釉。"[44]她同时也告诉劳拉，警察局已经开出了针对她和艾威林的逮捕令，只要警察们乐意，"我们随时都可以'进去'"。[45]但是爱琳娜太专注于用瓷釉来涂抹她爱情生活的裂痕，对警察的逮捕令并不放在心上。

哈夫洛克·埃利斯称，1888年初，爱琳娜曾企图自杀。据他的记载，爱琳娜吞服了大量的鸦片，他与奥莉芙一起把她救过来了，他们制作了浓咖啡，强迫她喝下去，把胃里的东西吐出来，拉着她到房间外呼吸新鲜空气。

"我实在难以想象，她的家庭生活是怎样地不如意，竟然让她做出自杀的举动。"她的朋友们很悲痛，他们被她的自杀举动吓坏了。[46]艾威林仍然在托基，他没有回来看望爱琳娜。他的绝情让奥莉芙非常气愤，她请求爱琳娜彻底离开他，但爱琳娜还是不听。亨利和奥莉芙努力试图让爱琳娜忙于写作中，帮助她从坏情绪中解脱出来，不再思考“悲惨生命的意义”，不再悲叹这样的生命“降临到我们身上痛苦得令人难以忍受”[47]，这是爱琳娜在过完33岁生日的一个星期后，写给朵莉的信中大致表达的内容。

维泽特利指派埃利斯担任易卜生话剧英文版第一卷的编辑，埃利斯马上就聘请爱琳娜翻译《人民公敌》，[48]或者让她自己选择一个名称来翻译。埃利斯认为，“把《人民公敌》翻译成英文的翻译费为5英镑，这是一笔可观的收入”[49]。这卷易卜生话剧中的另外两部是《群鬼》和《社会的支柱》。爱琳娜觉得如此选择易卜生的话剧并不明智，她一方面感谢亨利的盛情邀请，另一方面也诚恳地表达了自己的失望，她认为《娜拉》没有入选是非常令人遗憾的。“我认为，《娜拉》应该被纳入易卜生的任何版本的第一卷选辑中。”[50]后来亨利·埃利斯自己也承认，《玩偶之家》的成功证明爱琳娜的判断是正确的。

1888年是文学作品密集出版的年份。爱琳娜忙于编辑戏剧《对漂亮女人的警告》，这是埃利斯答应过马洛要完成的工作。维泽特利提供给爱琳娜10先令往返费，使她得以到牛津大学查阅这本书的最初版本。“我发现了一个有趣的现象，这本书的好几页都缺失了，这可能只是录入员的失误造成的。”[51]爱琳娜得到的津贴对一个有学历的人来说，是微不足道的，但爱琳娜从来没进大学学习过，也并不在意从大学教育中得到的好处。

凭借着对戏剧艺术的必要敏感，爱琳娜把这部剧分为五个部分，并写出每个部分地点布置的舞台指导，她建议把一个1593年的地图印出来作为背景：“这会使这部剧变得有趣和吸引人。”她问埃利斯是否还有其他类似的工作让她做。“我对这种工作越来越有兴趣，我原来只是对个别戏剧比较熟悉，但并没有认识到把它们‘编辑成册’的价值。”[52]

埃利斯和维泽特利对爱琳娜的工作赞不绝口，但就在爱琳娜提交了编辑好的书稿之后不久，维泽特利因为出版左拉小说的英文版而受到起诉,而他的审判、入狱和死亡耽误了他的出版事业,爱琳娜的工作成果无法顺利出版。《对漂亮女人的警告》的出版一直推迟到了下个世纪,1950年它的最终版本才得以面世。

1888年上半年,爱琳娜还花费大量时间与东部伦敦的码头工人一起工作,组织工会委员会,并发起工人运动,争取八小时工作制。

> 单是去码头已经足够让人烦恼,为了每小时3便士或4便士,这些男人们,不只是男人,所有人,都在推推搡搡,争先恐后,像动物一样野蛮。场面如此严重,以至于"官方"不得不将铁栅栏换成木头的,因为不如此的话,那些身体瘦弱的人就可能在拥挤中被栅栏刺伤。当你来到这里,亲眼看到这种场景的时候,你很难不发出感叹。[53]

她希望夏季回到多德韦尔会让她感觉好一些,但在亲眼见识到码头工人为争取基本生活条件而进行的艰苦斗争后,莎士比亚故乡的工业革命前的想像已经对她起不到安慰作用了。而且那里总是在下雨,她也见识到了小农场主和农民工的贫困。干草被雨淋湿了,土豆也烂在地里,乡村卡车上挤满了"男人、女人和孩子,他们跋山涉水,到很远的地方去制作干草,然后不得不空着肚子再坐卡车返回"[54]。

爱琳娜精神上遭受的痛苦已经令她无法解脱,她对劳拉承认,她现在不是失眠就是做噩梦:"梦里总是出现一个房间,那是怎样的房间!像地窖一样黑暗。房间里一个女人躺在稻草上面的麻袋片上,因为癌症,她的乳房只剩下一个,这个女人的身体赤裸着,只有一个破旧的红色手帕缠绕着她的腿,她的四个孩子围在她的周围,都饿得难受吵着要面包,而她的丈夫为了几个便士在码头上工作着。"[55]梦中爱琳娜把女人送到医院,费了很多口舌才说服女人把孩子们交给邻居照管,"但到医院后这个女人已经没命了……而这样的梦境只是众多噩梦中的一个”[56]。

爱琳娜请求她的朋友们给她些思想开导,询问他们是如何面对人类所遭受的苦难,是怎样处理这种深广的人性之苦的,同时也表达了自己不能理智地自我控制的歉意:

> 感受人类的苦难对我来说越来越成为一个噩梦,我无法摆脱这种噩梦。尽管我们的周围有绿色的草地、树木和鲜花,但我还是会做噩梦。有些时候我不禁会想,一个人怎么能在这种痛苦的环境中生存呢。[57]

在后来的岁月中,爱琳娜试着理性地分析自己为什么会感到有“痛彻心扉的痛苦”,她认为自己可能患有慢性抑郁症。由于改编《红字》获得了较好的评价,艾威林认为他或许可以尝试去征服美国的舞台。他告诉爱琳娜,他已经得到邀请去纽约、芝加哥和恩格斯所说的“上帝晓得那是什么地方”的城市上演他的话剧。[58]艾威林答应爱琳娜,如果他在戏剧方面能获得成功,他们就要一个孩子,想要孩子一直是爱琳娜的强烈愿望:“如果艾威林的话剧获得了成功,我们就尝试要孩子,我们将会把强尼带过来,永远与我们住在一起。”[59]

巧的是,在艾威林与爱琳娜决定去美国旅行的时候,恩格斯也打算到美国度假,与他的老友卡尔·肖莱马同去。爱琳娜从小就认识这个被称为快乐的梅耶的人。恩格斯患有腿部风湿,由于忙于整理马克思的手稿,还出现了严重的眼病,他需要休息一段时间,以养精蓄锐。虽然他和马克思曾经想去美国,还详细地写过关于美国的文章,但他从来没有去过美国,他想亲眼去看看这个国家。尤其是,恩格斯说道,美国的工人阶级已经转化为了具有阶级意识的阶级,[60]而且其组织程度要超过他们英国的兄弟姐妹:

地球上资产阶级的最后一个天堂正在迅速地变为涤罪所，而只有刚成长起来的美国无产阶级的迅速发展，才有可能使它不致像欧洲那样变为地狱。我真希望马克思能活着见到这一幕！[61]

为了避免“德国社会主义执行委员会等对纽约”的不必要关注，[62]恩格斯和肖莱马把美国之行的计划保持在秘密状态。恩格斯说，他希望“去考察而不是去说教”[63]。

8月9日，四个人从昆士城出发，再一次乘坐SS伯林城市号英曼班轮。“在船上，我们就像是一群教士和牧师，只是没有任何来自听众的反响。”爱琳娜这样对劳拉描述。“这两位老人似乎很是享受这次旅行，他们痛快地吃喝，尽可能地使自己保持快乐。”[64]恩格斯让爱琳娜无论天气如何都要到甲板上与自己聊天，一起喝杯啤酒。“这似乎是他不可动摇的信条，从来不惧什么障碍，而总是想办法去克服它。”[65]实际上爱琳娜也应该树立这样的精神。

他们计划用几个月的时间去纽约、波士顿、尼来加拉和匹兹堡，然后去加拿大。之后，恩格斯和肖莱马返回欧洲，而艾威林与爱琳娜留下来，去芝加哥就“艾历克·尼尔森”的一部话剧进行商谈。旅行一开始，恩格斯就兴致勃勃，人也似乎年轻了几岁，但这次旅行没能让肖莱马保持愉快，“他只是一个悲哀的梅耶”，爱琳娜写道。“他生了病，情绪一落千丈，我怀疑他可能再也不能恢复从前的快乐状态了。”[66]

当恩格斯和肖莱马——曾经快乐的梅耶与朋友们住在一起的时候，马克思·艾威林，或者说马克思·尼尔森夫妇在纽约住进了一个比较便宜的住所，但艾威林认为如此简陋的地方太不合乎他的想象，坚持要搬到百老汇附近的高档旅馆，那样才适合一位像他这样冉冉升起的戏剧家新星。艾威林告诉爱琳娜，他的戏剧支持者会为他支付住宿费。当艾威林整天去看话剧彩排，不见踪影的时候，爱琳娜一个人在纽约散步：

> 虽然纽约是如此美丽，它的不公正比以往更加让我震惊。我实在不知道世界上还有哪个城市能像纽约一样精致，但商业却使它成为一个人间地狱。[67]

正如恩格斯所说，纽约是资本主义制造的最宏大的都市，[68]爱琳娜关于纽约的看法，一方面是对它宏大的赞叹，一方面是对它不平等的震惊，这种观念使爱琳娜对美国人民满怀热情而又钦佩，而且对美国人用英语来交流也感到亲切和赞赏。

艾威林在纽约被人称为戏剧家"艾历克·尼尔森"，他对自己的戏剧彩排大造声势，让同行的爱琳娜等人推迟行程，在纽约多等了他几天，然后一起坐船经过哈德逊河到阿尔巴尼，再到乔治河，从那里去波士顿和尼亚加拉瀑布。爱琳娜和恩格斯奇怪于艾威林的戏剧彩排这么忙碌竟然还有时间跟他们旅行。

从"壮观的尼亚加拉"开始启程，这四个人乘船沿着安大略湖，经过五大湖的激流险滩，来到了多伦多，"一个充满奇观的地方，所有的人看起来都像是英国人"[69]。爱琳娜很是欣赏圣劳伦斯河沿途的风光，"其开阔的视野是我们在欧洲很难想象的"[70]。她描述众多大大小小的岛屿是如何镶嵌在这条河上的："在这个据称的千岛之河上，一些加利福尼亚的有钱人，还有一些来自美国各地的百万富翁们建造起夏季别墅，到了夜晚，这里灯火通明，各种灯具，包括中国灯笼照亮了夜空，显得非常奇特也非常漂亮。"[71]

爱琳娜感叹于蒙特利尔的法国特征，同时她没想到这里的道路会如此泥泞。"这是我所见到的最泥泞、最容易让人跌倒的城镇……看看这里的街道！坑坑洼洼而又泥泞，即使见识到美国偏远城镇粗糙路面的人也会感到吃惊，即使在欧洲农村，这样的路面也足以让人羞愧。"[72]但爱琳娜还是很喜欢这里，这里有阿迪朗达克山脉环绕着，她喜欢爬到山顶欣赏蒙特利尔周边的景色。

让人奇怪的是,艾威林不但跟他们一起游山玩水,而且在整个行程余下的时间都跟他们在一起,不再提他的戏剧彩排、演出或制作。爱琳娜与恩格斯曾对艾威林在戏剧方面的成功寄予很大的期望,现在看来,这都成为泡影。就在他们来美国之前,在一份公文中,恩格斯告诉人们爱琳娜的丈夫在戏剧方面干得很不错,并赞扬艾威林即将到来的美国之行,"如果他的戏剧成功能保持目前的速度,那么,明年他将可能会得到经理人资助,去澳大利亚展示他的话剧"[73]。这种赞扬会是恩格斯的真心话吗?还是他仅仅为了揭露艾威林的自欺欺人?恩格斯写这些话的时候用的是否用了挖苦调侃的语调?会不会是恩格斯故意选择了这样一个旅行时间,与艾威林在美国的戏剧拓展时间相同,以保护爱琳娜,使她不用再独自面对艾威林把事情搞砸的局面?

在这次旅行中,艾威林始终与其他人一起,没有再回到芝加哥。与他刚开始宣称的计划留在美国推广他的戏剧恰好相反,艾威林又与其他人一起乘船回到了英国,9 月 19 日,一行人乘坐纽约号邮轮返回。对艾威林曾经夸耀的要征服美国舞台的大话,爱琳娜持沉默态度,没再提及。

也许恩格斯与爱琳娜应该问一问,为什么艾威林一贯蔑视的美国戏剧界会突然转变态度,邀请他来美国。在他第一次美国之行后,艾威林接受了《戏剧评论》杂志的采访,在采访中,他表达了自己"对美国戏剧界强烈的反感……他说美国的戏剧都是引进的,如果让美国佬自己来做,其结果会是不堪入目的东西"[74]。显然,美国戏剧界宁愿自己做不出好东西,也不愿意引进艾威林的戏剧。

在恩格斯陪伴下的美国之行让爱琳娜恢复了生机和活力。旅行治好了她的抑郁,使她不再受噩梦的困扰,恩格斯给了她前行的勇气。但是回到英国后,她的心头又蒙上了新的阴影。艾威林曾经答应她,如果他的戏剧在美国获得了成功,他们就把强尼接来一同生活,现在强尼的父亲龙格很可能会答应他们。但是就像艾威林所有其他承诺一样,他的这一次承诺同样没有兑现。他曾答应爱琳娜当他法定的妻子过世后娶她;他曾答应在爱琳娜在适当的时候要个孩子;他曾不断地许诺爱琳娜,他将把自己的收入交给她,无论在戏剧工作上的收入,还是他的学术著作大卖所赚的钱,以作为他们共同的生活费用。爱琳娜应该把政治事业中的准则也用在她的个人生活中:行动而不是语言;要有直接证据;不掺杂过多情感。

就像恩格斯所判断的,艾威林是一个无用的梦想家。爱琳娜则默默做事维持着两人的生活。他们在多德维尔的房租是一年 5 英镑。1888 年,她种的土豆卖了 3 镑,她又从"当写手"的收入中拿出 2 镑,凑够了 5 镑的房租。爱琳娜向劳拉解说自己是如何从"法式花园"中种植蔬菜赚钱维持家用的。像她们的母亲一样,这两个姐妹嫁给了没有钱的丈夫,并因此生活穷困。然而,无论是卖土豆赚钱,还是做写手赚钱,爱琳娜设法维持了自己和艾威林的生活,而且过得还不错。"这其实是个愉快的过程!我竟然曾设想自己宁愿当一个喵喵叫的乖巧小猫,也不愿意做一个维持生计的女人。"[75]

1890 年圣诞节,就在爱琳娜 35 岁生日之前,她告诉劳拉:

> 我正在为一个新的杂志做翻译(翻译的都是些无用的东西)……艾威林写各种各样的东西,好的、坏的、不好不坏的。在写作的每个空档,我们两个人都有会议要参加,有其他各种工作要做。实在没有时间去思考生活,思考活着是值得呢,还是一件完全令人讨厌的事。[76]

正如奥莉芙和埃利斯所期望的,工作把爱琳娜从抑郁的深渊中拉了回来。除了工作,诗歌也对她有所帮助。珀西·比希·雪莱的诗尤其为爱琳娜所喜欢,在忙碌的工作之余,她仔细地阅读了雪莱的诗,这样可以起舒缓压力,清理头脑的作用。1885 年雪莱诗社在弗尼瓦尔的资助下成立,爱琳娜加入了该诗社,之后不久,艾威林也加入进来。亨利·萨尔特回忆艾威林申请加入诗社所遇到的阻力时说:“诗社的大多数人都持反对态度,像雪莱一样,艾威林在婚姻上是不负责任的,只是在诗社主席罗塞蒂先生威胁要辞职后,阻力才被克服,诗社才接纳了他。”[77] 萨尔特认为,艾威林的加入可能不会破坏“有声望诗社”的名誉。

就像萨尔特和罗塞蒂所认为的,人们对艾威林的看法在这件事上是不公正的。三年后,他们的支持被证明是正确的。这一年,爱琳娜与艾威林合作,在诗社讲解“雪莱的社会主义”。他们的讲解通常被称为“两个讲座”。两个人对讲座内容进行了修改,并于 1888 年自费出版,这个单行本小册子共印了 25 本。后来,爱琳娜与艾威林就雪莱诗歌所写的文章被人描述为是“对雪莱诗歌的马克思主义评价”。但是爱琳娜并不觉得这是个贴切的叫法。艾威林与爱琳娜认为,他们所写的是对雪莱是否是一个社会主义者的文学探索,[78] 同时也是探讨雪莱诗歌中的革命因素。

他们考察了雪莱的个性、影响,雪莱对暴政与自由的一般理解,以及对暴政的具体理解。文章中最详尽的部分是对雪莱对一些词语运用的论述,如雪莱是如何理解“无政府”“自由”“习惯”“犯罪”“财产”等概念的。[79] 在雪莱诗作中,《女王玛布》《莱昂与西丝娜》是爱琳娜和艾威林所集中阐述的。后者尤其体现了爱琳娜和艾威林在文章中表达的女性主义观念。他们提出,虽然戈德温对雪莱的影响已经被详细地阐述,但两个玛丽对雪莱的影响却未被充分重视,这两个玛丽一是玛丽·沃斯通克拉夫特,二是玛丽·雪莱。[80]

爱琳娜夫妇提醒读者,雪莱认为男人与女人应该平等,应该结合为一个统一的整体,这是雪莱所有的幻想中最不虚幻的观点之一,[81] 他们探讨了雪莱是如何受两个玛丽的影响，以及他对妇女社会地位相对认同的观点：总而言之，世人并未公正地看待戈德温与两个玛丽对雪莱的影响，就像历史学家倾向于书写男人的历史一样，人们只重视戈德温对雪莱的影响。在《雪莱的社会主义》这篇小册子中，爱琳娜和艾威林继续着他们始于《妇女问题》的合作，而且，即使不是在行动上，也是在精神上，继续着《美国工人阶级运动》的合作。《雪莱的社会主义》为他们打开了一扇窗户，他们又计划一起写作并发表论文：

> 这一计划建立在一个男人与一个女人合作的基础上，他们在情感方面有共通性，但他们看问题的观点和方法是不同的，这种不同就像今日两性的社会地位不同一样，在我们这个虚伪和不健康的社会，即使在最有利于男女平等的条件下，男女仍然无法真正平等。[82]

上述价值观，以及共同合作中包含的非常明显的良好意愿，如双方坦承"看问题的观点与方法是不同的"，这些都是爱琳娜执迷地守着艾威林，不与他分手的原因，而站在局外人的角度往往很难理解。根据双方的约定，[83]由艾威林在雪莱诗社宣读他们创造的文章，艾威林在宣读时说"虽然我是宣读者，但这必须被看作是我们双方共同创作的结晶，而且我妻子比我的贡献还要大得多"[84]。这样的时刻无疑是珍贵的，当他们公共生活和私人生活交织在一起，两人共同携手完成某项重要任务的时候，人们会看到爱琳娜与艾威林平等相处且结合为一体的美好一面，他们的平等相处和共同奋斗无论是看起来还是听起来，都很像雪莱的"所有幻想中最不虚幻的一幕"。

第十八章　我们的老斯托克

19世纪80年代晚期至90年代早期，由于英国左翼在战场上丧失了斗志，取而代之的独立工党强势崛起。像所有伟大历史故事的起源一样，英国第一个民主社会主义议会政党的产生也具有代表性，它是合作的产物，是新工会与第二国际这一异卵双胞胎共同创造的。其他同类政党，如费边社，起初与其他左翼组织挂靠一起，这些组织在残酷的斗争中受到惊吓，难成气候，后来转而加入了工党。

爱琳娜是英国工会和国际社会主义这一双胞胎的助产士。她的影响非常之大，这也意味着她的处境远比表面看来的要危险。从当时的历史记录看，她经常处于各种事件的中心地带，影响着各种策略和组织活动。她对秘书处的权力了如指掌。当时很多重要会议就在她位于大法官路的家中的阁楼上召开，很多重量级人物都来过这里。这个破旧的阁楼点着煤油灯，散发着烟味，要走过摇摇晃晃的楼梯才能爬上来。凯尔·哈迪，本·蒂利特和威尔·索恩还没有成名之前，都是爱琳娜家的常客。爱琳娜不仅负责召开一般会议、核心会议，而且负责人员联络。她撰写政治和思想类文章，为政治活动进行预算，做会计工作，起草报告并亲自打印，所有这些工作完成后，她迅速离开家，赶往下一个组织活动地点，或者是工厂门口，或者是伦敦东部贫民窟，或者在酒吧、资产阶级俱乐部，或者是文学、艺术社团。

爱琳娜是社会主义运动中的一抹女性主义亮色，现存的照片形象地说明了这一点。在某些照片中，她处在众目睽睽之下，站在讲台上、货运马车上，或者工业用的集装箱上，头部和肩部超出众人，这些照片显示出她是聚会的焦点，她的话被人们聆听着。在一张集体会议照片中,她双臂交叉,靠在门框上,门外是一群前来开会的男人们。她的身影淹没在人群中,有时也会从一群争论着的与会代表中显露出来:在人群中,或者在示威者和反抗者间的褐色钟摆上,人们可以看到她面带微笑的脸。复制的褪色的旧照片仍然清晰地保存着她的形象,人们可以看到她用夹子将头发松散地夹在肩头。

从1889年初到1893年底,爱琳娜投身于制定策略和组织动员中。从国内来看,她主要致力于工会工作,从国际角度看,她致力于设计和建造一个新的国际组织,这个组织在之后不久就被人们称为第二国际。新工会与第二国际是重要组织基础,英国社会主义者们能够借此合作建立一个有广泛群众基础的工党。独立工党从扩展和强化了的工会中招募代表和成员,并得到了第二国际的支持和帮助。

建立一个独立英国工党的目的是为了反抗资产阶级雇主们对工会的镇压和攻击。在关于建立属于人民的工党的历史故事中,爱琳娜·马克思的名字广为流传。她的声音出现在人们的耳朵中,她的名字被人们念叨着。19世纪90年代,英国社会主义者给爱琳娜起了两个新名字:一个是"我们的母亲",另一个是"我们的老斯托克",这是当她领导煤气工人运动时得到的称呼。在19世纪的最后十年,爱琳娜成为英国的名人。对她的朋友和追随者来说,她是英国激进组织的创建者;对她的敌人来说,她是一个有暴力倾向的人,蛊惑人心的人,阶级意识宣扬者,可疑的犹太移民,女巫,尖锐的女学者,泼妇。就像爱琳娜所描述的,攻击她的人是那些"指责社会主义者仅仅是放火者和使用武器的人,这些人认为社会主义者是用火和剑逼迫人们顺从"[1]。人们或者爱她,或者恨她,很少人对她持中间态度,到了1893年,爱琳娜已经成为英国乃至国际上一位杰出的演说家、活动家。

威尔·索恩,从布鲁斯伯里起家的煤气工人领导者,后来成为英国伟大的工党领导人之一,在回忆录中写道"奇怪的是,历史学家们几乎没有意识到我们正在创造的革命”[2]。

19世纪80年代,社会主义已经在西欧发展壮大起来。从国家看,德国的社会民主党是最大的社会主义组织,法国虽然是革命传统的开创者,但是从人数上来说规模小于德国。其他国家,如意大利、荷兰、瑞典和比利时也都具备了足够的群众基础,可以在国际舞台上发挥自己的作用。西欧国家的工业化进程快速发展,在这样一个阶段,绝大多数政府都考虑到国际劳动法的必要性。在这一背景下的国际化意味着欧洲和它的帝国主义殖民化。

1889年7月,是攻占巴士底狱一百周年,为纪念这一革命的时刻举办了巴黎展览会。在巴黎召开了两个相互竞争的党代会,最终导致第二国际的诞生。爱琳娜扮演协调者的角色,试图使两个竞争的党之间达成一致,并弥合分裂。这两个相互竞争的党一个是法国工会,与马克思、恩格斯、李卜克内西一派结盟,并得到保罗·拉法格和儒勒·盖德的支持。另一个是国际工会,与海因德曼和社会民主联盟,以及其他一些英国工会结盟,得到了保罗·布鲁斯和可能派成员的支持。爱琳娜写道:

> 挑拨法国可能派成员去反对英国马克思主义者,这是政治老手海因德曼最聪明的一招。从实际情况看,法国一些省份的社会主义者已经是马克思主义者,但这一事实被人忽略,对英国人来说,巴黎仍然是法国,而巴黎在可能派成员的控制下意味着法国也在可能派的控制下。[3]

两个党都犯了无数的策略错误,这使得两党的结合似乎变得不可能。爱琳娜意识到一个统一代表大会的重要性,为了达到这一目的就必须使两党团结起来,“毕竟,一个统一的代表大会是值得期待的,我们必须尽最大努力来促成它"[4]。在爱琳娜做出努力的同时，海因德曼却发表谩骂式文章，攻击被他称为"马克思派系"的人。

为此，恩格斯撰写了一本小册子，申明马克思主义立场，德国社会民主党领导伯恩斯坦也在小册子上签了名。这本小册子共印了3000本，在英国各地传递。随后，爱琳娜与伯恩斯坦来到海因德曼豪华的家中拜访他，直截了当地与他讨论一个统一的国际会议的重要性：

> 海因德曼看到我来，脸都变成了绿色。他知道我的脾气不好，所以尽可能地刺激我。虽然我的脾气不好，但我不是傻瓜。我看穿了他的把戏，不会上当。我保持着礼貌和亲切的交谈方式，甚至当他开始拿惯用伎俩攻击我们和保罗时，我也没发脾气。我只是回应说，如果保罗在党内所犯的错误只是方法问题，那么他，海因德曼同样也存在这样的问题，这些都是个性问题，而不是实质性的原则问题，这样的问题不应该阻碍统一大会的成立。说到我们两家曾经有的痛苦，你和我都应该感到自豪，我们有机会来重振父辈的事业。在会谈中，大约有二十多次，海因德曼对伯恩斯坦说我是一个"严格信奉党派的人"。我对此并不感到羞愧。不管怎样，我们相信，会谈的结果（你可以相信我和伯恩斯坦，作为犹太人，我们知道怎样做交易）是海因德曼会尽量做出一些妥协。当听到所有的欧洲社会主义者事实上都站在我们这一边时，海因德曼显然有些吃惊。[5]

站在不同的阵营，海因德曼和李卜克内西都向对方施加压力，想使对方妥协，但都没有成功。恩格斯抱怨李卜克内西对"对统一的疯狂追求"[6]。他认为两个敌对的党派是可以坐下来心平气和地讨论问题的，这对双方都没有任何损害，"一方是社会主义者，一方也主要是倾向于社会主义的人”[7]，让人们自己去聆听双方的说法，然后自己去做判断。威廉·莫里斯及其追随者也反对统一，虽然他们反对的原因与恩格斯不同，莫里斯认为统一只会制造出选举上的机会主义，而不是真正的社会主义。爱琳娜对莫里斯的评价是这样的：“他率领的部队之无能甚至会让福斯塔夫（莎士比亚戏剧中的人物）感到脸红。他自己也应该感到脸红。莫里斯本人是个让人喜欢的人，但是你别指望有多少女人会把他当回事。”[8]

爱琳娜在政治领域拼命工作。“今天我邮寄了500份最终版本的邀请函，还有100多份信件和明信片，我快累死了”[9]，爱琳娜在写给劳拉的潦草信件中这样写道。而上述内容还不是一天的结束，除了从早晨开始寄送600多份手写的信件，她还要打扫壁炉，从谢伯德市场买回食物给艾威林做晚餐，做完所有这一切，她还得“去会见六个工会成员，商讨代表大会的事情”[10]。

爱琳娜和艾威林经常在激进俱乐部演讲，他们的努力似乎取得了成效。“我只是在昨天晚上才开始有了一个资产阶级听众，如果在三四年前，这个人听我的演讲或者会笑话我，或者会对我大喊大叫……即使社会主义者正处于劣势，工人们也会自觉地推进社会主义工作。”[11]

爱琳娜到达巴黎后，她几乎把全部时间都用在开会上，没有离开过罗什舒阿尔街的巴黎会议室。爱琳娜和莫里斯，以及其他几名英国代表成为常务委员会成员，同时爱琳娜还在委员会中担任翻译，负责把法语和德语翻译成英语。爱琳娜曾为一名意大利教授做翻译，此人做的是关于无政府主义的冗长演讲，爱琳娜被直接指责翻译得不好。而她为克拉拉·蔡特金所做的翻译却获得了赞扬，蔡特金演讲的内容是女性劳工问题，蔡特金本人也认为爱琳娜翻译得好。蔡特金是柏林妇女工人代表，后来与人共同创建国际妇女节。爱琳娜与蔡特金两人惺惺相惜，很快建立起友情，并始终保持亲密关系。

大会的主要事项都是由爱琳娜翻译的：赞同国际八小时工作制立法决议；赞同裁军以挑战资本主义军事工业的决议；赞同将五月一日定为国际劳动节的决议。爱琳娜在国际劳动节决议的通过中扮演了重要角色。爱德华·伯恩斯坦见证了爱琳娜的大量工作：

> 她投入大量的精力做翻译，我们这些人着实被她的超能力所震惊。从早到晚，她无时无刻不在忙碌，基本上是翻译三国语言。她从不让自己休息，从不错过一个讨论。尽管大厅热得难以忍受，她还是参与了会议的整个过程，做这些费力不讨好、非常辛苦的工作：从“无产者”这个词的真实意义上说，爱琳娜就是大会的“无产者”。[12]

爱琳娜利用大会短暂的空闲时间陪伴侄子强尼(13岁)和埃德加·拉法格(9岁)。埃德加后来回忆爱琳娜时，称她是“我亲爱的爱琳娜姨妈，她对自己的侄子非常好”。爱琳娜带着他们来到有战神广场的巴黎博物馆，参观了300米高的、耀眼的埃菲尔铁塔上静默的卢米埃像，这是展览的中心地带。在他的回忆里，70岁的埃德加仍然记得在他们爬上铁塔后，爱琳娜姨妈“给他买的草莓饮料的满嘴香味”[13]。关于埃菲尔铁塔，恩格斯对之却没有好印象，他认为埃菲尔铁塔是丑陋的怪物，整个展览不过是资本主义华而不实的粗俗玩意。

爱琳娜在巴黎大会上的出色工作也得益于她所喜爱的新技术：她的打印机。这是她在大会的前四个月租来的。她自学如何使用打印机，认为打印技术“非常好学”[14]，并为她的打印机做宣传。在美国，打印机在19世纪70年代末期就大批量生产了，但是，打印机进入英国零售市场的时间却稍晚。奥莉芙·施赖纳把自己未完成的小说《从人到人》的第一章托人从南非带到英国，请爱琳娜打印，并坚持要支付打印费。爱琳娜把奥莉芙的小说第一章打印了 12 份给斯旺·索南夏因，获得了两先令打印费。

爱琳娜对打印工的小时计件收入之低感到震惊，她对媒体支付给打印工的工资，以及打印工的生活状况做了一个调查，以“打印工作室的血汗”为题目，发表在《人民》上。[15] 在这篇文章中，爱琳娜称，为了谋生，打字员“必须承接大量工作，其工作时间远远超出每天八小时”[16]。她建议在公司或在家里从事打字“这一不幸福的”[17] 行业的打字员们应该成立工会。至于爱琳娜自己，她在打字方面的技术很快也使她沦为政治领域被无偿使用的工具。

像她的父亲和恩格斯一样，爱琳娜也密切地关注先进技术的发展，以及技术对工人的时间和工作、雇主的利润方面的影响。当时，几乎所有的工业领域都处于机械化进程中。爱琳娜不赞同简单地谴责技术，对英国工人，如卢德派抵制技术现代化的误导性宣传，爱琳娜持沉默的反对态度，抵制技术现代化已经成为一个时髦的主题，在政治权利、雇员和股东中广为流行，但这是需要辨析的。

事实上，从工人的角度看，技术的进步使一天八小时工作制成为可能，技术加速了生产进度，为工人们提供了更安全和健康的工作环境，因此也提高了工作效率。技术使工人们不必停留在家庭作坊的水平上，以至晚上也要忙个不停。一个能在八小时完成分内工作的工人完全可以过另一种生活，他可以供养家人，也可以有自己的空闲时间，而不是从事使人异化的劳动。但从雇主的角度看，机械化却是不利的事，它阻止了他们从生产过程中获得边际利润率，不利于雇佣更多的新工人来赚取利润。

从巴黎开完会后，爱琳娜把两个侄子带回伦敦来玩。爱读书的小弟弟埃德加在伦敦住了几个月，停留时间超过了他害羞的哥哥强尼。在伦敦期间，爱琳娜带着侄子们参观动物园、博物馆，在汉普斯特德公园散步，她还带着他们去看话剧，其中一场是艾威林演出的话剧。恩格斯和伦琴都愿意让拉法格的孩子们来家里玩。恩格斯热情地招待他们，让他们坐在他的办公桌上，玩他的墨水、笔、纸和记事本。

就在强尼和埃德加回法国之前，他们还与爱琳娜一起参加了她在海德公园举行的一次公众演讲，当时听众有 10 万人，他们聚集在海德公园支持码头工人罢工。码头工人罢工的日期是 8 月 14 日，两个星期之内，他们成功地使伦敦的商业陷入了瘫痪。往日繁忙的泰晤士河如今异常沉静，从罗马时代起就热闹喧嚣的河上商业运输陷入可怕的安静状态。伦敦的船舶资本家、银行家和投资者，议会中的托利派和自由派都感到震惊。从来还没有什么工业行动能让巨大的伦敦贸易陷入如此的停滞状态。

从伦敦东部的码头到工业河口区的码头，工人们饥饿困顿，再也无法忍受恶劣的工作条件。爱琳娜已经写过关于码头工人之间被迫陷入肢体冲突的报道，每天早上，他们为了能得到工作不得不相互争夺。工人们为挣得可怜的四便士就要与同伴展开争夺。恶劣的工作条件使工人们团结起来，形成了有 5 万人的统一组织，计划和实施大规模的罢工，而且还通过各种方式，联合伦敦所有的工会，包括船舶相关的服务行业，连救火和河道工人都加入进来。

富裕又有权势的码头资本家马上感到了焦虑，他们失去了安全感，变得提心吊胆，就像码头工人每天早上起来为饭碗而提心吊胆一样。伦敦商会抱怨说，这次罢工总体上对贸易带来了极坏的影响，其破坏性甚至超过了“一群敌人舰队占领泰晤士河口”[18]。

通过这次罢工，码头工人赢得了一些生活条件上的根本改善，而且新的码头、河口、港口工会成立了，英国、爱尔兰和荷兰联合码头工会也建立起来，本·蒂利特任联合工会书记。1921 年，码头联合工会成为运输总工会，是英国最大的工会领导机构之一。

伦琴带着强尼和埃德加，以及自己的儿子弗雷迪、孙子亨利，共同见证了另一个爱琳娜：星期天在海德公园对大众演讲的爱琳娜。国会议员罗伯特·坎宁安·格雷厄姆向工党选民了描述这次演讲，他说：

> 演讲者一个接一个地进行，在曼和伯恩斯之后演讲的是艾威林夫人、蒂利特和麦克当娜。聆听爱琳娜对众人演讲令人充满好奇，同样令人好奇的是当她说到码头工人所遭受的苦难时，女人们的目光都聚集到她身上，看到她把戴着黑色手套的手指指向压迫者是令人愉快的，听到伴随着她优雅演讲而来的真心欢呼是令人愉快的。[19]

第二天，爱琳娜与艾威林来到邓迪，参加那里的工会大会。码头工人和随后的煤气工人罢工成为每个会议、每个对话和年度会议上人们热议的中心议题。正如煤气工人领袖威尔·索恩所指出的，这样的罢工是英国半个多世纪以来值得大书特书的罢工活动。

在当时的年代，煤气是家用和公用的主要能源。电能仍然很贵，并且不如瓦斯灯用得普遍。煤气是公用设施，煤气公司是公共垄断公司，它们的利润分配被议会立法所规定。煤气工人的工作是依照季节而变化的，这一工作要求的技术水平相当高，而且还要在有害的环境下工作，但煤气工人仍然被认为是无技术含量的工人。这些工人不需要遵循正式的学徒制，因此也就不被当作技术工人。一年 52 个星期的时间里，他们就像战士处在战场上一样，暴露在总是易燃的环境下。在反应房工作的碳化工人一天要工作 12 小时，实行夜里和白天两班倒，其工作环境非常炎热，像地狱一样，而且工人们还要手握一个非常危险的机器。

在大概 20 年的时间里，煤气工人们试图组建工会，要求提高工资，改善工作环境，但都没有成功。1872 年成立的第一个瓦斯司炉工会也很快被雇主破坏。1884 和 1885 年成立工会的努力遭遇了同样的命运，但现在，煤气工人终于成功了，他们在新工会主义的指引下，建立了自己的组织。煤气工人不再是无依无靠的人群，这些被称为“无组织性”的非技术工人在全国范围内建立起工会组织。煤气工人的罢工活动始于 1886 年，先是布莱恩特–梅工厂的火柴女工罢工，随后是水手和电车工人罢工，以及其他一些成立了工会的行业集体罢工。1889 年对新工会主义来说是至关重要的一年。这一年的年初，伦敦的煤气工人赢得了八小时工作的权利，这一斗争的胜利是在威尔·索恩的领导下取得的，他在 1884 年加入了社会民主联盟的坎宁镇分部。爱琳娜、艾威林、汤姆·曼、约翰·伯恩斯和本·蒂利特全力支持，他们帮助索恩建立起全国煤气工人和普通工人工会。新成立的工会于 3 月底投入工作，目的是要使工人的工作时间从 12 个小时降低到 8 小时，并且要建立星期天加薪制，要求把星期天的工作视为加班。6 月 7 号，英国和爱尔兰的煤气工人和普通工人工会正式注册，并提出一个充满希望的口号：“爱、团结和忠诚。”

威尔·索恩出生在伯明翰。他在童年时没有得到上学的机会。他的父母是文盲。6 岁的时候，威尔开始了他作为童工的生涯，在一家制绳厂拼命工作，一天工作 12 小时，一周要工作 6 天。由于工厂没有食堂，他还要自己带饭到工厂，根本没有时间学习或玩乐。他从工作教育组那里学到了算术和阅读简单文字。后来，索恩参加了所有他能参加的成人夜校，地点在东部伦敦的巴尔金路。在这里，他跟艾威林学习生理学，跟萧伯纳学习文学，他崇拜艾威林而不是萧伯纳。

“在那个时代，一个社会主义者做出行动，或下定决心给无技术的工人以帮助，他的行动就要比在私人俱乐部讨论革命策略强 20 倍。”[20]一位研究那段历史的历史学家这样写道。爱琳娜就是这样的少数活动家和坚定的社会主义者之一。对爱琳娜在煤气工人和码头工人的系列罢工中所起的作用,威尔·索恩和本·蒂利特是毫不含糊地予以赞扬的。像索恩一样,蒂利特也是从做童工起家。8岁的时候,他在一家砖石厂做苦力。威尔·索恩和本·蒂利特都是相信埋头苦干的人。索恩注意到,爱琳娜为罢工委员会做通讯报道加班加点,直到深夜或第二天清晨才回家,而那时已经没有任何公共交通工具,她只能徒步回家。蒂利特回忆爱琳娜:

> 既承担重要角色,又从事普通人员的艰苦工作……她太出色了,有奉献精神又美丽……她的整个生命都生活在社会主义革命的氛围中……在我们举行罢工的时候,她昼夜不停地工作……她是一个个性鲜明又充满活力的人,坚强、勇敢、能力强。[21]

蒂利特对爱琳娜与艾威林在一起的"不幸福的生活"感到遗憾,但他认为,个人生活的缺憾"并没有打垮她的精神,或者使她在为工人阶级斗争的事业中产生动摇"[22]。

汤姆·曼在回忆录中记录了爱琳娜作为一个志愿者提供的"宝贵服务",对汤姆来说,爱琳娜是"一个能力出众的女人":

> 她对经济学了如指掌,无论在私人谈话中,还是在公共讲台上,她都向人们展示了她这方面的能力。爱琳娜不仅是有能力的,如果工人运动有需要,她还会格外关注细节,比如在伦敦码头工人罢工中她就是如此。[23]

在罢工总部,波普拉区的韦德的武器酒吧,爱琳娜做了许多深入细致的工作。

爱琳娜在幕后教育并鼓励无产阶级领导者和普通的男女工人。自从担任了全国煤气工人和普通工人工会书记后,索恩很快发现自己缺乏岗位所要求的管理能力。他没有机会回到学校去接受这方面的教育,他把自己的顾虑在会上对爱琳娜说了,并请求她帮助,爱琳娜毫不犹豫地答应了。索恩,这位强有力的领导,在感谢爱琳娜对他的帮助时说她"比任何人对我的帮助都大,在她的帮助下,我提高了自己较差的写作能力、阅读能力和知识水平"[24]。

爱琳娜协助索恩构思和起草了工会的规则和章程。她帮他做工会工作,并写出从 1889 年 3 月到 9 月的半年报告,印发出来后,在全国 3 万多工会会员中传阅。1939 年,在他 80 岁高龄时,索恩在下议院接受了采访,称爱琳娜是他所认识的最有智慧的女人,爱琳娜对他生活的影响难以用语言来形容。他描述了在他的早年岁月,爱琳娜是如何自愿地给他讲解文化知识,启发他做好工会工作。而这些事情,爱琳娜自己从未向人提及。

1889 年圣诞节,爱琳娜与艾威林一起去公园路摄政街恩格斯家,与恩格斯、伦琴及他们邀请的客人一起过节,临走之前爱琳娜给劳拉写了一封长信。在信中,爱琳娜对劳拉说,艾威林正在快乐地忙于写戏剧,他担任了戏剧评论员,并紧张地写作各种短篇通讯。他仍然做一些教育辅导工作,但他的工会和社会主义联盟的工作太繁忙,没给他留出多少时间来做辅导工作。爱琳娜写道:

> 与你不同的是,从我个人苦命的角度看,生活似乎成为一场持续的罢工。首先是码头工人罢工,之后我又立马被召集去锡尔弗敦,在 10 个关键的星期里,我每天都要奔波去那个远离伦敦的地方进行演讲,通常是一天讲两场,在露天场所,无论晴天还是雨天。我开始期望和平,而不是罢工,但是天哪!煤气工人罢工又开始了。因

此，到目前为止，并没有多少和平而言（我们都在海德公园的星期天集会上进行过演讲）……我在任何时候都有可能被叫去给罢工委员会"帮忙"。[25]

在劳拉看来，爱琳娜所说的"帮忙"是担任领导的委婉说法。

锡尔弗敦以它的混合工业和化学工厂而得名，锡尔弗敦工业在伦敦码头区占主导地位。自1852年起，锡尔弗敦的印度橡胶、杜仲胶和电讯工程公司就在西汉姆区建立起来了，当时这一地区还只是一个小型防水工业区。到了1889年，这里已经有了六个独立的工厂，专门制造橡胶、硬橡胶、杜仲胶、电子和化学产品，并在法国设立了姐妹公司。锡尔弗敦的销售人员遍及英国、英属殖民地和全球各地，他们与世界许多地区都建立了贸易伙伴关系。在罢工期间，雇主们曾想从法国工厂调集人员破坏罢工，但没有成功。

虽然离伦敦和威斯敏斯特很近，但锡尔弗敦作为一个条件恶劣的工业集聚地，伦敦金融区的资本家对它并不熟悉，也从未把自己的投资范围扩大到那里。锡尔弗敦位于大都市边缘的河口平原地带，由于其重要的地理位置，在历史上被称为"进攻行业"之家。这里合法地大规模生产化学产品、化学混合物及其副产品，这些产品都是资本主义商业所需要的。工业制造所产生的有毒、有害的工业废气直接排放到这条古老的泰晤士河中。锡尔弗敦的工人，大多数是妇女，工资非常低，她们还要接触任何可以想象得到的有害工业物品，一周最少要工作80小时，所得的收入不足以维持生活，支付给她们的是不公正的、类似于奴隶制所使用的"通行券"。

锡尔弗敦罢工开始于1889年9月的第三个星期。罢工的第一要求是工人应该被支付每周80小时以外的加班费。在罢工期间，爱琳娜每天都要从大法官路赶往锡尔弗敦。从早上6点到半夜，她乘坐地铁、公交车和有轨电车在市区穿行。深夜公共交通停运后，她就步行回家，或者干脆不回家了，夜以继日地工作。

爱琳娜在每个工作日和星期天都要进行演讲，有时在工厂一天要讲几次。星期天的时候，她曾在海德公园（9月29日）、哈克尼的维多利亚公园（10月6日）、克拉肯韦尔·格林公园（10月27日）发表公众演讲。10月27日后的几个星期天，她都在维多利亚公园进行演讲。在锡尔弗敦工人的带领下，10万工人从码头区到哈尼克举行游行，他们的帽子上都绑着工会会标。

锡尔弗敦的罢工游行引发了冲突。虽然游行是在英国法律的许可之下，但是工厂主和警察还是不能容忍。在警察的护送下，罢工破坏者们混进了工人队伍。

当这些破坏者混进来后，他们睡在工厂里，政府的大货车为他们运送食物。“工厂里的罢工破坏者带来的副作用越来越大了”，爱琳娜写道：

> （由于缺乏技术）132人被严重烧伤，昨天还发生一起打架事件，一名罢工破坏者……把一个同伴刺伤了。从布莱顿来的45个人中，有42人受够了这些，他们不但“发出通知”，而且还答应要在我们的募捐箱中“每人捐出一先令”。从很多方面看，这次打架事件是我们所遇到的最为值得一提的事件。它无疑对工人组织带来了严重挑战。[26]

恩格斯写信给社会主义领导人弗里德里希·索尔格，“爱琳娜领导着煤气工人（秘密地），而他们的工会看来是最好的工会”[27]。爱琳娜在煤气工人罢工中的角色或许是秘密的，但她担任煤气女工的领导却绝不是秘密的。将近三个月的时间里，她都在前线指挥这些妇女。在锡尔弗敦的工人俱乐部,爱琳娜站在椅子上和桌子上对女人们宣讲道理,她轻快地把裙子撩到脚踝之上,露出了闪光的红色法兰绒衬裙。

1889 年 10 月 10 日,爱琳娜组建了全国煤气工人和普通工人工会的第一个妇女分部。10 月 27 日,星期天,工会执行委员会正式接纳了锡尔弗敦妇女工会分部,并宣布爱琳娜·马克思·艾威林夫人担任妇女分会的书记。爱琳娜写信告诉她姐姐,这一角色让她“很少有空闲时间”[28]。现在,爱琳娜已经成为一个重要工会的领导。在英国劳工历史上,锡尔弗敦妇女工会的成立具有极其重要的历史作用。

爱琳娜知道,把妇女简单地纳入男人领导的工会是不行的,而在分开的组织中,使妇女的劳动权利成为少数人的特权也是行不通的。妇女的参与和表达应该包含在各层次、各方面的工会组织、活动和过程中。在这方面,一招不慎,满盘皆输。如果不用智慧和策略,使女性工人与男性工人工会统一与协调,那么这次罢工以及所有类似的罢工都将不会成功。用性别来划分工人,雇主就会降低所有人的工资。因为,如果男性工人认为女性工人不如他们有价值,他们就会允许雇主降低女性工人的工资,其结果是所有劳动力的工资都降低了。

爱琳娜提出,把劳动力划分为男人、女人和儿童,是长久以来存在的分工方法和规则,这种做法不是聪明的经济学,也不是市场的自然规律,它是父权制下的商品资本主义的违背自然的规则。成年人,无论男性还是女性都应该抵制让未成年人做童工,应该保护工人阶级的孩子们受教育和玩乐的权利。妇女应该带头抵制雇主们降低她们的父亲、兄弟、爱人和丈夫的工资,男人应该坚持妇女的工资与他们平等。

爱琳娜用简单的英文来解释工业资本主义的结构。在工作中男人与女人的不平等不仅有利于并支持了资本主义,还使资本主义制度成为可能。1889 年的每次伟大罢工都让工会运动者学到了很多。锡尔弗敦罢工为人们提供的重要教训是,男人与女人应该在工作中团结一致。

12 月 14 日,锡尔弗敦罢工以失败而告终。当第一场冬雪降落之时,饥寒交迫的工人们再也坚持不住了。被雇主收买的房主开始驱逐居住在工厂宿舍区的工人家庭。在工会委员会的支持下,威尔·索恩催促工人到工厂复工,不要再使自己、家庭和邻里忍饥挨饿。为了他日再进行斗争,他们首先需要生存。他们把剩下的国际救助资金发放给450 名仍然坚持罢工的工人们。

爱琳娜指出,锡尔弗敦工人罢工的失败主要不是由于雇主采取的行动,而是因为技术工人没有持续地支持他们的非技术工人同伴。一些高技术工人在 1890 年代获得了投票权。高技术工人组成的"工程师联合会"同意复工使罢工遭到致命的打击。[29]

码头工人罢工的失败告诉人们技术工人与非技术工人应该联合起来对抗雇主。煤气工人罢工之所以取得成功,因为他们联合了起来。而锡尔弗敦罢工之所以失败,因为他们没有联合作战。"英国工人运动最大的危险是妥协的观念",爱琳娜写道。"我很高兴煤气工人从'资产阶级的小恩小惠中'摆脱了出来。"[30] 作出这些评论的同时,爱琳娜与艾威林赶往恩格斯家,参加圣诞宴会,宴会在伦琴为客人们奉上拿手的热气腾腾的李子布丁时达到了高潮。

在 12 月初的时候,爱琳娜和艾威林得到一份新工作,编辑《时代》杂志,这份每月一先令的杂志不久前被巴克斯买了下来。锡尔弗敦罢工结束后,爱琳娜开始撰写和准备下一期杂志的内容。正如爱琳娜自嘲的,即使码头工人罢工结束了她也要继续忙碌,没有休息的可能。现在"我的时间……不是更多……而是更少"[31]。

为响应八小时工作制立法的要求,1889 年巴黎会议的一个重要决议是把 5 月 1 日定为国际工人劳动节。爱琳娜把自己 35 岁的第一个月都用在了工作上,她忙于使决议在英国得到落实。在她的策划下,布鲁姆斯伯里社会主义分会发出倡议,要在海德公园举行一个公众集会,并扩大群众基础，尽可能地组织大规模的工人集会来见证5月1日的工人劳动节。

社会主义联盟和社会民主联盟对倡议置之不理，虽然这两个组织的基层群众持支持态度。莫里斯和社会主义联盟赞同设立五一劳动节，将其作为国际社会主义团结的展示，但反对八小时工作制，他们认为这并不重要。

爱琳娜为了被她称为将在英国各地举行的“五一大游行”四处寻求支持。各地工会为她提供经费，她到处去宣讲八小时工作制的重要性。例如，布里斯托工会就为她报销30先令的往返车费。会议结束后，她把剩下的10先令交给财务，包括打印的账目和她的收据。爱琳娜与艾威林在花钱上形成了鲜明的对比，即使花很少的钱，哪怕半个便士她也会清清楚楚地记账，而艾威林是无论花多少都不会记账的。

1890年，由于社会主义联盟拒绝支持八小时工作制，伦敦举行了两个五一游行活动。在5月1日当天，大约有3000千群众聚集在克拉肯韦尔公园，挥舞着社会主义联盟的官方旗帜，威廉·莫里斯和其他人还致了辞。5月4日，在爱琳娜的领导下，超过25万群众聚集在海德公园，爱琳娜和其他人一起发表了演讲。而在离巴黎不远的地方，正式的五一劳动节活动吸引了10万民众前往巴黎协和广场。

1890年5月也是煤气工人工会成立一周年大会召开的时候。经投票爱琳娜被选举成为全国工会委员会成员。大厅里人们异口同声地支持她的提名，让爱琳娜不好意思的是，有些人甚至站起来跺脚欢呼，大声呼喊同意。

作为妇女煤气工人工会的书记和煤气工人工会的执委，爱琳娜成为英国出现的最大工人运动的领导之一。

作为名人，爱琳娜经常被人邀请出席各种场合，她不得不要求媒体不要不经她的允许就刊发她将出席并发言的广告。有几次，没经她同意,主办方就印发了她将发言的广告,结果由于人们见不到她,在会议和集会期间甚至发生了抗议和骚乱。

爱琳娜认为男人与女人应该在工作中相互协调和配合,以重建劳动力市场,防止雇主们对劳动者进行划分并降低工资。受她这一观念的启发,各地工会组织纷纷邀请她去帮助他们进行组织、制定方案,并采取必要的行动。组织人数不断扩展的商店雇员工会就是这些组织之一,不断扩展的零售服务业使得雇员人数不断增加。在零售服务业,男女工人一同工作,随着现代化商店的兴起,这种情况更为普遍。

1890 年 3 月,商店雇员工会的哈默尔史密斯分会请爱琳娜在会议上发表讲话,会议地点设在哈默尔史密斯宫的多品种音乐厅。该组织希望爱琳娜支持和赞同他们在当地发起一个联合抗议,抗议雇主拒绝工人提出的八小时工作制和加班付薪制要求。爱琳娜称赞商店雇员工会把当地消费者联合起来,认为一起来抵制雇主是个好主意。她表明自己支持这一活动的立场,称愿意在示威请愿书上签字,但是她提出工会也可以考虑一下措词,"联合抵抗"这一字眼暗示着蔑视英国法律。

她建议把法律用语"联合抵制"改为"独家经营",这一词语符合合同法。因此将"我们将举行联合抵制"改为"我们将参加独家经营活动"。凭借自学的法律知识,以及个别词语的改动,爱琳娜帮助了每个签名参加请愿的人,使他们免于被法律起诉。接下来商店雇员工会在星期天举行了游行和大规模集会,整个伦敦的商店雇员都支持了这一活动。"我们的老斯托克"爱琳娜在大部分集会中进行了演讲。

零售商业主们威胁要进行法律指控,但他们的律师告诉他们,这次请愿从法律专业角度看是合理的。爱琳娜保护了事实上的全面联合抵制。后来只是发生了一些小的冲突,这些冲突通过必要的协商得到了解决。

到了 4 月 3 日,哈默尔史密斯的所有店主们都作出了让步,同意八小时工作制，以保证他们遭到严重损失的商店能恢复经营。店主们曾出高价聘用大法官路的律师，但他们并没有取得成功，爱琳娜确保商店雇员工会在法律允许的范围内开展活动，最后弱者战胜了强者。

克罗斯与布莱克威尔工厂位于伦敦东哈姆区，该厂的剥洋葱工人请求有勇有谋的爱琳娜帮助他们组织工业活动。洋葱剥皮是一项有危险的工作，从事这一工种的全部是所谓的"非技术"女性工人。这些被训练过的女性工人拿着刀和削皮器，每天轮班工作12—14小时，她们的手臂要深深地插入有害化学物品中，在不透风的工作间呼吸刺激肺部的辛辣气体。她们遭受眼部感染，患上了皮肤、呼吸道和生殖方面的疾病，某些人甚至因此终身残疾，在无法工作后被工厂解雇，并且得不到任何医疗费用和养老金。洋葱削皮工们的最高工资是每日2先令3便士，为此她们要一天工作14小时，但大多数人得到的日工资只有1个先令。爱琳娜把400名女工组织起来，成立了工会。她们提出了八小时工作制、最低工资限额、改善工作环境等要求，并进行了罢工。

一星期内，克罗斯与布莱克威尔工厂受罢工影响，无法完成零售商的订单。雇主们试图有选择性地提升工资来贿赂女工。作为最后一搏，他们还答应为所有工人提供免费啤酒，但这些条件都遭到了拒绝。最后罢工工人取得了胜利。

洋葱削皮工人罢工胜利后，爱琳娜的作战阵地又转向了糖厂。由于受够了工厂管理者严厉的惩罚制度，托特纳姆区巴拉特糖厂的年轻女工（大多数不满20岁）邀请爱琳娜到糖厂来，给她们讲话，为她们提出罢工建议。为了安抚不满的女工，巴拉特糖厂董事会为女工们举办免费派对，被爱琳娜描述为"一个廉价宴会"。她鼓励女工们拒绝接受这种廉价的条件，并领导800名女工以及支持她们的男性工人在托特纳姆的街道上进行了游行。这次游行取得了成功，但爱琳娜仍不忘适时地教育女工们。她召集了一个会议，与女工们进行讨论，并告诉她们，如果她们之前加入工会，而不是被迫采取行动，她们的罢工会取得更大成效。

那些全部由男人组成的工厂，比如铁路工厂，也邀请爱琳娜来帮助他们。铁路工人，爱琳娜写道，工作非常辛苦，但收入很低。他们拥有着巨大的潜能，一旦铁路工人罢工，整个英国的工业都将陷入停滞。

几个星期后，爱琳娜在西德雷顿公园进行了演讲，长期以来，这里是公众争取民主和举行激进活动的地方，爱琳娜也成为历史上第一个在此演讲的女人，爱琳娜演讲的一个议题是关于妇女们所遇到的问题，即如果她们的家人或丈夫拒绝加入工会，她们在家里就会遭到不公正对待。当这些妇女进行罢工或加入工会时，她们的男朋友或是丈夫就会对她们进行谩骂或殴打，威胁把她们和孩子扫地出门，即便他们的家庭住房的租金是由女工来支付的。爱琳娜对这些女工们提出建议，让她们在恋爱时就要求她们未来的丈夫加入工会，如果他们不加入，就拒绝接受他们。当然，她这个建议是半开玩笑的。而凯尔·哈迪则是经过观察认真地提出了这一建议。根据他的观察，那些不能真诚地对待自己的工人兄弟的人，也将不会是一名好情人、好丈夫。

在星期六早上举行的北安普敦自由市场的煤气工会集会上，爱琳娜发表了演讲，她提出，工人们不应该再忍受“八小时工作制”得不到法律上的落实的恶果了。她提醒前来参会的群众，非技术工人在工作时间上更容易遭受剥削：

> 到目前为止，工会委员会与旧的工会并非完全不同，在敌视非技术工人工会这一事实上，它们是一致的。但是……希望还是有的……这种自我毁灭的敌视将停止，而技术工人与“非技术工人”将并肩作战。非技术工人亟待得到组织的帮助。他们的工作时间长得令人难以忍受，而工资却低得可怜。我们的工会已经开始采

取行动，这些行动得到了社会主义者们的热切支持。[32]

在工会运动中，对工作时间立法的分歧主要来自在这样一个事实：如果把工作时间固定化，女工将比男工受到更多的影响。例如女工居多的手工艺术工人就拒绝八小时工作制。然而，有一个群体在八小时工作制上是完全一致的：煤矿工人就是支持八小时工作制的群体，在这个工作领域，从事非技术工作的绝对都是男人。

虽然汤姆·曼、威尔·索恩和本·蒂利特的母亲都是女工，但他们都坚持认为八小时工作制是绝对必要的。爱琳娜深刻地指出，如果没有在法律上设定工作日的工作时间，加班付薪制不可能建立起来。绝大多数女性劳动者都被划入非技术工人，而绝大多数参加工作的母亲们还是照看孩子和做家务的主力，如果她们有一个工人丈夫的话。这些女性工人最容易遭受不确定的、无限制的工作时间的剥削。女性工人不但要工作，而且还要承担生育任务，为资本主义机器提供劳动力。

对许多男人来说，妇女无疑是非技术工人。意识到性别划分对工会运动的影响，并对它带来的后果进行争论后，爱琳娜开始着手解决性别主义问题。在她的数次演讲中，爱琳娜以自己为例，尖锐地指出，自己"或多或少是一个非技术工人"，从工会建立之初，她就开始卖力，最终成为工会委员会的一名领导。尽管如此，反对"'非技术工人不需要八小时工作制立法'却是我的责任"[33]。

爱琳娜的介入引起了她的男性竞争对手的不满，这些人包括工会和政界的领导，他们以蔑视女性的嘲讽态度，对爱琳娜吹毛求疵，对爱琳娜称自己为"非技术工人"这种说法进行争论，认为这种说法是不妥当的。这些男领导都承认爱琳娜在工会工作辛苦，经常加班加点，但他们都不认为她是"非技术工人"，因为她来自一个知识分子家庭。然而，爱琳娜的社会主义姐妹们明白了她的意思：不管是哪一个阶层的妇女，无论是从法律角度还是从社会角度看，她都被定义和划分为“非技术的”。[34]

爱琳娜对工作尽心尽力，这是毫无疑问的。5月4日那一天爱琳娜在海德公园领导的庆祝五一劳动节的群众活动中大获成功，这足以证明她的工作丝毫不逊色于大多数男性工会领导人。人们普遍认为这次游行活动“非常轰动，即使是资本主义媒体也承认这一点，爱琳娜无论在哪里进行演讲都会收到巨大的轰动效果”[35]。

在1890年庆祝五一劳动节的活动中，爱琳娜发表的演讲表达了她践行国际社会主义的决心、她对英国工会的承诺，以及建立一个代表工人阶级的议会工党的必要性：

> 我们还没有从事政党的工作，但是我们已经在从事劳动的事业，为劳动进行辩护，争取劳动权力。我记得我们在海德公园为争取八小时工作制立法已进行了几十次示威，这几十次示威可以发展为几百次，几百次可以演变成几千次，直到我们取得最后的成功……我们中的一些人已经历了码头罢工的辛苦，煤气工人罢工更不容易，你们已经看到了，罢工队伍中有男人、女人也有孩子，我们经历了多次罢工，我们有决心把罢工进行到底，直到八小时工作制通过立法。除非我们坚持到底，否则就会失去这次机会。如果我们不在这个伟大的日子取得成功，我们就只能在日后埋怨我们自己。
>
> 今天下午的集会中有一位叫迈克尔·戴维特的人，他曾经被格莱德斯顿先生驱逐，现在他却成为格莱德斯顿先生最好的朋友。你们猜猜是什么导致这种转变？为什么自由党会这么快地转向地方自治？答案很简单，因为爱尔兰人民选举出八名下议院成员去支持保守派。由此看来，如果自由主义和激进主义者们不支持我

们的行动的话,我们有必要把他们剔除。

今天下午,我不仅是作为一个工会社会主义者在这样说,而且也是作为一个社会主义者本身这样说。社会主义者相信,八小时工作制是首要的、应立即采取的步骤,我们的目标是争取一个理想的社会,到那时,不再是一个阶级处于另一个阶级之下,无论在社会底层还是顶层,人们都不再遭受失业的威胁。现在还只是斗争的开始,而不是结束,我们在这里争取八小时工作制的示威还不够。我们绝不会像一些基督教徒那样,为了赎罪工作六天,星期天还要去教堂做礼拜,但我们必须每天坚持宣讲我们的事业,要使我们遇到的每个人,尤其是女人加入到我们的行列,帮助我们。[36]

在演讲即将结束的关键时刻,爱琳娜停了下来,她引用雪莱在《暴政的假面游行》中的震憾诗句对英国的工人阶级群众说:

像睡醒的雄狮一样起来吧,
你们人数众多,不可征服,
赶紧挣脱你们的锁链,
就像抖掉沉睡中落在身上的露水,
你们人数众多,而他们只是少数。[37]

第十九章　易卜生迷的插曲

两年马不停蹄的工作后，爱琳娜感觉很累，她需要休息，调整自己，1890年夏季的假期让她充满期待。她的上一个假期是在康沃尔度过的，他们应艾威林的几个“富裕阶层”的朋友们邀请去了那里，当时的天气阴暗潮湿。其实艾威林的朋友们很热情，人也都不错，但爱琳娜还是感到不舒服。对爱琳娜来说，就社会的不公正等话题进行讨论和辩论，是唯一有意义的公共交流，而吸烟、为幽默而幽默、穿着个性化的小资服装闲聊等，这些所谓上流社会做派不但做作，而且无意义，爱琳娜融不进去，在这里，她是一个无趣的客人。易卜生在戏剧中描写过这种处境，对爱琳娜的心情，易卜生应该不陌生。

将近十年的时间里，爱琳娜的假期都是与奥莉芙一起过的，但去年十月，奥莉芙回到了南非老家，这让爱琳娜有些伤感，她们不知道是否还能再见到对方。爱琳娜最亲密的朋友和知己现在在地球的另一端了，继奥莉芙之后，哈夫洛克·埃利斯也离开了，此时的爱琳娜对朋友的离开已经有些习惯，不再过于伤感。

1890年7月，恩格斯在挪威度假，已经到了挪威几个月的他写信给爱琳娜，强烈建议她和艾威林也到挪威度假。的确，此时的爱琳娜应该放松身心休息一下了。恩格斯认为爱琳娜早该来挪威，他“吃惊于作为易卜生迷的她竟然这么长时间都没有想到来挪威”[1]。不久前，爱琳娜受出版商托马斯·费舍尔·安文之托，翻译易卜生写于1888年的《海上夫人》。这部戏剧计划于第二年年底分数卷别发行，并由作家埃德蒙德·戈斯作序。爱琳娜和艾威林计划在5月后，共同努力使这部戏剧能够在伦敦的特里剧院上演。此时此刻，爱琳娜的所有生活背景都与易卜生扯上了关联，恩格斯是对的，她是时候去挪威“朝圣”了，而她的翻译酬劳可以作为旅行费用。

爱琳娜没有错过这个机会，她和艾威林于8月6日启程去挪威。爱琳娜与艾威林在易卜生家乡挪威的三个星期旅行，在某种程度上也是他们之间矛盾关系不断展开的旅行。爱琳娜应该能从易卜生的戏剧中看到她自己，她生活中的挣扎和困境，以及她对爱情的幻觉。有一种错误的幻觉很容易使女人们陷入婚姻的困境，她们认为用美丽、爱、温柔持家、性的满足、有孩子等可以征服坏男人，这是自古以来就有的幻觉。这种幻觉用来逃避现实或许管用，但在现实生活中是没用的。

这也是易卜生戏剧的一个主题。

艾利达·兰格尔，《海上夫人》的主人公，想要停留在婚姻带来的安全感中，最终屈服于生活。与艾利达不同，福楼拜的包法利夫人选择了自杀，《玩偶之家》中的娜拉，根据易卜生的暗示，她最终没有自杀，而是离家出走，甚至有可能重新塑造自己的生活。从爱琳娜与艾威林的私人关系看，很多方面，爱琳娜既像娜拉，又像艾利达，她徘徊在两者之间。

《海上夫人》展示的是艾利达·兰格尔的困境，她不得不进行选择，一方是爱她并忠诚于她，但是无聊、有安全感的丈夫，一方是有诱惑力但危险的情人。后者是个水手，来自她的过去，这个情人试图重塑她的生活。爱欲是这部戏剧的核心。艾利达对这位不知名的陌生人、她危险的情人的出现感到恼火，因为他的“可怕的、深不可测的力量征服了我的心”[2]。而艾利达的丈夫兰格尔博士逐渐理解了他妻子面临的困境：“我开始一点点地认识到……你对大海的渴望和痛苦，你被一个陌生男人所吸引，这是一种对苏醒和不断增长的自由的渴望，而不是其他什么。”[3]当艾利达的丈夫认识到并承认她的自由，让她自己作出选择的时候，她选择了丈夫。

萧伯纳、埃利斯，以及爱琳娜的许多好朋友都认为爱琳娜之所以与艾威林剪不断关系，主要是因为性。但这种理解过于简单了。爱琳娜爱艾威林，而艾威林爱他自己。在他们两个人中，艾威林是比较容易满足的那一个。艾威林的自私和以自我为中心让爱琳娜恼火，同时也深沉地吸引着她。爱琳娜认识到，艾威林的本性和生存方式与她不同，这种方式可以抵御她的忧郁和厌世，由于她对他人持续不断的同情和过度的设身处地，她对世界的不美好尤其敏感。

艾威林则对外界有着惊人的免疫力，这让爱琳娜感到吃惊，同时让她想起从家庭教育中一直得不到解答的问题。除了庞大的资本主义结构、父权制、阶级不平等和抽象的历史唯物主义，还有什么力量和因素使人类居于其他存在物之上？更具讽刺意味的是，还有什么力量和因素使个体居于公共利益之上？

《玩偶之家》是爱琳娜最喜欢的易卜生戏剧。1889 年 7 月 7 日，这部戏剧首次在伦敦新奇剧院上演，盛况空前，艾迪斯·李斯·埃利斯这样形容当时的情景：

> 我们几个人聚集在剧院外，兴奋得难以呼吸。我们见到了奥莉芙·施赖纲、朵莉·雷德福德……还有爱琳娜·马克思。这部戏剧引起了我们的争论，我们激动不已、大喊大叫。它到底说明了什么？生与死对女人意味着什么？欢乐和悲哀对男人来说意味着什么？女人应该争取她自己的解放，为此她应该离开丈夫和孩子，这更具有魔幻意味而不是牺牲意味。[4]

即使是保守派人士也感受到这部戏剧的力量，如《每日电讯报》的克莱蒙特·斯科特，他对易卜生的“传播非道德观念”极为反感，却也承认易卜生是当代最伟大的戏剧家：“人们是如此全神贯注地被它吸引，如果地上掉了一根针也会被听见的。”[5]

维多利亚晚期出现的《玩偶之家》对英国戏剧界产生的深刻影响，

可以说超过了其他任何一部戏剧。演员哈利·格兰威尔·巴克尔形容《玩偶之家》的上演是"近十年来最戏剧性的事件"[6]。易卜生对婚姻的精确描述、对心理不成熟的娜拉、专制的托瓦尔的刻画使英国的中产阶级深受触动,他们从中看到了自己的生活。社会上的保守人士认为这部戏剧对妇女会带来腐蚀作用,会破坏男人的安宁生活和统治地位,会加速建立在良好礼仪之上的英国婚姻道德的崩溃,中产阶级妇女原本认为她们的生活是围绕丈夫和孩子展开的,而现在,她们要追求属于个人的自由生活,将不安于屈从地位。

进步人士认识到,如果妇女们获得勇气,摆脱传统赋予她们的家庭角色,那么维持社会的传统力量就会瓦解。"易卜生主义"这一标签用来形容新的社会运动参与者:社会主义者、女性主义者、马克思主义者、费边主义者,这些人把易卜生当作新戏剧的先锋,在他们看来,易卜生戏剧改变了传统戏剧的形式和内容,使之激进化,给人们的现实生活带来深刻的影响。

总的说来,英国媒体对易卜生的新型戏剧持反对态度,如《标准晚报》指责他的戏剧传播了廉价的淫秽内容。针对这种指责,易卜生主义者们则宣称,只有那些迷恋色情和不忠诚的人才会在艺术的名义下,从事满足自己的非法行为,才会赞同《标准晚报》的观点。[7]

萧伯纳抓住了易卜生戏剧的核心,他把这一核心简要地概括为:"易卜生的戏剧是从中产阶级中产生的反对资产阶级的力量。上层社会和下层社会的人们并不怎么反对资产阶级,他们从来没有像马克思那样讨厌过资产阶级,从来没有像斯威夫特、易卜生和斯特林伯格一样蔑视过资产阶级。"[8]萧伯纳认识到,看腻了传统戏剧的人们"不想再观赏那些空洞无趣的平庸表演",当他们看到易卜生的戏剧后,他们的戏剧兴趣被重新激发出来,因为易卜生的戏剧中没有任何"传统的内容出现舞台上"[9]。

妇女们的视野被打开了，当她们挣脱玩偶地位，她们的丈夫就只能无望地看着她，摆在他们面前的路是：他们或者过没有女人的生活（这种情形使他也暂时成为独立的人），或者把女人当作像自己一样的人来对待。男人们开始充分认识到，他们不再是居于妇女之上的高级存在者，女人与男人一样，都是平等的人类。[10]

对爱琳娜来说，《玩偶之家》包含了她所喜爱的艺术内涵，其中人类个体的故事与整个社会的矛盾和伦理冲突相结合，在自由的驱使下，个体开始思考如何改变社会，创造一个不同的未来。

成立于1884年的戏迷俱乐部重新组织起来，讨论"易卜生问题"。艾威林出色地诵读了《群鬼》，爱琳娜作了"戏剧的非道德性"演讲。爱琳娜与萧伯纳经常在俱乐部见面，两人的热烈讨论经常打乱事先安排的议程。萧伯纳回忆道，"当然，艾威林夫人和我作为经历过世面的社会主义观念煽动者，经常会说着说着就跑题了"[11]。

几个作家联合起来，打算撰写《玩偶之家》的续集，爱琳娜是其中之一。1891年3月，时代杂志发表了《玩偶之家》的续集，署名是爱琳娜和伊沙雷尔·桑威尔。桑威尔1864年出生于伦敦，父亲是拉脱维亚人，母亲是波兰人，他以"犹太狄更斯"而著名。小的时候，他在斯皮塔福德的犹太人免费学校受教育，后来成为那里的老师。再后来，他进入伦敦大学，并走上了创作之路。经过努力，他成为一名享誉英国和美国的作家，1892年发表的《贫民窟的孩子们》是他的成名作。"大熔炉"这个词是他首创的，也是他一部戏剧的题目，1908年该剧在百老汇大获成功。桑威尔是一位低调的和平主义者，也是妇女获得投票运动的坚定支持者。1895年，桑威尔把自己的朋友西奥多·赫茨介绍给英国犹太人知识分子朋友圈，他们都是犹太人的潜在支持者，并开始与犹太复国主义者交往。当桑威尔与爱琳娜结识的时候，他才刚刚开始他的事业，写卡通、幽默作品，从事记者工作。由于在近十年的时间里他都是爱琳娜的手下,桑威尔有点敬畏她。他把爱琳娜也介绍给他的知识分子朋友圈,包括犹太流浪者基尔·伯恩。桑威尔的很多朋友都认为,他是希望获得爱琳娜的芳心。

桑威尔和爱琳娜的幽默讽刺版《玩偶之家》在原著基础上作了一定改动,这样做是为了调整"明显不可能、否定的、非道德的结局"[12]:

> 对英国观众来说,一个女人主动选择离开丈夫和孩子,这是荒唐和难以接受的事情。为了照顾英国人纯洁偏执的道德观,我们对第三幕加以轻微的改动,去掉了让英国观众难以接受的非道德和不体面的情节。[13]

在他们的版本中,娜拉为自己自私的行为和想法而道歉,并承认她去工作挣钱是错误的。悔过的娜拉留在了托瓦尔身边,并决心改正她的为妇之道。[14]

当爱琳娜和艾威林从挪威回来后,爱琳娜又开始了革命事业,进行演讲,从事劳工和政治活动。然而她此时却遭到社会主义运动内部父权制的性别歧视,妇女在某些社会主义组织中因为影响太大而被排斥,爱琳娜首当其冲,作为社会主义组织的创建者,她被认为过于有公众影响力了,现在需要对她的影响力予以削减。1890 年的工会大会,爱琳娜没有入选,而是被排除出局,她第一次意识到自己因为性别问题而成为众矢之的。

1890 年,全国煤气工人和普通工人工会在英国已经有了一百多个分支机构,交费会员达到了 6 万人。工会从布里斯托、都柏林、利兹、曼彻斯特、伯肯黑德和阿克斯布里奇分别选出 9 个代表参加大会。爱琳娜是伦敦选举的三名代表之一。但是让她感到吃惊的是,国家执委会(她是成员之一)却通知她,她的代表资格不予承认。更让她吃惊的是他们否定她的理由。国家执委会领导"与我商谈工会代表事宜,指出我被拒绝是因为我不是工人阶级妇女"[15]。

与此同时,克莱门蒂纳·布莱克和艾米利亚·迪卡,作为作家、女性主义艺术历史学家和工会主义者,却被工会委员会接受。"布莱克小姐连一天工会的事儿都没做过,却被接受了,而我却遭到了联合抵制!"克莱门蒂纳是爱琳娜的朋友,她告诉爱琳娜自己并没有被当作代表来对待,而且"我现在所处的位置并没有赋予我这样的资格"[16]。事实上,克莱门蒂纳在报告中写道,她和迪卡小姐只是被会议主席和副主席出于好意安排在代表桌的空席就座。[17]克莱门蒂纳所提供的正是爱琳娜所需要的事实。"现在,让我们来看看对我的拒绝是否恰当,首先,我当打字员,是工人阶级妇女;其次,不是由会议而是由某人来决定谁该就座,谁不该就座,这是荒唐的。"[18]

威尔·索恩和其他代表把爱琳娜受到不公正待遇的事向大会提了出来,但是没有得到任何结果。爱琳娜只能坐在媒体席,作为四个不同国际报纸的记者作会议报道。看来,用三种语言从事四份报纸的新闻记者工作也不能使爱琳娜成为一个工人阶级妇女。[19]

在爱琳娜的积极推动下,煤气工人工会成为全国唯一拥有两个妇女分部的工会。爱琳娜在全国工会委员会中的地位增强了她的影响。不仅妇女工人,整个煤气工人工会都支持男女同工同酬。在总工会代表大会中,男性技术工人占主导,他们对男女同工同酬的提议不感兴趣。工会领导层对爱琳娜参会代表权的剥夺,以及对煤气工会授权的不予理睬,实际上都是为破坏男女同工同酬所采取的措施。

爱琳娜与他们据理力争。她指出,阻碍民主选举出的妇女参加大会,这种情况屡见不鲜,1888 年,女工代表艾迪思·西门科克斯和安妮·贝赞特就被国际工会代表大会阻止参会。艾迪思·西门科克斯和安妮·贝赞特是火柴制造工人工会的主席和书记。虽然"旧工会主义者"阻止她们,但他们的意愿并没有得逞,新工会主义者,威尔·索恩、约翰·伯恩斯,以及从欧洲工会新当选的领导重新投票进行表决,同意

她们参会。在男性与女性投票权缺失的情况下,工会代表大会就是工会会员们的议会,而且它理应表达出工人阶级的心声:

> 我是否是工人暂且不提,关键的问题是:(1)根据现存工会章程,任何经过合法程序选举出的工会会员都是符合条件的,而我正是经过合法程序选举出的,我不但通过了执委会选举,而且通过了整个工会代表大会的选举。(2)工会的男人和女人们有权决定他们选谁来当代表,这是议会代表制所认同的原则。[20]

被剥夺了参会代表资格后,气愤的爱琳娜不得不加入记者团,与坎宁安·格雷厄姆一起从事记者工作。在格雷厄姆的眼里,爱琳娜有思想,思维敏捷,长于演讲和写作。

第二年,法国的工人代表大会邀请爱琳娜和格雷厄姆到里尔参加他们于10月举办的会议。爱琳娜成为唯一一个国外代表,并且是正式列会的唯一女性。到会后,她受到了出乎意料的待遇,她在给恩格斯的信中写道:

> 这真是很荣耀,您想想看,巨大的会议广告牌悬挂在里尔的墙上,上面的白色标语呈现在我的面前,上面写着"欢迎爱琳娜·马克思·艾威林主席"!我觉得应该纠正一下,但没达到效果,整个会议就在我的"主持"下召开,进行得很顺利。[21]

但爱琳娜的"主席"并未担任多久。她从里尔连夜坐火车前往德国的哈雷参加德国社会民主大会。当时她与三个法国代表同行,这三个人虽然不乏魅力,但却缺乏绅士风度,他们希望爱琳娜作为唯一的女性可以照顾他们。爱琳娜写信给恩格斯说"如果再让我与外国人同行,不止一个法国人,而是三个同行,还不如让我下地狱。我宁可怀抱两个婴儿，外带 6 个孩子一起旅行，也不愿与这几个法国人同行，他们笨到不能再笨，麻烦到不能再麻烦了”[22]。爱琳娜对恩格斯说，当这几个法国人在车上不能及时吃上饭的时候，他们差点哭出来。

11 月的时候，爱琳娜被叫到了伦琴的病床前。1890 年 11 月，爱琳娜的“第二母亲”海伦·德穆斯，死于未经治疗的癌症，享年 70 岁。

布鲁姆斯伯里社会主义联盟、八小时工作制中心委员会的账目表明，伦琴一直都在捐钱支持这些运动，五月一日的游行活动她也参加了。直到生命的终点，她始终都是一个社会主义者。

根据生前遗嘱，伦琴被葬在海格特墓地，与卡尔和燕妮同一墓地，小简·拉法格也安葬在这里。无论这三个人之间拥有怎样真正的爱、信任和相互尊敬，在这不同寻常的三位一体关系中，总是有一个三角形的等级图式：卡尔处于塔尖，之下是燕妮和伦琴，而伦琴又在燕妮之下。

第二十章　我是犹太女人

不难想象,伦琴的死使一向不慌不忙的恩格斯陷入了慌乱境地。位于公园路的恩格斯家一团糟。在一篇描绘“家中的弗雷德里克·恩格斯”的文章中,艾威林叙述伦琴对恩格斯变得越来越重要,就像她曾经对马克思一样重要,她是恩格斯的“管家和……他信任的顾问和咨询师,不但在日常生活中是这样,在政治生活中也同样如此”[1]。失去伦琴的恩格斯本能地要找一个人来替代她。

几年前,恩格斯遇见了路易丝·考茨基,对她很有好感,当时她与后来成为她丈夫的卡尔一起到伦敦旅行。路易丝结婚后不久,丈夫卡尔就在阿尔卑斯会议遇见了一位德国小姐,并马上被她吸引。出于成熟和理性,也出于尊严,路易丝决定离开丈夫,成全他与德国小姐结婚。于是两人和平分手。有趣的是,她丈夫的新欢也叫路易丝,而路易丝却坚持不改夫姓,还继续叫路易丝·考茨基。

离婚后的路易丝开始在维也纳学习助产术,她并不依赖自己的前夫,始终独立地保持着与德国社会民主党的交往。不顾路易丝在维也纳学习助产术的事实,恩格斯拿起笔给她写了封恳求信,希望她能来照顾一个“无助”的老人,而不是把精力用在学习如何使一个新生命来到世界上。路易丝没有犹豫,马上答应并赶到伦敦,肩负起照顾恩格斯的责任。

恩格斯原来的管家,被爱琳娜形容为“多疑”的帕姆斯。她开始怀疑,并且对新来的维也纳人感到不快。恩格斯害怕帕姆斯故意刁难,没跟爱琳娜商量,就对帕姆斯说是爱琳娜邀请路易丝来帮助他照顾家里事情的,不是他邀请来的。爱琳娜对恩格斯的这种做法,以及围绕他家的家政主管位置的争执问题感到好笑。[2]很快她开始同情陷入困境的路易丝,帕姆斯为保卫自己的位置势必排斥路易丝,这是自古以来就在上演的家庭剧:

> 我为路易丝感到难过。倍倍尔和其他人都对路易丝说她应该来陪伴恩格斯,但这对她似乎不公平。她在维也纳生活、事业都处于发展状态,但她却牺牲了自己全部的事业来做这些琐碎的小事,如果她是男人,恐怕没人会给她提这样的建议。她仍然年轻,只有三十岁。让她陷入照顾一个老人的处境,而不去追求更能发挥潜能、更快乐的生活,这似乎是不对的。你知道她在这里的生活会是什么样的。[3]

但是爱琳娜对路易丝的同情遮蔽了她的判断。路易丝出现在恩格斯需要帮助的时刻,这并非像表面看来那么简单和自然。奥古斯特·倍倍尔、保罗·辛格和维克多·阿德勒,这些德国社会民主党的创建者和领导者给路易丝委以重任,他们希望借路易丝的手从恩格斯那里获得他们需要的东西。德国社会民主党对马克思的手稿和遗留的著作(未发表的遗作)很是关注。爱琳娜与恩格斯都没想到的是,路易丝肩负着特殊的使命。马克思临终前把自己的著述遗产继承权交给了爱琳娜和劳拉,并让恩格斯来监护,直到他去世,这是大家都知道的事实。倍倍尔、辛格和阿德勒想否定马克思的遗愿,并希望能说服恩格斯把马克思的手稿和通信都交给德国社会民主党。出于这一目的,他们说服路易丝去讨好恩格斯,并设法让恩格斯修改自己的遗嘱,使之有利于德国社会民主党。

恩格斯70大寿的时候,倍倍尔等三人都赶来祝贺,他们很高兴看到路易丝成功入住恩格斯家中,并获得了恩格斯和爱琳娜的信任。倍倍尔暗中对阿德勒说,“路易丝很清楚自己的使命”[4]。路易丝使自己成为恩格斯身边的贴身人物，并且也成功地成为爱琳娜和艾威林生活中的一分子。

帕姆斯坚称路易丝的唯一目的就是取代她在恩格斯身边的位置，爱琳娜应该对帕姆斯对路易丝的敌意稍加留意，但她并没有。爱琳娜和劳拉从小得到恩格斯的喜爱，自然在情感上也站在他这边，对此爱琳娜并不觉得有什么不对，她只是高兴看到恩格斯过得愉快，并且又能从事写作。“恩格斯将军现在过得非常不错。”爱琳娜写信给劳拉：

> 路易丝成为恩格斯的出色助手，帕姆斯无望地失宠了……还有一件好事儿，将军现在又能从事整理资本论第三卷的工作了，本书的一部分重要内容将于圣诞节过后马上寄出，如果在繁忙的圣诞节寄出恐怕不太安全。[5]

卡尔·考茨基试图警告他们，路易丝另有他图，但是，由于爱琳娜和恩格斯已经接纳了路易丝，卡尔的警告让人觉得似乎是一个受伤的前夫对妻子的抱怨。而且，爱琳娜当时工作太忙，也没时间多去思考恩格斯家中的细节问题。

1890—1893 年间，爱琳娜一直处于不间断的工作中。像任何一个活动家一样，爱琳娜的生活难免不被日常事务所占据。演讲、从事工人运动、主持会议、撰写文章、报告，在召开代表大会时还要负责买面包和啤酒等，这一系列事情都需要有很大的毅力和精力。1891 年夏天爱琳娜写信给劳拉称，“我为了煤气工人们的事业赶往布鲁塞尔，而眼下我又不得不从会议抽身回来。我今年的假期看来无望了。假期似乎和我说再见了”[6]。

无暇休假的爱琳娜回到伦敦，进行更多的会谈、演讲，从事更多的工会活动，而且还要应付“吉勒斯事件”。爱琳娜所说的吉勒斯事件，指的是艾威林与狡猾的新闻记者费迪南德·吉勒斯之间的争执问题。吉勒斯是新近加入社会民主联盟的，并且很快成为海因德曼的随从。在海因德曼的授意下，他在布鲁塞尔会议上非难艾威林，在代表中传播有损艾威林的信息。吉勒斯传播的关于艾威林的负面消息有很多都是真的，这让艾威林更加恼火。当他们回到伦敦后，艾威林在所谓忠诚的路易丝陪同下，来到吉勒斯位于伊斯林顿的家找他算账，正好在门口撞见了吉勒斯。在接下来的争吵中，艾威林用拳头猛击吉勒斯的头部，最后警察被叫来收拾乱局。艾威林因为攻击行为而遭受罚款40先令的处罚。奥古斯特·倍倍尔对吉勒斯极为蔑视，他后来对爱琳娜说，艾威林用每拳20先令的价格攻击了吉勒斯的两个耳朵，这还是值得的。艾威林与吉勒斯的争斗在《工人时代》和《前进》杂志上继续。爱琳娜也想回应吉勒斯的无聊行径，但她意识到不能引起在英国法律上的麻烦："我们不知道什么时候可能被起诉，我们说过的每句话都可能在某种意义上遭到诽谤。"[7]路易丝在这场争执中的参与，以及在其他事情上的表现，加深了人们对她的信任，她越来越成为"自己人"。

但爱琳娜也注意到路易丝对恩格斯的各种小毛病的大惊小怪，在照顾一个老人的健康上，她表现出不称职的一面。但爱琳娜对此置之一笑，并不在意。在爱琳娜看来，恩格斯并没有老到动不了的地步，他的健康状况也不算太坏，他只是作为一个老男人在跟年轻的姑娘开玩笑逗趣而已，路易丝不明就里才对这个生病的老恩格斯表现出过度的关切。[8]

恩格斯的健康没什么大问题，但艾威林的健康却出了问题，且开始恶化，他的疾病症状越来越明显。爱琳娜焦急地对姐姐说，"艾威林的身体让人担忧，他在布莱顿与一个朋友在一起。他的扁桃体炎现在非常严重，实际上，一直很严重"[9]。

19世纪90年代的经济萧条使新工会主义遭到雇主和广大资本主义投资者的反扑。爱琳娜的全部注意力都转到了政治领域。为了贯彻国际主义原则，也为了巩固新生的独立工党的发展，爱琳娜和艾威林把主要精力集中在建立国际联盟上，当然，是在艾威林健康状况允许的情况下。他们的目标是在欧洲及其殖民地创建一个跨地域的工人运动合作组织。贸易、金融、工业和资本都在国际范围内运行，因此，反抗这些力量的组织也要国际化。

爱琳娜的工作越来越具有国际性质。在提交给1891年布鲁塞尔大会的代表议案中，她引用了最新的数据表明工人运动国际化的趋势，比如英国诺丁汉的鞋带工人在资金上援助法国加莱的工人兄弟；澳大利亚工人声援英国的制砖工人；英国的玻璃吹制工人声援法国里昂的燧玻璃制造工人等。[10]爱琳娜充当起国际社会主义运动中间人的角色，她建立起一定的程序来传递罢工资助金，并确保它们使用合理。正是这些资助金，为工人和他们的家属提供了必要的谋生条件：食物、暖气和住所，使他们可以没有后顾之忧地从事罢工活动。

在1892年的国际玻璃制造工人第四次大会上，爱琳娜既当书记又当翻译。第二年，约克郡和兰开夏郡的玻璃制造工人进行了16个星期的罢工，爱琳娜予以支持，并在与姐姐的通信中呼吁法国媒体和里昂玻璃制造工人的支持：

> 这场罢工是整个玻璃制造工业的一场生死攸关的战斗。它肯定要持续几个月。结果只有上帝晓得。就像艾威林经常说的，上帝是如此沉默寡言，他不透露任何消息。[11]

德国、法国、丹麦的玻璃制造工人从自己的工资中掏钱来支持英国工人兄弟的罢工，并持续地用物力维持约克郡和兰开夏郡工人的生计，以使他们能够把活动进行到底。1892年4月，约克郡和兰开夏郡玻璃制造工人的罢工取得了成功，他们令雇主妥协并接受了他们的条件。

1892年7月，第三次国际矿业工人大会在伦敦召开，爱琳娜兼任书记和翻译，夜以继日地为英国和德国媒体撰写详细的政治和经济分析，并用英语和德语把报告打印出来。

德国与英格兰煤矿工人之间的斗争具有破坏性，在解决这一潜在政治问题时，爱琳娜充当了关键的仲裁角色，恩格斯对此进行了详细的记录。“这是一个重大功劳”，恩格斯对奥古斯特·倍倍尔说，正是由于爱琳娜的调解，事情才向着正确的方向发展。爱琳娜显然是个不屈不挠的人。但她并没有居功自傲，对这件事的记录也是轻描淡写：我于星期四晚上 9 点 15 分离开（我要去见一些德国矿工），大约第二天早上 9 点到达卡姆诺克，进行了一整天艰苦的工作。星期一晚上搭乘 9 点 15 的车从卡姆诺克回到伦敦，星期天早上 8 点回到家，精疲力竭。[12]

爱琳娜的会议一个接着一个地开。她做文字翻译、口译，并逐字逐句地把速记整理成报告，然后用她钟爱的打印机打印出来。虽然爱琳娜一直处于紧张繁忙的状态，但是 19 世纪 90 年代期间，她压抑的孤独感还是显露出来。“虽然我经常是忙碌的，我仍然感觉孤独。”[13] 1891 年，在她姐姐珍妮过世 8 年后，她姐夫查尔斯·龙格在卡昂与另一个女人成立了新家，这让爱琳娜非常沮丧。姐夫再婚意味着她的两个侄子再也不能来她这里居住了，爱琳娜的希望落了空，她把失望情绪发泄在姐夫新找的这个女人身上，对侄子的继母玛丽很不友好，并厌恶地称姐夫的新婚是“无法形容的恶心”[14]。

1892 年 7 月，煤气工人大会在普利茅斯召开，爱琳娜在会上介绍了煤气工人们的斗争原则，即用直接的政治活动和参与来争取经济上的公平正义。这种说法听起来有点像夸大的意识形态话语，但在当时的语境下，它是从工人运动中提炼出来的，是从到工人中来到工人中去的具有实践意义的新话语。普利茅斯大会的全体代表一致通过决议，要求从他们的直属机构和分部中选出代表参加所有的市政和议会选举。这是一次具有里程碑意义的投票活动，与已有的旧政党完全不同，它提出了明确的代表选举制。

凯尔·哈迪是 1888 年新成立的英格兰工党领袖，工会主义者约翰·伯恩斯则在1892年的普选中成为候选人,爱琳娜同时为这两个人争取机会。伯恩斯是巴特西工人联盟创建者,他拥有巴特西多数群众的支持,人数为1500人。哈迪代表西南汉姆进行选举,支持率也不低。由于在伦敦郡议会的出色工作,伯恩斯给人们留下了深刻印象,像爱琳娜一样,他也持续地支持非技术工人的权利运动。在爱琳娜的号召和领导下,煤气工人工会最终选举出哈迪作为代表。在思考新时代的一篇短文中,爱琳娜和艾威林写道,伯恩斯和哈迪是首次由无产阶级运动选举出的英国议会代表,这使他们明显区别于另外的两个资产阶级政党选出的代表。[15]当然,他们也感到失望,罗伯特·坎宁·格雷厄姆,第一个英国议会的社会主义议员,英格兰工党的建立者,将自己格拉斯哥的席位输给了自由主义工会成员。爱琳娜很清楚,在新工党候选人中排斥自由主义派别会分散他们的选票。“我们认为,把自由主义的‘影子拳击手’排斥出局是重要的,这样我们就可以分裂自由党势力……让他们知道我们的厉害。”[16]

艾威林也被人推举为候选人,亨利·海德则拥护艾威林。爱琳娜对此感叹道:“那些拥护艾威林的人们,竟然承诺如果艾威林愿意竞选,他们就给予财力上的支持!”[17]然而,艾威林并不愿意承担公务,而且他说得很明确,如果他要参加竞选,他也不会接受其他捐助,他只会从委员会职务中拿到他应得的钱。

1892年,英国劳工联合会议在格拉斯哥召开后,凯尔·哈迪主持召开了一个会议,会议代表是那些支持资助独立工党领导英国进行工业化民主的人。这一历史性会议为下一年初组建新的政党奠定了基础。

1893年,在爱琳娜38岁生日的前三天,组建独立工党的全国会议在布拉德福德召开。这次会议召开前不久,爱琳娜发表了一个名为“国内与国际的社会主义”的演讲,结果却遭到批判,人们指责她用旧的英国工会主义政治观念来妨碍现在的英国劳工联合会的领导工作。其实英国工业领域罢工之所以胜利,是因为得到了欧洲和澳大利亚国际工人运动的支持，英国劳工联合会的领袖却不顾这一明显的事实，他们不愿采纳国际主义路线，表现出极强的国家主义做派，并采取了反欧洲的政策和言论。老派的旧国家主义守卫者和新的国际主义支持者之间的斗争正在酝酿之中。爱琳娜当然是新国际主义的化身。

爱琳娜演讲、写作，积极进行各种活动劝说赞助者们，让他们相信新工党应该采纳国际主义原则。但是英国劳工联合会的狭隘卫道士却固执己见，企图控制国际工人运动的领导权。本·蒂利特对“欧洲社会主义者”的攻击简明扼要地表达了国家主义者的狭隘观念，这种观念在当时极大地影响着传统的工会主义者。蒂利特自大地指出，“英国工会主义是最好的社会主义和劳工主义”。据《工人时代》杂志对蒂利特进行的报道：

> 如果这里有五十个革命党派，像德国那样，他会很快将这些党派形成团结的、进步的、务实的、富有战斗力的英国工会，而那些轻率和虚张声势的欧洲革命主义者则不可能有这样的速度。[18]

对爱琳娜来说，蒂利特这种沙文主义是愚蠢的。在写给她的朋友，意大利革命者安娜·卡利斯克罗夫的信中，爱琳娜描述工会领导层反对国际主义的立场“不仅是愚蠢的，而且是恶意的”[19]。

用国际社会主义团结的远景，爱琳娜启发和教育支持新独立工党的人们。她写道，“这些保守的英国人对所有的国外工人运动都很无知”[20]。在为《工人时代》撰写的“国际工人阶级运动”系列文章中，她写了关于意大利工人党、德国普选的文章，这些文章还包括欧洲议会中宣读的社会主义政治演讲的内容，包括她的姐夫保罗·拉法格在法国参选的演讲。

1893 年 1 月，工会大会在布拉德福德召开，之后爱琳娜和艾威林到黑区旅行，同行的人包括达德利和沃尔弗汉普顿，在这里爱琳娜度过了她的38岁生日。在给老朋友朵莉·雷德福德的新年贺信中,爱琳娜承认她有些悲观和伤感,生活贫困、疲于奔命的底层工人群众对一切都漠不关心、缺乏热情。他们从宗教中寻求安慰更让她感觉郁闷:

> 黑区人太可怕了……他们谈论的是"基督教信仰"。我不知道一个只信仰基督教的人怎么能平静地对待所有的苦难而不发疯。如果我没有对人类和生活的信念,我简直不能活下去。[21]

1893年2月,新成立的独立工党为它的首次哈利法克斯议会席位进行争斗。艾威林辅助候选人约翰·李斯特竞选。由于李斯特的天主教背景,新教工人在投票中反对他,导致他在竞选中失败。

爱琳娜失望于这种掺杂着宗教派别的做法。她与恩格斯一样,对国际劳工党与基督教教堂的结盟感到担忧。在现代英国的社会主义中,新教教徒将占据主导地位,这种情形使不是基督教徒的她,以及同样不是基督教徒的其他英国工人和领导不得不警觉。

1893年1月22日,爱琳娜在亚伯丁发表了两场演讲。亚伯丁社会主义社团的秘书威廉·迪亚克怀着极大的热情记录了当天爱琳娜演讲的情形。迪亚克是这样描述爱琳娜的第二场演讲结束场景的:

> 一个社会主义批评者,大胆地向爱琳娜提出质疑,并努力向她解释卡尔·马克思的社会主义民主到底意味着什么。爱琳娜·马克思仔细地听着这种经过渲染的对马克思的解读,然后,从演讲席上站起来,用尖锐而庄严的语调说,"上帝保佑卡尔·马克思不被他的朋友们篡改"[22]。

如果卡尔·马克思在地下有灵的话,他可能会问,上帝是否能保佑他不被他激进的女儿篡改?

爱琳娜与她父亲的根本区别在于对待犹太同胞的态度：

> 我是我们家中唯一被犹太人民所吸引的人，尤其对那些有社会主义倾向的犹太人，我更有亲切感。我最幸福的时刻是我与伦敦东区的犹太工人们在一起的时候。[23]

爱琳娜之所以能与“犹太工人”在一起，得益于她父亲卡尔·马克思的朋友，俄国哲学家和社会主义者彼德·拉夫罗夫。在巴黎有一个俄国犹太人团体，拉夫罗夫是其成员，他自称为世俗的犹太马克思主义者。1885 年，在伦敦东区的伯纳街 44 号，离商业街不远的地方，拉夫罗夫的追随者们在伦敦建立起国际工人俱乐部。

伯纳街国际工人俱乐部的成员之所以要组建该组织，是因为他们在当地饱受宗教和文化隔离之苦。他们打出了世俗、激进和反传统的旗号，反对隔离政策，挑战对阶级和财富的崇拜，挑战在犹太人富人和穷人之间设定的阶级鸿沟。国际工人俱乐部开设成人夜校，用犹太语教犹太工人学习英语、政治、经济和文学。俱乐部成员中很多是制衣和纺织工人、男女裁缝，他们为庞德街和萨尔维亚街讲究的先生和小姐们订制服装，其服装业覆盖广泛，从伦敦东区的穷人到西区的富人，都是他们的客户。

1889 年底，国际工人俱乐部邀请爱琳娜来夜校教课，并请她在公众集会上发表演讲。爱琳娜开始学习犹太语，她尝试着用犹太语来讲课和演讲，在刚开始学的时候，她拿不准能否学好，慢慢地，她就能说流利的犹太语了。她尽可能多地阅读犹太报纸，包括《自由世界》报，此外，她还阅读波兰、德国和意大利移民创办的杂志。

俄国批评家和翻译家季娜伊达·阿芙娜西夫娜·凡格洛娃当时也在伦敦学习英语，爱琳娜与她讨论关于犹太语的学习。[24]她们都对语言学感兴趣，都有母语和其他语言转换的经历。凡格洛娃记得爱琳娜关注犹太方言和欧洲语言的关系问题。爱琳娜谈起语言学习，就像有闲阶层妇女谈论她们得到了一顶帽子一样。“我新近掌握的语言是犹太语，”爱琳娜说，“我用犹太语进行演讲，这样做的时候很容易就把德语语法丢掉了，这也好，这样我的观众们就能更好地理解我所讲的内容了。”[25]

让凡格洛娃感到吃惊的是，“犹太居民区的语言仍然存在于现代英语中”[26]，爱琳娜告诉她，在从东欧来的贫穷移民中，很多都是从1881年俄国沙皇的大屠杀运动中逃到英国的，他们没有机会学习英语。在反犹太人和敌视犹太人的状况下，成千上万的犹太人为了生存不得不聚集在怀特教堂、迈尔德路和士德利公园附近，抱团形成了犹太人社区。但是英国犹太人中的富裕阶层却试图排斥他们，企图凌驾于他们之上，这使得本来就很窘迫的犹太移民的生活雪上加霜，他们毕竟才来这里，人生地不熟。

大体上说，犹太人中支持英国化的一派是由统一犹太会堂大拉比领导的，得到了银行家罗德·罗斯柴尔德的资助。反对改革的一派是犹太人联合会堂，得到了贵金属经纪人塞缪尔·蒙特加的赞助，他们要求更加严格地遵守塔木德教义，那些不堪忍受俄国和东欧的残酷歧视并逃难出来的人们更加熟悉这种教义。[27]当然，无论两种犹太人派别之间在履行信仰上有多么不同，在反对背叛教义这一点上，两派的宗教领袖和赞助者是一致的。

对学习犹太语，爱琳娜也给出了个人的理由：“我对犹太语有着与生俱来的亲切感……我的家人告诉我，我非常像我的奶奶，她是一位有学识的拉比的女儿。”[28]

> 人们可以从爱琳娜的这些描述中看出，她对父亲家族的精神血脉要看得更重，虽然她母亲是纯贵族血统，但她还是强调自己是父亲家族的后代。[29]

凡格洛娃将这种阶级的排他主义扩展到了种族主义类型学。她发现爱琳娜“虽然不乏吸引力，但其实很普通”。她这样描写爱琳娜：“有知识，有点男性特征，长着一个典型的犹太人的大鼻子。”[30]对此爱琳娜可以用她最喜欢的一个玩笑来回应：“很不幸，她只是继承了她父亲的鼻子，而没有继承他的智慧。”[31]但是凡格洛娃的评论也反映了犹太人生活的一个方面，他们会遭遇到反犹太主义者的歧视，在这一点上，爱琳娜与其他犹太人没有太大区别。

19 世纪 80 年代，很多以犹太人为基础的工会在伦敦东区建立起来。无论在家庭、社区，还是在犹太联盟中，英国化犹太主义资本家和宗教领袖抵制改良犹太主义，而他们已经有了一定社会基础，这使得一些犹太人遭受歧视的情况更加严重。在工厂，犹太人发现一些非犹太人拒绝与他们一起工作，他们认识到成立自己的组织的必要性。新成立的犹太工人工会包括橱柜制造工人社团、木藤制碗橱工人工会、国际毛皮制造工人社团、制衣工人工会、服装加工工人工会、鞋楦工人联合社团、帽子制造联合工会、皮靴加工工人社团。[32] 1889 年 12 月，所有这些社团和工会合并为伦敦东区工会会员联盟。

据《大众福利》杂志记载，1890 年 6 月，[33]所有工会的犹太工人们在聚会大厅召开公众会议，就伦敦东区工会联盟的创立进行投票。犹太工人们从现有的英国工会和社会主义运动中寻求支持，如费边社、社会民主联盟和社会主义联盟等。但费边社和社会民主联盟都拒绝支持他们，虽然理由不同。社会主义联盟欢迎犹太工人工会，但他们的支持是有保留的，主要是通过有无政府主义倾向的分支机构来联系犹太人。

到了第二年，也就是 1891 年，无政府主义者们在斗争情绪的支配下，占领了伯纳街俱乐部，并驱逐了它的犹太马克思者创始人。

1890 年，爱琳娜接受邀请在集会大厅对新成立的犹太人工会发表讲话，她明确声明了自己父亲的犹太血统：

> 亲爱的同志们,我非常高兴在 11 月 1 日的这个会议上讲话,更令人高兴的是,我的父亲也是犹太人。[34]

爱琳娜也被邀请去给利兹和布拉德福德的犹太工会发表讲话,这使她开始关注独立工党中潜在的文化和宗教国家主义问题。她从独立工党和工会代表大会中发现了反犹太主义的倾向。在公众集会等场合,爱琳娜始终不忘记说自己是犹太人。还有一件发生在利兹学院的故事,虽然没事实支撑,但也可以说明一些问题。爱琳娜本来被邀请去发表演讲,但她到达后,却被拒绝了。气愤的她在被拒绝的地方发表演讲,她大声疾呼,"我是女犹太人!"[35]多年以后,爱德华·伯恩斯坦称爱琳娜"接近于一个犹太复国主义者",但他并没有证据来证明这一点。当然,早期社会主义犹太复国主义者的信条,即强调集体利益高于个人,也确实是爱琳娜的信念。但是在她的世界观中,国际主义和经济哲学占很大一部分,它们与狭隘的国家主义观念是完全不相融的。伯恩斯坦把爱琳娜强烈的犹太文化血脉与典型的犹太复国主义混为一谈,其说法是他自己杜撰的,与爱琳娜无关。[36]

与英国工会组织的反犹太主义同时发生的还有第二国际的反犹太倾向的议题,表现在它拒绝处理反犹太事务。由于不满于第二国际中的犹太社会主义者人数众多,1891 年召开的布鲁塞尔会议草率地打发了反犹太倾向的议题,在它的原始官方文献中,这样写道:"基督教资本家们反对犹太资本家,因为犹太人比他们聪明。"[37]这种观点爱琳娜起初似乎也是赞同的。在论述 1897 年的德雷福斯案时,爱琳娜把这场争执的动机简化为"基督教徒嫉妒犹太人比自己会赚钱"[38]。但是随着爱琳娜经历的增多,她的思想也发生了改变。

19 世纪 90 年代,爱琳娜开始意识到在国际劳工运动中存在着反犹太社会主义者的问题。伦敦东区的记者、诗人和激进领导者本·文彻文斯基,犹太人出身,1897年在反社会主义法的名义下,被驱逐出德国。1884年,他在伦敦用犹太语创办了第一份社会主义杂志《未来》。[39] 爱琳娜与他见面时,他正在伯纳街发行《工人之友》。

1893年,爱琳娜与文彻文斯基一起乘火车去苏黎世开国际会议。文彻文斯基告诉爱琳娜,很多社会主义者没有意识到犹太工人的存在,"他们不知道犹太人会从事体力劳动,更别说把犹太工人组织起来了"[40]。此次国际会议组织了一个盛大的游行,穿过苏黎世的大街小巷。当代表们排队进入游行队伍时,爱琳娜看到文彻文斯基退到人行道上,不确定他应该站在队伍的哪个位置。"爱琳娜很快跑向我,她把我安排到她身边,站在威尔·索恩和爱琳娜中间。爱琳娜对我说'我们犹太人应该紧密团结在一起'"[41],文彻文斯基这样回忆道。

作为十几个犹太人代表中的一个,文彻文斯特没过多久就遇到了困难,他很难找到说话的机会。每天分配讲话名额都没有他的份,他把自己的困惑对爱琳娜坦诚地说了出来。爱琳娜让他把他们工会和领导人的名字写下来。一个小时后,当大会继续召开时,爱琳娜用德语、法语和英语宣布:犹太工人组织起来的8个工会派出了他们的代表,这位代表有权利发言。[42] 根据文彻文斯基的记载,爱琳娜的宣布得到了大会代表"强烈欢呼",爱琳娜的脸散发着"骄傲的光芒"。[43]

对犹太工会的排斥确实存在,这一点在两年后再次得到了证实。1895年,英国劳工联合会发布了一项决议,呼吁英国政府控制"外国工人"的移民。作为回应,十个犹太工会召集了上千犹太工人,在大会堂进行集会,抗议英国劳工组织对外国工人的排斥,以及反国际主义倾向。爱琳娜与其他几名领导人,包括司特普尼克和克鲁泡特金在会上发言:

> 犹太工友们,英国的反犹太主义已经到了让人忍无可忍的地步,英国的工会组织竟然呼吁政府对穷困的国外工人关闭大门,这

主要是针对犹太工人的，你们对此绝不能保持沉默。

爱琳娜的朋友们同样影响着她。奥莉芙·施莱纳、伊沙雷尔·桑威尔、艾米·利维都是犹太人，而且都是作家。爱琳娜在早期排练莎士比亚戏剧《山茱萸》时就认识伊沙雷尔，而且他们还合作修改了《玩偶之家》。19 世纪 80 年代中期，他们共同的朋友克莱门蒂娜·布莱克把爱琳娜介绍给艾米，爱琳娜又把艾米介绍给奥莉芙。

艾米 1861 年出生于伦敦。她的父亲刘易斯是股票经纪人，他认为女性受教育是必要的。艾米接受了很好的教育，并考入剑桥大学，这使她成为第一个进入剑桥大学的女性，而且也是第一个进入剑桥大学的犹太人。在剑桥学习期间，她发表了她的第一本诗作《赞西佩》，以及其他几本书。直到 1872 年，剑桥大学才开始接受犹太学生，7 年后，艾米成为剑桥纽纳姆学院的学生。艾米提前从剑桥大学毕业去追求她的文学事业，当然这是在 1881 年，她成为第一个通过地方高等考试的犹太女性之后。她定期给《犹太编年史》和其他杂志撰写稿件，她也是布鲁姆斯伯里知识分子女性团体的成员，她们经常在英国博物馆内外聚会。

1888 年，麦克米伦出版社出版了艾米的新小说《鲁本·萨克斯》，受艾米之托，爱琳娜把这本书翻译成德语。德语版《鲁本·萨克斯》于 1889 年出版，之后不久，年仅 28 岁的艾米自杀了。据爱琳娜说艾米很脆弱，非常容易抑郁，陷入无望的忧愁之中，“绝对是神经衰竭的症状”[44]。爱琳娜认为这部小说的发表耗尽了艾米最后的能量，留给她的只是“空虚的精神状态”[45]。

艾米·利维不是社会主义者，但她是尖锐的社会批判者，她对社会和宗教生活、对社会地位和阶级、对物质崇拜进行批判，同时也批判她自己优越的英国犹太人家族，她从中看到了道德腐败和家长制陋习。这些批判是《鲁本·萨克斯》这部小说的主题，爱琳娜对这部小说非常感兴趣，就像她对《包法利夫人》感兴趣一样。艾米的这本小说也是马克思在1843年所写的《论犹太人问题》中所揭示的主题,它触及了当时占主流地位的物质主义者们的生活方式。

爱琳娜的手稿表明,她同情包法利夫人的困境,但并不认同她。相反,她很是认同艾米小说中刻画的英国犹太妇女形象。在《鲁本·萨克斯》中,艾米对英国犹太妇女的人物描述是丰满的。包法利夫人之所以吸引爱琳娜,是因为她从中看出了小资产阶级的生活,完全与犹太人不同。而朱迪斯·奎克萨诺,《鲁本·萨克斯》中标新立异的女主角,则更接近于现实生活。这种类型的妇女的生活爱琳娜在任何阶层都能发现。由于居斯塔夫·福楼拜在正统文学领域比艾米·利维享有更高的声誉,爱琳娜翻译的《包法利夫人》也比《鲁本·萨克斯》更有名气。尽管如此,《鲁本·萨克斯》与朱迪斯·奎克萨诺才更接近爱琳娜的生活。

马克思说过"爱琳娜就是我"。福楼拜说过"包法利夫人就是我"。但爱琳娜从未下过类似论断。她只是像朱迪斯·奎克萨诺一样,说过"我是女犹太人",她用这一声明来回应德雷福斯事件。

当爱弥尔·左拉发表了他著名的指控,谴责德雷福斯所遭遇的不公正对待时,爱琳娜写信给娜塔莉·李卜克内西,表达她对法国左翼的厌恶,他们没有伸张正义,而是对德雷福斯事件保持缄默。她认为这一事件令人震惊,"面对一份清晰和诚实的申诉书,不仅我们的一个政党感到震惊,而且左拉也感到震惊!德雷福斯是否和蔼可亲无关紧要,重要的问题是:他接受过公正的审判了吗?"[46]爱琳娜怀疑法国社会主义者在德雷福斯事件上保持沉默,是因为受反犹太情绪的支配。这件事使爱琳娜的态度发生了很大的转变,她不再像以前那样,站在反对基督教资本主义的立场上来谴责反犹太主义。抛开政治立场的偏见,她从正义的立场出发写道,我们应该从"尊敬那些应该尊敬的人这一原则出发,即使他们不是'让我们有好感的人'。因此,我要表达对克莱蒙特的忠心敬意,更要表达对左拉先生的无限崇敬"[47]。

马克思如果在世的话,又会如何回应这件事呢?爱琳娜提到,在父亲的晚年,他几乎没有谈论过宗教话题,“既不赞同,也不反对”[48]。马克思从未否认他的犹太人出身,他只是不认为这一出身有什么特别之处。他无情地批判宗教的罪恶,但他对人的精神超验追求是持同情态度的。[49]在1844年所写的《黑格尔法哲学批判导言》中,马克思写道:“宗教里的苦难既是现实的苦难的表现,又是对这种现实苦难的抗议,宗教是被压迫生灵的叹息,是无情世界的感情,正像它是没有灵魂的环境中的灵魂一样。宗教是人民的鸦片。”然而,宗教却不是爱琳娜的鸦片,她宁愿通过大量地吸烟来寻求安慰。爱琳娜是一个坚决的世俗论和无神论者,对她来说,人的精神被各种现实生活所束缚,她认为这种束缚才是生活的本质。人们应该彼此关怀和照顾,共同创造一个美好的生活,而不是依赖一个缺席的、看不见的圣人,哪怕她的父亲也不应该被当作这样的圣人。

第二十一章 “哦！染上巴尔扎克！”

1892年底，路易丝·考茨基将恩格斯和爱琳娜介绍给一个年轻的维也纳医生，这个人是她夏季在澳大利亚度假时认识的，刚刚到达伦敦。此人名叫路德维格·弗雷伯格，是一名27岁的内科医生，长着一张年轻的脸，他以出色的成绩毕业于维也纳大学，专业是解剖学、生理学和病理学。

爱琳娜在匆忙的工作之余跟路易丝聊过，路易丝告诉她弗雷伯格给了她莫大的帮助。就在路易丝与弗雷伯格调情的时候，爱琳娜和艾威林正忙于准备在新年这天组织大规模的失业工人示威游行，他们计划从特拉法加广场出发，游行到圣保罗大教堂。路易丝对弗雷伯格的医疗水平赞不绝口，并鼓动恩格斯请他当自己的医生。恩格斯唯一信任的医生是他的老朋友，爱德华·冈伯特，但冈伯特医生生了病，并于1893年4月去世，这让本来就情绪不佳的恩格斯很难过，他在一年之内失去了两个最好的朋友。曾经的“快乐的梅耶”，卡尔·肖莱马因为癌症，于上一年6月在曼彻斯特去世。用爱琳娜的话来形容，这对恩格斯是个“重大打击”[1]。虽然在肖莱马去世前的一段时间，因为神志不清，他已经不认识恩格斯了，但恩格斯还是花了大量的时间来陪伴他。

无论如何，弗雷伯格被恩格斯接受，在他家成为一个受欢迎的人物，与此同时，爱琳娜和艾威林搬到了格雷律师学院广场附近一处更安静的住所。这次搬迁恰好赶上了三个周年纪念日：爱琳娜的父亲去世十周年，煤气工人工会成立四周年，以及劳拉和保罗的银婚纪念日。据爱琳娜所知，恩格斯正在加大工作量，对《资本论》第三卷进行完善，以之作为马克思去世十周年纪念日的献礼。

几个月后，爱琳娜注意到弗雷伯格成为恩格斯不可或缺的私人医生，在公园路恩格斯家中成为常客。但爱琳娜对弗雷伯格并不欣赏，他身上的某种东西让她感到恼火。“我不知道怎么会有人愿意与弗雷伯格相处。”[2]恩格斯则与爱琳娜正相反，他对弗雷伯格非常满意，对他所拥有的现代医疗知识和“杰出的科学事业”[3]充满热情，认为他前途远大，并愿意写推荐信让他来伦敦发展。

冈伯特医生曾经是恩格斯的遗嘱执行人之一，由于他的去世，恩格斯不得不变更遗嘱执行人。7 月 29 日，弗雷德里克·莱斯纳和路德维格·弗雷伯格见证遗嘱变更。恩格斯委任律师塞缪尔·穆尔，记者爱德华·伯恩斯坦，以及路易丝·考茨基为他的遗嘱执行人。恩格斯给帕姆斯留下了相当丰厚的遗产，给德国社会民主党留下了选举基金。所有他掌握的著作，包括原来属于马克思，以及恩格斯自己的版权都赠送给了德国社会民主党。他的通信和手稿留给了倍倍尔和伯恩斯坦。所有“我死去的朋友卡尔·马克思的书面性质的手稿，以及所有马克思收到和发出的家庭信件都将通过我的遗嘱执行人交给爱琳娜”[4]。他的房子、家具和财务，除了特殊说明的，都留给路易丝·考茨基，外加四分之一的其他地产。其他四分之三的地产则在爱琳娜、劳拉和拉法格的孩子之间进行分配。

爱琳娜没有被委任为遗嘱执行人，也没有被恩格斯指定为她父亲文字遗产去向的决定人。恩格斯也许是想保护爱琳娜，使她免受遗产纷争的压力，恩格斯自己正在经历这样的压力，德国社会民主党向他施压，要求他把马克思的遗留著作转交该党。实事求是地说，马克思在遗嘱中把自己的著作遗产给了爱琳娜，只是请恩格斯在去世前代为保管。在英国法律下，爱琳娜有权继承她父亲的手稿和信件。

爱琳娜从搬走后一直没有见到恩格斯，直到他们在 1893 年苏黎世国际会议见面。爱琳娜代表英国煤气工人参加大会，她承担翻译、组织和主持工作。她从65名有优势的英国代表中选出了5人，包括她的老友梅·莫里斯，她代表的是哈默史密斯社会主义协会。与会议交织进行的是一个扩展的家庭聚会，包括爱琳娜、艾威林、李卜克内西一家、路易丝·考茨基、弗雷伯格、伯恩斯坦、阿德勒和卡尔·考茨基，卡尔还带来了另一个路易丝，他的第二任太太。[5]

爱琳娜的朋友安娜·卡列沙娃，米兰女工工会的代表，主持了闭幕式。大会选出下一届会议时间和地点，1896年在伦敦举行，接下来，卡列沙娃出人意料地宣布弗里德里希·恩格斯为"国际社会民主组织的知识先驱"[6]。爱琳娜坐在前排，她目睹恩格斯走上了主席台，大厅里的公众站了起来，用热烈和持续的掌声欢迎恩格斯。恩格斯走到了爱琳娜父亲马克思的巨幅画像下，这幅画是玛格丽特·格罗伊利希画的，四周镶着红旗。恩格斯感谢大会代表对他的"超乎想象的欢迎，我对此很感动"[7]。

> 我代表的不仅是我自己，还有我的伟大合作者，也就是你们这里悬挂其画像的人。马克思和我从事这项事业的时间只有50年，在这短暂的时间里，社会主义已经发展得很强大，足以使全世界的官员们感到害怕。马克思虽然已经去世了，但他仍然活在人们心中，在欧洲和美洲，那些看到他终生努力和著作的人们无不充满敬意。[8]

当恩格斯说着这些表扬马克思的话时，爱琳娜作何感想呢？恩格斯的演讲结束后，人们报以热烈欢呼，会场上演奏起了马赛进行曲。由于出色的英语、法语、德语的翻译工作，英国代表团赠予爱琳娜一块金表。不管爱琳娜对恩格斯推崇她父亲作何感想，没有人知道这将是恩格斯在欧洲大陆的最后一次演讲了。

爱琳娜的侄子强尼·拉法格九月份来伦敦探望她。强尼现在已经是一个17岁的阳光少年了。[9]他对克列孟梭的清晰观点让爱琳娜很感兴趣,他还给爱琳娜大声阅读白天出去购买的所有法国报纸。爱琳娜喜欢她的大侄子来做客,在强尼探访期间,她从未感到孤独。但强尼终究是要走的,他的离开,加之在一次妇女参政会议上被击败,让爱琳娜再次情绪低落。那次妇女参政会议在圣詹姆斯大厅举行,爱琳娜受邀请发表讲话,她言辞流利地赞同一项修正案,即所有的妇女,无论其阶层和教育程度如何,都有权利参加选举。但这一修正案被成功地击败了。爱琳娜黯然离开,她再次遇到了阻力,在选举运动中,那些社会精英派别反对赋予她们的工人阶级姐妹以选举权,爱琳娜很快被沮丧情绪所控制。

从二十多岁起,爱琳娜就间歇性地被忧郁的阴影所笼罩,现在再次袭来的忧郁使11月的冬季更显阴沉。而艾威林的经常外出加重了爱琳娜的失望。艾威林唯一正常的经济来源是做教练,这是一项时髦的新工作,此外,他还撰写科普读物,这是他可以真正显示才能的方面。艾威林对自然哲学、数学、实验科学、植物学、地质学的介绍使他获得了相当大的成功,同时也给了他许多快乐时光,他很乐意与他的年轻学生们在英国博物馆的阅览室里共同搞研究。爱琳娜感受到艾威林对自己不断失去兴趣,她用纵容他挥霍和寻欢作乐来进行补偿,不管这样做她自己会怎样地孤独与贫穷。爱琳娜的朋友,马克斯·贝尔对她对艾威林的不可动摇的盲目忠诚觉得有些忍无可忍:

> 他有口才,是个出色的演说家,在科学方面有一定造诣,但是他没有道德感,完全不能分辨对与错。爱琳娜怎么会与这样的人一起生活14年,这是让我们所有人都猜不透的谜。[10]

爱琳娜向朋友们发出许多邀请，与爱琳娜的其他朋友一样，贝尔也非常愿意去拜访和陪伴爱琳娜，“但我实在忍不住对艾威林的厌恶，只能拒绝她”[11]。

到了年底，爱琳娜希望她可以去劳拉那里过圣诞节，好让自己的心情愉快些，也使这个节日成为真正的假期。但是她没有足够的钱，同时身体也有些不舒服。“我现在反应非常迟钝，思考能力也下降了，要不是我希望得到你的消息，我甚至都不能写像样的信给你。这段时间我实在是无精打采。事实上，我没有生病却感觉自己彻底病了，如果你能理解我的胡说八道，我想我就是真有些小感冒也没什么。”[12]

爱琳娜在圣诞结束前写给姐姐的信里提到，艾威林“出去与一些戏剧领域的朋友们吃晚饭，现在已经快1点了，我太疲倦了，该对你说再见了”[13]。她很早就放弃等艾威林回家一起睡觉了。对一个充满活力，喜欢与朋友在一起的人来说，不得不孤身一人的场景是凄凉的，但是爱琳娜的活力与魅力恰好是问题所在。艾威林知道得很清楚，如果爱琳娜与他共同参加朋友聚会，她就会成为焦点，她的光芒就会充满整个房间，人们的目光就会集中在她身上，而他自己则注定被冷落。

1894年初，爱琳娜前往兰开夏郡，她要在七天内，给那里的众多社会民主联盟分部做八场系列演讲。令她没有想到的是，她在那里收到了艾威林的调侃式的便签，通知她路易丝·考茨基与路德维格·弗雷伯格闪电结婚了。婚礼是秘密举行的，恩格斯作证婚人。这对新婚夫妇在恩格斯的资助下，在恩格斯最喜欢的度假地伊斯特本度过了14天的蜜月，回来后给亲朋好友散发卡片，告诉大家他们结婚了。而且他们是带着恩格斯一起度假的，这令人有些费解。爱琳娜写信给劳拉：“你可以想象艾威林对这件事的玩笑口吻”[14]。

爱琳娜像其他人一样，对这种闪婚方式很是吃惊。“人们常说每个人有每个人的喜好，但他们的这种方式在我看来还是很不同寻常。”[15]

爱琳娜对劳拉所表达的观点也正是很多人对她选择艾威林的看法。但是爱琳娜确实知道一些不为人知的秘密:上一年路易丝曾对爱琳娜坦白自己与奥古斯特·倍倍尔有恋情。

爱琳娜也收到了路易丝本人寄来的解释信。路易丝在信中精心编织了一个故事,描述她和弗雷伯格是如何"在星期一,你去北方出差"时突然结婚的。按她的说法,他们的结婚之前完全没有计划,是偶然发生的一个巧合性事件。她在信中滔滔不绝地讲述,并声称没有人比她和弗雷伯格对两人无计划的婚姻更感到吃惊的了,这之前,他们之间可是什么事都没发生过。她也提起了她和倍倍尔之间的事情,告诉爱琳娜说她已经对弗雷伯格讲了这件事。在爱琳娜看来,"这个姑娘在讲述一个天真的故事"[16]。当然,在这种蹊跷的事情中不可能没有秘密。

爱琳娜称"整个事件都'包裹在谜团'中",她承认,事后看来,她总算明白了为什么之前对弗雷伯格会有不好的印象。[17]除了知道路易丝与倍倍尔的私情,让路易丝感到难堪的还有爱琳娜之前曾坦诚她对弗雷伯格的坏印象,她告诉路易丝她认为弗雷伯格是个机会主义者和骗子:

> 我觉得我还是不要多说话为好。我实在不会假装,我不可能装模作样地去尊敬这个足智多谋的新郎。不管怎样,我为路易丝的结婚感到高兴。她还很年轻,除了陪伴恩格斯将军,做着枯燥的事情,也该有自己的生活,对她再婚,她的前夫考茨基也会欣慰的。[18]

爱琳娜为路易丝惋惜,她用了一个惯用语,认为"可怜的路易丝"是从油锅逃出,又跳进了火坑,"但是这种情况对我们女人来说是个普遍的问题,油锅糟糕,还是火坑糟糕,只有天晓得,对我们来说最好的情形也是充满危险的”[19]。

恩格斯家受人尊敬的前管家帕姆斯彻底退位了,路易丝现在占据了她的位置,成为家里的新皇后和恩格斯绝对信任的人。对恩格斯来说,这再好不过了。从实用的角度看,爱琳娜更关心恩格斯家的事情是怎样运作的,“说实话,弗雷伯格如果永久地成为恩格斯家的一员,将是令人无法忍受的。经常见到他已经够糟糕了,现在还要接受他将成为家庭成员的事实,这太可怕了”[20]。

从兰开夏郡回来后,爱琳娜得到的是坏消息,她不想见到的情形变成了现实。

在坏消息得到证实后,她迫不及待地坐下来给劳拉写信,告诉她“公园路恩格斯家里的最新消息”:

> (哦!染上巴尔扎克!)……她(路易丝)告诉我,她和他一起陪伴恩格斯!!!……她把那个弗雷伯格拉到了恩格斯家里,这已千真万确了……从个人角度看,我承认我去恩格斯家需要得到像弗雷伯格这种人的邀请有点不舒服,而且,我认为将来这绝不是一个好兆头。任何对人性有些了解的人都会知道这位绅士在玩弄着某种伎俩。[21]

恩格斯试图使这件事大事化小,小事化了,他开玩笑地说,这对新婚夫妇遵从的是母系社会传统,丈夫寄宿到妻子家中。起初恩格斯对路易丝夫妇与他一起生活很高兴,但不久路易丝就怀孕了,恩格斯不得不因为他们而找一处街对面的更大的房子,这让恩格斯有些焦虑。

八月份的时候,恩格斯和路易丝两口子(爱琳娜恰如其分地把他们称为掠夺者)去伊斯特本度假,在度假期间,恩格斯中风了。爱琳娜对弗雷伯格的怀疑更加得到了证实。“我根本就不相信他,”她写信给劳拉说,“他是一个十足的投机者,而我实实在在地为路易丝感到难过。”[22]

爱琳娜认识到,保存在恩格斯那里的父亲的著作和手稿面临危险。他们即将搬家,加之恩格斯半身不遂的状态,使爱琳娜产生了怀疑,她想到可能有人故意要盗窃马克思的思想遗产。[23]伯恩斯坦夫妇到伦敦访问,他们通过观察,承认爱琳娜的怀疑有道理。同时塞缪尔·穆尔对弗雷伯格夫妇也产生了某种怀疑和警惕,这让爱琳娜更担心了,因为塞缪尔是恩格斯的遗嘱执行人之一。

爱琳娜还不知道恩格斯已经修改了他之前的遗嘱,在掠夺者弗雷伯格的见证下,路易丝成为遗嘱执行人。弗雷伯格偷窃并出售马克思手稿的可能性让爱琳娜感到焦虑,她觉得自己有点无能为力,而且她对弗雷伯格的态度已经暴露,没有太多回旋余地,她写信向劳拉和保罗求助,让他们来伦敦帮助她一起与恩格斯交涉:

> 你们一定得记住弗雷伯格是个反犹太主义者(虽然他是个犹太人,这一点我可以用脑袋担保),并且他与社会主义运动毫无瓜葛。现在的事情相当严重,决不能视同儿戏。你们应该知道,任何与恩格斯住在一起的人都可以完全操纵他……对待父亲的手稿我们怎么小心都不为过。[24]

为了减轻爱琳娜的焦虑,提醒恩格斯坚守自己的法律责任,塞缪尔·穆尔说他会与恩格斯讨论相关事宜,他之所以这样做,也是想巧妙地催促恩格斯告诉爱琳娜他已经修改了遗嘱。

揭穿路易丝的阴谋还需要另外一个伪装高手。这个人就是艾威林。无论着眼当前还是将来,艾威林的经济保障都依赖爱琳娜的财产继承。当爱琳娜无意中对他提起路易丝和倍倍尔的私情后,艾威林发现了一个意想不到的机会来挑拨路易丝和爱琳娜的关系。他到处散步路易丝和倍倍尔的桃色新闻。路易丝发现艾威林是传播她的坏消息的来源,她知道这肯定是爱琳娜泄露了她的秘密,随即给爱琳娜写信愤怒地指责她,声称爱琳娜破坏了她们之间的友谊和信任。

"所有的谣言让我不得不站出来",路易丝向爱琳娜抱怨。[25]但爱琳娜并没有被路易丝写的信迷惑。她开始怀疑这几个相关人物之间的亲密关系,路易丝有可能与倍倍尔和弗雷伯格是一伙的,他们另有目的,想把马克思的手稿转移到德国社会民主党的手里。

最终揭穿谎言的时刻是在1894年年底。当时路易丝谎称帕姆斯可能会把手稿据为己有,企图说服爱琳娜签署一份文件,让她负责保管全部的遗留手稿。路易丝这样做太过明显了,尽管帕姆斯有她的缺陷和不足之处,但爱琳娜知道她绝非小偷,而且她也从来没有试图排挤马克思姐妹在恩格斯心目中的地位。

路易丝的欺骗行为暴露了。爱琳娜发现自己被深深地欺骗了,她的愤怒不可遏制。她请求姐姐和保罗到伦敦来说服恩格斯。关键的时刻来临了。"帕姆斯已经被驱逐了,"爱琳娜用震惊的口吻给劳拉写道,"而且现在去看望恩格斯对我来说成为痛苦的事情,他看见我的时候也会高兴,但只是一会儿,而他看到路易丝两口子的时候,他就会非常欣喜,而且不断地对我说他们有多好。"[26]路易丝夫妇现在已经不再装作与爱琳娜是朋友了,他们联合起来与她作对。爱琳娜不再是恩格斯家受欢迎的客人,而且他们监视她,不让她与恩格斯单独相处。爱琳娜意识到,鸠占鹊巢,恩格斯被他以前的崇拜者和佣人欺负看来已经是事实。

在与劳拉的通信中,恩格斯暗示由于他的错误决定,他过了一个悲惨的冬天。他本来想好好过一个74岁的生日,但地下煤库进水了,葡萄酒也结了冰,他最好的葡萄酒被毁了,而厨房的改造还没有完工,他的大多数书籍都装在箱子里，工作进度也受到影响。指望路易丝的帮助现在已经不可能了，因为她刚刚生了一个女儿。恩格斯对一个新生命的诞生没有表示出应有的热情，这是很少见的。恩格斯把自己封闭在他的新书房中，试图整理出属于自己的藏书之所，尽管"有很多次，我都想把我所有的书都扔进火里，想把房子，把所有的一切都一把火烧了，现在的环境实在令人恼火"[27]。弗雷伯格把恩格斯家门前的黄铜铭牌弄坏了。而且，虽然他请了另外两个仆人来到家中，但她们是来伺候路易丝的，而不是来伺候恩格斯的。他们彻底侵占了恩格斯的家。

爱琳娜需要劳拉的援助："我自己做不了什么，你来了我们或许可以一起做点事情。"[28]爱琳娜告诉劳拉，可怜的恩格斯已经成为一个无能为力的小孩子，掌握在"那对可恶的夫妻"手里。"如果你知道他们所有的操纵伎俩，你就会明白"：

> 如果你不想看到由弗雷伯格夫妇掌握手稿，你就应该采取行动，而且是立即采取行动。你应该记得倍倍尔提出要让手稿掌握在正确人的手里。我想你和我都应该知道谁才是正确的人。如果连外人都知道手稿应该归我们，当所有的人都这么说、这么做的时候，那么拿不到手稿就不能怪别人，而是我们自己的责任。这些手稿，尤其是父亲的手稿，是我们尤其需要留意的，它们属于我们，它们甚至都不属于恩格斯。[29]

劳拉没有回复爱琳娜，爱琳娜更加焦虑，不断向劳拉求助。这段时间对爱琳娜来说是痛苦的。与恩格斯疏远，又得不到劳拉的支持，加之发现自己被路易丝欺骗，她不知道自己一个人该做些什么，或者还能向谁求助。艾威林是没有用的。在路易丝与倍倍尔桃色事件上煽风点火后，艾威林躲到了锡利群岛，借口他需要从另一场肾病中恢复过来，而且一去就是7周。艾威林的养病只是借口而已,他去锡利群岛是为号角出版社撰写系列旅游文章,为该群岛成为度假圣地做宣传。他还在船上结识了一位金发碧眼的小姐,开始了一段新的假期恋情。“我前天在彭赞斯邮局又见到她,我杜撰了一封电报,这样我就有借口把邮票放到她手里,触摸到她的手。她不但美丽,而且坦诚可亲。”[30]

与此同时,爱琳娜如临大敌,与路易丝夫妇的战争不断升级,她盼望着艾威林不再扮演戏剧家,能从旅游的潇洒生活中抽身,早日回家。“因为我实在太孤独了,尽管我有许多小动物朋友。”[31]实际上,如果爱琳娜提到的动物朋友们会说话、有知觉的话,它们更希望她不要过于依赖它们。弗雷迪和他的儿子亨利·德穆斯减轻了爱琳娜的孤独感。爱琳娜与弗雷迪相处的时间越来越多,在霍尔本和哈克尼,他们一起在彼此家的壁炉旁聊天、吃饭,而且把弗雷迪12岁的儿子亨利带出来一起长时间散步。弗雷迪是商店雇员,一个社会主义者和工会活动家,他与爱琳娜在政治上有许多共同话题,而且他们都没有选择好自己的终身伴侣。两年前,亨利的母亲突然离家出走,留下了弗雷迪单独抚养儿子。父子俩住在哈克尼地区,弗雷迪一个人把儿子抚养得很好。弗雷迪出走的妻子不但伤了他的心,而且还偷走了他的大部分财产,另外还有他为同事保管的29英镑互助金。弗雷迪对艾威林很客气,这一方面是为爱琳娜着想,另一方面他也感到了来自艾威林的潜在威胁。弗雷迪的儿子亨利在回忆中写道,“爱琳娜人非常好,但我不喜欢艾威林……他有学识,但人不怎么友好”[32]。

弗雷迪的童年生活并不快乐,[33]达到法定年龄后,他马上就离开了养父母。之后与他们也没有联系。但弗雷迪与自己的亲生母亲伦琴始终保持着联系。弗雷迪是个自学成才的人,他努力工作、独立自主,对很多事情都感兴趣。亨利这样回忆自己的父亲,“他没有受过什么学校教育,但无师自通,通过自学,学到了很多知识”[34]。亨利还回忆起父子两人在晚上点着油灯，坐在桌子旁阅读莎士比亚的情形："我们读的是莎士比亚，我帮助他纠正发音，他在发音上不如我好。"[35]

通过各种方式补偿弗雷迪父母缺失的痛苦，爱琳娜在这方面从不犹豫。1892年，当弗雷迪的妻子抛弃丈夫和孩子离家出走，并偷走了他保管的工会资金后，爱琳娜说服劳拉、拉法格和龙格，让他们悄悄地帮他把钱还上。几个人没有向恩格斯求助，而是自掏腰包把钱凑齐，还上了工会的互助金。爱琳娜越来越觉得弗雷迪受到了不公正的待遇，尤其是她的一家终身都得到恩格斯的资助，而弗雷迪却连家人的关心和支持都得不到，这实在是件"坏事"。她写信给劳拉：

> 也许是我太敏感，但我实在觉得弗雷迪这辈子太冤枉了。当你直面生活的现实，会发现世界远非看起来那么光鲜，我们中有多少人能践行向别人宣讲过的大道理呢？。[36]

爱琳娜与恩格斯之间的疏离因为恩格斯健康的恶化而终结，恩格斯将不久于人世了。他意识到自己这次很难从疾病中痊愈，他对爱琳娜和路易丝坦承了这一点，并让她们为自己保密。爱琳娜去咨询她的律师，路易丝则立即小跑去向维克多·阿德勒传递这一消息，以便使德国社会民主党及时取得他们想要的东西。就爱琳娜所知，父亲马克思的手稿现在无疑是处于危险之境了。无论是恩格斯自己，还是爱琳娜都没有想到他的死亡近在眼前，但可以肯定的是，他将丧失自理能力，就像他失去对家庭的管理能力一样，他也将失去履行自己愿望的能力。戏剧家艾威林从度假地归来，与爱琳娜一起面对恩格斯即将逝世的波折，他在爱琳娜写给劳拉的信中加了一个戏剧化的附言：

> 亲爱的劳拉，快来，快来，快点来。你不知道事情有多紧急。

恩格斯每况愈下,他不能让你们姐妹俩失去对父亲手稿的继承权,这是他必须承认的。你要直截了当地把你的理由说出来,不能相信路易丝夫妇。相信我,这是确保马克思手稿安全的唯一途径。[37]

事实证明他们都错了。在死亡临近的最后关头,恩格斯在遗嘱之外迅速采取行动,按照马克思的遗愿和他自己的良知来安排手稿。在11月份,他起草了一系列署名文档,对他的遗嘱进行了额外的说明和解释。在遗嘱中他增加了一份条款,这个条款对爱琳娜来说至关重要:

所有卡尔·马克思的手稿,除了他写给我的,还有所有他收到的信,除了我写给他的,都交给马克思的继承代表人,爱琳娜·马克思·艾威林。[38]

这份遗嘱声明写得十分清晰明确。恩格斯把增补的遗嘱文件秘密地放在了他的写字台抽屉里,里面还有一封亲笔写给爱琳娜和劳拉的信,告诉她们在他死后将把手稿归还给她们。

恩格斯决定把自己的手稿和马克思的所有手稿都分开,这对爱琳娜和马克思主义文献史带来了一定影响。所有马克思的手稿都由爱琳娜保管,与她一起留在英国。如果爱琳娜去世,手稿将由劳拉在法国保管。而恩格斯的手稿则交到了德国社会民主党人倍倍尔和伯恩斯坦的手里。关键的问题是,马克思和恩格斯之间的通信归属于德国社会民主党,马克思手稿的分离使爱琳娜无法把它们全部都整理出来并出版。作为马克思正式的手稿继承人,爱琳娜处于一个不利的位置。

应该说,爱琳娜认为恩格斯完全被路易丝两口子控制,不公正地对待自己,这种判断是错误的。恩格斯对爱琳娜不信任他很伤心,但有充分的证据表明,他自己也后悔自己过于轻信路易丝和弗雷伯格,在缺乏考察的基础上就让他们进入家中。此外,恩格斯之所以把自己的手稿从马克思的手稿中剔除,还可能是为了保护爱琳娜,使她不至于为整理手稿而太过劳累,她有自己的生活要应付。表面上,恩格斯对艾威林是友好的,但恩格斯绝不是糊涂人,爱琳娜可能会被爱情遮蔽双眼,但恩格斯对艾威林有自己的判断。恩格斯很可能预见到了爱琳娜会面临家庭问题,他希望爱琳娜最好先解决自己家里的问题,然后再把精力投入到整理手稿的工作中。

"可怜的艾威林"刚从圣玛丽市休养回来就又病了,并且被他的荒淫行为弄得精疲力竭。"我发现艾威林身上长了一个巨大的脓包,足足有我的两个拳头大,我马上去为他请医生。"[39]如果爱琳娜能够理性地看待艾威林,她应该会发现,他的大脓包实际上是道德败坏导致的,最有效的治疗办法是给他两拳,而不是去请医生。

爱琳娜猜测恩格斯相信"像帕姆斯一样,我只是利用他,并且嫉妒他对路易丝好"[40],实际上这种猜测是不公平的。

像许多家庭危机一样,关于马克思手稿的争夺战在圣诞节达到顶点。艾威林在平息这场争夺战中扮演了正面角色。劳拉曾向爱琳娜表达过她愿意在整理父亲手稿过程中当志愿者,由于爱琳娜发现《资本论》第四卷的整理并没有她预期的好,她就写信建议劳拉帮她打印出手稿原件来。而且她在信中还表达了想知道未来归属于德国民主党的马克思文献的情况,如果恩格斯逝世了,他们将如何处置这些文献。假如爱琳娜能够开诚布公地直接对恩格斯表达自己的想法,希望恩格斯正确处置手稿,她应该把这封信让恩格斯看才对。恩格斯会相信和接受劳拉的帮助,因为他不相信别人会很好地完成这一工作,也已经拒绝了一些人的帮忙,如爱德华·伯恩斯坦,而伯恩斯坦其实也认为手稿由马克思姐妹来誊抄是合适的。所以爱琳娜建议劳拉,"你应该提出去取回手稿并抄写,由你来与他们对抗是最合适的。我们应该同心协力,至少应该发出点声音来”[41]。

劳拉同意了爱琳娜的建议,并写信给恩格斯。在圣诞节的前四天,爱琳娜去索尔福德给社会民主联盟分部的成员们进行三场演讲,题目是有些牵强附会的应时话题:“国际社会主义运动”“社会主义、科学与其他”“妇女与社会主义运动”。节日期间旅行交通方面有些困难,但也正是因为假期,工人们才有时间来聆听演讲。

在去车站的路上,爱琳娜拜访了恩格斯,发现他孤身一人无人照顾,“活动也要靠自己”。但爱琳娜不再想去惹麻烦了,“我受够了争斗”[42],她对劳拉说。但是恩格斯对争斗的含义是很清楚的,他认为是时候该把问题拿到桌面上予以解决了。掠夺者终究要付出代价。“简言之,我亲爱的,就是要争斗,只要活着我们总是要争斗。”[43]

在爱琳娜去曼彻斯特后,劳拉的信抵达伦敦。艾威林去恩格斯家拜访并共同吃午饭,他代表爱琳娜把劳拉的信交给恩格斯,等待着观看好戏的上演。恩格斯当着路易丝夫妇的面阅读劳拉的信。并且马上同意爱琳娜的提议,如果她需要帮助,那么就让劳拉来抄写《资本论》手稿的第四卷。接下来,恩格斯用平静而庄严的语气说道,“当然,马克思的手稿和文献是属于他女儿的,而不是属于任何其他人的”[44]。恩格斯说的话没有任何含糊:它表达的内容清楚明白,不容置疑。听到这话的所有人都安静下来。艾威林则又回到睡午觉的状态,并假装睡着了。

在他假装睡觉的时候,他听到楼上恩格斯的房间里传出争吵声,接着,路易丝哭着冲下楼,抽泣着。之后,恩格斯也下楼了,并来到艾威林睡觉的地方,把他叫醒,对他说不要再装睡了。恩格斯看起来非常愤怒,对艾威林说家里有一个阴谋集团。事实上,自从他搬到新家后,阴谋活动就没有停止过。劳拉不断地给他写信,而爱琳娜,在所有的人中,她应该最清楚他的为人,但她却不相信他而是怀疑他。在艾威林向拉法格所作的关于手稿争端的汇报中,他描述军人出身的恩格斯是如何的气恼，他数落周围人的不理解，为自己良心的清白做辩护。恩格斯确实感觉受到了伤害。尤其是劳拉写来的信，更加显示出爱琳娜对他的不信任，而这是最让他伤心的：如果爱琳娜不再信任他，那等于说他让他最爱的人失望了，而他也没有履行好照顾最好朋友的女儿的责任。

爱琳娜知道了恩格斯的伤心，她也很难过，准备原谅他，但是当她接到恩格斯对她发火的信之后，给他的回信仍然带有情绪：

> 你竟然认为劳拉和我不相信您，这真是不可思议。在这世界上，我们除了相信您，还能相信谁？……我现在不想多说什么，我只是想说，如果您没有做任何对不起我们的事，您为什么会这么狠毒地想到马克思的女儿不信任您呢？[45]

辩解的信件在恩格斯、劳拉和爱琳娜之间频传。爱琳娜对恩格斯家的影响使弗雷伯格夫妇面临着一个“糟糕的圣诞节”。爱琳娜和恩格斯都认为他们应该在圣诞节之前单独谈一谈。爱琳娜对劳拉这样描述，“作为节日前的开胃餐，恩格斯把我带出他那嘈杂的房间，我们开始进行第一个回合的谈话”。对于“我在给你的信中表达自己想知道实情”，而不是直接询问恩格斯，恩格斯觉得伤心和生气，但是他并没有指出信中的内容有什么不正确的。

> 经过几番争辩，我劝他不要这么生气，如果没有其他人介入，事情也不至于如此……之后我们谈到了关键问题：父亲的手稿。他说这是属于我们的，当然要归还给我们。我说如果他能保证这一点，我将非常高兴，而且我知道你也会很高兴。[46]

爱琳娜第一次有机会告诉恩格斯实情，她对恩格斯说路易丝编造假话，让爱琳娜和劳拉签署一份文件，文件是由路易丝起草的，内容是让她来负责保管手稿，并说她之所以这样做，是担心帕姆斯想要偷窃手稿。恩格斯听到这些话非常震惊，他把路易丝当面叫来对质，路易丝只能承认自己干过这事。

几天后，恩格斯到爱琳娜家吃午饭。自从爱琳娜搬到格雷律师学院路后，恩格斯还没有来过，这是他第一次到她家来，而且是自己一个人来。他们把所有要讨论的细节又过了一遍，按照爱琳娜的说法，这是他们之间争论的“最后一个回合”。爱琳娜把自己知道的关于弗雷伯格夫妇的情况都告诉了恩格斯，并讲明自己和劳拉无疑最关心的是父亲的手稿和文献。恩格斯表现出息事宁人的态度，但他并没有告诉爱琳娜准备怎样在法律上予以更正。这一次爱琳娜吸取教训，不再怀疑恩格斯，而是采取信任他的态度。“他再一次对我说将会监督手稿安全地归还我们，但并没有说他会怎样做。我当然说自己很高兴听到这些，其余的，我想我不应该再多说什么了。”[47]

爱琳娜说：“经过两个回合的谈判，恩格斯保证他会让手稿安全无误地归还给我们，并且有些夸张地说，他希望我们两个不同寻常的女人，即我和路易丝能够和解，我可没有路易丝那么不同寻常。当然，我们，也就是那个不同寻常的路易丝和我将会面对面，一切矛盾解决后，会得到表面的平静。”[48]这就是整个事情的经过。

1895 年 1 月，爱琳娜度过了她的四十岁生日，她很高兴这个不平静的日子终于过去了。[49]恩格斯也感到如释重负。“爱琳娜和我已经和解了，至少在我看来是如此。”他答应劳拉，他会“在手稿问题上安排好一切，并与我们恢复亲密关系”[50]。与恩格斯争端的解决是爱琳娜最需要的生日礼物。

三月份的时候，为了让艾威林的身体恢复健康，爱琳娜陪艾威林一起去黑斯廷斯度假。艾威林现在已经成为号角出版社的编辑，去那里度假合情合理，而爱琳娜在那里既能照顾艾威林，又能为了煤气工人工会的事情与外界进行联络。爱琳娜给李卜克内西写信，请他答应威尔·索恩的请求，过来给西汉姆的煤气工人演讲，并向他汇报说每天呼吸几个小时新鲜空气对艾威林的身体非常有利，“但是，他现在还是很弱”[51]。艾威林什么时候才会在爱琳娜身边？只有在他生病的时候。

爱琳娜过生日的时候，她的朋友们都许了愿，不管这些愿望是什么，其中一定有这样的内容：希望四十岁爱琳娜精力充沛，能够真正继承她父亲的强健品格，通过摆脱依赖性强又有控制欲的艾威林来为自己的成熟岁月献礼。在父亲去世周年纪念日的时候，爱琳娜望着海边的鹅卵石岸和波涛滚滚的海水，在他们的度假客房中写信给李卜克内西，“今天是我父亲去世12周年，我现在很想念他，也想我的母亲和姐姐珍妮，比刚失去他们的时候更加想念”[52]。

当爱琳娜夫妇在海边度假的时候，恩格斯被检查出了咽喉癌，弗雷伯格没有告诉他实情。恩格斯可能知道，但他假装不知道。在三月底时，恩格斯增补了遗嘱附录，见证人为当时在他身边的厨师和护士。这件遗嘱附录较之以前的那一份，发生了重大变化。最主要的，它变更了原来赠予路易丝的财产和房产。

但是恩格斯的物质财富并不是爱琳娜的兴趣所在。遗嘱附录的另一个重大变化，是它更改了对马克思家庭信件的安排。除了他和马克思之间的通信，所有卡尔·马克思的信件都由遗嘱执行人交给爱琳娜，爱琳娜代表“马克思后代的法定继承人”[53]。这一变更使爱琳娜单独成为她父亲的手稿和除与恩格斯之间的通信外所有信件的唯一继承人。恩格斯留给马克思女儿们的遗产足够她们在有生之年衣食无忧，但这一决定对恩格斯的意义也许比对爱琳娜的意义更大，无论如何，在这场遗嘱争端中，恩格斯兑现了他对爱琳娜的承诺。

如果路易丝不知道恩格斯重新安排遗嘱的话，她对自己的遗产继承还是很满意的。但是她知道遗嘱被重新安排了,与爱琳娜对手稿的继承相比,她得到的物质财富也就算不了什么了。恩格斯早就预料到,爱琳娜作为马克思手稿和通信的继承人面临的压力将是巨大的。

到了五月份,恩格斯的脖子肿了,疼痛难忍,他需要一个手术,并且要到海边疗养,进行身体的恢复。他询问爱琳娜,是否愿意和艾威林一起来,陪他到海边疗养一个星期左右,同时告诉她,他已经给劳拉和保罗写信,邀请他们来看望他。接到恩格斯的邀请后,保罗同意来英国看望他,这是拉法格一家头一次同意来英国。但事情在落实过程中并不顺利,直到六月底他们到英国伊斯特本的行程才真正落实。

爱琳娜和恩格斯一起用餐,他们边喝蛋酒、吃牡蛎,边讨论艾威林被独立工党提名为议会代表的事情。这次提名来自独立工党的格拉斯哥中心分部。恩格斯让爱琳娜带来了提名的相关文件并且很费力地仔细地阅读,他建议艾威林拒绝提名,他正确地猜测到,这是一个政治骗局。席间他们还开玩笑,恩格斯说自己对麻醉开始上瘾,此外,恩格斯试图当调解人,让爱琳娜与路易丝和好,但没有成功。

爱琳娜的俄国朋友乔治·普列汉诺夫请求她把他关于无政府主义与社会主义的专著由德文翻译成英文。恩格斯对此报以大笑,他打趣地对爱琳娜说,“我确实可怜你,你这个可怜的姑娘从哪里学到的这么多本事去干这么多事儿呢?”[54]爱琳娜知道这是天赋和家庭遗传带给她的工作,但她希望自己没有这么多能力。而她只有和非常熟悉她的恩格斯之间才能开这样的玩笑。爱琳娜喜欢俄国人,痛恨无政府主义者。像普列汉诺夫一样,对无政府主义者人数不断上升的势头,她感到很担忧,并且批判他们助长了恐怖主义,批判他们想要“使整个世界成为反动派和国际间谍的游戏场”[55]。

从伊斯特本回来后,爱琳娜马上收拾行李,与艾威林一起搬到了肯特郡的奥平顿。他们在格林斯特里特格林村租了房子,租期从 7 月 1 日开始，爱琳娜期待着一个全新的英国乡村夏季。她邀请亲朋好友来参观自己的新家，包括弗雷迪和亨利，她相信他们一定会喜欢有这样一个机会，来享受户外假日。

除了自己的姐姐、弗雷迪和亨利等亲友来家里做客，爱琳娜竟然还在木栅栏门口迎来了第一位亲友圈之外的客人，塞缪尔·穆尔。几天前，爱琳娜收到了一封加急信，信是塞缪尔在7月21日于林肯旅馆里草草写就的。塞缪尔在信中告诉她，恩格斯已经在两名医生的陪伴下被转送到伦敦："他的情况很危险……如果不发生肺炎的话，他可能还有几个星期的时间，但是如果肺炎发作，那恐怕只有几个小时的时间了……你如果想见他最后一面的话，你最好在星期二来他住的医院。"[56]

这是爱琳娜与恩格斯的最后一次见面，此后她将再也见不到她的第二父亲，这是她唯一活在世上的父辈了。第二天，恩格斯陷入昏迷，又过了两个晚上，8月5日，恩格斯去世了。无论路易丝有多坏，在恩格斯逝世那天晚上，她还是马上给爱琳娜写信，告诉了她这一消息，据路易丝说，当时她刚刚离开房间，"不到五分钟的时间，当我回来的时候，他已经不在了，一切都结束了"[57]。但是一切都远未结束。

8月10日，星期六的早上，爱琳娜和艾威林在滑铁卢墓地参加了恩格斯的葬礼。按照恩格斯的遗愿，他的葬礼不对公众举行，只要亲朋好友参加，"或者是那些作为他的朋友的政界人物"[58]。爱琳娜发出了大概80份葬礼邀请函。在致简短悼念词的人中，有艾威林和拉法格。但爱琳娜和劳拉没有致辞。弗雷迪·德穆斯也没有致辞，当恩格斯的灵柩从滑铁卢一号站台作为灵车的蒸汽火车中抬出的时候，他和爱琳娜、强尼·龙格、拉法格等人站在一起。西南火车站承担运送恩格斯灵柩的任务，这趟列车的终点是恩格斯被火化的沃金火葬场和布鲁克伍德墓地。

没有人知道在恩格斯葬礼当天或是随后的几个星期里，爱琳娜、弗雷迪和劳拉之间有过怎样的交谈。恩格斯从来没有失去对马克思的忠诚,无论活着还是死去,他从来没有怀疑马克思是真正伟大的人,所有的荣誉应该归功于他。

但恩格斯的这种想法当然也不完全正确。如果没有弗里德里希·恩格斯,也就不可能有卡尔·马克思,反之亦然。他们之间的关系,正如马克思被世人所知的,是真正的智力与经济的辩证法。从这个角度看,他们都是马克思主义的创始人。

8 月 27 日早上,爱琳娜、伯恩斯坦、莱斯纳和艾威林携带着装有恩格斯骨灰的瓶子,登上了去伊斯特本的火车。他们租了一艘渡船,雇了一个导游,按照恩格斯的遗愿,来到比奇角附近的海上,把他的骨灰撒到了风浪中。从海上返回岸边的爱琳娜将面对一个全新的生活,过去的一切好像发生在另一个国度。她失去了两个父亲。

第二十二章　密室

法国《社会发展》杂志请爱琳娜写一份关于恩格斯逝世的讣告，她把为纪念恩格斯 70 岁生日所写的回忆文章进行修改，然后寄了出去。与劳拉商议后，她与恩格斯的律师，亚瑟·威尔森面谈，就恩格斯死后的一系列财务问题进行讨论。在进行认证后，恩格斯的遗嘱本该在 8 月 28 日执行，但因为很多事情没解决而耽误了。

恩格斯逝世后，爱琳娜和劳拉发表了一分关于马克思通信的公众声明。他们采用了达尔文和恩斯特·琼斯的儿子所使用的公开信的方式，爱琳娜认为他们的公开信是“英国最好的”。爱琳娜把公开信寄往英国各大报纸和媒体，这封公开信被翻译成不同语言，几乎在世界各国都刊登了：

> 请允许我们借用贵专栏，向那些可能与卡尔·马克思通信的人发出呼吁，我们非常焦急地想把我们父亲的通信收集完整，以便结集出版。任何我们可能收到的信件和文献都会被珍贵地保存，如果寄送者需要，我们也可以在复制后再把原件寄回。我们会尊重信件拥有者和寄送者的意愿，如果有些部分他们不希望发表，我们会按照他们的要求予以删除。[1]

处理完这一系列事情后，爱琳娜乘坐蒸汽火车前往伯恩利，她与那里的工会组织有长期合作关系，这次为期数天的旅行是去给那里的工人进行三场演讲。1895 年及随后的几年里，爱琳娜用了大量时间在兰开夏郡附近，与工人会面、发表讲话等。兰开夏是进步工会组织的核心区域，他们致力于反对维多利亚时代英国资本主义的自由贸易传统，这种传统被德国人称为“曼彻斯特主义”[2]。在约克郡，羊毛制品在工业中占主导地位，但在乡村也有很多煤矿产业。男性工人主要在煤矿工作，妇女和儿童则主要集中在纺织工业。因此，与约克郡相比，兰开夏郡的妇女和儿童在工人中的比例高出很多。兰开夏的女工是激进的，并且已经被组织起来，爱琳娜在那里也很受欢迎，人们需要她去进行指导。

爱琳娜的名声在外。当地的工会领导人威廉·迪亚克称，自己对要与爱琳娜见面感到很紧张。爱琳娜在给迪亚克的回信中写道：“你说你害怕见我，我真没想到我会有这样令人敬畏的名声……（利瑟姆曾说他印象中的我是‘冷峻的知识分子’，结果见了面发现我既不冷峻，也不像知识分子）。”[3]爱琳娜给迪亚克留下了深刻的印象，这种印象也是大多数遇见她的人都会有的：“我可以通过心灵的眼睛看到她有点犹太人特点的形象，她的黑色大眼睛闪耀着追求真理的光芒。”[4]关于爱琳娜的演讲，迪亚克说，“就像罗比斯劳山上的岩石发出的声音，震撼人心”[5]。

在伯恩利的系列演讲结束后，爱琳娜在艾威林的陪同下去苏格兰进行巡回演讲，地点包括爱丁堡、邓迪、格拉斯哥、布兰太尔和格林诺克，他们对那里的社会民主联盟和独立工党分部发表了讲话。在爱琳娜看来“爱丁堡是我见过的最美丽的城市（包括纽约），可能布拉格除外”[6]。当他们回来后，爱琳娜给路易丝用速记写了一份问询便签，询问她关于书稿的情况。[7]恩格斯逝世后，爱琳娜与路易丝就遗嘱执行问题产生很多纷争，爱琳娜关于书稿问题的急切问询只是俩人之间的大量通信内容之一。路易丝给爱琳娜的回信涉及诸多内容，她向爱琳娜解释为什么没有把马克思的手稿完全交出，为什么没有按承诺把原始信件复制并交回，并问爱琳娜如何处置属于她的恩格斯收藏的第三个葡萄酒窖中的酒，是把它们运到乡村，存放在葡萄酒商的酒窖中，还是直接卖掉？无论如何，爱琳娜必须付运送和贮藏费。

六天后，弗雷伯格给爱琳娜写了一封信，通知她应该腾出时间，马上把属于她的手稿，还有其他物品搬出他们的家，这些物品包括一把椅子、三个书架、一个书柜、一个报刊架和七幅装帧好的相片和画。如果爱琳娜不这样做，弗雷伯格在信中写道，他们将会把这些物品存放到摄政公园的托管中心，写上爱琳娜的名字，由她来付托管费。[8]弗雷伯格信中提到的椅子是马克思去世时坐的椅子，恩格斯逝世后，这把椅子就归属爱琳娜了。但爱琳娜在奥平顿的小农舍空间狭小，放不下这些东西。爱琳娜向劳拉抱怨弗雷伯格的不仁义，她早就认为他是个小人，现在他更加证明自己是一个"彻头彻尾的卑鄙男人"了。她对劳拉说，"我只能将这些物品暂时寄存别处，等我们找到了房子再运回来"[9]。

爱琳娜在格林斯特里特格林住了还不到两个月，但看来这里住不下去了。爱琳娜对卡尔·考茨基说，这里"环境很好"，但是太偏远，"离所有人和所有事都很远"[10]，而且他们租住的农舍潮湿、阴冷。爱琳娜与弗雷伯格夫妇之间的争执拉近了她与考茨基之间的距离，两个人都希望恢复之前的友谊。爱琳娜希望住得离伦敦近些，居住在"某个便利的郊区"，同时她还梦想着建立一个老友圈。她在给考茨基的信中充满幻想地说："我有一个宏大的计划，希望你和伯恩斯坦一家，还有我们一家，我们做邻居。"[11]

爱琳娜和艾威林"费尽千辛万苦"寻找合适的房子。[12]可是"我们发现，所有的好房子，要么已经出租出去，要么太贵，而一些'比较适合的房子'通常处于差得无法形容的贫民区"[13]。爱琳娜的这种抱怨，听起来像一个小资本主义野心家，瞧不起贫民居住的地方。通常，他们看中一个宜居的小房子，结果去实地考察却发现是粗制滥造的房子，环境污浊，"或者有火车穿过花园"，[14]或者去往伦敦的交通不便。因为找房子受挫折，爱琳娜对劳拉抱怨道：

> 在伦敦郊区租房子是件“可怕的事”，当我们找到了某个适合居住的地方，克罗斯又极力推荐我们把它买下来，而不是去租。有时我真想买个房车（像戈登·斯特尔布斯博士一样），过吉普赛人的生活，到处游荡。[15]

在有些势利地抱怨了贫穷的邻居和无法形容的贫民窟后，爱琳娜又希望自己过像吉普赛人一样地生活，这显示出她性格的另一面，她与小资产阶级有本质的区别，这是令人欣慰的。戈登·斯特尔布斯博士曾于1891年出版了一本《吉普赛绅士日志：路旁宿营和房车》，在这本书中，他向人们推荐房车的好处，认为它提供了“最健康和最有趣的交通方式”。斯特布尔斯日志的主题广泛，包括如何饲养狗，如何做健康和快乐的主妇等。爱琳娜提到了斯特尔布斯，这是个有趣的证据，表明她也像其他人一样，浏览大众书籍和杂志。

亚瑟·威尔逊·克罗斯是伦敦的一名律师，恩格斯的遗嘱执行就是由他代理的，因为这层关系，爱琳娜也把他当作自己的法律顾问。克罗斯告诉爱琳娜，她从恩格斯那里继承的财产可以供她买一套属于自己的房子。劳拉已经算出了从恩格斯那里继承的遗产，并在巴黎郊区寻找合适的房子，既符合拉法格的政治身份，又能满足他们有一个自己的小花园，种植一些农作物的愿望。经过遗嘱执行，财产分配，以及扣除所有必要支付的金额后，爱琳娜和劳拉分别从恩格斯那里继承了约7645英镑，并获得了珍妮孩子的抚养基金，每人大概还有不菲的5000英镑。[16]人们知道，恩格斯留给爱琳娜和劳拉财产，主要是希望她们对马克思的文稿进行归档，发表她们父亲的手稿，而且爱琳娜还要管理她父亲的所有文献遗产。恩格斯希望艾威林和拉法格也能为这项事业做出贡献，在他的遗嘱中，他们的智力劳动也获得了补偿。爱琳娜从来没有得到过这么多钱。如果明智地运用，这笔遗产将会使她和艾威林的生活完全得到保障，他们的余生将衣食无忧。按照恩格斯的想法，他留给爱琳娜的遗产将使她不用再为谋生担忧，不用再从事低酬劳的杂事，而是全力以赴地翻译、修订、编辑和出版她父亲的书信、论文和手稿。

没有人比爱琳娜更理解《资本论》了。她父亲写作这本书的时候，她还在断奶期。父亲的这本书与作为家庭圣经的莎士比亚著作伴随着她的童年成长，并成为她年少时的基础阅读材料。爱琳娜的父母，激进的48年革命者，挣脱了社会生计的束缚，不把精力放在积累财富上。幸运的是，他们有恩格斯这个朋友。恩格斯愿意为供养他们而做一些自己本不愿做的事。爱琳娜的父母总是把到手的钱全部花完，从来不存钱，他们从来也没想过要拥有财产。但是爱琳娜在英国出生和长大，恩格斯像马克思一样，是抚养和教育她的父亲。爱琳娜不会去商店大手大脚地花钱，不会去买新衣服、靴子和皮包，或者在新开的商店享受金钱带来的乐趣，购买时髦的家具和室内用品，她也不会去昂贵的餐馆用餐，去昂贵的地方度假，或者去欧洲歌剧院等，而这一切显然是路易丝夫妇所喜欢的。爱琳娜希望用这笔钱买一套房子，不再做低报酬的自由撰稿人工作，然后把剩下的钱存起来，直到她想出怎样合理地使用它们。无论如何，艾威林想要得到他的那一份，并想和爱琳娜分享恩格斯的财富，这是爱琳娜没想过的。

除了调整个人的私人财产份额，爱琳娜和劳拉还不得不做出决定，卖出股票和有价证券，以获得现金作为拉法格四个孩子的抚养基金，对她们俩人来说，卖股票是一件有讽刺意味的趣事。塞缪尔·穆尔和克罗斯也建议她们卖出股票，认为这比转让证券所有权更安全，因为路易丝夫妇已经提出异议，阻止对恩格斯的所有遗产进行价值评估。爱琳娜称路易丝夫妇为公爵和公爵夫人为掠夺者，他们在继承了恩格斯的遗产后,挥金如土。

一方面,他们对恩格斯在德国的弟弟赫尔曼·恩格斯非常吝啬,在他继承哥哥的300英镑遗产上进行刁难,另一方面,他们却把恩格斯给他们买的还不到两年的家具都扔了,不惜花300多英镑购置新家具。爱琳娜告诉她的姐姐,路易丝夫妇出手阔绰,“购买昂贵的物品”,谈到恩格斯时只是用“轻蔑的口气”,对人宣扬他们是如何让恩格斯付出代价的。[17]

由于路易丝作为恩格斯遗产的主要受益人之一,围绕恩格斯遗产产生的纠纷和骗人把戏一时难以结束。她声称同情弗雷迪,但是恩格斯逝世后,她马上开始疏远弗雷迪和亨利,表面上的友谊消失得一干二净,他们也不再被邀请来家里。恩格斯的亲密朋友和同事,比如伯恩斯坦,也被路易丝用同样的手法对待。

爱琳娜与劳拉共同负责保管侄子、侄女的生活费,但是,马克思文献的出版费、信托契约和其他所有事情都由她一个人负责。她把所有的论文和账单都快速有效地整理出来,这是恩格斯教她的(马克思当然没有教她这些)。此外爱琳娜还多留了一个心眼,她不怕麻烦,专程来到路易丝夫妇在摄政街的豪华新住所,把装有马克思文献的两个大箱子收拾好,用出租车快速运送到法院路一个安全的托管所。这里有专门的保险柜和定做的钥匙,专属于爱琳娜一个人。按计划,劳拉将会很快来到伦敦,帮助爱琳娜一起整理和抄写马克思的手稿。

1895年接下来的几个月,因为演讲和巡回活动,爱琳娜再次来到兰开夏的各大城镇,同时她也去了亚伯丁、布里斯托、克鲁和林肯等地。在旅途中,爱琳娜还曾做过记者。应乔治·普列汉诺夫和维拉·查苏利奇的邀请,爱琳娜成为俄国杂志《俄国财富》的英国记者,这是一份有自由主义倾向的杂志。她非常喜欢就英国的事情进行报道,内容涵盖政党、社会生活和文学、艺术、科学的新思潮。她活泼、简洁和内容丰富的报道主题广泛，包括托利派和自由主义工会主义者、工厂法案、失业、“五一大游行”、酗酒的最新数据、伦敦的贫困、王尔德的审判、克莱门蒂纳·布莱克的选举政治小说《煽动者》。同时，她还报道伦敦郡议会和伦敦学校委员会的消息，以及她过去曾进行过友好争论的对手，安妮·贝赞特的生活和爱情趣闻。

到了 11 月初，劳拉找到了一所房子，并通过拍卖的方式购买下来。这所房子位于塞纳河附近，是一所废弃的房子，需要花工夫进行修缮，但很大，有三十个房间，还有附属房屋，一个橘子果园和一个花园，一直延伸到一个森林酒店。爱琳娜对于要买的房子还没有定下来，对她来说，“所有的好房子都太贵，而所有的便宜房子都是位于低级社区的低级房子”[18]。正在她为找不到合适的房子而心情郁闷的时候，她发现了一个令她向往的住所。吸引她的眼球的是房子的地址，她不惜长途跋涉来到了伦敦西南部的郊区。她开玩笑地对劳拉说：“我们准备购买的房子……位于西德汉姆的犹太人路（艾威林肯定地说这是我要购买的唯一原因）。”[19]

11 月 29 日，爱琳娜签署了购买协议，并交付了 525 英镑购房款。两个星期后，12 月 14 日，她和艾威林搬到了这里。爱琳娜买的房子位于刘易舍姆区和西肯特的接壤处，房子带有花园，周围有地上火车和公交车通往伦敦。虽然位置无疑是郊区，但位于犹太人路 7 号的这所房子与其他郊区房子不同，它有些怪异和浪漫之处（爱琳娜可能会说是大写的浪漫）。房子建于 19 世纪 70 年代，是典型的哥特复兴式建筑，半独立的两层楼有一个很大的大门，石拱形，用彩色玻璃制成，与奥特兰托城堡的建筑风格非常相像。楼下大飘窗的栏杆上有四个石头的夜行神尤作为守护，它们长着吸血蝙蝠般的翅膀。玫瑰花丛乱七八糟地散落在花园小路旁，急待修剪和塑造，看起来像是童话故事中的景象，还有一些无人照料的树木把影子投射到房前。

不迷信的爱琳娜丝毫也没有注意到房子有什么不祥的征兆，而克罗斯也认为房子买得很值。“这个房子对我们来说太大了（但我讨厌小房子），”爱琳娜给劳拉写道，“而保罗可能对我们的小花园不屑一顾，不管怎样，对我们来说它已经足够大了。”[20]爱琳娜把目光投到房子的大小上了，她对这所房子的神秘的哥特式外表没什么感觉。爱琳娜痛恨小房子，因为她就是在小房子中成长和生活的，在她一生的大部分时间里，她总是处于收拾行李和搬家的状态，从来也没有安定下来，或者把哪里称之为“家”。

用石头和水泥建造一个属于自己的安全地点，这是一种本能，虽然爱琳娜对此并不积极。也正是出于这一反应，房子买到手后，她马上把它命名为“密室”。在这里，她将构筑自己的小窝，在属于自己的书房里工作，欢迎来访的老友们。

购房款 525 英镑，算起来大约相当于她从恩格斯那里继承遗产的 10.5%。然而，这种对遗产的折算是不准确的，因为这种从英镑到英镑的换算没有考虑物品的相对价值，以及英镑在历史中的变化。例如，房子的价钱从 19 世纪到 20 世纪的变化，新技术对个体与家庭预算的影响等。当然，马克思已经把这些都写到了《资本论》中，而爱琳娜对此也不陌生。她亲身经历着资本主义生活，因此她比父亲更熟悉资本。文化遗产保护者或许会认为她的房子并不漂亮，但是建筑美学并不在爱琳娜的考虑之列。她之所以选择犹太人路 7 号，是看中了它的房间多而且大，还有这所房子所拥有的现代化技术装备，使它在养护上不需要付出太多。她幻想着将在自己的房子里过的第一个家庭圣诞节，并写信给拉法格，邀请他们来这里度假，在信中向他们描绘了一番自己的房子：

向你们介绍一下我们的房子（我是犹太人，自豪于自己居住在犹太人路），瞧，第一层：大房子（艾威林的书房和客房），餐厅（面对着后花园)，厨房，餐具存放室，食品储藏室，煤和葡萄酒储藏室，橱柜室，大厅入口。来到楼上(放轻松)：卧室，空闲卧室(给你们留的)，仆人的房间，卫生间(大到足以隔出另外的房子作为应急之用)，我的书房!!! [爱琳娜在这里用了三个感叹号]。房间所有的地方都有电灯，而且是省电的，因为我们靠近(水晶)宫，还有煤气，煤气管道也准备好了，我既有用来做饭的煤气炉子，在楼上的大部分房子里还有用来取暖的煤气炉。[21]

劳拉，没有像爱琳娜那样夸耀自己的房子，她低调地隐藏着对自己塞纳郊区现代化住房的自豪，回信赞扬妹妹的选择："它一定是一个水晶密室，装备着煤气和电，让我们这些乡下人目瞪口呆，只有赞叹的份。"[22]

不管怎样，爱琳娜拥有了自己梦寐以求的书房，这是她最希望得到的。如果她和艾威林一年的生活费合计为90—100英镑，他们可以靠把钱存在银行来养老，而恩格斯的遗产也可以让爱琳娜专心从事她的政治事业，她的写作，以及父亲手稿的整理。恩格斯的遗产等于资助她从事自己最擅长的事情——改变世界。

1895年底，爱琳娜与社会民主联盟的活动家恩斯特·巴克斯就性别和妇女问题发生了争执，她在沸沸扬扬的公共争吵中结束了这一年。恩格斯对巴克斯曾有一个著名的形容："妇女仇视者"[23]。巴克斯把他对妇女的蔑视心理变成了一个公共事件。他发表文章，对主张妇女参政者艾迪斯·兰彻斯特的个人生活和行为大加指责，这惹恼了爱琳娜。爱琳娜知道，无论从个人角度，还是从政治上看，自己与艾迪斯的命运都紧密关联着。11月16日，《正义》杂志发表了爱琳娜致巴克斯的公开信，向他发出针对妇女问题进行讨论的挑战。在公开信中，爱琳娜写道：

亲爱的同志们，社会主义民主团体似乎采纳了巴克斯同志对性别（不是妇女）问题的观点，这无疑是一个值得考虑和讨论的问题，我希望，通过你们的栏目，向我的朋友巴克斯发起挑战，公开讨论这一问题。讨论将于今年底在伦敦的小会议厅举行，讨论的程序……可能会递交给H.奎尔奇，苏黎世委员会的财务主管（国际工会和社会主义工人大会，1896年）讨论遵循通行规则，每人辩论30分钟，接下来每小时有三十分钟供每个发言人连续陈述。巴克斯作为主题的发起者，首先发言。主席由双方共同选定。——诚挚的爱琳娜·马克思·艾威林。[24]

巴克斯在怀特霍尔只有男人的绅士俱乐部作出回应，声称他愿意以书面形式来展开对妇女问题的讨论，但拒绝公众讨论。因为他"不太精通诡辩术和讨好听众的舞台技巧，不会用这些技巧去为简单而明了的主题进行辩护，我对那些对我的说法感到不满的人并不胆怯"[25]。爱琳娜对巴克斯的拒绝作出回应，请他不要忘记"诡辩术"和"讨好听众的技巧"并不仅限于讲台上，它们同样会出现在书面文字中。接下来她把话题转到了他对妇女的蔑视上。"如果是一个公正的、好的表述者，那么，将不会有受众的高声尖叫；如果我与你将讨论的话题让你的支持者们不仅尖叫，甚至嚎叫，那么，你也没有你想象的那么公正。"[26]爱琳娜继续对他任性的错误观点进行攻击，指出他误解了一个关键的问题，即社会主义革命要求把妇女与男子从资本主义父权制中解放出来：

当然，我是一个社会主义者，不是"妇女权利"的代言人。我建议与你进行讨论的是性别及其经济基础问题。所谓"妇女权利"问题（这似乎是你的唯一理解）是小资产阶级的观念。而我建议从工人阶级和阶级斗争的角度来谈论性别问题。[27]

巴克斯对爱琳娜的观点嗤之以鼻，认为她“强调工人阶级妇女（与工人阶级男子具有共同之处）遭受阶级不公正，似乎这些不公正就像是性别不公正一样”，并再一次拒绝了她提出的进行公众辩论的挑战。他希望她“尖叫的”支持者们享受“对手缺席之下的大女子主义的胜利”。[28]巴克斯用自己的语言和行为完全印证了恩格斯和爱琳娜对他的描述，“妇女仇视者”。

爱琳娜和劳拉很快就从她们的遗产继承中拨出一份，按照法律手续转给弗雷迪和亨利。克罗斯和塞缪尔·穆尔知道，这两个姐妹已经用属于自己的财产，全额偿付了弗雷迪对恩格斯欠下的债。直到恩格斯去世，他们才知道弗雷迪从恩格斯那里借过钱。虽然恩格斯已经勾销了弗雷迪的债务，但路易丝坚持债务是有效的。路易丝很清楚，马克思的女儿和弗雷迪对这件事是敏感的，不想在这件事上进行争论，以免让事情闹大，他们肯定会偿还债务。

虽然艾威林和拉法格知道爱琳娜和劳拉就弗雷迪问题进行了财务安排，但除了克罗斯和穆尔，没有人知道具体细节。1929 年，弗雷迪去世的时候，他的资产价值远远高于他的收入水平，这就表明，马克思姐妹尽了自己的最大努力，对弗雷迪做了经济上的支援。

除了分享她们的遗产，爱琳娜还与弗雷迪分享属于自己的一切，自从 12 月 14 日，她搬进新居“密室”后，她的家就向弗雷迪开放，她忠心地欢迎弗雷迪来家里。但是，爱琳娜与弗雷迪之间进行过怎样的谈话，无论爱琳娜还是弗雷迪都没有记录。

让爱琳娜失望的是，拉法格一家在新年无法来家里做客，因为他们忙于装修自己在郊区的别墅。1895 年底发生了两件不相关的事，增添了这一年的离奇色彩，使这一年更加成为爱琳娜生命的转折点。首先，爱琳娜出人意料又仿佛不经意地对拉法格一家，以及一些亲密朋友透露，艾威林拥有伦敦奥斯汀教会的股票，并且有一段时间了。爱琳娜告诉劳拉和保罗，装修密室不是她一个人花的钱，如果他们认为是她一个人在花钱，对艾威林是不公平的。艾威林拥有的股票升值很快，“以至于他都能用来办理一项很好的抵押贷款了（当然不需要卖出股票），而且家里的家具都是他买的，如果他不是在股票上赚钱的话是不可能的”[29]。爱琳娜透露给大家的消息含义重大，它意味着艾威林拥有财产，而他却从来没有用他的钱来给自己和爱琳娜买一套体面的住房。对这一消息感到困惑的劳拉和拉法格得出结论，那就是，一直以来，艾威林都没有对爱琳娜公开自己的财产，而爱琳娜又太好面子不承认这一点。

自从知道了艾威林的行为后，劳拉就同妹妹保持着密切的联系，经常写信、互访，而且，因为手里有了钱，她也可以慷慨地给妹妹买礼物了。

1895 年圣诞节期间发生的另外一件让人郁闷的事，爱琳娜的朋友谢尔盖·司特普尼克去世了。他是马克思和恩格斯多年的同事和密友，他的去世让爱琳娜深受震动。两天前，谢尔盖在阿克顿被一辆行驶中的火车撞死，当时他正像往常一样，边看书边穿越铁路。这是一种离奇的死亡方式，爱琳娜在去沃金参加谢尔盖的葬礼中结束了一年。

新年的时候，爱琳娜得了一种当时被称为“恶魔”的流行性感冒，在四十一岁生日前的两天，她心情低落，写信给姐姐说，“我现在知道了，当被掌握在恶魔手里的时候，为什么会有那么多的人自杀”[30]。但是，她还是从忧郁中摆脱出来，因为亨利和弗雷迪来为她庆祝生日，而她用劳拉寄来的作为生日礼物的支票，愉快地“购买了我一直想要的东西”[31]。她买了五卷非常流行的《波斯顿信札》，还有“一些我渴望得到的历史著作”[32]。她还考虑购买几只好看的鸽子来饲养，就像保罗那样,保罗现在已经成为饲养鸽子的能手。另外,保罗寄给爱琳娜的作为生日礼物的书籍也让她很兴奋,阿谢特出版社的书大多数都很精彩。

爱琳娜是一个勤奋的人,她用心地投入到新的文献整理工作中,仔细地制订了对马克思手稿、文章和信件的年度工作计划。她也打算收集父亲的生平资料,用心地进行研究,写出父亲的传记。她打趣地设想这样的主题,"卡尔·马克思,流浪笔记",她前一年的传记文章是为《奥地利工人志》所写的。恩格斯去世后,爱琳娜和劳拉发表了收集到的父亲信件的公开信,而爱琳娜也亲自写了几百封信件,寄给那些她认为可能与父亲有通信来往的人,请求他们把信件寄回给她或劳拉抄写,然后退回原件。

经过仔细考虑,爱琳娜作出一个重大决定,她决定雇佣保姆。她不是一个好厨师,而她希望电和煤气的使用会让密室更像一个温暖的家。爱琳娜在心里默默地想,如果伦琴在这里,她将会让厨房井井有条,充满肉香,煤气炉也将发挥它的作用。这些天里,她自己过了一个有意义的新年。艾威林似乎消失了。爱琳娜在自己的书房里,靠近壁炉,坐在她父亲曾坐过的椅子上,阅读震惊法国的"精彩的"财务丑闻,包括资本家的生产工厂被曝光,投资者被敲诈,税收丑闻,以及内部交易等。爱琳娜的父亲曾在这张椅子上去世,恩格斯在卧床之前也在这张椅子上工作。爱琳娜很享受继续使用这把椅子,享受坐在这把椅子上进行阅读和思考的快乐。

她饲养的小猫们则坐在她的膝盖上,听她读报,"我们自己的小麻烦——德兰式瓦,詹姆森的阻挠,德国皇帝,委内瑞拉"[33]。爱琳娜的通信显示,1896 年,她又想起了她的荷兰家人,还有詹姆森·雷德,而关注新闻中关于克鲁格和罗兹的消息一定勾起了她对自己姨妈的思念。她的姨妈嫁给了姓朱塔的一户人家,这家人住在好望角,在南非经营着一个法律出版社分社。

从 1896 年起,密室成为爱琳娜从事思想和文学事业的总部。她在密室的书桌上给考茨基写信,讨论《资本论》第四卷,请他恢复这方面的工作。爱琳娜发现,不知道出于什么原因,在恩格斯去世前不久,他让考茨基停止整理《资本论》的工作。爱琳娜还同出版商交涉,就马克思代表作的新卷本,马克思与考茨基的通信,以及其他准备出版的东西进行协商。

同时爱琳娜继续编辑她父亲用英文写的所有文章和新闻稿件。恩格斯把他自己的手稿和马克思手稿分开的决定,为爱琳娜的整理工作带来了困难,也为后人进行文献归类带来了麻烦。爱琳娜已经整理出了系列文章,是马克思以自己的名字发表在《纽约论坛报》上的,她从法院路的保险柜里发现了原始手稿。爱琳娜把马克思写的"关于德国的十八篇文章"[34]收集在一起,命名为"革命和反革命",并于 1896 年 4 月在密室写了一个有趣的序言"编者注"。爱琳娜兴奋地对劳拉说,对父亲给《纽约论坛报》的文章的编辑将为读者提供一个"关于 48 年革命的精彩有趣的历史[35]。路易丝·弗雷伯格和倍倍尔,作为德国社会民主党的代表,拒绝让爱琳娜接触马克思与恩格斯的通信,当时爱琳娜没有看到父亲与恩格斯的通信,因此,她认为这些文章是父亲在 1851—1852 年间写的。事实上,这些文章的大部分是恩格斯在曼彻斯特写的,然后把它们寄给在伦敦的马克思,由他进行最后的编辑,再通过邮船邮寄到纽约。因为无法看到马克思与恩格斯之间的通信,爱琳娜也就无法知道,这些以父亲的风格和笔调写就的文章实际上是恩格斯写的。

爱琳娜想象着父亲写这些文章的情景:是在她出生之前,位于迪恩街的她们家的桌子上写的。她利用母亲的回忆文章,以及自己和朋友们对她们家的回忆来重构这段家庭史,重构在她出生后,父亲马克思在家里工作的情景。1851 年 6 月 23 日,弗雷迪·德穆斯的母亲海伦·德穆斯(伦琴)于迪恩街生下了弗雷迪。1851—1852 年,也正好是马克思答应为《纽约论坛报》写固定通讯的时候。如果爱琳娜在当时能够接触到马克思与恩格斯之间的通信,知道在1851—1852年间,是恩格斯,而不是父亲写的这些文章,她该作何感想,又会构造出怎样的家庭故事呢?

1896年,爱琳娜也对马克思关于帕马斯顿、克里米亚半岛战争,以及18世纪的秘密外交史的文章进行了编辑。马克思写给《纽约论坛报》的文章,这里我们须再次说明,其中大部分是恩格斯写的,计划于1897年初以单行本发表,书名为《东方问题》。艾威林也在编辑工作上积极地帮助爱琳娜,应该说他是尽力了的,并且颇有成效,不仅提供了大量的历史背景资料,而且在局部细节过多的地方还做了总结。爱琳娜对部分马克思文献的出版感到高兴,但对出版商很是不满:"索南夏因出版社太不厚道,我尝试着与梅图恩、麦克米伦和安文出版社联系(其中安文出版社的可能性比较大),但都失败了。我将做最后一次努力,与朗文出版社进行联系。"[36]

爱琳娜既是档案保管、编辑,又是代理商,她把密室变成一个一站式文学工厂和仓库,用来发表马克思的新著作,以及在恩格斯与马克思通信缺失的情况下,为数不少的恩格斯的著作。她是一个工业时代的现代社会主义者,为自己的事业装备了新的技术手段,并期待着一个为之奋斗的新时代的到来。马克思和恩格斯在蜡烛和瓦斯灯下用手书写,爱琳娜用电灯来照明,而且她还有自己的打字机。爱琳娜把打字机看作是自印刷机出现以来,文字世界最令人惊奇的技术发明。

爱琳娜知道,自己对《帕马斯顿爵士的生平故事》和《18世纪的秘密外交史》的编辑是令人满意的。但她不知道,她将不能活着看到它们的发表,同时她也不知道从父亲的古怪笔记和模糊速记中整理出的文章,将在以后得到知识分子们的高度重视。

由于爱琳娜的辛勤工作,马克思主义的一些重要的原始文稿被整理出来，但还有更多的手稿堆放在案，等待整理。爱琳娜的时间和精力毕竟有限，她要为春季演讲活动准备演讲稿，而且还要为计划于 7 月在伦敦召开的第四届第二国际的大会做筹备和联络工作。

由于口袋里有了钱，艾威林企图重新回归他的戏剧家生涯。1895 年 6 月，他在斯特兰德大街的社会民主联盟大厅组织了一次募捐活动，对戏剧的兴趣也被重新点燃。一些演员和娱乐圈子人士自愿无偿演出，其中包括一名年轻女演员，名叫莉莲·理查森，在艾威林的独幕剧《火车上》中，她扮演被艾威林所引诱的悲伤寡妇。威尔·索恩，当时是社会民主联盟娱乐委员会主席，注意到，无论在台上还是在台下，艾威林都同他的领衔女主角关系密切，他对艾威林的轻浮举止很难认同。

为提高爱丁堡、布里斯托和亚伯丁社会民主联盟分部的战斗力，爱琳娜开始了她的乡村巡回演讲。她星期六离开，星期二晚上回来，由于有了蒸汽火车和电报，传播社会主义思想的速度也极大地提高了。像往常一样，爱琳娜承受着时间的压力，不得不同时做许多事，既要去演讲，又要整理父亲的手稿。“还有堆积如山的通讯工作，还要做家务！还要准备会议！要做的事情没完没了，而时间总是不够用。”[37]在三四月，爱琳娜又不得不主持“一个非常有用的‘协商’，争取使我们（社会主义联盟）和社会民主联盟成为一体，作为国际会议一部分，为其做准备”：

> 多年来我们（在恩格斯的压力下）与社会民主联盟成员保持着良好关系。现在我们正式地在一起工作了。你知道这种“正式的”友谊意味着什么，像保罗和布鲁斯一样，艾威林和海因德曼也并不喜欢对方，但双方合作现在是有益的，尤其是对即将到来的会议来说。[38]

用爱琳娜母亲的话来说，爱琳娜是一个彻头彻尾的现实主义者。克服小范围的政治冲突，服从长远政治目标，这是必要的。无政府主义倾向需要被制止。选择退出彻底的民主化斗争，会使工人运动、工会组织和所有形式的集体活动和协商结果流于空泛，成果不保。终其一生，恩格斯始终不忘警告爱琳娜，英格兰的工人群体的相对消极（明显区别于爱尔兰、威尔士、苏格兰），是工人运动的阿喀琉斯之踵，无政府主义者很可能会利用这一弱点来削弱英国的社会主义运动。爱琳娜意识到：很不幸，恩格斯的预言被证明是正确的。

派系斗争名目繁多，它们有不同的名称、宣言和旗帜，但是爱琳娜非常清楚，这次重要的伦敦会议很可能会成为无政府主义和社会主义力量之间进行较量的场合。目前主要的政治问题是议会制赞成者和反对者之间的关系问题。爱琳娜相信并践行公平和宽容的政治活动，但是，在组织活动和有效的政治与社会运动时，协调反民主的无政府主义和民主社会主义是不可能的，让无政府主义承诺在议会代表制下工作也是不可能的。爱琳娜所翻译的乔治·普列汉诺夫的重要著作《无政府主义与社会主义》，虽然行文有些呆板，但其中明确指出，无政府主义是一种反对力量。无政府主义得益于它们共同的语言、风格，及从事间谍活动的审美趣味，像福尔摩斯那样有才能的个人侦探是他们依靠的力量，但无政府主义对日常的民主生活，对并不那么精彩的社会正义斗争和建立一个开放的社会并无多大用处。

无论如何，这些原始的意识形态力量武装起来，准备在 7 月份召开的伦敦大会亮相。为了召集支持民主社会主义的力量，给英国工人留下关于德国议会党的好印象，李卜克内西在 5 月至 6 月间，游历英国各地，唤醒人们的政治意识。爱琳娜和艾威林尽可能地与李卜克内西同登讲台，通常是由艾威林主持，爱琳娜演讲，她的演讲内容包括英国工会主义、妇女和经济问题。《正义》杂志以有趣的笔调对可敬的李卜克内西进行了报道，称他“有着旧英国绅士农民的外表”[39]，现在是一个成熟的政治家，进入了全副武装的战斗期，李卜克内西的这一形象提醒现代新的社会主义者们，旧的“浪漫的斗争方式已成过去”[40]。

5月底的时候，爱琳娜、艾威林与李卜克内西一起，出席了在曼彻斯特的莫斯利酒店举办的招待会，这是独立工党为李卜克内西举办的。鼓掌欢迎李卜克内西讲话的是律师兼法律改革家理查德·潘克赫斯特博士，他是埃米琳·潘克赫斯特的丈夫，埃米琳·潘克赫斯特是妇女社会和政治联盟的创办者。他们的三女儿西尔维亚也来参加了招待会，这个13岁的小姑娘被爱琳娜所吸引，她认为爱琳娜有“人格魅力”，而且，爱琳娜的忧郁的面庞也很吸引人，她的脸上有着“黑色的眉毛，生动的色彩”。[41]西尔维亚认为爱琳娜·马克思是出众的，但“站在她身旁”的她的丈夫爱德华·艾威林却“令人讨厌”。在西尔维亚·潘克赫斯特的眼里，爱琳娜作为女性煤气工人领袖在执行会上是认真和投入的，而她的丈夫却不停地调换椅子，抱怨“讨厌的气流”，抱怨室内温度太低，他觉得冷。爱琳娜则对艾威林微笑着，帮他把衣服领子竖起来。[42]很有观察力的西尔维亚把一切都看在眼里，甚至多年后她还记得当时的爱琳娜作为一个年轻女性是怎样地影响了自己。

6月中旬，李卜克内西的巡回演讲在伦敦结束。他与爱琳娜、艾威林一起在他们的密室住了一段时间，而且他们三人还抽出时间考察马克思过去生活的地方。李卜克内西为了写关于马克思的回忆录，提出要看看伦敦的一些地方，去看看当年他和马克思作为年轻移民曾待过的地方，尤其想看看马克思一家生活过的地方。

6月8日，星期一，爱琳娜、艾威林和李卜克内西三个人从西德纳姆站出发，前往托特纳姆法院路。他们从索霍广场开始了他们的寻访过去之旅。“我们系统地走访这一地区，”李卜克内西写道，“就像当年施里曼发现特洛伊一样。这绝非轻而易举之事。他希望挖掘特洛伊，也就是现在的普里阿摩斯和赫克特,而我们希望‘挖掘’从40到50、60年代来英国的移民们。”[43]他们走访了马克思最早居住的老康普顿街的房子,一度居住过的教堂街的房子。从教堂街角,他们又来到了位于曼彻菲尔德的恩格斯在伦敦住过的第一所房子。接着他们来到了迪恩街28号,爱琳娜的出生地,只是由于房子门牌号码变了,他们费了一番周折才找到。

他们按了门铃,一个年轻妇女出来开门,她问他们是否想到楼上看看。二层楼的两个房间上了锁,但是楼梯是李卜克内西所熟悉的,而且布局与他记忆中的仍然一模一样:

> 没错,这就是我来过无数次的房子。就是在这里,马克思忍受移民局的质问、虐待,饱尝他的敌人的折磨……写下了《雾月政变》《沃格特先生》,还给《纽约论坛报》写通讯……也是在这里,他为写作《资本论》作了大量的准备工作。[44]

在陪李卜克内西走访了父亲的居住地后不久,爱琳娜决定着手写父亲的传记。“毕竟,”她在给劳拉的信中写道,“作为政治家和思想家的马克思值得回忆,作为普通人的马克思也同样值得回忆,虽然他有自己的弱点。”[45]爱琳娜信中的这些话表明她已经不是那个天真的、盲目崇拜父亲的狂热的女儿了,也不是那个仰望一个没有任何瑕疵的父亲的女儿了。

从迪恩街出发,爱琳娜、艾威林与李卜克内克西一直走了一个公交总站,从那里出发去肯迪什镇。在肯迪什镇,他们拜访了爱琳娜死去的三个哥哥和一个姐姐的墓地,他们都在幼年去世,包括埃德加,他的生命与小爱琳娜的生命有过短暂的交集。三个人感叹于肯迪什镇的建设速度之快。等他们来到梅特兰公园路,也就是爱琳娜父亲和母亲去世的地方，游荡在汉普斯特德荒野的旧地，他们觉得似乎被鬼魂追赶着，情绪有些沮丧。因此，三个人来到了杰克·斯特劳的城堡，在饮酒中体验着微醉的快乐："过去我们曾经多少次来到这里啊！正是在这间房子里，我曾经多次与马克思、马克思夫人、他们的孩子、伦琴及其他人坐在一起。"[46]

著名的第二国际第四届会议于7月27日在朗豪酒店的女王大厅举行，开会的前一天在海德公园举行了公众集会。英国所有社会主义的合法组织都出席了会议，包括社会民主联盟、独立工党、费边社和其他工会。詹姆斯·拉塞姆·麦克唐纳被选为费边社的代表，查理顿·德斯帕和伯纳德·萧、韦伯夫妇也同时作为代表出席了会议。罗萨·卢森堡，李卜克内西儿子卡尔的同代人，也成为会议代表，这是爱琳娜非常赞同的，因为在1893年苏黎世会议上，她的代表资格就被认定了。在出席会议的社会主义妇女中，爱琳娜，以及她的朋友克拉拉·蔡特金、夏洛特·德斯帕德与罗萨·卢森堡自然地结成了联盟。

爱琳娜代表伦敦煤气工人，而且她还领导着一个翻译团队，包括蔡特金、李卜克内西、伯恩斯坦、卢森堡、瑞士约翰·希格，还有受人欢迎的著名激进杂志的记者阿道夫·史密斯。

会议开始后，社会主义者和无政府主义者之间马上就开始相互揭露隐私。在经过详细讨论和商讨后，英国和德国代表团同意把无政府主义者从会议中排除。然而，法国代表团在这一问题上却持不同立场。而且，虽然英国代表团已经表明立场，但汤姆·曼和凯尔·哈迪却违背英国代表团的决定，组织支持"反议会制"的示威，如爱琳娜所说，示威很明显这是在支持无政府主义，这件事使问题变得更加复杂。议会代表之间关于驱逐无政府主义者的争论非常热闹，代表们情绪激动，以至爱琳娜抱怨她都听不清人们在说什么，无法进行恰当的翻译。宽容的限度和爱琳娜所说的"公平游戏"是人们争论的主要内容。海因德曼保持着头脑的冷静，他指出，既然无政府主义已经重复无数次，说他们不相信代表大会，或者正式的具有代表性的政治组织，为什么他们还对被排除大会外而争执不休呢？这不合逻辑。

爱琳娜、艾威林和其他大会组织者观察着即将爆发的无政府主义战争。大会的书记，威尔·索恩立场坚定，他领导着一支警卫队以防止可能发生的骚乱。驱逐无政府主义的决定生效后，第二国际的第四次大会开始正式议程。这是一届内容丰富、成果众多和意义深远的大会。大会的闭幕晚会上举办了盛大的焰火展，就在爱琳娜和艾威林住所不远的水晶宫，艾威林主持了招待晚会。大会在演唱《马赛曲》《友谊地久天长》和革命歌曲《卡玛尼奥拉》中结束，并定于 1899 年在柏林召开下一届会议。

大会开完后，爱琳娜很高兴又能重新回到她的书桌旁，她对为《正义》撰写每周固定栏目特别感兴趣。爱琳娜的“国际评价”被列为她最好的新闻稿件。爱琳娜报道了 1896—1897 年间的圣彼得堡罢工，由于她曾在苏黎世会议上做过服务，亲身经历了对圣彼得堡罢工的财务和政治的支持活动，因此她写的报告文学很有生命力。在另一组系列文章中，爱琳娜批判地反思了德国社会民主党的发展，并以简洁和尖锐的笔调报道了 10 月份召开的德国党著名的哥达大会。对臭名昭著的修正主义，即巴克斯等人试图去掉马克思主义革命性一面的理论，爱琳娜进行了有理有据又有力量的批判。在批判马克思主义的修正主义方面，谁还会比爱琳娜做得更好呢？

爱琳娜还在专栏中对法国社会主义在公共领域的发展进行了评论，她的评论是乐观的，她报道了法国社会主义者在社会主义社群、免费学校食堂、资助穷困学生、对戏剧行业进行补贴等方面所做的努力。尽管如此，当法国社会主义者支持希腊入侵克里特岛时，爱琳娜也毫不犹豫地对他们进行了批判：

法国，即使是社会主义法国，在克里特问题上，也是不理智的。法国社会主义者们……认为波兰的运动是“沙文主义”，而他们却对希腊的侵略行为持热情的支持态度，这多少有些令人费解。从个人的角度看，我必须说如果法国曾经温和地谴责过可恶的法俄同盟，他们对更加令人发指的苏丹事件进行指责才更为合理。[47]

正如我们已经提到的，爱琳娜对法国众议院中的社会主义者感到失望，他们在德雷福斯案件上拒绝承担正义立场，认为它只是小资产阶级团体内部的小冲突。当克列孟梭和左拉在这件事上挺身而出的时候，爱琳娜毫不吝惜地赞扬他们。[48]

总的来说，爱琳娜完成了她 1896 年生日计划中的诸多内容。在第二国际的第四次会议召开后，她在巴特西的社会主义主日学校教课，还参加了当地的社会主义合唱团。她告诉考茨基她有多么享受她与刘易舍姆居民一起唱歌。[49] 九月份，她开始每周为社会民主联盟的周末夜校教法语和德语，这一自愿者工作她一直做到 1898 年 6 月，其中只有几个星期因为有事没去。

在伦敦召开的第四次大会上，爱琳娜对英国代表的知识缺乏而感到失望和震惊，他们当中没有多少人懂外语，也没有多少人知道欧洲政治组织的辩论规则。这让她做出教外语课的决定。几个月后，爱琳娜的高级夜校课堂开始用德文阅读和讨论《共产党宣言》，用法文阅读和讨论工党宣言。当爱琳娜用自己家里人的著作来教学，并把第一手资料与学员们未知的热情、需求融合起来，她的课对学生们来说，该是怎样生动有趣啊！她还对学员们讲授辩论规则，告诉他们规则能保证言论自由，并让每个人畅所欲言，它能创造一个鼓励批评与自我批评的良好的环境。

艾威林也自愿来讲课,他教授科学常识,并为学生们辅导公共艺术和科学考试科目。他们的课在社会民主联盟的斯特兰德大厅讲授。爱琳娜星期一上课,艾威林星期三上课。由于斯特兰德坐落在伦敦西区歌剧院附近,艾威林在上完周三的课后,或是在其他辅导时间之外,自然会经常同他戏剧界的朋友一起观看演出,或者吃晚饭。至少爱琳娜是这样认为的。

接近年底的时候,爱琳娜通过广告的方式招聘了家庭保姆,保姆名字叫格特鲁德·金特里。让爱琳娜惊奇的是,金特里很快就承担起爱琳娜的家务活,使她可以有更多的时间来写作,就像当初她的母亲为父亲,伦琴为恩格斯服务那样。在爱琳娜和金特里的主仆关系建立之初,爱琳娜不怎么友好地把金特里称为"我的非常出色但很愚蠢的金特里"[50]。但是当爱琳娜了解了金特里的生活之后,她改变和取消了这样居高临下的称呼。爱琳娜所说的愚蠢并没有特别的意思,这个词她经常随意而友好地用在她的朋友身上,比如李卜克内西,当她的朋友在判断力上有误,或者被小事分神,说话不加思考的时候,爱琳娜就用这个词来形容她的朋友。

格特鲁德·金特里有一定的文化水平,当她来密室当保姆的时候,表现出对书籍、期刊、报纸、戏剧剧本、歌曲单、手册、杂志等的浓厚兴趣,而爱琳娜家的大多数房间都堆放着这些东西,她在打扫房间的时候忍不住好奇地浏览。爱琳娜很快就发现金特里对书籍感兴趣,她和金特里开始一起工作,并帮她完善阅读、写作和财务管理。主仆二人的关系更加密切,她们一起对爱琳娜的厨艺、艾威林的小缺点和男性怪癖等事情开玩笑。爱琳娜一直认为自己的做饭水平属于中等,直到吃过金特里做的饭,她才知道自己厨艺很糟糕,金特里称爱琳娜做的饭太难吃,而且基本上不能吃。从做饭这方面来说,艾威林是值得同情的:伦琴教爱琳娜下得一手好棋,却从来没有传给她做饭的技术。艾威林通常不在家，但当他在家的时候，他表现得很友好，而且从当时的标准看，他是一个善解人意的男主人。

然而，在金特里看来，尽管艾威林看起来是个好男人，但她从来没有对他表现出过多热情，相反，她把自己的全部热情和注意力都给了爱琳娜，毕竟是爱琳娜付给她工资。在金特里的努力下，密室成为一个受客人们欢迎的地方。她对流行的衣服、发式、化妆品和小配件都很感兴趣，这一点可能也是爱琳娜称呼她愚蠢的原因。爱琳娜从不盲目追赶潮流，小的时候，看到母亲收到一顶意想不到的花帽子时的欣喜，她开玩笑地讽刺母亲像一只炫耀的孔雀。爱琳娜讨厌把时间和精力用在服饰和个人装扮上，打扮这个词在她看来相当荒谬。不管怎样，金特里还是不知不觉地对爱琳娜产生了影响，爱琳娜的头发一直以来都与流行发式不搭边，她的服装也以舒适为主，没有流行元素在其中，但是自从金特里来到密室当保姆，爱琳娜的服装和头发也比以前时尚了，金特里对爱琳娜的影响可见一斑。

爱琳娜过去从未注重过她的穿着，由于继承了恩格斯的遗产，她现在可以雇得起保姆了。而这个保姆可能对她提出建议，让她把一些旧的、磨破的、穿了无数次的、打了补丁的服装换掉。既然有了多余的钱，爱琳娜为什么不可以买些新衣服呢？爱琳娜之所以对讲究穿着愤愤不平，并将其看作是愚蠢的行为，还在于她认为商业资本主义只是皇帝的新衣。除了书本、打印机和知识分子用来节省时间的小工具，她不愿意去商店购物，但是金特里喋喋不休地告诉她，她的波西米亚服饰过时了，还把一些时装杂志放在她的面前，让她看上面百货公司的时装广告。

在金特里的鼓动下，爱琳娜新买了一件深蓝色天鹅绒礼服，这成为她冬天最爱穿的衣服；一条棕色的裙子，在英国夏季和秋季都能穿；还有一件白色丝绸棉布服，这是烈日炎炎的时候用得着的，同时也是适合在家里穿着的休闲服。白色一直是爱琳娜最喜欢的颜色,还是在小女孩的时候,她就喜欢白色,这是未使用的纸的颜色,也是漂白棉的颜色,小的时候恩格斯曾带她去曼彻斯特的纺织工厂参观,也许从那时起,她就对白色情有独钟。

11 月的时候,爱琳娜再次得了流行性感冒,这让她很痛苦。她对考茨基抱怨说,她“不再是一个战士”[51],但很快她就振作起来。她不遵从医生的医嘱,而是用盐水和碳酸氢盐漱口,病情好转后,她和艾威林一起前往伯恩利,在那里,他们两人都进行了演讲,并表演了自己的拿手节目。爱琳娜的演讲主题是关于无政府主义的,表演的节目是《哈默林的花衣吹笛人》,这是她擅长的节目;艾威林演讲的内容是自然演化,并朗诵了他的诗《工人流浪汉》,该诗的韵律与题目相称。之后,两个人诵读了《海边》中的台词,《海边》是 1887 年艾威林改编自法国爱情故事《让·马利》的戏剧,作者是安德烈·杜威特,也是在首次出演这出戏剧后,爱琳娜遭到了《戏剧评论》的批评,认为她演得不好。爱琳娜返回伦敦过圣诞节,情绪高涨,告诉考茨基,“我们在兰开夏进行了一周的艰苦工作……效果非常不错……如果我听从医生的建议,那么,我现在肯定还处于生病状态!”[52]

李卜克内西的《马克思回忆录》于 1896 年 12 月出版。尽管爱琳娜爱戴李卜克内西,但她还是认为这本书“有些混乱”,而且“在许多方面是令人失望的”。但是李卜克内西的愿望是好的,爱琳娜认为这本书无损于马克思,她告诉考茨基,认为他错了,他认为这本书是对马克思的“无穷伤害”,这未免杞人忧天了。[53]爱琳娜向劳拉征求意见,并且承认,李卜克内西毕竟已经着手写马克思传记了,而她还没有集中精力来做这件事,自己对李卜克内西的书说三道四有些不公平。

爱琳娜写信向考茨基保证,她现在将着手做这件事,会以最大努力来完成父亲传记的写作。对所有的传记写作者来说,爱琳娜的焦虑是可以理解的，正如爱琳娜所认识到的，人的历史是多面的：

> 人们对个人知道得越少，误解就越多。就马克思这个人的整体来看，他有许多方面需要被了解，而他不仅被科学所吸引，还被文学和艺术所吸引。马克思在许多方面表现出的才能都很出众，而这些成就需要不同领域的专业人士来处理。当我想到要把所有的线索汇集起来，串连成一条主线的时候，我就会感到失望。尽管可能挂一漏万，但又必须大胆停止，在有限的主线内进行写作，以便写出传记。[54]

第二十三章　大胆停止

1897 年 4 月，全国煤气工人和普通工人工会会员聚集在伦敦的巴特西公园，纪念工会成立八周年。工人领袖关于大会的报道用的是有层次、深度描写的文学手段，在“刺骨的西风”中，“灰暗的天空”下，“光秃秃的大树”旁，他们为集会的工人们打气助威：

> 在讲台上的是站立着的、焦急的、风尘仆仆的领袖们，周围丝质的、彩色的工会旗帜迎风飘扬，马克思的女儿爱琳娜也站在讲台上，她还是那样年轻和充满斗志。[1]

年轻和充满斗志的爱琳娜在斗争情绪中迎来了 1897 年。在她 43 岁生日的前一星期，她在《正义》杂志中调皮地邀请社会民主联盟共同战斗，称资本主义社会正在自掘坟墓，恐怕社会主义同志们还没有准备好，资本主义就会崩溃。[2]

在生日过后的一个星期，她谴责“北方的大批工人正在毁灭他们的孩子们”，这是一个“可怕的事实”。[3]爱琳娜提到可怕的、类似戈雅画像中的毁灭孩子的景象，源于兰开夏煤矿工人父母抗议提高童工的年龄，他们竟然会这样做，这让爱琳娜非常震惊。爱琳娜指责道，在这件严重的事情上，任何人都应该对孩子们感到歉疚：“不仅这些工人父母，而且大多数社会主义者，都没有尽到自己的责任。”[4]社会民主联盟应该尽快在北方工厂发起一个保护童工运动。

由于爱琳娜新近加入了社会民主联盟，并很快成为它的杰出领导人之一，她有充足的理由让社会民主联盟发挥更大作用。为反对海因德曼与国际主义精神相对立的狭隘派系立场，1884年12月，爱琳娜从社会民主联盟退出。将近十年的时间里，社会民主联盟与社会主义联盟几乎不在一起开展活动。19世纪90年代，由于政治形势的变化，他们求同存异，走到了一起。1895年恩格斯逝世的时候曾说过，尽管英国民众中的社会主义意识不断增强，但只有把他们的社会主义意识变成清晰的要求和行动，社会主义运动才有可能整合起来。一些人投靠了社会民主联盟，一些人投靠了独立工党，还有其他一些人投靠各自的工会组织，这些力量之间是不协调的，独立工党也很难开展大规模的活动。爱琳娜与社会民主联盟成员之间的关系过于密切，恩格斯也对爱琳娜说过，他很担心这一点。爱琳娜回答恩格斯，她理解他的担心，社会民主联盟的领导虽然并非工人阶级出身，但是社会民主联盟的底层群众都是倾向于国际主义和社会主义运动的。在政治上，爱琳娜从积极的角度看问题，扮演着鼓动的角色。

社会民主联盟与社会主义联盟的合作是在1896年，第二国际的第四次大会之际，在爱琳娜和海因德曼之间，爱琳娜是那个积极调节和强化合作的人。在爱琳娜等人的努力下，社会民主联盟转变成更具有社会主义成分的组织，"在组织运动上发挥了更大作用"[5]。另一个促使两个组织联合起来的因素是，当时德国政党之间的关系恶化，伯恩斯坦大搞马克思主义修正主义，并得到了恩斯特·巴克斯的支持，为了与之对抗，爱琳娜、海因德曼和李卜克内西联合起来。伯恩斯坦领导的德国社会民主党认为，马克思对资本主义的分析在19世纪末已经不再正确。爱琳娜建议所有的政党对此进行辩论，伯恩斯坦则以惊人的傲慢和性别歧视的态度予以回绝。

弗雷伯格夫妇也当即与爱琳娜作对，支持伯恩斯坦，而伯恩斯坦的行为更加恶劣，他变成了一个阴郁的独裁者，而且非常容易"大发脾气"[6]，受不了任何轻微的甚至想象中的批评。一天晚上，大家在爱琳娜家用晚餐，当时李卜克内西和爱琳娜支持海因德曼在印度问题上的态度，这使伯恩斯坦非常生气，陷入了几乎狂怒的状态。

爱琳娜就父亲的著作与伯恩斯坦进行逐字逐句的辩论，伯恩斯坦已经感到非常恼怒，这也是引发他怒火的主要原因。爱琳娜高兴地告诉考茨基，她正在编辑父亲的“一篇非常重要的论文”，这篇文章被捆在他的诸多手稿中，1865 年，他曾向国际工人协会委员会宣读过——（“噢，这个人做了多么精彩的工作！”）[7]爱琳娜非常用心地来编辑这篇文章，认为是“值得推崇的论文”[8]，并加了一个名字“价值、价格和利润”，打算为它的发表写一篇序言。伯恩斯坦、弗雷伯格夫妇，以及支持他们的小团体知道，想要按照自己的想法来修正“马克思主义”，爱琳娜是他们难以克服的最大障碍。

民主社会主义在英国的发展处于困境，爱琳娜担心海因德曼缺乏独自面对困难的能力。在脾气暴躁、盛气凌人又任性的伯恩斯坦的带领下，以正统名义进行的马克思主义的修正主义不断流行，这种情形之下，只有像恩格斯那样有魄力的人出面才能纠正错误观点，比如，爱琳娜。爱琳娜没有马克思和恩格斯那么擅长在政治上求同存异，但她做得已经相当不错，对社会民主联盟内对马克思、恩格斯和她本人的持续诋毁和中伤，她都置之不理。爱琳娜与海因德曼的联合是有效的。海因德曼夫妇成为爱琳娜家的朋友和常客，经常在她的密室共用午餐和晚餐。与马克思和恩格斯相比，爱琳娜对个人恩怨计较得更少，原谅得更多，但政治不是友善的领域，爱琳娜的这种个性容易使她处于危险境地。

1897 年，社会民主联盟及其所属杂志《正义》，以及新创办的月刊《社会民主党人》成为爱琳娜正式斗争的舞台。她继续领导着煤气工人，并且深度参与到广泛的工会工作中。第一期《社会民主党人》杂志于 1897 年 1 月出版，由爱琳娜和艾威林担任主编。爱琳娜把在父亲去世不久写的回忆录修改了一下,发表在《社会民主党人》杂志的创刊号上,这篇回忆录几年前曾发表在《前进》杂志上。爱琳娜还把李卜克内西写的马克思回忆录翻译成英文,以作为对父亲不同视角的回忆文章,与自己的回忆文章一起刊发。另外,她还翻译了欧洲戏剧家和作家的文章,如亚历山大·谢朗,爱琳娜一直关注着此人的作品。艾威林对奥莉芙的小说《马绍兰纳的楚帕·彼得·豪尔凯特》进行了评论,这是一本精彩而引发争议的小说。艾威林的评论题为"阻挠议事的西塞尔·罗兹和他的特许公司",这也是艾威林所写的文学杂志类文章中最好的一篇。

社会民主联盟和它的同盟在组织反对英国帝国主义政策上发挥了领导作用。二月份,爱琳娜领导社会民主联盟发起运动,反对英国在南非的帝国主义行径,以及她所说的"英国资本主义在印度的暴政"[9]。

也是在二月份,爱琳娜在《正义》杂志的文章中,公开欢迎南非活动家哈瑞特·克伦索。克伦索第一次来到英国,她的主要目的是反对英国的外交政策,告诉英国人民英国政府在南非实施的暴政。克伦索是纳塔尔最后一代传教士主教的女儿,据传这位传教士与非洲"土著"祖鲁人交往非常密切。克伦索在南非以发起反种族主义运动而著称,她带领人们反对英国的殖民政策。奥莉芙很快就让爱琳娜和克伦索成为朋友。

爱琳娜劝说社会民主联盟成员,请他们利用任何可能的机会聆听克伦索这位坚定而勇敢的活动家所说的话,"英国军事力量和罗兹先生是怎样可怕地渗入南非"[10]。这位罗兹先生也就是奥莉芙·施赖纳在殖民问题上与之闹翻的那位。爱琳娜好意地把克伦索与海因德曼进行比较,认为他们两人英雄所见略同,一个是反对英国在南非的殖民政策,另一个是反对英国对印度的占领和经济剥削。

爱琳娜与海因德曼意见一致,认为发生在印度的可怕的饥荒不是因经济欠发达造成的，而是由于帝国主义的殖民政策，由于世界经济发展不平衡造成的。爱琳娜在1897年的系列演讲主题大都与帝国主义和殖民主义相关，“我们荣耀的帝国”也通常成为她讽刺性的演讲题目。

1897年7月，克伦索被爱琳娜邀请到密室与李卜克内西见面，当时李卜克内西来英国准备参加社会民主联盟的年度会议，会议定于8月初在北安普顿召开。爱琳娜邀请克伦索时说，李卜克内西对南非问题非常感兴趣，而且非常想知道英国殖民者在那里的真实作为。[11]克伦索提前来到了爱琳娜家，当时天气不错，她们正好可以利用吃饭前的空闲时间在花园里聊天。在这次聚会上，李卜克内西为克伦索提供了一个表达观点的平台，他邀请克伦索在他主编的“伟大的前进日报”上发表文章。[12]格特鲁德·金特里负责给大家做饭，她当然也会向大家介绍一些爱琳娜家的趣闻。

1897年夏天，爱琳娜的客人们穿过密室的大门来做客，这是一幅温馨的画面，爱琳娜在写给考茨基的信中描述道，“犹太人和密室亮相了”[13]。尽管伯恩斯坦对爱琳娜反对修正主义十分恼怒，但他在心里还是喜欢爱琳娜的，他回忆起爱琳娜迎接朋友的情景，说她的脸上泛着愉悦的光芒。[14]弗雷迪和亨利定期来密室陪伴爱琳娜，由于艾威林的脓肿复发，他去了肯特海边的马盖特海滨进行疗养，他不在家期间，弗雷迪和亨利更是经常来爱琳娜家。而这段时间，爱琳娜忙于参加在圣马丁大厅召开的国际矿工大会。

对爱琳娜来说，1897年异常忙碌。她在社会民主联盟的新角色为她增加了更多的对公众发表讲话的任务，在社会民主联盟中，她比其他领导人更为人们所需要。过去，亨利·海因德曼曾经恼火于爱琳娜的影响超过了自己，现在他转变了态度，对爱琳娜的巨大影响感到很高兴。海因德曼的妻子从来都是爱琳娜的支持者，她同样很高兴看到爱琳娜在公共领域的成功。到了六月份，爱琳娜已经进行了41场演讲，在过去的八个月,她在十个会议上发言或主持会议,这还不包括二月份的时候,她在荷兰进行了为期一周的演讲。由于过于劳累,她的声音嘶哑了。她在《正义》杂志上发表了一个公开信:

> 请各分支机构注意:
>
> 为了节省时间、不必要的麻烦以及邮费,请转告那些盼望我去为他们进行露天演讲的社会民主联盟分部,我现在不得不推掉这些演讲,这实属无奈,我的嗓子因为讲话太多而嘶哑了。了解我的人应该知道我不是逃避工作的人……室内宣讲活动开始后,我将像过去一样,服务于我的同志们,为我们的事业做贡献。[15]

巨大的工作量除了使她的身体承受压力,无法完成公共演讲任务,爱琳娜发现她在办理公务、预约事务、制订计划、编辑、研究和通讯方面也逐渐无暇应付。

金特里虽然能在家务上帮助爱琳娜,但她不能做文字工作,爱琳娜需要一个专业的秘书和研究人员。在双方相互满意的情况下,她雇佣了艾迪斯·兰切斯特来担任她的私人秘书。

贵族出身的艾迪斯·兰切斯特抛弃了自己优越的家庭,投身于激进运动,成为一个自信的新式妇女。艾迪斯是社会民主联盟执行委员会成员之一,她在工作中与工人阶级出身的詹姆斯·沙利文,巴特西社会民主联盟的活跃分子相识并相爱。这对年轻人宣称他们要组成"自由恋爱的家庭"。他们的"婚礼"定于 10 月 26 日举行。艾迪斯的行为让她富有的上流社会家庭震惊。在她家人看来,艾迪斯打算公开地与工人一起过非婚姻的家庭生活,这无疑表明她已经失去理智了。

10 月 25 日,当艾迪斯收拾行李准备搬到詹姆斯住处的时候,她父亲还有三个哥哥出其不意地来到她的宿舍,他们还带来一名精神病医生,该医生当场宣布艾迪斯有精神病。他们把她拉到了一个秘密的精神病收容所。当艾迪斯进行反抗的时候,她父亲用手铐把她铐起来。

社会民主联盟试图通过法律干预来救助艾迪斯,但所有的努力都没有成功。为了安慰艾迪斯,詹姆斯·沙利文和其他社会民主联盟成员站在精神病收容所的墙外,对着监禁艾迪斯的窗户唱"人民的旗帜"[16]。在精神病收容所,艾迪斯受到肉体、精神和性上的折磨。但在被监禁期间,艾迪斯相当理智。遭受这么多折磨后,还能保持理智,这是非常了不起的。

最终艾迪斯从厄运中摆脱出来,以更加坚定的决心过自己想要的生活,而且告诉人们她遭受的痛苦,告诉人们她的所作所为。摆脱监禁后,她接受了打字和速记训练,但是她曾经在精神病收容所的经历使她很难找到工作。

爱琳娜接纳了她。艾迪斯担任爱琳娜的秘书,在密室为爱琳娜打印手稿,并在英国博物馆的阅览室为爱琳娜收集研究材料。艾迪斯所做的工作也正是爱琳娜当时为她父亲无偿做的工作。现在,爱琳娜有能力给那些为自己工作的人开工资了,作为一个熟练的秘书和研究人员,艾迪斯的薪水也可以使她摆脱残暴的亲人们。被自己的家庭抛弃后,艾迪斯迫切地需要姐妹般的温暖。爱琳娜给艾迪斯提供了工作和发展的机会,鼓励和保护她。在爱琳娜去世前,两个人成为好姐妹、好朋友。

1897 年 6 月,艾迪斯和詹姆斯有了他们的第一个孩子。由于他们是开放式婚姻,承受着额外的社会压力,怀孕和养育孩子并不容易。艾迪斯"分娩后身体异常虚弱",爱琳娜请她来密室"几个星期保养身体"。[17]爱琳娜和金特里悉心照顾艾迪斯,保护她、詹姆斯以及他们的孩子,使他们不受来自艾迪斯家人和社会的辱骂。

1897 年的艾威林似乎也比以往更加和蔼可亲,爱琳娜觉得他们终于建立起亲密的伙伴关系，这种关系因为有了属于自己的房子而得到巩固。艾威林经常不在家，但爱琳娜也同样如此，这似乎没有什么不正常。艾威林的花销经常超出他们的预算，但他向爱琳娜保证这些钱都用在了合理的地方，是社会民主联盟工作的需要，因为艾威林要为社会民主联盟筹划娱乐活动，以募集资金，在这方面花些钱是必要的。在《妇女问题》中，爱琳娜阐述得很清楚，妇女应该保持独立，不依赖于男人。爱琳娜做到了这一点。问题是，她在经济上太独立了，而她的“丈夫”在经济上又太依赖于她了。

爱琳娜不知道，此时，艾威林在外面借了别人很多钱，比如他从萧伯纳、罗德福德和爱琳娜的其他英国和法国朋友那里借了相当多的无息贷款。爱琳娜也不知道，艾威林在 1896 年从威廉·莫里斯那里借的钱，直到他死的时候都没有偿还，而是爱琳娜的朋友梅·莫里斯帮他还的。如果爱琳娜知道的话，她会立即偿还他欠下的债务。她从恩格斯那里继承的遗产和她自己的积蓄使她有能力偿还，她要是知道的话绝不会欠朋友们的钱。但这只是假设，艾威林无意让爱琳娜支付，他始终在避免让她知道他欠下的无息债务。萧伯纳知道得很清楚，艾威林不可能偿还他借的钱，但他还是继续借给他。按萧伯纳的说法，他是想做社会学的观察。他打算写一部关于道德堕落的戏剧，描写在两性关系中，男人是如何欺骗和虐待女人的，人物原型就是艾威林。这部戏就是 1906 年出版的《博士的困境》。除了向萧伯纳借钱，艾威林竟然还用卑劣的手段从弗雷迪·德穆斯那里“借”钱。如果萧伯纳知道了自己戏剧中男主人公原型的这些做法，也并不会太吃惊，因为他知道道德堕落的男人有多坏。如果弗雷迪告诉爱琳娜，艾威林威胁自己，敲诈钱财，爱琳娜又会有怎样的反应呢？

爱琳娜误以为自己和艾威林终于在共享财产的基础上建立起了牢固的关系，这已经离真相够远了。不幸的是，事实远远超出她的想象。

虚伪的艾威林作为一个出色的演员，一直过着双重生活，而相信他的爱琳娜完全不知道自己遭受怎样恶劣的蒙骗。

1897年，艾威林，以他的艺名艾历克·尼尔森为名，在旺兹沃斯联谊大厅举办了一场募捐演出活动，名为“戏剧娱乐”。艾历克·尼尔森在剧中扮演主角，与他演对手戏的女主角是爱娃·弗莱，一位22岁的音乐老师的女儿，也是艾威林的学生。爱娃演唱的“爱的甜蜜老歌”，无疑让艾威林如醉如痴。爱娃·弗莱也是一位有才华、有魅力的女演员，1895年，在斯特兰德的社会民主联盟大厅上演的艾威林的独幕剧《火车上》，她以理查森为名，出演过女主角，也是与艾威林演对手戏。当时弗莱小姐与“与艾威林博士走得太近”还引起了威尔·索恩的侧目。[18]

爱琳娜知道，艾威林过去曾与他的学生有过调情的绯闻，但她不知道，爱娃·弗莱与其他女人不同，她异常固执。艾威林与爱娃的关系从1895年就开始了，一直没有间断。艾威林每星期三晚上在斯特兰德夜校教课，而爱娃是夜校学员，这就为他们在课后幽会找到了借口，提供了绝佳的机会。

艾威林在西区的豪华餐厅请爱娃吃饭，而爱娃则作出可爱的样子，邀请艾威林与她一起看莎士比亚的戏剧，她把自己想象成浪漫的女主角，享受地聆听艾威林在戏剧休息间隙表达自己的文学观点，不提任何异议。爱娃希望与艾威林在一起，但艾威林不想放弃与爱琳娜的关系，尤其是这种关系能够给他带来物质、文化、社会和政治上的诸多好处。艾威林被爱娃对自己的依赖所吸引，在这一点上爱娃与自信的爱琳娜形成鲜明的对比。爱娃秘密地给艾威林传小纸条：什么时候再在一起吃晚饭？她有些莎士比亚戏剧票，他能陪她一起看吗？没有他在身边她无精打采等类似的一些诱人的恳求。与爱娃相比，爱琳娜完全是另一种类型，就像艾威林有一次反感地形容爱琳娜“像一匹马一样强壮”[19]。爱琳娜的智慧、能力和生机勃勃的才华，阳光的性格，以及她的适应性和创造性等，都是艾威林所嫉妒的。当他们在19世纪80年代探讨妇女问题的时候，他们都低估了男人的不安全感对两性关系的影响。男人天生希望成为人们关注的中心，他们自认为在两性关系中，他们应该处于支配地位，艾威林也不例外。

1897年6月是维多利亚女王钻石大庆的日子。爱琳娜编辑的父亲的手稿《东方问题》处于扫尾阶段，她不得不穿过伦敦中心区，费力地穿梭在参加庆典的拥挤人群中，赶往伦敦博物馆的阅览室。她向考茨基抱怨君主政体的不合时宜，钻石庆典吸引了"愚蠢的观看者——他们来看不存在的'风景'，没有什么比伦敦的庆典'装饰'更粗鄙和低劣了，比人们做的噩梦还可怕"[20]。爱琳娜错了，几个星期前，一幕更加粗鄙和低劣的骗局发生了，爱琳娜即使做噩梦也想象不到，口是心非的艾威林会做出如此卑劣的行为。

爱琳娜曾在6月2日时向李卜克内西坦白，自己对艾威林的健康"非常担心"[21]。爱琳娜带艾威林来到一个伦敦最好的诊所，医生诊断说"他的脓肿（在几年时间里不断扩展，现在已经比原来大了两倍半）可能需要手术治疗（虽然我们不希望），这是非常严重的"[22]。在爱琳娜带艾威林看医生的几天后，6月7日，英国矿工大会在圣马丁的议政大厅召开，会议地点正好位于新开放的国家美术馆对面。爱琳娜像往常一样，既要发言，又要主持，还要担任正式的翻译。因为生病，艾威林在家休息。然而，6月8日，艾威林（艾历克·尼尔森）却在切尔西婚姻注册所进行了注册，正式娶爱娃·弗莱为妻，注册地点就在圣马丁路以西几千米远的地方。在进行婚姻登记时，艾威林修改了他的年龄，伪造了他的父姓，并从其他人那里借来了假住址。[23]

可以想到，这对新结婚的尼尔森夫妇期待一个蜜月。所以一星期后，6月19日，艾威林假装"遵循医生的建议"出发了，[24]去肯特郡的圣马盖特海滨疗养，以减轻脓肿病情。艾威林在圣马盖特与他的新娘共度了两个星期的蜜月。当艾威林在海边逍遥的时候,爱琳娜在为《东方问题》写序言,而且,书的编著者写的是爱琳娜和艾威林两人个的名字。

李卜克内西在7月份来到了伦敦,艾威林从海边返回与他见面。7月16日,星期六,海因德曼也赶来吃午饭,之后大家一起聊天,聚会一直到晚上,他们还就英国在印度进行殖民的危害进行了辩论。海因德曼夸赞到姨妈家来做客的21岁的强尼·拉法格,说他为自己翻译的文章很好,这篇关于印度的文章发表在《小共和国》上。爱琳娜为强尼担心,她认为他太懒惰了,不能胜任一份真正的工作,无法在某件事上持续地努力。事实上,强尼翻译的文章包含着一些十分抽象的经济分析,爱琳娜认为她的侄子是个彻底的懒汉似乎有点不太公平,也许,她是以自己在工作上的超强能力为标准来评价强尼的。

8月1日,爱琳娜、艾威林与李卜克内西参加了在北安普顿召开的社会民主联盟年度会议,会议上,恢复了健康且心情愉快的艾威林以最多票数,被选举为社会民主联盟执行委员会成员。艾威林推出一项令人信服的决议,促成工会组织与社会民主联盟成员的联合,会议结束后,他去南威尔士为那里的社会民主联盟分部进行演讲。

艾威林已经完全恢复健康,他可以重新进行演讲、发言和教课了。在接下来一个星期的某天,他没给任何理由,就从密室搬出来,带走了所有的现金、支票,并把他能发现的所有值钱的东西都带走了。

不知所措的爱琳娜向弗雷迪求助,除了弗雷迪,她没有与任何人说起这件事。格特鲁德·金特里,另一位家里的常住人员,是唯一可能知道发生了什么事的人。艾威林拒绝任何解释。爱琳娜不知道他搬到了哪里。她被"允许"给他写信,通过M,艾威林的一个演员朋友进行传递。震惊与不解的爱琳娜请求弗雷迪代表她与艾威林交涉。弗雷迪试图找到艾威林。虽然弗雷迪现在显然希望爱琳娜对艾威林放手,但他也不无担心,毕竟爱琳娜不忠诚的伴侣艾威林知道马克思家的秘密。

艾威林一直没有音信。8 月 30 日,弗雷迪接到爱琳娜写来的一封饱含痛苦的信:

> 我亲爱的弗雷迪,今天早上当然没有任何消息!但我还是马上给你写信。我不知道怎样才能感谢你对我的友爱和关照,但我确实打心眼里感谢你。今天早上我再次给艾威林写信。我承认这是软弱的。但一个人不能把 14 年的共同生活轻易地打发掉,当它们从来不存在。即使不是心存友善和感激的人,任何一个人,只要是有些良心的,都应该回复这封信。可是艾威林会吗?我恐怕他不会。[25]

如果爱琳娜能向萧伯纳求助,或者,如果奥莉芙不是在南非,而是在英国,在爱琳娜身边,他们无疑会帮助她。但是爱琳娜太要面子,而困惑不解又阻碍了她的理智发挥作用,她没有请求萧伯纳帮助。因为距离太远,她也没有求助于奥莉芙,而奥莉芙如果知道了这件事,肯定会在她生命中的关键时刻给她巨大而切实的帮助。

爱琳娜只是让弗雷迪去找到艾威林,把他带回家来与她见面。至少她有权利知道他为什么突然抛弃他们的关系,没有任何解释就离开了。爱琳娜认为,如果艾威林在伦敦的话,他可能就在西区剧院他平时出没的地方。艾威林离家出走后的一个晚上,社会民主联盟召开会议,会议原定由爱琳娜与艾威林共同主持。爱琳娜不敢面对这一现实,"如果他不在那里,我不知道该怎么对人解释"。如果他在那里,她又怎么能在公众面前若无其事,装作他们之间什么也没发生呢?"我不愿意给你带来这么多麻烦,"爱琳娜在给弗雷迪的信中抱歉地说,"但是你能不能去……看看能否找到他?"[26]

爱琳娜对弗雷迪的歉意一方面来自她的痛苦和不知所措,另一方面还有一件事。在给弗雷迪的信中,她附带了另一封来自克罗斯的信。她希望弗雷迪先来读这封信然后再返还给她。“我现在给克罗斯写信说我将会过去,但是我还是希望先见到艾威林,如果艾威林能现身的话。”[27]由于爱琳娜把这封信交给了弗雷迪来读,关于克罗斯这封意外的信到底写了什么也就不得而知。最大的疑问是,为什么艾威林会立即与爱琳娜的律师接触?在慌乱之际,爱琳娜没有更多的记录来说明为什么克罗斯会突然地出现在她的私人关系中。

虽然是被爱琳娜支使,但弗雷迪就像文学作品中的人物“弗雷迪”那样,没有任何怨言地帮助她,只是没有任何结果,他没有找到艾威林。48小时后,一直没有休息的爱琳娜收到了一则艾威林发在电报中的消息:“已经回来。将在明天早上到家。”几小时后,她又收到艾威林发来的电报:“下午一点半到家,不再走了。”[28]艾威林的这些话还能相信吗?爱琳娜本来应该拒绝艾威林回家,但是她仍然处于震惊状态,没有仔细思考整件事情。那天她作出了情绪化的决定,在家等着艾威林,以便他回家后能见上一面,这实在是她一生中作出的最糟糕的决定。爱琳娜仍然坚守着他们没有任何法律效力的爱情,仍然对艾威林和他们的关系有一种责任感,而这些艾威林很早就抛弃了。爱琳娜写信给弗雷迪描述艾威林的回归:

> 我在我的房间工作着,即使发生了令人心碎的事情,人还得工作,艾威林看到我的状态似乎很吃惊,我没有扑到他的怀里似乎“冒犯”了他。他始终没有道歉,也没有作任何解释。见他迟迟不开口,我说,一个人必须为自己的行为负责,我永远不会忘记自己受到的不公正对待。他什么也没说。[29]

艾威林不需要说什么。他已经赢得了这场游戏:爱琳娜原谅了他,让他回家了。男人对女人背信弃义，女人却原谅男人，这是两性之间屡见不鲜的老故事。爱琳娜在给弗雷迪的信中感谢他的所有帮助，结尾时提道："当我见到你的时候，我将告诉你克罗斯都说了什么。"[30]

能让艾威林出走后再回家的只能是财产，他与爱琳娜的法律关系如果变化了，他也将失去他拥有的财产。这些天新婚的艾威林夫妇向律师克罗斯咨询的结果让他们担忧，艾威林很快发现，除非他和爱琳娜达成协议，否则，他将失去在与爱琳娜的关系中得到的所有财物。艾威林很可能也哄骗了可怜的爱娃·弗莱，让她相信他有足够的财力供他们享受，他们可以出入高级社交场合等。不改挥霍的天性，艾威林花光了爱琳娜的钱，也挥霍掉了打着爱琳娜旗号，从爱琳娜的亲朋好友那里借来的钱。

艾威林回家的那天下午，爱琳娜度过了生命中痛苦的几个小时，她终于清楚了，艾威林回来不是因为对自己回心转意，而是为了她的钱，他是想与她达成一个协议，当两个人在共同的圈子时，仍然以"朋友"的身份出现。他们争吵了一个晚上。天亮时，爱琳娜匆忙地给弗雷迪写了一个纸条：

> 如果可能，请于今晚尽快赶过来。总是打扰你真是难为情，但我现在孤立无助，我面临着最可怕的处境：彻底的破产。所有的一切乃至最后一分钱都不剩了，这是面对世界最深的耻辱。其可怕程度超乎我的想象。我需要有人可以咨询，我知道我现在必须自己做出决定，并承担责任。但是些许建议和朋友的帮助也是非常有用的。所以，亲爱的、亲爱的弗雷迪，请到我这里来。我的心碎了。[31]

艾威林回来后，对爱琳娜编造了怎样的故事我们不得而知，但可以肯定的是，他没有说实话。爱琳娜仍然不知道艾威林新近娶了几年来一直在交往的情人，而这个情人的存在爱琳娜始终都不知道。艾威林手里有两张王牌：一是爱琳娜的耻辱感，她的自尊心使她不愿意承认她看错了人，尤其是那些警告她离开艾威林的朋友，她会觉得无颜以对。另一张王牌就是弗雷迪·德穆斯。这两张牌对外界来说其实并没有什么，但对爱琳娜却关系重大，艾威林也知道这一点，所以他肆无忌惮地用来耍弄爱琳娜。事实上，艾威林在外面已经臭名远扬，只是爱琳娜还对他怀有良好愿望，总是被他的拙劣表演所蒙骗，并原谅他。事实上，他的真实面貌暴露出来，没有人会吃惊。

还有一件事可以说明爱琳娜的矛盾性格特征，这件事牵涉到马克思于1837年11月10日写给父亲的一封信。1896年，爱琳娜收到了她的表妹莉娜（卡洛琳）·史密斯，也就是马克思妹妹苏菲的女儿发来的一封信。莉娜定居在荷兰的马斯特里赫特，她在整理已故的母亲信件的时候，发现了一封叔叔写给爷爷的信。莉娜给爱琳娜写了封长信，告诉她所有荷兰亲戚的近况，并把年轻马克思的这封信附带寄给了爱琳娜。在这封信中，马克思急切地为自己与燕妮的订婚而辩护，并表明他对她坚贞不渝的爱。这封“异常人性化的信件”深深地震动了爱琳娜。[32]她在为这封信写序言时写道，它是从过去传来的声音，是“两个终身的朋友和恋人”的心声，他们“从未停止爱恋对方，从未怀疑过对方的爱”，他们“直到死去一直彼此忠诚，而死亡也没有将他们分开”。[33]爱琳娜告诉考茨基，她很难亲自抄写这封信。反复犹豫后，爱琳娜最终决定采纳伯恩斯坦的建议，将这封信在《新时代》上特刊上发表。但是，正如爱琳娜对考茨基所说，她几次改变主意，而为这封信写序言，“是比拔掉一颗牙还折磨人”[34]。

对爱琳娜来说，写马克思传记还有一个困难，这也是传记写作者都知道的，她无法看到马克思和恩格斯之间的通信，很多重要的细节她都不知道。恩格斯遗嘱中的最后条款“除了我给他和他给我的信”,使得爱琳娜的传记写作似乎成为不可能完成的任务。这一时期的爱琳娜不仅面临着上述难题,她还发现了艾威林的双重生活,面临着更大的痛苦。

艾威林对爱琳娜似乎不得不进行的欺骗,在他们建立关系之初就开始了。艾威林告诉爱琳娜,他的第一个妻子贝尔——伊丽莎白·坎贝尔·弗莱特,是个情绪不稳定、难对付、报复心重的人,她拒绝与他离婚,所以他只能等贝尔去世后才能娶爱琳娜。事实上,艾威林在花光了贝尔父亲给她的嫁妆后就遗弃了她,贝尔比艾威林更愿意离婚,是艾威林拒绝离婚。只要他与贝尔仍然保持婚姻关系,他就能在她死后继承她的房产。艾威林的弟弟费雷德里克对爱琳娜很尊敬,他试图告诉她,哥哥艾威林没有对她说实话,但是被爱情所蒙蔽的爱琳娜听不进去。

1892 年,贝尔去世,没有留下任何遗嘱。三个星期后,她的“法定丈夫”爱德华·艾威林合法地继承了她的房产和其他财物大约 126 英镑。几个星期后,艾威林背着所有人买了奥斯汀教会的股票。艾威林没有把贝尔去世的消息告诉爱琳娜,而是在贝尔去世的几年里,一直维持着她仍然活着的谎言。当爱琳娜无意中得知艾威林的前妻已经死亡时,她曾对艾威林的弟弟弗雷德里克说,“现在艾威林将会娶我了”,而艾威林的弟弟的回答是“不,他不会,我知道艾威林是什么样的人”。[35] 爱琳娜再一次没有理会弗雷德里克的话。

爱琳娜现在不得不面对这一事实,那就是艾威林说的话只不过是美丽的谎言,艾威林说过,自由恋爱和开放婚姻与法律承认的婚姻一样,都是道德的、感情关系牢固的,现在看来,这些都是他为达到自私目的编造出的谎言。而她则是一个傻瓜、笨蛋,因为爱情而把所有的疑虑都置之不理。这是荒谬可笑的,爱琳娜懂得这个辩证法。历史重复一次是悲剧,重复多次就是闹剧。艾威林在激进政治观、自由恋爱观,以及从女性主义立场所阐述的妇女问题等方面取得的文化成就，都是借助爱琳娜获得的，爱琳娜只是艾威林获得文化资本的摇钱树和通行证。

艾威林回到密室的两星期后，他陪爱琳娜一起去德拉韦尔拜访劳拉和拉法格。这是爱琳娜第一次来到他们的位于塞纳河边的“华丽的”、树木环绕的房子。无论劳拉还是拉法格，都没有注意到爱琳娜与艾威林的关系与以往有什么不同。劳拉兴奋地带着爱琳娜参观他们的房子和院子，而拉法格则高兴地展示自己的蔬菜园、果园和饲养的家禽。爱琳娜认为劳拉和保罗确实找到了一个“非常好的地方”[36]，购置了相当不错的房产，但是对房子的豪华她感到有些不舒服。她认为，巨大的果园如果改造成当地社区的演讲和会议厅，会发挥更大用处，而花园和院子可以对外开放，成为一个公园。爱琳娜对考茨基说，“我想我不会用我的小密室来交换他们的大房子”。劳拉的房子虽然是优美的，但是马克思主义在法国的未来令爱琳娜担忧。[37]

爱琳娜没有对劳拉提及最近发生在她生活中的戏剧性事件。她也没对任何其他人讲过。只有弗雷迪知道八月初的几个星期里，爱琳娜的生活经历了怎样的变故，为什么爱琳娜与艾威林在表面上又重归于好。个人生活中的困境似乎并没有使爱琳娜疏于她的政治工作。她校对了《帕马斯顿爵士的生平故事》和《18 世纪的秘密外交史》，这是两篇颇有成就的文章。同时，工程师工人们还请求她在他们的罢工中予以援助。

由西门子公司牵头，工程师雇员联盟成立于 1897 年 7 月。西门子公司的发言人对媒体说，他们的目的是摆脱工会主义。简而言之，工程师雇员联盟为争取八小时工作制与资方商谈无果，双方的争执越来越激烈，拒绝妥协的工人们开始停工。

九月份，爱琳娜和艾威林从法国回来，刚一回来她就马上投入工作，在布莱克菲尔斯的工程师协会总部加班加点。她被任命为工程师协会总部书记乔治·伯恩斯的通讯员、资金筹集人和活动秘书。她要处理伯恩斯的通讯，为他写演讲稿和发言稿，还要与所有支持英国工程师运动的国际组织进行协调和联络。工程师协会找爱琳娜算是找对人了。作为资金筹集人，她设法筹集到了可观的29000英镑来支持罢工的工人及其家属，使他们支撑的时间超过了六个月。这笔关键的筹款使工程师的罢工得以持续。爱琳娜承认为为这个运动筹集资金“是一项艰难的任务……但是是值得的”[38]。1897年，工程师为争取八小时制而进行的罢工成为工业领域持续时间最长的斗争。

不管爱琳娜和艾威林之间达成了怎样的协议，艾威林又继续与爱琳娜生活在密室了，而且还背着她与他的新婚妻子继续过着双重生活，直到11月的时候，他得了重感冒，双重生活才受到影响。爱琳娜把艾威林的疾病解释为道德问题的表征，认为道德有病同身体有病一样，局外人不太好理解：

> 亲爱的弗雷迪，
>
> 我知道你对我有多好，多关心我。但是我觉得有些事你可能并不十分了解，而我也是才开始明白。我确实越来越认为，人们做错事只是道德上的疾病，而道德上健康的人不适合去评判道德上有疾病的人，就像身体健康的人很难理解身体有病的人的痛苦一样。[39]

爱琳娜试图说服艾威林待在家里，专心治疗感冒，而她一个人去兰开夏进行巡回演讲。艾威林却说自己没事，坚持与她一起去，履行他的选举职务。伯恩利学校董事会的选举定于月底举行，他们参加了支持集会，并成功地推选了社会民主联盟的代表，丹·欧文。爱琳娜对考茨基说，“我们体验了‘真正的’兰开夏天气”：

只有亲身经历这种天气的人才能知道它是什么样的。可以肯定，如果但丁能体验到兰开夏工业区的坏天气，他一定会在地狱诗篇中增加几行，使他的阴森地狱更加阴森。[40]

他们每天都被淋湿。爱琳娜曾认为，“天气可以治愈病人”[41]，事实正相反，当他们返回西德汉姆的时候，被艾威林忽略的感冒发展成了肺部充血，出现肺炎症状。[42]面对艾威林的疾病，爱琳娜的犹太人母性天性复发。在圣诞节前夜，她详细地向李卜克内西报告艾威林的病情。爱琳娜过了一个没有节日感的12月，“忙于照顾艾威林，同时也忙于为伯恩斯写通讯。做这两件事都是出于爱”[43]。然而，爱琳娜出于爱做的这两件事似乎都白费了。严酷的冬天和筹款压力削弱了工程师的“大罢工”[44]，而艾威林看起来也像是坚持不了多久了。爱琳娜焦急地告诉劳拉：

医生对我说艾威林随时都可能死亡（他的体温有时超过了103华氏度①），让我“做好坏的准备”，而且“应该立即与他的亲属联系”。当然，我没有，因为（除了可能有一个姐姐，现在居住在德文郡），他在任何时候都不愿意见他的亲戚。[45]

此时，爱琳娜和劳拉两姐妹希望她们能住得近一点，以便彼此照应，这样的想法已经不是第一次了。

这是一个没有节日气氛的圣诞节。艾威林的病难以好转，爱琳娜不能去法国，而李卜克内西要在夏洛腾堡监狱服刑四个月，因为他触犯

---

① 编者注：约为39.4摄氏度。

了被爱琳娜开玩笑地称为“小反社会主义法”的法律。在圣诞节前夜，爱琳娜给李卜克内西写了一封长信，希望能让他快乐起来。她对工程师罢工充满信心，对她和艾威林之间的麻烦事只字未提。她回忆起以前在克莱夫顿特勒斯过的圣诞节，她和李卜克内西，还有其他人在一起，她写道：

> 这些人已经完成了他们的工作。或者说他们分享了这份事业，因为它是不朽的，今天比当时更有生命力。你仍然在坚守这份事业，而你的无穷的勇气、无与伦比的幽默感、积极向上的精神为我们树立了良好的榜样，值得我们学习。“石墙不是监狱，铁栅栏也是不笼子”，监狱虽然能监禁你的身体，但它监禁不了你的精神。我同样要祝你“圣诞节快乐”，我知道一个快乐的新年在等着你，因为为人类服务的事业在前方等着你。我们爱你，亲爱的李卜克内西，你是我最好的、亲爱的朋友，也是我的父亲、母亲、海伦和珍妮的好朋友。[46]

人们没有理由不认为一个快乐的新年在前方等待着李卜克内西，同样，认识和爱着爱琳娜的人们也不会怀疑一个快乐的新年在前方等待着她。

第二十四章　冬天的素裹

1898年1月的头一个星期里，演员埃伦·特里给萧伯纳写信，告诉他艾威林从她那里借了钱，并把这当作一个秘密，希望他不要跟别人说。萧伯纳在回信中评价艾威林，“他对别人的盘剥已经达到了一定规模”，他告诉特里，在过去的几年里，艾威林尚没有借钱的恶习，因为马克思的朋友恩格斯留给爱琳娜近9000英镑遗产……但是不久前的某一天，他试图用常见的旧支票从西德尼·韦伯那里借钱，但失败了。我猜他又试图从你那里借钱。难道我还用为此保密吗？如果你知道他的习性，你就不会这么小心翼翼了！[1]

几个星期后，爱琳娜写信给劳拉，感谢她提前寄来生日贺卡和给她买礼物的现金。“这真是雪中送炭，因为，不用我多说，疾病意味着巨大的花费。医生来家里每次要花费5英镑，而有时一天要来两次，这不是开玩笑。”[2]而对于如何过自己的43岁生日，爱琳娜只字未提。

爱琳娜忙于协调工程师协会争取八小时工作制的斗争，罢工的工人们遭受了巨大的损失。她对考茨基表达了自己的惊讶，她难以想象这些罢工工人家庭是怎样熬过来的。同时她对李卜克内西承认，“除非有更多帮助（当然这是秘密），否则我们的运动将会失败”[3]。每个人都力所能及地进行援助，但支持罢工工人反抗顽固雇主的资金已经用完了，罢工工人面临困境。

爱琳娜认为社会民主联盟“在这件事上很愚蠢”[4]，她正确地预计到，工程师总会在一月底就会撤回他们的要求。爱琳娜希望着眼于长远，她认为罢工失败比三心二意的成功更有利。根据爱琳娜的观察，这场旷日持久的争端使社会主义在工程师群体中得到了快速发展。她在写给考茨基的信中表达了自己的思考：

“如果”我们现在能适当地扩展社会主义的网，我们将会有很大收获，但是，我担心我们的鱼已经溜走了，网也没有了。你希望在伦敦生活，而有时我希望我能像你一样，在乡村生活，那里有活生生的运动。我认为我们应该在这些天就搬过去，而这次罢工正好给我们一个好机会，用足球术语说，开了一个“好球”[5]。

爱琳娜在给考茨基的信中用了比喻，但鱼的比喻还好，足球的比喻对她来说并不是好兆头。在所有的体育运动中，足球是艾威林的最爱。新年之际，他又从疾病中恢复过来，重新“开球”了。爱琳娜在给劳拉的信中写道：

艾威林的病好了。事实上，他再次开始工作了，虽然我不想让他太早工作。但我并没有夸大危险……他仍然非常虚弱，非常憔悴，瘦得皮包骨。医生说，一点小的风寒就可能致命，而艾威林又是一个不听话的人。我现在之所以有空写信是因为他在床上睡觉。(谢天谢地他总算安稳地睡着了！)有事只给我写信就好，你不能让他知道还有很多让人担心的事。[6]

爱琳娜完全不知道，就在她给劳拉写信的时候，艾威林再次试图从她的朋友那里借钱，并再一次向弗雷迪借钱。为了让艾威林多休息，并远离盘踞在泰晤士河口的大雾，爱琳娜劝说艾威林的医生让他去黑斯廷斯疗养。“我担心他一个人去那里，虽然我们曾经去过那里，我也知道，那里会有认识的人照顾他……但是我确实不能陪他去：这四个星期花了很多钱，我们没有更多的钱来支付我的费用了。”[7]艾威林当然愿意去，他不需要被劝说。爱琳娜给弗雷迪写信时说：

> 是的，弗雷迪，有时我也像你一样，认为珍妮的生活充满了不幸和痛苦，而劳拉也有不幸的一面，她失去了她的孩子。但是有时我也觉得，珍妮是幸运的，因为死亡，她不再承受痛苦，承受痛苦的是她活着的孩子们。我不希望珍妮经历我所经历的一切。我不认为我们是坏人，但是，亲爱的弗雷迪，我们的生活却看起来像是在经受做错事的惩罚。[8]

一月底，艾威林从黑斯廷斯回来。他的肺炎好了，但是肾病又复发了，脓肿也再次降临。艾威林变得没有耐性，脾气暴躁。爱琳娜认为这是疾病导致的。艾威林试图使她相信他的病情很严重。爱琳娜不知道，艾威林的新婚妻子陪他一起在黑斯廷斯疗养，在那里，他们作出了另一个打算：艾威林要离开爱琳娜回到伦敦。爱琳娜再一次向弗雷迪求助：

> 我不得不面对巨大的麻烦，而且孤立无援（艾威林现在更不会帮我了），我不知道该做什么。我现在每天都处于缺钱的状态，不知道怎样才能弥补金钱上的匮乏，怎样才能凑够手术及其他费用，我一筹莫展。我知道不应该总是给你找麻烦，但是亲爱的弗雷迪，你知道我的处境。除了你我没有任何人可以求助。我真希望亲爱的伦琴在这里，但这是不可能的，现在我只有你。所以请原谅我的自私，如果可以，请过来帮帮我。[9]

二月初，艾威林来到了伦敦，表面上是为了看病。他拒绝让爱琳娜与他同行。怀疑重新笼罩在爱琳娜心头，她告诉弗雷迪，“艾威林今天去伦敦了，他说去看医生，但竟然不让我与他一起去！这非常残忍，他做的一些事不想让我知道。亲爱的弗雷迪，你还有一个儿子，而我什么也没有。我的生活中没有什么值得留恋的"[10]。

看到爱琳娜信中虚无绝望的表述，弗雷迪觉得她的情绪很危险，他应该马上采取行动，制止意想不到的悲剧的发生。在他看来，艾威林应该被谴责，爱琳娜应该离开他，与他脱离关系，无论发生了什么事，都不再与他有任何瓜葛。弗雷迪的社会地位不高，经济实力也不雄厚，但是他对爱琳娜的感情却是坚定的、深厚的。为了让爱琳娜保持清醒，弗雷迪最终说出了艾威林敲诈他，并想从他那里借到更多钱的事实。爱琳娜听到这一消息很是沮丧，但是她非但没有像弗雷迪希望的，离开艾威林，相反，她还试图转变弗雷迪的观念，给他写信说了一大通关于原谅的哲学道理。她甚至还向弗雷迪保证，艾威林"再也不会向你借钱"了。[11]她认为弗雷迪不理解艾威林的疾病，也相信在艾威林再次手术之后，弗雷迪将不会见到他了。[12]爱琳娜对弗雷迪承认：

> 某些人身上缺乏某种道德意识，就像有些人耳聋，有些人眼瞎，或者在其他方面不健康一样。而我开始认识到，一个人无权去指责人们在健康方面的缺陷。我们应该去帮助他们恢复健康，如果无药可救，也要尽我们最大的努力。我是通过长久的痛苦经历才认识到这一点的，这些痛苦我甚至不想说出来。但我毕竟懂了，所以我在尽我最大的努力来忍受一切痛苦。[13]

两天后，艾威林被伦敦大学学院医院接收，准备进行手术。爱琳娜写信给弗雷迪，"有一句法国谚语说理解就是原谅。痛苦的经历教会了我去理解，所以我不需要去原谅，我只有爱"[14]。爱琳娜的毫不计较的爱有些糊涂，也有些让人难以接受。她在医院附近高尔街旁租了一个临时住所照顾艾威林。艾威林于2月9日星期三这天动了手术。24小时之后,虽然还很虚弱,但显然,艾威林没什么大问题了,他死不了。爱琳娜写信告诉弗雷迪这一消息:"如果你看到其他朋友,也请转告他们。"[15]

从艾威林对自己病情的夸张说法看,爱琳娜认为他的手术生死攸关也并不为过。爱琳娜告诉李卜克内西,艾威林在手术前三十分钟穿着病号服,"在我看来他就像一个'着盛装'的死刑犯"。她本来对她与艾威林换了地方住感到很快乐,并希望自己能快乐起来,但艾威林却病得这么严重,她快乐不起来。[16]在考茨基看来,爱琳娜对艾威林的病情有些大惊小怪:"这可能只是个去掉脓肿的小手术。如果肾病恶化的话(这只是假设,实际上没有),那也只是等待一个切掉肾脏的大手术而已。"[17]在艾威林手术的第二天,希斯医生告诉爱琳娜,他们帮艾威林所做的不是什么大手术。

爱琳娜对男性朋友说的话与对女性朋友说的话是有区别的。在医院的时候,艾威林的一些朋友来看望他,包括他的学生和戏剧界的朋友,也许他的新婚妻子爱娃也混在看望的人群中。马蒂尔德·海因德曼来医院看望的时候,爱琳娜请她一起喝杯茶,当她们走到监护室走廊时,爱琳娜对她讲了一些心里话,承认她的丈夫背着她干了些事,根据海因德曼的记载:

> 艾威林夫人讲的事情大多数是令人失望的……她显然已经不能再保守痛苦的秘密了,而她所讲述的那些事,她所经历的痛苦和耻辱,让我的夫人也很震惊,她劝爱琳娜,一旦艾威林脱离危险就马上离开他,搬来和我们一起住。她说她乐意接受这样的建议。[18]

很清楚的是,爱琳娜不再为艾威林的行为保密了,她开始向朋友们承认他的背叛。一个星期后，2 月 17 日，星期二，她把艾威林用四轮马车带回密室，四轮马车是当时最昂贵的交通工具。医生强烈建议艾威林要避免感染，虽然在家也可以恢复健康，但如果条件允许，爱琳娜最好带他去马盖特进行疗养。

爱琳娜预订了海因德曼夫妇推荐的旅馆，艾威林出院后，他们就去了马盖特。去海边疗养当然要花很多钱，但爱琳娜为了让艾威林恢复健康在所不惜。她显然认为，艾威林也会像她所爱的亲人们一样，会死去，离开自己。她在给弗雷迪的信中说，“在这件事上，钱是小事，我一个人怎么都能过，但我必须照顾他。亲爱的弗雷迪，不要责备我。我认为你不会责备我的。你是个非常善良和真诚的人”[19]。

艾威林的医疗费用高昂，缺钱的压力让爱琳娜喘不过气来，她向李卜克内西承认她最近的开支是惊人的：“请医生的费用、药费，出去用得着的‘轮椅’费等，另外房子还需要维护，所有这些意味着一笔很大的开销。我知道你能理解，也就不拐弯抹角实话对你说了。”[20]这是爱琳娜第一次计较艾威林的花费，虽然我们不能肯定它意味着什么，但这也许表明她对艾威林已经仁至义尽。

爱琳娜已经做好准备与艾威林一起去马盖特了。她在给弗雷迪的信中写道，“对我来说这不是一个好时机”。“我害怕到了那里他也没有多少好转的可能，我将面临更多的痛苦和失望。我实在不知道未来将会怎样。但我做好了准备与他同行，并且也乐意前往。如果他需要帮助，我肯定会留在那里。”[21]爱琳娜只是在艾威林生病时，觉得自己有照顾他的责任，仅此而已。爱琳娜这几周的通信在语调上有了变化。她的信表明她越来越相信艾威林可能会死去，而她将挺过来，独自活着。“我无论如何都能活下去，但我现在必须照顾他。”如果她只是尽自己的责任，她也许会得到解脱。“我担心他彻底康复的希望很渺茫”，她这样告诉考茨基，实际上考茨基可能更希望听到这样的消息。“今天他有了些好转,可以靠在我的肩膀,拄着拐杖走几步了。”[22]在马盖特期间,爱琳娜还给海因德曼写了几封信,详细地叙述了她为社会民主联盟设定的下一年工作规划。而艾威林则继续折磨着爱琳娜,下决心拖垮她。他不希望爱琳娜比他活得长,那样会伤害他的自尊心。他需要的是她的钱,用她的钱来补贴他的新婚生活,而爱娃·尼尔森也理解这一点,很有耐心地等待着。

他们于3月27日回到了密室,那是一个星期天。艾威林的疾病使爱琳娜取消了她最近的演讲活动,既然他的病好转了,他们也回来了,她非常希望重新全力以赴地投入到工作中。她已经答应李卜克内西,要写一份详细的关于工程师罢工的总结报道。而且她刚一回来,就与索南夏因出版社达成了最后协议,出版父亲的《价值、价格和利润》,并答应出版社,她正在写的序言将于几周后写好。爱琳娜与艾迪斯一起整理了她的信件,并接受了几个邀请,包括5月份出席海因德曼主办的晚宴。显然,爱琳娜又像往常一样,重新回到了工作状态。

爱琳娜很高兴李卜克内西从监狱被释放出来,并想尽快见到他。她抓紧时间处理完了一大堆信件和其他工作,而且很喜欢用她的新式钢笔,这支笔是矿工联盟和工会赠送给她的,并配有一个文具盒。1897年6月,爱琳娜在国际矿工大会上做翻译工作,她拒绝接受大会付给她工钱,因此矿工们每人出了点钱,给她买了一件精致的礼物,当作对她写作和翻译工作的肯定。爱琳娜很喜欢这件礼物,她兴高采烈地对弗雷迪说:“(这是工作!)我受之有愧,但我还是忍不住收下了它,收到这样的礼物真是让人愉快!”[23]三月初,爱琳娜回到伦敦的时候,她体验到了某种乐观的情绪,她很高兴自己又能重新工作了,也很高兴她又有了金特里、艾迪斯,以及她的朋友们和小猫们的陪伴,并且计划着将来要做的事。

虽然有了些暖意,但是1898年3月的最后一个星期,春天还没有来。在他们回到密室,即3月27日星期天到3月31日星期四,这几天之内的某日,爱琳娜发现了艾威林娶了另一个女人的事实,具体她是怎么发现的没有历史记载。也许是爱娃·尼尔森等不及了告诉的爱琳娜,让爱琳娜知道了艾威林没有勇气对爱琳娜说的事实;也许是艾威林最终下定决心来摊牌,希望以此击垮爱琳娜;也许是爱琳娜自己无意中发现的。

无论如何,爱琳娜知道了这件事,她的第一反应是立即修改她的遗嘱,而且给克罗斯写了封交代遗嘱的长信。

3月31日的星期四早晨,金特里听到爱琳娜与艾威林在吵架。艾威林说他要去伦敦,但他仍然在医生规定的康复期,爱琳娜不让他去。昨天中午,他还不得不坐轮椅才能离开房间到花园,爱琳娜显然有她的道理。经过一番争吵后,两人沉默下来。

快十点钟的时候,爱琳娜把金特里叫到书房,让她为自己办点事。爱琳娜交给金特里一个信封,让她去附近的柯克代尔街的药房,把信交给药房的戴尔先生。对乔治·戴尔来说,金特里是个熟面孔,她是为艾威林博士取药的人,而且经常出入药店。金特里交给戴尔的信中有张纸条,上面写着,“请给取药人氯仿和少量氢氰酸,为狗治病”[24]。这张处方上有大写的“E.A”字样,而艾威林的卡片则夹在处方边上。金特里回到密室,手里拿一个小药包,并拿了一个毒药登记册让爱琳娜签字。金特里不知道她拿回的小包里有致命的东西:2盎司氯仿和0.8盎司的氢氰酸。需要在毒药登记册上签字并不是奇怪的事。艾威林博士经常需要一些药性强的药物。

当金特里拿着签过字的毒药登记册到药房送还给戴尔先生的时候,艾威林还在家里。当她再次回到密室的时候,房子里静悄悄的,唯一的声音是爱琳娜卧室里传来的猫叫。按说,她的女主人白天通常是在书房里工作。金特里感觉有什么事不对劲。

她来到爱琳娜的卧室,发现爱琳娜躺在床上,一动不动。她的长长的黑发散开来,眼睛直直地睁着。她的脸和身体已经变了颜色,变成了可怕的斑驳青色。金特里看到爱琳娜穿着她最喜欢的白色棉布夏装。这是不同寻常的。金特里曾经洗过、熨过,并亲自给这件衣服上过浆,然后放在薰衣草和棉纸中,当作冬天不穿的衣服保存起来。

由于房间里没有电话,金特里跑到街上,大声呼喊,隔壁的邻居凯尔女士得知消息后,叫来了住得最近的医生,这个人也是她丈夫的朋友,住在犹太人街的尽头。医生的名字叫亨利·沙克尔顿,他有个24岁的儿子,恩斯特,想去南极探险。当沙克尔顿医生到达的时候,爱琳娜已经死去两个小时了。在氢氰酸的毒性作用下,她的脸、手和脚变成了紫蓝色,她的身体散发着苦杏仁的味道。

爱琳娜死了,而此时艾威林在哪里?

直到审讯之际,没有人知道发生了什么。从表面上看,艾威林于下午5点从伦敦返回,当时一个治安警察在他们家的门前。有传闻说,得知爱琳娜去世的消息后,艾威林悲痛欲绝,伤心不已,也有传闻说,他完全被震住了,陷入不知所措的恍惚状态。艾威林是个出色的演员,既然他会表演,哪个传闻是正确的已经无关紧要了。

金特里为爱琳娜清洗了身体,处理后事,并把白色棉布衣服覆盖在她的身上。爱琳娜的尸体被移送到停尸房。两天后,4月2日的星期六,关于爱琳娜死亡的审讯在西德汉姆的公园大厅举行。当时的首席验尸官是爱德华·伍德,他是肯特西部和伦敦东南部的代理验尸官。艾威林是第一个证人,被介绍为“居住在密室的一个作家”。以下是法庭记录:

验尸官:死者是你的妻子吗?

艾威林:你是说法律意义上,还是非法律意义上的?

验尸官:你是个难对付的人,你与死者结婚了吗?

艾威林:我们不是法律意义上的婚姻。

验尸官:你是说,她作为名义上的妻子与你生活在一起?

艾威林:是的。

验尸官:她多大年龄?

艾威林:我认为是40岁左右,但我不太确定。

验尸官:她平时身体好吗?

艾威林:非常好。[25]

接下来,验尸审讯讯问到爱琳娜死的时候,艾威林去了哪里。他的说法与其他所有证人的证词有矛盾。金特里肯定地说,自己从药房拿回药包和毒药登记册时,艾威林在家中。艾威林则说金特里搞错了,他一口咬定,在爱琳娜让金特里去药房之前,他就已经离开家去伦敦了。艾威林的家人,从听到爱琳娜死亡的消息时起,就确信是艾威林谋杀了爱琳娜,并设计出了她自杀的假象。根据他们的说法,爱琳娜服药后,艾威林在犹太人路走来走去,直到他认为毒药发挥作用了,才返回密室,从爱琳娜遗留的信中翻出他想要的。

这封让艾威林关心并想撕毁的信就是爱琳娜新签署的遗嘱附录。她刚给克罗斯写好,新遗嘱交代珍妮的孩子和她姐姐劳拉是她财产的继承人。艾威林知道,在爱琳娜1895年10月16日写的遗嘱中,他是唯一的遗嘱执行人和主要继承者。根据前遗嘱,马克思手稿和版权费在爱琳娜已故的姐姐的孩子们中间平分,其余的都由艾威林继承。"我把我留下的房产和财物交给我的丈夫,如果我的丈夫先于我而死,我将把它们转交给我姐姐的孩子们……在他们中间均分。"[26]如果她的"丈夫"死了,爱德华·伯恩斯坦将成为她的遗嘱执行人。在这份前遗嘱中,爱琳娜把她所有的书都赠送给伯恩斯坦,并留给他25英镑,作为遗嘱执行费。

一年后,1896 年 11 月 28 日,格特鲁德·金特里和花匠约翰·史密斯,以及海因德曼,一起为爱琳娜的遗嘱增补作了见证,这份新遗嘱附录使艾威林的财产继承份额大大提高。艾威林不但可以得到爱琳娜的房子、所有的金钱和财物,而且在他活着的时候,他还可以得到马克思任何手稿出版的版权费。根据爱琳娜的前遗嘱,艾威林继承的遗产是可观的,任何对此感兴趣的人都应该仔细看看 1896 年这份新增遗嘱的日期,它恰好与艾威林和爱娃·弗莱建立暧昧关系的日期一致。在那段时间里,艾威林对爱琳娜说,他对马克思手稿的编辑和翻译工作使他有权利享受手稿的版权费。爱琳娜因此修改了她的 1895 年遗嘱:"无论何种形式的我的收益,包括我从已故父亲卡尔·马克思那里得到的收益,以及所有应得的版权费及其他费用,在我丈夫在世时,都由他继承。我丈夫死后,这些收益由我姐姐的孩子们继承。"[27]

根据爱琳娜的遗嘱,从 1896 年 11 月到 1898 年 3 月的最后一个星期,如果爱琳娜先艾威林而死,艾威林将获得她的所有遗产。"她平时身体很好吗?"验尸官这样问。"非常好,"艾威林这样回答,"身体强壮得像一匹马。"

可以肯定的是,爱琳娜死的那天早上,艾威林确实乘坐火车从西德汉姆到伦敦桥站,于大约 11 点来到了位于少女巷的社会民主联盟办公室。当他坐下来与亨利·威廉·李一起开会的时候,他特意提起当时的时间,正好是 11 点 15 分。大约下午 5 点他回到家,看到警察站在门口。

验尸官:你知道她会自杀吗?

艾威林:她威胁过我好几次。

验尸官:你想过她会把威胁当真吗?

艾威林:我觉得她只是说说而已,因为她已经说过好几次了。

验尸官:那天早上你走之前,你们吵过架吗?

艾威林:完全没有。

金特里没想到艾威林会这样厚颜无耻地撒谎。陪审团主席代表法庭,就爱琳娜的状态和与艾威林的关系又提了几个问题。艾威林对几个问题的回答可以概括如下:他们有些争执,但从未有过严重的争吵,死者是一个心理不健康的人,她几次提议他们一起自杀。当他们面临困难的时候,她经常会说,“让我们一了百了地把问题解决了”。

验尸官:你是说金钱上的困难吗?

艾威林:是的,金钱上,但过去比现在要严重。

这是另一个谎言。过去几年中,爱琳娜与劳拉、李卜克内西和弗雷迪的所有通信都可以证明这一点。1897 年 7 月,艾威林偷偷摸摸地娶了爱娃·弗莱,这一重要事实他对法庭隐瞒了,而这一事实绝不仅仅是他们之间的“简单争执”。当时在法庭上还没有人知道他的重婚事实,直到爱琳娜的遗产由他继承后,人们才知道他以“艾历克·尼尔森”的名字娶了爱娃·弗莱。当问及他的法律意义上的婚姻状况时,艾威林说他之所以没有娶爱琳娜,是因为他之前结过婚。

验尸审判的判决结果是,“在精神错乱的情况下,因吞服氢氰酸自杀”。爱琳娜的死亡证明于 1898 年 4 月 4 日,在刘易舍姆下属的西德汉姆区开具:“爱琳娜·马克思,年龄 40 岁,单身妇女。”实际上,她的年龄是 43 岁,而她是否单身也是有争议的。

法庭把爱琳娜写给克罗斯的信,还有装有遗嘱附录的信封还给艾威林,之后没有进行任何调查。在爱琳娜生命的最后几个小时写的信中，只有三封信保存下来。一封是她写给克罗斯的，被还给了艾威林；另一封是写给艾威林的，可怜的爱琳娜在信中对艾威林说的最后一句话，还是那句这些年来她一直说的，“爱”；第三封信是写给她的侄子强尼·拉法格的，教导他要：“要好好努力，做一个像你的外祖父那样有价值的人。”[28]爱琳娜在死前写的任何其他信件都无处可查。

法庭审判的最大受害者是药剂师乔治·戴尔。他因为把毒药销售给一个不是医生的人而受到谴责。戴尔解释说，他一直认为“艾威林医生”是内科医生，他看起来很懂医术，虽然他不是真正的医生。但法庭还是宣判戴尔违反了1869年的医药法案。法庭也注意到处方上与毒药登记册上的签名不同，讯问证人爱琳娜是否有时会以“EMA”作为自己的签名。艾威林回答说是，其他证人则说不知道。事实上，这个签名是爱琳娜用来签在杂志上的，例如，《正义》杂志，而不是用在个人信件或业务信件上的。

当劳拉听到爱琳娜自杀的消息后，她晕倒在地，医生不得不给她用镇静剂，她无法参加爱琳娜的葬礼，拉法格和强尼两人来到伦敦。李卜克内西、海因德曼和伯恩斯坦非常伤心，他们觉得自己没有尽到责任，应该尽最大力量劝说爱琳娜离开艾威林才对。三个人在他们的余生都提到了这一点。与他们三人相比，奥莉芙尽力了，但她的努力没有成功。

1898年4月5日的星期二，一大批悼念的人群聚集在滑铁卢的大墓地，三年前，也就是在同一地点，爱琳娜曾出席恩格斯的骨灰安葬仪式。爱琳娜的棺材和前往沃金火葬场的灵车上堆满了花圈。花圈来自英国各地，以及德国、法国、荷兰、美国、澳大利亚、俄国、奥地利、意大利、印度、南非等地。花环中有很多红玫瑰。那些熟悉爱琳娜的人，如拉法格和海因德曼夫妇，知道她喜欢的颜色，为她买了白色的花圈。煤气工人和普通工人工会、社会民主联盟、哈默史密斯社会主义协会、法国工人党、德国社会民主党和几个美国社会主义组织也为爱琳娜敬献了花圈，缝制了旗帜。《正义》《汉堡回音》《前进报》《二十世纪报》等媒体也纷纷表达了各自的敬意和悼念之情。

根据参加葬礼的人的回忆，艾威林试着与人们聊天，星期六审讯之前他去看了场足球，试图与人聊相关话题，那些知道他近况的人，对他从濒死的状态中康复很吃惊。

弗雷迪一个人来参加葬礼，他没有理睬艾威林。伯恩斯坦代表德国的党派发言。彼得·柯伦，当时的工会领导人，后来成为英格兰东北部的第一个工党议员，与其他几个人一起代表煤气工人发了言。亨利·海因德曼代表社会民主联盟发言。威尔·索恩，社会主义者中最擅长演讲的人，在发言中难过得讲不下去，最后含着眼泪在哽咽中完成悼词。他讲到了与爱琳娜的友谊，讲到她如何默默地指导他和其他一些工人阶级出身的男女领导人做好工作。

爱琳娜的遗体在滑铁卢车站1站台，从墓地沿线运往沃金火葬场。奇怪的是，爱琳娜的遗嘱中没有提及骨灰安放问题。她的生平事迹中，有很多线索表明，爱琳娜很可能会留下遗嘱，要求把自己的骨灰安放在海格特公墓的家庭墓地里，与她的父母、海伦·德穆斯和侄子在一起。

艾威林从未去申领爱琳娜的骨灰，但是他快速地对爱琳娜的遗嘱进行了认证，遗嘱于4月16日生效。除去遗产税、垫付款、葬礼费用等，爱琳娜的遗产净值为1467.78英镑，这还不包括犹太人7号她购买的房子和家具等，无论是遗产还是房子都由艾威林来继承了。克罗斯告诉伯恩斯坦，到爱琳娜去世时，恩格斯留给爱琳娜的遗产只剩下不到四分之一了。在爱琳娜葬礼那天，伯恩斯坦在给阿德勒的信中写道，“我不知道艾威林为了掩盖自己有女人或孩子的丑闻花了多少钱，但肯定不少”[29]。

爱琳娜死后不久，人们知道克罗斯成为艾威林遗嘱的主要继承人，排名在艾威林的新婚妻子爱娃·尼尔森之后,这一消息使克罗斯在整个事件中的角色受到怀疑。伯恩斯坦指出,克罗斯知道爱琳娜在生命最后几天写给他的信,并签署了遗嘱附录,这份遗嘱附录由验尸法庭保管,在认定爱琳娜是自杀后,归还给了艾威林。但克罗斯为什么不让艾威林向法庭交出爱琳娜写给自己的信呢?

在艾威林的新遗嘱中,大部分资产都由他的新婚妻子继承。金特里在约翰·史密斯的协助下,整理了密室,把家具打包,5 月,艾威林和爱娃搬到了阿尔伯特桥路的斯塔福德 2 号公寓。他们花钱如流水,重新装修了公寓,出入剧院,在高档餐厅消费。艾威林没有时间整理马克思遗留的手稿,这些手稿在他死后将转给拉法格的孩子们。但无论如何,他催促出版社尽快出版已经编辑好的著作,以便自己从中得到版权费。从马克思的《价值、价格和利润》中,艾威林得一笔不小的出版费,他只给这本书写了一个简短的序言。用伯恩斯坦的话来说,“在爱琳娜死后,唯一对艾威林有价值的东西是:她的财产、她的钱”[30]。

得知艾威林没有从沃金火葬场取回爱琳娜的骨灰,弗雷德里克·列斯纳站出来,承担起这个责任。他把爱琳娜的骨灰盒作出标记,把一个标有日期的卡片放在里面,卡片上写着“爱琳娜的骨灰”,并且把骨灰盒带到了位于少女巷的社会民主联盟办公室。也是在这间办公室,艾威林参加了他 11 点 15 分的会议,当时爱琳娜已经被氢氰酸烧毁了五脏六腑。

社会民主联盟的书记阿尔伯特·英克平将骨灰盒放在一个带玻璃门的橱柜里,在这里,爱琳娜的骨灰一待就是 23 年。社会民主联盟办公室在 1912 成为英国社会党的办公室,1920 年成为英国共产党的办公室。一年后,英国共产党搬迁到科芬园的国王大街 16 号,已经是英国共产党书记的阿尔伯特·英克平把爱琳娜的骨灰带到了自己的办公室,并把它重新放在同一个橱柜中。

不久之后,1921 年 5 月 7 日,警察袭击了这个共产党总部,文件橱柜也被洗劫。据 5 月 21 日的《共产主义》报道,“编辑部被洗劫,这个场景……是一次彻底的毁坏”。英克平被逮捕,其他共产党领导人,以及英国各地的核心委员也被逮捕,警方在英格兰也展开了同样的行动。没有人被保释。

> 在警察袭击过程中,有人哀求他们不要打扰爱琳娜,装有爱琳娜骨灰的盒子已经准备转移到莫斯科。就这样,爱琳娜的骨灰盒幸存下来。[31]

爱琳娜的骨灰将被转移到莫斯科,这纯粹是新闻的夸张说法,但可能是爱琳娜本人所乐意听到的,因为她喜欢俄国和俄国人。

在马克思去世 50 年后,1933 年,克拉肯韦尔公园为纪念马克思建立的图书馆开放,爱琳娜的骨灰被醒目地放在列宁室的书架上。第二次世界大战期间,爱琳娜的骨灰盒被暂时放在国王大街 16 号的地下室,后来又被拿到楼上原来的橱柜陈列,骨灰盒上用红色丝带来装饰。

1956 年,海格特公墓马克思家的坟墓被重新安置。马克思、燕妮、他们的孙子,还有海伦·德穆斯的坟墓都被搬迁到一个新的纪念墓地,装有爱琳娜骨灰的骨灰盒也最终与家人合葬在一起。她的名字被增添在家族墓碑上,上面记录着她的生卒年,生日被写错了,写成了 1856 年 1 月 16 日,去世的日期是对的,1898 年 3 月 31 日。

可怜的爱娃并没有得到什么好处,她发现自己所拥有的只是一个病人。四月底,爱琳娜去世三个星期后,爱琳娜的朋友、家人、政治盟友和新闻界人士都认为艾威林是谋杀她的凶手,他是窃贼和诈骗犯,应该被绳之以法。如果艾威林不是在 8 月 2 号的星期三,也就是爱琳娜死后的第 4 个月死于肾病复发,伯恩斯坦、李卜克内西、海因德曼和拉法格将会对他予以民事起诉。艾威林于8月5日被火化,只有他的新婚妻子和其他五个朋友参加了他的葬礼。他的家人,社会主义运动界人士及文学界人士都没有参加。爱娃·尼尔森,"穿着深色丧服的一个年轻女子"当场晕倒,不能亲自为他下葬。23岁的爱娃的结局是悲惨的,艾威林死后,根据艾威林的遗嘱,她从爱琳娜遗留的财产中获得了852英镑,但这些财产并不足以令人羡慕一个年轻的寡妇。仅仅在四个月内,艾威林就花掉了他从爱琳娜那里继承的一千多英镑。

爱琳娜去世后,悼念信件在世界各地传递,她的朋友们都在感叹她意想不到的、悲剧性的死亡。这些通信集和写信人的范围之广,显示出爱琳娜是多么受人尊敬,她对世界的影响有多么深远。关于爱琳娜死亡的讣告几乎在世界各国都发布了,这些讣告足以整理成几卷书,即使是掌握多种语言的爱琳娜,也会对某些讣告语言感到陌生。讣告从英格兰、苏格兰、爱尔兰、威尔士、美国、加拿大、德国、法国、荷兰、波兰、西班牙、意大利、俄国和澳大利亚等地的媒体传到不知名的国家和地区。众多对爱琳娜发起正式悼念的组织中,包括了煤气工人工会、社会民主联盟、独立工党、五一劳动委员会、德国社会民主党和法国社会主义团体等。

任何一个去世的人对自己能赢得如此的尊敬都可能会感到骄傲。但这还不算什么,没有什么比来自两名工人阶级妇女,利亚·罗斯和格特鲁德·金特里所写的信更令人动容了,她们的信都是第一次发表。

金特里是人们所熟知的爱琳娜家的保姆,罗斯是无数工人阶级女性之一,就像爱琳娜在《妇女问题》中所描述的,是世界的改变者和历史的创造者。1989年1月19日,文化水平不高的利亚·罗斯在斯蒂芬格林寓所42号,吃力而仔细地给爱琳娜和艾威林写信:

伟大的、尊敬的女士和先生,我乞求你们不要把我的来信视为无耻，乞求你们帮助我一下，帮我摆脱困境。我们每天都在挨饿，尤其是还有一个一岁半的孩子，我没有什么东西来喂养她，只是为了让她维持生命而给她水喝。所以我乞求你们，亲爱的女士和先生，请你们可怜可怜我和我的8个孩子，请你们给我点帮助，无论给我点什么，让我能买点食物给孩子们和我自己。亲爱的女士，我不知道我该怎么来养活孩子们，我分娩才7个月，而我丈夫已经失业3个月了，最近这三天我们破产了。如果仁慈的女士能给我点旧衣服我将不胜感激。

你们谦卑的仆人，利亚·罗斯[32]

爱琳娜经常接到困难群众的求助请求。她给他们以金钱和物质上的援助，还为困难妇女，如利亚·罗斯牵线搭桥，让她们与社会民主联盟、工会或妇女组织的分支机构建立联系，获得帮助。在爱琳娜混杂的通信档案中，有许多这方面的信件没有被分类。这些新发现的信件展现了爱琳娜生命的一个侧面，如果它们没有被发现，便会成为隐藏着的历史。

第二封信是金特里写给艾迪斯·兰彻斯特的，这是封悼念爱琳娜的伤感信件，写于1898年5月1日，在艾威林卖掉房子，与他的新婚妻子搬到巴特西的前几天。

亲爱的兰彻斯特小姐，

非常感谢你的友好回信。我很高兴你喜欢这支笔。我想到你可能会希望保留一些小东西来纪念我们亲爱的爱琳娜女士，可能会喜欢这支她经常使用的笔。哦，我们是多么想念她啊，当我们走到花园，看到所有她喜欢的花都开了，而她却不在了，这真是让人心碎。当我们永久地离开这里后，不知道她将怎么办。我想到这些，觉得悲痛万分。我们在这里的时间虽然不长，但我们有种感觉，感觉她肯定会回来。艾威林博士曾病得很重，我们一度不知道该怎么看待他，但现在他的病好了。你可爱的小儿子现在怎么样了，我期待能见到他。小猫明妮的宝贝们现在已经很大了，它们很快就能跑了。艾威林博士答应我帮爱琳娜女士照顾小猫，只要这些小猫能行走了，就把它们带走，这是爱琳娜的最后遗愿。我想我的信应该结束了，爱你，亲吻你的可爱的孩子，祝你一切都好。

你的忠诚的

金特里[33]

是金特里监督艾威林完成了爱琳娜的最后遗愿，照顾她喜爱的小猫们，同样也是金特里让艾迪斯收到了一份适合的纪念品——爱琳娜珍贵的钢笔。

金特里承受着很大的压力。她在不知情的情况下，拿回毒死了爱琳娜的氯仿和氢氰酸，也是金特里发现爱琳娜死亡的惨景。艾迪斯很清楚，金特里从来不喜欢艾威林。金特里说“我们一度不知道该怎么看待他，但现在他的病好了”，这句话道出了某种实情。金特里自己没有力量做什么，但她可能希望爱琳娜的朋友和家人采取些行动。

许多人都对法庭没有进行深入调查就宣判了爱琳娜自杀的“事实”感到愤怒。考茨基从柏林给阿德勒写信，说他非常希望马上采取法律行动，起诉艾威林，他将“毫不妥协地揭露这个恶棍”[34]。罗伯特·班纳，听到爱琳娜自杀的消息非常难过，他仔细查看了事实证据，在媒体上追问艾威林为什么不把爱琳娜写给克罗斯的信交出来。班纳不但让艾威林解释自己为什么从律师那里把信拦截下来，而且让他对公众解释，为什么他的法庭证词在每个关键环节都与金特里不一致。

爱德华·伯恩斯坦也决定从法律上起诉艾威林，直到生命的终点，他都在自责为什么之前没有早点与艾威林对质。艾威林死之前，把他绳之以法的呼声一直没有间断。正如伯恩斯坦以尖刻的笔调记载的，“如果说有什么事是大家一致同意，没有任何意见纷争的，那就是把艾威林撕碎”[35]。但艾威林用自己的死亡为人们的正义呼声画上了句号，也可以说，他用自己的生命偿还了对爱琳娜欠下的血债。

奥莉芙从南非给朵莉写信，信中的内容很有预见性：

> 我相信她发现了艾威林新的不忠行为，来了个一了百了。我本来想在评论月刊上给她写一个揭示信息。但我又觉得不能这样做，我不能揭穿他。这将会对爱琳娜造成伤害，艾威林会伤害她……爱琳娜死了，这或许是值得庆贺的事，因为这对她是种解脱，她可以逃离他的魔掌了。[36]

奥莉芙从来没有怀疑过自己的第一直觉，艾威林是个骗子，如果爱琳娜不离开他，他最终会把她折磨死。她在信中询问朵莉，关于爱琳娜的死是否还有更多的细节，“我觉得，”她写道，“如果我在英国的话，我将找到与爱琳娜最后在一起的保姆，让她告诉我她所知道的一切。”[37]

这只是假设，可惜她在南非。

后 记

死亡可以帮助人们认识真实的自己。

是什么力量导致爱琳娜结束自己的生命呢?[1]我从爱德华·伯恩斯坦的一篇文章中寻求答案,这篇文章发表于爱琳娜自杀的四个月后。

伯恩斯坦认为爱德华·艾威林应该被判刑,他无论在道德上,还是在犯罪事实上都是有罪的。但是只有法律才能决定艾威林是否应承担罪行,是否要被判刑,伯恩斯坦在文章中主要关注艾威林应承担的道德责任。一些反社会主义媒体把爱琳娜的自杀当作“机会”,宣扬社会主义者的生活方式是“生命失败”的典范,[2]伯恩斯坦的文章是为回应这种论调而写的。当时流行的关于爱琳娜自杀的故事版本这样的:艾威林决定回到他第一任妻子贝尔·弗兰克和他们的孩子那里,想让爱琳娜加入“三人婚姻”中。[3]爱琳娜极度失望,她更愿意去死,也不愿意加入这一自由的爱的联盟。事实上,贝尔早在几年前就去世了,她和艾威林也没有孩子,这样的事实使流行的故事版本显得很荒谬。

值得注意的是,1898 年 7 月,除了当时,即 1897 年 6 月参加艾威林与爱娃婚宴的同僚,很少有人知道艾威林还有一个新婚妻子爱娃·弗莱。

在推测是什么导致爱琳娜自杀时,伯恩斯坦更多的是猜测,很大程度上建立在他所说的“心理迷津”[4]。他认为是某种执拗的心理使爱琳娜对艾威林不离不弃,并且怀有悲剧性的信念,认为只要她不放弃,就能够治愈她为他命名的“道德疾病”[5]。“这是易卜生的戏剧《阿尔文夫人》中的道德观点”[6],伯恩斯坦这样总结。在文章中,伯恩斯坦还提出了一个相当关键的问题:“艾威林博士是否怀有让爱琳娜·马克思自杀的愿望,或者他是否能从她的死亡中得到利益呢?”[7]

对《工人领袖》杂志来说,艾威林在审讯中的“忘恩负义、不讲道义和冷酷”已经能显示出他是什么人了。艾威林公开损害爱琳娜的名誉,他应该因此受到公众的审判。伯恩斯坦的文章很有代表性,熟悉爱琳娜的好朋友和政治盟友在她死后的几年里写了很多文章,包括哈夫洛克・埃利斯和伤心的李卜克内西等人,大家都与伯恩斯坦持有相似观点。像伯恩斯坦一样,所有爱琳娜的亲朋好友都感觉到了她在新家中的那份快乐:“一个理想的存在似乎在她眼前呈现,当她迎接朋友们来到‘密室’的时候,她的脸上泛着愉悦的光芒。”[8]艾威林有新欢其实不足以毁掉爱琳娜,关键是艾威林不让她好好地活着,他不会轻易带走属于自己的东西,搬出去过新的生活。他似乎决意要毁坏爱琳娜的满足感和安全感,以及属于她的法定财产。这是他的心理悲剧。

伯恩斯坦文章中最令人震惊的是对弗雷迪・德穆斯的关注。伯恩斯坦发表了爱琳娜从 1897 年 8 月到 1898 年 4 月间写给弗雷迪的 9 封信,内容直接涉及她与艾威林个人生活中的波折。伯恩斯坦介绍弗雷迪是“海伦・德穆斯的儿子……海伦是马克思孩子们的第二母亲。”伯恩斯坦写道:

> 弗雷德里克・德穆斯对爱琳娜来说像是个忠实的哥哥,他是一个普通工人,生活并非一帆风顺,我有理由相信,在爱琳娜给她的法律顾问的信件中,弗雷迪的名字处于一个突出的位置。[9]

但是这一信件归还给艾威林,并被他毁掉了。

在伯恩斯坦的文章发表后三天,爱德华・艾威林死去。之后的几周内,伯恩斯坦在处理艾威林遗留的与奥古斯特・倍倍尔的房产问题时,又发现了爱琳娜死因的新线索。在以后的岁月中,弗雷迪・德穆斯与劳拉、拉法格和爱德华·伯恩斯坦一直保持着联系。[10]

伯恩斯坦写道,爱琳娜的朋友们在查明艾威林的犯罪事实上具有双重责任:作为享有共同利益的社会个人,维持社会正义的责任;作为朋友,尽朋友本分的责任。

而爱琳娜为社会正义又尽到了怎样的责任呢?

就像自杀有不同种类一样,关于自杀的理论也各种各样。艾威林在审判中声称爱琳娜几次建议他们一起死,而他对她的自杀威胁已经不当回事了,因为她经常这样说。既然爱琳娜已死,她无法为自己辩解,艾威林的说法也就似乎得到了认同,成为关于她自杀的最新的、唯一的解释。

没有一种理论能把自杀解释得很清楚,因为自杀的动机是复杂的。每个自杀个案都牵涉到具体个人:个体的故事。自杀发生在重大危机的时刻。它可能是混乱和痛苦的;它可能是非常有条理和理性的;它也可能是一种谋杀。

关于个人是否有权利结束生命的伦理争论还在继续。所有的争论、分析、个案研究和心理剖析最后都浓缩为一套明确的选择。说到底,世上存在着两种类型的自杀:一种为外部世界而自杀,一种为个人而自杀。

自杀不是在制造意义,而是在表达个人感受。

自杀是控制身体的行动,如果是自愿实施的行为,那么就是由自我控制的行为,如果是被强迫的行为,或者是隐藏着的谋杀,那么就是由他人控制的行为。人的求生本能是如此强烈,以至于任何对自身控制的体验都会留下印迹和强烈的记忆。厌食、抑郁、流产、物理与心理的激进行为,这些是19世纪各阶层妇女都有过的普遍体验。

亚伦·罗斯伯里回忆起爱琳娜承认自己有时有厌世倾向,但是做她这种工作的人谁又没有过这样的时候呢?爱琳娜对生命和人性有失望的时候，但在每个这样的例子之外，都有与之相对的反例，能够证明她的生命活力和生活乐趣。坐公交车穿越伦敦，一本新书，或者朋友来密室陪伴她的夜晚，这样的快乐往往能抵消她的失望情绪，还有对资本主义在全球大行其道的不满，对人的尊严被践踏的忧虑等。

1845 年底，卡尔·马克思写了一篇关于雅克·皮加特的纪念文章，题目是《皮加特：论自杀》[11]。在这篇文章中，马克思观察到，法国社会的罪犯有值得称道之处，他们“至少有与现代生活相对抗和展示个性的一面，这种现代生活不但体现在某些阶层的关系中，而且体现在现代交往的所有群体和形式中”[12]。马克思在这篇写于爱琳娜出生前十年的文章中，选出并突出强调了皮加特所写的以下段落：

> 在所有导致那些敏感的人们自杀的绝望原因中，我（皮加特）发现了一个重要因素，那就是恶劣的态度、不公正的对待和隐匿的惩罚，严厉的父母和长辈往往这样对待那些依赖他们的人们。革命虽然推翻了所有的专制，但是暴君们的罪行却在家庭中存在，他们的残暴引起的危机类似于引起革命的危机。[13]

马克思和恩格斯，以及他们之后的爱琳娜，都不遗余力地思考、写作和演讲，谴责家庭与社会中的专制和矛盾，都寻求各种形式的社会革命来改变现状。但显然，爱琳娜试图承担起个人在这方面的责任。当她处于黑暗的时刻，她没有把自己的困境归之于父辈的罪过，而是从自身寻求应付办法。1897 年 9 月，爱琳娜给弗雷迪写了封紧急求助信，请他过来帮助自己：

> 我现在孤立无助，我面临着最可怕的处境：彻底的破产。所有的一切乃至最后一分钱都不剩了，这是面对世界最深的耻辱。其

可怕程度超乎我的想象。我需要有人可以咨询,我知道我现在必须自己做出决定,并承担责任。但是些许建议和朋友的帮助也是非常有用的。[14]

作为女人的爱琳娜·马克思把她生命中的矛盾留给后人思考,作为政治家、思想家、女性主义者和活动家的爱琳娜·马克思又促使我们思考我们自己对社会的责任,这种责任是一个社会存在的关键。

今天的人们所享受的许多民主和自由,及英国从20世纪以来发展的社会福利,直接来源于爱琳娜·马克思,以及像她一样的男人与女人们的奋斗。如八小时工作制、从法律上禁止雇佣童工、平等受教育的权利、自由表达权、加入工会权、普选权,无论阶级、宗教信仰、性别和种族都有被民主地选为议会代表的权利,女性主义权利等。

回顾爱琳娜的生平有助于我们记住我们是怎样走到今天的,我们享有的民主自由是怎么来的,如果忘记这些的话我们会将会付出代价。

损害雇员权利,给穷人群体抹黑,谴责有病的人,妖魔化移民,违背童工法,为了追求剩余价值污染环境,鼓励妇女回家生孩子:所有这些都是在重新建立一个经济下层阶级,而所有这些都正在我们的社会发生着。

当下盛行着一种历史虚无主义。意识形态环境已经与以前不同。我们似乎在使自己相信,不平等、消费主义和全球商业资本主义是经济系统的自然组织部分,是不可改变的。

爱琳娜的生命是对生活方式和价值观的反思,获得自由、教育、工作权保护、生育权利和医疗权利是支撑一个民主和文明社会的基础。如果我们忘记了这些权利是怎样来的,我们就不知道如何去巩固它们。

对爱琳娜生命故事的讲述是为了怀念,而不是为了还原。所有的工作都是对未来的微小贡献,这也是爱琳娜首先会说的。爱琳娜是一个逝去的集体主义时代的孩子。现在,有迹象表明,一种走向社会民主的新集体主义冲动在全球范围涌现,激进主义被重新思考,在不同的历史条件下产生出新的斗争。

爱琳娜见证了她的革命家庭创造的经典辩证法三步曲:立论,对比,综合。她用她特有的幽默命名下一阶段:"续集"[15]。

最重要的,爱琳娜知道,在任何可想象的社会和经济变革的运动过程中,如果不把女性问题置于其中,"续集"注定永远不会结束。事实上,"续集"仍然在上演,爱琳娜用长远的眼光看待历史,因此她对此不会感到吃惊,未来充满希望,用爱琳娜的话说"永远向前"。

爱琳娜的生命激起了回忆和希望。就像金特里于 1898 年 5 月 1 日在密室里所写的,"我们在这里的时间虽然不长,但我们有种感觉,感觉她肯定会回来"[16]。

注 释

部分姓名和资料来源的缩写：

EA—爱德华・艾威林

EM—爱琳娜・马克思

FE—弗雷德里希・恩格斯

GBS—乔治・萧伯纳

IISH—国际社会史学会

IML—马克思列宁主义学会

JL—珍妮・龙格

KM—卡尔・马克思

LL—劳拉・拉法格

MEC—马克思与恩格斯的通信

MECW—马克思与恩格斯合写的著作

MML—马克思纪念图书馆

PRO—公共档案馆

序言

1.Eric Hobsbawm, *The Age of Capital 1848-1875*, Weidenfeld & Nicolson, London, 1996, p.108.

2.Eleanor Marx and Edward Aveling, *The Woman Question: From a SocialistPoint of View*, 初次发表在 *Westminster Review*, No.125, London, January-April 1886；初次发表的版本由 Swan Sonnenschein 编辑, London, 1886。再版的版本由 Verlag für die Frau 编辑, Leipzig, 1986, p.13.本书所用的是由 Verlag für die Frau 编辑的版本。

3.EM to Karl Kautsky(爱琳娜写给考茨基的信,“某人写给某人的信”,下略), December 28,1896,IISH.

4.Eleanor Marx,in(载于,下略)*Justice*,October 31,1896,p.5.

5.Ibid(同上,下略).

6.*Justice*,November 23,1895,p.8.

7.EM to Karl Kautsky,June 3,1897,IISH.

8.EM to Laura Lafargue,December 24,1896,IISH.

9.Karl Marx,in Friedrich Engels,*The Origin of the Family,Private Property and the State* (1884),Penguin Classics,London,2010,由 Tristram Hunt 重新写了序言,p.88.

10.Henry Havelock Ellis,‘Eleanor Marx’,in Adelphi,Vol.11,No.1,1935,pp.33-4.

第一章

1.Wilhelm Liebknecht,*Karl Marx;Biographical Memoirs*,translated by E.Untermann,Journeyman Press,London,1975,p.134.

2.KM to Ferdinand Lassalle, January 23, 1855, *MECW*, Vol. 39, Lawrence &Wishart, London,1983,p.511.

3.Liebknecht,*Karl Marx*,p.134.“摇牛奶必成奶油。扭鼻子必出血。同样,激动怒气必起争端”,圣经箴言 30:33,*King James Bible*.

4.最终恩格斯写了这篇文章,就像他在 1851—1855 年间,以马克思的名义所发表的关于克里米亚的文章一样。1855 后 1 月 22 日,爱琳娜出生一星期前,《领导人》杂志发表了这篇文章,题目为:‘British Disaster in the Crimea’,之后该文章又作为 *The Eastern Question* 的一部分出版,edited by EM,S.Sonnenschein & Co.,London,1885.

5.KM to FE,January 17,1855,*MECW*,Vol.39,p.508.

6.Karl Marx and Friedrich Engels,*The Communist Manifesto* (1848),由 Samuel Moore 翻译 (1888),由 Gareth Stedman Jones 作序,Penguin,London,2002,p.240.

7.Heinz Frederick Peters,*Red Jenny:A Life with Karl Marx*,Allen &Unwin,London,1986, p.6.

8.KM to FE, April 04, 1855, *MECW*, Vol.39, p.533.

9.Jenny Marx junior to KM,未标日期的信, September, 1855, IISH.

10.在英国和美国许多地区同样存在。

11.'Eleanor Marx, Karl Marx; A Few Stray Notes', in *Reminiscences of Marx and Engels*, Foreign Languages Publishing House, Moscow, 1957, p.251.

12.Wilhelm Liebknecht, 'Reminiscences of Marx', in *Reminiscences*, p.116.

13.Paul Lafargue, 'Reminiscences of Marx', in *Reminiscences*, pp.82-3.

14.Liebknecht, 'Reminiscences of Marx', in *Reminiscences*, p.123.

15.Ibid., p.117.

16.Ibid.

17.Peters, *Red Jenny*, p.100.

18.Friedrich Engels, 'On the History of the Communist League', in *Social Democrat*, 12-26 November 1885, and *Marx & Engels Selected Works*, Vol. 3, Progress Publishers, Moscow, 1970, http://www. marxists. org/archive/marx/works/1847/communist—league/1885hist.htm.

19.Edgar Longuet, in *Reminiscences*, p.261.

20.Jenny Marx junior to KM, undated letter, September, 1855, IISH.

21.Mrs Jenny Marx to Louise Weydemeyer, March 11, 1861, in *Reminiscences*, p.245.

22.Ibid.

23.现在位于特里斯的格拉夫顿 36 号。我非常感谢比伊和威廉·罗拉特,他们的研究旅程和拍摄的爱琳娜在肯特的家对我帮助很大。

24.Mrs Jenny Marx to Louise Weydemeyer, March 11, 1861, in *Reminiscences*, p.245.

25.Peters, *Red Jenny*, p.120.

26.Jenny Marx, in*Reminiscences*, p.244.

27.Ibid., p.228.

28.KM to FE, April 23, 1857, *MECW*, Vol.40, p.125.

29.EM, in *Reminiscences*, p.250.

30.Ibid.

31.EM to Karl Kautsky,July 19,1897,IISH.

32.KM to FE,January 24,1863,*MECW*,Vol.41,p.444.

33.EM,in *Reminiscences*,p.251.

34.Ibid.

35.珍妮·马克思的话引自 Edna Healey,*Wives of Fame:Mary Livingstone,Jenny Marx,Emma Darwin*,Sidgwick & Jackson,London,1986,p.102.

36.EM,in *Reminiscences*,p.250.

37.Jenny Marx,in *Reminiscences*,p.245.

38.爱琳娜潜意识里的童真或许可以对她在成年后处理性关系时的行为作出解释。

39.Jenny Marx 给 Ernestine Liebknecht 的信,July 18,1864,IISH.

40.Paul Lafargue,转引自 Lee Baxendall and Stefan Morawski,eds.,*Marx and Engels on Literature and Art*,International General,New York,1974,p.152.

41.EM,in *Reminiscences*,p.252.

42.EM to Karl Kautsky,January 1,1898,IISH.

43.EM,in *Reminiscences*,p.253.

44.Ibid.

45.Ibid.

46.Ibid.

47.Ibid.

48.EM,in *Reminiscences*,p.251.

49.'How Sigfried Came To Wurms', verse 99, *Das Nibelungenlied* (*Song of the Nibelungs*),译自 the Middle High German by Burton Raffel,Yale University Press,New Haven & London,2006.

50.EM,in *Reminiscences*,p.251.

51.Ibid.,p.252.

第二章

1.Peters,*Red Jenny*,p.10.

2.关于 Hirschel/Heinrich Marx 的政治和独特思想详解见 Boris Nicolaevsky and (trans.) Otto Maenchen—Helfen's investigation of his political ideas in *Karl Marx*: *Man & Fighter*,Methuen,London,1936.

3.See Francis Wheen,*Karl Marx*,Fourth Estate,London,1999,p.10.

4.Peters,*Red Jenny*,p.13.

5.Paul Lafargue,in *Reminiscences*,pp.81-2.

6.EM,in *Reminiscences*,p.17.

7.马志尼,被授予“意大利之魂”的荣誉称号。他是复兴运动的共和党领袖,作为激进运动,复兴运动谋求意大利的统一和民众的民主。马志尼先是被驱逐到日内瓦,然后到了马赛,于 1831 年建立了青年意大利组织。这是一个秘密的社团,致力于促进公共起义,以之作为统一意大利的方式,该社团点燃了欧洲范围内共和主义革命运动的星火。1834 年,马志尼与来自东欧和西欧的难民一起建立了一个新的国际组织,叫作青年欧洲。19 世纪 30 年代末,马志尼来到伦敦,在这里他以青年欧洲的名义,建立起许多该组织的姐妹社团,目的是为了实现其他国家的统一和民主,如青年瑞典、青年波兰、青年德国。后来,这一运动为土耳其学生提供了组织起来的蓝图,军队士官生在青年土耳其的名义下形成了统一的组织。在倡导组建中产阶级共和主义,以及开明的国家建设和国家的“世界主义”的过程中,马志尼预见到欧洲将演化为一个统一的欧洲共和国,这与意大利的统一和解放有着内在的逻辑关联。

8.Heinrich Marx to KM,1836,March or June,*MECW*,Vol.1,pp.653

9.Henriette Marx to KM,beginning of 1836,*MECW*,Vol.1,pp.649-52.

10.KM to Jenny Marx,December 15,1863,IISH.

11.Peters,*Red Jenny*,p.22.

12.Cited in(转引自,下略) Peters,*Red Jenny*,p.24,translated from the original by Mollie Peters.

13.EM, in *Reminiscences*, p.254.

14.Eleanor Marx, 'Remarks on a letter by the young Marx', in *Reminiscences*, p.256.

15.Peters, *Red Jenny*, p.28.

第三章

1.Peters, *Red Jenny*, p.60.

2.Ibid., p.40.

3.Peter Oborne, cited in Terry Eagleton, *Why Marx Was Right*, Yale University Press, New Haven and London, 2011, p.x.

4.Eleanor Marx, 'Revolution and Counter—Revolution' 的编辑注释, April, 1896, Sydenham, http://www.marxists.org/archive/marx/works/1852/germany/note.htm.

5.爱琳娜把父亲的汉斯·罗克尔与母亲写的系列传记注释结合起来。这些回忆文章作为序言发表于爱琳娜于1896年编辑的《革命与反革命》中。它们重新叙述了在她出生前大约十年的家庭故事。当时，她的父母和哥哥、姐姐们迫于压力，在欧洲"四处流浪"（影片《激情年代》所展示的资产阶级共和革命的情景）。爱琳娜把电影故事运用到了叙述卡尔·马克思和他的家庭的经历之中。因为初次编辑《新莱茵报》，马克思被驱逐出境，伴随着即将迎来的1848—1849年革命，他们一家在欧洲经历着生活的艰辛，同时向往着革命带来一个新的未来。

6.Hobsbawm, *The Age of Capital*, p.108.

7.Wheen, *Karl Marx*, p.184.

8.Eleanor Marx, 'Revolution and Counter—Revolution' 的编辑注释。

9.Jenny Marx, 'Short Sketch of an Eventful Life', in *Reminiscences*, p.226.

10.Peters, *Red Jenny*, p.96.

11.Jenny Marx, 'Short Sketch of an Eventful Life', in *Reminiscences*, p.226.

12.Wheen, *Karl Marx*, pp.179-80.

13.Eleanor Marx, 'Revolution and Counter—Revolution' 的编辑注释。

14.Ibid.

15.Wheen,*Karl Marx*,p.154.

16.Wilhelm Liebknecht,*Karl Marx*:*Biographical Memoirs*,Journeyman Press,London,1975,p.121.

17.Wilhelm Liebknecht,'Eleanor Marx',*Social Democrat*,Vol.2,No.9,September 15,1898.

18.FE to KM,February 13,1851,*MECW*,Vol.38,1982,p.289.

19.Karl Marx,*Capital*,Vol.I,Penguin Classics,London,1990,p.896.

第四章

1.Jenny Marx to Louise Weydemeyer,March 11,1861,*MECW*,Vol.41,p.569.

2.KM,'Confessions',in *Reminiscences*,p.267.

3.EM,in *Reminiscences*,p.252.这表明,当爱琳娜宣布她想成为一个上校舰长时,她是从马瑞亚特,而不是奥斯丁那里得来的这一念头。《曼斯菲尔德庄园》的爱好者应该记得,芬妮·普拉利斯喜爱的哥哥威廉是一个上校舰长。如果爱琳娜读了这本书,克里福德小姐对"下层民众"的谦卑态度会让她更希望能成为一个海军舰长,使她更渴望穿上唐马裤,展示海军舰长的雄风。

4.D.H.Lawrence,*Studies in Classic American Literature*,Vol.2,1923,Ezra Greenspan,LindethVasey and John Worthen(eds),Cambridge University Press,2002,p.58.

5.James Lowell,*Fable for Critics*:*Complete Poetical Works of James Russell Lowell*,Kessinger Publishing,Montana,2005,p.135.

6.库柏曾有一段时间喜欢写女性作品,以简·摩根为笔名为女性读者写浪漫故事。爱琳娜与他相遇时,他已经转变了文风,重新写起男性化的作品,写出了《皮袜子故事集》。

7.Lawrence,*Studies in Classic American Literature*,p.63.

8.Jenny Marx to Ernestine Liebknecht,December 10,1864,IISH.

9.Ibid.

10.EM,in *Reminiscences*,p.252.

11.Ibid.

12.Ibid.

13.这些信封和未打开的信件都在国际社会史学会。

14.EM to Karl Kautsky,June 19,1897,IISH.

15.KM to Mrs Jenny Marx,Wednesday,December 15,1863,IISH.

16.KM to FE,November 1,1868,MECW,Vol.42,1987,p.519.

17.Eleanor Marx to Lion Philips,未标日期的信(背景事件年表表明,这封信写于 1863 年 12 月末的某天),IISH.

18.Karl Marx,在国际工人大会上所致的开幕词,October 21-27,1864.以小册子的形式发表于 *Inaugural Address and Provisional Rules of the International Working Men's Association*,与名叫'General Rules'的原创小册子一起,MML,and in *MECW*,Vol.20,1985,pp.14-15.

19.EM to Frank Van Der Goes,October 31,1893,IISH.

20.Jenny Marx to Berta Markheim,June 6,1863,London,*MECW*,Vol.41,1985,p.581,http://www.marxists.org/archive/marx/letters/jenny/63_07_06.htm

21.Ibid.

22.Mrs Jenny Marx to Berta Markheim,October 12,1863,*MECW*,Vol.41,1985,p.583.

23.爱琳娜后来回忆说,这是最后一个她们可以在海边合法裸游的假期。直到 19 世纪 60 年代,裸游对男女两性来说都是很平常的,尤其在摄政时代裸游更是受欢迎,裸游不但从健康和卫生的角度看有好处,而且可以去掉人们身体的异味。摄政王让光着身子游泳成为一种时尚,这是他最喜欢的消遣方式。但是 1863 年通过的一项法律要求男女裸游者要分开,法定距离是 60 英尺,并要求游泳更衣车的拥有者为女性提供法兰绒浴袍或类似的浴袍,为男性提供短裤或裙子。更衣车费用的提高,在使男女两性隔离开来的同时,也把上层社会与下层社会分离开来。

24.Mrs Jenny Marx to Berta Markheim,October 12,1863,*MECW*,Vol.41,1985,p.583.

25.FE,in*MECW*,Vol.47,1995,p.355.

26.EM to Karl Kautsky,March 15,1898,Karl Kautsky papers,IISH.

27.Ibid.

28.崔斯特瑞姆・亨特把伯恩斯比作恩格斯的“地下塞尔斯福涅,使恩格斯能更好地理解资本主义社会……玛丽为恩格斯提供了物质条件,让他有机会研究他的共产主义理论”。Tristram Hunt, *The Frock—Coated Communist: The Revolutionary Life of Friedrich Engels*, Penguin, London, 2009, pp.100-1.

29.See(参见,下略)Roy Whitfield, *Engels in Manchester: The Search for a Shadow*, Working Class Movement Library Salford, 1988, p.21, and Hunt, *The Frock—Coated Communist*, pp.100-1.

30.Friedrich Engels, *Condition of the Working Class in England in* 1844, translated by(翻译,下略)Florence Kelley Wischnewetzky, http://www.gutenberg.org/files/17306/17306—h/17306—h.htm,古腾堡计划, e-Book(电子书), December 13, 2005, e-book #17306.

31.Ibid.

32.FE to KM, May 20, 1863, *MECW*, Vol.41, 1985, p.472.

第五章

1.Jenny Marx to KM, December 1863-January 1864, IISH.

2.由奥古斯丁・达利改编自所罗门・冯・门森索尔的情景剧。情景剧在维也纳很流行。这部戏剧的背景是17世纪的德国,讲述的是一个犹太姑娘(丽亚)爱上一个信仰基督教的农夫(鲁道夫)的故事。

3.George William Curtis, in *Harper's Weekly*, March 7, 1863.

4.Jenny Marx to KM, December, 1863-January, 1864, IISH.

5.在今天的伦敦街道地图上,Modena Villas 也写作 Medina。

6.Jenny Marx to KM, December, 1863-January, 1864, IISH.

7.Ibid.

8.EM to Lion Philips, June 25, 1864, IISH.

9.根据费尔杜西的叙述,国际象棋起源于一个故事。两个交战的王子不接受母亲的安排：共享所有的东西，并共同统治国家。他们的母亲被兄弟俩的内战搞得焦头烂额，她烧毁了宫殿，并威胁她的儿子们，如果继续交战，她将按照习俗自焚。胜利的王子为寻求妥协设计出一种游戏，转移母亲的注意力，使她不再想自焚，并获得安慰。他用乌木做了一个棋盘，当作战场，延伸一百平方千米，两军用柚木和象牙当作武器，既有步兵也有骑兵，双方用不同的方式展开行动，直到国王被敌人包围，根据规则，没有任何退路可走，此时，国王必须死。Sháhmát（国王死了），将死。

10. Eleanor Marx, 'Karl Marx: A Few Stray Notes', in *Reminiscences*, p.253.

11. EM to Lion Philips, June 25, 1864, IISH.

12. 当时一首流行的民谣讲述了引发争议的英国建造的亚拉巴马航船，以及 1864 年 6 月 19 日，它在英国海峡毁坏的故事：

当亚拉巴马船停靠的时候，
开动，亚拉巴马，向前
它停在了乔纳森·莱尔德的院子
哦，开动，亚拉巴马，向前！
它停在了乔纳森·莱尔德的院子
沿着默西河，继续航行
在利物浦枪支和男子登上船
从西部群岛，向前航行
去摧毁北部的所有贸易
用了一天，来到瑟堡港
收取了应得的资金
许多水手小伙子目睹了它的厄运
当萨基奇号呈现在视野
当从船前滚来一个球体，
撞击亚拉巴马州的船尾
在三英里外
亚拉巴马沉到了海底

13.EM to Lion Philips,June 25,1864,IISH.

14.*New York Times*, April 30,1864.

15.Jenny Marx to Ernestine Liebknecht,December 10,1864,IISH.

16.Ibid.

17.Friedrich Engels,*A Wilhelm Wolff Biography*,Die Neue Welt,July 1,8,22,29;Sept.30;Oct.7,14,21,28; Nov.4,25,187.

18.Laura Marx to KM,nd,August,1864,IISH.

19.Marx,Provisional Rules of the International Working Men's Association in *MECW*,Vol. 20,1985,pp.14-15.

20.*The Times* leader,September 9,1868.

21.See Hobsbawm,*The Age of Capital*,pp.303-4 .

22.Wilhelm Liebknecht,in *Reminiscences of Marx*,p.111.

23.Hobsbawm,*The Age of Capital*,p.94.

24.Marx and Engels,*The Communist Manifesto*,p.241.

25.EM to FE,February 13,1865,IISH.

26.Ibid.

27.Leslie Derh er, *Paul Lafargue and the Founding of French Marxism, 1842-1882*, Harvard University Press,Cambridge MA,1991,p.34.迄今为止,德夫勒的传记是关于拉法格的生平和事迹的最全面叙述,并纠正了以前流行的错误版本,包括他自己原来写的东西。

28.拉法格说他记得第一次见到马克思是在1865年2月,实际上,他记错了,正确的日期应该是3月。

29.Paul Lafargue,in *Reminiscences*,p.71.

30.Derh er,*Paul Lafargue*,p.33.

31.Paul Lafargue,in *Reminiscences*,p.82.

32.She meant *The Effinghams*.

33.EM to KM,April 26,1867,IISH.

34.Derh er,*Paul Lafargue*,p.39.

35.Tussys ‘Confession’,March 20,1865,IISH.

第六章

1.EM to Alice Liebknecht,December 14,1866,IISH.

2.Ibid.

3.Ibid.

4.David Bates（1809-1870）,‘Speak Gently’-see http://rpo.library.utoron to.ca/poem/132.html.

5.Lewis Carroll,*Alice’s Adventures in Wonderland*,Lee & Shepard,Boston,1869, p.85.

6.EM to KM,March 19,1866,IISH,and in Faith Evans and Olga Meier,Sheila Rowbotham作序,*The Daughters of Karl Marx: Family Correspondence 1866-1898*,Andre Deutsch,London,1982,p.5.

7.爱琳娜在生命的最后一个月给李卜克内西的信中,详细地回忆了这次马盖特假期。March 1,1898,IISH.

8.KM to FE,March 6,1868,*MECW*,Vol.42,p.542

9.Laura Marx to Mrs Jenny Marx,nd,August,1866,IISH.

10.KM to FE,November 11,1882,*MECW*,Vol.46,p.374.

11.KM to Paul Lafargue,August 13,1866,MML,Lafargue correspondence.

12.Ibid.

13.Jenny Marx to Ernestine Liebknecht,December 14,1866,IISH.

14.Peters,*Red Jenny*,p.146.

15.Laura Marx to Jenny Marx junior,in *Die Töchter von Karl Marx*,Unveroffentlichte Briefe,Cologne,1981,p.6.

16.Ibid.

17.EM to Alice Liebknecht,nd,1867,January–February,IISH.

18.EM to KM,April 26,1867,*MECW*,Vol.42,1987,p.359.

19.鲁瓦扬坐落在法国大西洋沿岸,在吉伦特河口和多尔多涅省的路特和加纳河汇合处。直到1875年才通铁路,之前到这里只能坐船或步行。爱琳娜访问这里的时候,汽艇是从波尔多到鲁瓦扬最常见的交通工具。到了19世纪末,这个安静、美丽,有着宽阔沙滩的海港成为大峡谷的一个旅游胜地,毕加索、萨拉·伯恩哈特和左拉都曾来过这里。现在,它是一个波尔多有钱人喜爱的地方,例如拉法格家的人,他们有钱度过一个奢华的夏季假期。由于亨利二世娶了阿基坦的爱琳娜,在他统治的时候,英国对这里拥有了管辖权。对这一历史事实,爱琳娜可能会感兴趣。

20.关于《资本论》的出版计划和历史,更详细和全面的资料参见 Ernest Mandel, Introduction, *Capital*, *Volume I*, Penguin, London, 1990, pp.11-86.

21.Laura Lafargue to FE, March 6, 1893, in *Frederick Engels, Paul and Laura Lafargue: Correspondence Vol.* 3, 1891-1895, London, Lawrence and Wishart, 1959-63, Vol. 3, p.247.

22.Ibid.

23.EM to FE, February 13, 1865, IISH.

24.KM to FE, December 14, 1868, *MECW*, Vol.43, 1988, p.184.

25.KM to FE, June 26, 1868, *MECW*, Vol.43, 1988, pp.49-50.

26.EM to Lizzy Burns, December 14, 1868, IISH.

27.《爱尔兰人》于1852年在贝尔福斯特创刊,创刊人是记者丹尼斯·霍兰德,他是以《北爱尔兰》的名义创办的。1858年,霍兰德和他的合作编辑理查德·皮格特把这份月报转移到了都柏林,重新命名为《爱尔兰人》。由于不断有官司和骚扰,杂志需要两名经理才能保持正常发行。前青年爱尔兰组织的成员是它的撰稿人。1863年,霍兰德把他的所有权出售给了皮格特。到了1855年,这份杂志每周能发行5万份。由于支持芬尼亚兄弟会,皮格特被起诉,1867年,他因为支持起义被关进了监狱。

28.Lizzy fretted to Fred。她认为爱琳娜在曼彻斯特的时候,因为与他们在一起而染上了病。事实上,爱琳娜是在学校的时候,从一个朋友那里感染的,这个朋友是爱德华·芬克兰德的女儿,爱德华是英国皇家学会的有机化学教授。

29.EM to Lizzy Burns,October 14,1868,IISH.

30.Ibid.

31.EM to LL,December 29,1868,IISH.

32.Ibid.

33.Ibid.

34.这不是爱琳娜与洛尔米耶兄弟玩的唯一的戏剧把戏,1869 年,她为他们几个,包括她自己写了“一个五幕剧的戏剧”,地点在法国,只有演员表留了下来,IISH.

35.EM to Jenny Marx senior,March 31,1869,IISH.

36.Ibid.

37.KM to EM,April 26,1869,IISH.

38.EM and KM toJennychen,June 2,1869,IISH.

39.FE to KM,letters,June 22,July6,July 25,July 30; Engels sent regular letters to Marx between June and the end of July,keeping him up to date on her reading;see *MECW*, Vol.4,pp.234,244,255 and 258.

40.FE to KM,June 27,1869,*MECW*,Vol.43,p.298.

41.KM to Jenny Marx senior,June 10,1869,IISH.

42.EM to Jennychen,June 2,1869,IISH.

43.EM to Jennychen,July 19/20,1869,IISH.

44.Ibid.

45.Eleanor Marx,‘Frederick Engels’,in *Reminiscences*,pp.185-6.

46.FE to KM,July 1,1869,Vol.43,1988,p.55.

47.See for example Mrs Jenny Marx to Ernestine Liebknecht,December 10,1864, IISH.

48.EM to Lizzy Burns,October 14,1868,IISH.

49.FE to Julie Bebel,March 8,1892,in MECW,Vol.49,2001,p.377.

50.EM to Jenny Marx junior,July 20,1869,IISH,and Evans and Meier,*Daughters of Karl Marx*,p.52.

51.Ibid.

52.Jenny Marx to Dr Ludwig Kugelmann, cited in Chushichi Tsuzuki, *The Life of Eleanor Marx*, 1855-1898, Clarendon Press, Oxford, 1967, p.25.

53.Ibid.

54.Ibid.

55.FE to KM, November 29, 1869, Vol.43, 1988, p.387.

56.Karl Marx, *Documents of the First International*, Lawrence & Wishart, London, August, 1963, Vol.4.

57.EM to KM, November 7, 1869, IISH.

58.Ibid.

59.KM to FE, November 6, 1869, *MECW*, Vol.43, 1988, p.367.

60.Ibid.

61.爱琳娜信中附言, KM to FE, February 10, 1870.

62.KM to Paul and Laura Lafargue, July 20, 1870, IISH.

63.EM, in *Reminiscences*, p.251.

64.KM to FE, August 3, 1870, *MECW*, Vol.44, p.30.

65.Jenny Marx to Frederick Engels, September 13, 1870, IISH.

66.Jenny Marx to Ludwig Kugelmann, November 19, 1870, IISH.

67.Hobsbawm, *The Age of Capital*, p.298.

第七章

1.Hobsbawm, *The Age of Capital*, p.167.

2.Mrs Jenny Marx to Ludwig Kugelmann, November 19, 1870, IISH.

3.KM to Eleanor, Jenny and Laura, June 13, 1871, IISH.

4.EM to Wilhelm Liebknecht, December 29, 1871, IISH.

5.Ibid.

6.Ibid.

7.Ibid.

8.Ibid.

9.Ibid.

10.Prosper Lissagaray, *History of the Paris Commune*, New Park Publications, London, 1976, p.419.

11.*The Times*, May 19, 1871, cited in Lissagaray, *History of the Paris Commune*, note p.397

12.FE, in*Social Democrat*, January 18, 1884.

13.Karl Marx, in *The Sun*, September 9, 1871.

14.Ibid.

15.Wilhelm Liebknecht, Eleanor Marx, *Social Democrat*, Vol.2, No.9, 15 September 1898.

16.*Documents of the First International. The General Council of the First International*, 1864-1866. *The London Conference* 1865. *Minutes*, Foreign Languages Publishing House, Moscow, 第一国际一百周年纪念, 1964, http://www. marxists. org/archive/marx/iwma/documents/minutes/index.htm

17.Ibid.

18.Anselmo Lorenzo, 'Reminiscences of the First International', in *Reminiscences*, p.291.

19.Ibid., p.290. 460 notes to pages 109-125

20.EM to Wilhelm Liebknecht, December 29, 1871, IISH.

21.Ibid.

22.Mrs Jenny Marx to Wilhelm Liebknecht, May 26, 1872, IISH.

23.EM, letter to Aberdeen Socialist Society, March 17, 1893, in *Labour Monthly*, March 1940, p.158.

24.Ibid.

25.Ibid.

26.FE to Frederick AdolphSorge, March 17, 1872, *MECW*, Vol.44, 1989, p.342.

27.Cited in Deborah McDonald, *Clara Collet*: 1860-1948: *An Educated Working Woman*, Frank Cass, London, 2004, p.21.

28.Mrs Jenny Marx to Wilhelm Liebknecht, May 26, 1872, IISH.

29.Ibid.

30.Ibid.,and Mrs Jenny Marx to Johann Philip Becker,November 7,1872,IISH.

31.Maggie to EM,September 18,1872,cited in Tsuzuki,*The Life of Eleanor Marx*, p.32.

32.EM to Jenny Marx,July 7,1872,IISH.

33.KM to FE,May 31,1873,*MECW*,Vol.44,1989,p.504.

34.Mrs Jenny Marx to EM,April 3,1873,IISH.

35.Mrs Jenny Marx to EM,nd,May,1873,IISH.

36.Mrs Jenny Marx to EM,April 3,1873,IISH.

37.Mrs Jenny Marx EM,nd,April,1873,IISH.

38.Mary Wollstonecraft,*Vindication of the Rights of Woman*,Scott,London,1891,pp.xxvi-xxix.

39.EM to Mrs Jenny Marx,May 31,1873,IISH.

40.Ibid.

41.EM to KM,March 23,1874,IISH.

42.KM to Ludwig Kugelmann,August 4,1874,in *Letters to Dr Kugelmann*, *Lenin Collected Works*,Foreign Languages Publishing House,Moscow,1962 Vol.12,pp.104-12.

43.EM to JL,September 5,1874,IISH.

44.Ibid.

45.Ibid.

46.Ibid.

47.Ibid.

48.Ibid.

49.EM to Wilhelm Liebknecht,October 13,1874,IISH.

50.Ibid.

51.*Rouge et Noir*,October 24,1874.

52.EM to Wilhelm Liebknecht,October 13,1874,IISH.

53.Ibid.

54.EM to Nathalie Liebknecht,October 23,1874,IISH.

55.Ibid.

56.Ibid.

57.Jenny Marx junior to Ludwig Kugelmann, September 21, 1871, IISH.

第八章

1.Nikolai Morozov, 'Visits to Karl Marx', in *Reminiscences*, p.302.

2.MarianComyn, 'My Recollections of Karl Marx', *Nineteenth Century and After*, Vol.91, January 1922, pp.161-9, and *The Times of London*, October 4, 1938 和 January 30, 1941. 用今天的标准看，梅特兰公园路 41 号是一个很大、很优雅的联排别墅。

3.Compton Mackenzie, *My Life and Times*, October 7, 1931-38, London, Chatto, 1968. Virginia Bateman 成为 Compton Mackenzie 的母亲.

4.Cited in McDonald, *Clara Collet*, pp.22-3.

5.Comyn, 'My Recollections of Karl Marx', and *The Times* of London, October 4, 1938 & 30, 1941.

6.NikolaiMorozov, 'Visits to Karl Marx', in *Reminiscences*, p.303.

7.EM to Nathalie Liebknecht, January 1, 1875, IISH.

8.Ibid.

9.Comyn, 'My Recollections of Karl Marx', and *The Times* of London, October 4, 1938 & January 30, 1941.

10.Ibid.

11.Ibid.

12.Ibid.

13.Yvonne Kapp, *Eleanor Marx*, *Vol.I*: *Family Life*, Lawrence and Wishart, London, 1972, p.155.

14.JL to EM, March 23, 1882, IISH.

15.EM to Karl Hirsch, May 12, 1876, IISH.

16.Comyn, 'My Recollections of Karl Marx', and *The Times of London*, October 4, 1938 & January 30, 1941.

17.See McDonald, *Clara Collet*, p.22.

18.Ibid.,p.6.

19.Ibid.

20.人们普遍认为是马克思创建了山茱萸俱乐部,其实这是错误的。像很多归功于马克思的事情其实是恩格斯做的一样,只要查找历史档案,就会发现人们的普遍印象是错误的,创建山茱萸俱乐部的人是恩格斯。

21.McDonald,*Clara Collet*,p.22.

22.EM,'Karl Marx: A Few Stray Notes',in *Reminiscences*,1957,p.252.

23.See Nina Auerbach,*Ellen Terry: Player in Her Time*,Norton,New York,1987,p.176.

24.Michael Booth,*Theatre in the Victorian Age*,Cambridge University Press,Cambridge,1991.

25.Hallam Tennyson,*Alfred Lord Tennyson: A Memoir by His Son*,Vol.2,New York,Macmillan,1897,p.543.

26.Mackenzie,*My Life and Times*,October 7,1931-38,London,Chatto,1968.

27.EM to Karl Hirsch,October 25,1875,IISH.

28.这些文章的标题本身告诉了人们莎士比亚戏剧在德国流行的程度:"英格兰的莎士比亚研究""伦敦兰心大剧院上演的莎士比亚的理查三世""伦敦戏剧季"。最有纪念意义的是她于1877年写的论理查三世的文章。她把这部戏剧与当代政治结合起来讨论,借此来影射在君士坦丁堡召开的灾难性的国际会议,因为在这次会议上,土耳其撤回了黑塞哥维那和保加利亚的自主权。"战争的号角是无声的,市侩们对政治的喋喋不休,以便使他恐惧的心灵得以休息,催眠者安静地引导他进入了幻想和平与繁荣的梦境。"欧文称这是自莎士比亚去世后,这部戏剧第一次得以全面地呈现。无论这种说法是否真实,把理查三世搬上舞台确实"像创作它一样",是聪明之举。根据珍妮·马克思的记载,"上个星期一,大批群众把兰心大剧院挤得水泄不通,这足以证明它的演出多么成功"。"自从格洛斯特第一次上演了独角戏后,紧接着,'约克的阳光就在这里的冬天制造了人为的辉煌夏天'。连天堂里的上帝都在聆听它醉人的音乐。"

29.Comyn,'My Recollections of Karl Marx' and *The Times of London*,October 4,1938&January 30,1941.

30.Ibid.

31.See Gail Marshall, 'Eleanor Marx and Shakespeare', in John Stokes (ed.), *Eleanor Marx: Life, Work, Contacts*, Ashgate, Farnham, 2000, p.72.

32.Ibid., p.73.

33.Ibid.

第九章

1.EM to Jenny Marx junior, July 20, 1869, in Evans and Meier, *Daughters of Karl Marx*, p.51.

2.Cited in Peters, *Red Jenny*, p.158.

3.EM to JL, October 18, 1881, IISH.

4.EM to Wilhelm Liebknecht, February 12, 1881, IISH.

5.Ibid.

6.Henry Hyndman, *The Record of an Adventurous Life*, London, Macmillan, 1911, p.226.

7.Wheen, *Karl Marx*, p.371.

8.Marx and Engels, open letter to the German Social Democratic Party, http://www.marxists.org/archive/marx/works/1879/letters/79_09_15.htm

9.Henry Hyndman, *England for All*, Gilbert &Rivington, London, June 1881, http://www.marxists.org/archive/hyndman/1881/england/index.html

10.EM to JL, April 7, 1881, IISH.

11.参见如 John Stuart Glennie, *Europe and Asia: Discussions of the Eastern Question in Travels Through Independent Turkish & Austrian Illyria*, London, Chapman & Hall, 1879.

12.John Stuart Glennie to EM, November 27, 1881, IISH.

13.Ibid.

14.'Underground Russia', in *Progress*, 1883, August—September.

15.Olga Meier, commentary, in Evans and Meier, *Daughters of Karl Marx*, p.109.

16.Jenny Marx junior to CharlesLonguet, letter undated, April 1872, in Evans and Meier, *Daughters of Karl Marx*, p.110.

17.Ibid.

18.Jenny Marx junior to LL, end March 1882, in Evans and Meier, *Daughters of Karl Marx*, p.152.

19.EM to Karl Hirsch, November 25, 1876, in *Society for the Study of Labour History*, spring 1964.

20.Ibid.

21.Ibid.

22.FE to Ida Pauli, February 14, 1877, *MECW*, Vol.45, 1991, p.197.

23.EM to Karl Hirsch, nd, June 1878, IISH.

24.Eduard Bernstein, 爱琳娜的死亡讣告, in *Neue Zeitung*, No.30, 1897-98, IISH.

25.Jenny Marx senior to Johann Philip Becker, nd, August 1867, *MECW*, Vol.20, 1985, p.439.

26.EM to Jenny Marx senior, August 19, 1876, IISH.

27.Ibid.

28.Tussy in Liebknecht, *Karl Marx: Biographical Memoirs*, p.158.

29.Ibid., p.157.

30.Peters, *Red Jenny*, p.163.

31.Jenny Marx Mrs to EM, nd, November 1877, IISH.

32.Jennychen to EM, September 23, 1877, IISH.

33.EM introduction to Lissagaray, *History of the Commune of 1871*, trans. Eleanor Marx, Reeves & Turner, London, 1886.

34.EM to Jenny Marx senior, 31 March 1869, IISH, and see Evans and Meier, *Daughters of Karl Marx*, p.45.

35.EM to Nathalie Liebknecht, February 12, 1881, IISH.

36.Ibid.

37.KM to FE, August 3, 1882, *MECW*, 1975, Vol.47, p.652.

38.EM to Jennychen, October 2, 1882, IISH.

39.Ibid.

40.Ibid.

41.Ibid.

42.Margaret McMillan,'How I Became a Socialist',in *Labour Leader*,July 11,1912.

43.Laura to Jennychen,letter undated,October 1881,in Evans and Meier,*Daughters of Karl Marx*,p.139.

44.EM to Jennychen,March 25,1882,IISH,and Evans and Meier,*Daughters of Karl Marx*,p.150.

45.EM to Jennychen,April 7,1881,in Evans and Meier,*Daughters of Karl Marx*,p.129.

第十章

1.Bernstein,obituary of EM,in *Neue Zeitung*,No.30,1897-98,IISH.

2.Robert Browning,*The Pied Piper of Hamelin*(1842),in *Selected Poems*,ed.Daniel Karlin,Penguin,London,2004.

3.KM to JL,April 11,1881,in *Marx-Engels Selected Correspondence*,International Publishers,New York,1936,pp.389-90.

4.EM to JL,June 18,1881,IISH.

5.See Auerbach,*Ellen Terry*,pp.173-83.

6.FE to KM,*Marx-Engels Selected Correspondence*,p.590.

7.See Stokes (ed.),*Eleanor Marx*,p.6.

8.EM to Jennychen,June June 18,1881,IISH.

9.Ibid.

10.Ibid.

11.EM to KM,October 14,1866,IISH.

12.KM to JL,August 18,1881,IISH.

13.Ibid.

14.Eleanor Marx and Edward Aveling,*The Woman Question*,p.16.

15.EM to JL,August 18,1881,IISH.

16.Ibid.

17.Ibid.

18.LL to JL, nd, October 1881, IISH.

19.Ibid.

20.LL to JL, nd, October 1881, IISH.

21.EM to JL, October 31, 1881, IISH.

22.EM in Liebknecht, *Karl Marx: Biographical Memoirs*, p.158.

23.Ibid.

24.Ibid.

25.EM to JL, December 4, 1881, IISH.

26.Ibid.

27.Peters, *Red Jenny*, p.164.

28.EM to JL, December 4, 1881, IISH.

29.Engels's eulogy for Jenny Marx, *MECW*, Vol.24, p.420.

30.Edna Healey, *Wives of Fame*, Sidgwick & Jackson, London, 1986, p.127.

31.Liebknecht: *Karl Marx: Biographical Memoirs*, p.118.

32.KM to JL, nd, December 1881, IISH.

33.EM to JL, January 8, 1882, IISH, and Evans and Meier, *Daughters of Karl Marx*, pp. 144-46.

34.EM to JL, January 8, 1882, IISH.

35.Ibid.

36.Ibid.

37.Ibid.

38.EM to JL, January 15, 1882, IISH.

39.KM to FE, January 12, 1882, *MECW*, Vol.46, 1992, p.176.

40.EM to JL, January 8, 1882, IISH.

41.Ibid.

42.EM to JL, January 15, 1882, IISH.

43.Ibid.

44.Ibid.

45.EM to JL,January 8,1882,IISH.

46.KM to FE,January 12,1882,*MECW*,Vol.46,1992,p.176.

47.JL to EM,nd,January 1881,IISH.

48.EM to JL,January 23,1882,IISH.

49.JL to KM,February 24,1882,IISH.

50.EM to JL,February 21,1882,IISH.

51.EM to JL,March 25,1882,IISH.

52.Ibid.

53.Ibid.

54.Virginia Woolf,*Between the Acts*,Vintage,London,1992,p.95,and see Auerbach,*Ellen Terry*,1987.

55.EM to KM,April 3,1882,IISH.

56.JL to EM,April 10,1882,IISH.

57.JL to EM,March 7,1882,IISH.

58.JL to EM,April 12-13,1882,IISH.

59.EM to KM,March 23,1882,IISH.

60.EM to JL,July 1,1882,IISH.

61.EM,'Missive from England',*Russkoye Bogatsvo*(*Russian Wealth*),No.5,1895.

62.EM to JL,July 1,1882,IISH.

63.Ibid.

64.Ibid.

65.Ibid.

66.JL to EM,May 3,1882,IISH.

67.KM to LL,nd,June 1882,IISH.

68.EM to JL,October 2,1882,IISH.

69.理查德·加内特在布伦之后继续做出版作品的保管者。

70.EM to JL,October 2,1882,IISH.

71.EM to JL,November 2,1882,IISH.

72.JL to EM,November 8,1882,IISH.

73.Ibid.

74.KM to LL,December 14,1882,IISH.

75.Eleanor Marx,'Illness and Death of Marx',in *Reminiscences*,p.128.

76.Ibid.

77.See Wheen,*Karl Marx*,p.381.

78.EM,'Illness and Death of Marx,'*Reminiscences*,p.128.

79.FE to Friedrich AdolphSorge,15 March 1883,*MECW*,Vol.46,1992,p.460.

80.恩格斯在马克思墓前的讲话,'Karl Marx's Funeral',in *Social Democrat*,March 22,1883.

81.EM to Olive Schreiner,June 16,1884,国家英国文学博物馆,格雷厄姆镇,南非,埃利斯所写的爱琳娜死亡讣告,in *Adelphi*,Vol.6,September 1935.

第十一章

1.Matilda Hyndman to EM,March 17,1883,IISH.

2.Frederick James Furnivall to EM,nd,March 1883,IISH.

3.FE to LL,June 24,1883,IISH.

4.EM to LL,March 26,1883,IISH.

5.Comyn,'My Recollections of Karl Marx'.

6.这方面我要感谢约瑟尔·卢尔克,在理解妇女在英国戏剧与表演的历史上的地位和角色,及其与男性的关系上,她的许多洞见对我很有帮助。

7.MichaelHolroyd,*Bernard Shaw*,Vintage,London,1998,p.7.

8.根据英国哲学家杰里米·边沁的解释,圆形监狱的设计使看守人站在一个监视中心点,就能观察到所有的狱中犯人,而犯人却感觉不到有人在监视他们。

9.Ruth Brandon,*The New Women and the Old Men*:*Love*,*Sex and the Woman Question*,Secker& Warburg,London,2000,p.18.

10.参见 Jennifer Juszkiewicz 关于阅览室历史的有趣的硕士论文:*The Iron Library*:*Victorian England and the British Museum Library*,University of Notre Dame,

Indiana,2009.

11.Beatrice Webb (née Potter),May 24,1883,*The Diary of Beatrice Webb*,*Vol. 1, 1873-92: Glitter around the Darkness Within*,Virago,London,1982.

12.*The Times of London*,March 6,1883,p.12.

13.Edward Aveling,in*Freethinker*,July 30,1882.

14.Webb,May 24,1883,*The Diary of Beatrice Webb*.

15.Ibid.

16.Ibid.

17.Ibid.

18.Ibid.

19.在巴黎公社期间发生的政治争论使马克思一家不再信任布莱德劳,并与他保持距离。马克思攻击布莱德劳是"普龙(拿破仑王子,左翼波拿巴主义者领袖)的高级妓女",并对他的卑鄙和无聊的煽动行为感到震惊。参见 Tsuzuki,*The Life of Eleanor Marx*,Oxford University Press,Oxford,1967,pp.94-5.

20.Max Beer,*Fifty Years of International Socialism*,Allen &Unwin,London,1935,p.74.

21.Edward Aveling,'Some Humors of the Reading Room',in *Progress*,May 1883,pp. 311-14.

22.Hunt,*The Frock—Coated Communist*,p.328.

23.转引自 Tsuzuki,*The Life of Eleanor Marx*,p.78.

24.Brandon,*The New Women and the Old Men*,p.20.

25.转引自未发表的艾威林家族的文章,载 Kapp,*Eleanor Marx*,Vol.1,p.257

26.Henry Salt,in*National Reformer*,February 20,1881.

27.世俗协会仍然存在,参见 http://www.secularism.org.uk/history.html

28.Edward Aveling,in*National Reformer*,July 6,1879.

29.Cited in Tsuzuki,*The Life of Eleanor Marx*,p.82.

30.Ibid.

31.Edward Aveling,*The Religious Views of Charles Darwin*,Freethought Publishing Company,London,1884.

32.Ibid.,p.83.

33.Edward Aveling, *The Gospel of Evolution*, Freethought Publishing Company, London, 1884,p.48.

34.Tsuzuki,*The Life of Eleanor Marx*,pp.89-90.

35.Ibid.,p.90.

36.Ibid.

37.Ibid.

38.Ibid.

39.Edward Aveling,in *Modern Thought*,January 1882.

40.William Greenslade,'Revisiting Edward Aveling',载于 Stokes 编辑的 *Eleanor Marx*, p.42.

41.Edward Aveling,'Charles Darwin and Karl Marx',in *New Century Review*, April 1897.

42.Eleanor Marx,in Evans and Meier,*The Daughters of Karl Marx*,p.52.

43.Eleanor Marx,'Karl Marx I',in *Progress*,May 1883,pp.288-94.

44.Eleanor Marx,'Karl Marx II',in *Progress*,June 1883,pp.362-6.

45.Ibid.

46.Hesketh Pearson,*Bernard Shaw,His Life and Personality*,Methuen,London,1961,cited in Holroyd,*Bernard Shaw*,p.7.

47.GBS diary,28 February 1885,cited in Holroyd,*Bernard Shaw*,p.90.

48.See Hunt,*The Frock—Coated Communist*,p.204.

49.JL to LL,May 17,1882,IISH.

50.Jonathan Beecher,*Charles Fourier*: *The Visionary and His World*,University of California Press,Berkeley,1986,p.208.

51.Eleanor Marx and Edward Aveling,*The Woman Question* (*Verlag für die Frau*),p.23.

52.EM to LL,July 21,1884,IISH.

53.EM to LL, July 21, 1884, IISH, and Evans and Meier, *The Daughters of Karl Marx*, p.180.

54.参见 Tsuzuki,*Eleanor Marx*,p.112:"我总是能'解决'一些委员会的问题,而且我还让舍欧调到了默里的岗位”——她是一个出色的策略家。

55.Margaret McMillan, *The Life of Rachel McMillan*, Dent, London, 1927, p.34, 引言出自 Carolyn Steedman, ‘Fictions of Engagement: Eleanor Marx, Biographical Space’, pp. 23-39, in Stokes (ed.), *Eleanor Marx*, p.28.

56.Edward Aveling, ‘A Notable Book’, in *Progress*, September 1883, p.156.

57.Ibid., p.163.

58.Ibid., p.162.

59.Henry Havelock Ellis, *My Life*, William Heinemann, London, 1940, p.183.

60.Cited in Ruth First and Ann Scott, *Olive Schreiner*, The Women’s Press, London, 1989, p.131.

61.“密友奥莉芙”,作者卡尔德·马赛尔写道,“这个女人不需要喝酒,她总是能处于一种微醉的状态,其他人要喝几杯香槟才能达到这种状态,由于他(埃利斯)不太善于表达感情,奥莉芙便显得情感外露,她对环境的情绪反应非常迅速,如果她处于自己不喜欢的环境,不出半个小时便会出现‘哮喘’症状”。Cited in Johannes Meintjes, *Olive Schreiner: Portrait of a South African Woman*, Hugh KeartlandPubishers, Johannesburg, 1965, p.68.

62.Ellis, ‘Eleanor Marx’, in *Adelphi*, September 1935.

63.Ibid.

64.Cited in First and Scott, *Olive Schreiner*, p.125.

65.Meintjes, *Olive Schreiner*, p.64.

66.Cited in First and Scott, *Olive Schreiner*, p.127.

67.Terry Eagleton, *Why Marx Was Right*, Yale University Press, New Haven and London, 2011, p.239.

第十二章

1.Friedrich Engels, ‘The Book of Revelation’ (1883), in Karl Marx and Friedrich Engels, *On Religion*, Scholars Press, 1964, p.206.

2.EM to LL, June 18, 1884, IISH.

3.Ibid.

4.Ellis,'Eleanor Marx',in *Adelphi*,September 1935.

5.EM toDollie Radford (formerly Maitland),June 30,1884,Radford Archive, British Library.

6.Ibid.

7.Ibid.

8.EM to EdithNesbit (Bland),July 25,1884,Edith Nesbit archive,McFarlin Library,University of Tulsa.

9.Webb,*The Diary of Beatrice Webb*,Vol.1,pp.87-8.

10.EM to John Lincoln Mahon,August 1,1884,IISH.

11.FE to LL,July 22,1884,*MECW*,Vol.47,1995,p.166.

12.Cited in Tristram Hunt, introduction to Friedrich Engels, *The Origin of the Family, Private Property and the State*,Penguin,London,2010,p.3.

13.Beer,*Fifty Years of International Socialism*,p.78.

14.Eduard Bernstein,*My Years of Exile*: *Reminiscences of a Socialist*,Leonard Parsons,London,1921,p.162.

15.引言出自 in Brandon,*The New Women and the Old Men*,p.23.

16.Annie Besant,in *National Reformer*,23 December 1883.

17.EM to J.L.Mahon,May 8,1884,IISH.

18.EM to LL,13 February 1884,IISH.The reference is to Shakespeare's *Much Ado About Nothing*,Act IV,scene i.

19.EM to LL,September 22,1884,IISH.

20.Olive Schreiner to Havelock Ellis,July 16,1884,in S.C.Cronwright-Schreiner (ed.), The *Letters of Olive Schreiner* 1876-1920,T.Fisher Unwin,London,1924,p.19.

21.Ibid.

22.Ellis,'Eleanor Marx',in *Adelphi*,September 1935.

23.Ellis,*My Life*,p.186.

24.Olive Schreiner to Havelock Ellis,July 16,1884,in Cronwright-Schreiner (ed.),*Letters*, pp.51-2.25 Ibid.

26. Olive Schreiner to Erilda Cawood, April 24, 1878, in Richard Rive (ed.), *Olive Schreiner Letters* 1871-99, David Philip, Cape Town & Johannesburg, 1987, p.22.

27. Olive Schreiner to Havelock Ellis, July 29, 1884, in Cronwright-Schreiner(ed.), *Letters*, p.53.

28. Henrik Ibsen,转引自 *Ghosts* 的序言, translated and with an introduction by William Archer, Kindle edition, Location Marker 27.

29. Ellis, 'Eleanor Marx', in *Adelphi*, September 1935.

30. Cited in Brandon, *The New Women and the Old Men*, p.34.

第十三章

1. Beer, *Fifty Years of International Socialism*, p.71.

2. Ibid.

3. Cited in Hunt, *The Frock-Coated Communist*, p.329.

4. William Greenslade, 'Revisiting Edward Aveling', in Stokes (ed.), *Eleanor Marx*, p.41.

5. Holroyd, *Bernard Shaw*, p.90.

6. EM to Karl Kautsky, December 4, 1883, IISH.

7. Hyndman, *Further Reminiscences*, pp.140-2.

8. Ibid.

9. May Morris & Bernard Shaw, *William Morris: Artist, Writer, Socialist*, *Vol.2*, *Morris as Socialist*, Russell & Russell, New York, 1966, p.226.

10. Correspondence of Reverend Frederick William Aveling; Aveling family papers, See Yvonne Kapp. *Eleanor Marx: Vol.2, The Crowded Years*, Lawrence & Wishart, London, 1976, p.468n.

11. George Bernard Shaw, *The Doctor's Dilemma*, Penguin, London, 1946, p.18.

12. EM to Olive Schreiner, June 15, 1885, IISH.

13. Ibid.

14. Ibid.

15.Holroyd,*Bernard Shaw*,p.90.

16.EM Cited in Aaron Rosebury,'Eleanor,Daughter of Karl Marx',*Monthly Review*,New York,January 1973,Vol.24,No.8,pp.45-6.

17.Zadie Smith,*NW*,Penguin,London,2012,p.123 ——受启发并完全借鉴了史密斯的小说。

18.Beer,*Fifty Years of International Socialism*,p.74.

19.Ibid.

第十四章

1.EM to LL,September 22,1884,IISH.

2.Ibid.

3.Edward Aveling in *Justice*,September 27,1884.

4.GBS,Cited in Kapp,*Eleanor Marx*,Vol.2,p.46.

5.GBS,13 April 1885.See Sally Peters,*Bernard Shaw*:*The Ascent of the Superman*,Yale University Press,New Haven and London,1998,p.101.

6.George Bernard Shaw,Cited in E.P.Thompson,*William Morris*:*Romantic to Revolutionary*,Lawrence & Wishart,London,1955,p.402.

7.Ibid.,p.384.

8.William Morris,Cited in Thompson,*William Morris*,1955,p.411.

9.EM to Wilhelm Liebknecht,January 1,1885,IISH.

10.EM to LL,December 31,1884,IISH.

11.FE to LL,January 1,1885,IISH.

12.FE to Bernstein,December 29,1884,in *Labour Monthly*,October 1933.

13.EM to LL,December 31,1884,IISH.

14.EM to Peter (Pyotry Lavrovich) Lavrov,December 31,1884,IISH.

15.Socialist League Manifesto,January 13,1885,IISH.

16.EM to LL,April 12,1885,IISH.

17.EM to Peter Lavrov,February 2,1885,IISH.

18.Edward Aveling and Eleanor Marx Aveling, 'The Factory Hell', *Socialist Platform*, No. 3, London, 1885.

19.Ibid.

20.EM to LL, April 12, 1885, IISH.

21.Ibid.

22.Ibid.

23.Olive Schreiner to Henry Havelock Ellis, April 8, 1885, in Cronwright-Schreiner (ed.), *Letters*, 1924, p.69.

24.EM to LL, April 12, 1885, IISH.

25.Cited in Tsuzuki, *The Life of Eleanor Marx*, p.117.

26.Ibid.

27.EM to LL, May 9, 1884, IISH.

28.EM to Sergei Stepniak, April 15, 1885, IISH.

29.Thompson, *William Morris*, p.387.

30.*Commonweal*, April 1885.

31.Socialist League, March 2, 1885, Socialist League (UK) Archives, http://www.iisg.nl/archives/en/files/s/ARCH01344full.php

32.EM to Mahon, June 25, 1885, Socialist League (UK) Archives, IISH.

33.EM to unknown, December 17, 1885, Socialist League (UK) Archives, IISH.

34.Records of the Socialist League, 1884, 1885, 1886, IISH.

35.EM to secretary of the Socialist League, March 1, 1886, 美国社会主义联盟档案馆, IISH, http://www.iisg.nl/archives/en/files/s/ARCH01344full.php.

36.FE to LL, November 23, 1884, IISH.

37.Thompson, *William Morris*, p.393.

38.*East End Gazette*, September 20, 1885.

39.EM to council of the Socialist League, October 5, 1885.

40.Ibid.

41.Henrik Ibsen, *A Doll's House*, Act I, scene i.

42.Ibid.

43.EM Cited in Kapp, *Eleanor Marx*, Vol.2 p.73.

第十五章

1.她第一次使用这句话是在 1872 年 11 月 7 日给姐姐珍妮写的一封信中,当时她 17 岁,之后直到生命结束,她一直在不断地重复这句话。

2"你知道他(乔治·穆尔)给我下命令翻译《包法利夫人》";EM to LL,27,1886,IISH.

3.Eleanor Marx, Introduction to *Madame Bovary*, Vizetelly, London, 1886, p.Xxii.

4.Ibid.

5.EM to LL, April 23, 1886, IISH.

6.EM, *Madame Bovary* 序言, and EM to LL, April 27, 1886, IISH.

7.Ibid.

8.在 *Flaubert' s Parrot* (Jonathan Cape, London, 1984)的序言中,英国小说家朱利安·伯恩斯把爱琳娜·马克思与艾玛·包法利作了一个有趣的比较,为调侃纳博科夫,伯恩斯把爱琳娜(E1)与包法利夫人(E2)的异同列了出来:

E1 出生于 1855 年。

E2 可以算作出生于 1855 年。

E1 在童年时无忧无虑,但成年后却总是陷入精神危机。

E2 在童年时无忧无虑,成年后却总是陷入精神危机。

E1 过着在正常人看来不规律的性生活。

E2 过着在正常人看来不规律的性生活。

E1 想象着自己陷入了财务困境。

E2 知道自己陷入了财务困境。

E1 吞服氢氰酸自杀。

E2 吞服砒霜自杀。

E1 她是爱琳娜·马克思.

E2 她是艾玛·包法利.

《包法利夫人》的第一个英文版本是由爱琳娜·马克思翻译的。

9.*Saturday Review*, September 25, 1886.

10.*Athaeneum*, No.3075, October 2, 1886.

11.William Sharp, in *Academy*, September 25, 1886.

12.Ibid.

13.EM to LL, April 23, 1886, IISH.

14.EM introduction to *History of the Paris Commune*, June 1886.

15.EM preface to *History of the Paris Commune*, June 1886.

16.EM to Peter Lavrov, June 7, 1886, IISH.

17.Barnes, *Flaubert' s Parrot*, p.176.

18.GBS cited in Holroyd, *Bernard Shaw*, p.179.

19.EM to LL, June 18, 1884, IISH.

20.Edward Aveling, *Today*, June 1884.

21.EM to GBS, June 2, 1885, IISH.

22.在这之后的几十年里,他再这样做已经没有任何政治优势了。Hyndman, *Record of anAdventurous Life*, pp.346-7.

23.Ibid.

24.Eleanor Marx and Edward Aveling, 'The Woman Question: From A Socialist Point of View', *Westminster Review*, No.125, January-April 1886, pp.207-12 and pp.219-22.

25.例如在他们共同发表的论文 on *Shelley' s Socialism* 的序言中,他说,"虽然我是个读者,但我阅读妻子的作品甚至比我读自己的作品更多"。Edward Aveling and Eleanor Aveling, *Shelley' s Socialism and Popular Songs*, The Journeyman Press, London & West Nyack, 1975, p.13.

26.我在此用了这个称呼,因为它似乎符合马克思、恩格斯合作的主要哲学著作的传统。(编者注:原文此处将爱琳娜与艾威林称为 Marx-Aveling。)

27.EM and EA, *The Woman Question*, p.28.

28.Ibid., p.16.

29.弗拉基米尔・列宁,"国家",该演讲发表于 1919 年 7 月 11 日,地点是斯维尔特洛夫大学。载于 *Vladimir I Lenin: Collected Works*, Vol.29, Progress Publishers, Moscow,

1974, p.473.

30. Eleanor Marx, 'The Gotha Congress', in *Justice*, November 7, 1896, p.8.

31. Ibid.

32. EM & EA, *The Woman Question*, p.16.

33. Ibid., p.11.

34. Ibid., p.14.

35. Ibid., pp.15-16.

36. Ibid., p.14.

37. Ibid., pp.13-14.

38. Ibid., p.14.

39. Ibid.

40. Ibid., p.15.

41. Ibid.

42. Ibid., p.17.

43. Ibid.

44. Ibid., p.21.

45. Ibid., p.13.

46. Ibid., p.21.

47. Ibid., p.20.

48. Ibid., p.27.

49. Ibid., p.28.

50. Ibid., p.22.

51. Ibid., p.17.

52. EM letter to Socialist League, May 10, 1886, IISH.

第十六章

1. EM to Liebknecht, November 1880, cited in Tsuzuki, *The Life of Eleanor Marx*, p.133.

2. EM to Wilhelm Liebknecht, July 17, 1886, IISH.

3.EM to LL, September 14, 1886, IISH.

4.Ibid.

5.Eleanor Marx 的话转引自 *New Yorker Volkszeitung*, September 11, 1886.

6.Edward Aveling, *An American Journey*, Lovell, Gestefeld& Co., New York, 1892, p.14.

7.EM to LL, September 14, 1886, IISH.

8.Ibid.

9.*New Yorker Volkszeitung*, September 11, 1886.

10.EM to LL, September 14, 1886, IISH.

11.*New Haven Workman's Advocate*, September 19, 1886.

12.爱琳娜·马克思的演讲,发表于 *Knights of Labor*, December 4, 1886.

13.*New Yorker Volkszeitung*, September 15, 1886, and Eleanor Marx-Aveling and Edward Aveling, *The Working Class Movement in America*, Swan Sonnenschein, London, 1888, pp.139-40.

14.*John Swinton's Paper*, September 26, 1886.

15.*New York Herald*, 21 and September 23, 1886.

16.EM and EA, *The Working Class Movement in America*, p.172.

17.Ibid.

18.Ibid., p.154.

19.Ibid.

20.Ibid., p.155.

21.Ibid., p.156.

22.Ibid.

23.Ibid.

24.Ibid., p.157.

25.Ibid., p.158.

26.Bridget Bennet, 'Eleanor Marx and Victoria Woodhull', in Stokes (ed.), *Eleanor Marx*, p.161.

27.EM and EA, *The Working Class Movement in America*, p.177.

28.EM and EA, *The Woman Question*, p.22.

29.Ibid., p.177.

30.Ibid., p.178.

31.Ibid.

32.Ibid.

33.Eleanor Marx 的演讲,载于 *Knights of Labor*, December 4, 1886.

34.EM and EA, *The Working Class Movement in America*, p.116.

35.Ibid.

36.Ibid., p.117.

37.Ibid., p.121.

38.Ibid., p.125.

39.Ibid., p.132.

40.EA, *An American Journey*, p.109.

41.EM and EA, *The Working Class Movement in America*, p.138.

42.Ibid., p.181.

43.*New York Times*, April 25, 1886.

44.Justice Ingham, *The Accused - The Accusers: The Famous Speeches of the Eight Chicago Anarchists in Court*, Socialist Publishing Society, 1886, http://www.chicagohs.org/hadc/books/b01/B01.htm.

45.EM and EA, *The Working Class Movement in America*, p.161.

46.Ibid.

47.Eleanor Marx, in *John Swinton's Paper*, September 19, 1886.

48.EM and EA, *The Working Class Movement in America*, pp.159-60.

49.EM and EA, *The Working Class Movement in America*, p.160.

50.它们是:6 月 21 日进行的初次审讯,距 5 月 4 日的事件无论地时间和地点上都很近。换一个审判地点对寻求正义来说是必要的。关键是人们没有经过法律程序就被扣留,有些人拘留了四个月也没有被审判。嫌犯的办公地点和家在没有法律许可的情况下遭到搜查。在芝加哥进行的对爆炸装置和燃烧弹的事后调查没发现任何证据。最终，陪审团的人也被证明是对犯人有偏见的人。

51.EM and EA, *The Working Class Movement in America*, p.160.

52.*New Yorker Volkszeitung*, December 24, 1886.

53.Ibid.

54.Edward Aveling, circular to sections of the SLP, February 26, 1887, MML.

55.Ibid.

第十七章

1.*Commonweal*, December 4, 1886.

2.*New York Herald*, December 30, 1886.

3.*Evening Standard*, January 13, 1887.

4.FE to LL, February 24, 1887, *MECW*, Vol.48, 2001, p.12.

5.FE to Florence Kelly Wischnewetzky, February 9, 1887, IML.

6.FE to Friedrich AdolphSorge, August 8, 1887, IML.

7.*Daily Telegraph*, April 12, 1887.

8.FE to Friedrich AdolphSorge, May 4, 1887, IML.

9.作为对这封信的总结，参见 Tsuzuki, *The Life of Eleanor Marx*, p.149.

10.ZinaidaVengerova, cited in Kapp, *Eleanor Marx*, Vol.2, p.205.

11.爱琳娜与艾威林都曾简要提及这件事，但没有详细说明是哪份报纸让他们做的。他们拿到了前期的报酬，但由于系列文章并没有出版，所以难以确定是哪些文章。

12.EM to LL, August 30, 1887, IISH, 另外参见 Evans and Meier, *The Daughters of Karl Marx*, p.197.

13.EM to LL, June 24, 1888, IISH.

14.这里如今是公共度假营地，也是家庭休闲的好场所。

15.EM to LL, August 30, 1887, IISH.

16.转引自 E.P.Thompson, *William Morris*, p.568.

17.Ibid.

18.Ibid.

19.Ibid.

20.EM to Havelock Ellis, December 1885, quoted by Ellis in *Adelphi*, October 1935.

21.EM to LL, August 30, 1887, IISH.

22.Havelock Ellis, in *Adelphi*, 10 | 1935.

23.EM to LL, September 25, 1887, IISH.

24.Ibid.

25.Ibid.

26.16 November 1887, http://www.marx-memorial-library.org

27.*Pall Mall Gazette*, November 8, 1887.

28.*Today*, November 1887, 载于 David Roediger and Franklin Rosemont (eds), *Haymarket Scrapbook*, C.H.Kerr, Chicago, 1986, p.152.

29.*Illustrated London News*, October 29, 1887.

30.EM to LL, November 16, 1887, IISH.

31.FE to Paul Lafargue, November 16, 1887, IML.

32.Dan Laurence (ed.), *Bernard Shaw Collected Letters*, Max Reinhardt, London, 1965, p.177.

33.EM to LL, November 16, 1887, IISH.

34.*Pall Mall Gazette*, 14, 1887.

35.*Ibid.*

36.EM to LL, December 31, 1887, IISH.

37.EM to LL, November 16, 1887, IISH.

38.Ibid.

39.社会主义联盟布鲁姆斯伯里分部的年度报告，1888年5月，以及'Parliamentarianism in the Socialist League'，参见未发表的 Commonweal 编辑信件，1888年5月16日。

40.EM to LL, 16 November 1887, IISH. "明天我将去里森林区(西端)会见一些人。包括一位教父，一个最'令人尊敬的'人，'品性极佳'，愿意做任何事情，他非常高兴为教堂打扫街道，这样他每星期就能赚到几个便士。他还有八个孩子，很多天里他们都只有面包，没有任何其他吃的，现在他们连面包也没有了，他们的母亲躺在稻草上，身上用几块破布遮盖着，她把衣服拿去典当，给孩子们买面包。这些孩子瘦得皮包骨。他们全都生活在一个狭小的地窖里。这样的生活是悲惨的，而他们的邻居也差不多，即使在东区，日子也一样不好过。”

41. *Dramatic Review*, December 3, 1887.

42. EM to Dollie Radford, December 28, 1887，罗德福德档案馆，大英图书馆。

43. EM to George Bernard Shaw, December 16, 1887, IISH.

44. EM to LL, December 31, 1887, IISH.

45. Ibid.

46. Havelock Ellis, in *Adelphi*, October 1935.

47. EM to Dollie Radford, February 23, 1888.

48. 这部戏剧的题目，从挪威语直译过来的话是“公众敌人”或“人民的敌人”，在英语中找不到恰当的词语。“人民公敌”是现有翻译中最令人满意的。EM 载于 Henrik Ibsen, *The Pillars of Society and Other Plays*, ed. Havelock Ellis, Camelot Series: Walter Scott, London, 1888, p.199.

49. EM to LL, June 24, 1888, IISH.

50. Havelock Ellis, in *Adelphi*, October 1935.

51. EM, cited in *Adelphi*, December 1888.

52. EM to Havelock Ellis, in *Adelphi* (2), December 1888.

53. EM to LL, June 24, 1888, IISH.

54. Ibid.

55. Ibid.

56. Ibid.

57. Ibid.

58. Friedrich Engels, Paul Lafargue, Laura Lafargue, *Correspondence, Vol. 2: 1886-1890*, 由 Yvonne Kapp 翻译, Foreign Languages Publishing House, Moscow, 1960, p.121.

59. EM to LL, July 9, 1888, IISH.

60. See Hunt, *The Frock-Coated Communist*, p.316.

61.Engels,Cited in Hunt,*The Frock-Coated Communist*,p.317.

62.FE to LL,July 6,1888,*MECW*,Vol.48,2001,p.194.

63.Ibid.

64.EM to LL,August 9,1888,IISH.

65.Cited in Hunt,*The Frock-Coated Communist*,p.318.

66.EM to LL,October 30,1888,IISH.

67.EM to LL,August 21,1888,IISH.

68.FE cited in Hunt,*The Frock-Coated Communist*,p.319.

69.EM to LL,September 11,1888,IISH.

70.Ibid.

71.Ibid.

72.Ibid.

73.FE to LL,July 6,1888,*MECW*,Vol.48,2001,p.194.

74.*Dramatic Review*,January 15,1888.

75.EM to LL,April 11,1889,IISH,and see Evans and Meier,*The Daughters of Karl Marx*, p.210.

76.EM to LL,December 19,1890,IISH.

77.Stephen Winster,*Salt and His Circle*,Hutchinson,London,1951,pp.84-5.

78.Edward Aveling and Eleanor Marx Aveling,*Shelley's Socialism*,p.14.

79.Ibid.,pp.33-8.

80.Ibid.,pp.23-4.

81.Ibid.,p.24.

82.Ibid.,p.13.

83.Ibid.

84.Ibid.

第十八章

1.EM, introduction, *History of the Paris Commune*, http://www.marxists.org/history/

france/archive/lissagaray/introduction.htm.

2. Will Thorne, *My Life's Battles*, George Newnes, London, 1925, p.77.

3. EM to LL, May 30, 1892, IISH.

4. EM to LL, April 11, 1889, IISH, and see Evans and Meier, *The Daughters of Karl Marx*, p.209.

5. Ibid.

6. FE to LL, June 28, 1889, *MECW*, Vol.48, 2001, p.343.

7. Ibid.

8. EM to LL, April 11, 1889, IISH, and see Evans and Meier, *The Daughters of Karl Marx*, p.210.

9. EM to LL, June 1, 1889, IISH, and see Evans and Meier, *The Daughters of Karl Marx*, p.217.

10. EM to LL, June 1, 1889, IISH.

11. EM to LL, April 11, 1889, IISH, and see Evans and Meier, *The Daughters of Karl Marx*, p.210.

12. Eduard Bernstein, in *Die Neue Zeit*, No.30, 1897-8, pp.120-1.

13. EdgarLonguet,未发表的私人信件,转引自 Kapp, *Eleanor Marx*, Vol.2, p.317.

14. EM to LL, April 10, 1889, IISH.

15. Eleanor Marx, 'Sweating in Type-Writing offices, *People's Press*, June 5, 1890.

16. Ibid.

17. Ibid.

18. S.B.Boulton, 'Labour Disputes', *The Nineteenth Century*, Vol.June 27, 1890, p.988.

19. Cunninghame Graham, in *Labour Elector*, September 7, 1889.

20. Thompson, *William Morris*, p.527.

21. BenTillett, *Memoirs and Reflections*, John Long, London, 1931, p.119.

22. Ibid., p.135.

23. Tom Mann, *Memoirs*, Spokesman Books, Nottingham, 2008, pp.68-9 and p.86.

24. Thorne, *My Life's Battles*, p.117.

25.EM to LL, December 25, 1889, IISH.

26.Ibid.

27.FE to Friedrich Adolph Sorge, April 19, 1890, *MECW*, Vol.48, 2001, p.485.

28.EM to LL, December 12, 1889, IISH.

29.罢工委员会宣言, December 10, 1890.

30.EM to LL, December 12, 1889, IISH.

31.Ibid.

32.Eleanor Marx, 'Northampton', in *People's Press*, April 19, 1890.

33.Eleanor Marx, *People's Press*, December 13, 1890.

34.爱琳娜在政治领域对语言的灵活运用表现出她天才的一面,这是让妇女参政论者羡慕又嫉妒的。通过把妇女参政这一词语的含义定义为妇女的权力,马上就使这个词听起来像是一种不同于男人的权力与需求,其结果或者让人懒得理会,或者把它当作某种抱怨,同样不招人待见。

35.FE to August Bebel, May 9, 1890, *MECW*, Vol.48, 2001, p.492.

36.Report of Eleanor Marx's speech on the Mrst May Day, Hyde Park, May 4, 1890, MML.

37.Ibid.

第十九章

1.FE to Friedrich Adolph Sorge, August 9, 1890, *MECW*, Vol.49, 2001, p.439.

2.Henrik Ibsen, *The Lady from the Sea*, trans. Eleanor Marx Aveling, Digireads.com Publishing, 2008, p.74.

3.Ibid., p.93.

4.Edith Lees Ellis, *Stories and Essays*, Free Spirit Press, New Jersey, 1924, quoted in Sally Ledger, 'Eleanor Marx and Henrik Ibsen', in Stokes (ed.), *Eleanor Marx*, p.54.

5.Cited in Ledger, 'Eleanor Marx and Henrik Ibsen', in Stokes (ed.), *Eleanor Marx*, pp. 54-5.

6.Harley Granville-Barker, ed. Walter de la Mare, *The Eighteen Eighties*,

Cambridge University Press, Cambridge, 1913, p.159.

7.Quoted by William Archer,The Mausoleum of Ibsen' ,*Fortnightly Review*,July 1893.

8.George Bernard Shaw,'What about the middle class?' ,*Daily Citizen*,19 October,1912.

9.GBS,quoted in Holroyd,*Bernard Shaw*,p.214.

10.GBS in *Saturday Review*,quoted in Holroyd,*Bernard Shaw*,p.214.

11.Cited in Errol Durbach,'A Century of Ibsen Criticism' ,in (ed.) James McFarlane,*The Cambridge Companion to Ibsen*,CUP,1994,p.233.

12.Eleanor Marx and Israel Zangwill,'A Doll's House Repaired' ,*Time*,March,1891.

13.Ibid.

14.Ibid.爱琳娜和桑威尔重新改写的易卜生的戏剧,他们让柯洛克斯泰回到银行工作,而他的新婚妻子克里斯蒂娜则遭到解雇,回家当家庭妇女。海尔默大男子主义地告诉克里斯蒂娜,她需要再次被驯服,“一个女人一旦尝到独立的禁果,就像一个被驯养的狮子又有了兽性一样”。

15.EM 给 *People's Press* 的公开信,August 31,1890.

16.Ibid.

17.Clementina Black,in *People's Press*,September 13,1890.

18.EM to *People's Press*,August 31,1890.

19.Der Sozialdemokrat,*Neue Zeit*,*Time* and *Volksblatt*!

20.EM to *People's Press*,September 13,1890.

21.EM to FE,September 14,1890,IISH.

22.Ibid.

第二十章

1.Edward Aveling,'Frederick Engels at Home' ,*Labour Prophet*,September 1895.

2.EM to LL,December 19,1890,IISH.

3.Ibid.

4.August Bebel to Victor Adler,December 20,1890,in Friedrich Adler (ed.),*Victor Briefwechsel mit August Bebel und Kautsky*,Wiener Volksbuchhandlung,Vienna,1954,p.66 (letter trans.Bettina Meyer).

5.EM to LL, November 11, 1893, IISH, pp.345-358.

6.EM to LL, August 12, 1891, IISH.

7.EM to LL, September 25, 1891, IISH.

8.EM to LL, December 19, 1890, IISH.

9.EM to LL, April 15, 1892, IISH.

10.Eleanor Marx, National Union of Gas Workers and General Labourers' *Report to the Delegates of the Brussels International Congress*, 1891, p.16, IISH.

11.EM to LL, January 7, 1893, IISH.

12.EM to LL, May 30, 1892, IISH.

13.EM to LL, November 11, 1893, IISH.

14.EM to LL, July 6, 1891, IISH.

15.Eleanor Marx & Edward Aveling, 'Die Wahlen in Grossbritanien', *Neue Zeit* (1891-1892), pp.596-603.

16.Ibid.

17.EM to LL, July 26, 1892, IISH.

18.*Workman's Times*, March 21, 1893.

19.EM to Anna Kuliscioff, September 15, 1892, IISH.

20.EM to LL, May 30, 1892, IISH.

21.EM to Dollie Radford, January 25, 1893, IISH.

22.William Diack, *History of the Trades Council and the Trade Union Movement in Aberdeen*, Aberdeen Trades Council, Aberdeen, 1939, p.62.

23.Beer, *Fifty Years of International Socialism*, p.72.

24.关于凡格洛娃作为重要的现代知识分子、文学批评家和象征主义先驱的批判性解读，参见 Rosina Neginsky, *Zinaida Vengerova: In Search of Beauty-A Literary Ambassador Between East and West*, Peter Lang, Canterbury, 2004.

25.Zinaida Vengerova, 'On the Daughter of Karl Marx', 未标日期的回忆录手稿, MML.

26.Ibid.

27.1888 年，小犹太教堂联合会建立，后为与统一犹太教堂的名称相配，小教堂被废弃。

28. Vengerova, 'On the Daughter of Karl Marx', MML.

29. Ibid.

30. Ibid.

31. EM to Karl Kautsky, December 28, 1896, IISH.

32. TUC Library Collections, London Metropolitan University.

33. As recorded by *Commonweal*, January 4, 1890, when it reported on the mass meeting of Jewish workers at the Great Assembly Hall.

34. EM to (unnamed) 'Comrade', October 21, 1890, IISH.

35. Jack Jacobs, *On Socialists and the Jewish Question after Marx*, New York University Press, New York, 1992, p.184.

36. Ibid.

37. Report on the International Socialist Workers Congress, 1891, IISH.

38. EM, in *Justice*, November 1897.

39. 这篇论文开始时以 *Der Poilisher Yidel*(小波兰犹太人)为名,之后不久改名为 *Die Tsukunft*. Vinchevsky 1894 移居纽约,在那里杂志名为 *Tsukunft*(*Zukunft*, *Future*).

40. Morris Vinchevsky (Benzion Novochovits), *Collected Works*, ed. Kalman Marmor, 10 Vols, Farlag Frayhayt, New York, 1927-8.

41. Ibid.

42. Ibid.

43. Ibid.

44. See Beer, *Fifty Years of International Socialism*, p.73.

45. Ibid.

46. EM to Nathalie Liebknecht, January 14, 1898, IISH.

47. EM, in *Justice*, January 22, 1898.

48. Beer, *Fifty Years of International Socialism*, p.74.

49. See Wheen, *Karl Marx*, pp.55-6.

第二十一章

1.EM to LL,July 26,1892,IISH.

2.EM to LL,February 22,1894,IISH.

3.FE to Friedrich Adolph Sorge,March 21,1894,*MECW*,Vol.50,2004,p.282.

4.Hunt,*The Frock-Coated Communist*,p.352.

5.EM to LL,September 7,1894,IISH.当卡尔・考茨基的第一任太太路易丝和第二任太太路易丝和睦相处的时候,爱琳娜感到好笑,“如果不离婚的话,卡尔跟哪位太太在一起似乎都会很幸福”。

6.1894 年,在苏黎世市政厅召开的国际社会主义工人大会的会议记录,IISH。

7.Ibid.

8.Ibid.

9.EM to Ernest Radford,September 16,1893,Radford Archive,British Museum.

10.Beer,*Fifty Years of International Socialism*,p.74.

11.Ibid.

12.EM to LL,November 11,1893,IISH.

13.Ibid.

14.EM to LL,February 22,1894,IISH.

15.Ibid.

16.Louise Kautsky to EM,February 22,1894,IISH.

17.EM to LL,February 22,1894,IISH.

18.Ibid.

19.EM to LL,March 2,1894,IISH.

20.EM to LL,February 22,1894,IISH.

21.EM to LL,March 2,1894,IISH.

22.EM to LL,March 22,1894,IISH.

23.Ibid.

24.Ibid.

25.Louise Kautsky to EM,February 22,1894,IISH.

26.EM to LL, November 5, 1894, IISH.

27.FE to LL, November 12, 1894, IISH.

28.EM to LL, November 5, 1894, IISH.

29.Ibid.

30.Edward Aveling, in *Clarion*, November 3, 1894 & November 10, 1894.

31.EM to Karl Kautsky, November 10, 1894, IISH.

32 爱琳娜的传记作者 Yvonne Kapp 对 Henry Demuth 进行的访谈,转引自 Kapp, *Eleanor Marx*, Vol.2, p.437.

33.Ibid.

34.Ibid.

35.Ibid.

36.EM to LL, July 26, 1892, IISH.

37.EA postscript to EM to LL, November 22, 1894, IISH.

38.Friedrich Engels to August Bebel and Paul Singer, November 14, 1894, *MECW*, Vol.50, 2004, p.362.

39.EM to LL, November 22, 1894, IISH.

40.Ibid.

41.EM to LL, December 15, 1894, IISH.

42.EM to LL, December 25, 1894, IISH.

43.Ibid.

44.EA to LL, December 25, 1894, IISH.

45.EM to LL, December 25, 1894, IISH.

46.Ibid.

47.EM to LL, January 2, 1895, IISH.

48.EM to LL, December 25, 1894, IISH.

49.Ibid.

50.FE to LL, January 19, 1895, *MECW*, Vol.50, 2004, p.424.

51.EM to Wilhelm Liebknecht, March 7, 1895, IISH.

52.EM to Wilhelm Liebknecht, March 14, 1895, IISH.

53.Friedrich Engels, last will and testament, July 29, 1893, 遗嘱附录, July 26, 1895, IISH.

54.FE to EM, July 5, 1895, IISH.

55.Eleanor Marx, Introduction to George Plekhanov, *Anarchism & Socialism*(1895), 翻译: Eleanor Marx Aveling, Dodo Press, Milton Keynes.

56.Sam Moore to EM, July 21, 1895, IISH (facsimile) and MML.

57.LouiseFreyberger to EM, July 5, 1895, IISH.

58.EM to John Burns, 8, 1895, IISH.

第二十二章

1.EM and LL, October 1895, MML.

2.Hobsbawm, *The Age of Capital*, p.303.

3.EA letter to WilliamDiack, cited in Diack, *History of the Trades Council and the Trade Union Movement in Aberdeen*, p.63.

4.Diack, *History of the Trades Council and the Trade Union Movement in Aberdeen*, pp.62-3.

5.Ibid.

6.EM to LL, October 19, 1895, IISH.

7.EM to Louise Freyberger, September 15, 1895, IISH.

8.Ludwig Freyberger to EM, October 4, 1895, IISH.

9.EM to LL, October 24, 1895, IISH.

10.EM to Karl Kautsky, August 17, 1895, IISH.

11.Ibid.

12.EM to LL, October 24, 1895, IISH.

13.Ibid.

14.EM to LL, November 17, 1895, IISH.

15.EM to LL, November 24, 1895, IISH.

16.1895 年,1 英镑的购买力相当于今天的大约 55—60 镑,所以他们遗产的绝对值按今天的价值折算有 275,000—300,000 英镑。然而,如果按购买力算的话,相对历史价值和生活费用难以正确估量。

17.EM to LL, October 24, 1895, IISH.

18.EM to LL, October 19, 1895, IISH.

19.EM, November 17, 1895, IISH.

20.Ibid.

21.EM to LL, September 10, 1895, IISH.

22.LL to EM, September 1, 1896, IISH.

23.Eleanor Marx, 'The Proletarian in the Home', *Justice*, November 21, 1896, p.6, http://www.marxists.org/archive/eleanor-marx/1896/11/proletarian-home.htm.

24.*Justice*, November 16, 1895, p.5.

25.*Justice*, November 23, 1895, p.8.

26.Ibid.

27.Ibid.

28.Ibid.

29.EM to LL, December 10, 1895, IISH.

30.EM to LL, January 14, 1896, IISH.

31.EM to LL, January 17, 1896, IISH.

32.Ibid.

33.Ibid.

34.EM to to Karl Kautsky, September 18, 1895, IISH.

35.EM to LL, October 19, 1895, IISH.

36.EM to LL, January 2, 1897, IISH.

37.EM to Karl Kautsky, April 19, 1896, IISH.

38.EM to LL, May 5, 1896, IISH.对于艾威林与社会民主联盟保持良好关系,并讨好费边社,爱琳娜是欣慰的。这其中的原因很清楚,直接与无政府主义倾向对峙会导致伦敦会议遭受威胁。虽然社会民主观念深入爱琳娜骨髓,但她对无政府主义的厌恶还是超过了其他愚蠢的、反民主的非理性主义。从根本上说,她并不完全反对武装斗争,但她反对无政府主义使用武力,因为这缺乏广泛的共识和代表性。

个人主义的行动从广泛的争论中挣脱，而且，在爱琳娜看来，共同的民主共识在政治上是不负责任的，是不道德的、独裁的。

39.*Justice*, May 23, 1896, MML.

40.Ibid.

41.Sylvia Pankhurst, *The Suffragette Movement* (1931), Virago, London, 1977, p.128.

42.Ibid.

43.Wilhelm Liebknecht, in*Reminiscences*, p.133.

44.Ibid.

45.EM to LL, December 24, 1896, IISH.

46.Wilhelm Liebknecht, in*Reminiscences*, p.133.

47.EM, in*Justice*, March 13, 1897.

48.EM, in*Justice*, January 22, 1898.

49.EM to Karl Kautsky, November 10, 1896, IISH.

50.EM to LL, December 23, 1896, IISH.

51.EM to Karl Kautsky, November 16, 1896, IISH.

52.EM to Karl Kautsky, December 28, 1896, IISH.

53.EM to LL, December 26, 1896, and EM to Karl Kautsky, December 28, 1896, IISH.

54.EM to Karl Kautsky, December 28, 1896, IISH.

第二十三章

1.*Labour Leader*, April 10, 1897.

2.EM, in *Justice*, January 9, 1897.

3.EM, in *Justice*, January 23, 1897.

4.Ibid.

5.EM to LL, March 3, 1896, IISH.

6.EM to Karl Kautsky, March 15, 1897, IISH.

7.EM to Karl Kautsky, April 27, 1897, IISH.

8.Ibid.

9.EM, in *Justice*, February 6, 1897 和 March 8, 1897.

10.EM, in *Justice*, February 6, 1897.

11.Jeff Guy, *The View Across the River: Harriette Colenso and the Zulu struggle against Imperialism*, David Phillip, Cape Town, 2001, p.416.

12.Ibid.

13.EM to Karl Kautsky, February 8, 1896, IISH.

14.*Justice*, July 30, 1898, IISH.

15.EM, in *Justice*, June 26, 1897.

16.关于 Edith Lanchester 的详细资料参见 Karen Hunt: *Equivocal Feminists: The Social Democratic Federation and the Woman Question, 1884-1911*, Cambridge University Press, Cambridge, 1996.

17.EM to Karl Kautsky, June 19, 1897, IISH.

18.Thorne, *My Life's Battle*, p.148.

19.*Vorwärts*, April 5, 1898.

20.EM to Karl Kautsky, June 19, 1897.

21.EM to Wilhelm Liebknecht, June 2, 1897, IISH.

22.Ibid.

23.爱娃·弗莱是22岁与艾威林注册结婚的,艾威林的第一个妻子贝尔也同样是在22岁嫁给他的,当时是1872年。

24.EM to Karl Kautsky, June 19, 1897, IISH.

25.EM to Freddy Demuth, August 30, 1897, 见 Keir Hardie 所写的文章, *Labour Leader*, July 30, 1898; 以及 Bernstein 的文章, *Justice*, July 30, 1898 and IISH.

26.Ibid.

27.Ibid.

28.Ibid.

29.Ibid.

30.Ibid.

31.Ibid.

32.EM to Karl Kautsky, September 21, 1897, IISH.

33.Eleanor Marx, 'Remarks on a letter by the young Marx', in *Reminiscences*, pp.256-7.

34.EM to Karl Kautsky, September 21, 1897, IISH.

35.转引自 Yvonne Kapp 与 Aveling 家的通信，见 Kapp, *Eleanor Marx*, Vol.1, p.258.

36.EM to Karl Kautsky, September 28, 1897, IISH.

37.Ibid.

38.EM toBennoKarpeles, 1.January 1898, IISH.

39.EM to FreddyDemuth, February 5, 1898, 见 Keir Hardie 的文章, *LabourLeader*, July 30, 1898; 以及 Bernstein 的文章, *Justice*, 30 July 1898 and IISH.

40.EM to Karl Kautsky, January 1, 1898, IISH.

41.Ibid.

42.EM to Wilhelm Liebknecht, December 24, 1897, IISH.

43.Ibid.

44.EM to Nathalie Liebknecht, January 1, 1898, IISH.

45.EM to LL, January 8, 1898, IISH.

46.EM to Wilhelm Liebknecht, December 24, 1897, IISH.

第二十四章

1.George Bernard Shaw to Ellen Terry, January 5, 1898, in Chistopher St John (ed.), *Ellen Terry and Bernard Shaw, A Correspondence*, Theatre Art Books, New York, 1949, pp.262-3.萧伯纳夸大了爱琳娜从恩格斯那里继承的遗产，但是他的观点并没有错。

2.EM to LL, January 8, 1898, IISH.

3.EM to Nathalie Liebknecht, January 1, 1898, IISH.

4.Ibid.

5.EM to Karl Kautsky, January 1, 1898, IISH.

6.EM to LL, January 8, 1898, IISH.

7.EM to Nathalie Liebknecht, January 14, 1898, IISH.

8.EM to Freddy Demuth, 3 February 1898, in *Labour Leader*, July 30, 1898.

9.Ibid.

10.Ibid.

11.EM to Freddy Demuth, March 5, 1898, in *Labour Leader*, July 30, 1898.

12.Ibid.

13.Ibid.

14.EM to Freddy Demuth, March 7, 1898, in *Labour Leader*, July 30, 1898.

15.EM to Karl Kautsky, February 10, 1898, IISH.

16.EM to Wilhelm Liebknecht, February 9, 1898, IISH.

17.EM to Karl Kautsky, February 20, 1898, IISH.

18.Hyndman, *Further Reminiscences*, p.144.

19.EM to Freddy Demuth, February 20, 1898, in *Labour Leader*, July 30, 1898.

20.EM to Wilhelm Liebknecht, March 1, 1898, IISH.

21.EM to Freddy Demuth, March 1, 1898, in *Labour Leader*, July 30, 1898.

22.EM to Karl Kautsky, March 15, 1898, IISH.

23.EM to Freddy Demuth, March 1, 1898, in *Labour Leader*, July 30, 1898.

24.Inquest report published in *North Eastern Daily Gazette*, April 4, 1898, p.2; *Forest Hill & Sydenham Examiner and Crystal Palace Intelligencer*, 8, 1898, p. 2; and *The Manchester Weekly Times*, Monday, April 8, 1898, p.3.爱琳娜的死亡、审讯和葬礼，见 *The Times of London*, April 4, 1898, p.14; *Northampton Mercury*, April 8, 1898, p.2; *The Lincoln, Rutland and Stanford Mercury*, April 8, 1898, p. 3; *Labour Leader*, April 9, 1898; *Justice*, April 9, 1898; *Daily Chronicle*, April 4, 1898, p.3; *Reynolds Newspaper*, April 10, 1898, p.2; *Daily News*, April 4, 1898, p.9; the *Evening Telegraph Daily* 刊发了这则故事，见 *Chronicle*, April 4, 1898, p.3.

25.Ibid.

26.EM, will, 16, 1895, PRO; *Reynolds Newspaper*, April 28, 1898.

27.EM, codicil, 28, 1896, PRO; *Reynolds Newspaper*, April 28, 1898.

28.Cited in Eduard Bernstein, *Neue Zeit*, April 1898.

29.Eduard Bernstein to Victor Adler, April 5, 1898, Victor Adler Papers, IISH.

30.Bernstein,in *Justice*,July 30,1898.

31.The *Communist*,May 21,1921.

32.LeahRoth to Eleanor and Edward Marx-Aveling,January 19,1898,IISH.

33.Gertrude Gentry to Edith Lanchester,May 1,1898,IISH.

34.Karl Kautsky to Victor Adler,April 9,1898,IISH.

35.Eduard Bernstein to Victor Adler,April 5,1898,Victor Adler Papers,IISH.

36.Olive Schreiner to Dollie Radford, Radford Collection, British Library Manuscripts, June 1898.

37.Ibid.

后记

1.Eduard Bernstein,'What Drove Eleanor Marx to Suicide?',in *Justice*,July 30,1898,pp. 2-3, http://www.marxists.org/reference/archive/bernstein/works/1898/07/death—eleanor.htm —伯恩斯坦标题译者自德语'Was Eleanor Marx in den Tod trieb'（from *NeueZeit*,Vol.16,No.42）,这是有争议的; it might equally be rendered 'What Drove Eleanor Marx to Her Death?'它同样也可以翻译为"是什么导致爱琳娜的死亡?"

2.Ibid.

3.Ibid.

4.Ibid.

5.Ibid.

6.Ibid.

7.Ibid.

8.Ibid.

9.Ibid.

10.参见,例如 Freddy Demuth to LL,October 7,1910,IISH,and Freddy Demuth to Eduard Bernstein,August 29,1912,IISH.

11.Karl Marx,'Peuchet: On Suicide'（1846）, *MECW*, Vol. 4, p. 597, http://www.marxists.org/archive/marx/works/1845/09/suicide.htm

12.Ibid.

13.Ibid.同时参见 Hal Draper,'Marx and Engels on Women's Liberation',July,1970,http://www.marxists.org/archive/draper/1970/07/women.htm

14.Eduard Bernstein,'What Drove Eleanor Marx to Suicide?',*Justice*,July 30,1898,pp.2-3.

15.Eleanor Marx Aveling and Edward Aveling,*The Woman Question*,p.21.

16.Gertrude Gentry to Edith Lanchester,May 1,1898,IISH.

爱琳娜作品列表

爱琳娜作品

1.'Marx's Theory of Value', Progress, June1883

2.'Underground Russia', *Progress*, London, August-September 1883

3.'Karl Marx', Progress, May and June 1883

4.'Record of the International Popular Movement', *Today*, London, January-July 1884

5.'The Irish Dynamiters', Progress, May 1884

6.'The Working Class Movement in England', Today, London, 1884

7.'The Trades Union Congress at Liverpool', *Time: A Monthly Miscellany*, London, October 1890

8.'Literature Notes', *Time*, London, August 1890-February 1891

9.*Report from Great Britain and Ireland to the Delegates of the Brussels International Congress*, 1891, presented by the Gas Workers and General Labourers' Union; the Legal Eight Hours and International Labour League; the Bloomsbury Socialist Society; and the Battersea Labour League, London, 1891

10.Eleanor Marx & Israel Zangwill, 'A Doll's House Repaired', *Time: A Monthly Miscellany*, London, March 1891

11.'French and German Classes for the SDF', *Justice*, September 1896

12.'The Gotha Congress', including 'Comments on Clara Zetkin's Speech', *Justice*, October 1896

13.'The Proletarian in the Home', *Justice*, November 1896

14.'Socialist Municipalities and Communes in France', *Justice*, January 1897

15.'Suggestions for Propaganda Work', *Justice*, January 1897

16.Eleanor Marx & Laura Lafargue, *Karl Marx's Capital*, March 1897

17.Biographical notes on Karl Marx, *Neue Zeit*, Vol. 1, Stuttgart, 1897-8

与艾威林合著作品

1.*The Factory Hell*, Socialist League, London, 1885

2.'The Woman Question: From a Socialist Point of View', *Westminster Review*, No.125, London, January-April 1886; first printed as separate stand-alone edition by Swan Sonnenschein & Co., London, 1886*Campaign Against Child Labour*, Social-Democratic Federation, 1887

3.'The Chicago Anarchists: a statement of facts', *Today*, London, 1887; first printed asseparate stand-alone edition by W.Reeves, London, 1888

4.*Shelley's Socialism*: Two Lectures, privately printed, London, 1888

5.*The Working Class Movement in America*, Swan Sonnenschein & Co., London, 1888

6.'The Difference Between Byron and Shelley', *Die Neue Zeit*, Vol. 6, Stuttgart, January 1888

7.'Dramatic Notes', *Time*, February 1890-February 1891

爱琳娜翻译作品选摘

1.'An Account of Abbé Vogler', in Browning Society Papers, published 1881, and published in Frederick Furnivall (ed.), *Fifty Earliest English Wills*, Early English Text Society, London, 1882

2.Gustave Flaubert, *Madame Bovary: Provincial Manners*, Vizetelly & Co., London, 1886

3.Hippolyte Prosper Olivier Lissagaray, *History of the Commune of* 1871, Reeves & Turner, London, 1886

4.Henrik Ibsen, *An Enemy of Society and Other Plays*, Walter Scott Publishing Co., Newcastle-upon-Tyne, 1888, revised edition published as An Enemy of the People, London, 1890

5.Henrik Ibsen, *The Pillars of Society and Other Plays*, Walter Scott Publishing Co., Newcastle-upon-Tyne, 1888

6.Henrik Ibsen, *The Lady from the Sea*, T.Fisher Unwin, London, 1890

7.Henrik Ibsen, *The Wild Duck*, W.H.Baker, Boston, 1890

8.Alexander Kielland, 'A Ball-Mood', *Time*, London, May 1890

9.Eduard Bernstein, *Ferdinand Lassalle as a Social Reformer*, Swan Sonnenschein & Co., London, 1893

10.George Plekhanov, *Anarchism and Socialism*, Twentieth Century Press, London, 1895

11.Wilhelm Liebknecht, 'A Bad Quarter of An Hour', *Social - Democrat*, London, February 1897

爱琳娜编校作品选摘

1.Friedrich Engels, *Revolution and Counter-Revolution, or, Germany in* 1848, Swan Sonnenschein & Co., London, 1896 (Engels's work is incorrectly attributed to Marx)

2.Karl Marx, *The Eastern Question: A Reprint of Letters written* 1853-56 *dealing with the events of the Crimean War*, Swan Sonnenschein & Co., London, 1897-includes letters by Engels

3.Karl Marx, *Value, Price, and Profit, addressed to Working Men*, Swan Sonnenschein & Co., London, 1898

4.Karl Marx, *Secret Diplomatic History of the Eighteenth Century*, Swan Sonnenschein & Co., London, 1899

5.Karl Marx, *The Story of the Life of Lord Palmerston*, London, 1899

文献说明

本书所用的主要文献来源于马克思和恩格斯的相关论著,及其他相关档案,它们存于美国、荷兰的国际社会史学会档案棺,伦敦克拉肯韦尔公园的马克思纪念图书馆。除了国际社会史学会档案馆收录的关于马克思与恩格斯的重要文献,本书还采用了从俄罗斯国家档案馆的社会和政治史分馆中复制的资料,包括一些人所写的关于第一国际(国际工人协会)与第二国际的论文,如约翰·菲利普·贝克尔、赫尔曼·荣格、维克多·阿德勒、卡尔·考茨基、亨利·冯·考尔、彼得·特鲁尔斯特拉等人的论文。伦敦刘易舍姆区的地方历史档案馆、伦敦城市档案馆、基尤的国家档案局、英国劳工联合会图书档案馆、伦敦城市大学为本书提供了其他重要资料。英国新闻档案馆、科琳达新闻图书馆(www.britishnewspaperarchive.co.uk)、伦敦图书馆的大量当代报纸和杂志为本书的写作提供了参考。本书还利用了马克思主义网上文库(https://www.marxists.org)上的资料,这是一个最丰富、最可靠的马克思主义资料库,不断有学者和专家为其贡献资源,并免费向公众开放。本书所使用的所有主要文献都在尾注部分直接标出,包括通信、手稿、报纸和杂志、回忆录、自传等。对本书所使用的文章、演讲稿和通信感兴趣,希望获得完整文献的读者,可以通过网上马克思主义文库查阅。以下所列出的参考书目可以作为获取二手资料的索引。

1. Adams, William Edwin, *Memoirs of a Social Atom*, Vol. 2, Hutchinson, London, 1903

2. Alvarez, Al, *The Savage God: A Study of Suicide*, Bloomsbury, London, 2002

3. Atkinson, Dorothy, *Alexander Dalin and Gail Warshofsky Lapidus: Women in Russia*, Stanford University Press, 1977

4. Auerbach, Nina, *Ellen Terry: Player in Her Time*, W. W. Norton & Co, New York and London, 1987

5. Baxendall, Lee, and Stefan Morawski (eds), *Marx and Engels on Literature and Art*, Progress Publishers, Moscow, 1976

6. Berlin, Isaiah, *Karl Marx: His Life and Environment*, Oxford University Press, Oxford, 1948

7. Blumenberg, Werner, *Karl Marx*, Verso, London, 1998

8. Booth, Michael, *Theatre in the Victorian Age*, Cambridge University Press, Cambridge, 1991

9. Brandon, Ruth, *The New Women and th e Old Men: Love, Sex and the Woman Question*, HarperCollins, London, 1991

10. Brome, Vincent, *Havelock Ellis: Philosopher of Sex: A Biography*, Routledge & Kegan Paul, London, 1979

11. Browning, Robert, *The Pied Piper of Hamelin*, George Harrap & Co., London, 1934

12. Calder-Marshall, Arthur, *Havelock Ellis: A Biography*, Rupert Hart-Davis, London, 1959

13. Chernaik, Judith, *The Daughter: A Novel Based on the Life of Eleanor Ma-*

rx, HarperCollins, London, 1970

14. Derh er, Leslie, *Paul Lafargue and the Founding of French Marxism, 1842-1882*, Harvard University Press, Cambridge MA, 1991

15. Durkheim, Emile, *On Suicide* (1897), Penguin Classics, London, 2006

16. Eagleton, Terry, *Why Marx Was Right*, Yale University Press, New Haven CT and London, 2011

17. Eichenbaum, Louise, and Susie Orbach, *Understanding Women: Feminist Psychoanalytic Approach*, Basic Books, New Haven, 1984

18. Engels, Friedrich, *The Origin of the Family, Private Property and the State* (1884), in Friedrich Engels and Karl Marx, *Selected Correspondence*, Progress Publishers, Moscow, 1965, reprinted by Penguin Classics, London, 2010 (with a new introduction by Tristram Hunt) Evans, Faith, and Olga Meier (eds), *The Daughters of Karl Marx: Family Correspondence 1866-1898*, Andre Deutsch, London, 1982

19. First, Ruth, and Ann Scott, *Olive Schreiner*, The Women's Press, London, 1989

20. Florence, Ronald, *Marx's Daughters: Eleanor Marx, Rosa Luxemburg, Angelica Balabanoff*, Dial Press, New York, 1975

21. Glennie, John Stuart, *Europe and Asia: Discussions of the Eastern Question in Travels Through Independent, Turkish & Austrian Illyria*, Chapman & Hall, London, 1879

22. Grosskurth, Phyllis, *Havelock Ellis: A Biography*, Random House, New York, 1980

23. Guy, Jeff, *The View Across the River: Harriette Colenso and the Zulu Struggle Against Imperialism*, David Phillip, Cape Town, 2001

24. Hastings, Michael, *Tussy Is Me*, Weidenfeld & Nicolson, London, 1970

25. Healey, Edna, *Wives of Fame*, Sidgwick & Jackson, London, 1986

26. Henderson, William Otto, *The Life of Friedrich Engels*, Vols 1 & 2, Rout-

ledge, Oxford, 1976

27. Hetherington, Naomi, and Nadia Valman (eds), *Amy Levy: Critical Essays*, Ohio University Press, Athens OH, 2010

28. Hobsbawm, Eric, *The Age of Capital 1848-1875*, Weidenfeld & Nicolson, London, 1996

29. Holroyd, Michael, *A Strange Eventful History: The Dramatic Lives of Ellen Terry, Henry Irving and Their Remarkable Families*, Random House, London, 2009

30. Horne, Alistair, *The Fall of Paris: The Siege and the Commune 1870–71*, Penguin, London, 2007

31. Hunt, Karen, *Equivocal Feminists: The Social Democratic Federation and the Woman Question, 1884-1911*, Cambridge University Press, Cambridge, 1996

32. Hunt, Tristram, *The Frock–Coated Communist: The Revolutionary Life of Friedrich Engels*, Penguin, London, 2009

33. Ibsen, Henrik, *A Doll's House*, J. M. Dent & Sons, London, 1943

Ghosts & Two Other Plays: The Warriors at Helgeland & An Enemy of the People, J. M. Dent & Sons, London, 1930

34. Juszkiewicz, Jennifer, *The Iron Library: Victorian England and the British Museum Library* (MA thesis), University of Notre Dame, Indiana, 2009

35. Kapp, Yvonne, *Eleanor Marx: Vol. 1, Family Life*, Lawrence & Wishart, London, 1972

Eleanor Marx: Vol. 2, The Crowded Years, Lawrence & Wishart, London, 1976

36. Kautsky, John Hans, *Karl Kautsky: Marxism, Revolution and Democracy*, Transaction Publishers, New Brunswick, 1994

37. Lawrence, D. H., *Studies in Classic American Literature* (1923), ed. Ezra

Greenspan, Lindeth Vasey and John Worthen, Cambridge University Press, Cambridge, 2002

38. Lissagaray, Prosper – Olivier, *History of the Paris Commune of* 1871, Charles River Editors, Cambridge MA, 2011 (translated by Eleanor Marx)

McDonald, Deborah, *Clara Collet*, 1860-1948: *An Educated Working Woman*, Routledge, London, 2004

39. McFarlane, James (ed.), *The Cambridge Companion to Ibsen*, Cambridge University Press, Cambridge, 1994

40. McLellan, David, *Karl Marx: His Life and Thought*, Harper & Row, New York, 1973

Marx before Marxism, Macmillan, London, 1980

41. Mehring, Franz, *Karl Marx: The Story of His Life*, Routledge, London, 2003

42. Meintjes, Johannes, *Olive Schreiner*, Hugh Keartland, Johannesburg, 1965

43. Moi, Toril, *Henrik Ibsen and the Birth of Modernism: Art, Theatre, Philosophy*, Oxford University Press, Oxford, 2006

44. Neginsky, Rosina, *Zinaida Vengerova: In Search of Beauty — A Literary Ambassador Between East and West*, Peter Lang, New York, 2006

45. Nicolaevsky, Boris, *Karl Marx: Man and Fighter*, Methuen, London, 1936 (translated by Otto Maenchen-Helfen)

46. Pankhurst, Sylvia, *The Suffragette Movement*, Virago, London, 1977

47. Peters, Heinz Frederick, *Red Jenny: A Life with Karl Marx*, Allen & Unwin, London, 1986

48. Peters, Sally, *Bernard Shaw: The Ascent of the Superman*, Yale University Press, New Haven CT, 1998

49. Reid, Piers Paul, *Game in Heaven with Tussy Marx*, Weidenfeld & Nicolson, London, 1966

50. St John, Christopher (ed.), *Ellen Terry and Bernard Shaw: A Correspon-*

dence, Theatre Art Books, New York, 1949

51. Schreiner, Olive, *The Story of an African Farm*, T. Fisher Unwin, London, 1924

52. Service, Robert, *Comrades: A World History of Communism*, Macmillan, London, 2007

53. Slovo, Gillian, *An Honourable Man*, Virago, London, 2012

54. Stokes, John (ed.), *Eleanor Marx: Life, Work, Contacts*, Ashgate, Farnham, 2000

55. Thompson, E. P., *William Morris: Romantic to Revolutionary*, Merlin Press, London, 1977

56. Townsend-Warner, Sylvia, *Summer Will Show*, Virago, London, 1987

57. Tsuzuki, Chushichi, *The Life of Eleanor Marx, 1855-1898: A Socialist Tragedy*, Oxford University Press, Oxford, 1967

58. Wheen, Francis, *Karl Marx*, Fourth Estate, London, 1999

59. Whitfield, Roy, *Engels in Manchester: The Search for a Shadow*, Working Class Movement Library, Salford, 1988

60. Winsten, Stephen, and George Bernard Shaw, *Salt and His Circle*, Hutchinson, London, 1951

61. Wollstonecraft, Mary, *A Vindication of the Rights of Woman: With Strictures on Political and Moral Subjects* (1792), Penguin Classics, London, 2004

62. Zola, Emile, *The Debacle*, Penguin Classics, London, 1972

致　谢

感谢阿姆斯特丹国际社会史学会、伦敦马克思纪念图书馆、伦敦刘易舍姆地方历史档案馆、伦敦城市图书馆、伦敦图书馆、大英图书馆的图书管理员、档案员及相关工作人员的帮助。感谢所有给予我的写作以帮助的专家学者们,你们不吝惜时间,给我提出了宝贵的意见,仔细阅读我的几次修改稿,并给我提供资料,补充和完善我的写作,促使我更深入地思考和探索马克思和恩格斯未发表的遗作。你们知道我指的是谁,对你们的帮助我深表谢意。

感谢你:莉萨·阿皮格纳内西、安·巴斯克维尔、简·比斯、维多利亚·布里泰恩、奥马尔·巴扎克、波利·克里顿、阿利斯泰尔·康斯坦斯(最好的前夫)、摩根·库柏、尼克拉·克里斯伯、纳泽温·达尔维什、弥敦道·格芬、安·格兰特,奥马尔·罗伯特·汉密尔顿、苏哈尔·哈马德、纳塔莉·汉达尔、莎拉·希克森、井上喜代、约翰·乔利、雷米·克纳吉、裘德·凯利、海伦娜·肯尼迪、劳拉·米勒,比尔和珍妮·米切尔、吉利安·穆尔、塔尼亚、贝斯曼和汉娜纳·西尔,苏茜·尼克林、玛吉·奥福德,摩诃·汗·菲利普斯、洋子·莱恩,玛格丽特·雷诺德、飞利浦·里维耶尔、我的教子鲁弗斯·萨尔吉、姆尼泽·山姆苏、罗吉和帕尼·苏哈迪、费萨尔·斯拉纳格、阿达夫·索耶夫、贾纳·斯蒂法瓦斯克、萨利赫·托塔、达利维·耶尔。感谢安德鲁·戴维斯,尤其要感谢你的 BBC 系列节目爱琳娜·马克思(1977 年)的播出。感谢杰奎琳和吉利安·罗斯提供剧本《杜茜》,这部剧由皇家莎士比亚剧团于 1985 年 8 月在伦敦阿尔梅达剧院上演。感谢休谟特·皮伯尼克,感谢你作为我的第二父亲,给予我德语方面的帮助。

感谢苏格拉底和罗萨，拉提夫和哈克姆，波帕和蒙提，以及所有拉维尔咖啡馆的工作人员。感谢西尔维和斯皮克，感谢你们慷慨地为我提供住所和写作空间。感谢我的出色的教母安·伯克斯维尔和我的第二母亲萨拉·霍姆斯，她们使《玩偶之家》栩栩如生地再现。

感谢我的编辑比尔·斯万森：当我不在状态的时候，你总是不断地支持和鼓励我，确保我完成写作任务。对你的谢意无法用语言来表达，而你也不允许我使用过于华丽的词语。感谢内塔什·弗尔维德，你是我非常棒的、令人尊敬的经纪人。感谢亚历山大·普伦格尔，感谢你在所有的事情上给予我的启发。感谢出色的布鲁姆斯伯里团队，是你们使这本书得以面世：执行编辑安·辛普森，打字员艾米丽·斯威特，天才设计者戴维·曼尼，图书策划爱琳娜·威尔，以及编辑助理奥利威尔·胡德尔·雷和伊摩根·库尔克。

感谢塔米姆·安南和比伊·罗拉特，这是一对纺织女工新星。感谢我心灵相通的好姐妹约瑟尔·卢尔克，她激励我完成这本书的写作。感谢卡尔曼·查利尔，她在女性主义和爱琳娜这个人物上提供了许多真知灼见。感谢吉利安·斯拉沃，她提出了事实至上和无条件人文主义的宝贵意见。感谢格里格·摩丝，他无私地分享自己的智慧，并在阿姆斯特丹给予帮助。感谢苏茜·奥巴赫，她总能提出与众不同的新见解。感谢凯特·摩西，坚定的姐妹联谊会的姐妹，她总是在我需要的时候给予帮助。感谢路易丝·萨尔吉，她是女性主义的风向标和先驱者。感谢我的姐姐卡瑞安·霍姆斯，尤其要感谢她的专业知识，对我的写作帮助非常大。

感谢扎卡耶·阿卡麦特和杰克·刘易丝——我们的将军，从本书的创作到完成的过程中发挥着重要作用。你们关于马克思主义百科全书式的知识、在卡鲁黎明之际的分享和让我开怀大笑的幽默都是那么令人难忘。感谢摄像师卡米拉·山姆舍尔，我们来自公海的朋友。感谢珍妮特·沃特森,她是本书的助产士,没有她本书将无法完成。非常感谢。

感谢乔纳森·伊万斯,我对他的谢意无需多言。他是爱和慷慨的化身,在人生观上与爱琳娜及其家庭有共同之处,他出资筹划本书的写作,并在我的写作过程中始终持鼓励、关心和耐心的态度,他对本书给予的支持独具创造性。他是一名伟大的读者,也是所有作家的支持者。

感谢我敬爱的母亲,这本书也献给她,卡琳·安妮·皮波尼克,同时也献给我母亲的母亲,我的紫色、白色、绿色的祖母,“敏捷的”海斯特。

译后记

在关于爱琳娜·马克思的传记著作中,这本书不一定是最详尽的,1972年出版的冯伊·卡普的《爱琳娜·马克思》囊括的历史细节更多,但是,注重从女性主义眼光、用女性视角来叙述爱琳娜的生平事迹上,这本书无疑是最全面、最具特色的。

作者按照西方人的习惯来叙述爱琳娜的故事,如"爱琳娜"与"杜茜"交替使用,"恩格斯"与"将军"交替使用,为了照顾中国读者的阅读习惯,我们在翻译过程中,尽量把名字统一起来。在叙述方法上,作者有时用的是简洁的跳跃式方法,如关于爱琳娜童年时代的故事,我们在翻译时也尽量体现这种风格;有时作者用的是凝重的议论方法,如关于成年爱琳娜的心路历程等,我们在翻译时尽量增加一些必要的词语来使意思更加明白。当然,由于水平有限,我们的翻译肯定有许多不足之处。

这本书是合作翻译的结果,陈慧平承担11—24章的翻译及注释;刘曙辉承担序言及1—10章的翻译。全书由陈慧平统稿和校对。

感谢广西师范大学出版社的信任,感谢本书编辑的辛勤劳动,也感谢所有在翻译过程中给予我们支持和帮助的朋友们!

陈慧平